CORRESPONDANCE
AVEC DES ÉCRIVAINS

FRANÇOIS TRUFFAUT

Correspondance avec des écrivains

(1948-1984)

ÉDITION ÉTABLIE ET COMMENTÉE
PAR BERNARD BASTIDE

nrf

GALLIMARD

Ouvrage publié avec le soutien de la Fondation d'entreprise La Poste

La Fondation d'entreprise La Poste favorise le développement humain et la proximité à travers l'écriture, pour tous, sur tout le territoire, et sous toutes ses formes. Elle s'engage en faveur de ceux qui sont exclus de la pratique, de la maîtrise et du plaisir de l'expression écrite. Elle favorise l'écriture vivante et offre un espace de découverte de la culture épistolaire élargie avec sa revue *FloriLettres*. Mécène de l'écriture épistolaire, elle soutient l'édition de correspondances et les manifestations qui les mettent en valeur.

https://www.fondationlaposte.org

Je sévigne, tu sévignes, nous sévignons.

François Truffaut à Robert Lachenay
Juillet-août 1945

L'HOMME QUI AIMAIT LES LETTRES

> Faire un film ou écrire une lettre, ce n'est pas tellement différent. Il m'arrive de tourner un film en pensant exclusivement à une personne qui n'ira peut-être pas le voir et je me dis que je suis en train de dépenser cinq millions alors que si j'écrivais une lettre, ça coûterait un franc trente[1].

Cent vingt-deux boîtes d'archives, plus de vingt mètres linéaires, plusieurs milliers de lettres envoyées ou reçues : par son volume, sa richesse et sa qualité, la correspondance occupe une place centrale au sein du Fonds François Truffaut de la Cinémathèque française. Elle éclaire les élans et les ruptures du réalisateur, dévoile la genèse et la réception de sa carrière journalistique, puis de son œuvre cinématographique, du début des années 1950 à sa disparition prématurée en 1984.

En 1988, la publication d'une première *Correspondance* permit aux cinéphiles d'entrouvrir cette boîte de Pandore et de découvrir quelque cinq cents lettres inédites de Truffaut à ses amis, sa famille et ses différents collaborateurs. À ce premier totem mémoriel se sont greffées, au fil des ans, les correspondances plus modestes entretenues avec l'éducateur Fernand Deligny, l'historien du cinéma Claude Gauteur ou le réalisateur québécois Claude Jutra[2].

Les admirateurs de François Truffaut savent combien il fut un épistolier compulsif qui, toute sa vie durant, aura entretenu des

1. François Truffaut : propos recueillis par Serge Daney, Jean Narboni et Serge Toubiana, *Cahiers du cinéma* n° 316, octobre 1980, p. 35.
2. Voir Bibliographie p. 511.

correspondances dans le monde entier, privilégiant le plus souvent ce mode relationnel à un échange téléphonique, voire à une rencontre physique. Tenir ainsi le monde extérieur à bonne distance était sa façon à lui de ne pas devenir prisonnier de relations trop familières et du cortège d'obligations sociales qu'elles auraient fatalement entraînées.
Cette *Correspondance* littéraire – sillon que nous avons choisi de privilégier dans cet océan de missives – présentait l'avantage d'inclure un aspect de sa fonction de cinéaste, l'adaptation, d'embrasser toute sa vie professionnelle, tout en éclairant une dimension plus intime de sa personnalité. Mais conduire un tel chantier suppose d'en accepter les limites et les écueils : lettres oubliées au fond d'une armoire, perdues dans des déménagements ou dispersées par les héritiers dans des ventes aux enchères, achetées ou bien volées, jalousement conservées à l'abri des regards par des collectionneurs fétichistes. Les lettres que l'on présente dans ce recueil constituent donc la partie visible de l'iceberg, celle arrachée à l'oubli et à la destruction. C'est un Truffaut construisant sa personnalité, se désengageant volontiers des enjeux sociétaux pour forger une esthétique à coups d'éclats et de tâtonnements, de découvertes et de remises en question, que l'on dévoile ici, mais aussi les lignes de fuite et les zones d'ombre d'un artiste auquel le temps va cruellement manquer. Si Truffaut écrit à des auteurs, ce n'est pas pour faire de la littérature : il va toujours au plus pressé. Et, les années s'égrenant, ses lettres se font de plus en plus rares. Avec le culot désarmant des ambitieux et la timidité excessive des autodidactes, il s'attache surtout à se réinventer une famille de cœur, composée exclusivement d'écrivains qu'il admire, destinée à pallier les carences de sa famille de sang et à lui donner les clés du monde de la culture et de la création.

La lecture comme refuge

Truffaut n'a jamais caché son amour des livres et l'admiration qu'il portait à certains écrivains. N'avait-il pas songé lui-même à faire carrière dans les lettres ? « Un tout petit peu, peut-être à 11 ans, concédait-il à Philippe Labro. Pendant les années 1942-1943, quand j'ai lu Zola[1]. » La première à lui avoir inculqué l'amour des livres est sa grand-mère maternelle, Geneviève de

1. « Ne tirez pas sur le miston », *Lui* n° 9, septembre 1964, p. 98.

Monferrand, chez laquelle il a vécu jusqu'à l'âge de 10 ans. « À cette époque, je passais de longs moments rue Laffitte, chez un libraire, où elle achetait et louait des livres. J'avais 6 ou 7 ans, c'était l'avant-guerre [...]. Ma grand-mère était littéraire, c'est elle qui a commencé par me lire des livres et qui m'a appris à lire[1]. » Et c'est elle encore qui lui communiqua le goût de ces curieux objets dotés d'une forte charge sentimentale, dont on chérit le dessin de la couverture, l'odeur des pages et la sensualité du papier. Après son décès, le jeune François retourne vivre auprès de son père adoptif, Roland, et de sa mère, Janine, qui « ne supportait pas le bruit. Je devais me faire oublier et rester sur une chaise à lire. Je n'avais pas le droit de jouer ni de faire du bruit, il fallait que je fasse oublier que j'existais. Je me réfugiais dans la lecture[2] ».

Truffaut se souvient qu'il avait consacré beaucoup de temps à cette activité dans son enfance : « Comme j'étais seul assez souvent, j'ai pris le goût de lire des livres d'adultes. Ceux que ma mère lisait, je les empruntais durant ses absences [...]. L'impression la plus forte que j'ai retirée d'une lecture, ce fut, pendant la guerre, avec *Thérèse Raquin* de Zola, à cause du côté très violent du meurtre du mari par la femme et son amant[3]. » Par contre, il déteste souverainement tous les livres pour enfants, entre autres ceux de Jules Verne. Vers 1944-1945, il lit aussi énormément de pièces de théâtre d'avant-guerre – *Amphitryon, La guerre de Troie n'aura pas lieu, Le Soulier de satin* –, tout en regrettant amèrement de n'avoir pu assister à leurs créations scéniques.

À la Libération, c'est l'embellie. Truffaut écume les librairies parisiennes afin de constituer sa propre bibliothèque et de s'offrir de longues journées de lecture, avec cette approche systématique, caractéristique des autodidactes : « Quand j'avais 13 ou 14 ans, j'ai acheté, à cinquante centimes pièce, quatre cent cinquante petits volumes très mal imprimés sur du papier grisâtre : les classiques Fayard. Et je me suis mis à les lire alphabétiquement, par nom d'auteur, en commençant par A (Aristophane) pour finir par V (Voltaire), sans laisser passer un seul titre, un seul volume, une seule page. J'ai été très impressionné par Alphonse Daudet (*Jack, Les Contes du lundi, Le Nabab*). Mais la grande révélation, ce fut

1. « Mon ambition, c'est de faire des films qui ressemblent à des romans », entretien avec Franck Maubert, *Lire* n° 80, avril 1982, p. 115.
2. *Aline Desjardins s'entretient avec François Truffaut*, Radio-Canada, 1973, pp. 12-13. Cette confession se retrouvera dans la bouche du jeune Bertrand Morane dans *L'Homme qui aimait les femmes.*
3. « Mon ambition, c'est de faire des films qui ressemblent à des romans », *op. cit.* pp. 115-116.

pour moi Balzac. Ce que je préférais, c'était *La Peau de chagrin*, à cause de l'espèce de folie qui y passe[1]. » Quand le climat familial se révèle trop délétère, il trouve refuge chez Robert Lachenay, son ami et complice d'école buissonnière : « François avait l'habitude de m'apporter, au fur et à mesure, toutes ses affaires les plus précieuses : ses livres, Balzac, ses photos, ses premiers écrits. Un jour d'engueulade, j'ai jeté tous ses livres dans l'escalier. Je le revois encore en larmes, les ramassant[2]. » L'étape suivante de cette appropriation du savoir livresque sera la découverte de la bibliothèque de son quartier : « J'y ai découvert Proust, deux volumes par deux volumes. Adolescent, j'ai aussi essayé d'entrer à la Bibliothèque nationale. Je ne savais pas qu'il fallait une autorisation. Je n'ai pas pu franchir la deuxième porte[3]. »

Cet amour fou pour les livres et la littérature – jusqu'à ce que le cinéma les détrône, en 1946, avec l'arrivée de *Citizen Kane* sur les écrans – sera sa planche de salut, le meilleur moyen de ne pas devenir un petit voyou de Pigalle.

Pères et parias

Dans cet important corpus de lettres patiemment collectées, classées et parfois annotées par Truffaut lui-même tout au long de son existence, se dessinent quatre grandes familles de correspondants littéraires.

D'abord les trois « pères fondateurs » : Jean Cocteau, Jean Genet et Jacques Audiberti, que Truffaut, jeune journaliste, rencontre alors qu'il a entre 17 et 21 ans, initiant avec chacun une correspondance étalée sur une période relativement longue. Ce qui motive la rencontre et la relation épistolaire qui s'ensuit, c'est avant tout l'admiration sans bornes que le jeune lecteur porte à ces auteurs dont il a dévoré les œuvres : « Il y a certainement une très grande faculté d'admiration chez moi, un besoin d'admiration qui s'est porté quelquefois sur la littérature, quelquefois sur le cinéma[4]. »

La lecture, à 19 ans, du *Journal du voleur* de Jean Genet est un événement fondateur – la découverte d'un frère en rébellion, né comme lui de père inconnu : « Genet est l'écrivain le plus discret,

1. « Je crois à l'improvisation » : propos recueillis par Georges Sadoul, *Les Lettres françaises* n° 775, 28 mai-3 juin 1959.
2. « Une jeunesse », *Le Roman de François Truffaut*, Cahiers du cinéma/Éditions de l'Étoile, Paris, 1985, p. 16.
3. « Mon ambition, c'est de faire des films qui ressemblent à des romans », *op. cit.* p. 116.
4. *Aline Desjardins s'entretient avec François Truffaut*, *op. cit.* pp. 30-31.

le plus orgueilleux, le plus rigoureux, le plus meurtri sûrement. Cette comédie sociale que sont obligés de jouer les gens quand ils deviennent connus, il est celui qui l'a jouée le moins[1]. »

Avec ces trois auteurs, qui se connaissent et s'apprécient, Truffaut va développer une relation privilégiée qui, pour deux d'entre eux, trouvera son plein accomplissement dans la création. À partir de 1954, il confie ainsi à Jacques Audiberti la rédaction d'une série de « billets » d'humeur destinés aux *Cahiers du cinéma*, puis esquisse plusieurs projets de films et de mises en scène théâtrales restés sans lendemain. Et pour Jean Cocteau, son « parrain » lors de la présentation cannoise des *Quatre Cents Coups*, Truffaut produit l'adaptation au cinéma d'une de ses chansons filmées, *Anna la bonne* de Claude Jutra (court métrage, 1959), avant de coproduire son mémorable *Testament d'Orphée* (1960).

À ce trio masculin il convient d'associer une salutaire figure féminine. Grande amie de Cocteau, Louise de Vilmorin est une femme de lettres célèbre, de trente ans son aînée, quand Truffaut la rencontre lors d'un concours d'éloquence au Club du Faubourg, en avril 1950. Après son engagement sous les drapeaux, il noue avec elle une amitié amoureuse de nature épistolaire, jalonnée de touchantes maladresses accusant leurs différences d'âge et de classe. Devenu cinéaste, Truffaut tentera vainement de transformer cette amitié en collaboration professionnelle, puis il se souviendra de cette femme séduisante qui l'attirait autant qu'elle l'intimidait pour composer la figure précieuse et évanescente de Fabienne Tabard (Delphine Seyrig) dans *Baisers volés*.

À côté de ces trois « pères fondateurs » bénéficiant d'une relative notoriété sociale, Truffaut sera amené, dans les années 1955-1957, à nouer une relation épistolaire plus inattendue et beaucoup plus éphémère avec trois « pères maudits ». Trois auteurs fraîchement condamnés par la justice pour des faits de collaboration et peu fréquentables dans la France des années 1950 : Lucien Rebatet, Claude Elsen et Félicien Marceau. Associé au mouvement des Hussards à l'époque de sa participation à l'hebdomadaire *Arts* (1954-1958), Truffaut avait déjà eu l'occasion de manifester quelques sympathies très droitières. À propos d'une recension très critique de l'*Histoire du cinéma* de Maurice Bardèche et Robert Brasillach, n'avait-il pas déjà affirmé que « les idées politiques de Brasillach furent celles aussi de Drieu la Rochelle ; les idées qui valent à ceux qui les répandent la peine de mort, sont forcément

1. « Mon ambition, c'est de faire des films qui ressemblent à des romans », *op. cit.* p. 118.

estimables[1] » ? C'est surtout avec Lucien Rebatet, critique cinématographique comme lui, que Truffaut ébauchera une relation filiale sur le mode « Le jeune amateur et le vieux critique », partageant avec son aîné une même admiration pour le cinéma américain – a contrario de la critique dominante, de gauche et antiaméricaine – et le goût des chroniques au vitriol. Truffaut ayant toujours eu de la sympathie pour ceux qui ne bêlent pas avec le troupeau, il y aurait fort à parier que le rapprochement entre les deux hommes s'est opéré sur ce terrain-là plutôt que sur celui d'une hypothétique adhésion idéologique.

Du livre à l'écran

Deuxième famille : celle des auteurs adaptés au cinéma de leur vivant par Truffaut – Maurice Pons (*Les Mistons*), David Goodis (*Tirez sur le pianiste*), Henri Pierre Roché[2] (*Jules et Jim*, *Les Deux Anglaises et le Continent*) et Ray Bradbury (*Fahrenheit 451*). Auxquels il convient d'associer le nom de Jean Hugo, peintre et diariste, arrière-petit-fils de Victor Hugo et, à ce titre, ayant droit moral de *L'Histoire d'Adèle H*.

À se remémorer les diatribes virulentes de Truffaut contre les adaptations, par Jean Aurenche et Pierre Bost entre autres, de classiques de la littérature dans les années 1950, on pourrait légitimement s'étonner de le voir traduire à son tour en images romans et nouvelles. En fait, il revendiquera une autre méthode que celle de ses aînés, attachés à découper en tranches les chapitres d'un roman afin de le transformer en une sorte de pièce de théâtre : « La formule qui me semblait bonne et qui avait déjà été expérimentée par Jean-Pierre Melville et Jean Cocteau avec *Les Enfants terribles* consistait plutôt en une espèce de lecture filmée en faisant alterner les scènes construites, non pas comme des scènes de théâtre, mais des scènes jouées, dialoguées – et puis les choses carrément narratives, le commentaire[3]. »

Dans l'œuvre de Truffaut, les adaptations cinématographiques vont surtout se concentrer dans la première partie de sa carrière, avant de se faire de plus en plus rares. Plusieurs facteurs, financiers et techniques, peuvent expliquer cette position, telles la propension des éditeurs à indexer le montant des droits sur sa notoriété

1. François Truffaut, « Livres de cinéma », *Cahiers du cinéma* n° 32, février 1954, p. 60.
2. Henri Pierre Roché n'a pas, à proprement parler, été « adapté de son vivant », mais Truffaut a eu l'occasion d'échanger avec lui sur l'adaptation de *Jules et Jim*.
3. Propos recueillis par Jean-Pierre Chartier, *Cinéastes de notre temps*, ORTF, 2 décembre 1965.

grandissante et la difficulté de transformer un roman en scénario sans risquer de le dénaturer : « Je crois qu'après *Fahrenheit*, je laisserai tomber les adaptations au profit des scénarios originaux, tout de même plus faciles à faire ! » écrit Truffaut à Helen Scott, le 14 janvier 1963. À cela s'ajoute un sentiment de culpabilité qu'il confiait à l'écrivain René-Jean Clot, le 13 mai 1960 : « En parlant avec vous, si fin, si cultivé [...], j'ai vu tout ce qu'il y a d'immoral dans le pillage de la littérature par le cinéma [...]. Le cinéma, après tout, devrait se suffire à soi-même et inventer ses propres sujets. » Truffaut fera encore quelques entorses à cette règle d'airain, mais il renouvellera sa promesse après l'échec cuisant des *Deux Anglaises et le Continent*. Le 28 mai 1973, à Suzanne Rossignol (pour Gallimard) qui lui fait parvenir le roman de Pierre Monnot *L'Insaisissable*, Truffaut répond que « cela appartient à un domaine auquel je me suis promis de ne plus toucher, celui des romans trop vastes et que l'on gâche en les ramenant à quatre-vingt-dix minutes de film. Sans m'engager formellement à ne plus faire d'adaptation, je désire, dans l'avenir, ne m'intéresser qu'à des pièces de théâtre ou des nouvelles et bien entendu aux scénarios originaux ».

De tous ces échanges, le plus émouvant est sans nul doute celui que le jeune critique d'*Arts* noue avec un fringant romancier débutant, portant beau ses soixante-seize printemps. « Un grand ami, un ami intime[1] », écrit Truffaut. « C'est en 1955 que j'ai découvert le roman d'Henri Pierre Roché, *Jules et Jim*, parmi d'autres livres d'occasion, à l'éventaire de la librairie Stock, place du Palais Royal [...]. Quelques mois plus tard, visionnant un film américain de série qui m'avait enthousiasmé, un western intimiste, *The Naked Dawn* d'Edgar G. Ulmer, mes pensées me ramenèrent à *Jules et Jim* et dans le compte rendu que je fis de ce western, j'écrivis ceci : [...] *The Naked Dawn* est le premier film à me donner l'impression qu'un *Jules et Jim* cinématographique est possible[2]. »

Entre 1956 et 1959, les deux hommes vont échanger une correspondance régulière[3], ponctuée de quelques rencontres à Paris ou à Sèvres (Seine-et-Oise), au domicile de l'écrivain. Ensemble, ils vont jeter les bases d'une collaboration autour de l'adaptation de *Jules et Jim* : tandis que Truffaut établira la construction du

1. Lettre à René-Jean Clot, 13 mai 1960. Voir p. 168.
2. François Truffaut, « Henri Pierre Roché revisité », préface, Henri Pierre Roché, *Carnets I, 1920-1921 : les années Jules et Jim*, André Dimanche, Marseille, 1990, pp. X-XI.
3. Malheureusement, la plupart des lettres de Truffaut n'ont, à ce jour, pas été retrouvées.

scénario, Roché s'attellera à rédiger « des dialogues à la fois aérés et serrés[1] ». Mais le premier tour de manivelle de *Jules et Jim* sera donné deux ans après sa disparition, sans qu'il ait eu le temps de faire la connaissance de l'interprète féminine, Jeanne Moreau, qu'il espérait tant « connaître un jour[2] ».

Dans cette recension, on trouvera aussi les noms d'écrivains sollicités comme auteurs et/ou adaptateurs pour des projets qui ne verront pas le jour ou, tout au moins, pas sous la direction de Truffaut, tels Elie Wiesel, Henry Miller, Milan Kundera, Patrick Alexander – et René-Jean Clot, dont la correspondance, parce qu'elle s'étend sur vingt-quatre ans et qu'elle a l'insigne avantage de révéler les multiples rebondissements d'un projet resté lettre morte, brille ici d'un éclat singulier. L'été 1959, le scénariste Marcel Moussy souffle à Truffaut – désireux de prolonger la peinture du milieu éducatif amorcée dans *Les Quatre Cents Coups* – l'idée d'adapter un roman de René-Jean Clot, *Le Bleu d'outre-tombe* (Gallimard, 1956). L'histoire d'une institutrice persécutée par ses collègues et des parents d'élèves en raison d'un douloureux passé psychiatrique. Engagé « en qualité d'adaptateur et de dialoguiste », le romancier travaille à pied d'œuvre, l'enthousiasme chevillé au corps. Mais différents aléas vont miner le projet et conduire Truffaut à reporter d'un an le tournage, puis à tourner définitivement la page, en mai 1960. La relation avec René-Jean Clot n'en sera pas brisée pour autant, se déployant autour d'autres projets d'adaptations au cinéma ou de mises en scène théâtrales, demeurés sans suite.

Le goût de la Série Noire

Troisième famille : celle des auteurs célèbres, tels Georges Simenon, Jean-Paul Sartre, Romain Gary, Pierre Klossowski ou encore Marguerite Duras, avec lesquels Truffaut a échangé une correspondance, la plupart du temps unique, qui relève de l'exercice d'admiration et des politesses d'usage. Les échanges sont nettement plus productifs quand les auteurs, moins célèbres mais renommés dans le paysage éditorial français, lui écrivent au titre de directeur de collection ou de directeur littéraire, tels Jean Cayrol (Seuil), Robert Sabatier (Albin Michel) et Marcel Duhamel (Gallimard), le « père » de la Série Noire, dont la cor-

1. Lettre à François Truffaut, 15 décembre 1956, p. 100.
2. Lettre d'Henri Pierre Roché à François Truffaut, 3 avril 1959, p. 131.

respondance met en lumière une veine importante du lecteur Truffaut : son appétence pour la littérature policière. La partie n'était pourtant pas gagnée d'avance. En août 1951, alors qu'il séjourne dans un hôpital militaire, Jean Genet lui rend visite et dépose à son attention « cinq romans de la Série Noire et deux paquets de gitanes[1] ». Désœuvré, Truffaut dévore les romans, mais ne les apprécie guère : « Le meilleur est *À tombeau ouvert* de Paul Cain. Des coups de revolver à chaque page, des cadavres partout. La fin est très belle, invraisemblable, très compliquée, me fait penser à du Cocteau, à *La Belle et la Bête*[2]. » Au lieu de manifester sa déception, Genet semble rasséréné : « En toute sincérité, j'ai pensé que les Séries Noires vous plairaient. Tant mieux que non : vous n'êtes donc pas un intellectuel poseur[3]. » Pour autant, Truffaut ne tarde pas à réviser son jugement : il deviendra bientôt un lecteur compulsif, puis un adaptateur fervent de la Série Noire, qu'il porte à l'écran dès son deuxième long métrage, *Tirez sur le pianiste*, d'après David Goodis[4]. « Choisir de "faire" une Série Noire après le succès des *Quatre Cents Coups* relevait d'une prise de position, affirme François Guérif. Au moment même où le genre symbolisait un "vieux" cinéma et où il était méconnu de la critique, c'était revendiquer une "école" de cinéma à laquelle Truffaut était souvent allé : celle du film noir américain[5]. » Après ce premier galop d'essai, il restera fidèle au genre tout au long de sa carrière, adaptant tour à tour *La mariée était en noir* et *La Sirène du Mississipi* de William Irish, *Une belle fille comme moi* de Henry Farrell et, pour finir, *Vivement dimanche !* de Charles Williams.

En avril 1962, Truffaut rencontrera même David Goodis, une seule et unique fois, à New York. Touché par le manque de reconnaissance dont il est victime et le dénuement dans lequel il vit, Truffaut prend fait et cause pour l'écrivain. En rentrant à Paris, sa valise sera lestée de « quatre romans inédits en France » de Goodis, qu'il adresse peu après à Marcel Duhamel, en lui demandant d'« en prendre connaissance et éventuellement les inscrire [dans] votre programme[6] ». Ce que fera Duhamel, pour le plus grand

1. « Le Journal de prison de François Truffaut », *François Truffaut : papiers volés*, supplément *Les Inrockuptibles* n° 249, 27 juin 2000, p. V.
2. *Ibid.*
3. Lettre de Jean Genet à François Truffaut, s.d. [30 août 1951], p. 36.
4. Truffaut aurait découvert le roman en août 1957, grâce à Madeleine Morgenstern, qui l'avait apporté sur le tournage des *Mistons*, à Nîmes.
5. « François Truffaut et la Série Noire », *L'Avant-Scène Cinéma* n° 362-363, juillet-août 1987, p. 5.
6. Lettre de François Truffaut à Marcel Duhamel, 15 octobre 1962, p. 251.

plaisir des amateurs de sa collection, en publiant ces deux titres : *La nuit tombe* et *La Pêche aux avaros*.

« Vous en êtes capable »

Quatrième famille enfin : celle des correspondants dont Truffaut accompagne les premiers pas en littérature et parfois même façonne le destin d'écrivain – entre autres Serge Rezvani et Bernard Gheur. En 1960, alors qu'il prépare *Jules et Jim*, il demande au premier de lui confier l'une de ses chansons, *Le Tourbillon*, et le distribue aussi dans un rôle secondaire. Piqué au jeu, le peintre solitaire accepte de prendre part à cette entreprise collective qui lui apportera une notoriété aussi soudaine qu'encombrante. L'amitié un brin potache qui se noue entre les deux hommes conduit Truffaut, en 1965, à inciter Rezvani à troquer son pinceau contre la plume. Conseil teinté, il est vrai, d'un peu de jalousie : « Si je savais écrire, je ne ferais pas le singe derrière la grosse Mitchell 300[1] », mais qui portera ses fruits au-delà de toute espérance : la littérature allait saisir Rezvani pour ne plus jamais le lâcher.

L'été 1962, Bernard Gheur, un cinéaste amateur liégeois de 17 ans, écrit à François Truffaut tout l'amour qu'il porte à ses films. Trois ans plus tard, il « ose » lui envoyer une nouvelle de quatre pages sur les premiers émois amoureux d'un adolescent. Cette bouteille à la mer arrive à bon port, mais elle suscite surtout une réponse enthousiaste de son destinataire : « Je pense que vous devriez développer tous ces thèmes, ce personnage, donner à tout cela beaucoup d'ampleur, vous évader de la nouvelle pour entreprendre vraiment un roman [...]. Vous en êtes capable[2]. » Un an plus tard, Bernard Gheur adresse le début de son roman au cinéaste, qui l'annote et l'encourage. *Le Testament d'un cancre*, qui parut en 1970 chez Albin Michel, précédé d'une courte préface de Truffaut, se tailla un joli succès éditorial. Ce fut le point d'ancrage d'une amitié épistolaire, dont Bernard Gheur a raconté récemment les mille et une aventures dans *Les Orphelins de François* (Weyrich, 2021).

L'écriture et les livres dans l'œuvre de Truffaut

Devenu cinéaste en 1957 avec *Les Mistons*, Truffaut continuera toute sa vie à aimer ensemble la littérature et le cinéma, les livres et

1. Lettre de François Truffaut à Serge et Danièle Rezvani, 15 novembre 1968, p. 349.
2. Lettre de François Truffaut à Bernard Gheur, 22 octobre 1965, p. 284.

les films, se refusant à établir une hiérarchie : « Je n'aime pas l'idée de les opposer comme on oppose souvent l'audiovisuel à la littérature ; on dit que le cinéma est destiné aux gens qui ne lisent pas, et je ne le crois pas[1]. » La génération à laquelle il appartient a toujours eu beaucoup de mal à tracer une ligne de démarcation nette. Les « jeunes Turcs » (Rohmer, Godard, Truffaut, Chabrol...), qui se lièrent dans les ciné-clubs avant de se retrouver dans les bureaux des *Cahiers du cinéma*, n'ont-ils pas, pour certains, publié d'abord des romans avant d'écrire sur le cinéma, puis de réaliser des films ? En 1946, c'est sous le pseudonyme de Gilbert Cordier qu'Éric Rohmer a signé le roman *Élisabeth* (Gallimard), tandis que, trois ans plus tard, Chris Marker faisait paraître *Le Cœur net* (Éditions du Seuil, 1949). Le 16 août 1951, Truffaut annonce fièrement à son ami Robert Lachenay : « J'ai écrit soixante pages d'un truc qui ressemble aux *Onze Mille Verges* d'Apollinaire, à *Justine* de Sade, à *La Princesse de Clèves*, à *J'irai cracher sur vos tombes*, au *Journal du voleur*, aux essais de Sartre, aux *Confessions* de J.-J. Rousseau et à Balzac[2]. » Ce projet de roman tournera court[3]. En 1955, il touche enfin au but en publiant une nouvelle, *Antoine et l'Orpheline*[4], présentée comme « un pastiche » de Jean Cocteau. Pour Claude-Jean Philippe, la cause est entendue : un littérateur en herbe sommeille en chaque membre de la Nouvelle Vague : « On voit bien, en lisant leurs textes, que Rivette est un essayiste, Godard un poète et un philosophe. Dans les films de Truffaut transparaît le romancier, dans ceux de Rohmer, l'universitaire qui semblait voué à l'étude et à la création[5]. »

À défaut d'embrasser lui-même une carrière littéraire, Truffaut va s'appliquer à multiplier dans ses films les références à la littérature et à l'écriture. Un grand nombre de ses personnages passent leur temps à écrire et échanger lettres, cartes postales, pneumatiques, télégrammes, journaux intimes et livres. Dès *Les Mistons*, les gamins tracent des inscriptions vengeresses sur les murs de Nîmes, puis rédigent une carte postale calomnieuse qui précédera de peu la mort accidentelle de Gérard. L'écriture est investie d'une puissance magique : faire et défaire les réputations, traquer les êtres, peut-être

1. *Aline Desjardins s'entretient avec François Truffaut*, *op. cit.* p. 46.
2. *Correspondance*, Hatier/5 Continents, Paris, 1988, p. 76.
3. « Non, mon roman ne verra pas le jour, j'ai détruit 40 pages et les 20 encore existantes suivront un jour ce chemin. » Lettre à Robert Lachenay, s. d. (1951), *Correspondance*, *op. cit.* p. 81.
4. *La Parisienne* n° 28, mai 1955, pp. 515-521. Cette nouvelle, présentée par le maurassien François Sentein, est considérée comme l'embryon du scénario des *Quatre Cents Coups*.
5. « La règle du "je" » : entretien avec Claude-Jean Philippe ; propos recueillis par François Ramasse dans *La Nouvelle Vague 25 ans après*, Jean-Luc Douin (dir.), Les Éditions du Cerf, Paris, 1983, p. 31.

même les tuer. Dans *Les Quatre Cents Coups*, pour les besoins d'une rédaction, Antoine Doinel puise son inspiration dans *La Recherche de l'absolu* de Balzac. La mort grandiloquente du vieillard coïncidera avec l'embrasement d'un autel ardent élevé à la gloire du père de *La Comédie humaine*. L'écriture et le feu font souvent bon ménage chez Truffaut. Dans *Jules et Jim* et *Les Deux Anglaises et le Continent*, c'est un même trio amoureux qui s'aime et se déchire tour à tour, le plus souvent par lettres interposées. Tous les dispositifs astucieux que Truffaut s'ingénie à imaginer pour les filmer n'ont en réalité qu'un but : faire entendre le texte original afin de transmettre aux spectateurs, sans user du moindre filtre, le style et la prose de Roché.
Il n'existe pas un seul film de Truffaut qui ne contienne une allusion directe à la littérature ou à l'écriture (une activité au demeurant peu cinématographique), qui ne leur laisse même une place centrale dans la vie de ses personnages. Dans *L'Enfant sauvage*, le docteur Itard note, sous nos yeux, une série d'observations sur son protégé qui nourriront son *Rapport sur Victor de l'Aveyron*. Les femmes criminelles sont le sujet de la thèse (inachevée) de sociologie que prépare Stanislas Prévine dans *Une belle fille comme moi*. C'est dans la fièvre et la passion que l'héroïne de *L'Histoire d'Adèle H.* rédige des lettres enflammées, ainsi qu'un journal intime qui sera publié un siècle plus tard. Dans *L'Homme qui aimait les femmes*, Bertrand Morane établit le récit détaillé de ses conquêtes amoureuses sous ce titre éponyme. Quant à Antoine Doinel, il publie, dans *L'Amour en fuite* (1978), un roman autobiographique intitulé *Les Salades de l'amour*.
Mais, dans ce processus vertueux en faveur de l'écrit, il s'agira surtout, pour Truffaut, de porter à l'écran quelques-uns de ses livres de chevet : « Plutôt que des adaptations littéraires, je faisais des "hommages filmés" à des livres que j'aimais[1]. » Dès le succès international des *Quatre Cents Coups*, les producteurs se bousculèrent pour lui proposer l'adaptation de classiques français, tels *Un amour de Swann* de Marcel Proust, *L'Étranger* d'Albert Camus, *Le Grand Meaulnes* d'Alain-Fournier, voire *Voyage au bout de la nuit* de Louis-Ferdinand Céline. Mais la réponse de Truffaut fut chaque fois sans appel : « Je répugne à profiter de la réputation d'un chef-d'œuvre de la littérature, et d'ailleurs je les ai systématiquement refusés[2]. » Son choix sera radicalement différent : « Plutôt que d'adapter des livres célèbres, je préfère la démarche inverse.

1. « Roché était un Cocteau paysan » : propos recueillis par Guy Braucourt, *Les Nouvelles littéraires* n° 2306, 3-9 décembre 1971.
2. Alain Bourlat, « Qu'attendez-vous des livres ? », *Les Lettres françaises* n° 1443, 5 juillet 1972.

Avec *Jules et Jim*, je faisais découvrir un auteur et un livre. Le film a fait accéder le roman à un gros tirage ainsi qu'au livre de poche et à des traductions dans le monde entier, y compris au Japon[1]. » Son désir de mettre en lumière des livres aimés et méconnus en les portant à l'écran se répétera à plusieurs reprises dans son parcours, entre autres quand il adaptera *Tirez sur le pianiste* de David Goodis, *La mariée était en noir* de William Irish ou *Deux Anglaises et le Continent* d'Henri Pierre Roché. Comme Truffaut s'attachera aussi à rendre hommage à « tous les livres » dans un film adapté du roman de science-fiction de Ray Bradbury *Fahrenheit 451*. Peu versé dans ce genre littéraire, le cinéaste ferraillera dur avec l'écrivain pour imposer ses choix artistiques, répondre à ses salves de questions intrusives et, finalement, assumera seul l'idée de minorer la dimension futuriste de l'œuvre littéraire au profit d'un plaidoyer pour la liberté de lire. « La censure des livres est en effet un sujet d'actualité et pas seulement un thème de science-fiction : on brûle des livres tous les jours à travers le monde et *Fahrenheit* m'a intéressé parce qu'il poussait à bout ce drame de la censure des livres[2]. » Du roman d'origine, le cinéaste appréciait particulièrement les derniers chapitres : pour pallier la destruction systématique des ouvrages par des pompiers pyromanes, quelques hommes-livres se regroupent dans une forêt, à l'écart de la société, et apprennent chacun, par cœur, un titre de leur choix. « Dans *Fahrenheit 451*, je serais un homme-livre », affirmait sans hésitation Truffaut avant de conclure, à la manière de ses personnages : « Je suis *Marie Dubois* par Jacques Audiberti[3]... »

Il restait à Truffaut ce dernier rêve : « J'avais envie depuis longtemps de montrer dans un film tout ce qui arrive à un livre : le livre s'écrit, puis il est composé, imprimé, on vous donne les épreuves à corriger, on choisit la couverture, et puis le livre est là, fini, comme un objet. En fait, c'est un trajet qui ressemble beaucoup au trajet d'un film[4]. » Au deuxième tiers de *L'Homme qui aimait les femmes*, le personnage de Bertrand Morane, un cavaleur notoire, entreprend d'analyser son rapport compulsif aux femmes en écrivant le récit de ses aventures. Truffaut prendra conscience, a posteriori, d'une « compétition entre l'amour et le livre » chez son héros, d'« un antagonisme entre les relations que Bertrand Morane a avec les femmes et les relations qu'il a avec les livres, comme s'il

1. « Mon ambition, c'est de faire des films qui ressemblent à des romans », *op. cit.* p. 119.
2. *Le Cinéma selon François Truffaut*, Anne Gillain (éd.), Flammarion, Paris, 1988, p. 171.
3. « Roché était un Cocteau paysan », *op. cit.*
4. *Le Cinéma selon François Truffaut*, Anne Gillain (éd.), *op. cit.* p. 360.

était impossible de mélanger les deux[1] ». La place de plus en plus importante que prendra, dans la vie de Morane, la rédaction de son manuscrit, le privera peu à peu de nouvelles conquêtes féminines, avant de mourir par là où il avait le plus péché : renversé par une voiture de sport en tentant de suivre une jolie brune. « Ce finale, je l'ai imaginé il y a dix-sept ans lorsque j'écrivais les dialogues de *Tirez sur le pianiste*, confiera Truffaut. Derrière tout cela, il y a probablement un vivace souvenir de lecture, la mort de l'avare Grandet pour s'emparer du crucifix en or que lui tendait le prêtre[2]... » La dernière phrase du commentaire remettra en lumière l'importance du legs de Bertrand après sa disparition : « De toutes ces femmes qui ont traversé sa vie, il restera tout de même quelque chose, une trace, un témoignage, un objet rectangulaire, trois cent vingt pages brochées. On appelle cela un livre. »

Le goût des biographies

Dans les dernières années, même si le cinéma occupe toujours une place centrale dans la vie de François Truffaut, la lecture, l'écriture et l'édition de livres continuent à y jouer un grand rôle. En tant que lecteur, ses goûts ont évolué. « Je lis peu de romans, peut-être quatre ou cinq par an seulement. À partir du moment où j'ai fait des films, ça a été plus difficile de lire des romans. Maintenant, à cinquante ans, je subis une loi qui se vérifie : en avançant dans la vie, on se détache beaucoup du roman pour se rapprocher du réel, à travers les documents, les biographies[3]. » Jean Gruault en témoignera après la mort de son ami : « Ce qui fout le cafard, là où j'y pense le plus, c'est chaque fois que sort un nouveau tome de la *Correspondance* de Proust. Je me dis : encore un que François ne pourra pas lire... Cela a l'air ridicule mais, juste après sa mort, on a publié des textes qui prouvent que Marie Dormoy a bien été la maîtresse de Paul Léautaud ! François ne le saura jamais et cela m'est insupportable[4] ! »
Au fil du temps, ses échanges avec ses amis écrivains se sont peu à peu taris. Les plus anciens sont partis (Cocteau, Louise de Vilmorin, Roché...), les occasions d'en rencontrer de nouveaux se font plus rares, et le temps lui manque. Seul Jean Mambrino, le père jésuite rencontré en 1954 dans le sillage de Bazin, continue

1. *Ibid.* p. 361.
2. Lettre à Jean Domarchi, 24 septembre 1976, *Correspondance*, *op. cit.* p. 517.
3. « Mon ambition, c'est de faire des films qui ressemblent à des romans », *op. cit.* p. 117.
4. Propos recueillis par Patrick Duval, *Télérama*, s. d.

à partager ses réflexions sur le monde et ses enthousiasmes sur les films de son ami.

Après le succès du *Dernier Métro*, Truffaut est à nouveau assailli de nouvelles, romans, pièces, souvent envoyés à l'état de tapuscrits par des écrivains en herbe. Après les politesses d'usage, sa réponse ne varie guère : « J'ai déjà en tête le sujet de mes prochains films et votre thème ne correspond pas à ce que je désire traiter actuellement. » En réalité, les projets d'adaptation ayant conduit à des films sont toujours venus de lui ; ensuite, ils s'enrichissent de notes et autres coupures de journaux, puis se cristallisent autour d'un désir d'acteur ou d'actrice. Truffaut songera ainsi à adapter *Nez de Cuir, gentilhomme d'amour* de Jean de La Varende, destiné à Gérard Depardieu, et le roman autobiographique de Paul Léautaud, *Le Petit Ami*.

Chez lui, le désir d'écrire est toujours aussi vivace, même si, en raison de ses problèmes de santé, l'écriture lui demande toujours plus d'efforts. L'été 1983, la dernière mise à jour du *Hitchcock-Truffaut*, qui doit paraître chez Ramsay, lui tient très à cœur : « J'ai écrit un seizième chapitre pour "couvrir" les trois derniers films d'Hitchcock et décrire ensuite les trois dernières années de sa vie [...]. Cette version constitue pour moi l'édition définitive et j'ai espoir que certains éditeurs étrangers l'utiliseront au moment des rééditions[1] », confie-t-il à Koichi Yamada, son traducteur et ami japonais. En 1984, il envisage d'écrire *Le Scénario de ma vie*, une autobiographie centrée sur les « années décisives » de sa jeunesse[2]. Mais, ses forces déclinant, il doit bientôt y renoncer. « François disait que, quand il serait trop fatigué pour faire des films, il écrirait, confie Madeleine Morgenstern. C'était son dernier rêve. Il n'a pas eu le temps de l'accomplir[3]... »

Bernard Bastide

1. Lettre à Koichi Yamada, 4 août 1983, *Correspondance*, *op. cit.* p. 648.
2. Le Fonds François Truffaut conserve 64 feuillets d'entretiens avec Claude de Givray liés à ce projet. Ces entretiens ont été publiés dans le livret du coffret du *Dernier Métro* (Carlotta/MK2, 2021).
3. Bernard Gheur, *Les Orphelins de François*, Weyrich, Liège, 2021, p. 143.

NOTE SUR L'ÉDITION

La majorité des lettres reçues et envoyées par François Truffaut figurant dans ce recueil proviennent du Fonds François Truffaut de la Cinémathèque française, constitué de plusieurs dépôts successifs du cinéaste lui-même, dès 1959, puis de ses ayants droit à partir de 1999. Dans les références bibliographiques, et par souci d'allègement, nous avons choisi de ne mentionner les lieux de conservation des lettres que si elles n'appartiennent pas à ce Fonds.

Dès 1957, date de la création des Films du Carrosse, sa société de production, Truffaut s'est doté d'un secrétariat et a pris l'habitude de conserver toutes les lettres reçues, mais aussi un double ou un brouillon des lettres et télégrammes envoyés. Les correspondances qui n'ont pas bénéficié d'un archivage de copie sont principalement les lettres antérieures à 1957 ou à dominante personnelle, les cartes postales et une partie des courriers postés lors de séjours à l'étranger.

Pour compléter ce corpus, nous sommes allés chercher un certain nombre de lettres de Truffaut dans différents fonds d'archives où elles sont conservées : l'Institut Mémoires de l'édition contemporaine (IMEC) pour Jacques Audiberti, la Bibliothèque historique de la Ville de Paris (BHVP) pour Jean Cocteau, les Archives jésuites de France de la Compagnie de Jésus pour Jean Mambrino et la Bibliothèque littéraire Jacques Doucet pour Louise de Vilmorin. Si quelques destinataires et collectionneurs privés sont venus compléter généreusement ce corpus, les lettres adressées par Truffaut à certains de ses correspondants (Jean Genet, Henri Pierre Roché…), malgré toutes nos recherches, n'ont pu être retrouvées, et tout laisse à penser qu'elles ont été détruites.

C'est à partir de clichés ou de saisies, réalisés par nos soins, des originaux déposés dans ces archives publiques et collections privées que leur retranscription a été effectuée. Une grande majorité des lettres reçues et envoyées étant manuscrites, nous avons parfois rencontré des difficultés de déchiffrage. Chaque fois que nous avons eu un doute sur la nature d'un mot, nous l'avons mis entre crochets, et signalé par la mention « illisible » quand il n'a pas pu être déchiffré. Du point de vue de la forme, des corrections silencieuses ont été apportées à des erreurs mineures ou involontaires (coquilles, ponctuation, omissions...). Concernant les textes non datés, nous avons signalé entre crochets la date du cachet de la poste figurant sur l'enveloppe ou la carte postale, ou mentionné une date précise ou approximative, établie par recoupements de diverses informations extérieures. Dans un souci d'allègement et de lisibilité, nous avons systématiquement mentionné entre crochets l'en-tête figurant sur le papier à lettres, uniformisé les adresses des différents correspondants, et rétabli les usages typographiques pour l'italique des titres d'œuvres, les majuscules des institutions, etc.

CORRESPONDANCE
AVEC DES ÉCRIVAINS

FRANÇOIS TRUFFAUT À JEAN COCTEAU[1]

François Truffaut
33, rue de Navarin
Paris IXe

Le 10 [*novembre 1948*]

Maître,
Ici, pas de flatteries, pas de bla bla bla d'usage, pas non plus de ces formules clichés qui n'ont pour résultat que de dissimuler la véritable personnalité de celui qui les emploie.
Je fonde un club de cinéma sans aucune publicité d'aucune sorte ; la séance inaugurale aura lieu dimanche 14 de ce mois avec *Le Sang d'un poète.* De votre présence ou absence dépend la vie ou la mort du Cercle Cinémane[2]. Le Cercle est un enfant né préma-

1. Poète, dramaturge et cinéaste français (1889-1963). Truffaut découvre son nom en 1945, au générique des *Dames du bois de Boulogne* de Robert Bresson. Après un rendez-vous manqué au Cercle Cinémane en 1948, il le rencontre en juillet 1949, alors que Cocteau préside le Festival du film maudit de Biarritz. Fervent admirateur de l'écrivain, Truffaut est plus mesuré en ce qui concerne le cinéaste. Si *Le Sang d'un poète* (1930) est l'« un des meilleurs films d'avant-garde » (*Arts* n° 455, 17-23 mars 1954), il juge *Orphée* (1950) « très plat, froid, glacé, sans élégance » (lettre à Robert Lachenay [mars 1951], *Correspondance*, 5 Continents/Hatier, Paris, 1988, pp. 72-73). Une relation quasi filiale s'instaure jusqu'à la mort de Cocteau, en 1963. Truffaut gardera un souvenir lumineux de cet « homme extraordinairement généreux, passionnant, ouvert et compréhensif. Il comprenait tout du travail des autres et, surtout, en parlait très bien » (entretien avec Franck Maubert, *Lire* n° 80, avril 1982).
2. Annoncée le 31 octobre 1948, la séance inaugurale du Cercle Cinémane est repoussée au 14 novembre, au Cluny-Palace (Paris V^e^). Le jeune Truffaut en est le « directeur artistique », son ami Robert Lachenay, le « secrétaire général et gérant ». Mais la recherche des copies 35 mm des films programmés s'avère difficile : « Je ne vois aucun inconvénient à vous communiquer *Entr'acte* et *Un chien andalou* que les ayants droit ont autorisé de projeter dans les ciné-clubs, mais hélas nous n'avons pas de copie du *Sang d'un poète* », lui répond Henri Langlois, le 4 novembre 1948. Au lieu d'adhérer à la Fédération française des ciné-clubs, qui pourrait lui louer le film, Truffaut invite Cocteau à le présenter en apportant sa propre copie. Mais le poète, bien qu'annoncé par voie de

turément, il a peu de chances de vivre ; aussi, il lui faudrait une couveuse, en l'occurrence vous. Si vous acceptez de présenter dimanche matin à 10 h *Le Sang d'un poète*, l'enfant vivra, sinon ce sera un mort-né de plus. C'est avec un peu d'angoisse et beaucoup d'espoir que j'attends, maître, votre réponse.
Recevez, avec cette supplique, mes très respectueuses et admiratives salutations.

F. Truffaut

JEAN GENET[1] À FRANÇOIS TRUFFAUT

Hôtel Terrass
12, rue Joseph-de-Maistre
Paris[2]

[*19 mars 1951*]

Cher Monsieur,
Votre mot[3] me touche beaucoup. Je suis aussi très étonné quand on songe à m'écrire et à écrire sur mon travail[4]. Je risque peut-être

---

presse, ne répond pas, provoquant la colère des spectateurs. Quatre séances suivront avant l'arrêt complet du ciné-club. Le 8 décembre, à la demande de son père, Truffaut rédige une lettre de confession où il avoue le vol d'une machine à écrire (voir *Les Quatre Cents Coups*) et 15 000 francs de dettes (location des copies, de la salle, etc.). Le soir même, Roland Truffaut conduit son fils au commissariat de la rue Ballu (Paris IXe), d'où il sera emmené au Centre d'observation des mineurs de Paris, à Villejuif.

1. Écrivain, poète et dramaturge français (1910-1986). Pupille de l'Assistance publique, il s'engage à 18 ans dans la Légion étrangère. À partir de 1942, il se lance dans l'écriture : romans (*Notre-Dame-des-Fleurs, Querelle de Brest, Journal du voleur*…), poésie (*Le Condamné à mort*) et pièces de théâtre (*Les Bonnes, Les Nègres, Les Paravents*…). Truffaut découvre son œuvre en 1950. « À cette époque de ma vie, j'étais en état de totale révolte contre la société et je me suis identifié à tout ce qui pouvait […] alimenter cette révolte. » (*Le Grand Atelier* de Vincent Josse, France Inter, 6 mai 2018.) Après ses lectures de *Journal du voleur* et de *L'Enfant criminel*, Truffaut rédige un essai, *Jean Genet, mon prochain*, qu'il lui envoie, avant de le rencontrer à la mi-avril 1951, lors d'une permission. « Quand je vous ai vu entrer dans ma chambre, j'ai cru me voir – presque d'une façon hallucinante – quand j'avais 19 ans », s'exclame Genet, qui traverse alors une crise profonde, physique et intellectuelle. Quand Truffaut déserte, Genet lui adresse vivres et livres en prison, lui procure psychiatre et avocate pour sa défense. Mais leur correspondance se conclura, en novembre 1962, par un coup d'éclat : alors que Genet a sollicité son aide pour son ami Abdallah Bentaga, Truffaut arrive en retard au rendez-vous, provoquant la colère de l'écrivain et leur rupture définitive.

2. L'enveloppe porte cette adresse : Monsieur François Truffaut Batterie de Commandement S. P. 73. 307 – B. B. M. 526 A.

3. Ce mot, comme l'ensemble des lettres de Truffaut à Genet, n'a pas été conservé ; selon le témoignage d'Albert Dichy, recueilli le 23 juillet 2019, Genet déménageait souvent et ne conservait pas d'archives. Truffaut confie à son ami Robert Lachenay : « J'ai écrit à Jean Genet en lui envoyant quelques pages que j'ai écrites après la lecture du *Journal du voleur* et de *L'Enfant criminel*, et j'ai eu la surprise d'une réponse, j'avais adressé ma lettre aux bons soins de Gallimard ; il m'a écrit une lettre très chic de remerciements et de sympathie : il me dit d'aller le voir quand j'irai à Paris. C'est là un bel autographe. » ([mars 1951], *Correspondance*, *op. cit.* p. 73.)

4. Le 2 février 1951, Truffaut écrit à son ami Lachenay : « J'ai envoyé à [Jean-Maurice] Burgat (*Lettres du monde*) un article sur "Jean Genet mon prochain", je ne sais s'il paraîtra *because* la morale

de vous décevoir, car je ne suis pas brouillé avec Sartre, que j'aime énormément, et très sincèrement. Son travail de critique sur moi[1] me concerne du reste très peu : il s'agit plutôt de lui-même. De ce que vous écrivez, je ne sais que vous dire sauf que cela me paraît trop élogieux.

Si l'armée vous donne quelques jours pour passer à Paris, venez me dire bonjour[2]. Je vous serrerai la main avec plaisir.

Amicalement

Jean Genet

JEAN GENET À FRANÇOIS TRUFFAUT

[*Mi-avril 1951*[3]]

Mon cher François,

N'en soyez pas blessé mais quand je vous ai vu entrer dans ma chambre, j'ai cru me voir – presque d'une façon hallucinante – quand j'avais 19 ans. J'espère que vous garderez longtemps cette gravité du regard et cette façon simple et un peu malheureuse de vous exprimer.

Vous pouvez compter sur moi.

Jean Genet

établie, etc. Ce serait dommage car j'y tiens beaucoup. Si tu trouves quelque part le *Journal du voleur* de Genet (Gallimard, 330 F), lis-le, c'est formidable et ceci sans paradoxe ni astuce ; c'est simplement bouleversant, un peu comme J.-J. Rousseau (que je n'ai pas lu !) » (*Correspondance*, *op. cit.* p. 66).

1. Jean-Paul Sartre, « Jean Genet ou le Bal des Voleurs », *Les Temps modernes*, n° 57, juillet 1950-n° 62, décembre 1950. Selon Edmund White, son biographe, Genet aurait tenté de brûler le manuscrit de l'essai de Sartre, avant d'en autoriser la publication, flatté que le philosophe lui consacre « une thèse ». Ce sont ces articles remaniés qui formeront l'embryon de *Saint Genet, comédien et martyr* (Gallimard, Paris, 1952). Dans son « Entretien avec Madeleine Gobeil », Genet affirmait à propos de Sartre : « Je suis l'illustration d'une de ses théories de la liberté. Il a pu connaître un homme qui, au lieu de subir, revendiquait ce qui lui a été donné, le revendiquait et était décidé à le pousser à son extrême conséquence » (*L'Ennemi déclaré : textes et entretiens*, Albert Dichy éd., Gallimard, Paris, 1991, p. 21).

2. Cette première rencontre, mi-avril 1951, aura vraisemblablement lieu à l'hôtel Terrass (Paris XVIIIe).

3. Petit mot rédigé à la manière d'une dédicace sur la page de titre d'un exemplaire de *Journal du voleur*, sans doute apporté par Truffaut, qui possède un autre ouvrage dédicacé de Genet, *L'Enfant criminel ; Madame*, auquel il tient « comme à la prunelle de [ses] yeux » (« Le journal de prison de François Truffaut », *Les Inrockuptibles*, supplément au n° 249, 27 juin 2000) : « À François Truffaut qui, j'en suis sûr, n'aura pas la lâcheté de se soumettre aux généraux. Avec toute ma confiance, Jean Genet ».

JEAN GENET À FRANÇOIS TRUFFAUT

[*Début juin 1951*]

Mon cher François,
La couturière[1] est reportée à dimanche et je serai à la clinique[2]. Mais Cau[3] vous enverra une invitation si vous me donnez une adresse. Laissez-la ici au bureau.
Sinon téléphonez demain vers 11 heures, mais ne passez pas car je vais à Puteaux de très bonne heure.
Cordialement

Jean

JEAN GENET À FRANÇOIS TRUFFAUT

[Papier en-tête *Terrass Hôtel*]
12, rue Joseph-de-Maistre
Paris XVIIIe

[*29 juin 1951*]

Mon cher François,
Un mot très bref afin que vous sachiez que je ne vous oublie pas. En ce moment je travaille et je ne peux guère écrire de longues lettres. Mais je vais bien.
Donnez-moi de vos nouvelles et venez me voir si vous venez à Paris.
Croyez-moi toujours votre ami, très fidèle

Jean

1. *Le Diable et le Bon Dieu* de Jean-Paul Sartre fut créé le 7 juin 1951 au Théâtre Antoine, dans une mise en scène de Louis Jouvet. Le 8 juin, Truffaut raconte sa permission à son ami Lachenay : « Je suis allé un peu au cinéma. J'ai vu Jean Renoir et Jean Genet ; je suis allé à la générale de la pièce de Sartre, c'est tout. » (*Correspondance*, *op. cit.* p. 74.)
2. Souffrant d'un calcul biliaire, Genet fut plusieurs fois hospitalisé entre 1950 et 1951.
3. Le journaliste et romancier Jean Cau (1925-1993), alors secrétaire de Jean-Paul Sartre et un ami de Genet.

JEAN GENET À FRANÇOIS TRUFFAUT

[*Juillet 1951*]

Mon cher François,
Lucien[1] est prévenu de votre arrivée. J'espère – comme je le lui demande et comme je le connais – qu'il vous accueillera gentiment.
Votre deuxième lettre m'amuse. Faites ce que vous voulez, mais ne me donnez pas d'explications aussi cons.
En effet, je n'aime guère les lettres. Pardonnez-moi si les miennes sont courtes. L'essentiel est qu'elles vous disent assez mon amitié.
Je vous aime bien.

Jean Genet

JEAN GENET À FRANÇOIS TRUFFAUT

[*Fin juillet 1951*]

Mon cher François,
C'est de Stockholm que je rentre après plus d'un mois ½ pour apprendre que vous êtes en tôle[2]. Pas venu. Je ne comprends rien à l'histoire de Domarchi[3], mais elle m'a fait rire. Elle est monstrueuse aussi. Votre rêve est sans importance. Il n'est significatif que de vous seul.
Alors qu'allez-vous faire ? Peut-être, après tout, êtes-vous destiné à l'armée ? On ne sait jamais. Moi je ne sais que vous dire, ni quel

1. Lucien Sénémaud, né Marius, Augustin Sénémaud (1927-2000), amant et complice de Genet, interprète du jeune prisonnier tatoué dans *Un chant d'amour* (1950). La lettre est accompagnée d'un plan manuscrit indiquant comment se rendre dans une maison que Genet lui avait fait construire à Cannes et où il vit alors avec femme et enfant. Il s'agit sans doute d'une planque pour le jeune Truffaut qui, le 13 juillet, a déserté lors d'une permission.
2. Truffaut s'est livré aux autorités militaires, aux Invalides, le 28 juillet. Il est incarcéré sur-le-champ, sept jours durant, à la prison de la caserne Dupleix (Paris XVe).
3. Jean Domarchi (1916-1981), universitaire et critique français. Dans une lettre non datée, Genet lui écrit : « Mon cher Domarchi, Je me permets de vous recommander François Truffaut. Il vous expliquera ce qui lui arrive. Voulez-vous me téléphoner pour qu'on arrange quelque chose pour lui ? Téléphonez-moi et venez me voir. Je vous serre la main, Jean Genet. » Le 1er octobre 1961, Truffaut écrira à Domarchi : « Il y a treize ans [*sic*] de cela, ayant déserté l'armée avant de partir en Indochine, je devais me cacher dans Paris. Jean Genet m'avait envoyé chez vous avec un mot de recommandation car vous l'aviez assuré que vous seriez toujours prêt à faire "n'importe quoi pour lui rendre service". J'espérais que vous me donneriez une adresse où me cacher et peut-être que vous me trouveriez du travail. Vous avez pris peur et vous avez refusé de me voir. »

conseil ou consolation vous apporter. Débrouillez-vous. Néanmoins, vous êtes gentil, pas bête et je vous regrette.
Je vous écris 4 mots très vite, mais je rentre et je n'ai pas encore fait le point à Paris. Écrivez-moi, je vous répondrai plus calmement.
Je vous aime bien.

Jean

JEAN GENET À FRANÇOIS TRUFFAUT

[*25 août 1951*]

Mon cher François,
Je vous ai porté quelques romans policiers (lectures d'hôpital ?) et 2 paquets de gitanes[1]. Vous les a-t-on remis ?
La garde m'a empêché de vous voir. On dit qu'il faut une autorisation spéciale d'un juge d'instruction. Il faudra que vous me renseigniez par lettre.
1° Je connais (mais assez peu) un bon psychiatre, c'est Leibowitz[2], je crois. C'est un ami de Sartre, mais Sartre est au pôle Nord[3]. Nous devons attendre sa rentrée. Et que ce psychiatre devra-t-il faire ? Expliquez-vous.
2° Oui, je connais un (une) avocate. Que faut-il qu'elle fasse ?
Écrivez-moi tout cela avec précision.
Comme je sais (par la garde) que votre courrier sera ouvert, je suis très gêné pour vous parler avec plus d'abandon. Vous pardonnerez le ton guindé de ma voix.
Je vous serre la main et vous souhaite bonne chance.

Jean Genet

De quoi avez-vous besoin ? Votre maladie ? Quelles sortes de livres voulez-vous ?

1. Depuis le 3 août, suite à un accès de syphilis, Truffaut est soigné au service militaire de l'hôpital Villemin, 8, rue des Récollets, Paris X^e^. Ce 25 août, il note dans son « Journal de prison » (*op. cit.*) : « Genet est venu, il a déposé cinq romans de la Série Noire et deux paquets de gitanes. » Et le lendemain : « J'ai déjà lu les romans de la Série Noire. Le meilleur est *À tombeau ouvert* de Paul Cain. Deux coups de revolver à chaque page, des cadavres partout. La fin est très belle, invraisemblable, très compliquée, me fait penser à du Cocteau, à *La Belle et la Bête*. »
2. Peut-être René Leibowitz, psychiatre et ami de Sartre. Le 22 août 1951, Truffaut avait noté dans son « Journal de prison » (*op. cit.*) : « J'ai écrit à Genet pour lui demander s'il connaît un bon avocat et un bon psychiatre. »
3. Après la création éprouvante de sa pièce *Le Diable et le Bon Dieu*, Sartre passe l'été en croisière avec Simone de Beauvoir, visitant la Norvège, l'Islande et l'Écosse.

JEAN GENET À FRANÇOIS TRUFFAUT

Jeudi [*30 août 1951*[1]]

Mon cher François,
Tout est donc pour le mieux. Votre vérole s'est montrée au beau moment. Moraliste, je déplorerais qu'on vous évite l'Indochine : c'est les malades qu'on devrait, les premiers, envoyer à la casse.
Je vais en Allemagne samedi[2]. Je ne passerai donc pas vous voir.
Mais Jean[3] – s'il y songe encore – vous portera les *Situations.*
Bon, en toute sincérité, j'ai pensé que les Séries Noires vous plairaient. Tant mieux que non : vous n'êtes donc pas un intellectuel poseur.
Que vous souhaiter ? La guérison ? La prison ? L'hôpital où vos flics sont – selon vous – charmants ? La liberté ? Vous ne semblez guère y tenir. J'ai peur que vous ayez l'âme d'un desperado. En ce cas, il faut en prendre votre parti, accomplir votre destin et crever une grenade à la main.
Je vous aime bien tout de même et je vous embrasse amicalement.

Jean Genet

JEAN GENET À FRANÇOIS TRUFFAUT

[*Début septembre 1951 ?*]

Moi aussi je vous aime bien, même quand vous me faites chier.
Venez me voir un matin[4]. Je rentre d'Italie. Frappez trois coups espacés et dites votre nom.
À bientôt

Genet

1. En réponse à la lettre de Truffaut, datée du 29 août 1951. Le même jour, Truffaut note dans son « Journal de prison » (*op. cit.*) : « J'ai écrit aujourd'hui à Rivette, Aimée Alexandre, Geneviève, Genet et Bazin. J'ai relu avec plaisir et émotion *Le Miracle de la rose* et j'ai écrit aussitôt à Genet pour démentir le mal que je lui en avais dit. Heureusement qu'il s'en fout. »
2. Le 1er septembre 1951. Le 31 août, Truffaut note dans son « Journal de prison » (*op. cit.*) : « Une lettre de Genet, il part en Allemagne et ironise un petit peu. »
3. Jean Cau, le secrétaire de Sartre. Le 31 août, Truffaut note dans son « Journal de prison » (*op. cit.*) : « Il [Genet] va me faire porter d'autres livres par quelqu'un de chez Gallimard et particulièrement les *Situations*. Je sens qu'il voudrait me faire aimer Sartre qu'il admire beaucoup. »
4. Du 3 au 6 septembre 1951, Truffaut erre dans Paris après avoir à nouveau déserté. Il sera arrêté le 8 septembre par des soldats, boulevard de La Tour-Maubourg (Paris VIIe).

JEAN GENET À FRANÇOIS TRUFFAUT

[*Début septembre 1951 ?*]

Mon cher François,
Je rentre d'Italie (2e version) et je trouve votre lettre. De quoi avez-vous besoin ? Est-ce grave ? Naturellement j'irai vous voir dès que vous me le direz.
Domarchi, que j'ai vu, était – il l'est encore – décidé à vous rendre service. D'autres amis également vont essayer.
Écrivez-moi pour me dire si ça va mieux.
Amitiés

Jean Genet

LOUISE DE VILMORIN[1] À FRANÇOIS TRUFFAUT

Hôpital Américain, vendredi 26 oct[*obre*] *1951*

Monsieur François Truffaut,
Vos lettres me font le plus grand plaisir et je vous en remercie. Ne manquez pas de venir me voir quand vous serez de retour en France[2]. J'ai certainement tort de vous dire cela : vous viendrez et puis nous ne nous reverrons plus. Cela m'est arrivé dernièrement : un jeune homme italien, que je ne connaissais pas, m'écrit après avoir lu dans le train, entre Milan et Turin, un petit roman que

1. Écrivaine française (1902-1969). Certains de ses romans ont été portés à l'écran : *Le Lit à colonnes* par Roland Tual, *Julietta* par Marc Allégret et *Madame de* par Max Ophuls. Truffaut fait sa connaissance en avril 1950, lors d'un concours d'éloquence organisé par le Club du Faubourg de Léo Poldès. Il correspond avec elle à partir de 1951, alors qu'il est militaire, puis, une fois démobilisé, fait de brèves apparitions dans son salon, le Club de Verrières. Il publiera un entretien avec elle (*Arts* n° 623, 12-18 juin 1957), puis l'un de ses scénarios inédits, *Le Violon de Crémone*, d'après Hoffmann (*Cahiers du cinéma* n° 42 à 45, décembre 1954-mars 1955). Truffaut cinéaste multipliera les références à la romancière. Dans *La Peau douce* (1964), Nicole (Françoise Dorléac) fait allusion à un dîner chez Louise de Vilmorin, où elle a failli rencontrer Pierre (Jean Desailly), six mois plus tôt. Dans *Baisers volés* (1968), le personnage de Fabienne Tabard (Delphine Seyrig), femme précieuse et séduisante, est une réminiscence explicite de l'écrivaine. Enfin, dans *La Chambre verte* (1978), son portrait trône dans la chapelle du souvenir de Julien Davenne. Par contre, Truffaut ne donnera pas suite à sa proposition de collaborer au film à sketches *La Française et l'amour* (1960) et échouera à lui confier l'adaptation de *La Duchesse de Langeais* de Balzac (1962), avec Jeanne Moreau. « [Je l']aimais profondément, écrira-t-il à André de Vilmorin, son frère, en décembre 1970. Elle m'intimidait tellement lorsque je me trouvais en face d'elle que j'ai presque évité les rencontres par la suite. J'aimais la voir sans être vu… » (Propos cités par Jean Bothorel, *Louise ou la Vie de Louise de Vilmorin*, Grasset & Fasquelle, Paris, 1993).
2. Truffaut, dont ces lettres à Louise de Vilmorin n'ont pas été retrouvées, se trouve alors à l'hôpital d'Andernach (Allemagne), après son arrestation pour désertion et une tentative de suicide.

j'ai fait et qui s'appelle *Madame de...*[1] Ce jeune homme m'écrit donc et m'annonce enfin son arrivée à Paris. Bon. Je lui dis de venir me voir chez mon frère André (chez qui j'habite lorsque je suis en ville) et de venir à 6 heures. Bon. À 6 heures, il arrive, on le fait entrer, on me prévient de sa venue, et me voilà face à face avec l'homme le plus déçu du monde. J'ai eu l'impression qu'il avait du mal à ne pas s'en aller sans saluer et en claquant la porte. Je voyais bien qu'il me trouvait trop grande et pas drôle ; j'aurais dû en être vexée et pourtant, je ne l'étais pas ; j'étais ennuyée pour lui, voilà tout. Je ne l'ai jamais revu et plus jamais il ne m'a écrit un mot. Quand je pense à cette histoire, je ne la trouve pas gaie.

Monsieur, je suis navrée à l'idée que vous êtes un mauvais soldat. Ces deux mots ensemble : « mauvais » et « soldat » me font grand peur. Pour moi, un soldat doit être bon, fier, dévoué, fidèle ; vous ajoutez que vous allez bientôt comparaître devant un tribunal militaire[2]. Je suis désolée d'apprendre cela.

Lundi 29 oct. J'ai été tellement désolée que la plume m'en est tombée des mains et que je n'ai pu la ressaisir que ce soir. Ce soir, je suis triste et triste par inquiétude car je crains que les docteurs qui me soignent, attachés à moi, dirait-on, comme on est, entre bons amis, attaché à certaines querelles, ne me laissent pas rentrer chez moi ce soir même, à Verrières-le-Buisson[3], où j'habite avec mes frères. J'en ai 4[4]. Tous charmants. Trois d'entre eux sont marchands de grains (vous portez le nom de l'un de nos concurrents[5]) et botanistes d'un savoir immense. Ils peuvent appeler par son nom le moindre détail végétal d'un paysage. Ce n'est pas rien. Oui, je voudrais bien rentrer chez moi ce soir, quitter cet hôpital, m'éveiller demain dans ma maison comme si j'étais guérie. Si vous m'écrivez encore, adressez vos lettres simplement à mon nom à Verrières-le-Buisson, Seine-et-Oise. Tél. n° 1. J'ai beaucoup aimé, mais alors là beaucoup,

1. Paru chez Gallimard, en 1951, le roman inspirera à Max Ophuls le film du même titre (1953), interprété par Danielle Darrieux.
2. Le procès, qui devait se tenir le 22 novembre 1951, à Coblence (Allemagne), sera finalement ajourné. Le 3 janvier 1952, Truffaut passera devant le conseil de réforme, qui le déclarera réformé temporaire et lui infligera dix-huit jours de prison.
3. Commune de l'Essonne, où la famille possédait le château Vilmorin, entouré d'un parc.
4. Henry (1903-1961), Olivier (1904-1962), Roger (1905-1980) et André (1907-1987).
5. Jardineries Truffaut, enseigne créée en 1824 par Charles Truffaut à Versailles. « Je me souviens, écrira Georges Perec, que c'est à cause des maisons de graineterie que François Truffaut, quand il était militaire, a écrit à Louise de Vilmorin des lettres qui ont été publiées ensuite dans l'hebdomadaire *Arts*. » (*Je me souviens*, Hachette, Paris, 1978.)

la façon dont votre dernière lettre[1] était adressée. Cela a fait mon bonheur.
Je vous envoie mille pensées amicales, cher François Truffaut.

Louise de Vilmorin

JEAN GENET À FRANÇOIS TRUFFAUT

[Papier en-tête *Terrass Hôtel*]

[*17 décembre 1951*]

Mon cher François,
Vous n'êtes pas verni. Encore en prison[2] ! L'armée commence à comprendre la gaffe qu'elle faisait en vous acceptant. Je n'ai d'ailleurs pas compris le sens des lettres de Sarraut dans vos dossiers. Voulez-vous dire qu'on vous pistonne en haut lieu[3] ? De toute façon, c'est bien que vous rentriez en France. Le malheur c'est que vous quitterez l'armée pour Saint-Germain-des-Prés. Personnellement, j'aimerais mieux vous savoir troupier et dévoilant le drapeau qui va tomber aux mains sales de l'ennemi.
Revenez quand même et passez me dire bonjour.
Je vais bien. Je vois peu de monde.
Vous êtes très gentil et je vous aime bien.

Jean Genet

1. Cette lettre n'a pas été retrouvée dans le Fonds Louise de Vilmorin de la Bibliothèque Jacques Doucet.
2. Après avoir déserté le 3 septembre 1951, Truffaut se retrouve en prison, non plus à Paris, mais à Coblence (Allemagne).
3. Albert Sarraut (1872-1962) était alors président de l'Assemblée de l'Union française. « Il [Truffaut] était en prison aux Invalides, se souviendra Jacques Doniol-Valcroze. Bazin, pourtant malade, se démenait dans tous les sens pour le sortir de cette triste situation. Je me trouvais, par le hasard des alliances, avoir un rapport familial avec le président Albert Sarraut, personnage politique important. Je lui parlai, il m'adressa à un membre de son cabinet, qui intervint. Cette démarche, jointe à d'autres, eut pour effet la remise en liberté du jeune déserteur. » (« Alors, ça biche ? », *Le Roman de François Truffaut*, Cahiers du cinéma/Éditions de l'Étoile, 1985, pp. 41-45.) De son côté, Bazin, aidé par l'abbé Gritti, aumônier de l'hôpital du Val-de-Grâce, contacta le lieutenant Le Masne de Charmont, juge d'instruction chargé d'instruire le dossier Truffaut avant son procès devant le tribunal militaire.

LOUISE DE VILMORIN À FRANÇOIS TRUFFAUT

Verrières-le-Buisson, dimanche 13 janvier 1952[1]

Cher François Truffaut,
Vous m'avez écrit, le 18 décembre : « Vite, un petit mot si vous plaît ! » Voilà que nous sommes au 13 janvier sans que j'aie répondu à votre « si vous plaît ». Je suis au désespoir à l'idée que vous puissiez croire, etc. Je viens d'être très malade et je suis encore assez triste et abattue par toutes les mauvaises nouvelles qu'on me donne au sujet de ma santé[2]. Une chose me ferait plaisir et ce serait d'apprendre que vous êtes sorti de prison[3]. Que pourrais-je vous envoyer qui vous amuse ? Aimez-vous les distractions comestibles sous forme d'ananas, langue de bœuf, œufs d'autruches, ou les distractions intellectuelles sous forme de livres, abonnements à des revues, disques de phonographe ? Décalcomanies (ou décalquomanies) ? (Je ne sais pas l'orthographe et je hais la mode des parenthèses. Rien ne me paraît plus commun. C'est comme les clins d'œil, les incessants airs de connivence. Je ne peux plus ouvrir un journal sans sursauter, sans dire à l'auteur de tel ou tel article : « Inutile de me faire de l'œil, je ne marche pas. Je ne suis pas une gourde. ») Je reviens à ce que je vous disais, répondez-moi et dites-moi si je puis faire quelque chose pour améliorer votre ordinaire ou vous amuser. Tout en vous écrivant, j'ai une drôle de peur que cette lettre ne vous soit pas remise. J'ai dans l'idée que vous avez changé d'adresse. Il est maintenant 11 heures du matin. Je vous écris de mon lit ou plutôt du lit de mon frère André, qui m'a prêté sa chambre pour la durée de l'hiver parce que l'hiver y est moins froid que dans la mienne. Il y a une dizaine de tableaux au mur. Devant moi, je vois une large rivière et sur cette rivière une barque qui vogue, portant cinq personnages : deux femmes, l'une en bleu, l'autre en rose, chapeaux de paille à rubans, et trois hommes : un rêveur, un fumeur, un rameur, coiffés de bérets à pompon. Ils voguent ainsi très paisiblement depuis 1880 à ce qu'ils prétendent. Moi je vogue dans mon lit, sous le ciel mobile et triste de cette saison en Seine-et-Oise. Si cela vous intéresse, je vous décrirai tout ce que renferme

1. La lettre, illustrée d'un trèfle à quatre feuilles, porte la mention : « Je veux porter bonheur à François Truffaut. »
2. Malade des bronches, Louise de Vilmorin subissait des traitements douloureux, puis de graves opérations qui, après de courtes périodes de rémission, conduisaient à des rechutes.
3. François Truffaut ne sera libéré que le 20 février 1952.

cette chambre dans mes prochaines lettres. Tous mes vœux, cher François T, et mes pensées amicales.

Louise de Vilmorin

LOUISE DE VILMORIN À FRANÇOIS TRUFFAUT

Verrières, samedi 5 avril 1952

Où êtes-vous, cher François Truffaut ?

Louise de Vilmorin

LOUISE DE VILMORIN À FRANÇOIS TRUFFAUT

Monsieur François Truffaut
53, avenue de Rigny
Bry-sur-Marne (Seine)

Verrières-le-Buisson, 17 avril 1952

Cher François Truffaut,
Excusez-moi de vous écrire à la machine. Je suis très pressée ce matin.
Tout ce que vous me dites sur votre compte m'intéresse[1]. Je ferai n'importe quoi pour vous aider à trouver un travail ou, si vous préférez, une occupation qui soit tout à fait de votre goût. Je connais pas mal de gens dans la presse et parmi les directeurs de revues. Néanmoins, je trouve impossible de leur parler de vous sans vous avoir vu et sans avoir d'abord parlé avec vous. C'est pourquoi je vous demanderai de venir me faire une visite à Verrières. Vous me trouverez entourée de frères, de neveux et de nièces, tous charmants, et je crois que vous ne vous ennuierez pas. Ayez donc la gentillesse de m'appeler, un matin, avant 9 h de préférence, au n° 3, à Verrières-le-Buisson.
Croyez à mes sentiments les plus fidèles et les plus sincèrement dévoués, cher François Truffaut.

Louise de Vilmorin

1. La lettre de Truffaut n'a pas été conservée dans le Fonds Louise de Vilmorin.

FRANÇOIS TRUFFAUT À LOUISE DE VILMORIN

De Bry, ce mardi-là, au soir
216 à Bry-sur-Marne

[*7 mai 1952*]

Chère Madame,
Veuillez pardonner et excuser ma gaucherie quand vous êtes venue me voir[1]. Si je devine que vous ne me reprochez rien, je crains que ma maladresse ait été, à vos yeux, justifiée par un pittoresque que je refuse de me reconnaître.
Cette lettre est à côté de nos « affaires » puisque je ne sais quand vous la recevrez.
Simplement j'avais besoin de dissiper un malentendu que je pressentais en vous priant de ne prendre point mes mauvaises manières ni pour une attitude, ni pour de l'inconscience charmante ; il n'y a, en vérité, que manque d'éducation, anxiété et timidité excessive, imperfections graves que je déplore et de quoi je tente de me corriger.
Voilà l'impression que je crois vous avoir faite ; quant à vous, vous avez été parfaite en tous points et votre mérite était d'autant plus grand que l'était ma gaucherie.
Par ailleurs, je vous remercie de vouloir bien vous occuper de moi et vous prie d'agréer mes respectueuses salutations et mes vœux de bonne santé.

françois

P.-S. Quatre-vingt-trois ans, me disiez-vous avoir, me permettez-vous de dire que vous en portez le tiers et… en plein jour ?

FRANÇOIS TRUFFAUT À LOUISE DE VILMORIN

De Bry-sur-Marne, ce 8 mai [*1952*]

Chère Madame,
J'apprends, par le téléphone de l'hôpital Américain, que l'on vous opère demain soir[2].

1. Sans doute à Bry-sur-Marne, chez André Bazin, où vit le jeune Truffaut depuis sa libération de prison, le 20 février 1952.
2. Louise de Vilmorin va subir une première opération de la hanche ; une seconde suivra en décembre.

Je souhaite de tout mon cœur que cela se passe bien et en même temps je vous prie de me pardonner une sotte lettre que je vous ai adressée hier à Verrières-le-Buisson et dans quoi je vous fais part bêtement de la crainte que j'ai que vous m'ayez jugé godiche mais gentil et cela est dit sur un ton froid et solennel, sot et prétentieux. Si vous ne « m'en voulez pas », faites-moi savoir quand vous serez rétablie, où vous êtes et si l'on peut vous visiter.
Bonne chance.
Admiratives et respectueuses salutations de

françois T

FRANÇOIS TRUFFAUT À PIERRE BOST[1]

7 novembre 1953

Monsieur,
Il me faut d'abord vous prier de m'excuser pour le retard avec lequel je vous restitue les découpages de *Dieu a besoin des hommes*[2] et du *Journal d'un curé de campagne*[3]. Je ne m'attendais point à ce que la lecture de ces scénarios fût aussi fructueuse et régalatrice. Voici donc mon excuse et aussi la volonté qui m'a animé de rien laisser au hasard et d'effectuer un travail assez complet.
J'espère n'avoir pas fait de ces documents un trop mauvais usage,

1. Écrivain et scénariste français (1901-1975). Auteur de pièces, de romans et d'essais publiés chez Gallimard, en 1940 il devient scénariste pour le cinéma. Avec la complicité de Jean Aurenche, il signe principalement des adaptations de romans célèbres mises en scène par Jean Delannoy, Claude Autant-Lara et René Clément. Dans « Une certaine tendance du cinéma français » (*Cahiers du cinéma* n° 31, janvier 1954), Truffaut fera d'Aurenche et Bost l'une de ses cibles favorites, leur reprochant de trahir l'esprit de l'auteur adapté en recherchant systématiquement des équivalences entre procédés littéraires et procédés cinématographiques. Truffaut piégera Pierre Bost en lui empruntant des documents qu'il utilisera à charge pour écrire son pamphlet.
2. Film de Jean Delannoy (1950), adapté par Jean Aurenche et Pierre Bost du roman d'Henri Queffélec *Un recteur de l'île de Sein* (Stock, 1944).
3. Adaptation, par Jean Aurenche et Pierre Bost, du roman de Georges Bernanos, qu'Aurenche souhaitait porter lui-même à l'écran. Soumise à l'écrivain en juin 1947, l'adaptation fut refusée par ce dernier. Suite à un article de *Samedi-soir* (n° 117, 4 octobre 1947, p. 2) mettant en scène le contexte de ce refus, Bernanos adressa à l'hebdomadaire une lettre expliquant comment les adaptateurs avaient dénaturé l'esprit de son roman. Plus tard, Aurenche se repentira : « J'ai relu le roman et j'ai trouvé que Bernanos avait eu raison de ne pas accepter mon script. J'avais mis en valeur certaines choses qu'il avait suggérées puis oubliées et, en particulier, la tentation du suicide de son héros que j'avais peut-être trop exposée. » (*La Suite à l'écran : entretiens avec Anne et Alain Riou*, Institut Lumière/Actes Sud, Lyon/Arles, 2002, p. 145). Robert Bresson portera le roman à l'écran en 1951, signant lui-même l'adaptation, répondant ainsi aux vœux de Truffaut : pour être digne de ce nom, une adaptation ne peut être écrite que par un homme de cinéma.

et en vous exprimant toute ma gratitude, je vous prie d'agréer, Monsieur, mes sentiments les plus respectueux.

François Truffaut

PIERRE BOST À FRANÇOIS TRUFFAUT

7 février 54

Cher Monsieur,

Il y a, dans votre article des *Cahiers du cinéma*[1], des choses intelligentes, d'autres qui sont injustes, et d'autres qui sont inexactes. Mais il y a encore ceci – et je ne vous parlerai pas d'autre chose aujourd'hui. C'est que, *de mon temps*, on ne venait pas à domicile emprunter des textes pour en faire ensuite un usage public, et pour y prendre les éléments d'une critique assez vive. Surtout pas des textes en somme confidentiels puisqu'il s'agit d'un scénario qui n'a pas été tourné[2]. J'avoue que vous m'avez étonné, et que vous m'obligez, maintenant, à une méfiance qui n'est pas dans ma nature – la preuve.

Je ne vous fais grief, bien sûr, d'aucun de vos reproches. Je souhaite seulement que, dans les nombreux détails que vous donnez, aucun ne vous soit venu de moi (après tout, je vous ai peut-être parlé, aussi ; et votre texte prend parfois des airs de rapport de police). En tout cas, vous avez manqué d'élégance, ça m'ennuie de vous le dire, mais c'est bien le moins que je vous le dise.

Croyez, je vous prie, à mes sentiments distingués.

Pierre Bost

1. « Une certaine tendance du cinéma français », *op. cit.* Truffaut y condamne, chez Aurenche et Bost, cette recherche systématique d'équivalences entre matériaux littéraires et matériaux cinématographiques qui ne conduisent, selon lui, qu'à trahir l'esprit de l'auteur. Il appuie sa démonstration sur une confrontation de l'adaptation non réalisée d'Aurenche et Bost de *Journal d'un curé de campagne* et celle, plus fidèle à l'univers de Georges Bernanos, signée Robert Bresson (1951). Pour lui, Aurenche et Bost « se comportent vis-à-vis du scénario comme l'on croit rééduquer un délinquant en lui trouvant du travail ».

2. *Journal d'un curé de campagne*, d'après le roman de Georges Bernanos.

LOUISE DE VILMORIN À FRANÇOIS TRUFFAUT

Monsieur François Truffaut
Les Cahiers du cinéma
146, Champs-Élysées
Paris VIIIe

17 février 1954

Cher François,
Je vous remercie de m'envoyer chaque mois les *Cahiers du cinéma.* Oui, je lis ces *Cahiers* d'un bout à l'autre, ou presque, et ce que j'y trouve m'intéresse beaucoup. Si je ne vous l'ai pas dit plus tôt, si je ne vous ai pas remercié pour vos vœux de Noël et pour toutes les marques d'affection que vous ne cessez d'avoir pour moi, c'est que j'ai été malade et qu'aujourd'hui encore c'est de mon lit que je vous écris.
Je suis très honteuse de n'avoir pas répondu plus tôt à votre demande d'article[1]. Je n'étais pas à Paris en novembre, ni en décembre, et lorsque j'ai trouvé votre lettre, il était trop tard pour vous envoyer un papier. Je le regrette surtout parce que j'ai dû vous paraître négligente, et plus encore indifférente !
Je pars lundi prochain pour chez Jean Hugo[2] à Lunel, et reviendrai au début d'avril.
Merci encore de votre fidèle amitié, mon cher François, et croyez-moi très affectueusement votre amie,

Louise de Vilmorin

1. Sans doute pour le numéro spécial des *Cahiers du cinéma*, « La femme et le cinéma », sorti à Noël 1953.
2. Peintre, décorateur et écrivain français (1894-1984). Jean Hugo rencontre Louise de Vilmorin en 1935 et entame avec elle une relation amicale, nourrie de collaborations professionnelles (*L'Alphabet des aveux*, 1954), qui se poursuivra jusqu'à la mort de l'écrivaine. Voir leur *Correspondance croisée 1935-1954*, Honoré Champion, Paris, 2019.

FRANÇOIS TRUFFAUT À JACQUES AUDIBERTI[1]

[Papier en-tête *Cahiers du cinéma*]
146, Champs-Élysées
Paris VIIIe

De Paris, ce mercredi de mai [*5 mai 1954*]

Monsieur,
Jacques Doniol-Valcroze[2] m'autorise à vous « relancer ». Nous serions donc très heureux de voir votre nom figurer le plus régulièrement possible aux sommaires des *Cahiers*[3]. Bien entendu, carte blanche vous est donnée pour nous livrer indifféremment critiques, notes, études, etc. Accepteriez-vous de tenir une rubrique que nous intitulerions « Le billet d'Audiberti » ou une sorte de chronique perpétuelle de la femme au cinéma[4], fournie de réflexions que vous inspirent peut-être les actrices et héroïnes de films que vous voyez ?
Réfléchissez à cela et envoyez-nous, dès que possible, le résultat de vos méditations.
Soyez assuré, cher Monsieur, de nos sentiments les meilleurs.

François Truffaut

1. Écrivain français (1899-1965). Poète, romancier et dramaturge, il est aussi journaliste (*Le Petit Parisien*) et critique de cinéma (*Comœdia*). Après un premier article sur les stars (« Greta, Marlène, Ninon », *Cahiers du cinéma*, décembre 1953), Truffaut lui commande une chronique mensuelle sous la forme de « billets » d'humeur. Il le sollicite aussi pour adapter *Temps chaud* de Jacques Cousseau – un scénario original qui « pourrait tenir de *Monorail*, de *Talent* et de *Marie Dubois* » – et pour *L'Orgueil* (1961), un sketch des *Sept Péchés capitaux*. Aucun de ces projets ne verra le jour, suscitant l'agacement d'Audiberti. Devenu cinéaste, Truffaut multipliera les clins d'œil à son ami : il baptise « Marie Dubois » la jeune Claudine Huzé, interprète de *Tirez sur le pianiste* ; il brûle le roman *Marie Dubois* dans *Fahrenheit 451*, baptise *Monorail* l'hôtel de la place Jacques-Audiberti (Antibes) pris d'assaut par Belmondo dans *La Sirène du Mississipi*, et dans *La Chambre verte*, Julien Davenne (Truffaut) montre un portrait d'Audiberti en déclarant : « Regardez cet homme avec son si beau visage. Toute sa vie il a souffert de timidité. Une timidité incroyable. J'aimerais vous parler de lui, mais c'est difficile. Il faudrait vous communiquer le timbre de sa voix, qui était extraordinaire. » Truffaut considérait ce « colossal enfant » (programme du théâtre du Cothurne, Lyon, 1973) comme l'un de ses maîtres et partageait avec lui le même questionnement : « Pourquoi les femmes ne nous désirent-elles pas comme nous les désirons, a priori, systématiquement et abstraitement ? » (« Audiberti, poète du divin mystère de la femme », *Arts* n° 862, 28 mars-3 avril 1961).
2. Journaliste, puis réalisateur (1930-1989). D'abord collaborateur de *La Revue du cinéma* (1947-1949), il fonde en 1951 avec André Bazin et Lo Duca les *Cahiers du cinéma*, dont il est corédacteur jusqu'à juillet 1963. Il passera à la réalisation en 1959 avec *L'Eau à la bouche*.
3. Fin 1953, Audiberti avait apporté son premier article, « Greta, Marlène, Ninon » (*op. cit.*). Entre juillet 1954 et décembre 1956, il confiera aux *Cahiers* dix-sept Billets à la parution quasi mensuelle.
4. Audiberti a la réputation d'être un spécialiste de « l'image de la femme et de ses ombres portées » (*Europe* n° 684, avril 1986).

JACQUES AUDIBERTI À FRANÇOIS TRUFFAUT

8, rue Servandoni
Paris VIe

8 mai 1954

Cher Monsieur,
Votre proposition me touche et m'intéresse. Je serai heureux de participer aux excellents *Cahiers du cinéma.* Il serait évidemment souhaitable que nous nous rencontrions pour mettre au point le détail de la chose. Dès maintenant, je crois que nous pouvons, comme base, admettre le principe d'une participation régulière de ma part à chaque numéro, sous la forme d'un « billet » où je dirai mes impressions cinématographiques ou para-cinématographiques. Ce qui est à exclure, c'est que le thème soit la femme, thème vraiment trop limitatif. Je crois également qu'il serait bon de convenir d'une rémunération fixe ou, si vous préférez, constante dans son montant, non liée au nombre de feuillets dactylographiés, ledit nombre, d'ailleurs, devant être fixé par les *Cahiers* dans une dimension approximative où l'élasticité ne porterait guère que sur un feuillet en plus ou en moins par rapport au chiffre moyen. Je pense que nous pourrions nous voir cette semaine. Envoyez-moi un mot, je vous prie. Ci-dessus mon adresse exacte, que je vous prie de considérer comme tout à fait confidentielle.
Salutations empressées et cordiales

Jacques Audiberti

JACQUES AUDIBERTI À FRANÇOIS TRUFFAUT

[*Mai-juin 1954*]

Cher Monsieur,
J'ai été très touché par votre aimable mot au sujet de ma participation aux *Cahiers du cinéma.* C'est avec empressement que je mettrai à profit l'invitation que vous m'adressez[1]. Toutefois, il n'est pas exclu que vous-même, à l'occasion, me proposiez un thème que vous voudriez me voir traiter, ce que je ferai volontiers si ma pensée s'y accorde.

1. Nous n'avons pu identifier le film en question.

Je vous joins le chèque que vous m'avez envoyé et qu'on a omis de signer. C'est à la banque, alors que je l'avais déjà signé au dos, qu'on m'a fait observer cette omission. Il suffira de le signer et de le renvoyer. Merci.
Je vous prie de croire, cher Monsieur, à mes meilleures pensées.

Jacques Audiberti

P.-S. J'ai vu *Moulin Rouge*[1] qui m'a beaucoup plu (ou, plutôt, ému).

FRANÇOIS TRUFFAUT À JACQUES AUDIBERTI

[Papier en-tête *Cahiers du cinéma*]

De Paris, ce premier mercredi de juin 1954

Cher Monsieur,
Je suis dans un état d'extrême confusion ; s'il n'eût tenu qu'à moi, vous auriez obtenu par retour de courrier la réponse qu'appelait votre très gentille lettre et aimable. Hélas, je ne suis pas le chef ici, ni Doniol-Valcroze qui est enchanté de votre accord de principe. Il nous a fallu parlementer avec les « autorités » de la maison, lesquelles trouvaient étranges vos clauses de paiement[2].
En définitive, je suis autorisé à vous proposer ceci : vous nous donnez chaque mois un papier dont la longueur pourra varier entre cinq et sept pages dactylographiées (double interligne ?) – et nous vous enverrons, au reçu de l'article, un chèque de six mille francs. Si vous pensez qu'il vaut mieux prévoir des papiers de sept à dix pages, je pense pouvoir obtenir qu'il vous soit versé, mensuellement toujours, 7 500 francs ? Je crains que ces tarifs vous paraissent peu élevés ; je n'entamerai pas ici, pour vous décider, le couplet de la difficulté d'être d'une revue comme les *Cahiers*, le papier, les imprimeurs, etc. Cependant nous serions tous, Doniol, Bazin, Kast[3], moi-même, désolés que vous nous refusiez votre col-

1. Film de John Huston sorti à Paris le 11 décembre 1953. Ironie du sort, Audiberti évoque un cinéaste que Truffaut exècre (voir « John Huston ne sera-t-il toujours qu'un amateur ? », *Arts* n° 593, 14-20 novembre 1956 ; *Chroniques d'Arts-Spectacles 1954-1958*, Gallimard, 2019, pp. 285-287).
2. Notamment l'idée d'exiger une somme forfaitaire mensuelle qui ne soit pas indexée sur le nombre de feuillets.
3. Jacques Doniol-Valcroze, André Bazin, Pierre Kast, tous trois collaborateurs des *Cahiers du cinéma*.

laboration. Je ne m'endors plus le soir sans lire une trentaine de pages des *Jardins et les Fleuves*[1]. Je m'aperçois que ce compliment peut être mal interprété ; ne vous y trompez point, c'est réellement un très beau livre.
Si vous voulez bien nous téléphoner au reçu de cette lettre, nous pourrions prendre rendez-vous, ici ou chez vous, selon votre désir.
Croyez-moi votre très admiratif… futur collaborateur (?),

françois truffaut

JACQUES AUDIBERTI À FRANÇOIS TRUFFAUT

8, rue Servandoni

6 juin 1954

Cher Monsieur,
D'accord pour cinq à sept pages, contre six mille francs. Mon intention serait de parler de mes impressions, sur des thèmes et dans des directions variées, mais toujours à propos de cinéma, et à partir du cinéma.
Il y aurait aussi à esquisser ce que pourrait être une critique, une « culture » générales dont la base, ou le prétexte, ne serait plus exclusivement littéraire mais cinématographique. (Reste à établir si le cinéma est un langage, autant que le langage lui-même… Mais là nous débouchons sur des perspectives philosophiques.)
Bref, j'essayerai de vous fournir des papiers vivants. Je ne vous cache pas que j'ai beaucoup de sympathie, et à l'égard des *Cahiers*, et à l'égard du cinéma[2]. C'est pourquoi je suis heureux de cette coopération que vous avez la très amicale pensée de me proposer.
Ce qui me gêne un peu c'est que, pour suivre d'un peu près l'actualité cinématographique, certaines dépenses sont indispensables.
Restons-en, pour le moment, à cet accord, qu'il vous appartiendra,

1. « Le très beau roman d'Audiberti, *Les Jardins et les Fleuves*, est dédié à Molière, à Chaplin, à Jouvet ; il y est pas mal question de cinéma. Un livre à lire. » (François Truffaut, « Petit journal intime du cinéma », *Cahiers du cinéma* n° 37, juillet 1954, p. 34.)
2. De 1941 au début des années 1960, Audiberti fut un observateur avisé de l'actualité cinématographique, collaborant notamment à *Comœdia*, aux *Cahiers du cinéma* et à la *NRF*. Ces critiques seront réunies par Michel Giroud dans *Le Mur du fond : écrits sur le cinéma* (sous la direction de Jérôme Prieur et Claudine Paquot, Cahiers du cinéma, Paris, 1996). Publication que Truffaut avait appelée de ses vœux : « Au rayon des suggestions, je propose l'édition d'un livre qui pourrait s'intituler *Audiberti au cinéma* et qui regrouperait tout ce qu'il a écrit sur les films pendant la guerre dans *Comœdia*, après la guerre ici ou là, et à partir de 1954 (ou 55), sur ma suggestion, dans les *Cahiers du cinéma* » (lettre à l'Association des amis de Jacques Audiberti, 2 janvier 1975).

si c'est possible, de compléter par un remboursement de frais, raisonnable.
Dites-moi, je vous prie, à quel moment du mois vous voulez le papier. Et croyez à mes sentiments les meilleurs.

Jacques Audiberti

FRANÇOIS TRUFFAUT À JACQUES AUDIBERTI

[Papier en-tête *Cahiers du cinéma*]

De Paris, ce 10 juin 1954

Cher Monsieur,
Votre acceptation nous fait le plaisir que vous pensez. D'accord donc pour six mille francs contre cinq à sept pages dactylographiées. Pour les notes de frais, je vous demande de patienter un mois ou deux, le temps que nous soyons tout à fait réorganisés. (Nous changeons d'imprimeur ce mois-ci[1].) En attendant, je suggère que nous vous envoyions, chaque fois que c'est possible, les invitations qui nous parviennent. Vous trouverez ci-joint une invitation pour le Cinéma d'Essai[2]. Elle n'est pas datée à dessein, afin que vous ne soyez pas obligé de l'utiliser pour le programme actuel (*La Passion de Jeanne d'Arc*, *Un Chien andalou*, *Les Charmes de l'existence*[3]). Simplement, devrez-vous inscrire [*sic*] vous-même la date avant d'utiliser cette carte.
Si vous nous téléphonez de temps à autre pour nous indiquer le titre d'un film en exclusivité que vous désirez voir, peut-être dans 50 % des cas obtiendrons-nous une invitation. Si tout marche bien, nous ferons à la fin de l'année une demande de carte verte[4] à votre nom.
Nous comptons sur votre premier papier le 23 ou 25 juin au plus

1. Sortis des presses de l'Imprimerie Hérissey à Évreux (Eure) jusqu'en juin 1954, les *Cahiers du cinéma* seront confiés à l'Imprimerie centrale du Croissant (Paris IIe).
2. Au début des années 1950, la collaboration entre critiques (Jean de Baroncelli, Jeander) et exploitants parisiens conduisit à la création de l'Association française des cinémas d'art et d'essai (AFCAE), qui comptait à ses débuts cinq salles adhérentes : les Ursulines, les Agriculteurs, le Studio Parnasse, le Cardinet et le Studio de l'Étoile, ayant vocation à présenter un Cinéma d'essai : films inédits ou de répertoire jusqu'alors absents des écrans. Cela conduisit à la création, par le CNC, en 1991, du label « Art et essai » destiné à promouvoir le cinéma indépendant.
3. Respectivement : un film muet de Carl Theodor Dreyer (1927), un court métrage d'inspiration surréaliste de Luis Buñuel (1929) et un court métrage documentaire de Jean Grémillon et Pierre Kast (1949).
4. Carte délivrée par la Commission des cartes de critiques, leur permettant l'entrée gratuite dans toutes les salles françaises.

tard (dans quinze jours). Nous nous offrons aussi à vous [*sic*] prêter des revues, journaux, etc. et des vieux numéros des *Cahiers ad libitum*. Alors voilà tout ce que nous pouvons faire pour l'instant. Avec nos remerciements, nos salutations les meilleures.

françois truffaut

FRANÇOIS TRUFFAUT À JACQUES AUDIBERTI

[Papier en-tête *Cahiers du cinéma*]

Mercredi dans l'après-midi [*23 juin 1954*]

Cher Monsieur,
Je songe bien tardivement mais il est temps encore, je songe que la maison de la charmante Hélène Rix rue Servandoni[1] est bien proche de la rue Férou où ce soir même, aux alentours de 21 heures, une petite séance aura lieu, au numéro 6, à la Maison des Lettres[2]. Maurice Schérer[3] – que peut-être vous connaissez de nom, pour l'avoir vu au sommaire des *Cahiers* – a tourné un petit film en 16 mm, adapté du conte de Poe, *Bérénice*, qu'il montre donc ce soir. Si vous veniez, cela serait une bonne façon de faire connaissance avec nous tous, dont Doniol-Valcroze.
Par ailleurs, je vous rappelle que nous comptons sur le premier *Billet d'Audiberti*[4] dans trois ou quatre jours.
Nous espérons donc vous voir ce soir, ne manquez pas de demander à me voir à n'importe qui à l'entrée car je doute de

1. Jacques Audiberti occupait, au sixième étage du 8, rue Servandoni (Paris VIe), un appartement que lui prêtait Hélène Rix, une amie toujours en voyage : « Trois pièces d'enfilade, mal commodes à chauffer, avec un petit escalier conduisant à une terrasse garnie de lattes de bois, vertes, croisillonnées comme dans les guinguettes… » (*Les Jardins et les Fleuves*, « L'imaginaire », Gallimard, Paris, 1997, p. 74).
2. Installée dans un hôtel particulier du XVIIIe, la Maison des Lettres est devenue au XXe siècle un lieu de création et de culture.
3. Maurice Schérer, dit Éric Rohmer (1920-2010), réalisateur français (*Ma Nuit chez Maud, Le Genou de Claire, Les Nuits de la pleine lune, L'Anglaise et le Duc*…). D'abord critique de cinéma, il tourne en 1959 son premier long métrage, *Le Signe du lion*. Doté de sa propre structure de production, Les Films du Losange, il élabore une œuvre construite en cycles : *Contes moraux, Comédies et Proverbes* et *Contes des quatre saisons*. « Notre ami Éric Rohmer […] présentait à la Maison des Lettres son court métrage en 16 mm tiré de *Bérénice* d'Edgar A. Poe ; voilà sans aucun doute l'un des meilleurs films d'amateurs, l'un des rares qui ne donnent point le sentiment que leur format est une infirmité. Il y aurait à relancer la vogue du cinéma de 16 mm. » (François Truffaut, « Petit journal intime du cinéma », *op. cit.* p. 36). Tourné en 1954 dans une maison de Meudon, ce court métrage fut longtemps considéré comme perdu, puis retrouvé dans les bureaux de Rohmer, restauré et édité dans le coffret DVD *Éric Rohmer, l'intégrale* (Potemkine, 2013).
4. « L'Écran rétrospectif », *Cahiers du cinéma* n° 37, juillet 1954 ; *Le Mur du fond*, *op. cit.* pp. 292-295.

vous reconnaître après cette étonnante photo de vous publiée dans *Arts*.

Mes salutations respectueuses,

truffaut

JACQUES AUDIBERTI À FRANÇOIS TRUFFAUT

Samedi 26 juin 1954

Cher Monsieur,

Voici, j'espère à temps, mon papier. Je vous laisse le soin de le titrer et je vous prie de croire à ma pensée très amicale.

Jacques Audiberti

FRANÇOIS TRUFFAUT À JACQUES AUDIBERTI

[Papier en-tête *Cahiers du cinéma*]

De Paris, ce mardi 27 juillet 1954

Cher Monsieur,

J'espère que vous avez bien reçu votre premier chèque et aussi le numéro des *Cahiers* contenant votre Billet I. Je vous signale que vous pouvez nous demander de vous envoyer de vieux numéros ou des récents exemplaires des *Cahiers*, au cas où vous aimeriez consulter tels ou tels articles.

Pouvez-vous, le plus tôt possible, nous envoyer votre Billet II ? Le prochain numéro étant, en partie, consacré aux soixante ans de Jean Renoir[1], il serait bon que votre Billet se rattachât à ce sujet, à condition toutefois que vous ayez des idées sur Renoir, sans quoi vous traitez de ce qui vous plaira, à votre guise[2].

J'insiste seulement sur l'urgence de ce papier et m'excuse de ne vous avoir point prévenu plus tôt.

Croyez, cher Monsieur, à mes sentiments admiratifs et tout à la fois respectueux,

françois truffaut

1. *Cahiers du cinéma* n° 38, août-septembre 1954, pp. 1-16.

2. Dans « Congas bantous et ancestral aparté », Audiberti traitera en fait de l'actualité cinématographique internationale : *La Professionnelle* (*No niego mi pasado*) d'Alberto Gout (1952), *Traqué dans Chicago* (*The City that never Sleeps*) de John H. Auer (1953) et *La Porte de l'enfer* (*Jigoku mon*) de Teinosuke Kinugasa (1953).

FRANÇOIS TRUFFAUT À JACQUES AUDIBERTI

[Papier en-tête *Cahiers du cinéma*]

De Paris, ce 2 août 1954

Cher Monsieur,
Nous avons bien reçu et en temps utile votre second et excellent Billet. Vous trouverez ci-jointe une invitation pour le Cinéma d'essai valable tous les jours, y compris samedis et dimanches.
Envoyez-nous votre Billet III[1] pour le premier septembre.
Ce qui m'arrangerait bien, c'est que, 8 ou 10 jours avant de nous envoyer vos articles, vous m'adressiez un petit mot me disant les titres des films par vous cités, car la recherche des photos de vos films est parfois bien compliquée.
Permettez-moi de signaler à votre attention la sortie, pendant ce mois d'août, de *Rivière sans retour*, excellent CinémaScope avec Marilyn Monroe, et surtout du *Robinson Crusoë* de Buñuel[2], qui sortira au Broadway[3] et pour lequel nous vous enverrons une invitation.
Croyez-nous très admirativement vôtres,
pr. la rédaction

truffaut

FRANÇOIS TRUFFAUT À JACQUES AUDIBERTI

[Papier en-tête *Cahiers du cinéma*]

[*Août 1954*]

Cher Monsieur,
Vous trouverez ci-jointe une invitation pour le Broadway. On y joue, en reprise, *Monkey Business*[4], vieux film des frères Marx.

1. « Public et public » portera sur *Vocation secrète* (*Boots Malone*) de William Dieterle (1952), les Marx Brothers et *Monsieur Ripois* de René Clément (1953).
2. « En *private*, écrira Truffaut, j'ai eu la chance de voir *Rivière sans retour*, le premier CinémaScope de Preminger ; ce n'est peut-être pas le meilleur Preminger, mais c'est en tout cas le meilleur CinémaScope des six vus à ce jour ; de *Niagara* à *Rivière sans retour*, Marilyn a appris à chanter ; merveilleuse Marilyn qui descend la rivière en blue-jean et guêpière. » (21 juin 1954, « Petit journal intime du cinéma », *op. cit.* p. 36.) « Buñuel montre à quelques amis et à quelques amis de ses amis l'un de ses derniers films : *Robinson Crusoë*, où l'auteur de *El* aborde pour la première fois la couleur. (Opérateur : Alex Phillips). Bon film, excellent Technicolor. » (1er juin 1954, *ibid.* p. 34.)
3. Dans les années 1950, le Broadway, situé au 36, avenue des Champs-Élysées (Paris VIIIe), était spécialisé dans les films américains présentés en première exclusivité.
4. *Monnaie de singe* de Norman Z. McLeod (1931), rapidement évoqué par Audiberti dans son Billet III, sans en donner le titre.

Nous vous enverrons un carton semblable à chaque changement de programme de cette salle. Je vous rappelle que cette invitation – valable pour deux personnes – doit être utilisée seulement un jour de semaine. Nous comptons sur votre Billet III pour le 25 de ce mois. Une importante partie du numéro sera consacrée à Alfred Hitchcock[1], mais vous n'êtes nullement tenu de vous y rapporter. Par le même courrier, je vous adresse quelques numéros des *Cahiers* ; nous nous tenons à votre disposition pour vous en faire envoyer d'autres, à votre guise.
Admirativement vôtre,

truffaut

JACQUES AUDIBERTI À FRANÇOIS TRUFFAUT

[*Octobre 1954*]

Cher Monsieur,
J'ai vu que mon article, que je vous ai envoyé ces vacances, n'a pas paru dans les *Cahiers*[2]. Sans doute est-il arrivé en retard. Si, comme je le pense, vous n'avez pas l'intention de l'utiliser, voulez-vous me le retourner en le confiant à ma messagère[3] ? Donnerez-vous l'autre ? Dans ce cas, pourrais-je en avoir les épreuves ?
Bien sympathiquement

Jacques Audiberti

FRANÇOIS TRUFFAUT À JACQUES AUDIBERTI

[Papier en-tête *Cahiers du cinéma*]

De Paris, ce jeudi [*octobre 1954*]

Cher Monsieur,
Je crois que je vous ai bien négligé depuis deux mois et je m'en excuse, d'autant que c'était au profit de besognes ridicules[4] ; votre

1. Entièrement consacré à Hitchcock, le n° 39 des *Cahiers du cinéma* (octobre 1954) contient une dizaine d'articles, dont un de François Truffaut : « Un trousseau de fausses clés ».
2. Ce Billet III paraîtra avec le Billet IV dans le n° 40 des *Cahiers* de novembre 1954.
3. Sans doute Hélène Vidal-Lavaÿsse, journaliste et femme de lettres, qui fut la secrétaire de Jacques Audiberti.
4. Truffaut fait sans doute allusion au tournage, peu satisfaisant à ses yeux, de son premier court métrage, *Une visite* (1954).

billet précédent a sauté en raison de l'abondance des textes sur Hitchcock, mais nous allons le publier avec l'autre en titrant : Billets III et IV, à moins que vous ne soyez d'accord ; non, il n'est pas nécessaire que vous me disiez le sujet par vous traité. Simplement, je vous signale que, comme l'an passé, nous publions un n° spécial de Noël sur *L'Amour au cinéma* et qu'un papier de vous, plus long qu'un Billet et « hors série », ferait bien notre affaire, qui traiterait de ce sujet. Alors voilà, ci-joint, 2 invitations :
1° Cinéma d'essai (programme de votre choix)
2° Broadway (*Father Brown*[1]).
Je pense que vous pouvez faire une note de frais raisonnable pour votre prochain billet ; je vous enverrai un mot pour réclamer votre Billet V et, dès maintenant, songez à cet article sur *L'Amour au cinéma*.
Nous sommes très contents de vos papiers et très fiers de les publier,
Au revoir, merci

truffaut

JACQUES AUDIBERTI À FRANÇOIS TRUFFAUT

8, rue Servandoni
Paris VIe

[ca *novembre 1954*]

Cher François Truffaut,
D'accord, certes, pour le papier sur l'amour et l'érotisme au cinéma. Voici, puisque vous me le demandez, quatre photos de moi[2]. Si l'une vous convient, et que vous la gardiez, soyez assez aimable pour me renvoyer les autres. Je n'ai pas l'air follement gai sur ces images. Mais y a-t-il de quoi[3] ?
Merci pour toutes les courtoisies et les attentions.
Avec ma grande et cordiale sympathie.

Jacques Audiberti

1. *Détective du bon Dieu*, film britannique de Robert Hamer (1954), au Broadway.
2. L'une de ces photos illustrera cet article : « L'amour dans le cinéma », *Cahiers du cinéma* n° 42, décembre 1954, p. 17.
3. Dans la nuit du 1er novembre 1954, des attentats sont perpétrés sur l'ensemble du territoire algérien ; c'est le début du soulèvement des nationalistes qui conduira à la guerre d'Algérie.

FRANÇOIS TRUFFAUT À JACQUES AUDIBERTI

[Papier en-tête *Cahiers du cinéma*]

De Paris, ce premier jeudi de novembre 1954

Cher Monsieur,
Je crois vous avoir déjà dit que nous ferons paraître deux numéros en décembre[1]. Nous avons une telle abondance de textes que nous aimerions nous priver de votre Billet V au profit d'un texte hors série et sensiblement plus long pour notre numéro de Noël consacré, comme vous le savez, à *L'Amour au cinéma*[2].
Ce texte, de 10 à 15 pages dactylographiées, nous l'aimerions pour le 25 novembre, donc dans une quinzaine. Il peut s'agir d'érotisme autant que d'amour et même un papier sur l'érotisme, en un style également érotique, conviendrait parfaitement, comme vous pouvez l'imaginer[3].
Alors voilà. Dans quelques jours, vous recevrez le numéro de novembre des *Cahiers* où sont cumulés vos Billets III et IV. Envoyez-moi un petit mot pour me signifier votre accord de principe, et dans l'attente, recevez, cher Monsieur, mes salutations cordiales et admiratives.

truffaut

P.-S. Vous recevrez désormais une invitation pour chaque « première » du Cinéma d'essai. Il serait bon que, dans votre Billet V, en janvier, vous parliez un peu du *Rouge et le Noir* ; cela intéressera nos lecteurs de connaître votre avis sur ce film[4]. Je me permets de vous signaler *La Belle et le Voleur*[5], film japonais érotique.

1. Le n° 41 des *Cahiers du cinéma* et le n° 42, numéro spécial intitulé *L'Amour au cinéma*.
2. Consacré au *Rouge et le Noir* de Claude Autant-Lara et à *La Naissance de Vénus*, un court métrage de Raymond Voinquel, le Billet V paraîtra dans le n° 43 (janvier 1955) des *Cahiers du cinéma*.
3. Audiberti ouvre ainsi son article : « Depuis qu'il est des femmes et qu'elles parlent, pas une n'a dit ce qu'elle éprouve au moment de l'amour. Elles l'ont, sans doute, crié, gémi, chanté. Mais en tout petit comité. Pour le public, pour l'univers, elles n'ont rien dit. »
4. Le projet de Truffaut est sans doute de solliciter l'avis d'un écrivain critique de cinéma sur un film adapté d'un écrivain classique, Stendhal. Truffaut, qui détestait l'adaptation du *Rouge et le Noir*, le qualifiera de « film sans âme » (*Arts* n° 489, 10-16 novembre 1954 ; *Chroniques d'Arts-Spectacles*, *op. cit.* pp. 91-92).
5. Sorti le 8 octobre 1954, *Bijo To tozoku* de Keigo Kimura (1952) fut l'un des premiers films japonais distribués en France, six mois après *Rashomon* d'Akira Kurosawa. Audiberti ne traitera pas de ce film dans ses Billets.

JACQUES AUDIBERTI À FRANÇOIS TRUFFAUT

[*Novembre 1954*]

Cher Monsieur,
Je vous remercie des *Cahiers*, que j'ai bien reçus. Je me mets à la confection de mon papier sur l'amour et l'érotisme[1].
Pour ma note de frais, je suis un peu embarrassé. Il est difficile, en effet, de mesurer par où passe exactement la dépense professionnelle. D'une part, les films dont je parle dans nos chers *Cahiers* ne sont pas tous ceux que j'ai vus et qui contribuent à mon information générale cinématographique. Mais, d'autre part, il se pourrait fort bien que ceux-là précisément dont je parle dans les *Cahiers*, je les eusse vus de toute façon !
Le plus équitable, me semble-t-il, est que je vous coche les films que je cite dans chaque numéro, sur la base de 300 francs, prix normal, en gros, du billet d'entrée, plus 300 francs pour taxi et divers, ce qui, pour le numéro de septembre, donnerait la petite note ci-jointe[2] que je soumets à votre amusement après qu'elle a nourri le mien. (Bien entendu, pour les films que j'ai vus avec billets de faveur, je ne compte que les 300 francs d'ouvreuse et de taxi.)
Bien cordialement à vous, avec ma plus sympathique pensée.

Audiberti

FRANÇOIS TRUFFAUT À JACQUES AUDIBERTI

[Papier en-tête *Cahiers du cinéma*]
146, Champs-Élysées
Paris VIIIe

Lundi 13 [*décembre 1954*]

Cher Monsieur,
Cela ferait bien notre affaire de recevoir votre Billet avant le 20 (ou le 20, c'est-à-dire lundi prochain)[3]. D'après votre dernier papier,

1. « L'amour dans le cinéma », *op. cit.* pp. 17-22 et 71-73.
2. Cette note n'a pas été conservée.
3. Le Billet V paraîtra dans les *Cahiers du cinéma* n° 43, janvier 1955.

j'ai cru comprendre que le mien sur De Sica (dans *Arts*) vous avait choqué[1] ; je le regrette – mais non mon article – d'autant que vos arguments, même sentimentaux, sont tjs convaincants.
Salutations très admiratives et reconnaissantes,

truffaut

FRANÇOIS TRUFFAUT À JACQUES AUDIBERTI

[Papier en-tête *Cahiers du cinéma*]

De Paris, ce mardi matin de décembre 1954

Cher Monsieur,
Un pamphlet politique de 1791 place dans la bouche du révolutionnaire belge Van Eupen[2] cette phrase : « Si, pour réussir dans un projet, il en tombe dix mille, vingt mille sur un champ de bataille, c'est pour lui comme si dix mille, vingt mille mouches tombaient ; "*une bonne nuit dans la capitale réparera cette perte*", disait un général français. En 1791, Napoléon n'avait pas encore percé sous Bonaparte… » Alors, cette phrase, qui l'a prononcée ? Peut-être le prince de Condé, dit aussi le Grand Condé[3]. Dans son *Histoire de la guerre de Trente Ans*, Schiller écrit : « Après la bataille de Fribourg où les Français venaient, le 3 août 1644, d'essuyer un grand désastre, Mazarin se répandit en larmes. Le duc de Condé, uniquement sensible à la gloire, n'en fit aucun cas : "Une nuit de Paris, l'entendit-on dire, engendre plus d'hommes que n'en a tués ce combat." »
Napoléon, dans sa vie, ne fit-il pas assez de mots historiques pour n'avoir point à reprendre à son compte ceux des autres ? Voilà ce qu'il importe de savoir. En tout cas, s'il prononça la phrase en question – comme vous l'avancez dans un récent numéro de *La*

1. Audiberti était un admirateur de De Sica, l'acteur et le réalisateur, dont il a vanté les mérites dans plusieurs articles, notamment celui auquel Truffaut fait référence : « L'amour dans le cinéma » (*Cahiers du cinéma* n° 42, *op. cit.* pp. 17-22 et 71-73 ; *Le Mur du fond, op. cit.* pp. 306-315). L'article de Truffaut sur *Les Amants de la Villa Borghese* de Gianni Franciolini (1953), avec Vittorio De Sica, fustige « l'inexistence de la mise en scène » et « l'impudeur des cinéastes italiens qui ne répugnent pas à faire sourire le public des infirmités d'autrui (appareil dentaire, distorsion des jambes, etc.) » (*Arts* n° 466, 2-8 juin 1954).
2. Pierre Van Eupen (1746-1804), chanoine belge, figure de la révolution brabançonne de 1789 et des États belgiques unis (1790).
3. « Une nuit de Paris réparera tout cela. » Citation attribuée selon les époques à Napoléon devant un champ de bataille, au prince de Condé après la bataille de Seneffe (1674) ou au duc d'Enghien après la bataille de Fribourg (A. Boussin, *L'Intermédiaire des chercheurs et curieux* n° 277, avril 1974, pp. 365-366).

Parisienne (l'article sur la guerre, je crois) – c'était d'abord une citation[1].
Ne voyez aucun pédantisme, aucune mesquinerie dans cette petite mise au point. Simplement, la preuve de l'intérêt avec lequel je vous lis, et vous relis.
Mais je ne vous écris pas pour vous parler Histoire. Je vous signale qu'un extrait de votre article de Noël passera dans *Arts* du 22 décembre, avec la photo de vous. J'espère que vous n'y voyez aucun inconvénient d'autant qu'*ils* vous le pigeront, j'espère.
Pour la note de frais[2], si elle a bien amusé les amis des *Cahiers*, elle a jeté un froid dans les sphères administratives ; il n'empêche qu'elle vous sera réglée, et vite.
Pour votre prochain Billet (le numéro V) j'aimerais l'avoir avant Noël, deux jours avant. Tant mieux si vous y parlez du *Rouge et le Noir*[3].
Votre compte rendu poétique de *Clair-obscur*[4] m'a ravi ; je l'ai découpé et punaisé sur la porte de ma chambre ; je le lis tous les matins avant de partir et, quand je ne suis pas trop fatigué, le soir en rentrant.
Je vous quitte, cher Monsieur, en vous adressant mes admiratives salutations,

françois truffaut

JACQUES AUDIBERTI À FRANÇOIS TRUFFAUT

[*Janvier 1955*]

Cher Monsieur,
En toute hâte, avec mes vœux très amicaux pour vous-même et pour M. Doniol-Valcroze, je vous envoie mon Billet et la liste des six films[5] que vous m'avez demandée. Le numéro sur *L'Amour au*

1. « À Iéna, devant le cadavre de ses soldats, tout en effleurant un recensement sur ses doigts nicotisés, le Corse arrange tout : "Une nuit de Paris suffira". » (Jacques Audiberti, « La Guerre », *La Parisienne* n° 18, juin 1954, pp. 664-669)
2. Celle de novembre 1954 comptabilisant les entrées de cinéma, taxi et divers frais engagés pour la rédaction des Billets.
3. Le film de Claude Autant-Lara sera au centre du Billet V, *Cahiers du cinéma* n° 43, janvier 1955.
4. « Audiberti a lu pour vous *Clair-Obscur*, poèmes de Jean Cocteau », *Arts* n° 492, 8-14 décembre 1954, p. 1.
5. Liste destinée à établir le tableau des « Six meilleurs films de l'année », *Cahiers du cinéma* n° 43, janvier 1955. Choix d'Audiberti : *Tant qu'il y aura des hommes* (*From Here to Eternity*) de Fred Zinnemann, *Si Versailles m'était conté* de Sacha Guitry, *La Mère* (*Okaasan*) de Mikio Naruse, *Le Manteau* (*Il cappotto*) d'Alberto Lattuada, *Monsieur Ripois* de René Clément et *Pain, Amour et Fantaisie* (*Pane, amore e fantasia*) de Luigi Comencini.

cinéma est très beau. Je souhaite que tout ceci vous arrive à temps.
Grande est ma sympathie pour nos communs efforts.
Très fidèlement

Jacques Audiberti

FRANÇOIS TRUFFAUT À JACQUES AUDIBERTI

[Papier en-tête
Cahiers du cinéma]

Monsieur Jacques Audiberti
8, rue Servandoni
Paris VIe

Paris, le 24 janvier 1955

Cher Monsieur,
Renseignements pris, voilà comment l'on peut régulariser la situation.
Nous vous avons demandé de ne pas faire votre Billet en décembre 1954. Considérons que votre article sur *L'Amour au cinéma* correspondait à la valeur de deux Billets. Nous vous adressons donc, par le même courrier, un chèque de Frs. 8 000. Nous voilà à jour.
Le numéro de janvier paraît dans une huitaine. Vous recevrez aussitôt un exemplaire et le chèque correspondant.
Je pense que nous sommes d'accord. Merci pour votre très beau *Molière*[1].
Admirativement et cordialement vôtre,

François Truffaut

1. *Molière, dramaturge*, L'Arche, Paris, 1954. « Nous le savons déjà [...] que Chaplin est le Molière du cinéma. Mais savait-on que Molière était le Chaplin du théâtre ? Il faut toujours écouter Audiberti. » (François Truffaut, « Le règlement de comptes », *La Parisienne*, n° 35, juillet-août 1956).

FRANÇOIS TRUFFAUT À JACQUES AUDIBERTI

[Papier en-tête *Cahiers du cinéma*]

De Paris ce mercredi de janvier [*26 janvier 1955*]

Cher Monsieur,
J'espère que vous avez reçu les huit mille francs qui soldent votre article sur *L'Amour au cinéma.* J'espère aussi que *Arts* vous a réglé l'extrait publié. Sans quoi joignez Parinaud[1] au téléphone.
Nous aimerions recevoir votre Billet VI[2] lundi ou, au plus tard mardi. Depuis quelque temps, je ne vous envoie plus guère d'invitations ; c'est que je dispose de très peu de temps à la veille de quitter le journalisme au profit d'activités plus directement cinématographiques[3].
Mon rêve est de vous confier l'écriture des dialogues de films que, peut-être, je réaliserai un jour. Je suis surpris, en effet, que le cinéma n'ait jamais fait appel à vos services[4]. J'ai beaucoup aimé votre *Molière* et suis très touché que vous ayez pensé me l'adresser.
Avec ma reconnaissance, les salutations respectueuses et admiratives de

françois truffaut

JACQUES AUDIBERTI À FRANÇOIS TRUFFAUT

[*Fin janvier 1955*]

Cher Truffaut,
Merci pour vos dernières lettres. Oui, nous ferons des films ! Je m'excuse de n'avoir pas eu le temps de faire taper ce Billet. Le titre pourrait être : *Noir avec des coups de blanc.*
En hâte, mais très cordialement,

Jacques Audiberti

1. Le journaliste et écrivain André Parinaud (1924-2006), alors rédacteur en chef de l'hebdomadaire *Arts.*
2. « Noir avec des coups de blanc » (*Cahiers du cinéma* n° 44, février 1955) sera consacré au film d'Henri-Georges Clouzot *Les Diaboliques.*
3. Truffaut devient l'assistant du réalisateur italien Roberto Rossellini, avec lequel il travaillera, pendant près de deux ans, à une dizaine de projets qui resteront lettre morte.
4. Il faudra attendre 1962 pour que Jacques Baratier fasse appel à Audiberti pour écrire l'adaptation de son roman *La Poupée* (Gallimard, Paris, 1956).

JACQUES AUDIBERTI À FRANÇOIS TRUFFAUT

[*Fin janvier 1955*]

Cher ami Truffaut,
Je vous remercie des *Cahiers du cinéma*, numéro d'amour où mon texte, par malheur – oh ! un petit malheur ! – comporte une de ces funestes coquilles inrectifiables par le public, « consent » pour « concentre »[1]. Mais la ponctuation est parfaite et je dois vous faire partager les compliments que, de toute part, j'ai reçus.
J'ai également reçu le chèque de 8 000 francs, afférent à ma rémunération.
À ce propos, *et entre nous*, je me demande s'il n'y aurait pas quelque erreur ou oubli de la part de la comptabilité. Cette somme ne me semble pas en proportion de celles que nos chers *Cahiers* m'allouent pour des textes plus brefs. Est-ce que je me trompe ? Pensez-vous que, sans que cela doive vous créer personnellement le moindre tort, je puisse, par une note de frais, rétablir un « équilibre » plus juste entre le temps et le travail fournis et leur salaire ? Ne m'en veuillez pas pour ces considérations usuelles et ménagères et croyez, cher Monsieur et ami, à ma fidèle pensée, je vous prie.

Jacques Audiberti

FRANÇOIS TRUFFAUT À JACQUES AUDIBERTI

[Papier en-tête *Cahiers du cinéma*]

Mercredi soir [*23 février 1955*]

Cher Monsieur,
Votre Billet VII[2] serait bienvenu la semaine prochaine aux alentours de mercredi, jeudi.
Pour envoyer t[ou]t de suite les photos à clicher, nous aimerions connaître les titres des films d[on]t vous parlerez. Pouvez-vous nous téléphoner cela demain, ou faire téléphoner ?
Merci, votre dévoué,

truffaut

1. « Ce fameux secret des femmes [...], il concentre, sur un point palpitant, féerique et scabreux, le malaise, l'écueil, le retard de tous les êtres. »
2. « Greta, Joan, Audrey » paraîtra dans le n° 46 des *Cahiers du cinéma*, avril 1955.

JACQUES AUDIBERTI À FRANÇOIS TRUFFAUT

[*Fin février 1955*]

Cher Truffaut,
À première vue, je parlerai de *La Reine Christine* de Suède (Greta Garbo), d'*Henri V* et de *Sabrina*[1].
Bien cordialement

Jacques Audiberti

JEAN MAMBRINO[2] À FRANÇOIS TRUFFAUT

[*Avril-mai 1955*[3]]

Cher François Truffaut,
Je voulais ajouter quelques réflexions à votre article sur *Rear Window* dans *Arts*. Je le trouve excellent et pénétrant, surtout en face du décevant papier de Bazin[4]. Mais je pense qu'il contient une erreur d'expression très importante, et qui fausse quelque peu le jugement de la dernière colonne. La « sévérité excessive » de

1. Billet VII, *Cahiers du cinéma* n° 46, avril 1955, où Audiberti remplacera *Henry V* de Laurence Olivier (1944) par *Johnny Guitar* de Nicholas Ray.
2. Père Jean Mambrino (1923-2012), écrivain et poète français, membre de la Compagnie de Jésus. Féru de littérature française et de cinéma, il est chargé à partir de 1968 de la critique littéraire et dramatique pour la revue jésuite *Études*. Truffaut le rencontre en 1954, aux Cahiers du cinéma, par l'intermédiaire d'André Bazin. Il entame avec lui une longue correspondance, centrée sur leurs cinéastes (Hitchcock, Rossellini, Renoir) et écrivains (Simenon, Proust) de prédilection. En septembre 1984, un mois avant sa mort, Truffaut le convie à son chevet : « Il m'a confié qu'il avait été touché par un office à la mémoire de Jean Cocteau, auquel il avait assisté dans l'église des artistes. Il m'a demandé d'organiser pour lui un office-souvenir, quand il ne serait plus là, dans l'église Saint-Roch. » (Archive manuscrite de Jean Mambrino, Compagnie de Jésus). Le 16 décembre 1985, Madeleine Morgenstern lui écrira : « La messe en souvenir de François m'a laissé un souvenir très doux, très consolant. Merci d'avoir trouvé des mots simples, amicaux, touchants et vrais à l'intérieur d'une liturgie si belle. » (Archives Jean Mambrino, Compagnie de Jésus).
3. Cette lettre fut publiée dans le courrier des lecteurs des *Cahiers du cinéma* (n° 50, août-septembre 1955, pp. 56-57) et signée « J. M. ». Dans son introduction, André Bazin précise que « le signataire de la lettre qui suit est un Révérend Père Jésuite » : « … comme cette lettre est personnelle, nous demanderons néanmoins la permission de taire le nom de notre correspondant. » Dans les *Cahiers du cinéma* n° 52, Gérard Genette, alors jeune agrégé de lettres, écrit : « Je voudrais vous dire en tant que fidèle lecteur des *Cahiers* et admirateur de l'œuvre hitchcockienne, la satisfaction et aussi la déception que j'ai éprouvées en lisant la lettre signée J. M. […] cette lettre ouvre enfin le vrai débat sur Hitchcock en le plaçant d'entrée de jeu sur son véritable terrain, qui est celui de la théologie. Déception, à cause d'une curieuse infidélité à son propos dont témoigne votre correspondant, et que je me retiens difficilement de rapprocher de son appartenance à la Société de Jésus. »
4. « *Fenêtre sur cour* d'Alfred Hitchcock », *Arts* n° 510, 6-12 avril 1955 ; *Chroniques d'Arts-Spectacles*, *op. cit.* pp. 119-121. André Bazin, « Fenêtre sur cour », *France-Observateur* n° 256, 7 avril 1955 ; *Écrits complets*, Macula, Paris, 2018, pp. 1682-1683.

« l'attitude morale » de Hitch n'est nullement celle d'un puritain obsédé. Hitch est aux antipodes du puritanisme qui est essentiellement fuite devant la vie, peur du charnel, dessèchement de la réalité totale (vous rejoindriez ici à votre insu, par un autre biais, l'erreur de Bazin parlant du jansénisme de Hitch). Cet amoindrissement vital du puritanisme (basé sur une morale purement négative et sur l'adoration d'un Dieu de colère, d'un Dieu justicier qui distribue châtiment et récompense) amène invinciblement au conformisme social et religieux le plus complet, à l'alignement du religieux sur le moral, à l'organisation d'une société hypocrite où toute la vie spirituelle est réfugiée dans l'apparence. C'est le monde victorien qui se prolonge dans une grande part du monde anglo-saxon d'aujourd'hui (et Hitch ne hait rien tant que ce monde-là). C'est le monde du masque et donc de la solitude de l'impossible communication.

Or ceci est le nœud de *Rear Window* basé non sur le couple, mais sur la solitude du couple (image essentielle de la relation humaine) lorsqu'il demeure sur le plan de l'apparence (et ceci détruit toute la critique de Bazin sur la superficialité de ces personnages, car précisément ils se meuvent tous à la surface de l'être). Et telle est la raison de l'importance du thème érotique dans le film : l'érotique est essentiellement une étreinte à la surface de l'être, une palpitation, la fascination de la chair, de l'immédiat, de l'apparence. C'est le lieu ontologique de la solitude. En ce sens, vous avez parfaitement vu la portée de la scène prodigieuse de l'anneau enfilé derrière le dos de la « femme-objet » et contemplé par l'homme à travers le gouffre infranchissable de la cour. Et l'image finale du film montre deux êtres rassemblés dans une solitude complète (je crois d'ailleurs me souvenir que l'homme dort, pendant que la femme lit), deux êtres situés parallèlement l'un à l'autre et qui ne peuvent se rejoindre. Ceci était déjà tout entier exprimé dans la scène affreuse des baisers, où la tendresse menacée de la scène similaire dans *Notorious*[1] a complètement disparu pour faire place à l'avidité purement physique des lèvres qui se mangent l'une l'autre dans la solitude irrémédiable des âmes. L'impuissance physique de l'homme est encore une image de la non-communication de ces deux êtres.

Et ceci vaut également pour Cœur solitaire[2], pour le musicien, le couple sans enfants, les jeunes mariés accouplés l'un à l'autre,

1. *Les Enchaînés* d'Alfred Hitchcock (1946).
2. Miss Lonelyhearts (Judith Evelyn), ainsi surnommée par Jeff Jefferies (James Stewart) dans *Fenêtre sur cour*.

étreignant désespérément leur apparence, et la femme ne supporte déjà plus que son mâle se sépare d'elle : quand il regarde à la fenêtre, elle l'appelle impérieusement (gageons qu'elle aussi finira assassinée), solitude de la jeune danseuse, futilité de sa danse que la dérisoire image de son *boy-friend* soldat ne détruit pas, solitude de l'assassin enfin qui rassemble toutes les autres : c'est le seul qui exprime totalement les conséquences inévitables et le sens de cette solitude : l'assassinat qui se meut à la surface de l'être et regarde autrui comme un objet (le reporter). Et qu'est-ce qu'être solitaire ? C'est supprimer la relation...

Rear Window ou de l'assassinat comme exercice spirituel. Voilà pourquoi si Hitch est un moraliste prodigieux, il ne relève pas de l'attitude morale des puritains mais de celle de Bourdaloue[1], dont la sévérité excessive ne naît pas de la crainte mais de l'amour. Bourdaloue fouaille impitoyablement l'érotisme, l'égotisme de la cour Louis-quatorzième, et cette solitude des apparences, cet ordre pompeux et raffiné dont l'image hitchcockienne serait la saleté des corps sous le luxe des vêtements. Nul mépris chez Bourdaloue et je ne crois pas qu'il y en ait vraiment chez Hitch ? Plutôt le dégoût et l'horreur. Le refus d'un monde visqueux, violé par les regards qui dérobent... Pour qui se meut sur le plan de l'apparence, il n'y a aucune intimité possible : toutes les fenêtres sont ouvertes. Hitch refuse cela de toutes ses forces, nul puritanisme chez lui, c'est l'Évangile tout pur : « sépulcres blanchis[2] ».

Je vois *Rear Window* comme la révélation bouleversante et cruelle – non, pas cruelle – du masque de tous nos faux amours soudainement arraché.

Jean Mambrino

P.-S. Me relisant, j'ajoute encore ceci qui me paraît capital : le puritanisme, c'est le mépris de la chair, la peur du charnel et par le fait même, il s'y mêle toujours un certain angélisme. Au cinéma, cela donne l'art de Dreyer ou de Bresson, dans lequel la lumière, le jeu du blanc et du noir a beaucoup plus d'importance que le monde réel. Les objets n'y existent pas dans leur épaisseur mais uniquement dans leur surface pour que la lumière abstraite puisse s'y refléter. Alors que les objets dans Hitchcock, l'importance des objets ! ! Ils existent de façon aussi menaçante et pleine que les pommes de Cézanne. Rien de plus incarné, de plus concret

1. Louis Bourdaloue (1632-1704), prédicateur français considéré comme « le plus janséniste des jésuites » et célèbre pour ses sermons.
2. Évangile selon Matthieu, XXIII, 27.

que cet univers-là. Le mal seul, comme l'a bien dit Chabrol[1], y introduit l'absence, le vide, la faille. (Dans *Rear Window*, il est assez visible ce trou béant de la cour...) Mais les objets sont tous minutieusement dessinés, l'architecture du monde strictement emboîtée, liée dans toutes ses parties (pas de faux infini chez Hitch), l'homme y est solidaire des choses et des êtres.
Si on me demande la raison de l'importance du décor chez Hitch, des moindres détails concrets du décor, je propose de scruter le sens de la « composition de lieu » avant chaque méditation des *Exercices spirituels* de saint Ignace[2]. Hitch ou la mort de l'angélisme !

FRANÇOIS TRUFFAUT À JEAN MAMBRINO

[*Avril-mai 1955*]

Mon père,
J'ai bien reçu votre lettre ; merci. Je la trouve si juste, si remarquable, que je vous demande l'autorisation de la publier dans les *Cahiers*, amputée toutefois de la petite phrase concernant Bazin[3]. Je suis tout à fait d'accord avec vous. Si j'ai parlé de « sévérité excessive qu'on peut désapprouver[4] », etc. c'était pour faire passer la sauce. À *Arts*, on me reproche souvent mon enthousiasme, aussi, pour pouvoir aller assez loin dans la louange, me faut-il souvent feindre... De même, dans l'interview d'Ingrid[5], je me garde de prendre position et même je pose des questions faussement gênantes pour qu'on ne pense pas que je suis de connivence... Ce sont les petites ruses nécessaires du journalisme hebdomadaire...
Votre lettre est très convaincante ; je n'y puis répondre point par point, n'étant pas très compétent. Au fond, je suis très primaire, très inculte (je n'en suis pas fier) ; j'ai seulement la chance d'avoir un peu le sens du cinéma et d'aimer ça. Voilà. À part quoi toute considération plus profonde sur le fond passe au-dessus de ma pauvre tête ; Bourdaloue ? Pas une ligne ! Comme je suis un autodidacte qui se hait, je ne « m'apprends » rien, ou presque ; ce qui

1. Claude Chabrol, « Les choses sérieuses », *Cahiers du cinéma* n° 46, avril 1955, pp. 41-43.
2. Ignace de Loyola (1491-1556), prêtre et théologien basque espagnol, premier supérieur général de la Compagnie de Jésus.
3. Jean Mambrino y parlait du « décevant papier de Bazin ».
4. « Oui, il s'agit bien de l'attitude morale d'un auteur qui regarde le monde avec la *sévérité excessive* d'un puritain sensuel. » (Article sur *Fenêtre sur cour* paru dans *Arts* n° 510, 6-12 avril 1955.)
5. « Ingrid Bergman : "J'ai échappé à Hollywood... et à Sacha Guitry" » (*Arts* n° 510 ; *Chroniques d'Arts-Spectacles, op. cit.* pp. 119-121).

me sauvera, c'est de m'être « spécialisé » très tôt dans le cinéma... Chabrol et la bande ont apprécié votre lettre.
En attendant votre « autorisation », je vous assure de mon respect et mon admiration et aussi de la joie de vous connaître,

françois t.

FRANÇOIS TRUFFAUT À JEAN MAMBRINO

[Papier en-tête *Cahiers du cinéma*]

De Paris, ce mercredi [*1955*]

Mon père,
Merci pour votre seconde lettre. Voici la frappe de votre petit texte. J'aimerais le publier dans le journal intime[1]. D'accord pour seulement signer de vos initiales mais je ne crois pas utile de préciser que vous êtes jésuite, au contraire[2]... La presse pour *Voyage en Italie*[3] est excellente (*Franc-Tireur* – *France-Soir* – *L'Aurore* – *Le Parisien libéré* – *Arts* – *Libération* – *L'Observateur*) ; on attend la suite... Bazin est d'accord pour la publication de votre lettre.
Respectueusement et admirativement vôtre,

truffaut

FRANÇOIS TRUFFAUT À JEAN MAMBRINO

[Papier en-tête *Cahiers du cinéma*]

Mardi [*mai 1955*]

Mon père,
Merci de votre lettre[4] ; j'ai lu l'article de Schérer[5] (1) qui ne recoupe pas le vôtre[6] pour la bonne raison qu'il n'y est pour ainsi

1. « Petit journal intime du cinéma », voir n. 1 p. 70. La lettre de Jean Mambrino à François Truffaut [*avril-mai 1955*] paraîtra dans le Courrier des lecteurs des *Cahiers du cinéma* n° 50, août-septembre 1955, pp. 56-57.
2. Dans son introduction au Courrier des lecteurs, André Bazin précisera que « le signataire de la lettre est un Révérend Père jésuite ».
3. *Viaggio in Italia* de Roberto Rossellini, sorti en France le 15 avril 1955. Alors assistant de Rossellini, Truffaut est frappé par sa modernité : « Ce film ressemble à ceux que l'on tournera dans dix ans. Quand les metteurs en scène du monde entier renonceront à imiter la forme romanesque au profit de la confession filmée et de l'essai. » (*Arts* n° 512, 20-26 avril 1955 ; *Chroniques d'Arts-Spectacles, op. cit.* pp. 123-124.)
4. Celle-ci n'a pas été retrouvée dans le Fonds Truffaut.
5. Maurice Schérer, « La terre du miracle », *Cahiers du cinéma* n° 47, mai 1955, pp. 38-41.
6. Jean Mambrino a ajouté, au crayon, dans la marge : « Article sur *Voyage en Italie* qui ne parut pas finalement dans les *Cahiers*. »

dire pas question du scénario. Celui-ci est parfait en tout point ; celui que vous projetez d'écrire devrait ne pas être beaucoup plus long, sans quoi cela créera des difficultés supplémentaires, surtout après ceux de Rivette et Schérer. Le mieux, à présent, serait d'écrire à Bazin en lui expliquant ce que vous voulez faire, en joignant au besoin, à votre lettre, l'article d'*Échanges*[1] ; Bazin, seul, peut vous donner l'imprimatur.
J'espère bientôt vous rencontrer de nouveau. Chabrol est à Cannes[2], jusqu'au bout ainsi que Doniol et Bazin.
Bien à vous,

truffaut

Bazin – Hôtel Suisse à Cannes – Alpes-M[ariti]mes.

(1) qui passera dans le prochain n°

JACQUES AUDIBERTI À FRANÇOIS TRUFFAUT

[*20 juin 1955*]

Mon cher Truffaut,
Vous aurez mon Billet demain mardi. Je m'excuse du retard.
Il comportera exactement 3 feuillets de 27 ou 28 lignes. J'y parlerai de *Scarface*, *Mambo* et, sans doute, *La Comtesse aux pieds nus*[3].
Cordialités

J. Audiberti

P.-S. Non, je n'avais pas songé à vous répondre dans mon dernier Billet (où il y avait maintes coquilles...).

1. Jean Mambrino, « *Le Voyage en Italie* », *Échanges* n° XXII, Assomption 1955, pp. 38-39.
2. Le VIIIe Festival de Cannes se déroulait cette année-là du 26 avril au 10 mai.
3. Respectivement : *Scarface* de Paul Muni, *Mambo* de Robert Rossen et *The Barefoot Contessa* de Joseph L. Mankiewicz, au sommaire du Billet IX (*Cahiers du cinéma* n° 49, juillet 1955, pp. 32-34).

FRANÇOIS TRUFFAUT À JACQUES AUDIBERTI

De Paris, ce lundi [*27 juin 1955*]

Cher Monsieur,
Voici votre épreuve[1] ; le mieux serait de nous la faire porter mercredi dans la journée.
Ne convient-il pas de remplacer « régie » par « script »[2] ?
Excusez-nous pour les coquilles du mois dernier ; il se passe ceci d'ennuyeux que les coquilles se forment souvent *après* la correction des épreuves, le rétablissement d'un mot entraînant l'anamorphose d'un autre, à côté ; c'est à la fois décourageant et kafkaïen ; pour ma part, je suis résigné, mais je comprends que vous ne le soyez pas ; votre dernier papier de *La Parisienne*[3] (votre voyage) était absolument remarquable.
Mes sentiments les meilleurs,

ftruffaut

P.-S. Il va sans dire que les rubriques tournantes et collectives comme le « Petit journal intime », la critique des livres[4], etc. vous sont ouvertes, à l'occasion.

JACQUES AUDIBERTI À FRANÇOIS TRUFFAUT

[*Fin juin 1955*]

Cher François Truffaut,
Voici les épreuves. En effet, la coquille est un phénomène ahurissant. Depuis mes débuts dans la carrière écrivante, je suis persécuté sans espoir par cette terreur [*illisible*].
Je m'aperçois que la page ci-contre [*illisible*] de ce qui voulait être

1. Le Billet VIII (*Cahiers du cinéma* n° 48, juin 1955) est consacré au Cinérama, ainsi qu'aux films *La Strada* de Federico Fellini, *Pain, Amour et Jalousie* (*Pane, amore e gelosia*) de Luigi Comencini, *Du rififi chez les hommes* de Jules Dassin, *L'Or de Naples* (*L'oro di Napoli*) de Vittorio De Sica et *Napoléon* de Sacha Guitry.
2. Audiberti a sans doute remanié son article car aucun de ces deux termes n'y figure.
3. « Voyage », *La Parisienne* n° 29, juin 1955. La publication du reportage se poursuivra sur les deux livraisons suivantes.
4. Le « Petit journal intime » est une rubrique mensuelle, nourrie de brèves sur le monde du septième art, tenue à tour de rôle ou de façon collégiale par les rédacteurs des *Cahiers du cinéma*, mais Truffaut deux fois plus souvent, sous son nom ou celui de Robert Lachenay, son ami d'enfance auquel il a emprunté son pseudonyme. La critique des livres est une rubrique irrégulière tenue entre autres par Truffaut et Jacques Doniol-Valcroze.

une lettre. Si vous aviez l'amabilité de la faire taper au propre, cela pourrait devenir un P.-S. Mon article est un peu court. Et il faut, je crois, parler davantage de cette *Comtesse*[1], dont chacun parle.

Bien cordialement à vous,

Jacques Audiberti

P.-S. Pour Ava Gardner[2], je m'aperçois que toute la presse, la bonne, parle d'elle. Peut-être ai-je tort de la traiter, elle et ses nus pieds par-dessus la jambe. Je suis, l'avouerai-je, un peu agacé par le sentiment qu'elle tourne, dans *La Comtesse*, une vie romancée de Maria Félix[3]. Je sais qu'il est incongru autant qu'inutile de conseiller à quelque auteur de couper dans son travail. Mais qu'Ava Gardner danse avec des gitans opportuns entre Menton et Cannes, le film en est très ébranlé ; mais si, à la rigueur, on peut admettre qu'il existe une probabilité de vraisemblance pour un tel incident dans une biographie réaliste d'étoile de cinéma, le risque de friser la basse opérette est redoutable et présent. Grief principal, *La Comtesse*, en général, ne progresse que par elle-même, sauf au cours de la première scène, au cimetière, sous la pluie, et, ensuite dans le cabaret madrilène, où nous espérons tout. Bien vite, il me semble, elle devient quelque chose comme le scénario, détaillé, dilué, du film à faire. Mais cette route en corniche a, d'un tunnel à l'autre, de grandes beautés, d'accord.

1. *La Comtesse aux pieds nus* (*The Barefoot Contessa*) de Joseph L. Mankiewicz (1954), dont Truffaut salua « la sincérité totale de l'entreprise, sa nouveauté, son audace et son pouvoir de fascination » (« La Comtesse était Beyle », *Cahiers du cinéma* n° 49, juillet 1955, pp. 41-44).

2. Comédienne américaine (1922-1990). Révélée par *Les Tueurs* (*The Killers*) de Robert Siodmak, puis confirmée dans *Mogambo* de John Ford (1953), celle que l'on a surnommée « le plus bel animal du monde » défraya souvent la chronique en raison de son mode de vie et de ses démêlés sentimentaux.

3. Comédienne mexicaine à la carrière internationale (1914-2002). En France, elle fut notamment l'interprète de *La Belle Otero* de Richard Pottier et de la Belle Abbesse dans *French Cancan* de Jean Renoir. Baptisée Maria Vargas, l'héroïne de *La Comtesse aux pieds nus* serait plutôt inspirée de la vie de Rita Hayworth, née Margarita Carmen Cansino.

FRANÇOIS TRUFFAUT À JACQUES AUDIBERTI

[Papier en-tête *Cahiers du cinéma*]

Mercredi [*6 juillet 1955*]

Cher Monsieur,
Pouvons-nous compter sur votre Billet X[1] vendredi soir (après-demain) ?
Au reçu de ce pneu, vous est-il possible de nous téléphoner (ou faire) les titres des films dont vous parlerez ?
Merci et mes sentiments les plus admiratifs,

ftruffaut

FRANÇOIS TRUFFAUT À JACQUES AUDIBERTI

[Papier en-tête *Cahiers du cinéma*]

Mercredi soir [*27 juillet 1955*]

Cher Monsieur,
Brusquement, je m'aperçois que je n'ai pas dû répondre à votre dernière très aimable lettre. Oui, votre texte sur *La Comtesse* est devenu un P.-S. à votre Billet. Je crois aussi qu'il est mieux que vous corrigiez vos textes plutôt que nous, même en y faisant des corrections « d'auteur ». Il n'y aura pas de n° en août, mais comme celui de septembre paraîtra au début du mois, cela revient presque au même quant aux dates de livraison d'articles. Ce sera le n° 50, un petit événement pour nous. Si, à l'occasion, vous demandiez à Monique Lange de m'envoyer *Le Cavalier seul*[2], cela me ferait très plaisir…
Je vous « relancerai » en temps utile pour votre Billet, je crois qu'il nous le faudra pour le 31 juillet [août].
Mes sentiments les meilleurs et reconnaissants,

ftruffaut

1. Le Billet X (sans titre, *Cahiers du cinéma*, n° 50, août-septembre 1955) sera consacré aux films *La Révolte des pendus* (*La Rebelión de los colgados*) d'Emilio Fernandez et Alfredo B. Crevenna, *Cellule 2455, couloir de la mort* (*Cell 2455, Death Row*) de Fred F. Sears et *La Maison sur la plage* (*Female on the Beach*) de Joseph Pevney.
2. Pièce en trois actes parue en 1955 dans la collection « Le manteau d'Arlequin », chez Gallimard, où travaillait l'écrivaine, éditrice et scénariste Monique Lange (1926-1996).

FRANÇOIS TRUFFAUT À JACQUES AUDIBERTI

[Papier en-tête *Cahiers du cinéma*]

De Paris, ce mardi [*27 septembre 1955*]

Cher Monsieur,
Voici votre épreuve dont le retour est, comme vous l'imaginez, impatiemment attendu, c. à d. par retour de courrier. Nous espérons votre Billet XII[1] pour le douze octobre et afin de pouvoir, enfin, celui-là l'illustrer[2] – les titres de films commentés vers le dix, par téléphone.
« Nos » affaires de cinéma sont en bonne voie de résolution.
Respectueuses et reconnaissantes salutations de

ftruffaut

JACQUES AUDIBERTI À FRANÇOIS TRUFFAUT

[*Octobre 1955*]

Cher François Truffaut,
N'oubliez pas de m'envoyer les épreuves. Je désire insister (un ou deux mots de plus) sur le grand bien que je pense de *Muerte*[3].
Bien à vous. Merci !

J. Audiberti

FRANÇOIS TRUFFAUT À JACQUES AUDIBERTI

[*7 novembre 1955*]

Cher Monsieur,
Boum patatras ! Votre Billet prochain[4], pardonnez-moi du retard à vous en aviser, doit nous parvenir au + tard le 14 novembre,

1. « Réalisme et mythologie ordonnée » (*Cahiers du cinéma*, n° 52, novembre 1955) est consacré à *Marty* de Delbert Mann et *Mort d'un cycliste* (*Muerte de un ciclista*) de Juan Antonio Bardem.
2. Faute de temps, les Billets X, XI et XII sont parus sans illustrations.
3. *Mort d'un cycliste* de Juan Antonio Bardem. La lettre est illustrée par le dessin d'un squelette sur un vélo.
4. Le Billet XIII (*Cahiers* n° 53, décembre 1955).

c'est-à-dire lundi prochain. Si, par retour de courrier, vous pouvez me dire de quels titres il sera question, ce sera tant mieux.
Merci donc mille fois et recevez les salutations les + admiratives et tout et tout de votre dévoué

f. truffaut

JACQUES AUDIBERTI À FRANÇOIS TRUFFAUT

8 novembre 55

Cher François Truffaut,
Comme vous me le demandez, je vous donne les titres des films dont je parlerai. Ce sont *Hallelujah !* et *Les Grandes Manœuvres*[1].
Bien cordialement

Jacques Audiberti

FRANÇOIS TRUFFAUT À JACQUES AUDIBERTI

[Papier en-tête *Cahiers du cinéma*]

De Paris, ce mardi [*22 novembre 1955*]

Cher Monsieur,
Ce matin, j'avais trouvé, en furetant parmi les occasions, un *Ouvre-Boîte* non coupé, bien enveloppé dans le cellophane. J'arrive aux *Cahiers* pour trouver un petit paquet : *La Beauté de l'amour*[2] ; journée donc bien audibertienne, belle journée. Le malheur est que j'ai un peu honte d'avoir reçu un des exemplaires de ce livre si précieux ; pour le mériter il faut, je pense, l'apprendre par cœur ou tout au moins de nombreuses strophes ; pour être digne d'un tel présent, il me faut me rapprocher de la création, il faut que ma lecture se rapporte à votre écriture, c'est-à-dire que j'arrive à passer sur votre livre un temps aussi long, studieux, et intense que vous pour l'écrire. J'ai déjà réussi cette opération avec le *Jour-*

1. Respectivement de King Vidor (1929) et de René Clair (1955). Grand admirateur d'*Hallelujah !* Audiberti en avait déjà vanté les charmes : « Nous n'oublierons jamais ces êtres traqués, noirs et luisants, ces rythmes mystiques, ce souffle inouï d'intense poésie que le sonore fit alors passer dans nos cœurs » (*Le Petit Parisien*, 13 octobre 1937, p. 5).
2. *L'Ouvre-Boîte, colloque abhumaniste* (Gallimard, Paris, 1952) ; *La Beauté de l'amour, roman en vers* (Gallimard, Paris, 1955).

nal du voleur, *Juliette au pays des hommes* et, en prison militaire à Coblence, avec *Le Maître de Milan* qu'il ne reste plus qu'à filmer[1]. Un long travail m'attend désormais tous les soirs, bien agréable, croyez-le.
Avec ma reconnaissance, mes sentiments les plus cordiaux,

ftruffaut

LUCIEN REBATET[2] À FRANÇOIS TRUFFAUT

25 novembre [1955]

Cher François Truffaut,
Nous nous sommes loupés hier soir[3]. Je cherchais Doniol-Valcroze pour vous repérer (et je ne l'ai pas vu), tandis que vous tâchiez de m'atteindre par Vermorel, comme vient de me l'apprendre un coup de téléphone de Claire Maffei[4].
Voilà un an que j'ai envie de vous voir parce que vous me rappelez le jeune Vinneuil des années 30[5]. Si je ne vous ai pas fait signe plus tôt, c'est, comme vous le dites dans votre dernier mot, que je m'occupe beaucoup plus de mes bouquins que de mes

1. Respectivement : *Journal du voleur* de Jean Genet ; Truffaut a sans doute découvert le roman de Jean Giraudoux, *Juliette au pays des hommes*, en voyant le film de Roger Leenhardt, *Les Dernières Vacances* (1948), où l'héroïne se faisait offrir le livre par son flirt d'un été ; *Le Maître de Milan* de Jacques Audiberti ne figurait pas dans les œuvres citées par Truffaut dans son « Journal de prison » (*op. cit.*) rédigé à Coblence (12 septembre 1951 - 20 février 1952), après sa désertion de l'armée.
2. Écrivain et journaliste français (1903-1972). Après des débuts à *L'Action française*, il entre, en 1932, à l'hebdomadaire *Je suis partout*. En 1942, il publie *Les Décombres*, violent pamphlet antisémite. Condamné à mort à la Libération, il sera emprisonné jusqu'en 1952, puis gracié. Passionné de cinéma, il publie, sous le pseudonyme de François Vinneuil, une série de critiques mordantes dans *L'Action française*, *Comœdia*, et après-guerre, à *Dimanche matin*. C'est à l'hiver 1955 qu'il rencontre Truffaut, lui-même critique aux *Cahiers du cinéma* et à *Arts*. Leurs échanges alimenteront une série de cinq articles, « Le jeune amateur et le vieux critique » (François Vinneuil, *Dimanche matin* n° 224, 18 août 1957 - n° 227, 8 septembre 1957). Le 11 mai 1975, Lotte Eisner, qui vient de recevoir de Truffaut un exemplaire des *Films de ma vie*, lui écrit : « Savez-vous que Langlois a dit récemment qu'il a connu seulement deux critiques français excellents et c'était Vinneuil (malgré sa politique de collaborateur) et François Truffaut ? » Rebatet deviendra un observateur attentif du cinéaste, signant notamment un éloge appuyé de *La Peau douce* (*Le Spectacle du monde* n° 28, 1er juillet 1964). De son côté, Truffaut évoquera Rebatet dans sa préface au *Cinéma de l'Occupation et de la Résistance* d'André Bazin (UGE, Paris, 1975, p. 22) : « [Il] tenait la chronique de cinéma à *Je suis partout*, n'y allait pas de main morte dans son livre *Les Tribus du cinéma et du théâtre*, publié par la NEF en avril 1941, dans une collection intitulée "Les Juifs en France". »
3. Sans doute à une avant-première d'un film.
4. Comédienne (1919-2004) et l'épouse de Claude Vermorel (1906-2001), réalisateur, scénariste et critique de cinéma (*Pour vous*, *Cahiers du cinéma*...).
5. François Vinneuil, pseudonyme de Lucien Rebatet à *L'Action française*, *Comœdia* et, après-guerre, *Dimanche matin*.

papiers. Mais cette envie devient de plus en plus grande, après votre papier sur l'insupportable Cesbron et sur Delannoy[1]. J'ai déjà écrit vingt fois, jadis et naguère, ce que vous dites si énergiquement aujourd'hui. Delannoy fait partie de ces jeunes bourgeois si médiocres au lycée qu'il n'y avait que deux issues pour eux : Saint-Cyr, ou le cinéma. Dans sa bande, que j'ai bien connue, il y avait deux autres corniauds incasables. L'un est devenu député, l'autre sénateur.

Mais ce serait plus amusant de bavarder de toutes ces choses de vive voix. Du reste, j'aurais un ou deux petits tuyaux d'ordre américain à vous demander, et que des camarades de mon âge ne sont pas fichus de me procurer, parce qu'ils recopient leurs fiches d'avant-guerre.

Téléphonez-moi donc à Auteuil 30.96. Pour que nous prenions un rendez-vous à l'heure qui nous conviendra le mieux tous les deux.

Mon vieil ami Jacques Becker[2] m'a dit énormément de bien de vous. Mais ce n'était pas nécessaire.

Croyez, cher Truffaut, à toute ma sympathie

L. Rebatet (François Vinneuil)

JACQUES AUDIBERTI À FRANÇOIS TRUFFAUT

[*Début décembre 1955*]

Cher François Truffaut,

De Nice, où je suis pour quelques jours, je vous envoie mes amitiés. Je lis mon article dans les *Cahiers du cinéma* et je suis horrifié par la coquille de mon article. *Du pôle Noir au pôle Sucre*. Que lis-je ? *Du pôle Nord au pôle Sucre*. C'est vraiment terrible ! Que faire ? Une rectification dans le prochain numéro[3] ? Quelle poix !

À vous, mon cher Truffaut ! Bien cordialement

Jacques Audiberti

1. Gilbert Cesbron et Jean Delannoy, auteur et réalisateur de *Chiens perdus sans collier*, chroniqué par Truffaut dans *Arts* n° 541, 9-15 novembre 1955 (*Chroniques d'Arts-Spectacles, op. cit.* pp. 169-170).

2. Grand admirateur du cinéaste (1906-1960), Truffaut en fit l'un des piliers de sa « politique des auteurs », à la fois comme héritier de Jean Renoir et modèle à suivre. « Pour nous qui avons vingt ans ou guère plus, l'exemple de Becker est un enseignement et tout à la fois un encouragement [...]. La réussite de Jacques Becker est celle d'un homme qui ne concevait pas d'autre voie que celle choisie par lui, et dont l'amour qu'il portait au cinéma a été payé de retour. » (« Les truands sont fatigués », *Cahiers du cinéma* n° 34, avril 1954, pp. 54-57).

3. Dans un petit mot adressé à Truffaut le 26 décembre 1955, Audiberti reconnaîtra qu'il avait « omis de corriger pôle Nord sur les épreuves ».

FRANÇOIS TRUFFAUT À JACQUES AUDIBERTI

[Papier en-tête *Cahiers du cinéma*]

De Paris, ce samedi [*10 décembre 1955*]

Cher Monsieur,
Notre n° spécial de Noël sera consacré entièrement au cinéma américain classique et moderne. Votre Billet mensuel pourrait être remplacé par un article légèrement plus long (8 à 10 pages dactylographiées) concernant le cinéma américain[1]. Cet article, hélas, devrait nous parvenir pour le 20 de ce mois, c'est-à-dire dans 8 jours, tjs à cause des grèves prévisibles pour Noël, grève des clicheurs ou des lino[2] ou les 2. En même temps que votre Billet, lundi, faites-moi savoir : 1) si vous êtes d'accord 2) à quel aspect du cinéma américain vous consacrerez votre article 3) quelles photos – de qui ou de quoi – peuvent l'illustrer.
Ravi de vous avoir vu à la Pagode[3] ; je n'ai pas osé vous proposer d'aller au bistrot, j'ai eu tort ss doute...
Admirativement vôtre,

truffaut

FRANÇOIS TRUFFAUT À JACQUES AUDIBERTI

[Papier en-tête *Cahiers du cinéma*]

De Paris, ce 12 décembre [*1955*]

Cher Grand Ami,
Votre petit mot[4] a semé la panique : nous avons tout remué, tout cherché et finalement trouvé votre manuscrit tel qu'il nous est parvenu, et l'épreuve telle que vous l'avez corrigée.
L'erreur ne vient donc pas de nous, mais elle existe quand même ; souvent, en effet, on corrige tout, sauf le titre ; plusieurs fois nous avons eu la surprise de recevoir une lettre indignée d'un lecteur

1. « Situation du cinéma américain », *Cahiers du cinéma* n° 54, Noël 1955, numéro « dédié à Orson Welles sans qui le nouveau cinéma américain ne serait pas ce qu'il est ».
2. Pour « linotypistes ».
3. Cinéma d'art et essai situé 57 bis, rue de Babylone (Paris VIIe), célèbre pour sa salle à la décoration de style japonisant.
4. Le mot révélant la coquille dans le titre de l'article : « pôle Nord » au lieu de « pôle Noir ».

pour un « cinématogaphe » en gros titre et, plus récemment, l'article de Julien Green : « En travaillant avec Robert BESSON[1] ».
« Du pôle Nord au pôle Sucre » ; nous avions tous ici trouvé cela fort drôle, un très bon titre. Maintenant seulement je comprends combien l'autre était meilleur ; difficile de rectifier un jeu de mots avorté, surtout 2 mois après, mais si vous le voulez, faites-le bien sûr, en P.-S. à votre prochain Billet[2]. L'idéal serait de nous l'envoyer pour le 27 ou 28 décembre.
Avez-vous vu la série d'articles : *Le Celluloïd et le Marbre* d'Éric Rohmer (Maurice Schérer) ? Si oui, qu'en pensez-vous ? Éventuellement, accepteriez-vous d'écrire une préface pour le recueil de ces articles aux Éditions de Minuit ou à la NRF[3] ?
Je me fais une joie d'aller au Théâtre La Bruyère vendredi soir[4].
Je vous remercie pour les places que j'ai reçues et aussi Doniol.
Alors à vendredi et tous mes vœux d'usage,

Truffaut

FRANÇOIS TRUFFAUT À JACQUES AUDIBERTI

[*27 décembre 1955*]

Cher Monsieur,
Votre Billet *Grand Couteau* est le meilleur ; les trois ou quatre derniers étaient déjà très réussis. Je vous recommande très chaudement aussi *Lola Montès*, *Amore* et pour *votre plaisir* un film vieux de quelques mois, *Bronco Apache*[5], cette semaine, à partir de demain,

1. « En travaillant avec Robert Bresson », *Cahiers du cinéma* n° 50, août-septembre 1955, pp. 18-23.
2. Audiberti ajoutera à la fin de son Billet XIV (*Cahiers du cinéma* n° 55, janvier 1956) : « Du pôle Noir au pôle Sucre. C'est ce que j'avais voulu écrire à propos, respectivement, d'*Hallelujah !* et des *Grandes Manœuvres*. De pôle Noir ma malchance a fait pôle Nord ! »
3. Après la parution de ces articles (*Cahiers du cinéma*, de février à décembre 1955) – un état des lieux polémique de l'art au XXe siècle –, Rohmer aurait envisagé « de rééditer ce manifeste théorique (avec un choix de ses articles des années cinquante) dans un recueil intitulé *L'Âge classique du cinéma*. La mort de son éditeur, Dominique de Roux [en 1977], empêcha le projet de voir le jour » (Noël Herpe, préface, *Le Celluloïd et le Marbre*, d'Éric Rohmer, Léo Scheer, Paris, 2010).
4. Pour une représentation de la pièce de Jacques Audiberti *Le mal court*, mise en scène par Georges Vitaly.
5. Respectivement : *Lola Montès* de Max Ophuls, sorti le 22 décembre 1955 – c'est pour le défendre que Truffaut organisa « la bataille du Marignan », où il était présenté (voir *Chroniques d'Arts-Spectacles, op. cit.* pp. 182-184) ; *Amore* de Roberto Rossellini en deux épisodes, *La Voix humaine* et *Le Miracle* : « un chef-d'œuvre en même temps qu'une tentative exceptionnelle dans l'histoire du cinéma, écrira Truffaut. Il faut l'avoir vu » (*Arts* n° 562, 4-10 avril 1956 ; *Chroniques d'Arts-Spectacles, op. cit.* pp. 203-204) ; *Bronco Apache* de Robert Aldrich, sorti en France en décembre 1954, « poétique et délicat » (*Arts* n° 534, 21-27 septembre 1955 ; *Chroniques d'Arts-Spectacles, op. cit.* p. 158).

au Mac Mahon. Je serais très surpris que vous ne soyez pas ravi par *Bronco Apache*.
Je ne suis qu'un demi-goujat puisque je vous dis ma joie (avec 15 jours de retard) d'avoir vécu une magnifique soirée occidentaise[1] au La Bruyère ; quel régal ! Je suppose que vous n'avez guère aimé *Les Mauvaises Rencontres*[2]...
Si vous avez une soirée libre, songez à *Bronco Apache* et recevez avec mes vœux pour 1956, les grandes amitiés reconnaissantes et admiratives de

truffaut

FRANÇOIS TRUFFAUT À JEAN MAMBRINO

[Papier en-tête *Cahiers du cinéma*]

[*1956*]

Cher Grand Ami,
Merci de votre bonne, longue et si drôle lettre[3]. Merci encore pour tous les compliments et même les critiques, merci enfin pour les slogans propres à épuiser la table des matières.
Ce n'est pas un secret, ou du moins à peine, Éric Rohmer n'est autre que Maurice Schérer, nouvelle manière, plus directe et moins allusive. Puisque nous en sommes aux pseudonymes, sachez encore que Jean-Yves Goute[4] est le fils de Claude Chabrol (deux ans et demi).
Je crois sincèrement que vous ne devriez pas garder rancune à Rivette[5] de son attitude distante à votre égard, comme du reste à l'égard du monde entier. Rivette est mon meilleur ami ; par ailleurs, je crois que, d'entre nous tous, *lui seul* est capable, du jour au lendemain, d'arriver à huit heures sur un plateau et de diriger

1. « À la frontière occidentaise, tu prends livraison de tes dames d'honneur... » : réplique de la pièce d'Audiberti *Le mal court*, reprise au théâtre La Bruyère le 15 décembre 1955.
2. Film d'Alexandre Astruc, sorti le 21 octobre 1955. Défenseur d'Astruc qu'il classait dans la catégorie des « auteurs », Truffaut lui-même ne fera pas preuve d'un enthousiasme débordant (*Arts* n° 538, 19-25 octobre 1955 ; *Chroniques d'Arts-Spectacles, op. cit.* pp. 163-166).
3. Cette lettre n'a pas été retrouvée.
4. Jean-Yves Chabrol (né en 1954) et Matthieu Chabrol (né en 1956) sont les deux fils du couple Agnès Goute-Claude Chabrol, qui utilisera leurs initiales et celles de son épouse pour forger le nom de sa société, Ajym Films.
5. Jacques Rivette (1928-2016), réalisateur français. D'abord critique de cinéma (*Cahiers du cinéma, Arts*), il passe à la réalisation en 1958 avec *Paris nous appartient*. Auteur d'une œuvre exigeante, hantée par le thème du complot, il connaît un succès de scandale avec *Suzanne Simonin, la Religieuse de Diderot* (1966). Explorant tout le spectre du cinéma, du film réaliste (*Le Pont du Nord*) au film expérimental (*Out 1*), il touchera un plus large public avec *La Belle Noiseuse*, Grand Prix du jury au Festival de Cannes 1991.

un film pendant trois mois sans cafouiller lamentablement[1]. Il a du métier, comme s'il avait fait dix films. Par ailleurs, admettez qu'avec ceux de Schérer, ses articles sont les plus complets et les meilleurs qui aient été publiés dans les *Cahiers*[2]. Le drame de Rivette, c'est qu'il est peut-être seulement très fort, un cerveau plutôt qu'un tempérament ; je l'imagine plus près de Bresson que de Renoir. Mais, là encore, je me trompe peut-être. Les idées de Rivette sur les films qu'il veut faire, *La Porte étroite* (en CinémaScope, sans blaguer), *Le Bal du comte d'Orgel* (en Technicolor), *Le Diable au corps* (fidèle au livre) et *Sur les falaises de marbre* (avec 20 milliards), sont excellentes, fortes, profondes et belles[3].

Tout cela, selon moi, passe avant nos menues querelles de mots. Vous avez plaidé pour toute la bande, sauf Rivette ; j'ai plaidé pour lui seul : nous sommes quittes.

Je ne partage pas votre admiration pour Demonsablon, peut-être parce que je le connais ; un sous-Rivette, voilà ce que je crois, verbeux, lent d'esprit, laborieux, ergoteur. Son article sur *Désirs humains* était bon, mais celui sur King Vidor me paraît grotesque et inopportun[4].

Il faut que je vous quitte car le labeur attend, et il n'aime pas attendre. Simenon recevra le 50 et, pendant que j'y étais, le numéro Hitch[5].

À bientôt de vous lire, respectueusement et très cordialement vôtre,

françois

1. Rivette prépare alors son premier court métrage. « L'exemple du *Coup du berger* me décida à tourner *Les Mistons*, écrira Truffaut, puis décida Claude Chabrol à tenter l'aventure du grand film avec *Le Beau Serge* [...]. C'était parti. Oui, c'était parti, mais c'est à Jacques Rivette que nous le devons car, de nous tous, il était le plus farouchement déterminé à passer aux actes. » (« L'agonie de la Nouvelle Vague n'est pas pour demain », *Arts* n° 848, 20-26 décembre 1961.)

2. Alors que Rivette s'y était toujours opposé de son vivant, une anthologie de ses articles fut éditée par Miguel Armas et Luc Chessel (*Textes critiques*, Post-Éditions, Paris, 2018).

3. Respectivement : le récit d'André Gide, qui doit son titre à une parabole de l'Évangile selon Luc (« Efforcez-vous d'entrer par la porte étroite... »), les deux romans de Raymond Radiguet – l'un adapté par Marc Allégret en 1970, l'autre par Claude Autant-Lara en 1947 – et le roman d'Ernst Jünger, écrit et publié en 1939.

4. Philippe Demonsablon (1927-2017), collaborateur régulier des *Cahiers du cinéma* de 1953 à 1960. Sa critique du film de Fritz Lang *Human Desire* est parue sous le titre « La difficulté d'être » (*Cahiers du cinéma* n° 50, août-septembre 1955). Concernant King Vidor, il s'agit sans doute de l'article sur *L'Homme qui n'a pas d'étoile* (*Man without a Star*), « L'écorce » (*Cahiers du cinéma* n° 53, décembre 1955).

5. Sans doute à la demande de Jean Mambrino, grand ami de l'écrivain Georges Simenon (1903-1989). Le n° 50 (août-septembre 1955) des *Cahiers* contient la lettre de Mambrino à Truffaut à propos de *Fenêtre sur cour* d'Alfred Hitchcock ; le n° 44 (février 1955) contient un « Entretien avec Alfred Hitchcock » réalisé par François Truffaut et Claude Chabrol.

JEAN MAMBRINO À FRANÇOIS TRUFFAUT

[Papier en-tête *Séminaire des Missions*]
Saint-Martin-d'Ablois (Marne)

[*Début 1956*]

...[1] Il y a en Rivette, il me semble, une intelligence incandescente, dans son art une violence riche, lucide, et d'autant plus intense qu'elle est cachée[2].
À [propos de] ses derniers textes, j'ouvre le n° sur le cinéma américain et je vois, par exemple, dans mon exemplaire, les *Notes sur une révolution*[3], soulignées, annotées, marquées de signes approbateurs à chaque paragraphe. Ou encore, dans le n° 52, le compte rendu des *Mauvaises Rencontres*[4], tout étincelant de phrases soulignées au crayon rouge. Et à la fin, après sa signature, quel est le mot que j'ai écrit en marge ? FORCE.
Je ne suis point surpris non plus par ce que vous me dites sur ses projets, sur ses pouvoirs. Je crois sans peine aussi qu'il est capable de grandes œuvres, bien que le choix de *La Porte étroite* me paraisse curieux. C'est un livre si tragiquement étranger au mystère qu'il prétend décrire. L'affrontement des deux personnages est beau, mais le christianisme, malgré les apparences, partout absent. Par contre, j'imagine le film extraordinaire qui surgirait du *Comte d'Orgel* – raffiné, dépouillé, serti d'éclairs.
Voilà le bien que je pense de lui. Je ne lui ai jamais cherché, cher François, une « menue querelle de mots ». Le rappel des « happy few de pacotille » dans ma dernière lettre était une manière de

1. Brouillon conservé dans les archives de Jean Mambrino, Compagnie de Jésus, et dont le début est illisible. La lettre envoyée à Truffaut n'a pas été retrouvée.
2. On ignore quand et comment Jean Mambrino a fait la connaissance de Jacques Rivette. Mais, dans sa correspondance avec Simenon, il lui conseille de rencontrer le cinéaste à Paris (lettre du 29 septembre 1956), puis il le recommandera : « J'ai appris que vous cherchiez un metteur en scène pour *La Mort de Belle*. Vous devriez essayer de demander à Jacques Rivette, ce jeune cinéaste remarquable (qui a eu une entrevue avec vous) si cela ne l'intéresserait pas. Il vient de terminer un long métrage qui fera du bruit, je crois, et il pourrait sans doute faire quelque chose de puissant de *La Mort de Belle*. » (*ca* mars 1960). « Je ne m'occupe jamais des films tirés de mes livres, répondra Simenon le 31 mars. Et je n'interviens pas dans le choix du metteur en scène, des acteurs, etc. Je tiens trop à ma tranquillité. Jacques Rivette devrait mieux s'adresser au producteur. Merci quand même de me l'avoir signalé. » (« Correspondance Jean Mambrino-Georges Simenon 1951-1988 », *Cahiers Simenon* n° 13, Les Amis de Georges Simenon, 1999, pp. 57-58.)
3. « Situation du cinéma américain », *Cahiers du cinéma* n° 54, Noël 1955, pp. 17-21. Cet article isole quatre noms, « à présent les chefs de file incontestables » de ce qui annonce pour Rivette « l'âge des auteurs » : Nicholas Ray, Richard Brooks, Anthony Mann et Robert Aldrich.
4. Jacques Rivette, « La recherche de l'absolu (*Les Mauvaises Rencontres*) », *Cahiers du cinéma* n° 52, novembre 1955, pp. 45-47 ; *Textes critiques*, *op. cit.* pp. 130-134.

me moquer de moi-même en protestant malicieusement contre sa rosserie. C'est tout. Ne m'en veuillez donc pas.

Mais ce que j'aime en vous (et en Schérer d'une autre manière), c'est le battement de la vie, généreux, jaillissant. Rien de cérébral. Rien de crispé. L'audace d'être vulnérable. René Char a écrit un jour une parole admirable sur les « larges fiançailles des regards[1]... ».

Ravi d'apprendre que Rohmer et Schérer ne font qu'un ! J'aurais dû m'en douter à lire certains passages dans « Beau comme la musique » ou « Une Alceste chrétienne »[2]. Je suis drôlement vexé de ne l'avoir pas reconnu ! Redites-lui ma vive amitié, s'il est dans les parages. Quant au cher Claude Ch., je propose qu'il signe sa prochaine critique sur Hitch : Yvon Cognan, toujours en souvenir de cet héritier de 2 ans ½[3] qui m'a paru avoir, le jour où je l'ai vu, un tempérament d'explorateur-né, tanguant à travers la pièce et donnant joyeusement du crâne sur tous les meubles rencontrés au passage ! Toutes les signatures me seront désormais suspectes, et si je lis dans les prochains *Cahiers* un article de Germain Nibaz louant la netteté classique et « l'humanisme » de Hawks ou faisant une analyse du lyrisme de Visconti sous le titre : « Le chemin le plus long d'un point à un autre », comment reconnaîtrai-je la plume de notre vénéré rédacteur en chef[4] en train de procéder à une révision déchirante ?...

Allons, au revoir, François. À mon prochain passage parisien[5], je filerai vers le 146[6] avec la célérité propre à mon état, suivant ce vieux dicton chinois qu'affectionne le poète élégiaque La Chesnaie[7] : « Les habits, ça sert d'auto »...

Votre ami,

Jean M.

1. « La lumière du rocher abrite un arbre majeur. Nous nous avançons vers sa visibilité. / Toujours plus larges fiançailles des regards. La tragédie qui s'élabore jouira même de nos limites » (« Le Météore du 13 août », *Œuvres complètes*, Gallimard, Paris, 1983, p. 269).

2. Titres du chapitre IV de l'étude de Rohmer, « Le celluloïd et le marbre » (*Cahiers du cinéma*, de février à décembre 1955 ; Éditions Léo Scheer, Paris, 2010), et de son article consacré au film de Carl Th. Dreyer *Ordet* (*Cahiers du cinéma* n° 55, janvier 1956, pp. 25-28).

3. Jean-Yves, le fils de Claude Chabrol et de sa première épouse, Agnès Goute.

4. Nibaz étant l'anagramme de Bazin, Jean Mambrino pense à son ami, bien qu'à cette date la rédaction des *Cahiers* soit codirigée par André Bazin, Jacques Doniol-Valcroze et Lo Duca.

5. Jean Mambrino réside à Saint-Martin-d'Ablois (Marne).

6. 146, Champs-Élysées (Paris VIIIe), l'adresse des bureaux des *Cahiers du cinéma*.

7. La phrase « Les ecclésiastiques n'ont pas besoin de voiture à cause de leurs habits sacerdotaux [ça sert d'auto] » serait attribuée à Tristan Bernard.

FRANÇOIS TRUFFAUT À JACQUES AUDIBERTI

[Papier en-tête *Cahiers du cinéma*]

De Paris, ce 12 janvier 1956

Cher Monsieur,
Chaque année, en raison du n° spécial de Noël, la parution est décalée. Le n° de janvier paraît à la fin du mois et, peu à peu, on gagne des jours de manière à rattraper le rythme.
Il suit de là que votre Billet quatorzième du nom nous arrive en avance. Comme vous faites volontiers des « corrections d'auteur », j'ai pensé que l'occasion était bonne de vous renvoyer votre texte avant qu'il soit imprimé, tapé de manière très aérée, en sorte qu'il vous soit possible de le remanier, augmenter, revoir ou corriger à votre guise. Sachez que nous le trouvons tous, ici, remarquable et qu'il ne s'agit que de vous offrir une commodité imprévue. Dès que relu, qu'il nous revienne.
J'ai suggéré à Parinaud[1] de vous demander de voir et de rendre compte du tournoi des camelots[2] ; j'espère que cela vous amusera autant que j'imagine.
On me dit que le La Bruyère ne désemplit pas, Rossellini et sa femme[3], l'autre soir, n'ont pas pu y rentrer ; nous sommes tous très contents pour vous et impatiemment nous attendons *La Poupée*[4].
Je suis ravi que vous aimiez *Lola Montès* autant que moi ; Ophuls vous plairait beaucoup, certainement ; avez-vous lu son texte : « Hollywood, petite île » dans le numéro de Noël des *Cahiers*[5] ?
Mes grandes amitiés admiratives,

François tr.

1. Voir n. 1 p. 62.
2. Audiberti, qui fut longtemps « journaliste des chiens écrasés de la "zone" », avait déjà écrit sur les camelots, notamment dans *Le Petit Parisien*, le 10 janvier 1940. « Sur le site de la mairie de Saint-Ouen, on peut lire dans *De Cayenne à Debain*, que les camelots habitaient sur la zone. » (Courriel de Bernard Fournier, le biographe d'Audiberti, à Bernard Bastide, 7 juillet 2020.) Audiberti ne consacrera pas d'article à ce « tournoi ».
3. Ingrid Bergman, que le cinéaste italien a épousée le 24 mai 1950.
4. Le roman de Jacques Audiberti sur le point de paraître chez Gallimard, en avril 1956, et que Jacques Baratier adaptera au cinéma en 1962.
5. « Situation du cinéma américain », *op. cit.*, pp. 4-9. Les propos de Max Ophuls ont été recueillis au magnétophone par Jacques Rivette et François Truffaut.

P.-S. C'est Marc Dœlnitz[1] qu'il faut écrire, mais *Max* Dœlnitz était-il concerté, voulu ?

FRANÇOIS TRUFFAUT À JEAN MAMBRINO

[Papier en-tête *Cahiers du cinéma*]

De Paris, 14 février [*1956*]

Mon père,

Je suis impardonnable de n'avoir pas répondu à vos deux excellentes lettres. Aucun de nous n'a pu se rendre à la projection du film[2] qui n'est + le vôtre car le même soir, je présentais *Le Journal d'une femme de chambre*[3] (de Renoir) dans un club.

L'affaire Hitchcock[4], à ce degré de raffinement, confine à la querelle de mots et je n'y puis participer, évidemment. Mais je crois que *Trouble with Harry*[5] sera un drôle de film et pas ordinaire ; la Paramount est très inquiète sur son sort. Je veille à ce que les *Cahiers* vous parviennent et j'espère vous rencontrer bientôt ; tous, nous vous saluons, votre dévoué,

truffaut

1. Comédien et costumier français (1921-2000), dont Truffaut fait la connaissance au Festival du film maudit de Biarritz, le 2 août 1949, alors qu'il anime, avec Alexandre Astruc, une « Nuit maudite » au lieu-dit du lac de la Négresse.
2. Ces « deux excellentes lettres » n'ayant pas été retrouvées, nous n'avons pu identifier ce film.
3. « [Ce film] représente, à mon avis, un progrès immense, même par rapport à *La Règle du jeu* [...], écrit Truffaut. C'était le même film mais complètement poétique au lieu d'être psychologique. Les personnages étaient stylisés à l'ancienne. » (*Le Cinéma selon François Truffaut*, *op. cit.* pp. 75-76).
4. La querelle qui agitait le monde de la critique concernant Hitchcock. Désireux de l'ériger en auteur, Truffaut traque sans répit les thèmes reliant les films entre eux, soutenant que la compréhension d'un film du maître ne peut être complète qu'à la vision des deux suivants.
5. *Mais qui a tué Harry ?* Selon Truffaut, ce film d'Hitchcock est « le plus insolite et l'un des plus purs, celui qui ne peut satisfaire que les fanatiques rompus au déchiffrage des grilles hitchcockiennes » (« Petit journal intime du cinéma », *Cahiers du cinéma* n° 57, mars 1956, p. 40). Dans le n° 58, avril 1956, Éric Rohmer en signera une critique élogieuse, contrebalancée par les analyses contradictoires de Jean Domarchi, Philippe Demonsablon et Jacques Rivette.

JACQUES AUDIBERTI À FRANÇOIS TRUFFAUT

Mardi 21 février 1956

Cher François Truffaut,
Je vous parlerai, crois-je, d'*Hélène de Troie* et de ses vaccins, du *Général du diable*, roi des cabotins, et peut-être de *Senso*[1]. Mon papier n'arrivera guère que lundi.
Merci pour vos mots cordiaux. Cordialement itou.

Jacques Audiberti

FRANÇOIS TRUFFAUT À JACQUES AUDIBERTI

[Papier en-tête *Cahiers du cinéma*]

De Paris, ce mardi [*21 février 1956*]

Cher Monsieur,
Merci pour les précisions ; nous illustrerons votre Billet (faute de vaccins visibles sur documents, pour *Hélène* et *Senso* très illustré par ailleurs) par 3 gros plans + cocasses les uns que les autres de Curd Jürgens dans *Le Général du diable*[2].
Cordialement vôtre,

truffaut

1. Respectivement : *Hélène de Troie* (*Helen of Troy*) de Robert Wise – film sur lequel Audiberti écrira : « … nous pouvons aller voir les vaccins au bras gauche de la belle Rossana Podesta, brune et blonde… » ; *Le Général du diable* (*Des Teufels General*) d'Helmut Käutner ; *Senso* de Luchino Visconti, auquel Audiberti renoncera dans son Billet (*Cahiers du cinéma* n° 57, mars 1956 ; *Le Mur du fond, op. cit.*, pp. 358-362).
2. Le même numéro des *Cahiers* contenait un article de Willy Archer, « Pour saluer Visconti », illustré notamment par six photos de *Senso*. Une seule photo de Curd Jürgens, s'apprêtant à frapper sa partenaire (Eva-Ingeborg Scholz), sera publiée dans les *Cahiers* n° 57, mars 1956, p. 34.

JACQUES AUDIBERTI À FRANÇOIS TRUFFAUT

Lundi 27 février 1956

Cher François Truffaut,
Je n'ai pas voulu parler de *Senso*, crainte de m'allonger. J'espère que cela ne vous gênera pas question photos.
Bien cordialement

Jacques Audiberti

P.-S. Épreuves, *please. Grazie !*

FRANÇOIS TRUFFAUT À JACQUES AUDIBERTI

[Papier en-tête *Cahiers du cinéma*]

De Paris, ce 3 mars [*1956*]

Cher Monsieur,
Vous est-il possible, par retour de courrier, de nous adresser quelques lignes (10 ou 20) sur la présentation *privée* de *Moby Dick*[1], Huston, la baleine, le public, le film et vous ? Nous avons des photos. Merci si oui ; merci quand même si non. Merci encore pour *Le mal court*[2], dont je tâcherai de vous dire deux mots dans une lettre ; cordialement vôtre,

truffaut

JACQUES AUDIBERTI À FRANÇOIS TRUFFAUT

[*Mars 1956*]

Cher Truffaut,
Je vous envoie les lignes que vous me demandez. Je compte sur votre amitié pour ne les publier que si John Huston ne voit pas

1. Audiberti écrira que John Huston « a su nous accrocher à cette chasse à courre océanique, entremêlée d'admirables instantanés de voiles et de cordages jusque dans le cœur même du maelström où se rejoignent la Bible, les magies primitives et le roman aventurier » (« Petit journal intime du cinéma », *Cahiers du cinéma* n° 58, avril 1956, p. 31).
2. Sans doute une invitation à une représentation de la pièce d'Audiberti créée en 1947 et reprise le 15 décembre 1955 au théâtre La Bruyère, dans une mise en scène de Georges Vitaly.

d'inconvénient à une publication peut-être un peu prématurée à ses yeux[1].
Bien cordialement

Jacques Audiberti

FRANÇOIS TRUFFAUT À JACQUES AUDIBERTI

[Papier en-tête *Cahiers du cinéma*]

De Paris, ce mardi 13 mars [*1956*]

Cher Monsieur,
Permettez-moi de vous recommander 2 films : *Le Bandit* (au Napoléon) et, à partir de demain au Studio Bertrand, *Under Capricorn*[2], le meilleur film d'Hitchcock, celui qui peut le mieux vous séduire.
« Si tu connais Audiberti, demande-lui donc deux places pour *Le mal court* », me tarabuste depuis un mois une récente et blonde amie ; si vraiment cela vous est possible, tant mieux, sinon j'accepterai de passer pour un vantard qui ne connaît pas + Audiberti que le pape.
Vertigineuse *Poupée* dans la NRF[3].
votre dévoué et reconnaissant

ftruffaut

LUCIEN REBATET À FRANÇOIS TRUFFAUT

14 mars 1956

Cher Truffaut,
Merci de m'avoir signalé *Le Bandit* d'Ulmer. C'est en effet un très joli film. Je me fais peut-être un peu vieux pour goûter aussi complètement que vous le « western poétique ». J'en ai tant vus !

1. *Moby Dick* ne sortira en salles qu'en novembre 1956.
2. Respectivement : *The Naked Dawn*, western américain d'Edgar G. Ulmer : « un film de quatre sous, poétique et violent, tendre et cocasse, émouvant et subtil, d'une verve joyeuse et d'une belle santé », écrit Truffaut (*Arts* n° 559, 14-20 mars 1956 ; *Chroniques d'Arts-Spectacles, op. cit.* pp. 196-197) ; *Les Amants du Capricorne* : « … généralement considéré comme son chef-d'œuvre, s'enflamme Truffaut. Dès ce premier film hollywoodien apparaissent les thèmes que l'on retrouvera ensuite dans tous les "Hitchcock seconde période" : du soupçon, de la fascination d'un être sur un autre, du salut par l'aveu d'un secret. » (*Arts* n° 495, 22-28 décembre 1954 ; *Chroniques d'Arts-Spectacles, op. cit.* pp. 97-98.)
3. Le roman de Jacques Audiberti, qui venait de paraître.

Songez que j'allais déjà au cinéma à l'époque de William Hart et de Thomas Ince[1]. Le talent d'Ulmer, me semble-t-il, devrait pouvoir s'exercer sur d'autres scénarios, mais il en tire le maximum, il est indéniable. Et la poésie existe.
J'aimerais dire aussi cette semaine que le film et surtout l'auteur méritent un meilleur sort. Mais je viens de me laisser entraîner par Wilder, Marilyn, bref *Sept ans de réflexion*, dont vous avez fort bien parlé[2], et qui m'a beaucoup diverti, à peu près pour les mêmes raisons que vous.
Je m'aperçois que je n'ai plus de ligne disponible pour cet infortuné *Bandit* ! même en P.-S. Ma chronique est déjà trop longue. Ce qui me tempère plus ou moins mon remords, c'est que nous n'étions pas douze, hélas ! cet après-midi, au Napoléon, et qu'on m'a dit que le film allait quitter l'affiche sous peu. Puisque nous ne paraissons que dimanche[3], je n'aurais pas pu lui amener beaucoup de spectateurs. Mais, pour marquer tout de même le coup, j'en dirai quelques mots dans une prochaine chronique.
Téléphonez-moi donc un de ces jours pour que nous prenions un rendez-vous. Il faudrait que je vous rende votre bouquin, que je vous donne *Les Deux Étendards*[4]. Et nous dirions quelques mots de deux ou trois sujets « actuels », Jacques Laurent[5] entre autres...
Dans le film de Wilder, l'expression de la concupiscence – comme disent les Pères – est vraiment assez nouvelle, avec une telle netteté, et très réjouissante.
Que ma défection involontaire pour *Le Bandit* ne vous dissuade pas de me rendre à l'occasion d'autres services de cet ordre, que j'apprécie beaucoup.
Bien amicalement à vous,

L. Rebatet

1. William S. Hart (1864-1946), acteur du cinéma muet, surnommé « l'homme aux yeux clairs », qui fut dès 1915 l'un des premiers cow-boys de l'histoire du cinéma, sous la direction de Thomas H. Ince.
2. « Sept ans de réflexion », *Arts* n° 558, 7-13 mars 1956 ; *Chroniques d'Arts-Spectacles*, *op. cit.* pp. 195-196.
3. Lucien Rebatet collabore à l'hebdomadaire *Dimanche matin*.
4. Situé à Lyon, dans les années 1920, ce roman (Gallimard, Paris, 1952) raconte la rivalité amoureuse de deux amis.
5. Écrivain et journaliste français (1919-2000), rattaché au mouvement littéraire des Hussards et plus connu sous le pseudonyme de Cecil Saint-Laurent. Fondateur de la revue *La Parisienne* et directeur d'*Arts*.

JACQUES AUDIBERTI À FRANÇOIS TRUFFAUT

[*Mi-mars 1956*]

Cher François Truffaut,
J'ai tout de suite écrit à Georges Vitaly pour le prier de vous envoyer les deux places pour *Le mal court*. J'espère qu'il le fera. Jusque-là, l'administration du théâtre est très rétive sur ce chapitre et il ne faut pas m'en vouloir s'il y a du retard, ou pire. Cela ne dépend point de moi.
Mes amitiés à vous et à la blonde âme.

Jacques Audiberti

FRANÇOIS TRUFFAUT À JACQUES AUDIBERTI

[Papier en-tête *Cahiers du cinéma*]

De Paris, ce 19 mars 56

Cher Monsieur,
J'ai reçu votre mot si aimable et peu après 2 places pour dimanche au *Mal court*. Donc tout va bien et la petite blonde veut bien croire que je « connais Audiberti » et même que, tous les 2, on est comme les doigts de la main.
Alors merci vraiment. Votre Billet prochain[1] serait le bienvenu pour lundi prochain (mais ces jours-ci, les titres dont il sera question, svp). J'espère que vous avez pu voir *Le Bandit* et peut-être même *Under Capricorn*... ? Ce roman qui s'appelle *Jules et Jim*[2], je suis certain que vous l'aimez, non ?
Encore merci et admirativement vôtre,

truffaut

1. Le Billet XVII, « Trésors italiens » (*Cahiers du cinéma* n° 58, avril 1956), est consacré à une analyse des charmes respectifs des deux comédiennes italiennes Sophia Loren et Gina Lollobrigida.
2. Roman d'Henri Pierre Roché (Gallimard, Paris, 1953), découvert par Truffaut en 1955 parmi des livres d'occasion de la librairie Delamain, à Paris. Truffaut y fait allusion dans sa critique du *Bandit*, parue dans *Arts* le 14 mars.

JACQUES AUDIBERTI À FRANÇOIS TRUFFAUT

Paris, le 21 mars 1956

Cher François Truffaut,
C'est entendu pour lundi, vous aurez mon billet. Je parlerai de la Loren (1), de *Il Bidone* et peut-être du *Bandit*[1].
Bien cordialement

Jacques Audiberti

1. Sophia

FRANÇOIS TRUFFAUT À JACQUES AUDIBERTI

[Papier en-tête *Cahiers du cinéma*]

[*6 avril 1956*]

Cher Monsieur,
Vous cochez – par ordre préférentiel – les dix meilleurs films que vous avez vus cette année et vous nous renvoyez cela par retour de courrier, avec votre nouveau Billet.
Merci beaucoup. Mes salutations les plus admiratives,

ftruffaut

Pièce jointe

Paris, le 4 avril 1956

Cher ami,
Voici la liste des films du mois pour le prochain conseil des Dix :
Le Secret de sœur Angèle
Naked Dawn (*Le Bandit*)
The Desperate Hours (*La Maison des otages*)
Trouble with Harry
Not as a Stranger (*Pour que vivent les hommes*)
Anatahan
Pain, amour, ainsi soit-il
Abdulla the Great
Amore
Rebel without a Cause (*La Fureur de vivre*)

1. Audiberti renoncera finalement à traiter du *Bandit*.

Dreams that Money Can Buy (*Rêves à vendre*)
Une sacrée gamine
La Meilleure Part
La Rose tatouée (*The Rose Tattoo*)[1]

Cotation :
XXX – à voir absolument
XX – à voir
X – à voir à la rigueur
o – à ne pas voir – abstention
Vous pouvez répondre par téléphone à Élysées 05.38 ou par pneu, l'essentiel étant que votre réponse nous parvienne avant le lundi 9 avril.
Sentiments confraternels

truffaut

HENRI PIERRE ROCHÉ[2] À FRANÇOIS TRUFFAUT

2, rue Nungesser-et-Coli
Sèvres (S. & O.)

11 avril 56

Cher François Truffaut,
J'ai été très sensible à vos quelques mots sur *Jules et Jim* dans *Arts*, notamment à : « … grâce à une morale esthétique et neuve sans cesse reconsidérée ».

1. Réalisés par Léo Joannon, Edgar G. Ulmer, William Wyler, Alfred Hitchcock, Stanley Kramer, Josef von Sternberg, Dino Risi, Gregory Ratoff, Roberto Rossellini, Nicholas Ray, Hans Richter, Michel Boisrond, Yves Allégret et Daniel Mann.
2. Marchand d'art, critique d'art et écrivain français (1879-1959). En 1955, Truffaut a le coup de foudre pour *Jules et Jim*, son premier roman : « J'eus la sensation de me trouver devant un exemple de ce que le cinéma ne parvenait jamais à faire : montrer deux hommes qui aiment la même femme sans que le "public" puisse faire un choix affectif entre ces personnages, tant il se trouve amené à les aimer pareillement tous les trois. » (Préface, *Carnets : les années Jules et Jim*, d'Henri Pierre Roché, André Dimanche éditeur, Marseille, 1990, pp. IX-XXI). Dans *Arts* (n° 559, 14-20 mars 1956), Truffaut écrit : « Un des plus beaux romans modernes que je connaisse est *Jules et Jim* d'Henri Pierre Roché, qui nous montre, sur toute une vie, deux amis et leur compagne commune s'aimer d'amour tendre et sans presque de heurts, grâce à une morale esthétique et neuve sans cesse reconsidérée. *Le Bandit* est le premier film à me donner l'impression qu'un *Jules et Jim* cinématographique est possible. » Très touché, Roché recopie une partie de la citation dans son journal, le 14 mars 1956, et écrit à Truffaut le 11 avril. Une correspondance s'engage, ponctuée de quelques rencontres à Paris ou Sèvres. Truffaut projetant d'adapter *Jules et Jim*, Roché se propose d'écrire lui-même des dialogues « à la fois aérés et serrés ». Quand Truffaut lui envoie des photos de Jeanne Moreau, à qui il souhaite confier le personnage de Kathe, Roché valide : « Elle me plaît. » Le 3 avril 1959, Roché écrit à Truffaut : « Venez me voir quand il vous plaira, à votre retour, je vous attends. » Il meurt cinq jours plus tard, à son domicile. Le tournage de *Jules et Jim* débutera en avril 1961, deux ans après sa disparition. « Je m'en veux terriblement de ne pas avoir fait le film de son vivant, confiera Truffaut. On se sent souvent coupable envers les morts… » (Lillian Ross, *François Truffaut. Textes issus de* The New Yorker *1960-1976*, Carlotta, 2019, p. 19).

J'espère que vous la retrouverez, encore plus, dans *Deux Anglaises et le Continent*[1], que vous allez recevoir…

Henri Pierre Roché

FRANÇOIS TRUFFAUT À JACQUES AUDIBERTI

[Carte postale représentant une pin-up en noir & blanc]

[*19 avril 1956*]

Quand Sancho trotte avec Marion, il trotte aussi avec… Ninon[2] !
Pas vrai ? Vertigineuse et grisante poupée.
Sans doute il fait beau à Cannes, mais à Paris on passe *Le Carrosse d'or*[3].
Il faudra que je vous parle, en rentrant, d'un court métrage que j'ai en tête : un type se promène – comme le héros de *Talent*[4] – regarde les femmes et réagit *physiquement* : il titube, gémit ou s'évanouit, selon.
Je rentre le 12 ; cordialement vôtre,

truffaut

Vous devriez envoyer votre nouveau livre à Max Ophuls, Chemin de la Rousterie Chevreuse (S. et O.).

1. Deuxième roman d'Henri Pierre Roché (Gallimard, Paris, 1956), dont les bonnes feuilles ont été publiées dans *La Parisienne* n° 33, mai 1956, sous le titre « Les deux sœurs ». Truffaut l'adaptera en 1971.
2. Double allusion à l'œuvre d'Audiberti : à la chanson *Gallito (Quand je danse avec)* de Jorge Milchberg et Audiberti dans *La Poupée* : « Quand je trotte avec Carlos / je n'trotte pas avec Marcos… », puis à l'article « Greta, Marlène, Ninon » (*op. cit.*), qui contenait un éloge de Ninon Sevilla, comédienne mexicaine qui, selon Truffaut, aurait inspiré en partie le personnage principal de *La Poupée*, le roman d'Audiberti qui venait de paraître chez Gallimard.
3. Le film de Jean Renoir, « infiniment plus riche, plus neuf, plus beau [que *French Cancan*] », selon Truffaut (*Arts* n° 514, 4-10 mai 1955 ; *Chroniques d'Arts-Spectacles, op. cit.* pp. 128-130).
4. Roman d'Audiberti (Egloff, Paris, 1947 ; L'Arbre vengeur, 2006), où il s'interroge sur la malédiction prodigieuse qui distingue les créateurs du commun des mortels en faisant vivre, de l'intérieur, le parcours d'un de ces « criminels anthropophages ».

JACQUES AUDIBERTI À FRANÇOIS TRUFFAUT

37, rue du Moulin
Lozère Seine et Oise

[*Avril 1956*]

Cher François Truffaut,
Ce n'est pas sans une certaine mélancolie que je dois vous prier de me pardonner si je ne vous envoie pas l'article habituel. Je suis, depuis plusieurs semaines, à la campagne, et je n'ai vu aucun film. J'ai beaucoup de travail sur la planche, des déplacements en perspective et il me faut vous demander, ainsi qu'à Jacques Doniol-Valcroze, de bien vouloir considérer que la modeste participation à nos chers *Cahiers du cinéma* est terminée – tout au moins dans l'allure régulière qu'elle avait prise. Toute ma gratitude, mes chers amis, vous est acquise pour l'hospitalité généreuse que vous avez accordée à mes textes parfois assez peu dans le coup. J'espère que votre mise en page ne souffrira pas de la présente résolution, que je n'ai prise qu'après m'être rendu compte de certaines impossibilités.
Mon passage aux *Cahiers* me laisse le plus agréable souvenir et, si vous le permettez, je continue, moralement, à m'en sentir solidaire, de par tous les liens de la sympathie.
Avec ma meilleure pensée

Audiberti

FRANÇOIS TRUFFAUT À LUCIEN REBATET

[Papier en-tête *Cahiers du cinéma*]
Hôtel Méditerranée
Cannes (jusqu'au 10 mai)

De Cannes, ce vendredi de fin avril 1956

Cher Monsieur,
J'espérais vous retrouver à Cannes sans trop oser y croire. Vous n'êtes pas sans avoir remarqué que *Le Temps de Paris* m'a embauché. Je ne connaissais personne là-dedans et je crois que c'est

Thérond[1] (de *Match*) qui a beaucoup insisté pour que l'on me prenne. L'idée m'est venue que c'est peut-être de ce journal que vous espériez diriger la page cinéma. Je tiens beaucoup à ce que vous sachiez que j'aurais préféré vous avoir pour chef de rubrique à tout autre et aussi que j'ai si peu « intrigué » pour y entrer que je n'ai accepté que lorsque j'ai su le salaire – astronomique pour moi, du jour au lendemain. Depuis un mois, le nombre de mes ennemis par là même s'est accru et cela m'est égal, sauf en ce qui concerne quelques confrères, dont vous. Ainsi, rien de trouble entre nous, j'espère. Je vais poursuivre ma lettre au stylo car le festival n'est équipé qu'en Olivetti, dont le clavier déconcerte l'usager d'Underwood.

Hormis le soleil vous ne perdez pas grand chose et cependant je crois que vous devriez la prochaine fois – pour Venise[2] – solliciter votre invitation.

Sous l'angle où vous le prenez, vous avez raison pour *Le Temps des assassins*[3] et moi aussi. Je suis davantage contrarié de notre divergence sur *La Fureur de vivre*[4] et de ne pas trouver d'arguments pour vous toucher.

Mes respectueux hommages à Madame Rebatet[5] et, pour vous, mes salutations reconnaissantes et admiratives,

f. truffaut

1. Le journaliste Roger Thérond (1924-2001) dirigeait alors la rédaction de *Paris Match*. Du 18 avril au 27-28 mai 1956, Truffaut a tenu la rubrique cinéma du *Temps de Paris*, quotidien éphémère positionné à droite.
2. La Mostra de Venise (28 août-9 septembre 1956).
3. *Voici le temps des assassins*, film de Julien Duvivier, auquel Truffaut consacrera deux recensions (*Arts* n° 564, 18-24 avril 1956 et *Le Temps de Paris* n° 1, avril 1956, sous le pseudonyme de François de Monferrand). Pour Rebatet, « ce réalisme des fonds accuse encore le découpage en carton des êtres que l'on prétend y faire vivre [...]. Toute l'histoire en est gauche. L'honnêteté ou la malhonnêteté tournent à la caricature, en tout cas à la naïveté élémentaire du trait » (François Vinneuil, « Décors vrais pour drames de carton », *Dimanche matin* n° 158, 22 avril 1956, p. 6).
4. *Rebel without a Cause* de Nicholas Ray (1956), dont Truffaut a rendu compte dans *Arts* n° 562, 4-10 avril 1956 ; *Chroniques d'Arts-Spectacles, op. cit.* pp. 201-202. Rebatet y fait allusion dans sa critique : « De jeunes amis cherchent dans le film de Nicholas Ray les promesses d'un cinéma qui dépasserait la psychologie [...]. Mais, en vérité, nous sommes ici en deçà du domaine où l'on peut commencer à parler de psychologie. Avec des infra-mentaux, des primitifs de race blanche, pollués et détraqués hélas ! avant d'avoir seulement fait leurs premiers pas dans la civilisation » (François Vinneuil, « Quand l'Amérique hait ses familles », *Dimanche matin* n° 157, 15 avril 1956, p. 6).
5. Le 14 septembre 1933, à Galatz (Roumanie), Lucien Rebatet a épousé Véronique Popovici, une Roumaine rencontrée à Paris.

JACQUES AUDIBERTI À FRANÇOIS TRUFFAUT

37, rue du Moulin
Lozère Seine et Oise

Juillet 1956

Votre très charmante missive[1], cher François Truffaut, n'est pas tombée dans l'oreillette d'un cœur sourd. C'est avec joie que je mettrai à profit votre si généreuse invitation concernant un papier, çà et là, pour vos chers *Cahiers*. Vous savez, j'ai tellement de pain sur la planche, question pièces et bouquins, qu'il m'était très difficile de prolonger une coopération régulière aux C. D. C.[2] où, toutefois, mon amitié demeure liée, ainsi que je vous prie de le dire à Jacques Doniol-Valcroze.
Et voici mon chaleureux salut !

Jacques Audiberti

HENRI PIERRE ROCHÉ À FRANÇOIS TRUFFAUT

6 sept. 56

Cher François Truffaut,
Merci pour votre belle carte[3].
Content que vous appréciiez *le ton*. J'ai eu souvent envie d'écrire des dialogues pour le cinéma*. J'ai fait de brefs scénarios vers 1912, puis un très grand vers 1920. Je vous l'enverrai, si je le retrouve !
Je vous enverrai *Don Juan*[4] avant fin octobre.
Je suis un peu à Venise. Je viens de lire ce matin votre festival avec grand plaisir[5] !

H. P. Roché

* je l'ai encore

1. Nous n'avons pas retrouvé trace de cette lettre dans les archives Audiberti.
2. *Cahiers du cinéma.*
3. Sans doute une carte postée de Venise.
4. Jean Roc (Henri Pierre Roché), *Don Juan et…*, Éditions de la Sirène, Paris, 1920.
5. François Truffaut, « Venise : journal du festival » (*Arts* n° 583, 5-11 septembre 1956 ; *Chroniques d'Arts-Spectacles, op. cit.* pp. 248-256).

HENRI PIERRE ROCHÉ À FRANÇOIS TRUFFAUT

2, rue Nungesser-et-Coli
Sèvres (S. & O.)

23 nov. 56

Cher François Truffaut,
Je vous fais envoyer à *Arts* 5 ex. de *Jules et Jim* (seulement, pour ne pas vous encombrer). D'autres, de mes 3 livres, sont à votre disposition : demandez-les-moi.
C'est pour moi un événement très souhaité que vous passiez à la *mise en scène* ! Je me sens sûr de vous.
Je vais chercher et vous envoyer mes vieux scénarios. J'en ferais volontiers de nouveaux – ou des dialogues sur un sujet qui m'empoigne.
C'est toujours à *Arts* que je dois vous écrire ?
Je suis touché par votre approbation.

Henri Pierre Roché

Avez-vous lu *Mon amant se marie* ? de Thora Dardel – Éditions M. P. Trémois, vers 1935... C'est magnifique, peut-être introuvable. Je pourrais vous le prêter.
J'ai traduit vers 1905, avec un Russe, *L'Oncle Wanja* de Tchekhov. Trop tôt. Personne n'en a voulu alors. Idem, vers 1906, *La Ronde* de Schnitzler[1], etc.

CHRISTIAN BOURGOIS[2] À FRANÇOIS TRUFFAUT

4e Brigade 19e Section B. E. 720 Caen
37, rue de Longchamp
Paris XVIe

12 décembre 1956

Cher François Truffaut,
Vous n'êtes pour moi qu'une signature, mais elle paraphe de si belles colères, de si justes enthousiasmes, semaine après semaine

1. Toutes références témoignant du caractère avant-gardiste d'Henri Pierre Roché, pour avoir traduit en éclaireur des pièces qui allaient devenir des classiques.
2. Christian Bourgois (1933-2007) est alors un jeune diplômé de l'Institut d'études politiques de Paris, appelé du contingent et futur éditeur (Julliard, puis Christian Bourgois Éditeur). « Passeur » de livres comme il aimait à se définir, il « incarnait une sorte d'éclectisme raffiné et élégant, ouvert sur le monde [...]. C'était dans sa manière d'être, celle d'un homme de goût, d'un prince » (Serge Toubiana, « L'ami Christian Bourgois », *Cahiers du cinéma* n° 631, février 2008, p. 59). Grand cinéphile, il édita de nombreux ouvrages sur le cinéma dans la collection 10/18 qu'il dirigea, et fut, à deux reprises, président de la Commission d'avance sur recettes du CNC (1985-1986, 1997-2000).

depuis des mois que vous êtes un ami : je vous en prie, continuez à exprimer tout votre dégoût devant cette façon paresseuse et fade de critiquer, faire ou jouer des films. À certains de vos articles, l'en-tête d'une critique sur Hossein[1] cet été si j'ai bonne mémoire, il semble que vous ayez mauvaise presse et mauvaise réputation dans le milieu du cinéma, mais vous n'êtes pas « le Jean-Jacques Gautier[2] » des « Jeunes Turcs[3] » : il faut toute l'impudence et la malhonnêteté intellectuelle de nos prétendus critiques ou metteurs en scène pour ne pas voir dans vos « exécutions » et vos fureurs un immense amour du cinéma.

Les bons metteurs en scène, dites-vous, sont venus au cinéma par amour des actrices et le plaisir de les diriger[4], les bons critiques, les bons spectateurs je pense, par amour des actrices et plaisir de les voir bien dirigées. Je n'ai malheureusement pas vu trois mille films depuis dix ans[5], mais quand je vis à Paris, j'en vois bien vingt à vingt-cinq par mois, dix-quinze au minimum : je peux donc penser avoir le droit de me mettre en colère quand un critique se fout de moi et d'applaudir quand je vous lis, vous Truffaut, Rohmer, Rivette, Lachenay, Domarchi[6]. La question n'est pas d'aimer les mêmes films que vous, mais votre amour « honnête » du cinéma. Car cette violence, cette intransigeance, ce sérieux que d'aucuns vous reprochent ne procèdent pas d'un esprit partisan, mais d'une grande honnêteté. Quand vous écrivez qu'Edwige Feuillère, Pierre Fresnay ou Curd Jürgens sont de mauvais, très mauvais acteurs, vous ne faites qu'exprimer une vérité qui, dans quelques années, sera d'une banalité déconcertante[7]. Je dirais même que leurs rôles ne sont pas seulement mauvais, mais écœurants, dégoûtants, ignobles. Rappelez-vous cette saloperie immonde *Les Fruits de l'été*[8], tout ce

1. La critique du film de Robert Hossein *Les salauds vont en enfer* (*Arts* n° 557, 29 février-6 mars 1956 ; *Chroniques d'Arts-Spectacles, op. cit.* pp. 193-195).

2. Journaliste et critique dramatique (1908-1986) qui publia, dans *Le Figaro*, des critiques théâtrales aussi virulentes que controversées. Voir *Théâtre d'aujourd'hui* (Julliard, Paris, 1972).

3. Nom générique donné aux critiques des *Cahiers du cinéma* qui, dans les années 1950, conçurent la « politique des auteurs » en opposition avec le « cinéma de papa » dominant.

4. Christian Bourgois reprend ici, mot pour mot, une phrase du dernier article de Truffaut, « BB est victime d'une cabale » (*Arts* n° 597, 12-18 décembre 1956 ; *Chroniques d'Arts-Spectacles, op. cit.* pp. 301-305).

5. Le nombre de films que Truffaut, dans le même article, disait avoir vus.

6. À cette date, tous critiques (Lachenay pour Truffaut) dans *Arts* et les *Cahiers du cinéma*.

7. Affirmations piochées dans plusieurs articles de Truffaut : « On ne dit jamais que Françoise Rosay, Edwige Feuillère [...] sont les actrices les moins spontanées du monde. » (*Arts* n° 597, 12-18 décembre 1956 ; *Chroniques d'Arts-Spectacles, op. cit.* pp. 301-305.) « Le jeu de James Dean [...] ou celui d'Anna Magnani risquent de bien nous faire rire dans quelques années, comme celui de Pierre Fresnay demain. » (*Arts* n° 596, 5-11 décembre 1956 ; *Chroniques*... pp. 296-299). « Curd Jürgens confirme [dans *Et Dieu... créa la femme*] qu'il est l'un des quatre plus mauvais acteurs du monde. » (*Ibid.* ; *Chroniques*... pp. 299-300).

8. Film de Raymond Bernard, sorti en février 1955. Dans *Arts* (n° 506, 9-15 mars 1955), Truffaut

cinéma de « voyeurs » qu'on nous impose en France, ce cinéma du clin d'œil cochon, du sous-entendu grivois, tout le bric-à-brac sentimental de *Marianne de ma jeunesse*[1] avec daims, nuages artificiels entre les pins, chandelles et autres ingrédients.

Dites-vous bien, cher François Truffaut, que nous sommes nombreux à haïr ce cinéma, cette critique, qui sont vraiment d'une obscénité inqualifiable. Que jamais nous ne vous trouverons assez violents pour défendre notre « Chérie » pâle, bouleversante de *Bus Stop*, assez impitoyable pour les Dames blanches, autres « grandes dames[2] » de metteurs en scène français.

Nous aussi, spectateurs passionnés, nous sommes amoureux du cinéma, nous qui ne sommes pas des professionnels, dont le mercredi est le dimanche de la semaine, qui nous précipitons dans tous les coins de Paris pour revoir et revoir ces ombres lumineuses qui furent et restent nos amours, nous qui n'aimons pas les ciné-clubs, ces cours du soir, cette propédeutique où de méticuleux professeurs enferment nos rêves dans leurs exaspérantes fiches et références, mais qui nous faisons les poches pour voir, voir et revoir tel ou tel film qui nous est si cher… si cher. Avez-vous pensé qu'un garçon comme moi ou n'importe lequel de mes amis laisse vingt à trente mille francs dans une dizaine de cinémas parisiens par an ? Nous n'avons pas le droit, nous qui n'avons pas de carte de presse, de dire que si nous dépensons avec apparemment tant de folie obstinée tout notre argent de poche à aller au cinéma, à acheter les *Cahiers* (et même *Cinéma 56* et même, même *Positif*[3], parce qu'il peut y avoir un renseignement, une photo, un je ne sais quoi d'intéressant), à acheter des livres sur le cinéma, de nous mettre en colère et de soutenir nos colères. Cet argument m'agace un peu mais je veux dire que la passion que nous mettons à aimer le cinéma nous conduit à le préférer à tout, à nous passer des livres, des revues, du whisky ou des cigarettes que nous aimons aussi – et qu'une fidélité si longue, qui exige parfois des sacrifices désagréables, qu'une passion si constante nous permet de donner notre avis dans ce combat qui semble vous opposer à vos dis-

---

affirmait que « tout ce que l'on peut accumuler en une heure et demie de vulgarités et de lieux communs se trouve ici, traité dans une totale fausseté de ton ».

1. Film franco-allemand de Julien Duvivier, sorti en mars 1955.

2. Chérie est le prénom du personnage incarné par Marilyn Monroe dans *Bus Stop* de Joshua Logan (1956). En parlant des « Dames blanches », Christian Bourgois met sans doute en parallèle la « pâleur » naturelle de Marilyn et celle de ses homologues françaises : Edwige Feuillère, Françoise Rosay, Gaby Morlay, etc. que Truffaut qualifiait « d'actrices les moins spontanées du monde » (« BB est victime d'une cabale », *op. cit.*).

3. Bourgois cite ici les trois revues spécialisées les plus célèbres des années 1950.

tingués collègues. Nous n'avons pas l'impudence de croire que nous avons nécessairement raison, mais je crois que nous avons vraiment le droit de dire que vous faites votre travail de critique et qu'Arlaud, Benayoun, sans parler naturellement de Chauvet[1] et autres sinistres critiques, ne font pas le leur. Je n'aime pas un film parce que vous l'aimez, il se trouve que nous aimons presque toujours les mêmes films, tandis que Benayoun donne trop souvent l'impression de ne pas aimer un film parce que vous, Truffaut et vos amis, l'aimez (cf. *Picnic*, *Un condamné à mort s'est échappé*, etc.) et de défendre ceux que vous n'aimez pas : exemple *Moby Dick*. Est-ce là faire travail de critique ? Est-ce là surtout se conduire en amant ? Je m'explique. Au fond vous, les si sympathiques critiques d'*Arts* et des *Cahiers*, vous avez pour le cinéma les faiblesses et les exigences d'un amant pour une très belle et attachante maîtresse. Le « cinéma » c'est notre « Comtesse » aux pieds nus comme Ava, le dos nu comme BB, les bas éclatés, les cuisses pâles comme MM[2], elle nous prodigue à chacun ses faveurs. Et Sternberg, Hawks, Ray, Logan[3] aiment nos comtesses, les parent, les dirigent avec amour pour eux, pour nous, amants exigeants et attendris. Je ne veux pas exagérer mais je ne comprends vraiment pas cette insensibilité de tant de critiques : en parlant des attraits de Marilyn, ils les confondent avec ceux de je ne sais quelle starlette française et pour eux le talent serait inversement proportionnel au tour de poitrine ; c'est prendre notre « chérie » pour Diane[4].

Quand un des metteurs en scène que nous aimons tourne une scène d'amour, il ne pense pas nécessairement à tout le rituel et l'attirail de [*mot illisible*], et nous, spectateurs, nous applaudissons James Dean quand il déclare maladroitement son amour, parce que ses gestes maladroits et tendres, ses silences bourrus et ses colères nous sont plus familiers que toute l'astuce, toute la roublardise, toute la petite saloperie de notre cinéma français ou d'un certain cinéma européen.

Nous aimons des acteurs, des actrices que dirigent certains metteurs en scène avec estime et attention pour les uns, amour, tendresse, cruauté pour les autres. Tous ces rapports acteur-metteur

1. R.-M. Arlaud (1911-2002), pseudonyme de Jean Pelleautier, scénariste et dialoguiste de cinéma, critique de cinéma à *La Revue de l'écran* et *Combat*. Robert Benayoun (1926-1996), écrivain et critique de cinéma, collaborateur de *Positif*, du *Point* et du *Nouvel Observateur* et l'auteur de monographies (Jerry Lewis, Tex Avery, Buster Keaton et les Marx Brothers). Louis Chauvet, journaliste et écrivain (1906-1981), critique au *Figaro*, dont Truffaut raillait souvent les incompétences.
2. Ava Gardner, Brigitte Bardot et Marilyn Monroe : trois des comédiennes préférées de Truffaut.
3. Les réalisateurs Josef von Sternberg, Howard Hawks, Nicholas Ray et Joshua Logan.
4. La déesse qui avait pouvoir sur la procréation et la naissance des enfants.

en scène-critique-spectateur sont étrangement difficiles à définir, mais c'est cela le cinéma.
Je m'excuse, cher François Truffaut, d'être si long et peut-être si obscur. Je suis malheureusement militaire et je vous écris dans le bruit d'une salle de cours. Il n'est pas facile d'écrire dans une telle ambiance ; vos articles d'*Arts* me rappellent mes amours. Je n'ai ici pour me consoler que le bruit de l'appareil de projection, l'exiguïté de l'écran qui rappelle l'avenue de Messine[1] et mes souvenirs pour y projeter, en lieu et place de nos films effarants sur l'Algérie ou l'aviation, ces films que j'aime et que vous me faites aimer. Je m'excuse d'avoir répété si souvent ce verbe « aimer » : notre BB en est la cause. Tant d'articles idiots nous rappellent que l'amour du cinéma est en définitive quelque chose d'assez rare, malgré le nombre des critiques, des salles de ciné-clubs, la propagande ou publicité cinématographiques, l'Élysées-Club[2] et le Festival de Cannes.
Avec toute mon estime

Christian Bourgois

HENRI PIERRE ROCHÉ À FRANÇOIS TRUFFAUT

2, rue Nungesser-et-Coli
Sèvres (S. & O.)

15 décembre 1956

Cher François Truffaut,
Voici le seul scénario[3] que j'ai retrouvé. Il est d'avant-guerre, plus que daté. Il contient une idée et quelqu'invention. A-t-il, sous-jacentes, des qualités qui seraient peut-être utilisables, autrement, aujourd'hui ? Moins que *Jules et Jim*, probablement.
J'aimerais écrire des dialogues à la fois aérés et serrés.
J'aime votre article dans le dernier *Arts* sur BB (et son mari)[4].

1. Allusion à la salle de projection de la Cinémathèque française, alors installée 7, avenue de Messine (Paris VIIIe).
2. Club privé des Champs-Élysées, très prisé par le milieu du cinéma.
3. Le journal de Roché, au 14 décembre, identifie le projet en question : « Lettre à François Truffaut. Je lui envoie *L'Homme unique* » – un scénario écrit en 1942, que Roché aurait destiné à Maurice Chevalier et qu'il aurait aimé confier à Jean Renoir pour la réalisation.
4. Brigitte Bardot et Roger Vadim. Voir « Les critiques de cinéma sont des misogynes : BB est victime d'une cabale » (*Arts* n° 597, 12-18 décembre 1956 ; *Chroniques d'Arts-Spectacles*, *op. cit.* pp. 301-305).

Je joins, je ne sais guère pourquoi, un ballet qui a « failli » être mis en musique par Debussy[1].
Renvoyez-moi tout ça, si inutile, et si vous y pensez ?

H. P. Roché

HENRI PIERRE ROCHÉ À FRANÇOIS TRUFFAUT

2, rue Nungesser-et-Coli
Sèvres (S. & O.)

8 janvier 57

Cher François Truffaut,
Enchanté et stimulé par votre lettre – oui, le fantastique quotidien est le seul vrai.
Je vous prête et envoie le précieux : *Mon amant se marie* de Thora Dardel. Votre impression sur le ton et le rythme ?
J'attends *Antoine et l'orpheline*[2].
Merci pour les 3 *Cahiers du cinéma* (que j'ignorais !).
Vous m'avez appris à aimer Jean Renoir. On le connaît bien après avoir lu vos deux articles[3]. Merci ! Bogart est une curieuse figure[4] ! Que je regrette de ne presque plus pouvoir sortir et aller au cinéma. Je l'ai fait tant d'années – mais j'y pense souvent. Tant est possible !
J'écris à Gallimard de vous envoyer 5 *Jules et Jim* (en attendant plus) – à *Cahiers du cinéma* cette fois-ci.
Merci pour le retour des deux manus (*Homme unique* et *Pensionnat*[5]). Votre appréciation m'est un bel appui.

H. P. Roché

1. Sans doute *Le Pensionnat sur le toit*, dont Roché accuse réception le 8 janvier 1957.
2. Nouvelle de Truffaut parue dans *La Parisienne* n° 28, mai 1955, pp. 515-521. Sans doute avait-il évoqué ce texte dans un échange épistolaire ou téléphonique.
3. Il s'agit sans doute des deux entretiens avec Renoir publiés dans les *Cahiers du cinéma* (n° 34, avril 1954, et n° 35, mai 1954). « Croyant sentir une parenté entre la sagesse de Roché et la hauteur de vue de Renoir, je lui adresse un numéro des *Cahiers du cinéma.* » (François Truffaut, préface, *Carnets : les années Jules et Jim*, *op. cit.* pp. IX-XXI).
4. Sans doute une référence à l'article de Robert Lachenay (pseudonyme de Truffaut), « Portrait d'Humphrey Bogart », *Cahiers du cinéma* n° 52, novembre 1955.
5. *L'Homme unique*, scénario de 1942, centré sur Franz Hessel (le Jules de *Jules et Jim*), et que Roché aurait aimé confier à Jean Renoir (d'après Robert Stam, *François Truffaut & Friends*, Rutgers University Press, 2006). *Le Pensionnat sur le toit*, argument de film écrit vers 1932 ou 1933, remis à Jean Vigo par René Delage, directeur de rédaction à *L'Excelsior*, fut publié dans *Jean Vigo : Œuvre de cinéma*, La Cinémathèque française/Éditions Pierre Lherminier, Paris, 1985, pp. 475-477.

Oui, improviser sur le plateau, ce doit être le rêve – avec des films pas chers du tout, et des acteurs neufs. Comment y préparer le public ? Mais vous le faites déjà – et presque sans « décor » : trouver tout cuit.

JEAN DUTOURD[1] À FRANÇOIS TRUFFAUT

12 mars [*1957*]

Cher Monsieur,

Ce que vous avez écrit de Mme Feuillère dans le dernier n° d'*Arts*[2] m'a bien amusé. Il y a bien quinze ans que je pense que cette personne a la distinction d'une charcutière, et qu'elle joue faux. Je le dis de temps à autre, quand l'occasion s'en présente dans mes papiers, mais jamais avec la vigueur vengeresse et la cocasserie que vous y avez mises. Je vous félicite. Je crois que vous et moi nous sommes les seuls à avoir tant soit peu discuté la divinité en question. Nos confrères sont-ils aveugles, complaisants, ou simplement timides ?

J'ai écrit il y a 2 ans un livre[3] dont le personnage central est une crémière. Il a été question, un certain temps, de le porter au cinéma. J'ai scandalisé *tous* les producteurs qui s'y sont intéressés en leur disant que l'actrice qui collerait le mieux avec le personnage était Mme Feuillère.

C'est Ph. Hériat[4] qui m'a indiqué votre article. Il en était très satisfait (à cause du film qu'il renie et qui n'a rien de commun avec sa nouvelle).

Croyez, cher Monsieur et estimé iconoclaste, à mes sentiments bien amicaux.

Jean Dutourd

1. Écrivain (1920-2011) et critique cinématographique (*Paris-Presse*, *Carrefour*), dont les *Œuvres complètes* ont été éditées chez Flammarion (3 vol. 1979-2009). Truffaut, qui le considérait plus comme un écrivain que comme un critique, l'a côtoyé comme journaliste dans de nombreux festivals et comme juré au XVe Festival de Cannes, en 1962. Et il n'a jamais caché que Dutourd avait inspiré Clément Morane (Michael Lonsdale), cet industriel grand bourgeois piqué de politique dans *La mariée était en noir*.
2. Truffaut y relatait le refus de producteurs d'engager « la grande dame du cinéma français dans un rôle d'épicière », comme cela leur avait été suggéré (« Tout le monde peut devenir un grand acteur de cinéma », *Arts* n° 608, 27 février-5 mars 1957 ; *Chroniques d'Arts-Spectacles*, *op. cit.* pp. 324-327).
3. *Au bon beurre* (Gallimard, Paris, 1952), qui sera adapté à la télévision par Édouard Molinaro, en 1981.
4. Philippe Hériat (1898-1971), acteur et écrivain français. Le « film qu'il renie » est sans doute *Les Fruits de l'été* de Raymond Bernard (1955), adapté d'une nouvelle de Philippe Hériat, avec Edwige Feuillère dans le rôle principal.

FRANÇOIS TRUFFAUT À MAURICE PONS[1]

4 avril 1957

Cher ami,

Denise[2] m'a communiqué votre adresse, mais non votre numéro de téléphone. J'ai relu *Virginales* et je me suis aperçu que l'histoire intitulée *Les Mistons* convenait parfaitement pour ce film dont je vous ai parlé. Si vous êtes d'accord, j'aimerais discuter avec vous de l'adaptation et vous expliquer de quelle manière j'envisage de monter l'affaire du point de vue financier ; plutôt que d'attendre le bon vouloir des producteurs, je vais essayer de tourner dans quelques semaines une des sept ou huit histoires que j'ai recueillies et d'obtenir ensuite les moyens de continuer et de tourner les autres[3].

Si vous me téléphonez rapidement, je vous emmènerai voir, avant mardi, un film d'Ophuls, *Le Plaisir*[4], adaptation exemplaire, je crois, de trois histoires de Maupassant : *Le Masque*, *La Maison Tellier*, *Le Modèle*. Et puis je vous raconterai ou vous ferai lire les autres histoires.

Je crois que la vôtre serait la plus convaincante à divers points de vue.

Mon adresse personnelle est : hôtel Royal-Montmartre[5], 68,

1. Écrivain français (1925-2016). Professeur, comédien, puis journaliste, c'est en 1951, chez Julliard, qu'il publie sa première nouvelle, *Métrobate*. Son premier recueil, *Virginales*, inspiré des *Enfantines* de Valery Larbaud, développe une série de récits faussement naïfs sur l'enfance. Suivront une vingtaine d'ouvrages (*Les Saisons*, *Rosa*...). Pour le cinéma, Maurice Pons écrit scénario et/ou dialogues de *La Belle Vie* de Robert Enrico, *Mademoiselle B.* (d'après son roman éponyme) et *Antoinette* de Bernard Queysanne, et réalise son unique court métrage expérimental, *La Dormeuse*. C'est au début de 1957, dans les bureaux d'*Arts*, qu'il se lie d'amitié avec son confrère François Truffaut, « un jeune homme nerveux et toujours pressé, aux cheveux fous, aux superbes yeux noirs » (*Souvenirs littéraires et quelques autres*, Éditions du Rocher, Monaco, 2000, p. 94). Désireux de passer à la réalisation, le jeune critique jette son dévolu sur « Les Mistons », une nouvelle des *Virginales*. Maurice Pons passe une journée sur le tournage à Nîmes et, une fois le film monté, il est sollicité pour un commentaire additionnel. « J'étais très content, j'étais assez fier mais sans plus parce que je ne me suis pas rendu compte que Truffaut était un type exceptionnel ! » (« Il était un moulin sur la Seine », France Culture, *Les Nuits magnétiques*, 1er décembre 1993.)

2. Sans doute une secrétaire de rédaction du journal *Arts*.

3. Truffaut envisageait de tourner plusieurs courts métrages sur l'enfance et de les réunir en un seul programme, en se calquant sur le modèle du film à sketches. Voir *Les Mistons de François Truffaut*, Bernard Bastide, Atelier Baie, Nîmes, 2015.

4. « Il me mena, ce mardi où nous avions rendez-vous, jusqu'à un petit cinéma de l'avenue des Ternes ; il prit pour moi un billet à la caisse – un seul – et me planta là, dans une salle à peu près déserte, où j'assistai consciencieusement, mais tout de même quelque peu intrigué, à la projection du film "exemplaire" de Max Ophuls. » (Maurice Pons, *Souvenirs littéraires et quelques autres*, *op. cit.* p. 96.)

5. Une époque bohême où Truffaut (avant son mariage) habite chez des amis ou à l'hôtel.

boulevard de Clichy, Paris (18) MONtmartre 22-91, mais on peut me joindre aussi dans la journée ici aux *Cahiers* : ELY : 05-38.
Très cordialement vôtre,

Truffaut

HENRI PIERRE ROCHÉ À FRANÇOIS TRUFFAUT

2, rue Nungesser-et-Coli
Sèvres (S. & O.)

26.4.57

Cher François Truffaut,
Je crois qu'une Rochelaise[1] va me confier prochainement ses Mémoires et qu'ils seront un sujet de film exceptionnel. Voulez-vous que je vous prévienne pour une lecture *rapide*, aussitôt que je les aurai (car elle pourrait les montrer à d'autres) ?
Vos articles me donnent envie de voir un film de vous. Quand[2] ?
Amicalement

H. P. Roché

HENRI PIERRE ROCHÉ À FRANÇOIS TRUFFAUT

2, rue Nungesser-et-Coli
Sèvres (S. & O.)

26 mai 1957

Cher François Truffaut,
C'est de la divination, oui, la *girl* de votre carte ressemble à Anne[3].
Je vous prêterai donc le manuscrit pour un coup d'œil rapide.
Je quitterai Paris vers le 20 juin pour Saint-Robert (Corrèze) (adresse suffisante), pour 3 mois. Si vous venez voir un jour la

1. Malgré nos recherches, nous n'avons pu identifier cette mystérieuse Rochelaise.
2. Truffaut commence à préparer *Les Mistons*, le court métrage qu'il tournera en août-septembre 1957.
3. Sans doute la mystérieuse Rochelaise que Roché évoque dans sa lettre du 26 avril 1957.

splendide grotte de Lascaux, elle n'est qu'à 30 km de chez moi, où vous êtes invité.
Bien amicalement à vous,

H. P. Roché

Je pense à *votre* futur film !

HENRI PIERRE ROCHÉ À FRANÇOIS TRUFFAUT

2, rue Nungesser-et-Coli
Sèvres (S. & O.)

5 juin 57

Cher François Truffaut,
J'attends le « manuscrit en question[1] ». Où allez-vous être ?
Je quitte Paris le 21 juin pour 3 mois pour cette adresse : Saint-Robert (Corrèze). Cela suffit.
Mon fils[2], 25 ans, fait, pour lui, des films d'insectes, en couleur, avec une 16 mm à Sainte-Maxime (Var), Hôtel de l'Horizon, jusqu'au 25 juin.
Sa femme, 19 ans (un bébé de 7 mois)[3], est peut-être, selon moi, un type simple et *d'aujourd'hui* pour le ciné.
Je vous envoie 2 photos ordinaires d'eux (que j'ai dans ma poche) pour vous les préciser un peu (voulez-vous me renvoyer ces photos par retour ?) – il en existe de mieux.
J'ai l'idée que je dois vous donner, à tous les trois, une chance de vous connaître… C'est fait. (Ils lisent vos articles.)
Amicalement vôtre,

H. P. Roché

1. Celui des Mémoires de la mystérieuse Rochelaise.
2. Fils d'Henri Pierre Roché et de Denise Renard, Jean Claude Roché (né en 1931) est ornithologue et bioacousticien français. En 1957, il s'installe dans la propriété familiale de Brengueron, à Sainte-Maxime (Var) où, à l'aide d'une caméra Pathé-Webo 16 mm, il tourne des images d'insectes dans leur milieu naturel. Séduit, Truffaut finance le montage, la sonorisation et le gonflage en 35 mm de *Vie d'insectes*, un court métrage de 14 min, coproduit par Jean Claude Roché et les Films du Carrosse. En janvier 1962, il sortira en complément de programme de *Jules et Jim*. « Cela a été pour moi un grand succès et une source importante de revenus pendant plusieurs années. De plus, Truffaut m'a fait obtenir deux prix du film documentaire. J'ai toujours eu beaucoup d'admiration, de reconnaissance et aussi d'amitié pour lui. » (Courriel de Jean Claude Roché à Bernard Bastide, 9 avril 2020.) Le personnage de Jules dans *Jules et Jim* s'en inspire : « On m'a commandé un livre sur les libellules. J'écris le texte et me charge des photos. Catherine fait les dessins et les graphiques. Même Sabine participe… parce qu'elle m'accompagne dans les marais. » Et Roché se verra confier la décoration de la pièce où Jules travaille et dort : dessins d'insectes punaisés au mur, planches de papillons séchés et un récipient où nagent des tritons.
3. Monique Roché (née Potin) et leur fils Emmanuel.

CLAUDE ELSEN[1] À FRANÇOIS TRUFFAUT

1, avenue de Camoëns (XVIe)

Paris, le 18 juin 1957

Cher Monsieur,

Dans le cadre de son émission *Thèmes et controverses*[2], à la RTF, Pierre Sipriot[3] voudrait inscrire un débat sur le cinéma, qu'il me demande de mettre sur pied (si j'ose dire). Je serais très heureux que vous y participiez. Il y aura Nicole Vedrès, peut-être Edgar Morin[4]. Nous serions heureux aussi d'avoir un réalisateur : n'en pourriez-vous pressentir un, qu'il soit ou non de vos amis ?

Ce débat, il faudrait que nous l'enregistrions le jeudi 11 juillet. Au cas où cela vous serait impossible, on pourrait remettre la chose à septembre. Je serais très heureux que vous me fixiez sur tout cela, en gros, en me disant quand et comment je puis vous joindre pour en reparler.

Croyez à mes meilleurs sentiments confraternels,

Claude Elsen

P.-S. Vous pouvez me joindre par téléphone, chez moi, TRO 31-37, entre 1 et 3 ou après 19 h, en principe.

1. Pseudonyme de Gaston Derycke, écrivain et traducteur belge (1913-1975). Sous l'Occupation allemande, il dirige la rédaction de *Cassandre* et collabore à *La Toison d'or*, fondé à Berlin à la fin de l'année 1944. Condamné à mort par contumace et déchu de la nationalité belge, il se réfugie à Paris et prend le nom de Claude Elsen. C'est Jean Paulhan, en l'invitant au sommaire des *Cahiers de la Pléiade*, qui le sort de la semi-clandestinité où il vit alors. Son amitié avec le puissant éditeur de la NRF lui permet d'obtenir un poste chez Plon et lui ouvre les portes de plusieurs publications d'extrême droite ; à la même époque, il est aussi chroniqueur littéraire à *Dimanche matin* et au *Bulletin de Paris*.
2. Émission hebdomadaire diffusée le vendredi à 22 h 15, de 1954 à 1963.
3. Journaliste et écrivain français (1921-1998), biographe d'Henry de Montherlant.
4. La romancière et réalisatrice Nicole Vedrès (1911-1965), dont le documentaire *Paris 1900* (1947) est considéré comme un chef-d'œuvre du film d'archives. Le sociologue et philosophe Edgar Morin (né en 1921), auteur de *Le Cinéma ou l'homme imaginaire* (Éditions de Minuit, Paris, 1956) et *Les Stars* (Éditions du Seuil, Paris, 1957).

CLAUDE ELSEN À FRANÇOIS TRUFFAUT

1, avenue de Camoëns
Paris XVIe

Paris, le 21 juin 1957

Cher François Truffaut,
Merci de votre lettre. Je comprends très bien vos raisons. Vous dirais-je même que je partage certains de vos points de vue ? C'est surtout pour obliger mon ami Pierre Sipriot que j'avais accepté de mettre sur pied ce débat et encore qu'il ne me sourît qu'à moitié de m'entretenir au micro avec des gens comme Edgar Morin, par exemple (les « idéologues » m'ennuient...). J'espérais que votre collaboration permettrait de donner un peu de vie à une telle discussion. Tant pis.
Je suis touché que vous ayez acheté, même d'occasion, mon *Homo Eroticus* – mais vous auriez mieux fait de me le demander. Il y a, je vous le signale à tout hasard, quelques pages sur le cinéma. Ce ne sont pas les premières que j'écris. En fait, j'ai fait de la critique cinématographique[1] de 18 à 32 ans (j'en ai 44). J'ai même publié en 1943 un livre, *Destin du cinéma*, mis depuis au pilon pour raison politique, après la Libération (je ne m'appelais pas, en ce temps-là, Claude Elsen, j'étais un infâme « collaborateur », condamné par contumace en 1944, etc. etc. : notre commun ami François Vinneuil-Rebatet vous donnera des détails, si cela vous amuse... Je m'empresse de préciser que je n'en tire ni vanité ni honte, la politique et tout ce qui s'y rattache ayant *totalement* cessé de m'intéresser depuis plus de dix ans. La vie est trop courte, et tout cela ne sert rigoureusement à rien. C'est une des raisons pour lesquelles j'ai quitté *Dimanche matin*).
Je ne sais pas pourquoi je vous raconte tout cela. Peut-être parce que je suis un de vos fidèles lecteurs, et qu'étant à peu près le seul critique de cinéma totalement indépendant aujourd'hui, vous me rappelez beaucoup ce que j'ai essayé d'être avant le déluge – même

1. Gaston Derycke a tenu la chronique cinématographique de *Cassandre*. Avec son compatriote Robert Poulet (*Le Nouveau Journal*), ils faisaient, selon Philippe d'Hughes, « figure d'exacts homologues de Bardèche et Brasillach ». Claude Elsen évoque ici le chapitre « Le cinéma et l'érotisme » (*Homo Eroticus : esquisse d'une psychologie de l'érotisme*, Gallimard, Paris, 1953, pp. 154 et s.), centré sur *Assurance sur la mort* (*Double Indemnity*) de Billy Wilder (1944) et *Gilda* de Charles Vidor (1946).

si je ne suis pas toujours d'accord avec vous (par exemple en ce qui concerne les films de Vadim[1]...). Bravo pour votre mise au pas du grotesque Autant-Lara. Bravo aussi pour votre papier sur *Men in War*[2].

Micro mis à part, je serais heureux de vous rencontrer. Si vous avez un peu de loisirs, faites-moi signe et venez boire un whisky (ou un jus d'orange) chez moi, un jour prochain.

Je vous serre la main.

Claude Elsen

P.-S. : Au fait, j'y pense : je vous ai envoyé, il y a pas mal de temps déjà, à *Arts* ou aux *Cahiers* (mais je crois me souvenir que c'était à *Arts*), ma traduction du roman de Norman Mailer, *Le Parc aux cerfs*. L'avez-vous lu ? Il y a pas mal de choses extrêmement savoureuses sur Hollywood et les « coulisses » du cinéma américain. En le traduisant, j'ai pensé parfois au *Grand Couteau* d'Aldrich[3] – et, bien entendu, à l'affaire Dmytryk[4] (ledit Dmytryk a d'ailleurs quelque peu inspiré à Mailer son personnage principal, le metteur en scène Eitel).

FRANÇOIS TRUFFAUT À MAURICE PONS

De Paris, ce 2 octobre 1957

Cher ami,

Ci-joint une photo : le père des *Mistons* au milieu de ses enfants[5].

Je ne puis aller ce soir chez *Vasco*, car Renoir m'a invité à la cou-

1. Truffaut venait de consacrer à Roger Vadim un entretien et une critique de son dernier film, *Sait-on jamais...*, dans *Arts* n° 622, 5-11 juin 1957 (*Chroniques d'Arts-Spectacles, op. cit.* pp. 376-377).

2. Référence à ces deux articles de Truffaut : « Claude Autant-Lara, faux martyr, n'est qu'un cinéaste bourgeois » (*Arts* n° 624, 19-25 juin 1957 ; *Chroniques d'Arts-Spectacles, op. cit.* pp. 378-381), et « Côte 465 » consacré à *Men in War* d'Anthony Mann (*Arts* n° 623, 12-18 juin 1957).

3. *The Big Knife* raconte l'histoire dramatique d'un comédien américain célèbre, manipulé par un producteur véreux qui le fait chanter.

4. En 1951, pour lever les soupçons, le réalisateur américain Edward Dmytryk (1908-1999) fut amené à dénoncer des communistes et sympathisants de gauche devant la Commission des activités antiaméricaines.

5. Photo prise par Robert Lachenay le 16 août 1957, lors de la venue de Maurice Pons sur le tournage des *Mistons*. « J'ai un peu suivi le tournage de Nîmes, d'abord parce qu'il devait se poursuivre le plus économiquement possible et que mes allers-retours dans le Midi auraient coûté cher et ne servaient à rien – qu'à ma propre satisfaction. Et surtout parce que François, à chaque instant, à chaque plan, craignait que je sois déçu par le travail d'alchimiste du cinéaste, et que je souffre de voir mon texte "adapté", c'est-à-dire "trahi". » (Maurice Pons, *Souvenirs littéraires et quelques autres, op. cit.* p. 98.)

turière du *Grand Couteau*[1]. Mais il n'est pas dit que je ne verrai pas le spectacle de Jean-Louis Barrault…
Si je ne vous ai pas fait signe lors du second tournage des *Mistons*[2], c'est que : 1° le tournage devait s'achever le plus économiquement possible[3] ; je suis fort endetté ; 2° le temps inégal empêchait les pronostics ; 3° vous auriez beaucoup souffert en me voyant travailler et j'ajoute que c'est normal.
J'ai actuellement terminé le montage et commencé le mixage : en ce qui concerne le commentaire, je voudrais que nous y travaillions ensemble pour conserver *votre* ton ; néanmoins, j'ai très peur de vous montrer *Les Mistons*, car j'ai conscience de n'avoir pas été fidèle à votre récit ; de plus, vous n'avez pas l'habitude de voir des films inachevés, vision démoralisante à l'extrême, même pour des spécialistes.
Ceci dit, je vous montre le film avant le 17 de ce mois[4], c'est-à-dire avant mon mariage[5]. Auparavant, je serais heureux que vous vous prêtiez à une petite expérience. Pour illustrer le passage de la nouvelle que je préfère (« À vrai dire, nous n'étions pas méchants, travaillés seulement par cette rage des enfants… crispation devant l'amour… qu'ils ignorent et qui les hante… »), j'ai filmé une dizaine de plans sur les filles dans la rue (qui marchent), dans la campagne (qui dansent), un baiser devant une porte cochère avec regard d'un miston, une affiche de pin-up avec un panneau : « Interdit aux moins de 16 ans », un geste obscène[6], etc. Je voudrais qu'avant de voir ce passage, vous écriviez deux ou trois nouvelles phrases pour faire suite à celle-ci (« nous n'étions pas

1. *Histoire de Vasco*, une pièce de Georges Schehadé, mise en scène par Jean-Louis Barrault, fut créée au Théâtre Sarah-Bernhardt, le 1er octobre 1957. *Le Grand Couteau*, pièce de Clifford Odets, fut créée au Théâtre des Bouffes-Parisiens le 4 octobre 1957, dans une mise en scène de Jean Renoir. Daniel Gélin y reprenait le rôle créé à l'écran par Jack Palance, dans le film de Robert Aldrich en 1955.
2. Gérard Blain étant parti à Paris le 11 août 1957 pour répéter et tourner la dramatique télévisée *Le Mascarot*, Truffaut tourne avec Bernadette Lafont et les enfants ; le « second tournage » reprendra le 28 août pour s'achever le 6 septembre.
3. Après la première visite de Maurice Pons, le 16 août, Truffaut s'était plaint des frais occasionnés : « Coût à la production : seize mille francs de Mistral, en première classe ! » (lettre à Charles Bitsch, 23 août 1957, *Correspondance*, *op. cit.* p. 133).
4. Maurice Pons découvrira sans doute *Les Mistons* lors d'une projection privée, le dimanche 17 novembre 1957, avenue Hoche (Paris VIIIe). Mais il gardera surtout le souvenir de la première projection publique aux Journées internationales du film de court métrage, à Tours, le 24 novembre 1957. « Il fut accueilli avec ferveur et émotion, mais projeté hors compétition, ce que Truffaut regretta par la suite, car il eût certainement obtenu un des grands prix. » (*Souvenirs littéraires et quelques autres*, *op. cit.* pp. 99-199).
5. Le mariage de Madeleine Morgenstern et François Truffaut fut finalement célébré le 29 octobre 1957.
6. La quasi-totalité de ces plans a été supprimée dans la version de 17 minutes que l'on peut voir aujourd'hui.

méchants, etc. ») en développant la même idée. Voici les mots-clés qui devraient successivement figurer dans ces deux ou trois phrases, ou l'idée : a) baiser ; b) poursuite (idée de poursuite ou le mot *poursuite* pris dans son sens abstrait ; exemple : la poursuite de l'amour) ; c) hanches ou *démarche* ou *croupe* ; d) en quelques mots, donner l'idée que l'enfant rit de l'amour pour cacher son désir, fanfaronnade ; e) le mot *curiosité* ; f) le mot *murs* dans le sens abstrait ; exemple : le mur de la vie privée ; donner l'idée de mouvement, d'itinéraire, de *marche au désir* ; g) le baiser d'une jeune fille à un petit enfant ; h) le mot *censure* (indispensable), le mot *rage* ou un synonyme, l'idée d'impuissance, le poing, le bras ; i) les baisers impossibles[1].

Rassurez-vous : je ne suis pas fou, convaincu seulement que le hasard fait bien les choses (surtout avec un coup de pouce) et que ces phrases, écrites par vous *abstraitement*, coïncideront mieux que celles que vous suggéreraient les images ; non seulement le film que j'ai tourné ne correspond pas avec votre style, mais encore le contredit. Pourquoi ? Tout simplement parce que mon tempérament est aux antipodes du vôtre et qu'il est impossible de faire quelque chose – film, roman, etc. – qui ne vous ressemble pas, *absolument*. En lisant *Les Mistons*, j'ai été frappé par une trentaine d'images ; je les reconnais, mais *vous ne les reconnaîtrez pas*[2]. Je devine très bien à quel point il doit être pénible de se sentir *adapté*, c'est-à-dire *trahi* ; tout cela pour amortir votre déception lorsque vous verrez le film !

De toute manière, soyez certain de ma reconnaissance et de mon amitié,

F. Truffaut

1. « … je lui envoyai donc, docilement, mes phrases abstraites, saupoudrées des mots clés – mais en fin de compte, nous avons trouvé la plupart des phrases qu'il cherchait dans le texte des autres *Virginales*… » (Maurice Pons, *Souvenirs littéraires*, *op. cit.* p. 99). En réalité, des phrases tirées de quatre autres nouvelles du recueil ont été injectées dans la narration en voix off, mais pas dans cette séquence, absente de la nouvelle adaptée (voir *Les Mistons de François Truffaut*, *op. cit.* pp. 30-31).

2. « Pour moi, les nouvelles consistent à raconter, à faire revivre des images précises. [Dans mon récit] il y a des images de Strasbourg et de Névache qui fusionnent. Et Truffaut avait la même conception de la nouvelle […]. Ce qui s'est passé, c'est qu'on a échangé des images, sauf qu'il a pris mes images pour les traduire dans les siennes. » (Entretien avec Maurice Pons : Édouard Bessière, *Deux Jules et Jim*, CDDP de l'Eure, Évreux, 1998, p. 47.)

FÉLICIEN MARCEAU[1] À FRANÇOIS TRUFFAUT

18, boulevard Maillot

Neuilly, le 26 novembre 1957

Cher Monsieur,

Dimanche soir, à Tours, après avoir vu votre film[2], j'aurais bien aimé pouvoir vous dire tout de suite combien je l'ai aimé. Mais, si je vous ai vu dans la salle, sous le feu des projecteurs, une fois ces projecteurs éteints, je ne vous ai plus trouvé.

Votre film m'a profondément touché. Il est vrai, juste, d'un ton neuf, ces derniers mots n'étant d'ailleurs qu'une lapalissade car, lorsqu'on est vrai, on a toujours un ton neuf.

Je vous félicite de tout cœur et j'attends avec impatience le film entier.

Bien sympathiquement à vous,

Félicien Marceau

FRANÇOIS TRUFFAUT À FÉLICIEN MARCEAU

[Papier en-tête *Cahiers du cinéma*]

De Paris, ce 29 novembre 1957

Cher Monsieur,

Votre lettre me comble et me remplit de fierté. Il y a quelques mois, j'ai failli vous écrire pour vous proposer de me laisser tenter d'adapter *L'Œuf*[3] en vue d'un film. Puis j'ai appris que les droits n'étaient pas libres. Il y a quelques jours, Jean Renoir m'a dit qu'il avait eu la même idée en partant, lui, de *Chair et Cuir*[4].

1. Pseudonyme de Louis Carette (1913-2012), romancier et auteur dramatique français d'origine belge. Reporter à Radio-Bruxelles sous l'Occupation, il est condamné par contumace en 1946 à quinze ans de travaux forcés et déchu de sa nationalité. Réfugié à Paris, le général de Gaulle lui accorde, en 1959, la nationalité française. Proche des Hussards, Félicien Marceau publie romans, pièces et essais ; il sera lauréat du prix Goncourt pour son roman *Creezy* (Gallimard, Paris, 1969) et du prix Prince-Pierre-de-Monaco pour l'ensemble de son œuvre.
2. *Les Mistons* (1957), présenté hors compétition aux Journées internationales du film de court métrage.
3. Cette comédie de Félicien Marceau, créée au Théâtre de l'Atelier (Paris), dans une mise en scène d'André Barsacq, le 17 décembre 1956, sera portée à l'écran en 1972 par Jean Herman.
4. Roman de Félicien Marceau (Gallimard, 1951). Jean Renoir avait prévu de l'adapter en 1959 « si possible en anglais et en essayant d'avoir Alec Guinness » ; il y renoncera, les droits d'adaptation ayant été achetés par un producteur anglais (voir Pascal Mérigeau, *Jean Renoir*, Flammarion, 2012, p. 790).

À Tours, personne ne m'a présenté à vous et je n'ai pas osé le faire moi-même ; c'est pourquoi votre lettre me touche tellement. J'ajoute que j'éprouve une passion pour Balzac, dont j'ai les œuvres complètes dans une réédition des fascicules de 1852, illustrés par Daumier, Bertall, etc. Votre *Balzac et son monde* est le plus précieux des vingt ou vingt-cinq biographies que je possède également. Je rêve d'ailleurs de tourner *La Duchesse de Langeais*[1], *Les Secrets de la princesse de Cadignan* et d'autres !

Je ne désespère point de collaborer un jour ou l'autre avec vous à un film et, de toutes manières, je me tiens à votre disposition pour lire romans, nouvelles ou scénarios que vous destineriez au cinéma ; dans quelques mois, j'aurai peut-être un peu plus de crédits auprès des producteurs… (*Les Mistons* ont été tournés avec un million et demi[2] en liquide ; le reste, un million et demi également, constitue les dettes, crédits divers, participations différées, etc. Ceci dit, je ne me vante pas car l'on sent un peu trop le dénuement et la hâte dans l'entreprise.)

Avec mes remerciements et mon admiration, recevez, cher Monsieur, mes plus respectueuses salutations.

François Truffaut

JEAN COCTEAU À FRANÇOIS TRUFFAUT

Milly, 2 décembre 1957

Mon cher Truffaut,

J'ai la chance d'avoir dans ma chambre de campagne[3] une de ces petites toiles de Renoir où Jean tire la langue sur sa besogne d'écolier[4]. Or, chaque fois que j'assiste à un film de Jean Renoir ou à une de ses pièces[5] (à vrai dire je n'en connais qu'une), je trouve admirable qu'il reste fidèle à cette image, protège son cœur d'enfant et l'enveloppe de cette irisation de fruit au soleil.

1. Ce roman de Balzac fut porté à l'écran par André Calmettes (1910), Frank Lloyd (1922), Jacques de Baroncelli (1942) et Jacques Rivette (2007). Truffaut envisagera de le réaliser en 1964, dans une adaptation de Louise de Vilmorin, avec Jeanne Moreau.

2. En fait, 5 millions de francs. Voir *Les Mistons de François Truffaut,* Bernard Bastide, Atelier Baie, 2015, pp. 34-38.

3. Dans la bâtisse de style Louis XIII que Cocteau avait achetée à Milly-la-Forêt (Essonne), en 1947. Il y demeura dix-sept ans, occasionnellement, puis de façon plus pérenne après sa rencontre avec son compagnon, Édouard Dermit.

4. Série de toiles de Pierre-Auguste Renoir montrant son fils Jean dessinant à une table d'écolier.

5. Une seule en fait dont Renoir est l'auteur : *Orvet*, au théâtre de la Renaissance, le 12 mars 1955.

S'il existe un rapport de famille entre nous, ce serait la même manière de choisir les artistes d'un film beaucoup plus d'après leur style moral que d'après leur charme physique.

Votre Jean Cocteau

P.-S. Les films noirs sont aussi en couleurs.

HENRI PIERRE ROCHÉ À FRANÇOIS TRUFFAUT

2, rue Nungesser-et-Coli
Sèvres (S. & O.)

7 déc. 57

Cher François Truffaut,
J'ai lu dans *Arts* ce que Jacques Rivette a écrit sur *Les Mistons*[1]. J'en suis heureux et je voudrais les voir. Voulez-vous me prévenir quand cela sera possible ? J'essayerai de sortir pour cela.
Mon fils Jean Claude, 26 ans, a préparé lentement des essais en couleurs, 16 mm, sur les accouplements des insectes, qu'il ne m'a montrés qu'il y a 8 jours. J'ai été empoigné non seulement par le sujet mais par *la manière*, Jean Rostand[2] aussi. Pourrait-il vous les montrer à son retour de Camargue, fin janvier, où, et aussi rapidement que vous voudriez – à vous seul ? J'ai « besoin » de connaître votre impression...

Henri Pierre Roché

1. « Si l'on pense aussitôt à Jean Vigo, c'est plutôt le premier Renoir que la mise en scène évoquait par son jaillissement et son bonheur constants. » (Jacques Rivette, « Tours 1957 : un festival sans suspense », *Arts* n° 646, 27 novembre-3 décembre 1957 ; *Textes critiques*, *op. cit.* pp. 181-183.)
2. Après avoir dévoré un livre du grand biologiste Jean Rostand, Jean Claude Roché lui écrit pour lui proposer de lui fournir diverses espèces de grenouilles pour ses expériences. Le savant lui passe commande et l'invite à lui rendre visite dans son laboratoire de Ville-d'Avray (Hauts-de-Seine). « J'ai joué aux échecs avec lui, au café de la gare de Ville-d'Avray, tous les mercredis soir, pendant des années. Il m'a juste encouragé de quelques phrases. Il avait discerné en moi un observateur enthousiaste et percutant de la nature. » (Courriel à Bernard Bastide, 10 avril 2020.)

FRANÇOIS TRUFFAUT À MAURICE PONS

De Paris, ce 15 décembre 1957

Mon cher Pons,
Pour que mon film soit parfaitement en règle vis-à-vis du CNC (Centre national du cinéma), il faudrait que vous m'écriviez dès que possible une lettre (datée normalement) dans laquelle vous confirmeriez que vous êtes d'accord pour qu'un court métrage soit tiré des *Mistons* et porte ce titre, d'accord aussi avec les termes du contrat signé par moi chez Julliard pour l'achat des droits (et dont vous devriez avoir un exemplaire ou une copie).
En effet, un contrat entre l'éditeur et le réalisateur n'est pas suffisant au « Centre » si la signature de l'auteur n'y figure pas. Cette formalité me permettra de concourir à la « prime à la qualité » des courts métrages qui sera déterminée en août 1958[1].
Devant les difficultés pour continuer, je me résigne à laisser *Les Mistons* en court métrage[2]. J'aurais dû concourir à Tours, me semble-t-il à présent : je regrette de n'avoir pu vous dire au revoir là-bas...
Je suis content que vous ne paraissiez pas déçu par mon « illustration de texte » ; dès que j'aurai vendu *Les Mistons*, en janvier j'espère, je vous enverrai le pourcentage prévu par le contrat Julliard (que je n'ai pas sous les yeux en vous écrivant).
Amitiés,

truffaut

JACQUES AUDIBERTI À FRANÇOIS TRUFFAUT

[*Décembre 1957 ?*]

Cher François Truffaut,
Les éloges que vous me donnez me désolent, tant je suis convaincu de ne les point mériter. Je ne voudrais pas avoir l'air de forcer sur la rhubarbe mais, franchement, votre talent de polémiste, l'esprit, la clarté, la dure et imprévisible escrime que vous déployez si sou-

1. En août 1958, un jury de professionnels attribuera aux *Mistons* une prime à la qualité d'un montant de 4 500 000 francs, couvrant 9/10 du budget du film.
2. Truffaut renonce à tourner d'autres courts métrages sur le thème de l'enfance et à les réunir sous la forme d'un film à sketches comme il l'avait prévu à l'origine.

vent, comment ne pas y applaudir[1] ! Quelquefois je ne vous suis pas tout à fait (*Le Coupable* de Hitchcock[2] ne m'avait pas paru tellement épatant) mais, le plus souvent, quelle force en votre jeune plume ! Et ce courage que vous avez à propos du magnifique Guitry[3] et du pas-si-clair-que-ça Chaplin[4], et accorder, d'autorité, les circonstances favorablement atténuantes à ceux qui ont un style, proposent un repère, déterminent un lieu de l'esprit, quelles que peuvent être leurs défaillances mineures, celles-ci manifestant la part « humaine » et faillible dans une œuvre d'essence exceptionnelle et plus ou moins inspirée.

Autre chose, hélas ! Il ne m'est pas possible d'entrer dans le détail, qui serait parfaitement oiseux, des raisons qui m'empêcheront, *au moins pour le moment*, de me donner à moi-même le plaisir de vous envoyer les 2 places, pour la fiancée et pour vous[5]. Je ne les ai pas ! Cuisine théâtrale administrative. Je n'y peux absolument rien. Notre univers est truffé de clauses, de contrats, de statuts et de contingentements qui sont plus forts, parfois, que les vœux de l'amitié.

Ne m'en veuillez pas, ou pas trop.

Caresses à la fiancée et, pour vous, mon très sympathique salut.

Jacques Audiberti

1. Quand il lui succédera au poste de critique cinématographique dans *Arts*, Audiberti dressera un portrait plus caustique de Truffaut : « Adolescent ténébreux, il rêvait d'hécatombes liquidant en masse les profiteurs sans âme du cinéma fernandeliste. Son jacobinisme fou de pureté réclamait un cinéma déthéâtralisé, c'est-à-dire, de fil en aiguille, décinématisé. À force, en effet, de détester les dialogues trop mijotés, de vomir les cadrages d'une stricte technique, François Truffaut – oui, c'est lui ! – en arriverait à ce que les images de l'écran se dissolvent dans le souffle épars de la vie. » (« Avec ses "quatre cents coups" d'essai, Truffaut a réussi un coup de maître », *Arts* n° 721, 6-12 mai 1959 ; *Le Mur du fond, op. cit.* pp. 401-404)

2. *Le Faux Coupable* (*The Wrong Man*), film américain d'Alfred Hitchcock, sorti en France le 1er mai 1957 et auquel Truffaut a consacré une critique enthousiaste : « C'est son meilleur film, celui qui va le plus loin dans une direction qu'Hitchcock a choisi de suivre il y a bien longtemps. » (*Arts* n° 617, 1er-7 mai 1957 ; *Chroniques d'Arts-Spectacles, op. cit.* pp. 344-348).

3. Truffaut a 13 ans quand il découvre, en 1945, *Le Roman d'un tricheur* de Sacha Guitry. Il n'aura de cesse d'explorer toute l'œuvre du « maître » et d'en faire l'un des piliers de sa « politique des auteurs ». Quant à Audiberti, il a célébré le cinéma de Guitry dès les années 1940 . « ... il faut lui savoir gré de sa constance dans son type, de son habileté, pleine d'humour, à dépeindre et ranimer les grandes figures de la France et de son zèle large et soutenu pour notre langage. » (*Comœdia* n° 65, 19 septembre 1942 ; *Le Mur du fond, op. cit.* pp. 157-160).

4. « Pendant très longtemps, toute allusion à Jésus-Christ m'irritait profondément et j'ai compris, seulement à la mort de Charlie Chaplin, que je n'étais pas moins religieux que tout un chacun : simplement c'est Charlot que j'avais choisi comme messie. » (Lettre de François Truffaut à Jean Sacha, 23 octobre 1981.) Audiberti, lui, restera toujours un peu hermétique à son génie comique. Ainsi, *Le Dictateur* est « très remarquable, à coup sûr, mais dont les intentions me sont toujours demeurées obscures, pour autant que je n'ai jamais, au juste, compris le sens de l'absolue ressemblance physique entre le dictateur et le petit homme juif » (« Parlez-vous le vosnien ? », *84* n° 17, janvier 1951 ; *Le Mur du fond, op. cit.* pp. 261-264).

5. Pour une représentation de *La Mégère apprivoisée*, comédie de Jacques Audiberti d'après Shakespeare, créée le 7 octobre 1957 au Théâtre de l'Athénée. Audiberti semble ignorer que François Truffaut a épousé Madeleine Morgenstern le 29 octobre 1957.

HENRI PIERRE ROCHÉ À FRANÇOIS TRUFFAUT

2, rue Nungesser-et-Coli
Sèvres (S. & O.)

20.12.57

Cher François Truffaut,
Nous avons été ravis – l'absence d'applaudissements nous a surpris – mon fils m'a dit qu'on n'applaudissait pas aux films[1] ?
J'ai été content d'apercevoir votre femme.
Ci-joint 10 lignes – servez-vous si elles sont utilisables ? – ce dont je doute.
Dites-moi si *Les Mistons* repassent ailleurs – je voudrais aider à le faire connaître (capitalistes ?).
Mon amitié,

H. P. Roché

(pour *Arts* ?)

Encore à propos des *Mistons*[2]

De la jeunesse à flots toute simple. Qu'elle est jolie, toute crue, cette mince fille à bicyclette, dans la lumière de Provence. Elle embrasse son ami comme du pain, et lui elle. Ils ne font que cela, sans se repaître, sans nous lasser ; avec le goût de jamais assez. Une bande de galopins jaloux, « les mistons », persécute les amoureux. Quand ils se trouvent seuls devant le vélo qu'*elle* vient de quitter, l'un d'eux baise doucement le cuir encore chaud de la selle. Ce film évite dépenses, condiments, conventions. On y boit comme à une source. C'est la première trace sur l'écran de la manière de François Truffaut, qui nous apporte du tout frais aussi bien comme metteur en scène que comme critique.

Henri Pierre Roché

1. Henri Pierre Roché et son fils ont assisté à une projection de presse des *Mistons*, au CNC, le 18 décembre 1957. À cette date, Roché note dans son journal (inédit) : « 7 à 8 *Les Mistons*, François Truffaut et sa femme. Film rafraîchissant tout en jeune amour dans la belle nature, simple, direct, fait sans un sou, joli, sympa. »
2. Ce texte est resté inédit pour des raisons que Truffaut révélera plus tard : « En décembre 1957 […], il écrit un petit texte qu'il destine au journal *Arts*, mais que je n'ose pas faire imprimer, étant le critique-cinéma de ce journal ! » (« Henri Pierre Roché revisité », préface, *Carnets : les années Jules et Jim*, *op. cit.* pp. IX-XXI.)

HENRI PIERRE ROCHÉ À FRANÇOIS TRUFFAUT

28 déc. 57

Cher François Truffaut,
Nous avons tous les quatre[1] été contents de vous voir tous les deux[2].
Je serai heureux, si je suis encore là, le jour où vous attaquerez *Jules et Jim*[3] !
Je les vois très bien en costumes simples d'aujourd'hui ? – ils ne datent pas tant ?
Oui, économie maxima sur tout – et aucune « star[4] » (sauf coup de chance créé par vous) et tout le soin dans l'invention, la découverte, la direction de nouveaux êtres dans un nouveau ton. Si je peux vous servir pour essayer des dialogues, dites-le-moi – peut-être les ferez-vous vous-même ?
Je désire vous suivre du plus près possible.
Si vous trouvez des raisons ou des prétextes pour nous voir, dites-les-moi !
Bien fidèlement à vous deux,

Henri Pierre Roché

HENRI PIERRE ROCHÉ À FRANÇOIS TRUFFAUT

2, rue Nungesser-et-Coli
Sèvres (S. & O.)
OBS-12-50

18 mars 58[5]

Cher François Truffaut,
Vous n'imaginez pas combien votre lettre me fait plaisir.
Voulez-vous encore des *Jules et Jim* ? Combien ?

1. Roché, Denise Renard (sa deuxième épouse), leur fils Jean-Claude et le premier enfant de celui-ci, Emmanuel.
2. François et Madeleine Truffaut ont rendu visite à la famille Roché, à Sèvres.
3. Henri Pierre Roché décédera le 8 avril 1959, deux ans avant le début du tournage.
4. Le 3 janvier 1958, Roché écrit pourtant dans son journal : « François Truffaut dans sa lettre parle de Jules + Jim + Kathe pour un de ses futurs films. Est-ce que BB serait bonne pour Kathe ? » C'est lui sans doute qui a suggéré le nom de Brigitte Bardot à Truffaut lors de leur rencontre.
5. Ce jour-là, Henri Pierre Roché note dans son journal : « Charmante lettre de François Truffaut qui songe à mettre *Jules et Jim* en film. » Cette lettre n'a pas été retrouvée.

Si je peux aider, je le ferai avec tant de joie.
J'attends donc l'adaptation résumée (oui, l'esprit et la morale du livre).
Nous 4 étions heureux de voir ce que vous appelez votre petite projection[1].
Ce fut ma dernière sortie. Depuis, je suis à la chambre. Tout à fait content, sauf que je n'ai encore vu aucun film de B. B.[2] – qui me plaît à travers vous et ses photos.
Grand merci pour votre « entretien avec Jean Renoir[3] ». C'est pour moi une révélation. C'est si sage, instructif, émouvant, entraînant, humain, vrai.
Je ne lis presque rien d'important, préférant écrire – ou peut-être ne trouvant pas ce qu'il faut lire.
Mon fils travaille en Camargue – il a eu du succès et des invitations à l'étranger avec ses premiers bouts de films dans les milieux biologiques (Jean Rostand, Jean Painlevé), mais aussi par la beauté pure, couleurs et acharnement de l'observation (fêtes d'accouplements d'insectes), il sera heureux de vous les montrer.
Je joins un vieil article de *Match*[4] à propos de *Jules et Jim*, à tout hasard, car j'ai dû vous le donner déjà.
À vous et à votre femme, affectueusement

H. P. Roché

HENRI PIERRE ROCHÉ À FRANÇOIS TRUFFAUT

2, rue Nungesser-et-Coli
Sèvres (S. & O.)

29.3.58

Cher François Truffaut,
J'envoie l'ordre que l'on vous expédie cinq *Jules et Jim*. Voici encore deux articles *Paris Match*.
J'aimerais bien, je crois, si cela devenait utile, contribuer à des dialogues de Kathe[5] sur l'écran…

1. Sans doute une nouvelle projection privée des *Mistons* (1957).
2. Brigitte Bardot, devenue star après le succès sulfureux de *Et Dieu… créa la femme* de Roger Vadim (1956).
3. Voir lettre du 8 janvier 1957, p. 101.
4. Guillaume Hanoteau, « Dans la course au Goncourt, un débutant de soixante-quatorze ans », *Paris Match* n° 235, 19-26 septembre 1953, pp. 54-55.
5. Kathe est l'héroïne de *Jules et Jim*. Le 30 mars, Roché notera dans son journal : « Je relis tout entier *Jules et Jim* en vue du film éventuel de F. Truffaut : difficile. Je suis passionné par le livre que

Je ne m'abonne pas à *Cahiers du cinéma* parce que je les lirais en entier, et cela m'empêche d'écrire. Je suis heureux quand vous m'en envoyez un essentiel.
Affectueusement vôtre

H. P. Roché

Mes hommages à votre femme !
Je ne retrouve pas, pour le moment, l'étonnant article de Jacques Laurent sur *Jules et Jim*[1]. Seulement une phrase : « Ce roman enseigne à la manière des classiques, parce qu'il est, comme eux, curieux du cœur humain. »

FRANÇOIS TRUFFAUT À JACQUES AUDIBERTI

[Papier en-tête *Cahiers du cinéma*]

De Paris, ce 3 avril 1958

Cher Monsieur,
J'ai l'espoir assez précis de réaliser un film de long métrage, cet été, dans le Midi, du côté de Palavas[2] ; il s'agit d'un roman paru chez Corrêa, il y a un an, dans la collection de Nadeau : *Temps chaud* de Jacques Cousseau[3].
Petit tournage, petits moyens, petits acteurs, grandes espérances.
Impossible pour moi de collaborer avec l'auteur du roman, fort sympathique au demeurant ; comédien débutant, il aura un petit rôle dans le film.

---

j'avais un peu oublié, mais à 1re vue, je ne sens pas le film – seulement, comme Truffaut, je voudrais voir cette atmosphère au cinéma de franchise, de liberté, de simplicité. C'est drôlement construit. »

1. « Les jeux de l'amour et de l'amitié » (*Arts* n° 423, 7-13 août 1953, p. 4), où Jacques Laurent salue en *Jules et Jim* « une sorte de chef-d'œuvre [qui] s'apparente à Cocteau, Giraudoux, Morand ».

2. Palavas-les-Flots, station balnéaire de l'Hérault. Truffaut y connaît deux personnes qui vont l'aider pour les repérages : Jean Malige, le chef opérateur des *Mistons*, qui habite Montpellier ; Alain Jeannel, son assistant réalisateur des *Mistons*, déserteur de la guerre d'Algérie qui se cache à Palavas, dans un appartement prêté par Paula Delsol.

3. Écrivain, scénariste et acteur français (1925-2017). *Temps chaud* devait être le premier long métrage de Truffaut, coproduit par Pierre Braunberger et les Films du Carrosse, avec Bernadette Lafont et Jean-Claude Brialy. « Pour Pierrot, ce sera un super *Et Dieu créa en noir et blanc la femme*, pour moi un nouveau *Journal d'une femme de chambre*, délire et baroquisme. Braunberger pense que ce sera joli à regarder et tragique, j'espère que ce sera insoutenable et burlesque. » (Lettre de François Truffaut à Charles Bitsch, 31 décembre 1957, *Correspondance, op. cit.* pp. 138-139.) Fixé d'abord à février 1958, le tournage sera repoussé à plusieurs reprises (demande du producteur, accident de voiture de Bernadette Lafont, tournage des *Quatre Cents Coups*, etc.) jusqu'en septembre 1959. D'après Bernadette Lafont, « Truffaut a abandonné le projet au bout de quelque temps, craignant qu'il ne soit trop proche de *Et Dieu… créa la femme*. À la place, il a proposé à Pierre Braunberger de réaliser *Tirez sur le pianiste* » (Entretien avec Bernard Bastide, 5 décembre 2012). À la demande de Braunberger, en 1960-1961, Marc Allégret travaillera à son tour à une adaptation, classée elle aussi sans suite.

Naturellement, j'ai pensé à vous ; il y aurait là un petit million à gagner, en plusieurs fois, avec des « avances » et peut-être un solide système de pourcentage sur les recettes…
De quoi s'agit-il en somme ? D'une collaboration active entre vous et moi pendant deux ou trois semaines à Paris ou à la campagne, comme vous voulez. Le travail ? Une construction à partir de presque rien, péripéties, dénouement à trouver. Mon premier traitement est loin d'être satisfaisant quant à la ligne du film mais le ton, je crois, vous plaira et aussi les personnages.
Voulez-vous que nous nous rencontrions ? Voulez-vous que je vous fasse parvenir le roman et mon petit traitement ? Êtes-vous intéressé ? Quand pouvons-nous nous voir ? Êtes-vous follement occupé ou disponible ?
Vous savez depuis longtemps à quel point je suis désireux de travailler avec vous pour un film ; j'attends très impatiemment votre réponse ;
respectueusement, admirativement et fidèlement vôtre

françois truffaut

JACQUES AUDIBERTI À FRANÇOIS TRUFFAUT

[*8 avril 1958*]

Cher François Truffaut,
Votre lettre me flatte, m'honore, me rend perplexe. Plus vous avez l'amabilité de me traiter en « maître », plus vous accroissez mon désarroi. Sur la foi de textes plus ou moins réussis, vous me supposez capable de beaucoup. Or, Dieu sait à quel point la fatigue, l'incertitude, la difficulté occupent le premier plan du tableau !
Quoi qu'il en soit, vous me demandez de travailler avec vous. Cela me tente beaucoup[1]. Mais je suis très loin d'être sûr de moi. Voulez-vous me donner le délai d'une lecture, celle du roman et du petit traitement. (Il y a un mot, en langue italienne, qui correspond à « traitement », mais pour toute œuvre littéraire en général. C'est *stesura*, sans équivalent chez nous.) Si vous pouvez me les envoyer ou me les faire porter aujourd'hui même, ou demain

1. Ce n'est pas Audiberti qui travaillera à l'adaptation de *Temps chaud*, mais Jacques Cousseau, Claude de Givray et Truffaut.

matin mercredi, chez la concierge du 3 bis, rue des Lyonnais, Paris Ve (autobus 21 ou 27, métro Censier-Daubenton), ce serait parfait. Sinon, pouvez-vous attendre mon retour de Belgique, le 14 avril ? Je pars en effet pour Bruxelles, ce mercredi 9 avril, assister à la première de *Quoat-Quoat*, une de mes pièces[1].
Cher François Truffaut, encore une fois, votre esprit, votre implacable rigueur, tout en m'enchantant m'effraient un peu dans la perspective d'un cotravail. Mais il faut bien, un jour ou l'autre, en arriver au cinéma.
Merci de m'avoir fait signe. Peut-être nous répondrons-nous.

Jacques Audiberti

P.-S. Le film de Jacques Baratier, *Goha*[2], d'une naïveté dont on n'arrive pas à savoir si [elle est] involontaire ou voulue, est d'une fraîcheur extraordinaire.

FRANÇOIS TRUFFAUT À JACQUES AUDIBERTI

[Papier en-tête *Cahiers du cinéma*]

De Paris, ce mardi soir [*début avril 1958*]

Cher Monsieur,
Votre lettre me fait très plaisir ; je ne vous donnerai à lire le roman qu'à votre retour. Voici, cette fois, la *stesura* en 8 pages[3] ; cette lecture faite, vous n'oserez plus parler de ma « rigueur » ; il y a

1. Pièce créée au théâtre Agnès-Capri le 28 janvier 1946, dans une mise en scène de Catherine Roth, puis au Théâtre de poche de Bruxelles, le 21 mars 1958, dans une mise en scène de Michel Gudin.
2. « De ce film non réaliste s'impose l'intérêt réaliste. Il résulte d'une cristalline, d'une très innocente aptitude à concentrer un catalogue d'images, manières, figures et perspectives qui, finalement, composent un satisfaisant panorama sentimental de l'arabité. » (Jacques Audiberti, « *Goha* un film qui a l'odeur des fées », *Arts* n° 717, 8-14 avril 1959 ; *Le Mur du fond*, *op. cit.* pp. 399-401). L'avis de Truffaut sera plus mitigé : « J'aime dans *Goha* une poésie, une fraîcheur, un humour et une qualité plastique qui sont de rares vertus. Peut-être les points faibles de l'entreprise : confusion du récit, nombreux "trous" dans le scénario et la mise en scène, une certaine sécheresse dans la conduite de l'intrigue. » (« Si des modifications radicales n'interviennent pas, le prochain festival est condamné », *Arts* n° 671, 21-27 mai 1958 ; *Chroniques d'Arts-Spectacles*, *op. cit.* pp. 447-454).
3. Le Fonds Truffaut de la Cinémathèque française ne conserve qu'un synopsis de 3 pages, sans date : « *Temps chaud* raconte l'histoire d'un peintre qui, au bord du déséquilibre, déserte le foyer conjugal. Sa jeune femme est actrice de tournée et tout le début du film nous montrera les heurts psychologiques inévitables ; le mépris du peintre pour le monde des comédiens, la vulnérabilité de Mado, toujours entre deux tournées minables [...]. L'adaptation de *Temps chaud*, tout en conservant le climat du roman, son ambiance trouble, son odeur de lits défaits, et de trop lourds après-midi, nous amènera à modifier quelque peu le déroulement de l'intrigue, les rapports des personnages entre eux et même la construction du récit. »

là-dedans bien de l'arbitraire, rien que de l'arbitraire ; les personnages sont plaisants et peut-être qu'avec eux, nous réussirons à mettre debout une histoire plus intéressante.
Rêvez *ad libitum* sur la tiédeur de ce *Temps chaud* et parlons-en la semaine prochaine, dès votre retour. Sur des feuilles volantes, j'ai noté ces derniers jours quelques gags qui vous amuseront bien. Mais ce qui pèche toujours dans mes travaux, c'est l'essentiel, la base…
Bon voyage, bon *Quoat-Quoat*, je vais lire *Le Ouallou*[1] et aussi Joppolo[2] que je découvre, ami de Rossellini traduit par vous naguère. Seigneur, quelle préface ! Et puis, un soir, nous dînerons avec Rossellini, ce sera épatant.
Bruxelles, à la veille de l'exposition[3], est sinistre ; par ailleurs, toutes les filles sont en prison, because prestige national ; bon séjour quand même et bravo,
votre reconnaissant,

truffaut

JACQUES AUDIBERTI À FRANÇOIS TRUFFAUT

[*9 avril 1958*]

Cher François Truffaut,
Je ne suis pas parti pour la Belgique, si bien que vous pouvez m'envoyer ou me faire porter, 3 bis, rue des Lyonnais, les documents en question. Si vous les aviez déjà envoyés à Bruxelles, on me les renverrait.
Excusez-moi pour ces fausses manœuvres.
Sympathiquement

J. A.

1. Pièce de Jacques Audiberti (Gallimard, Paris, 1956), créée au Théâtre La Bruyère le 26 avril 1958, dans une mise en scène de Georges Vitaly, avec Jacques Dufilho.
2. Beniamino Joppolo (1906-1963), écrivain et dramaturge italien, et un ami du cinéaste Roberto Rossellini. De Joppolo Audiberti a traduit en effet les romans *Les Chevaux de bois* et *Le Chien, le photographe et le tram*, et *Les Carabiniers*, pièce créée au Théâtre de l'Alliance française le 28 mai 1958 et que Jean-Luc Godard adaptera en 1963.
3. Exposition universelle et internationale qui s'est tenue du 17 avril au 19 octobre 1958 sur le plateau du Heysel. Truffaut s'était rendu en Belgique pour y rencontrer Alexandre Szombati, le producteur-réalisateur du film *Quelqu'un frappe à la porte*, qui souhaitait l'embaucher comme premier assistant réalisateur.

JEAN COCTEAU À FRANÇOIS TRUFFAUT

36, rue de Montpensier
Paris

2 juin 1958

Mon cher François Truffaut,
Je suis très sensible à votre bonne lettre[1]. Il m'a semblé *qu'il était indispensable de vaincre le mur de la distribution* et, non seulement de lui donner prétexte à ouvrir une porte étroite, mais encore de créer l'objet apte à rendre cette entreprise possible. Inutile de vous dire les obstacles que je rencontre. Mais votre aide était indispensable et jamais je n'aurais osé y faire appel. Attendons encore un peu. Les choses semblent prendre une très bonne pente et des hommes sérieux s'en occupent.
Pourrai-je vous voir à mon retour d'Autriche, où je participe à l'*Œdipus Rex* avec Karajan (Opéra de Vienne)[2] ?
Je serai à Paris entre le 13 et le 25.
De cœur à vous,

Jean Cocteau

P.-S. Le film sera dans l'esprit du *Sang d'un poète*[3], mais sans ressemblance avec lui.

1. Dans cette lettre qui n'a pas été retrouvée, Truffaut essayait sans doute d'aider Cocteau à trouver un producteur et/ou un distributeur pour *Le Testament d'Orphée*. André Malraux a permis à Cocteau d'obtenir une aide du Crédit national, mais la somme réunie était insuffisante. « Le film devait se tourner en 1958. Le retard vint de ce que les producteurs, enthousiastes de travailler avec moi, prenaient la fuite en lisant mon scénario et mes dialogues. L'un d'eux, pour excuser le manque à sa parole d'honneur, déclarait à un journaliste : "Je ne peux pas produire un film où il ne se passe rien." » (Jean Cocteau, « Lettre ouverte à Louis Aragon », *Les Lettres françaises* n° 785, 6 août 1959 ; *Du cinématographe*, Belfond, Paris, 2003, p. 146). En 1959, la production sera reprise par Jean Thuillier (Les Éditions Cinégraphiques), avec le soutien financier de contributeurs privés, dont Yul Brynner, François Reichenbach, Francine Weisweiller et Truffaut : « *Ma Nuit chez Maud* [...] est, avec *Le Testament d'Orphée*, la seule coproduction ayant réalisé les espérances que j'y avais mises. » (Lettre à Éric Rohmer, 7 juillet 1981, IMEC, Fonds Éric Rohmer.)

2. Cocteau était le récitant de cette tragédie lyrique de George Enesco qui, créée à l'Opéra Garnier à Paris, le 13 mai 1936, fut reprise à l'Opéra de Vienne, en 1958, sous la direction d'Herbert von Karajan.

3. Première réalisation de Cocteau (1930), qui forme, avec *Orphée* (1950) et *Le Testament d'Orphée* (1959), une trilogie sur le mythe orphique : « un dessin animé où j'aurais employé de vraies personnes au lieu de personnes dessinées » (*Entretiens sur le cinématographe*, Éditions du Rocher, 2003, p. 155).

JEAN COCTEAU À FRANÇOIS TRUFFAUT

Santo Sospir
St-Jean-Cap-Ferrat[1]

30 juin 1958

Mes chers amis[2],
Je veux vous expliquer mon silence. Il ne vient que de ma superstition. J'ai si peur d'un obstacle qui m'empêcherait de faire ce film[3], *point final de mon œuvre*, que je n'ose même plus en parler à ceux qui l'attendent. J'ai toute confiance dans les hommes qui s'acharnent à rendre possible cet impossible et dans leur parole. Mais eux-mêmes sont les victimes des autres, de leurs mauvaises habitudes et d'un rythme qui expulse l'exceptionnel.
Vous serez les premiers à connaître les détails de l'entreprise si la chance ne m'abandonne pas en route. Je tenais à vous le dire et ma gratitude d'avoir deviné ce que je compte apporter au cinématographe.

Votre Jean Cocteau

FERNAND DELIGNY[4] À FRANÇOIS TRUFFAUT

[*Saint-Yorre*[5]], *20 août 1958*

Si vous pensez que je peux vous aider, je serai très content de le faire[6].

1. La Villa Santo Sospir, à Saint-Jean-Cap-Ferrat, propriété de son amie Francine Weisweiller, était l'un des lieux de villégiature préférés de Cocteau.
2. La lettre est sans doute adressée à Truffaut et à Marcel Berbert, son directeur de production aux Films du Carrosse.
3. *Le Testament d'Orphée*.
4. Éducateur et écrivain, Fernand Deligny (1913-1996) fut membre, en 1947, de Travail et Culture, l'association d'éducation populaire où il rencontra Chris Marker et André Bazin. La même année, il fonde la Grande Cordée, une association de prise en charge « en cure libre » pour adolescents délinquants et psychotiques, présidée par Henri Wallon. C'est à la parution d'*Adrien Lomme* (le roman de Deligny publié chez Gallimard en 1958) que Truffaut lui rend visite, sur le conseil de Bazin. Leurs échanges reprennent à la fin des années 1960, alors que Deligny se trouve à Monoblet, dans les Cévennes, où il a créé, avec quelques adultes non professionnels (ouvriers, paysans, étudiants), un réseau d'accueil d'enfants autistes mutiques. Deligny fait part à Truffaut de la présence à ses côtés de Janmari, un autiste d'une douzaine d'années, « jumeau de Victor de l'Aveyron », dont le « mode d'être hors langage » est devenu le cœur de sa réflexion sur « l'humain ». Janmari sera le personnage principal de *Ce gamin, là* (1975), film de Renaud Victor et Deligny, produit par Truffaut et les Films du Carrosse, qui répond par bien des aspects à *L'Enfant sauvage*. Les éditions L'Arachnéen ont entrepris depuis 2007 la réédition et l'édition de l'œuvre de Fernand Deligny, voir www.editions-arachneen.fr.
5. Depuis l'été 1956, le groupe de travail formé par Deligny s'est installé dans une ferme achetée par Josée Manenti aux Petits-Bois, près de Saint-Yorre (Allier).
6. Deligny répond ici à une lettre (non retrouvée) de Truffaut. Soucieux d'éviter la peinture lar-

À première vue, ce qui me gêne dans votre scénario, c'est que le héros soit « en dehors de la délinquance juvénile habituelle » et que le psychologue joue un rôle qui semble déterminant dans l'histoire. À moins qu'il ne s'agisse d'une espèce de sympathie d'être humain à être humain qui joue en dehors de toute « science » psychologique. Mais ceci est une critique de principe alors que j'ignore tout du contenu réel de votre scénario.
Si vous pouvez venir passer un jour ou deux ici, je le verrai bien volontiers et vous dirai ce qui me passera par la tête, ce dont vous ferez ce que vous voudrez, l'œuvre étant vôtre[1].
Le seul fait que vous présentiez l'évasion sous un jour bénéfique me suffit pour vous aider de toutes les manières possibles.

F. Deligny

Dites bonjour de ma part à André Bazin si vous le voyez souvent.

P.-S. : Aucun risque d'interférence entre votre scénario et mon projet de film[2] qui n'a strictement rien de romanesque et se rapprocherait plutôt du genre « ce qui se passe dans un œuf » ou dans l'arrière-train d'un têtard qui devient grenouille. Mais chaque chose en son temps. Nous parlerons strictement des *Quatre Cents Coups*.

---

moyante et démagogique de l'enfance délinquante, façon *Chiens perdus sans collier* de Jean Delannoy, Truffaut est en quête d'informations sur la psychologie adolescente. Dans *Les Quatre Cents Coups*, la psychologue est remplacée par une libre confession d'Antoine Doinel face à la caméra. C'est aussi Deligny qui aurait soufflé le finale, où Léaud court jusqu'à la mer. Truffaut remerciera Deligny pour sa « collaboration dialoguée [qui] a été décisive pour la fin de notre scénario » (lettre du 29 octobre 1958, p. 127).

1. Le 25 août, Deligny écrit à Irène Lézine, psychologue spécialiste de la prime enfance, qu'il attend « un gars qui doit tourner un film sur les enfants caractériels avec son scénario » (*Œuvres*, L'Arachnéen, Paris, p. 599).

2. Deligny, qui songe à réaliser lui-même un film, avait déjà adressé à Chris Marker « un thème tiré de mon travail quotidien avec les garçons en séjour auprès de moi » (lettre à François Truffaut, s.d. [été 1958], « Correspondance François Truffaut-Fernand Deligny », Bernard Bastide éd., *1895 : revue de l'Association française de recherche sur l'histoire du cinéma* n° 42, 2004). Après des années de gestation, le tournage chaotique du *Moindre Geste* commence en 1962, dans les environs d'Anduze (voir lettre de novembre 1968, p. 350).

HENRI PIERRE ROCHÉ À FRANÇOIS TRUFFAUT

2, rue Nungesser-et-Coli
Sèvres (S. & O.)

22 oct. 58

Cher François Truffaut,
Vous avez eu un jour, dans un article de cinéma, une exclamation salvatrice[1] dans *Arts* à propos de *Jules et Jim*.
Arts n'a jamais publié une ligne sur les *2 Anglaises et le Continent* malgré la bienveillance certaine de Jacques Laurent qui m'a phoné me disant que *Arts* m'était ouvert (et aussi d'André Parinaud). Et bien que *La Parisienne*[2] en ait publié un chapitre.
Vous serait-il naturel et même plaisant d'écrire un jour quelques lignes sur le cas Roché[3] ? C'est le commentaire qui me serait le plus cher. Pourtant ce n'est pas dans votre sillon actuel. Et ceci doit être prédominant. Et vous ne devez pas disperser une heure. Et je n'ai qu'à faire un troisième bouquin qui s'impose ! J'ai d'ailleurs commencé et je crois que certains rythmes vous plairaient. Mais je n'ai pas encore trouvé l'unité du parti pris[4].
Je pense à vous. Vous avez du courage, de la limpidité, de la patience, et un message. Alors *cela* ira. Que faites-vous ?
Affectueusement à vous,

H. P. Roché

À la réflexion, cela me paraît difficile[5]. Il faudrait *attendre une occasion*.
Considérez la lettre ci-dessus comme non avenue pour le moment et pour ce qui touche à *Arts* – mais donnez-moi des nouvelles de vous. Par phone, ou autrement. Mon phone est dans ma chambre dont je ne sors presque jamais : vous ne me dérangerez donc pas.

1. « … grâce à une morale esthétique et neuve sans cesse reconsidérée. » Extrait d'un article de Truffaut (*Arts* n° 559, 14-20 mars 1956), cité par Roché dans sa première lettre à Truffaut le 11 avril 1956.
2. Henri Pierre Roché, « Les deux sœurs », *La Parisienne* n° 33, mai 1956.
3. Ce que fera Truffaut en 1980 dans « Henri Pierre Roché revisité », texte qui sera repris en préface dans les *Carnets : les années Jules et Jim* (*op. cit.*).
4. *Victor*, son troisième roman, demeuré inachevé, paraîtra sous le titre *Victor : Marcel Duchamp* (Musée national d'art moderne, 1977).
5. Sous-entendu : que Truffaut écrive, pour *Arts*, un article sur le roman de Roché *Deux Anglaises et le Continent*.

Mon fils a fait de beaux films d'insectes. Nous vous préviendrons s'il les montre[1].

FRANÇOIS TRUFFAUT À FERNAND DELIGNY

[*Paris, 29 octobre 1958*]

Cher Monsieur,

Je vous prie de pardonner mon long silence. J'étais très absorbé par la préparation de mon film que je commence dans une dizaine de jours[2].

Marcel Moussy[3] et moi nous félicitons d'avoir fait le voyage de Saint-Yorre, car votre collaboration dialoguée a été décisive pour la fin de notre scénario.

C'est donc en tant que collaborateur des *Quatre Cents Coups* que vous trouverez ci-joint un chèque de Frs 25 000, que je vous prie d'accepter aussi simplement que nous avons parlé. Ce n'est pas grand-chose, mais si j'ai bonne mémoire, c'est le prix d'une chèvre de qualité suffisante[4].

J'ai rencontré l'acteur Serge Reggiani, à qui j'ai donné votre adresse, car il a été enthousiasmé par votre livre *Adrien Lomme*[5], dont il envisage, je crois, de tirer son premier film comme metteur en scène.

Je pense que votre projet de court métrage est excellent et qu'il faudrait bientôt songer à le réaliser.

Nous gardons contact, nous correspondons jusqu'à ce que j'aie le grand plaisir de vous revoir, peut-être après la terminaison de mon film (janvier 1959).

Mon meilleur souvenir à votre femme, vos enfants, à tous vos pensionnaires et naturellement aux chèvres[6].

Bien cordialement vôtre

François Truffaut

1. Truffaut recevra une invitation pour une projection de « *Nuptialité chez les insectes* : films inédits en couleurs de Jean Claude Roché, qui aura lieu le 3 février 1959, à 21 h, Galerie Claude-Bernard, 5, rue des Beaux-Arts, Paris VIe ».
2. *Les Quatre Cents Coups*, dont le tournage débutera le 10 novembre 1958.
3. Écrivain et cinéaste français (1924-1995). La série télévisée *Si c'était vous*, qu'il écrit pour Marcel Bluwal, suscite l'admiration de Truffaut, qui l'engage comme coscénariste des *Quatre Cents Coups*, puis comme adaptateur de David Goodis (*Tirez sur le pianiste*) et Ray Bradbury (*Fahrenheit 451*).
4. Depuis l'été 1956, date de leur installation dans une ferme près de Saint-Yorre (Allier), Deligny et ses condisciples élèvent des chèvres et fabriquent du fromage.
5. Selon Deligny, son roman (1958, *Œuvres*, *op. cit.* pp. 438-585) a pour origine un scénario non réalisé, qu'il avait écrit, en 1948, pour le cinéaste Louis Daquin. Ce projet du comédien Serge Reggiani (1922-2004) resta sans suite.
6. Deligny vit alors avec Huguette Dumoulin, une éducatrice spécialisée rencontrée en 1946. Les

PJ : 1 brochure Larousse. 1 chèque barré sur le Crédit Lyonnais n° 0.631.606 CC. Au cas où vous ne pourriez pas le toucher, voulez-vous nous le renvoyer en nous précisant le mode de paiement qui vous convient ?

FRANÇOIS TRUFFAUT À HENRI PIERRE ROCHÉ

Monsieur H. P. Roché
2, rue Nungesser-et-Coli
Sèvres (S. & O.)

[*6 novembre 1958*]

Merci de votre petit mot. Malheureusement, je ne puis rien écrire dans *Arts* sur les *2 Anglaises* ; mon activité cinématographique m'a obligé à quitter la rédaction de *Arts*, où d'ailleurs on ne m'aurait pas laissé écrire sur autre chose que le cinéma[1]. Mais je vais téléphoner pour vous à Jacques Laurent.
Le film que je commence s'appelle *Les Quatre Cents Coups*. Je vous le montrerai dès qu'il sera terminé, au mois d'avril 1959. Alors nous nous reverrons et parlerons de nos chers *Jules et Jim*.
Votre fidèle,

François Truffaut

HENRI PIERRE ROCHÉ À FRANÇOIS TRUFFAUT

2, rue Nungesser-et-Coli
Sèvres (S. & O.)

18 nov. 58

Cher François Truffaut,
Savez-vous que votre parenthèse inattendue dans votre article de cinéma dans *Arts* il y a 2 ou 3 ans a été un soutien pour moi ?

autorités ayant décidé de fermer son Centre d'observation et de triage de Lille, Deligny confie ses protégés au Service civique de la jeunesse, un organe du Parti communiste, dont Huguette Dumoulin est l'une des dirigeantes. Ensemble, ils créeront et animeront la Grande Cordée (1948-1955), auront deux filles, Dominique et Fabienne, avant de se séparer en 1962.

1. Truffaut y publiera encore un « Adieu à André Bazin » (*Arts* n° 697, 19-25 novembre 1958 ; *Chroniques d'Arts-Spectacles*, *op. cit.* pp. 479-481).

Je n'ai pas été assez bien pour sortir et aller revoir *Les Mistons* à la Pagode[1]. J'espère l'être pour *Les Quatre Cents Coups* ! (bon titre).
Sur ceci ou cela, ou encore autre chose, j'aimerais essayer de faire des dialogues pour vous ?
(Jacques Laurent a fait un étonnant effort sur moi lors de *Jules et Jim*, et a casé un article dans *Match*[2]. Les *2 Anglaises et le Continent* ont eu quelques excellentes critiques, sans victoire.)
Mes souvenirs à votre femme,
Votre fidèle,

H. P. Roché

FRANÇOIS TRUFFAUT À JACQUES AUDIBERTI

[Papier en-tête *Les Films du Carrosse*]

De Paris, ce 27 nov. [*1958*]

Cher Monsieur,
Primo – mille mercis pour votre article[3] sur *Les Mistons*, plus poétique que le film, Dieu oui !
Secundo – j'espère vous montrer bientôt *Les 400 Coups* ; j'en suis au milieu (200 coups).
Tertio : mes amis des Journées du cinéma[4] me demandent *d'appuyer*, comme on dit, leur demande ; vous seriez, après coup, très content de votre voyage à Tours. J'y suis allé 3 années consécutives (2 seulement peut-être) et j'en garde un très bon souvenir ; bonne ambiance, très bons films, gentils Tourangeaux, gelles, administrateurs, bons boire et manger, tout au petit poil. Mais déjà votre décision doit être prise…
Votre admiratif, reconnaissant, fidèle et dévoué

ftruffaut

1. Le court métrage de Truffaut est sorti le 6 novembre 1958 dans un programme comprenant aussi *Les Fils de l'eau* de Jean Rouch et *La Capitale de l'or* de Colin Low.
2. « Dans la course au Goncourt, un jeune débutant de soixante-quatorze ans », article signé en fait Guillaume Hanoteau.
3. « Sans chauvinisme réaliste un film criant d'exactitude : *Les Mistons* », *Arts* n° 696, 12-18 novembre 1958, p. 7 ; *Le Mur du fond*, *op. cit.* pp. 397-399.
4. Créée par Pierre Barbin (1926-2014), cette manifestation annuelle, organisée dans une trentaine de villes françaises, présentait, avec le soutien des exploitants locaux, des œuvres inédites récentes, accompagnées de diverses animations. Pérennisée et spécialisée à Tours (Indre-et-Loire), elle prit le nom de Journées internationales du film de court métrage (1955-1958). Truffaut s'y rendit à trois reprises : en 1955 et 1956, comme journaliste (*Arts* n° 536, 5-11 octobre 1955, et n° 594, 21-29 novembre 1956), puis, en 1957, comme réalisateur, pour y présenter *Les Mistons*.

P.-S. J'ai une idée de court métrage formidable[1] ; je suis certain que vous accepterez volontiers d'en faire le commentaire. Ce sera épatant.

HENRI PIERRE ROCHÉ À FRANÇOIS TRUFFAUT

2, rue Nungesser-et-Coli
Sèvres (S. & O.)

12.3.59

Cher François Truffaut,
Je serais heureux d'avoir votre sentiment sur mon testament de collectionneur[2] paru dans *L'Œil* de mars 59, que vous allez recevoir, sous le titre « Adieu, brave petite collection ! ».
J'espère que vos projets prennent bien corps, que ça se développe bien, et je vous envie d'être plongé « là-dedans » – bien que cela doive être parfois dur[3] ?
Fidèlement à vous,

H. P. Roché

HENRI PIERRE ROCHÉ À FRANÇOIS TRUFFAUT

2, rue Nungesser-et-Coli
Sèvres (S. & O.)

22 mars 59

Cher François Truffaut,
Je n'ai pas su que *Les 400 Coups* passaient à la télévision[4]. Quel dommage !
Voulez-vous me faire prévenir si on les redonne ?
Votre fidèle, de loin, à vous deux.

H. P. Roché

(Je ne sors plus du tout, mais je travaille dur et gaiement.)

1. Malgré nos recherches, il ne nous a pas été possible d'identifier ce projet.
2. Peintre de formation, Henri Pierre Roché fut toute sa vie durant un collectionneur d'art. Agent commercial ou conseiller de grands collectionneurs, il a joué un rôle dans le développement de l'art moderne, aidant notamment Picasso, Duchamp, Picabia, Brancusi et Jean Dubuffet à faire connaître leurs œuvres à l'étranger.
3. Truffaut est plongé dans la postproduction des *Quatre Cents Coups*, qui sera présenté à Cannes le 4 mai 1959.
4. Il s'agit sans doute de la diffusion d'un reportage sur le tournage ou d'un extrait du film et non de la diffusion du film lui-même, inédit à cette date.

HENRI PIERRE ROCHÉ À FRANÇOIS TRUFFAUT

2, rue Nungesser-et-Coli
Sèvres (S. & O.)

3 avril 59

Cher Jeune Ami,
Votre bonne lettre[1] !
Si je vais mieux, j'irai voir *Les 400 Coups* à Paris[2]. Vous me direz où on les donne ? Ce n'est guère plus fatigant qu'à Sèvres.
J'ai relu aussi *Jules et Jim*. Je n'essayerai de le visualiser sur un écran qu'après en avoir bien parlé avec vous, et connu votre plan d'adaptation.
En voulez-vous encore des exemplaires ?
Grand merci pour les photos de Jeanne Moreau[3]. Elle me plaît. Je n'ai, bien sûr, pas pu sortir pour voir *Amants*[4]. Je suis content qu'elle aime Kathe ! J'espère la connaître un jour.
Oui venez me voir quand il vous plaira, à votre retour, je vous attends[5].
Votre fidèle

Henri Pierre Roché

Je vous écris toujours aux *Cahiers du cinéma* ?

1. Ce 3 avril 1959, Roché note dans son Journal : « Bonne lettre de François Truffaut avec photos de Jeanne Moreau pour *son* film *Jules et Jim*. Je vais avec joie chercher le courrier dans le jardin aux arbres fleuris. » Cette lettre n'a pas été retrouvée.
2. Le film est encore inédit : présenté à Cannes le 4 mai 1959, il sortira le 3 juin.
3. Comédienne et chanteuse (1928-2017). Formée au théâtre, elle est pensionnaire de la Comédie-Française avant de rejoindre la troupe du TNP de Jean Vilar en 1952. Remarquée au cinéma dès 1954 dans *Touchez pas au grisbi* de Jacques Becker, elle accède au rang de vedette dans *Ascenseur pour l'échafaud* de Louis Malle (1957). Dès lors, elle tourne avec les plus grands en France (Jacques Demy, Luis Buñuel, François Truffaut), en Italie (Michelangelo Antonioni) ou en Angleterre (Joseph Losey, Tony Richardson). Dès cette époque, Truffaut avait pressenti la comédienne pour le rôle de Kathe dans *Jules et Jim* ; rencontrée au Festival de Cannes 1958, quelques mois plus tard, elle avait fait une brève apparition dans *Les Quatre Cents Coups,* dans le rôle d'une femme qui cherche son chien.
4. *Les Amants*, film de Louis Malle avec Jeanne Moreau, sorti en novembre 1958.
5. C'est la dernière lettre d'Henri Pierre Roché à Truffaut : il décédera le 8 avril, sans l'avoir revu.

FERNAND DELIGNY À FRANÇOIS TRUFFAUT

L'Arbousier
Thoiras Gard

[*Avril 1959*]

À François Truffaut
Les piles de notre petit poste de radio sont usées et nous ne pouvons plus entendre que Radio Monte-Carlo et voilà qu'hier soir quelqu'un a dit à ce poste-là que *Les Quatre Cents Coups* avait été sélectionné pour le Festival de Cannes. Cette bonne nouvelle nous a rappelé que nous vous attendons, comme écrit depuis le mois de janvier et nous sommes en avril et les lilas sont fleuris, le thym aussi et la menthe et la barbe aux joues et au menton des gars qui ont émigré avec nous.
Nous sommes arrivés fin janvier ici, à une dizaine de kilomètres de Saint-Jean-du-Gard[1]. La maison et son monument de cheminée ont plus de cinq cents ans et, tout compte fait, avec son/leur air de dominer la vallée creusée par la Salindrenque, elles sont sur le chemin qui va de Paris à Cannes.
Du coup, nous sommes à peu près certains de vous voir bientôt.

F. Deligny

Le troupeau de chèvres a été décimé par la douve et la strongylose. De cinquante, il en reste treize. Nous, nous allons bien.

JEAN COCTEAU À FRANÇOIS TRUFFAUT

Santo Sospir
St-Jean-Cap-Ferrat
Tél. 251-28

7 mai 1959

Mon cher Truffaut,
Je voudrais vous dire encore ma joie de votre triomphe[2] et ma tristesse d'avoir vu le visage de ceux qu'il gêne avouer une amertume assez basse.

1. Le groupe constitué par Fernand Deligny a quitté l'Allier pour s'installer dans les Cévennes, aux Curières, près de Thoiras (Gard), dans une propriété de 220 ha acquise par Josée Manenti.
2. Celui des *Quatre Cents Coups* au Festival de Cannes, le 4 mai 1959, pour lequel Truffaut va recevoir le Prix de la mise en scène.

Ils étaient rares *et d'un milieu qu'il importe de vaincre.*
Aidez-moi un peu en septembre[1]. Je me sentirai très seul.
Dans mon film, des acteurs célèbres (que j'aime) jouent (sans être au générique) des bouts de rôle[2]. Si Jean-Pierre voulait figurer l'élève de 14 ans de la première image, il me porterait chance[3]. Demandez-le-lui.
Mais tout cela est accessoire. L'essentiel est votre œuvre qui pénètre, par les yeux, dans le cœur et dans le ventre.
Je vous embrasse.

Jean Cocteau

JEAN COCTEAU À FRANÇOIS TRUFFAUT

Santo Sospir
St-Jean-Cap-Ferrat
Tel. 251-28

20 mai 1959

Mon très cher Truffaut,
J'ai vu dans ton œil comme tu l'avais vu dans le mien cette franchise du cœur dont le Festival de Cannes ignore la lumière. En te rendant service, je me rendais service : je me lavais l'âme de toute cette crasse[4].
Mon film a l'air de prendre forme. J'ai fait des parts de cinq millions remboursables en premier lieu et en participation sur les chances de l'œuvre. Si tu connais un fou délicieux qui veuille s'embarquer sur mon yacht fantôme, il n'aurait qu'à écrire à

1. Pour le tournage du *Testament d'Orphée.*
2. Nombre de personnalités célèbres (Charles Aznavour, Brigitte Bardot, Lucia Bosè, Yul Brynner, Maria Casarès, Luis Miguel Dominguin, Daniel Gélin, Serge Lifar, Jean Marais, Pablo Picasso, Françoise Sagan...) apparaîtront dans *Le Testament d'Orphée*, sans être créditées.
3. Jean-Pierre Léaud, l'interprète des *Quatre Cents Coups*, apparaîtra au début du film en écolier studieux, médusé par l'apparition soudaine d'un Cocteau perruqué et en habit, à la recherche d'un mystérieux professeur.
4. Président d'honneur du XIIe Festival de Cannes, Cocteau a aidé, le 4 mai 1959, le jeune cinéaste à se frayer un passage dans la meute des photographes, lors de l'ovation qui a suivi la présentation de son premier film. Godard immortalisera ce moment : « Je me souviendrai toujours d'un soir de printemps à Cannes où, parmi les badauds, je vis Cocteau conduire au Palais du festival un jeune voyou qui n'en était qu'au premier de ses quatre cents coups. Il le guidait au travers des lumières, et lui soufflait tout : "Ne marche pas trop vite, ne baisse pas les yeux, regarde les photographes, tiens-toi droit, fais un sourire à France Roche..." Bref, devant mes yeux agrandis d'amateur, c'était le vieil ange Heurtebise, toujours au plus fort de la mêlée, qui protégeait le jeune fantôme de Vigo sous sa grande aile noire d'académicien » (« Orphée », *Cahiers du cinéma* n° 152, février 1964 ; Alain Bergala (éd.), *Jean-Luc Godard par Jean-Luc Godard*, Cahiers du cinéma-Éditions de l'Étoile, Paris, 1985, pp. 252-253). Cocteau va aussi inciter le jury à créer le Prix de la mise en scène, et à le décerner à François Truffaut.

Gérard Worms 70, Faubourg Saint-Honoré Paris ou à Thuillier[1] 6, rue Lincoln Paris. Mais je ne crois pas que notre fou risque grand-chose car il y a déjà de grosses demandes à l'étranger.
Mon film sera de cette logique étrangère à la raison et je suis heureux qu'il t'intrigue. Écris-moi souvent. Ce sont les lettres comme la tienne qui me permettent de vivre en ce monde.
Mille amitiés à Jean-Pierre.

Jean Cocteau

JEAN COCTEAU À FRANÇOIS TRUFFAUT

9 juin 1959

Ton triomphe est une de mes grandes joies. Tu ne peux t'imaginer quel courage me donnent ta gentillesse et celle d'Alain Resnais[2]. Plus mon film approche, plus il me tire la langue et me montre une figure terrible. Sans vous tous, je crois bien que je prendrais mes jambes à mon cou.

L'ami Jean Cocteau

FRANÇOIS TRUFFAUT À LOUISE DE VILMORIN

De Saint-Paul-de-Vence, ce 12 juillet 59

Ma chère Louise,
Je suis un petit artilleur récemment démobilisé[3], mais qui n'a rien de commun avec Roger Nimier[4]…

1. Chef d'entreprise et banquier, Gérard Worms (1936-2020) représentait les cinq participants dans le montage financier du *Testament d'Orphée*. Producteur, directeur des éditions Cinégraphiques, Jean Thuillier (1921-2017) fut producteur délégué du film : « Toujours la douche écossaise des lettres et rapports enthousiastes et la déception Thuillier qui n'arrive pas à comprendre que le rythme d'un film de longue haleine ne peut être celui des films feu de paille […]. S'ils ne suivaient pas la routine, Lourau et Thuillier tireraient grand parti du *Testament*. Mais il faudrait de la patience et avoir l'oreille fine, ce qui n'est pas le fait des milieux cinématographiques qui ne connaissent que la hâte et le gain immédiat. » (Jean Cocteau, *Le Passé défini*, vol. VII, Gallimard, Paris, 2012, pp. 52-53).
2. Alain Resnais (1922-2014) n'a jamais caché son admiration pour Cocteau, au point de multiplier dans ses films les allusions à son œuvre. Lors du tournage d'*Hiroshima mon amour* (1959), il utilise le « très précieux système de références » présent dans *Orphée* (1950). Dans *Mon Oncle d'Amérique* (1980), il montre à plusieurs reprises des images de *L'Aigle à deux têtes* (1948). Enfin, *Vous n'avez encore rien vu* (2012) revisite le mythe d'Orphée et Eurydice.
3. En 1950, après s'être engagé dans l'armée, Truffaut s'était retrouvé au 32e régiment d'artillerie de Wittlich (Allemagne).
4. Écrivain français (1925-1962), considéré comme le chef de file des Hussards. Il entretint une rela-

La franchise postale m'oblige à vous faire un triste aveu : je ne puis tourner le petit film[1] dont il était question sur les baisers d'adolescentes. En ce qui concerne notre collaboration, ce ne peut être que partie remise, ma main au feu, à couper.

Voilà les faits : je dois tourner, en novembre, un film avec Aznavour[2] ; cinq mois pour gribouiller le scénario et les dialogues avec Marcel Moussy ne sont pas de trop.

Chez Bernheim et chez Woog[3], on m'affirme que 6 jours de travail de ma part – strictement de tournage – suffisent à épuiser les adolescentes fraîchement embrassées. De mon côté, je calcule autrement : 2 mois de travail pour 15 minutes de film puisqu'il faut bien s'occuper un peu de la préparation, de la distribution, du repérage, du montage, de la zizique et tout le reste...

De + je n'approuve pas l'idée du tandem Louise de Vilmorin-Jacques Robert[4], mais pas du tout, et puis, et puis... ce film sera raté parce que disparate et bâclé par chacun.

Avec ravissement, je viens d'achever *Migraine*[5], qui a la force des œuvres individuelles, personnelles, sans influences ni micmacs, sans pastiches, sans apports multiples, œuvre aussi intime que les empreintes digitales ou que le rayon médulaire des cheveux de Madame de, ou de Mortsauf[6].

Voilà, ma reine Chère Louise, les raisons :

1/ De ma dérobade dans « l'affaire » Woog-Bernheim

2/ de mon admiration pour le grand écrivain que vous êtes

tion intime avec Louise de Vilmorin, au début des années 1950. Le point de dissemblance pourrait porter sur la sexualité, Nimier étant connu comme le peintre de l'onanisme. L'une des enveloppes de lettres de Truffaut à Louise de Vilmorin (datée du 8 mai 1952) porte l'ajout manuscrit : « Roger Nimier 9 5 52 » – ce qui pourrait signifier que Louise a sollicité Nimier pour qu'il aide Truffaut.

1. *La Française et l'Amour* (1960), film à sketches produit par Roger Metzger et Robert Woog. Louise de Vilmorin coécrivit, avec Jacques Robert, le scénario et les dialogues de *L'Adolescence*, le sketch réalisé par Jean Delannoy.

2. *Tirez sur le pianiste*, d'après David Goodis. Charles Aznavour (1924-2018), auteur-compositeur-interprète et comédien. Son interprétation d'Édouard Saroyan dans le film de Truffaut lui permettra d'accéder aux premiers rôles.

3. André Bernheim (1899-1986), agent de comédiens. En 1970, la fusion des agences André Bernheim, Gérard Lebovici et Cimura donnera naissance à Artmedia, la première agence artistique européenne. Robert Woog (1907-1986), producteur délégué, société Metzger et Woog.

4. Journaliste, écrivain et scénariste français (1921-1997), auquel on doit notamment l'adaptation et les dialogues de *Maigret voit rouge* (Gilles Grangier, 1963) et des séries *Le Monocle* et *Le Gorille*.

5. Roman de Louise de Vilmorin (Gallimard, 1959). Une narratrice écrit ou téléphone à son amant. Dans ce monologue où l'on découvre l'intrigue d'une pièce de théâtre et son décor en une véritable *Illusion comique*, elle raconte l'histoire d'une jeune femme nommée Migraine.

6. Le personnage principal du *Lys dans la vallée* de Balzac, le roman préféré de Truffaut, celui que lit Antoine Doinel dans sa cellule (*Baisers volés*) ; plus tard, son idylle avec Fabienne Tabard (Delphine Seyrig) sera calquée sur l'amour impossible qui se noue entre Félix de Vandenesse et Henriette de Mortsauf.

a) à bientôt
b) bons baisers
Lu et approuvé.
Bon pour accord du cœur.

Signé françois truffaut

LOUISE DE VILMORIN À FRANÇOIS TRUFFAUT

[Papier en-tête *Verrières*]

Vendredi 17 juillet 1959

Mon cher François,
Votre lettre m'a fait plaisir. J'y ai senti votre amitié. En dépit de la déception que j'en éprouve, je vous comprends de vouloir vous tenir à l'écart d'une affaire qui me paraît, à moi aussi, on ne peut plus nébuleuse… et surtout pas drôle. Comment peut-on, sans queue ni tête, illustrer la sensualité, l'érotisme, les cocus et tout le tralala ?
Je ne connais pas Jacques Robert. J'ignore tout ce qu'il a fait. Quand je vous ai vu avec lui, je le voyais pour la seconde fois et je ne l'ai pas revu depuis lors, mais je sais que si je suis « en tandem » avec lui, c'est que M. Woog n'avait pas vraiment confiance en moi. Il craignait, on me l'a dit, l'intrusion de la poésie dans mes dialogues et dans ma façon de considérer les choses. J'en ai été vexée mais comme je n'ai pas le sou…
Je pars pour la Corse, à Centuri, une région déserte et sauvage, au bout du cap Corse, où mon frère André a une maison[1]. J'en reviendrai le 24 août et je ne bougerai plus de Verrières jusqu'à l'année prochaine. Vous n'avez pas idée à quel point je suis heureuse de votre succès et de votre renom. J'ai gardé toutes vos cartes postales[2]. Et puis je suis heureuse aussi que vous ayez aimé *Migraine*.
Faites-moi signe, mon cher François.
Gros bécots pile et face de votre amie,

Vilmorin Louise
et de tout cœur

1. Durant l'été, Louise de Vilmorin avait l'habitude de résider dans cette maison et d'y recevoir ses nombreux amis, dont le sculpteur Jacques Zwobada.
2. Sans doute celles que Truffaut lui a envoyées de Cannes, où il vient de triompher avec *Les Quatre Cents Coups*.

FRANÇOIS TRUFFAUT À JEAN COCTEAU

De Saint-Paul, ce dimanche [ca *août 1959*]

Cher Grand Ami,

Seule la timidité m'a empêché de vous dire à quel point j'ai été bouleversé puis heureux devant votre gentillesse à mon égard ; seule cette même timidité m'a empêché de vous dire combien ont été décisives, dans ma petite vie d'autodidacte qui se hait, des œuvres comme *Le Grand Écart*, *Le Sang d'un poète*, *La Difficulté d'être*, *Anna la bonne*[1]...

Ma + grande joie serait de vous être utile d'une manière ou d'une autre ; si vous ne connaissez pas Edmond Tenoudji[2] (les Films Marceau-Cocinor), je puis lui parler du *Testament d'Orphée* et avec plus de force encore si vous jugez pouvoir me confier le scénario à lire.

Il me serait d'ailleurs possible, assez rapidement, d'investir dans votre film quelques millions que je vais avoir en dépôt au Centre du cinéma, au titre d'aide à l'exportation[3] sur les ventes à l'étranger des *400 Coups*. Je serais bigrement fier d'être le financier d'un savetier tel que vous[4] !

Il y a un service (que l'on me demande de Paris depuis 8 jours) de solliciter de votre part – d'autant plus délicat que je sais que vous ne me le refuserez pas ; il s'agit d'une dizaine de lignes, de vous, sur *Les 400 Coups*, pour les reproduire sur la pochette du disque (musique !). C'est l'éditeur belge (*Ciné-Revue*[5], je crois) qui demande cela. Si cela vous ennuie, je saurai bien les dissuader.

1. Chanson parlée de Jean Cocteau, créée par Marianne Oswald, enregistrée sur disque Columbia le 13 mars 1934. En 1959, Truffaut en produira une adaptation cinématographique, réalisée par Claude Jutra et interprétée par Marianne Oswald.
2. Producteur français (1903-1986), P.-D.G. des Films Marceau.
3. Loi votée en 1951 afin de promouvoir la diffusion du cinéma français à l'étranger. Attribuée aux producteurs, l'aide était indexée sur le montant des recettes résultant de la vente ferme ou de l'exploitation de films à l'étranger. Avant même son exploitation française, *Les Quatre Cents Coups* avait déjà totalisé 134 millions de droits en ventes à l'étranger et généré ainsi une aide importante.
4. Le 13 août 1959, Cocteau écrit : « Accord Truffaut définitif. Je considère comme un porte-chance qu'un jeune cinéaste me commandite avec le premier argent qu'il gagne. » (*Le Passé défini*, vol. VI, Gallimard, Paris, 2011, p. 599). Truffaut participera à la production du *Testament d'Orphée* contre l'avis de son beau-père, le producteur Ignace Morgenstern. Dans une lettre du 29 juin 1959, celui-ci lui détaille « le mécanisme financier de cette affaire » : « ... je ne crois pas que ce soit une affaire brillante pour vous, mais je ne vois pas non plus comment vous pourrez vous tirer de cette affaire sans aller jusqu'au bout. »
5. Créée en 1944, *Ciné Revue* (aujourd'hui *Ciné Télé Revue*) est un hebdomadaire belge francophone, consacré au cinéma et à la télévision, dont l'éditeur publia également une collection de 45 T ; celui des *Quatre Cents Coups* porte la mention « Ciné-revue n° 5 ». Au verso de la pochette (Vogue EPL 7631) est reproduit ce manuscrit de Cocteau à son « très cher Truffaut » : « Ton CinémaScope

Je comprends votre solitude actuelle et j'en suis peiné. Elle cessera pendant votre tournage, pour revenir au galop tout de suite après. Plus on est nombreux autour d'un film, plus on est seul et j'approuve que votre prochain film – ce que j'en sais – ne soit pas une « bonne histoire », mais une synthèse, un poème global, un bouquet de généralités. Je sais que cela sera formidable, stimulant et décisif.
Je suis fier de vous connaître et d'être connu de vous ; si vous me le permettez, de Paris, je vous écrirai parfois ce qui me passe par la tête.

Votre petit f. truffaut

FRANÇOIS TRUFFAUT À JACQUES AUDIBERTI

[Papier en-tête *Cahiers du cinéma*]

Monsieur Jacques Audiberti
NRF
5, rue Sébastien-Bottin
Paris

Paris, le 14 août 1959

Cher ami,
Nous en avions déjà, je crois, parlé à Cannes : un texte de vous nous ferait bien plaisir pour le centième numéro des *Cahiers du cinéma*[1].
C'est peut-être une bonne occasion pour vous de donner le point de vue d'un cinéphile qui devient cinéaste, d'un spectateur qui devient scénariste, je vise *La Poupée.*
Votre dévoué

F. Truffaut

P.-S. La date limite est le 10 septembre.

des *400 Coups* est admirable, car ta science n'étouffe jamais ta fraîcheur. Je te souhaite toutes les chances, et à Jean-Pierre qui, malgré la période ingrate des 14 ans, conserve le génie mystérieux de l'enfance. Ton film est un remède contre la fatigue de nos âmes. Jean Cocteau, 1959. »

1. Jacques Audiberti écrira l'article « Le temps des cailles », consacré à l'adaptation cinématographique, signée Jacques Baratier, de son roman éponyme, *La Poupée* (*Cahiers du cinéma* n° 100, octobre 1959, pp. 42-43 ; *Le Mur du fond*, *op. cit.* pp. 415-416).

FRANÇOIS TRUFFAUT À JEAN COCTEAU

[Papier en-tête *Cahiers du cinéma*]

De Paris, ce 19 août 1959

Cher grand Jean,
Le chiffre 100 ? Il signifie que le numéro d'octobre des *Cahiers* sera le centième, ce qui constitue pour nous tous, vous le concevez, un véritable événement. Le texte que nous souhaitons de vous, et que j'ose de moins en moins vous réclamer, le premier jour de manivelle du *Testament* se rapprochant, devrait nous parvenir avant le 8 septembre.
Je comprends parfaitement vos réticences devant l'idée de publier un extrait du découpage ; je comprendrais tout aussi bien l'impossibilité matérielle pour vous d'écrire spécialement quelque chose ; dans ce cas, un joli dessin nous ferait bien plaisir, évidemment[1].
Quartier libre et carte blanche, je reste votre fidèle et dévoué,

truffaut

P.-S. Je ne sais si Doniol[2] a reçu votre lettre ; il tourne son film près de Prades, depuis quatre semaines et pour encore un mois.

JEAN COCTEAU À FRANÇOIS TRUFFAUT

20 août 1959

Cher Truffaut,
Tu as mal lu ma lettre. Je te donnerai le commencement du film « Séquence du personnage intemporel », mais avec mise au point. Ce n'était qu'une esquisse. Et je tâcherai de faire un dessin du centenaire (ce qui me va).

Ton Jean Cocteau

1. Le n° 100 des *Cahiers du cinéma* contient « *Le Testament d'Orphée* : film de Jean Cocteau (extrait) », pp. 3-12, illustré de nombreuses photos de tournage et de plateau du film. Cocteau enverra finalement un dessin original pour illustrer la couverture : un homme déroulant entre ses mains une bobine de pellicule, accompagné de ce titre manuscrit : « Le 100 d'un poète ».
2. Invité aux 1res Ciné-Rencontres de Prades, Truffaut en profite pour rendre visite à son ami critique Jacques Doniol-Valcroze, qui tourne son premier long métrage, *L'Eau à la bouche*, au château d'Aubiry, à Céret. Voir *100 Ans de cinéma en Pyrénées-Orientales : histoires et secrets de tournages*, Jean-Noël Grando, Mare Nostrum, Perpignan, 2010, pp. 44-49.

J'ai chargé Claude Pinoteau[1] de te faire copier le texte et de te l'envoyer.

RENÉ-JEAN CLOT[2] À FRANÇOIS TRUFFAUT

Le 20 août 59

Cher Monsieur,
Excusez ce papier scolaire[3], je suis au bord de la mer. Je profite de la sieste de mon bébé[4] pour répondre à votre lettre[5] (à mon âge – j'ai 45 ans – il est comme un miroir dans la main d'une vieille femme, mais qui verrait le ciel et la saison à la place de son visage ridé).
Parlons du film – de ce que vous m'en dites.
Tout ira bien avec Jeanne Moreau. Également d'accord pour changer le titre – pourquoi *Le Bleu d'outre-tombe*[6] ? Parce que j'ai en horreur les titres, les histoires signifiées, épuisées, nasillées dans l'anecdote de leur matière. Pour moi, écrire c'est trouver autre chose que ce que l'on s'était proposé d'exprimer au départ. Car ce qui vous échappe des mains est le sens même de certaines empreintes. J'essaierai de relire mon livre – ce que je n'ai jamais

1. Conseiller technique de Cocteau sur le tournage du *Testament d'Orphée* et futur réalisateur (*La Gifle, Le Grand Escogriffe, La Boum*…).
2. Écrivain et peintre français (1913-1997), membre de l'École d'Alger, aux côtés d'Albert Camus, Emmanuel Roblès et Jules Roy. En 1948, il publie chez Gallimard son premier roman, *Le Noir de la vigne* ; une dizaine d'autres titres suivront. En juillet 1959, la SEDIF et les Films du Carrosse acquièrent les droits de son roman *Le Bleu d'outre-tombe*, que Truffaut souhaite adapter, pour prolonger ainsi la peinture du milieu éducatif amorcée dans *Les Quatre Cents Coups*. En novembre 1959, Clot est engagé « en qualité d'adaptateur et de dialoguiste » et remet son travail le mois suivant. Prévu pour l'été 1960, le tournage est retardé en raison du grave accident de voiture dont est victime le fils de Jeanne Moreau, Jérôme Richard, et du retard pris dans le montage de *Tirez sur le pianiste*. Le projet ne verra jamais le jour, mais les deux hommes continueront à correspondre.
3. Lettre manuscrite rédigée sur des pages quadrillées d'un cahier d'écolier.
4. Frédéric-Charles, alors âgé de 2 ans, l'un des cinq enfants de René-Jean et Charlette Clot (née Nicoli) : Marthe, Madeleine, Patrice et Emmanuel, futur premier assistant de François Truffaut.
5. Cette lettre de Truffaut n'a pas été retrouvée.
6. Jeanne Moreau devait interpréter le rôle principal de Mme Langlois : « [Elle] glissera son intelligence et sa sensibilité dans le personnage-clef du film : celui d'une institutrice persécutée par une ville entière parce que les parents apprennent qu'autrefois la maîtresse d'école de leurs enfants était folle. Toute l'histoire se passera dans une classe. Il y aura Jeanne Moreau et trente élèves. J'espère faire comprendre, d'après le comportement des écoliers, la mentalité des parents. » (François Truffaut : propos recueillis par Louis Nucera, *Le Patriote*, Nice, 24 juillet 1959.) Dans le roman, l'institutrice veut que ses élèves trouvent tout seuls les couleurs du monde. Elle leur propose donc une composition de dessin sur le thème du « bleu de la mer », en les obligeant à trouver les mélanges nécessaires pour exprimer l'idée qu'ils se font de la mer changeante – un procédé pédagogique jugé peu orthodoxe par les autres enseignants.

fait – et vous proposerai 4 ou 5 titres. J'ai, hélas, pas mal de facilités pour ces choses.
Vous me dites que vous désirez rester fidèle au roman. Bravo. Mais si vous êtes infidèle, bravo également. Je ne suis pas de ces auteurs qui désirent retrouver à tout prix et en tous lieux leur raie sur le côté et leur nœud papillon. J'estime que le changement de matière (transposition du livre en film) crée fatalement l'aspiration vers une autre métaphysique. Je veux bien – puisque vous m'invitez à le faire – que nous parlions ensemble du film, mais tout ce que vous ferez sera bien. J'avais essayé d'exprimer dans la grisaille d'une cour d'école pourtant raisonnable, cartésienne, « laïque », un climat hanté. Pour donner plus d'acuité à cette hantise, veiller [*sic*] à la rigidité du cadre (support). La cour scolaire, les instituteurs, les enfants, la mise en rang, les coups de sifflet, les arbres, la cloche, le béret basque des instituteurs, leur serviette, la fontaine. Et tout le reste sur ce fond nécessairement cruel et tendre.
Je suis chez moi, à Versailles, le 2 septembre. Je rentre (à l'école = en religion) le 15 sept. cette année. Dans l'année, j'ai des centaines de copies et dessins à corriger – la vie du mineur. J'enseigne le français à certains, un cours d'esthétique à des étudiants, et le dessin dans les écoles de la ville de P. En plus, je suis peintre[1], c'est-à-dire que je me vois rater les choses faute de loisir, de rêverie désintéressée.
Mais tout ira bien. Vous me faites honte en écrivant que vous admirez mon livre. Restons tous deux ce que nous sommes : des artisans amoureux de petites flûtes confidentielles.

renéjeanclot

Mon n° VER 6416. Je suis là le soir, soyez chic, vous venez me voir puisque vous avez une auto. Je n'en ai pas voulu mais je le paye tous les jours.

1. Professeur d'esthétique au Centre du professorat des dessins de la Ville de Paris, Clot enseigne aussi le dessin. Son œuvre de peintre et graveur oscille entre cubisme, abstraction et mysticisme. Après avoir étudié à l'école des beaux-arts d'Alger, il s'installe dans un petit atelier rue Delambre (Paris XIVe), en mai 1935. L'année suivante, il devient l'élève de Marcel Gromaire et d'Othon Friesz. Il est remarqué dès 1937 avec l'attribution du prix Paul-Guillaume, puis par une acquisition par le musée d'Art moderne de Paris. Son roman *L'Enfant halluciné* (Grasset, Paris, 1987), prix Renaudot, est le portrait d'un enfant « retardé », appelé à la peinture par un élan irraisonné.

RENÉ-JEAN CLOT À FRANÇOIS TRUFFAUT

[Papier en-tête *René-Jean Clot*]
91, avenue de Saint-Cloud
Versailles S. et O.

Le 6 septembre 59

Cher (monsieur) Truffaut,
J'ai travaillé toute la semaine à
— des notes psychologiques
— étude des personnages
— trame des gestes
— le lien scénique
— amorce des dialogues
Vous en ferez ce que vous voudrez, mais j'ai voulu faire pour vous cet effort – trois petits cahiers de notes[1] – uniquement pour vous – moi je ne demande que des progrès à faire. Si vous ne vous en servez pas, aucune importance.
(Il vaudrait mieux que nous nous rencontrions avant le 15 septembre[2]).
Je voudrais bien que la Direction (avec un D comme cela) me confie les dialogues[3]. Je fais cela très bien. Il ne faut pas seulement dire, il faut encore, en disant, exprimer la respiration des personnages.
J'ai 26 titres à vous proposer[4]...
Bien attentif,

renéjeanclot

1. Aujourd'hui conservés dans le Fonds Truffaut de la Cinémathèque française.
2. Après cette date, René-Jean Clot sera absorbé par la rentrée scolaire et son métier d'enseignant.
3. Le 12 novembre 1959, Clot, qui fait allusion ici aux Films du Carrosse, sera engagé « en qualité d'adaptateur et de dialoguiste ».
4. Le premier cahier contient, en effet, sous l'intitulé « Projets de titre », vingt-six titres assortis chacun de commentaires : « 1. *Le Tournis* (non parce qu'il suggère le désordre) ; 2. *Les Ennuis domestiques* (Pas mal. Sobre. Mais trop prosaïque. Pas assez ambitieux) ; 3. *La Femme humiliée* (Pas mal. Mais trop localisé à une seule femme)... » De son côté, Truffaut établira une liste de huit titres, entre autres *Le Tableau noir, La Cour d'honneur* et... *Les Quatre Jeudis*, celui d'un précédent projet collectif resté inabouti.

FRANÇOIS TRUFFAUT À FERNAND DELIGNY

Paris, le 17 septembre 1959

Cher ami,
Je suis vraiment confus d'avoir laissé plusieurs de vos lettres sans réponse.
Je pense aussi que vous devez mener à bien ce projet de film[1] sur les réchappés de l'asile.
Personnellement, je ne puis me charger de la réalisation de ce court métrage, mais j'espère pouvoir vous aider toutefois à condition que vous sachiez exactement la forme que vous voulez lui donner :
Commercial ou non commercial
Format 16 mm ou format 35 mm
Noir et blanc ou couleur
Durée approximative
Muet ou sonore
Dialogué ou commenté, etc.
Je commence un film début novembre et j'ai dans mon équipe un assistant qui m'a beaucoup aidé pour *Les Quatre Cents Coups* et qui est un spécialiste des enfants : Robert Bober[2]. Si vous le désirez, je puis lui parler de votre projet, vous faire entrer en correspondance avec lui, et il viendrait vous voir dès que mon film sera terminé, à la mi-janvier[3].
Alors il vous expliquera toutes les possibilités de réalisation, vous exposera les avantages et inconvénients de chaque formule, et lorsque vous serez décidé sur un principe adopté, je ferai tout mon possible pour vous aider matériellement.
Toutefois, je ne perds pas espoir de vous rendre visite dès que

1. Sans doute *La Vraie Vie*, « un documentaire filmé de la vie des garçons en séjour », selon Deligny.
2. Réalisateur et écrivain français d'origine allemande, né en 1931. Deuxième assistant réalisateur de Truffaut pour *Les Quatre Cents Coups* (1959), puis réalisateur de documentaires (*Récits d'Ellis Island*, avec Georges Perec, 1979) et de portraits d'auteurs, avec Pierre Dumayet (Paul Valéry, Gustave Flaubert, Georges Perec). Son roman *Quoi de neuf sur la guerre ?* (P.O.L, Paris, 1993) fut adapté au théâtre par Charles Tordjman (1995), puis au cinéma par Michel Deville (*Un monde presque paisible*, 2002). Bober évoque sa collaboration avec Truffaut dans *On ne peut plus dormir tranquille quand on a une fois ouvert les yeux* et *Par instants, la vie n'est pas sûre* (P.O.L, Paris, 2010 et 2020).
3. C'est finalement le cinéaste canadien Claude Jutra (1930-1986) qui viendra, en mai 1960, à la demande de Truffaut, tourner « un reportage rapide avec les gars » (lettre de Fernand Deligny à François Truffaut, 19 mai 1960). Truffaut souhaitait se servir de la vente de ce documentaire pour financer le projet de long métrage de Deligny. Mais ce dernier désavouera le travail de Jutra où il ne se reconnaissait pas (lettre à François Truffaut, 18 juin 1960).

possible, peut-être à la faveur du « repérage des extérieurs » de mon prochain film[1], et croyez bien que je reste votre reconnaissant et dévoué

François Truffaut

RENÉ-JEAN CLOT À FRANÇOIS TRUFFAUT

Le 6 octobre 59

Mon cher Truffaut,
Excusez-moi, je suis un peu en retard avec votre lettre[2] de fin septembre.
Bravo pour votre travail de Vence[3]. Ici, il fait délicieusement beau.
Parlons du métier : (a b c d e...).
a) Je suis heureux que mes notes (les 3 cahiers) aient été convaincantes. J'ai fait cela dans le désintéressement et la foi. N'en parlons plus.
b) Comptez sur moi pour les dialogues. Je ferai cela comme pour le théâtre, avec *les indications scéniques*.
c) L'adaptation. Vous me proposez deux solutions et je vous en remercie (*n'ayons en tête que le succès du film* et non le « moi » élémentaire).
1° J'imagine la construction du film, non pas seulement le rythme dramatique mais « les passages » (souvent plus révélateurs que l'action) pour parler comme André Lhôte[4]. Je vous mâche la besogne, je vous donne *de l'âme*, la mienne qui n'est même pas la bonne vache de la crèche mais la paille blonde ; je vous donne *les instantanés*, je veux dire la nécessité des visages qui s'affrontent comme des plantes grasses chargées de piquants ; je vous donne *la trame* et *la respiration* où le drame peut faire sa fleur. Par respiration, je veux dire l'élément organique qui authentifie et suscite l'esprit de hantise.
2° Vous jugez. Vous prendrez un témoin. Vous me ferez juger. Vous prendrez des témoins. Je ne joue pas à l'artiste mais au

1. *Temps chaud*, qui doit se tourner à Palavas-les-Flots (Hérault), pas très loin des Cévennes gardoises où réside Deligny. Voir aussi n. 3 p. 119.
2. Cette lettre n'a pas été retrouvée.
3. Sans doute Saint-Paul-de-Vence, où Truffaut se rend régulièrement, à la Colombe d'or, afin de travailler à ses projets.
4. Peintre et graveur français (1885-1962), André Lhôte excellait dans l'art de manier les « passages », transcription plastique d'un phénomène optique où se trouvent supprimés certains contours.

cordonnier. Si j'ai échoué (après tout, cela peut arriver), vous engagerez un co-adaptateur de métier.
d) Ce qui compte pour moi, c'est *l'imprégnation*. Je veux dire que lorsque je commencerai cela, je ne ferai pas *autre chose*. Par conséquent, j'ai besoin honnêtement de *date de travail*, d'horaire. Inutile que je me fatigue la jugeote si nous ne sommes pas encore dans la course à cause de monsieur Aznavour[1]. Le rythme vient de la nécessité du travail, non du dilettantisme de l'esprit. Je propose de nous mettre au travail fin novembre. Nous nous voyons. Nous faisons qq promenades ensemble. Nous touchons la farine, les œufs, l'huile. Nous préservons le feu de nos mains.
Pour tourner, nous aviserons, chaque chose en son temps. Je puis « toucher » la Direction de l'Enseignement. Le maire de Puteaux, de Suresnes. Ces choses ne sont pas les + importantes, non. Avertissez-moi à votre retour. Je travaille à un nouveau livre[2]. Je ne suis pas malheureux. Je me défends avec beaucoup de fanatisme solitaire. Solitude ma sœur.
e) Vous savez que Gallimard m'a fauché la moitié de mes droits de scénario sans crier ouf ! Ce que je ferai pour le film (vous avez vu le sérieux des cahiers), je vous demande de l'évaluer (soyez généreux). 1° Ce que je toucherai pour mes dialogues. 2° Mon adaptation. Ne croyez pas que je suis surtout un homme d'argent. *Non*. J'ai 5 gosses (j'aurais pu en mourir mais je les aime) ; mon traitement de professeur d'État avec ancienneté, responsabilité de membre de jury [d']examen, des grands élèves, etc. est net de 105 000 frs par mois. Il ne s'agit pas de pleurer surtout. Je suis un privilégié.
Bonne chance, Truffaut. Pensez au *Bleu* [*d'outre-tombe*] (pas pour moi car j'ai mes joies), pour le cinéma.
Bien à vous,

renéjeanclot

FERNAND DELIGNY À FRANÇOIS TRUFFAUT

Le 8 octobre [*1959*]

Cher ami,
Depuis que j'ai reçu votre lettre du 17 septembre, je pense chaque jour à vous répondre, c'est-à-dire à me préciser le film qui pourrait être fait ici.

1. Truffaut est en pleine préparation de *Tirez sur le pianiste*, avec Charles Aznavour. Le tournage débutera le 30 novembre 1959.
2. Sans doute le roman *Une main de fer* (Gallimard, 1960).

Me fiant au dernier paragraphe de votre lettre, je m'attends toujours à vous voir, donc à pouvoir vous parler, ce qui retarde encore l'envoi de cette lettre.

Je verrai volontiers Robert Bober et cette lettre s'adresse donc à vous et à lui.

Mon projet est de faire un documentaire. Ce que j'ai lu du travail de Jean Rouch[1] et ce que m'ont rapporté ceux d'entre nous qui ont vu un de ses films me fait vous citer son nom pour situer mes intentions.

Puisqu'il s'agirait d'un documentaire très quotidien, son contenu possible change au fur et à mesure qu'évoluent les gestes, propos et préoccupations des garçons qui seraient les sujets de ce film.

En mars prochain, ils vont aller vivre à trois ou quatre à quelques kilomètres d'ici dans une bâtisse où personne n'a vécu depuis bien longtemps. Ils vont passer le torrent avec les chèvres et travailler seuls à les garder, les soigner, les traire, à préparer l'irrigation des prés, à refaire les chemins taillés dans la broussaille et le rocher. Ils seront reliés à moi par téléphone si je peux trouver d'ici là un de ces appareils dont l'armée doit bien se débarrasser comme elle se débarrasse de ses jeeps fatiguées.

Parmi eux quatre qui vivent de l'autre côté du torrent arrive celui qu'ils ont tiré d'asile par le seul fait qu'ils l'attendent et l'acceptent, quel qu'il soit, parmi eux qui sont des réchappés d'asile[2]. Cet autre-là et ceux qui ont l'habitude de vivre ensemble, voilà le drame quotidien, le sujet du documentaire.

Parmi eux quatre, il y en a un que je sais très capable de se placer là où il faut pour piéger dans la caméra des images toutes crues, et de mettre le micro du magnétophone dans le recoin de poutre qui retiendrait ainsi tous les poèmes de la conversation courante, y compris peut-être ces évocations de la vraie vie dont je vous avais parlé lors de votre venue à Saint-Yorre.

Telles que je les prévois, les images de ce film seraient accompagnées de paroles (bribes de conversations, phrases qui reviennent en refrain, voix mêlées, voix seules) tirées des enregistrements bruts au magnétophone. Les paroles seraient la musique du film et traitées comme une matière musicale. Un de mes objectifs

1. Ethnologue et cinéaste français (1917-2004). Influencée par Dziga Vertov et Robert Flaherty, son œuvre compte plus de 120 films ethnographiques, dont *Les Maîtres fous* (1954), court métrage primé à Venise, *Les Fils de l'eau* (1951-1953) et *Moi, un Noir* (1959), chronique de la vie de jeunes Ivoiriens, prix Louis-Delluc 1958.

2. « De ces quatre gars, trois ont été happés à la porte même de l'internement (soit à Perray-Vaucluse, soit chez les frères de Saint-Jean-de-Dieu, soit dans tel ou tel établissement psychiatrique). » (Lettre de Fernand Deligny à François Truffaut, 14 août 1959.)

artistiques était de montrer à quel point la pensée est une chose et les actes une autre ; ce procédé qui élimine, je crois, bien des problèmes techniques, me convient fort bien puisqu'il me permettrait de faire entendre le chant cocasse de la conversation courante, cependant que les gestes et même les mimiques tissent entre les uns et les autres une trame d'une tout autre matière. Bref.

À votre questionnaire, je répondrais :

— Pourquoi pas commercial ?

— 16 mm sans doute puisque l'un ou l'autre d'entre nous maniérait la caméra (ce qui n'empêche pas que certaines séquences pourraient être prises par un opérateur).

— Noir et blanc (je crois en disant noir et blanc éliminer des problèmes techniques qui nous alourdiraient).

— 1/2 heure ?

— Sonore, mais à la manière des films muets sur lesquels est greffée une musique.

— Si commentaire il y a, il doit pouvoir tenir en quelques minutes au début du film. S'il en faut plus, c'est que l'œuvre sera manquée et qu'on essaiera d'en recoudre quand même quelques morceaux.

D'ici mars, il faudrait peut-être filmer celui qui va venir alors qu'il est encore en asile. La chose n'est pas impossible. Je connais bien ici ou là quelque médecin chef de service réellement hostile à cette présence abusive d'enfants dans ces enceintes où sont parqués les malades mentaux. L'opération pourrait peut-être se faire avec la complicité active du psychiatre qui m'enverra le zèbre qui descendra du train d'Alès pour se retrouver de l'autre côté du torrent sans avoir eu affaire à personne qui l'avertisse, le menace, l'encourage ou le sermonne.

À vous lire, ne serait-ce que quelques mots me disant que tout ça n'est pas impossible. Peut-être à bientôt. Je pense que si vous pouviez voir le Reilhac (la bâtisse abandonnée de l'autre côté du torrent) et les simples allées et venues des gars, vous auriez, du coup, autant envie que moi que ce film se fasse.

Amitiés

F. Deligny

RENÉ-JEAN CLOT À FRANÇOIS TRUFFAUT

91, av. de St Cloud
Versailles

Le 1er décembre 1959

Cher Monsieur,
Le soir même de notre rencontre[1], j'ai téléphoné à mon inspecteur et j'ai pris un mois de congé, sans solde. Aucune difficulté. J'ai également engagé une dactylo pour ce temps car je ne puis travailler qu'au travers de corrections exécutées sur un texte à la machine. Avant le 15 décembre[2], je vous donnerai (1) non seulement le synopsis – ce qui est un jeu pour moi – *mais tout le déroulement avec les dialogues en place.* Vous pourrez infiniment mieux juger au regard de situations, de scènes parfaitement élaborées. Il ne s'agit pas de promesses en l'air, mais d'un travail concret (2).
Je vous prie de trouver ici l'assurance de mes sentiments les meilleurs.

renéjeanclot

J'annonce à Mr Berbert[3] la remise du travail avant le délai fixé et le contrat signé.

(1) Vous le remettrai en mains
(2) Je vais vous donner, vivants, les moyens plastiques d'une œuvre. Si nous avons *un avenir d'amitié*, je vous demande de considérer cette lettre comme personnelle.

RENÉ-JEAN CLOT À FRANÇOIS TRUFFAUT

Mercredi matin 9/XII/59

Cher monsieur (et camarade aussi),
I – Je vais vous téléphoner demain *jeudi matin* (la première fois à 9 h, la seconde à 14 h). Je sors d'un mois de travail où, jour

1. Sans doute en novembre 1959.
2. René-Jean Clot avait d'abord écrit « 20 décembre ». En fait, il rendra son travail le 9 décembre 1959.
3. Marcel Berbert, directeur de production des Films du Carrosse, auquel Clot écrit ce 1er décembre pour lui annoncer « un travail plus important » : « J'ai parfaitement lu le contrat. Je sais que vous n'êtes point lié par mes dialogues. Je veux simplement vous montrer comment je conçois le film dans une perspective quasi définitive. »

et grande partie de la nuit, j'ai travaillé à l'œuvre *commune*. (*Qu'est-ce qu'une œuvre ?* C'est la construction logique d'un rêve (irrationnel). Relier l'intensité à la nécessité...) Donc je vous téléphone demain pour vous proposer (*en mains propres*) 1° la remise de l'adaptation 2° des dialogues 3° du contrat signé.
Je viendrai moi-même « livrer » mon travail rue Quentin-Bauchart[1] (1). Je proposerai les heures. Jeudi : *quand vous voudrez*. Vendredi : à 19 heures, le soir (je pars en S. et O.[2] dans la journée). Je retourne à l'école lundi.
II – Vous avez la bonté de faire allusion à ma paye (excusez-moi, pour parler comme un boulanger). Vous et moi, nous ne sommes pas des *marchands de tapis* ; je ne suis pas – grâce à mon travail – dans la misère. Pas du tout. Mais mon éditeur[3] m'a fait rencontrer 2 hommes de cinéma à un repas (2), l'un, chez Gallimard, est un homme célèbre et de 1er plan. Quand je lui ai parlé de ce que me donnait votre beau-père[4], *il m'a ri au nez* et m'a proposé de *m'embaucher* dans sa société pour 3 ans... Je n'ai pas voulu, mon cher. Mais je tiens à vous le dire. (Il y a les lois de l'honneur.) Une seule chose compte d'abord, *une seule, il n'y en a pas deux : la qualité*. Je vous répète que vous pouvez faire, non pas avec mon livre *mais avec mon adaptation*, avec mes *dialogues*, une œuvre classique et ambitieuse[5]. Jugez-moi *sur des faits*. Et, par bonheur, je vous les mets dans les mains. Il n'y a pas de promesses de ma part, je donne.
Votre reconnaissant et, si vous le voulez, fidèle,

renéjeanclot

(J'écrirai un scénario à la Noël. J'ai une idée. Je vous demanderai [de] voir Chabrol *si vous l'aimez*.)

P.-S. J'ai bien aimé *Les Mistons*. C'est bon. Les dialogues ressemblent trop à du bon français *écrit par un bachelier*[6]. Non, il faut créer dans la matière et l'action. Le dialogue n'est pas une

1. Au 25 de cette rue du VIIIe arrondissement parisien : l'adresse à la fois de la SEDIF et des Films du Carrosse.
2. Seine-et-Oise.
3. Sans doute Gaston Gallimard.
4. Ignace Morgenstern, P.-D.G. de la SEDIF, avec lequel Clot a négocié son contrat d'adaptateur et dialoguiste.
5. « Oui, je crois que le film sera une réussite, il est à la source de vie cet élément du destin qui peut poser un problème pour chacun des spectateurs. Deux choses à considérer : "le bruit et la fureur" de la *collectivité* mais le destin *particulier* de chacun. » (Lettre à Marcel Berbert du 2 janvier 1960.)
6. C'est sans doute à Maurice Pons, l'auteur de la nouvelle, que Clot attribue les dialogues trop appliqués du court métrage de Truffaut.

stylistique appliquée qui demeure élégamment sur son *quant à soi.* Il vit *organiquement* une psychologie vécue…

(1) Je *ne reste pas* car je suis fatigué, je ne désire voir que *vous seul* (excusez-moi).
(2) Il m'a parlé de vous avec éloges. L'autre était plus réticent… c'est normal.

FRANÇOIS TRUFFAUT À SUZANNE LIPINSKA[1]

Madame Suzanne Lipinska
Moulin d'Andé
Andé (Eure)

Paris, le 23 décembre 1959

Chers amis,
Impossible malheureusement de nous joindre à vous pour le réveillon de la Saint-Sylvestre, car ce jour-là nous achevons le *Pianiste* en extérieurs dans la neige, quelque part en France[2].
Avec nos regrets et nos remerciements pour cette charmante invitation qui n'est que partie remise, recevez nos meilleurs vœux de bonne année et nos amitiés,

François Truffaut

JEAN COCTEAU À FRANÇOIS TRUFFAUT

Santo Sospir
St-Jean-Cap-Ferrat

[*Fin 1959*[3]]

Mon François,
Je forme mille et un (le meilleur) vœux pour toi et ton œuvre[4].
Doniol[5] ne répond pas à mes lettres. Est-il fâché avec moi ? J'ai

1. Suzanne Lipinska, propriétaire du Moulin d'Andé (Eure) depuis 1949. En 1956, elle s'y installe avec ses trois enfants et décide d'en faire une résidence d'artistes en créant, en 1962, l'Association culturelle du Moulin d'Andé puis, en 1998, le Centre des écritures cinématographiques (CÉCI). Maurice Pons en fera sa résidence principale des années 1950 jusqu'à sa disparition, en 2016.
2. La dernière séquence de *Tirez sur le pianiste*, dont le tournage s'achèvera le 6 janvier 1960, fut réalisée à Platnibert, commune du Sappey-en-Chartreuse (Isère), dans les Préalpes.
3. Ajout manuscrit de Truffaut : « fin d'année 1959, probablement… »
4. *Tirez sur le pianiste*, dont le tournage a commencé le 30 novembre 1959.
5. Jacques Doniol-Valcroze, sans doute occupé par la postproduction de *L'Eau à la bouche*.

besoin de son amitié et de ce que les *Cahiers* réchauffent ma solitude.

Ton Jean

RENÉ-JEAN CLOT À FRANÇOIS TRUFFAUT

[*Début janvier 1960*]

Mes vœux sincères, cher François Truffaut, pour l'enfant[1], l'épouse et votre œuvre. C'est une époque où la féerie liée à la misère de l'être m'inspire beaucoup. L'enfance est là comme le seul espace concret entre les rêves de l'adulte et l'année nouvelle sort de sa coquille comme une vieille tortue au cou ridé qui se hasarde à traverser la rue avec la prudence d'un vieux pochard qui voudrait cuver son vin dans un coin tranquille. Ô vie, œufs à la neige...
Bien à vous,

renéjeanclot

Le 2 janvier 1960, j'ai reçu un chèque de la maison et des vœux de Mr Berbert. J'ai remercié naturellement tout de suite.

FRANÇOIS TRUFFAUT À JEAN COCTEAU

[ca *janvier 1960*]

Mon cher Jean,
Votre dessin de bonne année – à propos : bonne année – m'est parvenu hier dans la minuscule maison isolée dans la neige et les sapins où se déroule la fin du *Pianiste*[2].
Aussitôt, il a été punaisé au mur et figurera dans le film[3] entre un coucou (une dame qui se balance de haut en bas) et un portrait de Cop[p]i sur sa bécane ; Charles est extraordinaire ; l'homogénéité morale de la distribution de ce film me ravit chaque jour :

1. Laura, la fille aînée de François Truffaut et Madeleine Morgenstern, née le 22 janvier 1959. « André Bazin, le père spirituel de François, est mort le premier jour du tournage [des *Quatre Cents Coups*], et j'ai accouché de ma fille aînée, Laura, le dernier jour. » (Madeleine Morgenstern, propos recueillis par Anne Diatkine, *Libération*, 10 octobre 2014.)
2. Voir n. 2 p. 150.
3. On aperçoit ce dessin de Cocteau punaisé au mur de la cuisine du chalet, dans la scène où Chico (Albert Rémy) prend son café.

[Charles] Aznavour — Albert Rémy — Claude Mansard — Daniel Boulanger — [Jean-Jacques] Aslanian — Serge Davri — Alex Joffé se ressemblent tous étonnamment[1].
Bon ou mauvais ce film sera bizarre ; je voudrais de tout mon cœur qu'il ne fût pas indigne de cette année 1960 que je vous souhaite mieux que bonne et qui sera, de toute évidence, l'année du *Testament d'Orphée*[2].

votre fidèle truffaut

FRANÇOIS TRUFFAUT À JEAN COCTEAU

[Papier en-tête *Les Films du Carrosse*]

[ca *février 1960*]

Mon cher Jean,
Mes voyages excusent peu mon retard à vous remercier : *Le Testament* est votre meilleur film, celui en tout cas que je préfère, avec *Le Sang d'un poète.*
Je ne suis pas peu fier de m'être immiscé là, comme un petit clerc balzacien[3].
Je l'ai vu d'abord en petit comité, assis près d'un Chinetoque qui ressemblait à Paul Reynaud[4].
Dès que possible je vous montre Aznavour au piano dans un bizarre film[5] ni fait ni à faire ; je me suis complètement trompé en m'attaquant à une chose à la fois trop belle et trop difficile.
Votre dévoué,

f. truffaut

1. Dans les rôles respectifs de Charlie Kohler, Chico Saroyan, Momo, Ernest, Richard Saroyan, Plyne et un passant.
2. Cocteau n'ayant plus rien réalisé depuis *Orphée* (1950), le film, qui sortira le 18 février 1960, est très attendu par les cinéphiles.
3. Truffaut fait allusion à son rôle de coproducteur dans *Le Testament d'Orphée*.
4. Homme politique français (1878-1966), plusieurs fois ministre sous la IIIe République.
5. *Tirez sur le pianiste.*

RENÉ-JEAN CLOT À FRANÇOIS TRUFFAUT

Le 10 février 1960

Bien cher Fr. T.,
Merci de la carte bleue de New York. Mais qui diable était la femme qui m'embrassait en pensée ? (Les choses nous aident à vivre, il faut toujours les identifier.)
Voilà ce que je vous propose, mon cher : choisissez, du 10 au 29 février, un jeudi, un samedi, ou n'importe *quel soir* vers *17 heures.* Je voudrais, *tout le mois de mars*, me mettre aux dialogues pour la mise au point définitive. J'ai bonne confiance et j'exprime cela avec un cœur modeste.
Bien à vous,

RJCT

JEAN COCTEAU À FRANÇOIS TRUFFAUT

[*Saint-Moritz*], *23 fév. 1960*

Très cher François,
Puisque le vent, cette fois, ne me semble pas contraire, il me faut te remercier encore de m'avoir facilité le voyage dans une période où nul n'y croyait. Maintenant, je connais la phrase : « Si vous vous étiez adressé à moi, comme j'aurais été fier !... » (tu parles...). Ma seule fierté repose sur ces salles de jeunesse, sur ton « financier-savetier », sur l'article de Doniol[1], la lettre de Resnais[2], l'ivresse de Reichenbach[3], etc. etc. Bref sur tous ces signes qui me prouvent que je n'ai pas travaillé en vain.
Je t'embrasse

Jean

Je meurs d'impatience de voir le *Pianiste.*

1. Cocteau lui ayant écrit, Jacques Doniol-Valcroze lui répond : « Vous me remerciez... et c'est nous tous qui vous aimons et pour qui vous êtes un tel exemple, qui vous devons de la reconnaissance et qui ne savons jamais comment vous remercier de nous avoir montré, entre autres, la voie royale du cinéma. » (Lettre du 18 février 1960, *Le Passé défini*, vol. VII, *op. cit.* p. 551.)
2. « J'ai assisté hier soir avec émotion à l'ouverture de votre *Testament.* Je veux vous remercier de la leçon que vous donnez à notre génération. Votre traversée des apparences, à la fois désinvolte et pathétique, nous prouve que le cinématographe est véritablement "bon à tout". Respectueusement, Alain Resnais. » (4 février 1960, *Le Siècle de Jean Cocteau :* actes du colloque de Toronto (2-4 octobre 1998), Centre d'étude du 20e siècle/Université Paul-Valéry ; Université de Toronto, 2000, p. 14.)
3. Le réalisateur François Reichenbach, l'un des coproducteurs du *Testament d'Orphée*, que Cocteau va chaperonner le 16 mai 1960, à Cannes, lors de la présentation de son film, *L'Amérique insolite.*

RENÉ-JEAN CLOT À FRANÇOIS TRUFFAUT

Le 23/II/1960

Cher Monsieur,
Je réponds aussitôt à votre lettre[1]. D'accord pour le samedi 27. Pouvez-vous venir à 10 h 30 à la maison, voulez-vous que je vienne chez vous ?
Je suis navré de ne pas partager votre inquiétude. Moi je suis très optimiste. Je vais travailler 6 heures par jour en mars au film et je ne vois pas pourquoi tout ne marcherait pas.
Pour l'école. J'ai travaillé jadis avec l'actuel ministre de l'Éduc. Nation., Joxe[2]. J'ai des projets. *J'irai le voir.* Si on ne peut rien en banlieue, je trouverai des solutions[3].
Je n'ai pas qualité pour décider [la] mise en marche du film, mais ce serait [une] grosse erreur sur le plan moral de ne pas tourner comme convenu. Le travail doit être inspiré *par la matière*, ne nous laissons pas égarer par des détails. Je ferai de mon mieux, tout de même vous pouvez avoir confiance en moi.
Envoyez-moi donc [un] rendez-vous ferme pour samedi. Je n'ai pas votre numéro. Si possible téléphonez avant 9 heures le soir.

rjct

Je viens de terminer *Le Ramoneur de neige*[4]. C'est qui ? L'instituteur. Il ramone l'enfance. Ce sont des histoires de parents. Je vous en donnerai 2 à lire, en témoignage de *paix*. Bien à vous et courage. Il faut faire le film, tenez-moi au courant de tout, je suis un garçon imaginatif. On peut compter sur moi…

1. Cette lettre n'a pas été retrouvée.
2. Louis Joxe (1901-1991), homme politique français, qui fut plusieurs fois ministre dans le gouvernement de Michel Debré.
3. Il s'agit de trouver une école susceptible d'accueillir le tournage du *Bleu d'outre-tombe* pendant au moins deux mois.
4. Récits parus chez Gallimard, en 1962.

RENÉ-JEAN CLOT À FRANÇOIS TRUFFAUT

Dimanche 28/11/60

Cher François Truffaut,
Je vous jure bien que je suis un garçon paisible et sans l'ombre d'un loisir pour la chicane. Quelle consternation, pour moi, de lire l'article (ci-joint) — interview de Monsieur Moussy dans cette revue de cinéma[1]. Mettez-vous à ma place... Il nous apprend qu'il collabore au *Bleu d'O.* (?). Pas un mot de l'auteur, bien entendu (alors que, plus haut, il cite Faulkner), ce qui est scandaleux. Parlant du livre, il dit *platement* « ce seront les élèves, au contraire, qui seront vus avec les yeux d'un professeur ». Or, c'est dénaturer mon travail : il s'agit d'un cas exceptionnel, sur lequel personne ne s'accorde et qui crée une atmosphère hantée dans un milieu jusque-là très uni qui explose.
Sachez que je crois en votre loyauté. *Vous êtes incapable de trahir un camarade de travail.* Je me dis que cet article est vieux d'un an peut-être... Car je n'ai en rien démérité ; mon 1er jet, vous le savez comme moi, comporte des éléments irremplaçables.
J'attends de vous voir pour lancer [une] démarche officielle [pour l']école, mais j'ai déjà : 1° à Puteaux, école privée ; 2° à Meudon, école privée. Ce serait assez facile.
Je souhaite vous voir bientôt. (Apaisez les choses à propos [des] obstacles.)
Bien à vous,

renéjeanclot

Mr Rossignol[2] m'avise que Mr Delannoy est sur le point de signer contrat pour tourner *Le Noir de la vigne*[3] (mais je préfère tout miser avec vous).

1. Cet article n'ayant pas été conservé, il nous a été impossible de l'identifier.
2. Jean Rossignol, chargé de la cession des droits d'adaptation cinématographique aux Éditions Gallimard.
3. Jean Delannoy, cinéaste français (1908-2008), auteur principalement d'adaptations littéraires : *La Symphonie pastorale* (1946), *Notre-Dame de Paris* (1956), *La Princesse de Clèves* (1961). À la sortie de *Chiens perdus sans collier* (1955), il devint l'une des têtes de Turc de Truffaut. Ce projet d'adaptation du *Noir de la vigne* restera lettre morte.

JEAN COCTEAU À FRANÇOIS TRUFFAUT

[*Saint-Moritz*], *4 mars 1960*

Mon très cher François,
Ton film[1] ne peut pas être autre que toi. Je suis bien tranquille. La plus grande joie que tu puisses me faire serait 4 lignes de ta main dans les *Cahiers*[2]. Les salopards commencent leur besogne[3]. Je t'embrasse.

Jean Cocteau

RENÉ-JEAN CLOT À FRANÇOIS TRUFFAUT

Le 8/III/60

Cher François Truffaut,
Vous savez que le metteur en scène a, en dernier ressort, toute autorité. Bien. J'en reviens à *l'enfant* et *la pétition*[4]. C'est important comme une sorte, non pas d'acte chevaleresque mais [de] soulagement consécutif à l'hypocrisie et à la vanité des adultes. Nous *dégonflons la vilaine pieuvre* et le film se termine sur une note d'espoir concret, assumé dans ce geste. Enfin, cela vous regarde mais, tant que vous n'avez pas pris une décision, je me bats de mon côté auprès de vous. L'enfant écoute son cœur (voix intérieure) et non des recommandations extérieures à lui.
Bien à vous

rjct

Me confirmer si vendredi ou samedi (ou si vous voulez remettre). J'ai écrit [au] maire de Puteaux pour avoir [une] école. Ça marchera. Il faut être à la fois un peu viril et très tendre…

1. *Tirez sur le pianiste*, alors en postproduction.
2. Coproducteur, Truffaut attendra février 1964 pour publier « Le Testament d'Orphée » dans les *Cahiers du cinéma* n° 152 ; *Les Films de ma vie*, *op. cit.* pp. 228-233.
3. Les 25 et 26 février 1960, Cocteau note dans son journal : « Les lettres ne m'apportent que de l'amour. Les articles, par contre, se refroidissent et des journalistes de seconde zone se vengent du bruit soulevé par l'œuvre avant qu'elle ne sorte […]. La presse ignoble commence sa vilaine besogne. Madame Simone du Breuil me traite de pitre. Après cinquante ans de travail, tout recommence. Je n'aurai de refuge que dans la mort. » (*Le Passé défini*, vol. VII, *op. cit.* pp. 47-48.)
4. Truffaut ayant sans doute suggéré de modifier ou de supprimer une scène qui figurait dans l'adaptation, Clot en défend ici l'utilité dans le récit.

FRANÇOIS TRUFFAUT À RENÉ-JEAN CLOT

Monsieur René-Jean Clot
91, avenue de Saint-Cloud
Versailles

Paris, le 10 mars 1960

Cher Monsieur,
Voilà qu'une fois de plus je dois manquer à ma promesse puisque je suis obligé de quitter Paris vendredi pour ne rentrer que le jeudi 17.
À mon retour, je vous appellerai pour vous demander un rendez-vous afin de vous remettre toutes mes notes, et aussi que nous convenions de cette visite aux écoles.
De toute manière, ne vous inquiétez pas, il n'y a pas de retard puisqu'il n'est pas question de tourner avant la fin juin et que, si j'étais un peu démoralisé il y a quelques semaines, je suis à présent absolument « regonflé ».
Croyez-moi votre dévoué,

François Truffaut

FRANÇOIS TRUFFAUT À JEAN COCTEAU

[Papier en-tête *Les Films du Carrosse*]

[*Mi-mars 1960*]

Mon cher Jean,
On a tellement parlé de ma participation à la production du film qu'il m'est vraiment difficile d'écrire ce que j'en pense, d'autant plus que je ne comprends + rien au cinéma depuis que j'en fais et que je suis sidéré d'avoir pu être critique (et péremptoire !). Bref, je suis dans les vapes. Je suis trop nerveux pour faire des films et j'envisage d'abandonner ; je vais prendre des cours de claquettes[1], mais je n'envisage pas d'en vivre.
Orphée dans les *Cahiers* ? Un texte de Fraigneau, un de J.-J. Kihm et j'espère surtout Rivette[2] (à mon sens le meilleur critique — son film *Paris nous appartient* est superbe).

1. « Je suis las, démoralisé, je doute de plus en plus de l'intérêt de faire des films », écrit aussi Truffaut à Helen Scott, le 29 mars 1960 (*Correspondance*, *op. cit.* p. 162). Ce métier de danseur de claquettes — le premier exercé par Chaplin, à 10 ans — a longtemps hanté Truffaut comme un idéal inaccessible.
2. Respectivement : André Fraigneau, « Situation du Testament d'Orphée », *Cahiers du cinéma*

Est-il exact que vous avez tenu le journal du tournage[1] pour les éditions du Rocher ? Si oui, nous pourrions en publier quelques pages bien illustrées par ces magnifiques photos de travail que je n'ai guère vues dans la presse ?
Pouvez-vous nous envoyer assez vite *Cahiers du cinéma* 146, Champs-Élysées Paris (VIIIe) quelques lignes sur Jacques Becker[2] ?
Merci pour tout cela et merci tout court, votre fidèle

f. truffaut

JEAN COCTEAU À FRANÇOIS TRUFFAUT

36, rue Montpensier
Palais-Royal
Paris

16 mars 1960

Mon très cher petit François,
J'adore ton écriture et tout ce qu'elle dit — mais je déteste tes craintes. Bien sûr que c'est atroce — mais tu ne peux pas mal faire même si tu t'y appliquais. Si Rivette aime *Le Testament* (je ne parle pas d'admirer), demande-lui q.q. lignes car Rohmer est trop dans le coup (et peu dans le coup) pour convaincre[3].
C'est exprès que j'ai insisté sur ta participation pour emmerder les mille et un types qui me disent : « Ah, si vous vous étiez adressé à moi ! » Tu parles.
L'Avenue se vide. La Pagode marche[4]. C'est ce que je prévoyais et jamais je n'ai reçu tant de lettres d'amour pour le

n° 106, avril 1960, pp. 17-18 ; Jean-Jacques Kihm, « Orphée et le Livre des morts tibétains », *ibid.* pp. 19-24 ; Jacques Rivette, « La mort aux trousses », *ibid.* pp. 47-48 (*Textes critiques*, *op. cit.* pp. 218-219).

1. Ce journal n'a pas été tenu par Cocteau, mais par le producteur de radio et de télévision Roger Pillaudin (1927-1996), et publié sous le titre : *Jean Cocteau tourne son dernier film : journal du Testament d'Orphée*, Éditions de la Table Ronde, Paris, 1960. Roger Pillaudin réalisa aussi une série d'émissions radiophoniques diffusées par la RTF du 6 janvier au 10 février 1960 (*Jean Cocteau, Journal sonore du Testament d'Orphée*, INA/Radio France, 1998).
2. « Il était un ami », *Cahiers du cinéma* n° 106, avril 1960.
3. Voir n. 2, p. 157. Jacques Rivette classera le film en 5e position dans ses « dix meilleurs films de l'année 1960 » (*Cahiers du cinéma* n° 116, février 1961). Cocteau écrira dans son journal : « Le numéro des *Cahiers du cinéma. Le Testament* est à l'honneur, mais dans des termes si compliqués, si savants, que j'ai du mal à les comprendre. Même Fraigneau et Kihm adoptent ce style intellectuel par quoi l'équipe de cette jeune revue éblouit les élèves de l'IDHEC. » (*Le Passé défini*, vol. VII, *op. cit.* p. 69.)
4. Les deux cinémas où le film est sorti, le 18 février 1960. Il quittera rapidement l'Avenue (5, rue du Colisée, Paris VIIIe), mais restera neuf semaines à la Pagode (57 bis, rue de Babylone, Paris VIIe).

film. J'aimerais déjeuner avec toi. Ce serait prioritaire. Est-ce possible ?
Ton savetier

Jean Cocteau

P.-S. Je n'ai pas tenu de journal. C'est Pillaudin qui l'a tenu avec des textes de moi. Demande-lui de te communiquer d'urgence son travail que je vais sans doute faire prendre aussi par le Rocher[1]. Dis-lui que j'aimerais qu'il en donne une bonne tranche aux *Cahiers*[2].
Je meurs d'envie de voir ton *Pianiste* même à l'état d'ébauche.

FRANÇOIS TRUFFAUT À JEAN COCTEAU

[Papier en-tête *Les Films du Carrosse*]

De Paris, ce jeudi soir [17 mars 1960]

Mon cher Jean,
Déjeuner avec vous ? Quelle joie ! Toutefois, il faudrait que ce soit avant le jeudi prochain 24 mars car je partirai pour Copenhague qqs jours[3].
Oui, vous serez le 1er spectateur du *Pianiste*. L'unique plan d'Aznave[4] dans *Le Testament* [*d'Orphée*] est *spécialement* beau.
Rivette a aimé et écrit[5] ; je n'ai pas lu, c'est à l'imprimerie, je fais confiance.
Il y a donc Jutra[6] en qui je crois beaucoup et qui est prêt à tourner en couleurs, seul, à la fois opérateur-réalisateur-monteur, *Anna la bonne*[7] caméra à la main. Je n'ai aucun mérite à lui faire

1. Voir n. 1, p. 158.
2. « Journal du Testament d'Orphée », *Cahiers du cinéma* n° 109, juillet 1960.
3. Truffaut se rend au Danemark du 24 au 27 mars 1960 pour la sortie des *Quatre Cents Coups*.
4. Charles Aznavour.
5. Sous-entendu : sur *Le Testament d'Orphée*. Voir aussi n. 3, p. 158.
6. Le réalisateur québécois Claude Jutra, dont l'œuvre, qui croise matériau documentaire et scènes fictionnelles, subira la double influence du cinéma direct (Michel Brault, Jean Rouch) et de la Nouvelle Vague. Truffaut a fait sa connaissance aux Journées internationales du film de court métrage de Tours 1957, où Jutra était venu présenter *Il était une chaise*, et lui *Les Mistons*.
7. *Anna la bonne* (1934) est d'abord une chanson parlée, écrite par Cocteau, inspirée du poème d'Edgar Poe *Annabel Lee*, enregistrée sur disque Columbia par la comédienne Marianne Oswald, le 13 mars 1934. Début 1960, Truffaut initie son adaptation en court métrage ; en juillet, il en confie la réalisation à Claude Jutra et l'interprétation à Marianne Oswald. Le film accumulera les problèmes : « caprices de Marianne [Oswald] » qui entraînent des dépassements budgétaires, retour de Jutra au Canada avant l'achèvement du film, commande d'une partition inadéquate, difficulté à mettre au point des versions anglaise et allemande, etc. Mais « le film est vraiment très beau et pas seu-

confiance car il est l'acteur et le coréalisateur, avec McLaren, de *La Chaise*[1]. Le petit film qu'il a tourné sur Félix Leclerc[2] est excellent, ainsi qu'un long métrage canadien romancé, en 16 mm[3].

Marianne à corps perdu se jettera à l'eau, tous deux s'entendent bien. De cela aussi, nous pourrons parler un peu.

J'ai bien aimé votre attitude à *Lectures pour tous*[4]. Votre partenaire (Dumayet ?) manquait de classe ; je suis heureux que les spectateurs de la Pagode soient nombreux et ne chinoisent[5] pas leur admiration. Quant à l'Avenue, c'est un cinéma qui *fait semblant* d'être sur les Champs-Élysées, comme une putain de la Madeleine qui racolerait *dans* l'église. J'aurais préféré le Raimu, le Monte-Carlo ou le Lord Byron ou le Publicis[6]...

Je suis vôtre,

F. Truffaut

JEAN COCTEAU À FRANÇOIS TRUFFAUT

18 mars [*1960*]

Cher petit François,

Déjeunons ensemble le 23. La veille de ton départ[7]. Viens me prendre au 36, rue de Montpensier à 1 h 1/2.

Je t'embrasse

Jean

lement beau : fort et puissant », écrira Truffaut à Marianne Oswald, le 29 juillet 1960. En 1963, le film touchera, du CNC, une prime à la qualité couvrant une partie de ses dépenses ; il sera, l'année suivante, distribué en première partie de *La Peau douce*.

1. *Il était une chaise* (*A Chairy Tale*, 1957), court métrage muet, en pixilation, où Claude Jutra interprète le rôle d'un jeune homme confronté à une chaise récalcitrante. Le film glanera plusieurs récompenses, dont le Premier prix du film expérimental et d'avant-garde à la Mostra de Venise 1957.

2. *Félix Leclerc, troubadour* (1958), docu-fiction de Claude Jutra, où le poète québécois ouvre les portes de sa maison de Vaudreuil, interprète quelques-unes de ses chansons et converse avec la chanteuse Monique Leyrac. Dans *Tirez sur le pianiste*, Truffaut reprendra *Dialogue d'amoureux*, chanson de Leclerc interprétée par lui-même et Lucienne Vernay.

3. Sans doute *Les Mains nettes* (1958) de Claude Jutra.

4. Émission littéraire de la 1re chaîne de l'ORTF (1953-1968), proposée par Jean d'Arcy, présentée par Pierre Desgraupes, Pierre Dumayet et Max-Pol Fouchet. Cocteau participa à celle du 16 mars 1960.

5. Clin d'œil au décor japonisant de ce cinéma.

6. Salles du VIIIe arrondissement parisien.

7. Truffaut, en déplacement à Copenhague pour la promotion des *Quatre Cents Coups* sur les écrans danois, se plaindra du manque d'organisation : « Le directeur du cinéma était parti en week-end, il y avait une conférence de presse organisée à la même heure qu'une autre, plus importante, au Théâtre Royal, bref un voyage strictement inutile et fatigant. » (Lettre à Helen Scott, 29 mars 1960, *Correspondance*, *op. cit.* p. 162.)

Oui à l'Avenue ce sont des imbéciles. Ils veulent être « pleins » (et sans faire l'amour) — être pleins à 2 h — 6 h et 9 h ne leur suffisaient pas[1].

RENÉ-JEAN CLOT À FRANÇOIS TRUFFAUT

[*27 mars 1960*]

Cher Monsieur,
1° J'ai été reçu hier par le maire de Puteaux[2]. En résumé (je vous donnerai les détails), nous avons (vous avez) [une] école de votre choix à *Puteaux dès la fin du mois de juin.* Pendant la période scolaire, ça n'est pas possible[3].
2° Je suis un peu surpris [par] votre silence. Que se passe-t-il ? Je vous signale que je vous attendrai jusqu'à *8 heures* à la maison, vendredi prochain, pour aller, sur le « motif », reconnaître ces écoles. Et avoir vos citations sur le livre. Je suis en congé, je voudrais me mettre aux dialogues après avoir terminé (cette semaine) les corrections de mon nouveau livre.
Je vous espère en bonne santé.
Cordialement,

renéjeanclot

1. Ajout manuscrit de Truffaut : « Allusion aux exploitants qui montraient *Le Testament d'Orphée* ».
2. Lettre manuscrite, rédigée en style télégraphique, en marge d'une lettre tapuscrite de Georges Dardel, sénateur-maire de Puteaux, donnant rendez-vous à René-Jean Clot le samedi 26 mars à 10 h 20.
3. Même s'il n'en parle pas dans ses lettres à Clot, Truffaut ne reste pas inactif et missionne la réalisatrice montpelliéraine Paula Delsol, épouse et collaboratrice de Jean Malige, le chef opérateur des *Mistons.* Après avoir repéré une école désaffectée, mitoyenne du musée Fabre (Montpellier), elle lui adresse plan et photos d'André Gueite, son photographe de plateau : « Vous pouvez faire des extérieurs de caserne dans d'autres bâtiments administratifs, anciennes casernes, mais occupées [...]. Vous pouvez même y habiter pendant le tournage, en prenant une cuisinière et une femme de ménage. » Fin 1960, « Truffaut est venu deux jours à la maison [Montpellier] pour repérer un lycée » (lettre de Jean Malige à Agnès Varda, le 18 décembre 1960, collection Ciné-Tamaris).

FRANÇOIS TRUFFAUT À JEAN COCTEAU

[Papier en-tête *Les Films du Carrosse*]

Monsieur Jean Cocteau
36, rue Montpensier
Paris Ier

Paris, le 29 mars 1960

Mon cher Jean,
Nous n'avons pas parlé d'*Anna la bonne*[1]. Que pensez-vous de l'arrangement suivant : Jean Cocteau, Marianne Oswald, Claude Jutra, et les Films du Carrosse sont les quatre coproducteurs du film ? Les Films du Carrosse assument tous les frais : location du matériel, location des lieux de tournage, équipe, frais de laboratoire, d'accessoires, de costumes, d'éclairage, etc. jusqu'à la copie standard.
Claude Jutra tourne, en même temps que la version française, une version allemande et une version anglaise (dans des traductions choisies par vous).
Dès que le film est terminé et que les frais sont remboursés, les bénéfices, primes et aides diverses seront répartis entre les quatre producteurs à égalité, 25 % chacun.
Si cette formule vous convient, faites-le-nous savoir et vous recevrez, par retour de courrier, le contrat signé, sinon faites-nous vos suggestions.
Votre fidèle,

François Truffaut

P.-S. Copenhague est très impatient de voir *Le Testament d'Orphée* et aussi New York d'où j'ai reçu plusieurs lettres. Avez-vous lu *Cinéma 60* de ce nouveau mois[2] ?

1. Lors de leur déjeuner du 23 mars.
2. Ajout manuscrit au bas d'une lettre tapuscrite. Dans ce n° 45 de *Cinéma 60* paraît « Orfeu-Cocteau », un long article élogieux de René Gilson.

JEAN COCTEAU À FRANÇOIS TRUFFAUT

30 mars 1960

François très chéri,
Bien sûr. Je suis toujours d'accord avec ce qui te semble juste.
Sois gentil (pour la bonne forme) d'envoyer un double de ta lettre à Gérard Worms, 70, Fg St Honoré ANJ 05-29 en lui disant que je te le demande *et que j'en approuve les termes*[1].
Ajoute qu'il serait aimable de le communiquer à Maître Blum[2] simplement afin que tout ce qui me concerne prenne place dans ses dossiers.
Je suis très heureux de ce travail fait sous ton aile.

Jean Cocteau

FRANÇOIS TRUFFAUT À RENÉ-JEAN CLOT

Monsieur René-Jean Clot
91, avenue de Saint-Cloud
Versailles

Paris, le 31 mars 1960

Cher Monsieur,
Je suis désolé de vous annoncer que la réalisation du *Bleu d'outre-tombe* est reportée à l'année prochaine.
Mon film actuel ne sera réellement terminé que fin mai[3] et comme nous devrions commencer *Le Bleu* début juillet, un mois de préparation serait absolument insuffisant pour choisir les acteurs, faire des essais et me familiariser avec un scénario que je connais d'autant plus mal que je n'y ai pris aucune part.
J'assimile lentement et procéder de la sorte reviendrait à faire du mauvais travail.

1. Adresse et téléphone ajoutés dans la marge et reliés à Gérard Worms, frère de Francine Weisweiller, qui était alors le chargé d'affaires de Cocteau et son principal éditeur aux Éditions du Rocher.
2. Maître Suzanne Blum, avocate et amie de Cocteau. Après son décès, elle sera, avec Gérard Worms, chargée de gérer sa succession.
3. *Tirez sur le pianiste* a pris du retard, Cécile Decugis, la monteuse, ayant été arrêtée le 9 mars ; elle sera incarcérée pendant deux ans à la prison de la Roquette pour avoir permis à des militants et des cadres du FLN de se réunir clandestinement chez elle.

Je [ne] tournerai *Le Bleu d'outre-tombe* que lorsque j'en connaîtrai toutes les répliques par cœur et que je serai sûr des dix ou douze interprètes choisis.
Si vous le voulez bien, nous nous verrons pour adopter des nouvelles méthodes de travail.
Avec mes regrets, croyez, cher Monsieur, à ma reconnaissance et à mes sentiments dévoués,

François Truffaut

RENÉ-JEAN CLOT À FRANÇOIS TRUFFAUT

91, av. de Saint-Cloud
Versailles

Monsieur François Truffaut
27, rue Saint-Ferdinand
Paris XVIIe

Versailles, le 3 avril 1960[1]

Cher Monsieur,
Votre décision de ne réaliser *Le Bleu d'outre-tombe* que l'année prochaine me navre, mais je fais confiance en vos raisons. J'attire votre attention sur deux points.
C'était difficile d'obtenir l'autorisation légale du maire de Puteaux et de la Direction de l'Enseignement pour avoir une école. On m'a donné une école *à votre choix* pour les trois mois de vacances ; vous ne m'en parlez même pas…
Vous m'écrivez : « Il me faut me familiariser avec un scénario que je connais d'autant plus mal que je n'y ai pris aucune part. » Aucune ? Et la dernière séance de travail de trois heures à la maison ? Depuis janvier, je suis à votre disposition pour ce scénario. Le mois dernier, vous vous étiez engagé à me donner, pour le 16 mars, les citations du livre que vous vouliez intégrer à l'action. Je vous ai donné plusieurs rendez-vous pour aller voir les écoles, les cours, vous n'êtes jamais venu.
Ce trimestre, je publie un livre chez Gallimard[2], un autre chez

1. Une copie a été adressée à Marcel Berbert avec cet ajout manuscrit : « Cher Monsieur Berbert, […] Je pense que ma bonne volonté (la clarté de ces sentiments), l'élémentaire honnêteté de tout ceci se passe de commentaires. Croyez en mes sentiments bien dévoués, renéjeanclot. Je suis prêt à me mettre immédiatement au travail. Cette école simplifierait beaucoup les frais pour la société… »
2. *Une main de fer*. « C'est un livre hanté avec un jeune homme qui retourne en province entre un curé inspiré et une vieille tante sectaire, avait écrit René-Jean Clot à son éditeur Jacques

Cailler à Genève, je travaille à un scénario pour Monsieur Rossignol et j'achèverai mon nouveau livre, *Les Couleurs de l'âme*[1], eh bien sachez que j'arrêterai immédiatement ce que je fais pour travailler au *Bleu*. Puis-je mieux dire ?

Croyez, cher Monsieur, en mes sentiments dévoués et fidèles.

Votre ami,

renéjeanclot

Je sais que vous n'habitez plus rue Saint-Ferdinand. Alors où vous répondre ? Rue Saint-Ferdinand[2] !

P.-S. Par contrat pour les Films du Carrosse, je devais remettre mon travail en mai, je crois. Comme j'ai reçu de l'argent de ces gens[3], que je tiens à être parfaitement correct avec eux (mais je n'ai pas le courage d'écrire une deuxième lettre), permettez-moi d'envoyer cette lettre à Monsieur Berbert.

FRANÇOIS TRUFFAUT À JACQUES AUDIBERTI

[Papier en-tête *Les Films du Carrosse*]

[*Mai 1960 ?*]

Qu'advient-il de *Pomme, pomme, pomme*[4] ?
Je suis tout à la fois
curieux
impatient

Lemarchand, le 11 juin 1959. Mais sa présence fait surgir le… Ah ! Je ne veux pas le nommer, mais j'ai eu la gorge serrée souvent en pensant à la main chaude. » (Fonds Jacques Lemarchand/IMEC).

1. Respectivement : *La Querelle des images* (Pierre Cailler éditeur, Genève, 1960) ; sans doute *Le Noir de la vigne* (voir lettre du 28 février 1960, p. 155) et *La Révélation* (Gallimard, Paris, 1961).

2. Ajout manuscrit dans une lettre tapuscrite. Au 27, rue Saint-Ferdinand se trouvait le premier appartement, un peu froid et situé au 6e étage, occupé par le couple François et Madeleine Truffaut après leur mariage, le 29 octobre 1957. Ils l'ont quitté en mars 1960 pour s'installer au 15, rue du Conseiller-Collignon (Paris XVIe).

3. Son seul interlocuteur aux Films du Carrosse étant Marcel Berbert, René-Jean Clot semble ignorer que Truffaut est à la tête de la société.

4. Un scénario non réalisé, transformé en une pièce au même titre (*Théâtre V*, Gallimard, Paris, 1962), créée le 7 septembre 1962 au Théâtre La Bruyère, dans une mise en scène de Georges Vitaly. Audiberti, qui la présente comme une « opérette philosophique », a pris pour prétexte de « transposer la vieille allégorie biblique [Adam et Ève au Jardin d'Eden] dans le monde moderne » (*Paris-Presse*, 11 septembre 1962).

intrigué
confiant
Votre jeune ami au regard consulaire,

truffaut

P.-S. Serez-vous Antibois[1] cette année ? Si oui, de quand à quand et où ?

RENÉ-JEAN CLOT À FRANÇOIS TRUFFAUT

Le 9 mai 60

Cher F. T.
Je vous adresse, aux Films du C[arrosse], mon dernier livre[2], écrit comme un poème dans sa seconde partie. J'en ai fait l'adaptation cinémat[ographique] en ajoutant un personnage et mon agent me dit [de] l'envoyer à Bergman[3]. C'est très loin ! Enfin, j'aimerais avoir votre avis sur le livre. (Je m'excuse de ne pas vous envoyer l'adaptation.) L'élément de symétrie au début et à la fin, avec la tête du saint, fait tenir tout l'espace et les gestes de mes personnages.
Il faut que je vous dise aussi que *nous devons nous remettre* au travail pour *Le Bleu*. Découragement de votre part ? Lassitude ? Regret ? Je suis tombé, en rangeant ma correspondance, sur des lettres de vous pleines de confiance et de gentillesse, il y avait des choses comme « votre, reconnaissant », et puis la dernière lettre[4], incompréhensible, froide ! Une sorte de lâchage… Vous voyez, je suis direct et sans hypocrisie, moi.
Ne croyez pas, par ailleurs, que je m'accroche à vous. La preuve : je sors un gros livre chez Gallimard. Un autre derrière est accepté. J'ai écrit un long scénario accepté par 1 société de film et je travaille à une pièce de théâtre. N'empêche, nous devrions faire *Le Bleu*. C'était un sujet passionnant et *hanté*, avec des houles, une interrogation. Il était *au cœur* de la matière vivante. Et je n'ai plus de nouvelles ! Faites, je vous en prie, un acte de décision. Venez

1. Natif d'Antibes, Jacques Audiberti y possédait une maison familiale où il avait coutume d'aller en villégiature.
2. *Une main de fer.*
3. Le cinéaste suédois (1918-2007), dont Truffaut a fait l'éloge dans « Le nouveau "grand du cinéma" Ingmar Bergman (40 ans-19 films) a dédié son œuvre aux femmes », *Arts* n° 674, 11-17 juin 1958 ; *Chroniques d'Arts-Spectacles*, *op. cit.* pp. 458-462.
4. Celle du 31 mars 1960, p. 163.

me voir et reprenons le travail. Je me sens assez fort pour vous aider de tous mes moyens. Ne le sentez-vous pas ? Je vous garantis le succès moral. Enfin, expliquez-moi votre disparition.
Croyez, cher Truffaut, en ma présence bien vivante, sans détours, sans calcul ni ruse. Soyons simples, grand Dieu.

RJCT

JACQUES AUDIBERTI À FRANÇOIS TRUFFAUT

3 bis, rue des Lyonnais
Paris V^e^

[*11 mai 1960*]

Cher Truffaut,
Voici longtemps que je n'ai eu le plaisir de vous rencontrer. Êtes-vous à Cannes ? Ou à Paris ? De toute façon, il me serait agréable de vous rencontrer pour que vous me conseilliez à propos de *Pomme, Pomme, Pomme.* (1)
Bien cordialement à vous.

Audiberti

(1) C'est le titre du film à 5 personnages, pas un de plus, que je compte faire dans un seul décor (pas un de moins).

FRANÇOIS TRUFFAUT À RENÉ-JEAN CLOT

Paris, le 13 mai 1960

Cher Monsieur,
Après y avoir beaucoup réfléchi, j'ai décidé d'abandonner définitivement la réalisation du *Bleu d'outre-tombe.*
Après le tournage des *400 Coups*, j'avais exprimé à Marcel Moussy mon désir de trouver un sujet se déroulant entièrement dans une classe, en sorte que les trente ou quarante élèves auraient la même importance puisqu'il n'y aurait pas de vedette-enfant et qu'à la fin du film, nous les connaîtrions intimement les uns et les autres et sans jamais sortir de l'école. C'est ainsi que Moussy m'a indiqué *Le Bleu,* dont la lecture m'a tellement enthousiasmé que je ne me suis, sur l'instant, pas rendu compte que les enfants n'existaient qu'en toile de fond, sauf l'un d'eux, privilégié.

Ensuite, ayant eu le projet de tourner avec Jeanne Moreau un film tiré d'un livre très difficile à transposer, *Jules et Jim*, j'ai pensé que notre collaboration, J. M. et moi, pourrait débuter avec *Le Bleu.* Comme je suis hostile à la multiplicité des collaborations sur l'élaboration d'un scénario, j'ai tenu à vous confier l'adaptation et les dialogues de votre propre livre.

Vous vous en êtes chargé, donc, et si bien que je me suis vite rendu compte que ce film serait *vôtre*, plus que *mien*, et que vous le réaliseriez vous-même mieux que je ne saurais le faire. En effet, je ne crois pas à la « technique » ni au « secret professionnel[1] », il suffit d'avoir quelque chose à dire pour le bien dire.

En parlant avec vous, si fin, si cultivé et artiste, j'ai vu tout ce qu'il y a d'immoral dans le pillage de la littérature par le cinéma. Je me donnais l'impression de vous corrompre, de vous tenter, de vous détourner de vos travaux solitaires, les seuls qui comptent, pour vous.

C'est à cette époque que Monsieur Rossignol[2] a essayé de me soustraire les droits de *Jules et Jim*, roman paru depuis huit ans, et que je devais, depuis sa parution, adapter avec l'auteur, décédé il y a un an et demi et qui fut pour moi un grand ami, un ami intime.

J'ai donc réglé l'affaire *Jules et Jim*, mais les manœuvres de Monsieur Rossignol m'avaient démoralisé et dégoûté à jamais d'acheter des droits littéraires. Le cinéma, après tout, devrait se suffire à soi-même et inventer ses propres sujets.

Je travaille actuellement sur un scénario original dont j'ai eu l'idée récemment[3]. Peut-être travaillerons-nous ensemble sur un thème, un sujet, mais non sur un roman…

Pour en finir avec *Le Bleu*, il m'aurait fallu renoncer à Jeanne Moreau puisqu'au fond le rôle de Madame Langlois est moins important que celui de Castelli ou Fraipoint. De plus, j'étais

1. Titre d'une rubrique dans *Arts* à laquelle Truffaut a souvent collaboré. C'est là qu'il publiera l'un de ses articles les plus brillants, « Le jeu des boîtes », consacré au *Carrosse d'or* de Jean Renoir (*Arts* n° 496, 29 décembre 1954-4 janvier 1955 ; *Chroniques d'Arts-Spectacles, op. cit.* pp. 98-101).

2. Jean Rossignol ayant essayé de faire monter les enchères pour la cession des droits d'adaptation, Truffaut en gardera une blessure qui mit longtemps à cicatriser. Le 31 octobre 1968, au moment de négocier l'achat des droits d'adaptation des *Deux Anglaises et le Continent*, il écrira à Claude Gallimard : « En 1960, j'ai acheté pour 5 millions les droits de *Jules et Jim* dont le chiffre de vente n'avait pas dépassé, je crois, 3 000 exemplaires. Grâce au retentissement du film […] le roman fut réimprimé et il y a eu entre 12 et 15 000 exemplaires NRF couverture blanche vendus avant la parution en livre de poche il y a deux ans. À la suite de la projection du film dans le monde entier, il y a eu enfin des traductions de *Jules et Jim* en Italie, en Angleterre, en Allemagne et même dans les pays flamands. »

3. Sans doute les prémices du sketch *Antoine et Colette* (1962). En juillet 1959, Truffaut avait déclaré qu'il attendait que Jean-Pierre Léaud ait 17 ans pour tourner avec lui « la première histoire d'amour d'un adolescent. Je tiens à ce film. J'y travaille déjà […] Comme pour *Les Quatre Cents Coups*, ce film sortira de moi-même » (Entretien avec Louis Nucera, *Le Patriote*, 24 juillet 1959).

amené à peindre un milieu que je ne connaissais pas — celui des professeurs[1] — et que vous connaissez parfaitement. Mes erreurs, mes fautes vous auraient ulcéré et moi aussi.
J'espère que vous ne me tiendrez pas rancune de cet abandon de poste pour cause d'incompétence et que le film sera quand même réalisé par quelqu'un d'autre et selon vos désirs[2] ; merci de m'avoir envoyé *La Main de fer* que je vais lire aussitôt.
Croyez-moi, cher Monsieur, fidèlement vôtre,

François Truffaut

RENÉ-JEAN CLOT À FRANÇOIS TRUFFAUT

Le 14 mai 1960[3]

Cher F. T.
Que subsiste au moins notre amitié, que notre rencontre demeure vivante, qu'il n'y ait point d'échec, que nous ne gardions pas l'un de l'autre le sentiment d'un obstacle, d'un découragement. Je respecte vos raisons car elles sont les vôtres. Je sais que vous êtes un être noble. Mais cela est dur pour moi. Un peu dur à cause du travail que je sentais tellement bien !
En ce qui concerne Mr Rossignol, que voulez-vous ? c'est un homme d'affaires. Il représente un monde qui, vous le savez, est loin de moi car je ne fais pas des affaires (1).
Je vais être franc avec vous. J'avais eu l'espoir de quitter l'enseignement en travaillant de tout mon cœur pour le cinéma. Or, voyez ce qui me reste comme perspective : *Le Noir de la vigne, avec les dialogues et l'adapt. d'Aurenche et de B[ost]*[4]... Vous me comprenez ? Lisez attentivement *La Main de fer, je vous en prie*, il y a de bonnes choses qui vous distrairont.
Raoul Lévy[5] n'achèterait-il pas *Le Bleu* ? Ou un metteur en scène intéressant ? *J'accepterais d'y travailler pour rien.* Je vous le jure sur l'hon-

1. En fait, il s'agit d'instituteurs, Fraipoint étant celui qui va mener la fronde contre Mme Langlois.
2. Le roman fera l'objet de deux adaptations télévisées : en 1973, par Édouard Logereau, puis en 1991, par Serge Leroy, sous le titre *Les Cahiers bleus*. Dans les deux cas, René-Jean Clot n'a pas participé à l'adaptation.
3. Ajout à la main : « Répondu le 17. 5. 60, lettre manuscrite ». Cette lettre n'a pas été retrouvée.
4. Jean Aurenche (1903-1992) et Pierre Bost (1901-1975), scénaristes attitrés, entre autres, de Jean Delannoy et Claude Autant-Lara.
5. Producteur français, rendu célèbre par *Et Dieu... créa la femme* de Roger Vadim (1956), avec Brigitte Bardot. « On m'a proposé — c'est l'éternel Raoul J. Lévy — un roman américain très beau : *Fahrenheit 451* de Ray Bradbury (en pocket book lisez-le en anglais). Mais je le tournerai dans deux

neur. D'ailleurs, j'ai reçu de l'argent sur mes dialogues. En vendant vos droits à un autre, j'accepterais de bon cœur d'être vendu comme un nègre. Je veux dire par là que je vous serais si reconnaissant de m'attacher à la poursuite, à l'achèvement, à la réalisation du *Bleu*. *Tenez-moi au courant*. Je peux tout conduire, sauf la prise de vue ? Votre ami Godard[1] ? Comprenez-le surtout : je n'ai aucun désir de gloriole (bien jeune, j'ai été célèbre pendant 3 jours et il n'y a pas de quoi être fier[2] !), d'argent ou de quoi que ce soit. Le travail m'intéresse, la matière m'intéresse elle-même. *J'aime travailler*. Je voudrais vous dire mes vœux pour votre nouvel effort. Je vous demande de compter sur moi. Je dois rester pour vous un ami. Je regrette de tout mon cœur de ne pas vous avoir servi davantage.

renéjeanclot

J'écris une pièce[3] en 4 actes, j'ai achevé le 1er.

(1) Évitons l'amertume. Goût de la virilité.

RENÉ-JEAN CLOT À FRANÇOIS TRUFFAUT

Le 19 mai 60

Cher F. T.,
Merci [pour votre] lettre[4]. Je suis d'accord pour conduire à bien *Le Bleu*, vendez-moi, mon cher, en toute confiance ! Voyez Rossignol, il est très fort et connaît tout Paris. Il est à Cannes et sera ici la semaine prochaine. Inutile de se disputer avec lui. Je crois qu'il ne vivra pas longtemps.
Delannoy m'a montré, pour *Le Noir* (*entre nous*), l'adapt. et les dialogues d'Aur[enche] et B[ost] : la coulée charnelle monotonement et besogneusement entreprise devient anti-artistique à la longue. Les dialogues sont d'1 terrible platitude et ils sont des

ans. » (Lettre de François Truffaut à Helen Scott, 21 août 1960.) Truffaut ne tournera *Fahrenheit 451* qu'en 1966, avec Lewis M. Allen comme producteur.

1. Jean-Luc Godard, cinéaste franco-suisse (né en 1930), qui est alors sous les feux de l'actualité grâce à la sortie sur les écrans, le 16 mars 1960, d'*À bout de souffle*.

2. Sans doute une allusion au prix des Deux Magots qu'il a reçu pour *Le Poil de la bête* (Gallimard, 1951), attribué par un jury présidé par Raymond Queneau.

3. *La Révélation* (Gallimard, Paris, 1961). Dans un centre pour jeunes délinquantes dirigé par des religieuses, une pensionnaire, Monique Saruel, dit avoir vu la Vierge. La supérieure décide de supprimer la cause de l'illusion : le reflet lumineux projeté par un vasistas. Désespérée de ne pouvoir retrouver son apparition, Monique se pend…

4. Cette lettre n'a pas été retrouvée.

illustrateurs plus que des créateurs. Mais bon sang, mon cher, il y a un film du tonnerre à réaliser. Amusez-vous à relire le livre depuis le début, le torrent d'images est *frénétique*. Moi je n'aime plus le livre, il me donne la nausée.
D'accord pour travailler avec vous sur un sujet. Donnez-moi *jusqu'au mois d'août*, j'aurai achevé la pièce dont le sujet me poigne tant que je fais bien attention de ne pas me faire écraser. Rimbaud l'a dit : il faut se faire voyant[1].
Depuis que je ne vous ai vu, j'ai écrit un scénario de 188 pages qui a été accepté avec bcp d'enthousiasme au 1er metteur en scène qui l'a lu[2]. C'est un travail d'effusion, sans le moindre marivaudage charnel. La concision comporte, dans chaque séquence, une somme poétique gloutonne d'images. Les images doivent surgir comme des fleurs. Avec la singularité, la nécessité (l'absence de manuel botanique), la construction des fleurs…
Vivez en paix. Essayez de vous rendre la vie paisible. Je ne l'ai pas moi-même (étant prof), alors je la prends, cette paix, entre deux portes, une fenêtre ouverte, un visage ; elle est toujours consolante, toujours innocente. Meilleure que les travaux d'aveugles de l'intelligence.
Votre fidèle,

renéjeanclot

FRANÇOIS TRUFFAUT À JACQUES AUDIBERTI

Monsieur Jacques Audiberti
3 bis, rue des Lyonnais
Paris Ve

Paris, le 19 mai 1960

Cher Monsieur,
Je ne trouve qu'aujourd'hui votre petit mot expédié aux *Cahiers* probablement aux alentours du 11 mai, « le cachet de la poste faisant foi ».
Naturellement, je serai très heureux de vous rencontrer pour parler de *Pomme, Pomme, Pomme*. Je quitte Paris demain, mais serai

1. « Je dis qu'il faut être voyant, se faire voyant. Le poète se fait voyant par un long, immense et raisonné dérèglement de tous les sens » (lettre de Rimbaud au poète Paul Demeny, 15 mai 1871).
2. Malgré nos recherches nous n'avons pu identifier le scénario ni son destinataire ; le projet n'a pas vu le jour.

de retour lundi soir. Voulez-vous que nous déjeunions ensemble mardi ?
Si oui, il vous suffira de téléphoner à BALzac 48-61 (Mademoiselle Lucette[1]) et de fixer vous-même l'heure et l'endroit du rendez-vous.
Fidèlement vôtre

François Truffaut

RENÉ-JEAN CLOT À FRANÇOIS TRUFFAUT

Le 16 juin [*1960*]

Mon cher F. T.,
Je viens de lire que *Les 400 C.* demeuraient un grand succès de l'année[2]. Vous savez, je suis toujours heureux de ces choses pour vous car je voudrais qu'elles vous donnent *confiance*. Il n'y a pas, mon cher, plusieurs façons de s'en tirer :
paix
ferveur
sacrifices
désir de progrès
Voilà ! Maintenant, j'ai besoin de vous. Moi je suis le rhino enfermé au zoo, mais heureux d'y travailler à son art. J'ai terminé ma pièce (4 actes)[3]. Je suis fou de joie — et mort. J'ai voulu avoir l'adresse (1) de Mme Marie Bell, au Théâtre de la Madeleine[4]. On ne la donne pas. L'adresse de Mme Suzanne Flon[5] (2), qui a vendu mon second livre au CNE[6] (que je connais bien). Impossible. Je sais qu'elle habite avenue Georges-V ? C'est tout. Gentil et industrieux dans le cœur comme vous l'êtes, pouvez-vous me donner les adresses de ces deux créatures (3) ?
Si, en plus, vous pouvez me donner une ou deux adresses de directeurs de théâtre qui accepteraient *simplement de lire* le manus-

1. Lucette Desmouceaux, dite Lucette de Givray, née Deuss (1928-2018), secrétaire de Truffaut aux Films du Carrosse et l'épouse du réalisateur et scénariste Claude de Givray.
2. Sorti le 3 juin 1959, *Les Quatre Cents Coups* a totalisé 450 000 entrées France, ce qui en fera le plus grand succès public de la Nouvelle Vague.
3. *La Révélation* (Gallimard, 1961) paraîtra dans la collection « Le manteau d'Arlequin », dirigée par Jacques Lemarchand, premier éditeur de Clot chez Gallimard.
4. En fait, la comédienne Marie Bell dirige alors le Théâtre du Gymnase.
5. Comédienne française (1918-2005) et l'interprète privilégiée du théâtre de Jean Anouilh.
6. Comité national des écrivains : organe de la Résistance littéraire, émanation du Front national des écrivains, créé en 1941 par le Parti communiste français. Le livre en question est sans doute *Les Gages charnels de l'art français* (Éditions Edmond Charlot, Alger, 1941).

crit d'une pièce, vous m'obligeriez. C'est un monde qui m'est étranger.
Je vous espère en bonne santé. Que faites-vous ? À quoi travaillez-vous ? Moralement, nous voulons tout de même autre chose que ce que M. Clouzot veut obtenir de la Babette[1].
Votre ami,

renéjeanclot

En fin de compte, je fais seul l'adapt. et les dialog. du *Noir de la vigne.*
Je vais créer les rapports :
1° d'effusion mystique entre 1 abbé et 1 adolescent.
2° intermédiaire neutre couple bourgeois.
3° de l'autre côté, les déviants.
Je fais une chose hallucinée. L'éclairage Goya. Le seul problème : *celui du Bien et du Mal.*
N'oubliez pas, s'il y a lieu pour vous votre projet [*sic*] q.[ue] n[ou]s travaillons ensemble à un scénario. Ne pensez pas à l'argent et aux contrats. L'essentiel, c'est d'être d'accord sur *l'œuvre.*

(1) Personnelle.
(2) Il y a 7 ou 8 ans, elle m'a demandé une pièce.
(3) Si c'est difficile, laissez tomber.

RENÉ-JEAN CLOT À FRANÇOIS TRUFFAUT

[ca *juillet 1960*]

Bien cher F. T.,
Vous le savez bien que j'ai en vous une confiance absolue. (Et votre vie *ne doit pas* être facile.)
La pièce — qq éléments du thème. Dans un centre de redressement de *délinquantes mineures*, à Laval, éclate la nouvelle surprenante, impossible, abjecte, héroïque : une petite prostituée de 19 ans, Monique Saruel, voit la Vierge. Le centre de redressement, contrôlé par la préfecture, est dirigé par des religieuses. La supérieure et les religieuses sont *sincèrement indignées de la prétention de la fille.* Le combat.

1. Allusion au tournage de *La Vérité* d'Henri-Georges Clouzot (1960), avec Brigitte Bardot, l'héroïne de *Babette s'en va-t-en guerre* de Christian-Jaque (1959).

Interrogatoire des délinquantes.
Rapport du bien et du mal. Mais on se demande de suite : où est le bien, où est le mal ? J'oppose durement, laconiquement 2 mondes impénétrables et hélas cristallisés, le vice et un *fonctionnariat religieux.*
Mais il y a une source, des sources à trouver dans ces cailloux. Pendant l'interrogatoire, rumeur sous les fenêtres. La nouvelle de l'apparition s'est répandue. Un journaliste, recommandé par le préfet, envoie sa carte pour une interview. Fureur explosive de la supérieure. L'imposture. L'exhibitionnisme. La concierge joue un rôle. *Où est la grâce ? Où est Dieu ?*
Je ne veux pas vous dire le reste (manque de temps), tout est terminé. Monique Saruel, abreuvée de sarcasmes, se pend. Au retour du cimetière, la supérieure réunit le dortoir C pour dénoncer, une fois de plus, les méfaits de l'imagination, *séquelle* des plaisirs mauvais que Dieu réprouve. Or, à ce moment, elle voit la Vierge à son tour. *Elle quitte le centre de redressement.*
J'ai essayé d'exprimer les clameurs des damnées, les femmes, *leur odeur*, leurs sanglots, elles ne peuvent plus se supporter. La haine, comme un monde dévorant mais stérile dans la prison. *L'endurcissement des sœurs.* Solitude de Jésus. Le journaliste qui réussit à photographier le corps de Monique. Un représentant du préfet. L'administration anonyme. Et toi, ô Jésus !
Bref, tout est terminé, *je crois*, je crois seulement que c'est bien. Je suis comme un premier communiant qui tient son cierge et qui tremble de voir s'éteindre la flamme *parce qu'il y a un courant d'air quelque part.* Parce qu'il y a forcément toujours un courant d'air quelque part. Parce que les flammes sont des mondes magiques menacés mais quand elles brûlent, elles sont les *moments privilégiés de notre destin.* Et s'il y a l'action, le destin, il y a la conscience de ce destin, *le fait de se voir vivre.*
Dans cette pièce, le premier thème serait *l'abjection* ; mais le plus grand, le plus beau, c'est *la rédemption.* Car la Vierge est bonne… Et, à un moment, dans la frénésie et la violence du jeu, on ne saura plus *qui est religieuse, qui est délinquante. Éternels sacrifices humains.*
Où est le royaume de Dieu ? La longueur de l'exil mais les moments heureux de « l'éternité retrouvée » (Rimbaud). Le grand naufrage humain. La fragile espérance. « Le calice d'amertume », cliché sulpicien. La douleur des êtres. « Ce m'est un bien, Seigneur, que vous m'ayez humilié afin que je m'instruise de votre justice[1]. »

1. *L'Imitation de Jésus-Christ*, III, 2 : *Instruction pour avancer dans la vie intérieure.*

Vers le 20 juillet, la pièce est tapée à la machine. Je vous la donne. *Je la remets entre vos mains*. Serez-vous à Paris ? Albert Camus, mon camarade d'enfance, à Alger, me disait : « Dès que tu écriras une pièce, viens me voir, nous irons l'apporter à Barrault[1]. » Et la mort[2] a changé l'ordre des choses.
Oui, gardez *Le Bleu*[3]. Dites-vous bien qu'il ne faut jamais ou trahir ou abandonner ce que notre cœur a pressenti même dans les soucis, même dans les larmes. Je puis beaucoup vous aider. Que ne comptez-vous sur moi. Vous savez que j'aimerais bien connaître Madame *Jeanne Moreau*. Sincèrement. Je n'ai jamais osé faire un pas de son côté. Laissez tomber *l'adresse* S. Flon. Nous verrons après votre lecture. Je pars demain pour un port de la Manche. *Je suis mort*. Je veux voir la *mer*. Suis de retour *lundi*.
Bien à vous,

rjct

FRANÇOIS TRUFFAUT À RENÉ-JEAN CLOT

[Papier en-tête *Les Films du Carrosse*][4]

De Paris, ce 19 juillet 60

Cher grand ami,
Jeanne Moreau est très impatiente de lire votre pièce ; elle me téléphone souvent de Milan[5] et m'en parle chaque fois.
Je quitte Paris demain soir, mais je reviendrai mardi ou mercredi prochain. Écrivez-moi ici ou 15, rue du Conseiller-Collignon.
Avant la fin de cette année, nous entreprendrons la version définitive du *Bleu d'outre-tombe* si vous êtes tjs d'accord. De mon côté, il n'y aura plus de volte-face : je tournerai ce film, sans Jeanne Moreau, avec des inconnus dans tous les rôles[6].

1. Jean-Louis Barrault (1910-1994), le comédien et metteur en scène de théâtre.
2. L'écrivain et philosophe Albert Camus (1913-1960) est décédé dans un accident de la route, le 4 janvier 1960. René-Jean Clot avait retrouvé son ami d'enfance chez l'éditeur algérois Edmond Charlot et au sein du comité de rédaction de *Rivages : revue de culture méditerranéenne* (1938-1939).
3. L'adaptation cinématographique du *Bleu d'outre-tombe*.
4. Lettre conservée dans le Fonds Jean-Louis Barrault du département Arts du spectacle de la Bibliothèque nationale de France. C'est sans doute pour lui montrer le soutien de Jeanne Moreau que Clot l'a transmise à Barrault.
5. Jeanne Moreau tourne *La Nuit* (*La Notte*) de Michelangelo Antonioni. La pièce de Clot dont il est question ici, *La Révélation*, fut écrite de mai à fin juillet 1960.
6. Truffaut, qui avait engagé Clot le 12 novembre 1959 en qualité d'adaptateur et de dialoguiste, lui a annoncé le 31 mars 1960 que la réalisation était « reportée à l'année prochaine », puis le 13 mai qu'il avait « décidé d'abandonner définitivement la réalisation du *Bleu d'outre-tombe* ».

Si vous quittez Paris, communiquez-moi votre adresse, s'il vous plaît.
Merci et salutations respectueuses,

F. Truffaut

RENÉ-JEAN CLOT À FRANÇOIS TRUFFAUT

Sainte Nathalie...

Mercredi 27 juillet 60

Mon cher ami,
Je rentre d'une petite ville car, pour oublier mon travail, il m'arrive de partir deux jours dans une ville inconnue de style ancien et les vieux murs, les vieilles rues racontent de merveilleuses histoires... Ainsi donc je rentre de Dijon. Du 2e étage du Château des Ducs de Bourgogne, j'ai vu une petite rue du Moyen Âge étonnante.
Bonne nouvelle : la pièce est terminée. Il y a 4 actes. Dans chaque acte, 17 à 18 tableaux ou scènes. J'ai voulu exprimer le monde profane et le monde sacré (1). Beaucoup de femmes, une source de femmes, jeunes, en prison... L'abjection de la faute acceptée, répétée et le sublime plaqué — mais ruisselant de larmes et d'amour rigide — des sœurs. Mais, à la fin, il y a un mouvement sauvage, une lame de sel qui emporte tout. En finale.
La pièce sera tapée, je pense, *certainement pour le 15 août*. Voilà ce que je vous propose d'objectif. Autour de cette date, le 15 août, je vous remets un manuscrit et j'essaye, en même temps (si elle est en France), d'aller apporter un autre manuscrit à Jeanne Moreau. Il y a plusieurs rôles féminins de premier plan. Elle verra. Vous verrez. Par mon éditeur, Jean-Louis Barrault attend la pièce à Chambourcy[1], chez lui, pour la fin août. Mais si J. M. voulait jouer un rôle, je la lui confie, ainsi qu'à vous-même.
Mon travail est résolument poétique et poignant. Mais je n'ai pas voulu que le monde des idées y soit apparent, en surface, comme chez Sartre[2]. Il y a dans la pièce (j'hésite entre plusieurs

---

Ce pseudo-revirement est sans doute destiné à soutenir Clot dans son projet de voir sa première pièce montée par Barrault à l'Odéon-Théâtre de France.

1. Commune des Yvelines, à 25 km à l'ouest de Paris, où Jean-Louis Barrault et Madeleine Renaud possédaient une résidence secondaire.

2. Jean-Paul Sartre (1905-1980), écrivain, philosophe et dramaturge français, dont le théâtre déploie

titres) des moments comiques pour faire une diversion et un *spectacle ouvert.*
Je vous demande de me faire savoir où je puis toucher J. M. le 15 août. Voulez-vous avoir la bonté de lui écrire — je n'ose le faire — lui dire que le menuisier, l'ébéniste, le poète veut lui déposer en main — simplement — le manuscrit ? Elle l'examinera et vous-même — hors de ma vue. Entre nous, les possibilités scéniques sont grandes. Je parle *du métier.* Car dans ce monde de vampires, la gloire pour moi n'existe pas. Mon maître s'appelle Vincent[1].
2e nouvelle objective. Je vous montrerai ce que j'ai fait pour le « traitement » (adaptation et dialogues) du *Noir de la vigne* — film *religieux*, s'opposant à la carte postale obscène qu'on en avait fait. J'ai usé d'une technique différente que pour *Le Bleu.* Si cela vous convient, je propose de réécrire dans cet esprit entièrement l'adaptation du *Bleu*, avec lequel vous teniez, aux sources du social et de l'enfance, l'image même du destin traqué (2).
Votre toujours fidèle,

RJCT

(1) Titre de Blake : *L'Enfer et le Ciel*[2].
(2) Nous ne faisons pas godelureaux[3]. Nous choisissons pour le tragique. Il faut être *ambitieux.*

RENÉ-JEAN CLOT À FRANÇOIS TRUFFAUT

Le lundi 8 août 1960

Mon cher ami,
Je suis chez moi jusqu'à 13 h 15 aujourd'hui au 950 6416.
Puis-je vous apporter la pièce qui est terminée ? Il y a une journée de lecture sérieuse...
Puis-je avoir l'adresse actuelle de Jeanne Moreau ? Je lui apporterai le manuscrit — mais pas en Italie tout de même. Le travail regorge de rôles intéressants, je crois.

---

quelques-uns de ses questionnements philosophiques sur l'engagement et la compromission, la liberté et l'aliénation.
1. Sans doute Vincent van Gogh (1853-1890).
2. *Le Mariage du ciel et de l'enfer* (*The Marriage of Heaven and Hell*) de William Blake (1793).
3. De l'ancien français *galureau* : galant ; celui qui fait le joli cœur auprès des femmes. Le terme venait d'être remis à la mode par le film de Claude Chabrol, *Les Godelureaux*, en cours de tournage.

Ou si, d'un coup d'auto, vous vouliez passer prendre la pièce ce matin ?
Votre bien fidèle,

renéjeanclot

Cet apr. midi, je pars chercher mon gosse, mais je serai de retour à 18 h 30 à la maison.

JEAN COCTEAU À FRANÇOIS TRUFFAUT

Santo Sospir
St-Jean-Cap-Ferrat
Tél. 251-28

9 août 1960

Mon cher François,
Je m'embête sans avoir de tes nouvelles et sans avoir vu ton film[1]. Envoi [*sic*] 4 lignes. J'arrive le 19 (à peu près) et j'aimerais une bonne rencontre avec les camarades du Carrosse et des *Cahiers* (ou en tête à tête).
J'arrive d'Espagne[2]. La NRF conteste la validité de mon élection princière[3], ce qui est étrange puisque le titre ne relève d'aucune juridiction légale.
J'espère que tu voudras bien me dire tout de même bonjour.
Je t'embrasse

Jean Cocteau

1. *Tirez sur le pianiste* (1960).
2. Le 27 juillet 1960, Cocteau prononçait le discours inaugural des cours d'été de l'Université de Séville, organisés à Cadix.
3. « Je suis nommé prince des poètes, écrit Cocteau le 26 juin 1960. La nomination de Supervielle était fantaisiste et due à l'initiative d'un journal (*Les Nouvelles littéraires*). C'est à Forges-les-Eaux, foire des poètes, que les poètes, après la mort de Paul Fort, devaient décerner le titre. Hébertot m'a téléphoné à midi que j'étais élu à l'unanimité. J'ai aussitôt envoyé la dépêche suivante : "Très ému recevoir ce beau titre dont je m'efforcerai d'être digne." » (*Le Passé défini*, vol. VII, *op. cit.* p. 119). L'élection sera contestée par André Breton, dans un tract du 30 juin 1960, point de départ d'une polémique qui aboutira à la contre-élection de Saint-John Perse. Le 20 octobre, à la une des *Lettres françaises*, Aragon mettra fin à cette guerre picrocholine en « sacr[ant] d'autorité » Jean Cocteau.

JEAN COCTEAU À FRANÇOIS TRUFFAUT

Santo Sospir
St-Jean-Cap-Ferrat
Tél. 251-28

17 août 1960

Très cher François,
Aznavour, qui chantait hier à Beaulieu, était consterné par un article[1] lui faisant dire que le film *Le Pianiste* était médiocre, alors qu'il le trouve merveilleux (je le cite).
Victime n° 1 de journalistes, j'ai promis à Francine (qui me la rapporte) de te transmettre la conversation de notre ami.
Je t'embrasse

Jean

Peux-tu imaginer la situation atroce où Paulhan et Breton mettent le pauvre type qui devait me « remplacer » lorsque la NRF m'a donné mes 8 jours[2] ?

RENÉ-JEAN CLOT À FRANÇOIS TRUFFAUT

Lundi 22 août 1960

Mon bien cher ami,
Je dois vous dire que J.-L. B. est, dit-il, « enthousiasmé » par la pièce. Je ne vous dis pas autre chose de ses appréciations car je tiens à rester modeste et l'art est difficile... Il la montera à l'Odéon[3]. Mais, je vous en prie, faites-la lire à Jeanne Moreau. (C'est pour l'avenir.) Nous pourrions peut-être aller la voir ensemble. Car

1. Beaulieu-sur-Mer (Alpes-Maritimes), à l'est du cap Ferrat. Malgré nos recherches, nous n'avons pu identifier l'article en question.
2. Cocteau fait ici allusion à la polémique née de son élection comme « prince des poètes » et au désir de Jean Paulhan et André Breton de l'invalider pour y mettre à sa place Saint-John Perse, plus légitime à leurs yeux. Cocteau écrit dans son journal : « Je devine que la manœuvre de Paulhan, épaulé par Breton et Soupault, consiste à le [Saint-John Perse] faire élire à ma place. Il y aurait donc deux papes, le pape de Rome et le pape d'Avignon (si toutefois Saint Léger Léger [pour Alexis Leger, nom de Saint-John Perse à l'état civil] accepte de porter mon titre. » (*Le Passé défini*, vol. VII, *op. cit.* p. 177-178).
3. Créée par Jean-Louis Barrault le 22 mars 1962, au Théâtre de l'Odéon, la pièce sera également montée aux États-Unis (*The Revelation*, 1963), puis montée et éditée en Allemagne (*Die Erleuchtung*, S. Fischer, Frankfurt am Main, *ca* 1965).

j'attends de vous, mon cher, que vous me tiriez hors de l'enseignement où j'use ma vie jour après jour. Vous qui *voyez les producteurs*, ne pouvez-vous pas leur parler de moi comme adaptateur et dialog. Je ne connais que Delannoy (1)... J'ai été très heureux que nous ayons repris le contact à la maison. Considérez-la, je vous en prie, comme la maison d'un ami.
Votre bien vivant,

renéjeanclot

Si Jeanne Moreau avait « pris » la pièce en mains, je la lui aurais donnée, mais je n'ai pas eu réponse à ma lettre (je sais d'ailleurs qu'on doit pas mal l'agacer avec des projets). Elle serait peut-être contente de la lire pour désirer me voir.

(1) qui est d'ailleurs très bon mais qui a ses intérêts, ses affaires[1].

FRANÇOIS TRUFFAUT À JEAN COCTEAU

[Papier en-tête *Les Films du Carrosse*]
Bienvenue à Paris — Bienvenue à Paris — Bienvenue à Paris

De Paris, ce 30 août 1960

Mon Prince,
Merci de m'avoir rassuré pour Aznavour. Même si le film est mauvais, lui dedans est remarquable. Il m'a écrit de son côté[2].
Jutra est anxieux de votre accord pour le plan d'ouverture d'*Anna la bonne* ; la phrase qu'il préfère est celle : « mille voix parlent par sa bouche », etc.
J'ai oublié de vous parler aussi des versions, l'allemande (établie par Marcel Ophuls[3]) et l'anglaise qui, terminées, n'attendent + que votre imprimatur.

1. Clot semble ignorer que Jean Delannoy (voir n. 3, p. 155) est l'un des cinéastes les plus détestés par Truffaut. Voir aussi *Chroniques d'Arts-Spectacles 1954-1958, op. cit.* pp. 22-24.
2. « … j'ai trouvé *Le Pianiste* un film fantastique, et je ne t'écris pas ça pour te faire plaisir. Je te l'aurais dit de vive voix, mais comme je ne sais quel journal a écrit une connerie et me l'a attribuée, je n'attends pas de te rencontrer pour te le dire. J'espère que tu me crois, je suis aussi malheureux que toi de cet écho ridicule. À bientôt et merci. Ch. Aznavour » (juillet-août 1960).
3. Réalisateur franco-américain (né en 1927). Grand admirateur de son père Max Ophuls, Truffaut le rencontre en 1959. « … François est devenu non seulement mon meilleur ami, mais aussi comme mon grand frère bien qu'il soit plus jeune que moi, et mon protecteur […]. C'est grâce à lui que j'ai pu tourner mon premier long métrage, *Peau de banane*. C'est lui qui a sauvé *Le Chagrin et la Pitié* et permis, au moment de l'interdiction d'antenne qui a duré douze ans, de le faire sortir en

D'ici la fin de l'année, Marianne[1], dès que remise, en gros plan sur fond noir, récitera les 2 versions, pour que le film puisse commencer sa carrière internationale.
Si le film vous plaît autant qu'à nous, nous le garderons secret jusqu'à l'année prochaine pour le soumettre aux gens du Festival de Cannes[2], car les bons courts métrages se font rares.
Jutra a poussé la patience jusqu'au masochisme car Marianne a été atroce dans le travail : chantage au suicide, crise de nerfs[3], etc. Comme elle joue presque aussi bien qu'elle est odieuse, le film est splendide.
Wiener[4], enthousiaste, va reconstituer, pour la piste sonore, l'ambiance musicale d'un disque gravé aux alentours de 1925, dans lequel vous récitez magnifiquement *Les Voleurs d'enfants*[5] ; j'ai entendu une bande repiquée de ce disque, c'est formidable. En voulez-vous une gravure souple ?
Impatient de vous revoir,

f. truffaut

RENÉ-JEAN CLOT À FRANÇOIS TRUFFAUT

Le 31 août 1960

Mon cher ami,
J'apprécie beaucoup ce que vous me dites sur *La Révélation*[6]. Je vais essayer de polir l'argot au 2e acte. Vous me dites les aimer au

---

salle. » (*Mémoires d'un fils à papa*, Calmann-Lévy, Paris, 2014, pp. 151-152). Dans un contrat daté du 31 août 1960, les Films du Carrosse lui cèdent 3 % sur l'exploitation de la version allemande d'*Anna la bonne*, avec un à-valoir de 500 francs.

1. En juillet, Marianne Oswald fut hospitalisée à la clinique de Passy pour crise hépatique et jaunisse.
2. Le film ne sera finalement pas sélectionné.
3. « Je regrette amèrement que mon film vous déçoive, écrit Jutra à Truffaut, d'autant plus qu'il vous a causé des ennuis aussi désagréables qu'imprévus, bien que je ne me sente aucunement responsable des pires d'entre eux, c. à d. "les caprices de Marianne". » (Lettre du 9 novembre 1960.)
4. Dans un premier temps, Claude Jutra sollicite Georges Van Parys : « Je sais [que] l'œuvre de Monsieur Cocteau vous est familière et que votre style lui conviendrait parfaitement » (lettre du 8 août 1960). Le compositeur ayant décliné l'offre en raison des délais, il recommande le pianiste et compositeur Jean Wiener (1896-1982). La partition est enregistrée le 21 septembre 1960, mais le film ayant été réduit d'un tiers, l'enregistrement est inutilisable. Wiener finira par renoncer et recevra de Marcel Berbert un chèque de 3 500 francs « en rémunération forfaitaire de vos droits d'auteur pour votre musique non utilisée » (lettre à Jean Wiener, 23 juin 1961). Au Canada, Jutra recrutera trois musiciens de jazz : Maurice Blackburn (compositeur et pianiste), Roger Bernhard (accordéon) et Daniel McRae (banjo). Peu après, Truffaut se félicitera d'avoir vu la nouvelle copie d'*Anna la bonne*, « avec une admirable musique (des variations sur votre thème) » (lettre à Jean Cocteau, 26 avril 1961).
5. Le premier enregistrement, daté du 3 décembre 1929, est un disque 78 tours Columbia, dans lequel la voix de Cocteau est accompagnée de la musique jazz de l'orchestre de Dan Parrish.
6. La lettre de Truffaut n'a pas été retrouvée.

3e, or J.-L. B. (1) — avec qui je travaille, j'ai des rendez-vous à l'Odéon pour mettre au point le 1er acte — me demande de *ne faire qu'un acte du 3e et du 4e*. Il faut donc beaucoup sacrifier. *Voulez-vous m'aider en me disant, selon vous* — bien sûr je ne vous suivrai pas à la lettre, mais vous avez l'œil frais — ce que *je dois faire sauter* dans le 3e et 4e ? (2) C'est un service que je vous demande. Prenez vite ces 2 actes en main et venez me le dire. Je vous en remercie à l'avance mais avouez — et j'accepte toutes vos critiques — que mon sujet était admirable. Le motif si vous voulez.
J'ai une autre idée de pièce, je m'y mets dès octobre. Je vais tester comme ça 3-4 pièces et la 5e sera (peut-être) réussie. Mais à la fin du 4e acte, quand les chants des filles dans le dortoir se mêlent au chant mystique des religieuses, ne pensez-vous pas que cela peut être *très scénique* ?
Il faut m'aider à supprimer dans le 3e et 4e acte. Jean-Louis Barrault est un merveilleux camarade de travail mais notre 1re rencontre de travail a été hachée par coups de tél., visites d'actr[ice], courrier à faire signer, etc. C'est à moi à me débrouiller tout seul.
Le projet de pièce dont *je veux vous parler serait basé sur* la Joconde[1]. *Ce serait une farce.* Je me délivre du tragique (je viens de lire *La Carotte et le Bâton* de Déon[2] où il y a de bonnes choses, un peu trop à la Malraux, dans un héroïsme cosmopolite), *par le jeu.*
La Main de fer, c'est le bizarre intégré au quotidien. L'enfer et la tendresse. Il y a de bonnes choses là-dedans et je n'ai à peu près pas reçu de critiques (coupures), mais je m'en fous comme je ne veux ni m'aigrir ni souffrir mesquinement avec le petit « je », le petit « talent » en usage. Il faut trouver une respiration dans l'œuvre et voilà tout.
Je vous signale que j'ai fait une adaptation cinémat. de *La Main de fer* en ajoutant quelque chose. Ce serait un climat surréaliste breton… Travaillez bien et *merci* de vos critiques dont je partage les vues (mais on en parlera).
Votre fidèle,

renéjeanclot

(1) Il compte monter la pièce au printemps à l'O[déon].
(2) Si possible, me le faire savoir *en vitesse*, cher ami…

1. Dans *La Révélation*, une réplique faisait déjà allusion au tableau de Léonard de Vinci : « Pourriez-vous être gardien au Musée du Louvre ? Pensez à l'homme qui garde la Joconde, quel bagnard ! »
2. Roman de Michel Déon (Plon, 1960), où l'on retrouve, dix ans après *La Corrida*, le personnage de Pierre Gauthier.

JEAN COCTEAU À FRANÇOIS TRUFFAUT

Palais-Royal [*Début septembre 1960*]

Mon très cher François,
Me voilà de retour — mais dans mille embrouilles de théâtre et de films[1]. *Tu passes d'abord.* Dis-moi en vitesse où et comment se voir et voir *Anna*[2].
Je t'embrasse

Jean

Si on déjeunait mardi prochain ensemble ?

RENÉ-JEAN CLOT À FRANÇOIS TRUFFAUT

Le 2 sept. 1960

Mon cher ami,
Je suis venu vous voir sous la pluie avant-hier. Catherine de Médicis[3] m'a ouvert la porte et mon trench coat de la Série Noire l'impressionna un peu, puis mes grosses lunettes noires de chasseur de papillons ont apaisé les choses. Mais...
Je voulais vous dire que je me suis trouvé bien indiscret en vous imposant le souci de m'indiquer [des] coupures[4]. J'ai tout fait moi-même. J'ai pas mal enlevé de choses et, comme vous, j'ai pensé qu'il fallait retirer le marchandage sordide du reporter. *Tout cela saute.*
Vous me dites que les hommes sont plus pâles que les femmes

1. Cocteau répète *L'Aigle à deux têtes*, dans une mise en scène de lui-même et François Maistre, dont la première aura lieu au Théâtre Sarah-Bernhardt, le 7 septembre 1960. Le 23 juin 1960, Cocteau écrit dans son journal que « Gérard Barray [Stanislas], malgré son charme, sa voix, son intelligence du texte, sa modestie, son amour du travail, ne possède pas le coffre du rôle. Edwige [Feuillère, la reine] se trouve dans le vide » (*Le Passé défini*, vol. VII, *op. cit.* pp. 118-119). Le 2 août, Jean Delannoy a commencé le tournage de *La Princesse de Clèves*, coadaptation du roman de Madame de La Fayette par Cocteau, qui fera tout pour le dissuader de confier le rôle principal à Marina Vlady : « Elle est sans âme et nulle [...]. À ma profonde tristesse, je ne pourrais conserver mes textes si cette femme jouait le rôle. » (Cité par Jean Delannoy dans *Aux yeux du souvenir : bloc-notes 1944-1996*, Les Belles Lettres, Paris, 1998, p. 135). Mais, après avoir assisté à la projection de la copie de travail, il se repentira : « Ce film est admirable [...]. Elle exquise, Jeannot [Jean Marais] bouleversant. » (*Ibid.* p. 140).
2. *Anna la bonne*, le court métrage de Claude Jutra.
3. Il peut s'agir d'une secrétaire aux Films du Carrosse, sans doute Lucette de Givray.
4. Voir sa lettre du 31 août 1960, p. 181.

dans la pièce ; c'est que je ne me suis passionné que pour les femmes. Ayant beaucoup retiré du 3e et du 4e acte, je pense que Barrault ne m'imposera plus la réunion des 2 derniers actes en un seul. Sinon, j'irai me faire pendre ailleurs, Barsacq[1] ou autre.
Profitez de ces journées d'automne, elles sont merveilleuses et denses en nous acquittant du clinquant des bazars de l'été.
Votre ami,

renéjeanclot

JEAN COCTEAU À FRANÇOIS TRUFFAUT

Samedi 9 sept 1960

Mon François,
Ton film *est un chef-d'œuvre*, une manière de prodige. Et je t'embrasse[2].

Jean

P.-S. *Anna* sera plus difficile à rendre viable. Autant les images de la récitante sont extraordinaires, autant les autres me semblent discutables et exigent une musique très forte et très mystérieuse[3].
Charles[4] est bouleversant. Dis-le-lui.

1. André Barsacq (1909-1973), metteur en scène et dramaturge français, cofondateur, avec Jean-Louis Barrault, Jean Mercure et Raymond Rouleau, du Nouveau Cartel.
2. Cocteau a enfin pu voir *Tirez sur le pianiste*, en projection privée. Le 10 septembre 1960, il écrit dans son journal : « J'estime que ce film est un chef-d'œuvre. Un peu influencé par *À bout de souffle*, il le dépasse par une grande tendresse. Jeanne Moreau, qui était assise à ma droite, jouera le prochain film. Je tremble pour *Le Pianiste* (Aznavour m'a bouleversé), comme je tremble pour toute œuvre élégante et même d'une élégance cachée sous la crasse, dans une époque inculte et ignoble. » (*Le Passé défini*, vol. VII, *op. cit.* p. 198.) Après avoir assisté à l'avant-première, Cocteau écrit le 14 décembre 1960 : « Charles Aznavour est servi par tout ce qui semble devoir le desservir. Sa petite taille, sa figure de polichinelle, ses jambes d'ataxique, sa voix sans timbre. L'obligation où il se trouve de vaincre tout cela l'oblige à mettre en œuvre mille fois plus de talent que n'importe quel artiste favorisé par la nature. » (*Ibid.* p. 273.)
3. « J'ai vu l'essai de Marianne Oswald dans *Anna la bonne*, écrit Cocteau dans son journal. Elle est terrible et médiévale dans son rôle de récitante. Plus discutable dans ce qui accompagne le texte. Wiener composera la musique. Elle est indispensable. Il compte s'inspirer de ma java originale et de la trompette de Vance dans le vieux disque des *Voleurs d'enfants* repiqué par un des blousons noirs qui entourent Truffaut. » (*Ibid.* p. 198.)
4. Aznavour, l'interprète principal de *Tirez sur le pianiste*.

ELIE WIESEL[1] À FRANÇOIS TRUFFAUT

Le 12 septembre [*1960*]

Cher François Truffaut,
Quand Helen Scott[2] m'a téléphoné, il y a quelques semaines, et m'a remis votre message, je lui avais répondu : « Je vais lui écrire pour lui dire mon émotion. » Timide, je ne l'ai pas fait. J'avais tort.
J'ai vu *Les Quatre Cents Coups* avant. Je crois l'avoir compris. Il s'en dégage une puissance, une profondeur, une simplicité suggestive : c'est une œuvre d'art.
Je vous envoie par avion *Le Jour*. Le cycle sera clos par le crépuscule : *La Folie*. J'y travaille actuellement[3].
À présent, il serait déjà inutile de vous dire que je voudrais vous rencontrer. Que ce soit pour un projet de film ou tout simplement pour parler.
Comptez-vous venir à New York prochainement[4] ?
Votre idée du *Dernier Déporté* me plaît. J'y collaborerais avec joie.
Avec amitié, avec admiration,

Elie Wiesel

1. Elie Wiesel (1928-2016), écrivain et philosophe américain d'origine roumaine. En 1960, sur la suggestion de son amie Helen Scott, Truffaut lui propose d'écrire un scénario sur le thème du « dernier déporté ». « Votre idée [...] me plaît. J'y collaborerais avec joie », lui répond Wiesel. Truffaut lit *La Nuit*, *L'Aube* puis, avant même sa parution, *Le Jour*, qu'il trouvera « assez proche de ce qu'[il] aimerait tourner », mais lesté « d'une tristesse abominable » (lettre à Helen Scott, 1er octobre 1960). Les deux hommes ne parviendront jamais à se rencontrer et le projet sera abandonné.
2. Chargée des relations avec la presse au sein du French Film Office (FFO) de New York, Helen Scott (1915-1987) rencontre Truffaut quand il vient y présenter *Les Quatre Cents Coups*. Elle sera l'interprète de ses entretiens avec Alfred Hitchcock et s'installera définitivement à Paris en 1965. Voir aussi *L'Amie américaine* de Serge Toubiana (Stock, Paris, 2019). Touchée par sa lecture de *Night* d'Elie Wiesel (New York, Hill & Wang, 1960), Helen Scott va tout faire pour convaincre Truffaut de travailler avec lui. Elle téléphone à Elie Wiesel et le rencontre longuement à Paris, le 2 août. Le 3 août, dans une lettre à Truffaut, elle dresse son portrait : « 32 ans, ressemblant, mais en beaucoup plus beau, à Godard [...] je suis très frappée de l'affinité qui existe entre vous deux. »
3. Wiesel adresse à Truffaut ce manuscrit dans l'espoir d'une adaptation au cinéma. L'ouvrage n'est jamais paru, du moins pas sous ce titre.
4. Truffaut se rendra à New York en avril 1962 pour rencontrer Ray Bradbury, mais sans parvenir à voir Elie Wiesel.

JACQUES AUDIBERTI À FRANÇOIS TRUFFAUT

[Papier en-tête *Théâtre de l'Œuvre*]
55, rue de Clichy, Paris IXe

[*Octobre 1960*[1]]

Cher François Truffaut,
Je suis très heureux du son de votre amitié dans ma boîte crânienne, pour ne pas dire dans mon médaillon à ventricules. Êtes-vous sûr qu'il y a encore assez de vie dans le bonhomme pour que ses années, ah ! qu'y en a ! ah ! qu'y en a !, puissent sans ridicule s'associer à votre jeune acuité ? En tout cas, il se trouve dans la troupe de *La Logeuse*[2] un type qui me paraît pouvoir faire un Loup-Clair[3] étonnant. Il s'appelle Gruault[4]. Bien entendu, il n'est pas question de porter un roman à l'écran. Mais ce type de *gros jeune policier émotif*, il me semble, pourrait être traité. En tout cas, peut-être en raison de cette espèce de vague habitude que je commence à avoir du théâtre, je proposerais une certaine systématique insistance sur le personnage principal (quel qu'il soit, d'ailleurs). Je ne parle pas exactement de l'aspect « vedette », mais du soin que tout prendrait de ne reproduire qu'à travers quelqu'un ou par rapport à lui. En tout cas, cette idée d'un policier finissant par aider les voleurs, ou prenant la place d'un type au violon et ainsi de suite, et désorganisant la société par pitié, tendresse humaine et frousse intense — qu'en pensez-vous ?
On en jasera [tous] les deux.
Bien cordialement

Jacques Audiberti

1. La lettre manuscrite porte cette inscription tapuscrite en lettres rouges : « Répondu le 14.10.1960 par pneumatique ».
2. Pièce de Jacques Audiberti créée le 3 octobre 1960 au Théâtre de l'Œuvre (Paris), dans une mise en scène de Pierre Valde, avec Lila Kedrova, René Dary et Jean-Roger Caussimon.
3. Loup-Clair Colargolo, inspecteur débutant, est le « héros » du roman d'Audiberti *Marie Dubois*.
4. Jean Gruault (1924-2015), comédien et scénariste français. À ses débuts, au Ciné-Club du Quartier latin et au Studio Parnasse, il se lie d'amitié avec la « bande des *Cahiers* » : Jacques Rivette, Éric Rohmer, Claude Chabrol et François Truffaut. Mais il se consacre au théâtre : à la fois comédien, assistant metteur en scène et adaptateur. Dans *La Logeuse* de Jacques Audiberti, il interprète le rôle du « vieil inspecteur ». Puis il devient l'un des scénaristes les plus prolifiques de la Nouvelle Vague, travaillant avec Jacques Rivette, Jean-Luc Godard et Truffaut (*Jules et Jim, L'Enfant sauvage, Les Deux Anglaises et le Continent, L'Histoire d'Adèle H., La Chambre verte*). Il a publié ses souvenirs dans *Ce que dit l'autre* (Julliard, Paris, 1992).

FRANÇOIS TRUFFAUT À JACQUES AUDIBERTI

[Papier en-tête *Cahiers du cinéma*]

De Paris ce vendredi 14 octobre 1960

Cher Grand Ami,
Merci de votre petit mot. Je connais Gruault depuis 10 ou 12 ans, certes oui. C'est un bon copain et je l'aime beaucoup, mais je ne puis envisager de le filmer tout au long d'un tournage ; cela ne s'explique pas ou difficilement.
Est-il trop intelligent pour être acteur ? C'est peut-être cela ; je le soupçonne de jouer tout ensemble 1°/ la situation 2°/ la parodie de la situation 3°/ la critique de la situation. Il est de la race, dans ce cas, des Orson Welles et des Chaplin, celle des auteurs-acteurs-metteurs en scène.
Je préfère, égoïstement, travailler avec des comédiens moins conscients ou qui ne comprennent pas tellement vite ce que l'on attend d'eux. Avez-vous aimé Serge Davri[1], le casseur d'assiettes, qui joue Plyne (le gérant du bar) dans *Tirez sur le pianiste* ? Ce fut une joie de travailler avec lui, car il multiplie l'enfant par l'animal.
Bref, rencontrons-nous, puisque l'idée de travailler ensemble ne vous déplaît pas ; je puis déjeuner avec vous lundi, mardi ou mercredi, êtes-vous libre ?
La Logeuse est une belle pièce, mais n'est-elle pas montée beaucoup moins bien que par Vitaly[2] ? J'ai trouvé la distribution disparate.
Chez moi : TRO : 78-84
Au bureau : BAL : 48-61
Choisissez votre jour pour déjeuner ; jeudi, je pars pour Londres[3], 4 jours.
D'accord pour la « systématique importance du personnage

1. Référence à un numéro de cabaret du comédien Serge Davri (1919-2012). Après *Tirez sur le pianiste*, son premier rôle important, celui-ci apparaîtra dans les films de Claude de Givray (*Tire-au-flanc 62, Une grosse tête*) et Jean-Luc Godard (sketch *Montparnasse-Levallois* dans *Paris vu par...*).
2. Georges Vitaly (1917-2007), comédien et metteur en scène de théâtre français d'origine russe, fondateur du Théâtre de la Huchette (Paris), en 1952. À partir du *Mal court* (1947), il va mettre en scène la plupart des pièces de Jacques Audiberti, le plus souvent au Théâtre La Bruyère, qu'il dirigea de 1954 à 1970.
3. Truffaut présente *Shoot the Pianist* au London Film Festival, le 21 octobre 1960.

principal » et aussi pour l'idée du policier trop plein de tendresse humaine ;
Votre fidèle

f. truffaut

P.-S. : J'envoie ce mot en pneu ; si vous voulez déjeuner demain samedi, c'est facile.

FRANÇOIS TRUFFAUT À JACQUES AUDIBERTI

De Saint-Paul-de-Vence, ce 28 octobre 1960

Cher Maître Jacques,
Je suis venu me reposer ici une huitaine et, comme chez Lipp[1] un soir récent, les deux Baratier[2] m'avaient signalé votre présence à Antibes, je m'y suis précipité. J'ai retrouvé sans trop de mal le petit pavillon[3] auquel je vous avais conduit il y a un an et demi, après notre Festival de Cannes[4] ! Vous étiez parti deux jours avant pour votre pièce, probablement *La Logeuse*, dont je suis très impatient[5].
Les reproches que vous adressiez aux *400 Coups* m'ont beaucoup impressionné : le côté quotidien sordide, l'aspect Simenon des personnages adultes, la veulerie du couple de parents[6], etc. J'y ai très souvent pensé et j'ai compris que vous aviez raison. À Cannes, justement, un jour que je défendais Simenon, presque en colère, vous m'avez dit : « Si vous aimez Simenon, vous n'avez qu'à lire *Marie Dubois*[7]. » Effectivement, *Marie Dubois* condamne Simenon

1. La brasserie Lipp, 151, boulevard Saint-Germain, Paris VIe, lieu de rendez-vous privilégié du Paris littéraire et artistique de l'après-guerre.
2. Jacques Baratier, qui adaptera en 1962 *La Poupée*, le roman d'Audiberti, et sa femme Néna, monteuse.
3. En 1965, après la mort d'Audiberti, Claude Nougaro évoquera sa maison natale dans *Chanson pour le maçon* : « Eh bien, mon petit, va-t'en chez mon père / Il te le dira, il était maçon / Dans le vieil Antibes, derrière la mer / Il a sa maison, rue du Saint-Esprit. »
4. Celui où, Truffaut présentant *Les Quatre Cents Coups*, Audiberti l'a remplacé comme envoyé spécial du journal *Arts*.
5. Vu la date, il est peu probable que le déplacement d'Audiberti à Paris soit lié à la première de *La Logeuse*, qui fut créée au Théâtre de l'Œuvre le 3 octobre 1960.
6. Dans son article « Avec ses "quatre cents coups" d'essai Truffaut a réussi un coup de maître » (*Arts* n° 722, 13-19 mai 1959 ; *Le Mur du fond, op. cit.* pp. 404-411). Ces reproches étant en fait peu présents, ils ont dû être formulés lors du trajet en voiture Cannes-Antibes, où Truffaut avait raccompagné Audiberti chez lui.
7. Roman de Jacques Audiberti (Gallimard, Paris, 1952), « la plus forte œuvre consacrée à la femme, toute la femme, la même femme » (« Audiberti, poète du divin mystère de la femme », *Arts* n° 862, 28 mars-3 avril 1961), que Truffaut rêvait de porter à l'écran. Le nom de l'héroïne deviendra d'ailleurs le pseudonyme de la comédienne principale de *Tirez sur le pianiste* : « Si j'ai suggéré un jour à Clau-

et lorsque j'ai vu que vous aimiez *Tirez sur le pianiste*, j'ai été fou de joie, mais pas tellement surpris car je vous jure que j'ai souvent pensé à vous pendant le tournage : Audiberti aimera ça, attention Audiberti n'aimerait pas...

J'aimerais beaucoup, vous le savez, faire un film avec vous, mais pas d'après un roman. Cela pourrait tenir de *Monorail*, de *Talent* et de *Marie Dubois*[1], mais la solution idéale serait de construire un sujet en parlant tous les deux et dès que nous serions d'accord, sur la ligne, vous écririez la continuité. L'amour, les femmes. Dans les rues, une tête d'homme et deux cents paires de jambes, c'est *Talent* et c'est autour de cela qu'il faudrait chercher... Voulez-vous y penser si toutefois cela vous est agréable de penser cinéma, scénario, etc. ?

Je ne vous ai jamais écrit ou dit que j'avais aimé — ma femme aussi — *L'Effet Glapion*[2]. Nous l'avons vu avec un copain qui est maintenant en Algérie[3] et qui m'en parle dans chacune de ses lettres ; il « glapionne », le pauvre, sur la frontière algéro-tunisienne.

Toujours fidèlement vôtre

f. truffaut

Je rentre à Paris le 3 [novembre]. Pourquoi ne pas déjeuner ensemble ?

---

dine Huzé de devenir Marie Dubois, c'est qu'elle incarne, comme l'héroïne de Jacques Audiberti, toutes les femmes en une seule. » (« Quand Marie Dubois joue », *Le Plaisir des yeux*, Cahiers du cinéma, Paris, 1987, p. 181) « Dans *Fahrenheit 451*, je serais un homme-livre : je suis *Marie Dubois* par Jacques Audiberti... » (François Truffaut : « Roché était un Cocteau paysan » : propos recueillis par Guy Braucourt, *Les Nouvelles littéraires* n° 2306, 3-9 décembre 1971.)

1. Trois romans d'Audiberti, les deux premiers parus chez Egloff, Paris, 1947, le troisième chez Gallimard, Paris, 1952.

2. Cette « parapsychocomédie » de Jacques Audiberti fut créée au Théâtre La Bruyère le 9 septembre 1959, dans une mise en scène de Georges Vitaly. *L'Effet Glapion* est le titre générique d'un ensemble de phénomènes, pensées baroques et autres hallucinations, constituant la vie secrète et continue d'un esprit, analysés par le professeur Émile Glapion.

3. Claude de Givray, pseudonyme de Claude Desmouceaux (né en 1933), assistant réalisateur (*Les Mistons, Les Quatre Cents Coups*), puis coscénariste de Truffaut (*Baisers volés, Domicile conjugal*) et enfin réalisateur (*Tire-au-flanc 62, Une grosse tête, L'Amour à la chaîne*). Sous l'intitulé « Nos soldats », Truffaut lui consacrera une brève dans le « Petit journal intime du cinéma », *Cahiers du cinéma* n° 85, août 1958, p. 42. Après avoir fait ses classes au 22ᵉ R.I. de Montpellier, Claude de Givray fut affecté, en septembre 1958, à Cherchell (Algérie), chargé de la publication du journal des officiers et de l'animation du ciné-club. Puis muté dans un bataillon de tirailleurs à Souk Ahras (Algérie), avant d'être réformé pour des problèmes de santé. (Entretiens avec Bernard Bastide, 12 septembre 2014 et 6 août 2020.)

JEAN COCTEAU À FRANÇOIS TRUFFAUT

Santo Sospir
St-Jean-Cap-Ferrat
Tél. 251-28

Lundi [*octobre 1960*]

Mon très cher François,
Je voulais t'embrasser avant de partir en Espagne. Le tohu-bohu de Paris me tuait et il arrive même jusqu'au Cap.
J'espère que Marianne[1] ne te fatiguera pas trop avec le remaniement du film. Je le crois indispensable et tu es le seul à pouvoir sauver Jutra, qui nage un peu et connaît mal l'atmosphère Palace[2].
Peut-être faudrait-il s'en tenir à la chanson filmée en l'allongeant et en profitant des strophes à remettre pour détailler et dédramatiser la « diseuse », même *immobile*.
Il va de soi que je te fais juge et que je te laisse libre d'arranger les choses à ta guise.
Je n'ai pas de réponse de Doniol à ma lettre. On me dit qu'il vient de réussir un très bon film[3].
4 lignes de toi me réchaufferaient le cœur — à l'hôtel Santa Catalina, Las Palmas, Espagne.
À toi et ta femme avec toute mon amitié fidèle

Jean

JACQUES AUDIBERTI À FRANÇOIS TRUFFAUT

[*Novembre 1960*]

Mon cher Truffaut,
Comment allez-vous ? Nous ne nous sommes guère vus à la 1re du *Pianiste*. C'est une très belle chose, heureusement à l'écart du cinéma « aventuriste » où les démêlés sexuels des garçons et des filles, fussent-ils, ces démêlés, exposés par des quasi-quadragénaires, semblent avoir pour objet de confirmer publi-

1. Marianne Oswald, l'interprète d'*Anna la bonne* de Claude Jutra.
2. Jean Cocteau souçonne le Canadien Claude Jutra de ne pas connaître assez le contexte : l'histoire d'une bonne de grand hôtel, Anna, au service d'une riche cliente, Mlle Annabel Lee.
3. En juin-juillet 1960, Jacques Doniol-Valcroze a tourné *Le Cœur battant*, avec Jean-Louis Trintignant et Françoise Brion (1962), à Hyères et sur la presqu'île de Giens (Var).

quement un secret de polichinelle qui ne serait autre, en fin de compte, que le sens de la vie chez les gens du monde — du monde du cinéma. (Toutefois, nous n'allons tout de même point jusqu'au bout du narratif pur et nous ne pouvons nous empêcher de nous amuser nous-mêmes aux larmes en faisant mourir la vieille femme au gré d'un souhait conjecturel, ses noires charentaises en l'air[1] !) Mais quelle histoire, au juste, raconterions-nous, qui nous permît d'aborder un « grand thème », tout en donnant libre cours à notre humour — sans, toutefois, avoir l'air de nous régaler entre nous de combines suraiguës. Ce lointain Charlot — celui, évidemment, du *Pèlerin* et de *La Ruée*[2] — qui remplissait à ras bord les salles avec des histoires cabotiniquement et maquillageusement transposées, d'où les notations psychologiquement vraisemblables n'étaient tout de même point absentes (le type qui croit qu'une femme lui fait signe, et c'est à un autre, derrière lui, misère !). Ce lointain Charlot nous donnerait-il un exemple ineffaçable ? En tout cas, allons-nous jusqu'au bout du projet Loup-Clair[3] ? Avez-vous grignoté dans les marges un commencement de mise en plis ? Ce qui me tenterait, je vous le répète, mon cher Truffaut, ce serait un déroulement linéaire, chronologique d'actions et de rencontres sommaires, théâtralement et caricaturalement exposées, avec des points d'impact dans l'humour du réel. Rien de ceci n'est clair... J'entrevois cependant... Donnez-moi de vos nouvelles.
Très amicales pensées

Audiberti

ELIE WIESEL À FRANÇOIS TRUFFAUT

Le 10 décembre [*1960*]

Cher François Truffaut,
Ce mot simplement pour vous prier de faire parvenir le manuscrit du *Jour* à Michel Salomon, rédacteur en chef du mensuel *L'Arche* (19, rue de Téhéran, Paris VIIIe — LAB 17-73). C'est *très* urgent[4].

1. Allusion à *Tirez sur le pianiste* : au moment précis où le gangster (Daniel Boulanger) jure sur la tête de sa mère, un insert nous montre une vieille femme qui tombe à la renverse.
2. « *La Ruée vers l'or*, 18 brumaire de Charlie Chaplin », écrivit Audiberti (« L'amour dans le cinéma », *Cahiers du cinéma* n° 42, décembre 1954 ; *Le Mur du fond*, *op. cit.* p. 309).
3. Projet de film esquissé dans les échanges d'octobre 1960.
4. Voir lettre du 12 septembre 1960, p. 185.

Que devenez-vous ? Comment se porte votre dernier film[1] ? Projets ? Pensez-vous toujours à ce film : *Le Dernier Déporté* ?
Il se peut que je vienne à Paris[2] vers le début mars pour la parution du *Jour*. Ce n'est pas encore décidé. Mais peut-être viendrez-vous à New York ?
Bonne année et bon courage.

Elie Wiesel

SECRÉTARIAT DE FRANÇOIS TRUFFAUT À JACQUES AUDIBERTI

[*15 décembre 1960*]

Monsieur,
François Truffaut quittant Paris pour quelques jours m'a priée de vous adresser ce pneumatique. Il a appris, juste avant son départ, que le film, produit par sa société, intitulé *Paris nous appartient*[3], réalisé par Jacques Rivette, scénario et dialogues de Jean Gruault, est passé à la Commission[4] de sélection hier, à laquelle malheureusement vous n'avez pas pu assister.
Il a appris également que le vote décisif aurait lieu demain matin, sachant que parmi les membres présents, Monsieur Morin aime beaucoup le film, mais que malheureusement il se trouve à peu près seul à le défendre contre Kanters et Mathot[5].
C'est pourquoi il aurait souhaité vous joindre pour vous projeter le film ce soir, mais malgré tous mes efforts je n'ai pas pu y parvenir.
S'il vous était possible d'épauler Morin, François Truffaut vous en serait très reconnaissant.

1. Truffaut est en plein tournage de *Tirez sur le pianiste*.
2. Elie Wiesel ne viendra à Paris qu'en juin 1961, sans parvenir à voir Truffaut.
3. Ce premier long métrage de Jacques Rivette a connu une genèse longue et chaotique. En juillet 1958, Rivette commence, sans producteur et sans capitaux, le tournage d'un « film-fleuve comprenant trente personnages, trente lieux de tournage, des scènes de nuit, d'aube » (François Truffaut, « L'agonie de la Nouvelle Vague n'est pas pour demain », *Arts* n° 848, 20-26 décembre 1961). Grâce à l'argent gagné avec *Les Cousins* et *Les Quatre Cents Coups*, Claude Chabrol et François Truffaut deviennent coproducteurs du film et financent sa postproduction. *Paris nous appartient* sortira tardivement en salles, le 13 décembre 1961.
4. La Commission consultative du cinéma est un groupe d'experts choisis par André Malraux parmi les « amis des arts » ; ils sont chargés d'en assister les membres permanents (fonctionnaires, professionnels ou parlementaires) dans le choix des projets méritant l'avance sur recettes, principal soutien de l'État à la production française. En 1960, elle est composée d'Edgar Morin, Jacques Audiberti, Jean Dutourd, Robert Kanters, Léon Mathot, Georges Magnage, Pierre Moinot et Henri Queffélec.
5. Robert Kanters (1910-1985), critique et directeur littéraire, collaborateur du *Figaro littéraire*. Léon Mathot (1886-1968), acteur et réalisateur français.

En vous exprimant ici tous ses remerciements et ses sentiments cordiaux, je vous prie d'agréer, Monsieur, l'expression de mes sentiments distingués.

Selon instructions de Monsieur F. Truffaut

sa secrétaire

JEAN COCTEAU À FRANÇOIS TRUFFAUT

Santo Sospir
St-Jean-Cap-Ferrat
Tél. 251-28

20 Déc. 1960

Mon très cher François,
J'étais heureux de te voir en bonne forme et de connaître ta femme[1]. Mais c'était une rencontre dans le métro.
Tâche de m'envoyer quelques lignes et que je sache si tout marche selon tes désirs car je n'aimerais pas être étranger à ce qui t'arrive.
Le prochain film ? Et *Anna la bonne* ? Et l'arbre de Noël où j'accroche rose d'or et cheveux d'ange ?
Ton vieil ami

Jean

ELIE WIESEL À FRANÇOIS TRUFFAUT

[Papier en-tête *Elie Wiesel*]

Le 16 janvier [*1961*]

Cher François Truffaut,
Merci de votre petit mot[2]. *Le Jour* doit paraître fin février, début mars. En conséquence, vous pouvez détruire le manuscrit.

1. C'est à la Mostra de Venise, fin août 1956, que Madeleine Morgenstern (née en 1931) rencontra François Truffaut : « Je me mettais toujours au premier rang devant l'écran et François aussi. Il écrivait comme on respire et je pensais qu'il publierait certainement des livres. Quand on s'est mariés, je n'avais pas conscience que j'épousais un cinéaste. » (Propos recueillis par Anne Diatkine, *Libération*, 10 octobre 2014.) À la disparition de Truffaut, en 1984, elle prendra les rênes des Films du Carrosse jusqu'en 1999, date de la cession du catalogue à la société MK2, dirigée par Marin Karmitz.
2. Cette lettre de Truffaut n'a pas été conservée.

Je viens de terminer mon nouveau roman[1] ; je l'ai écrit dans une sorte d'extase. C'est ce que j'ai écrit de mieux. L'incision y est plus profonde, voire primitive.
Maintenant, si vous le voulez, ou plutôt si vous le voulez encore, nous pourrions nous mettre à travailler sur votre projet de film. *Le Dernier Déporté* : les comptes qu'il doit régler avec les hommes – d'hier et de demain –, les angoisses qui l'accablent, les doutes (était-ce vraiment arrivé ?), les murs — sujet débordant de richesse.
Il faudrait nous rencontrer.
Travaillez bien.
Avec dévouement, vôtre,

Elie Wiesel

P.-S. *L'Arche*[2] publie quelques extraits du *Jour*, ce mois-ci. Pardonnez-moi de vous avoir dérangé.

FRANÇOIS TRUFFAUT À JACQUES AUDIBERTI

[Papier en-tête *Les Films du Carrosse*]

De Paris, ce début mars 61

Cher Grand Ami,
Depuis quelques mois, le travail théâtral me turlupine[3] ; dans le théâtre moderne, il me semble que ce serait une pièce d'Audiberti dans laquelle je serais le + à l'aise pour m'essayer à la mise en scène (quitte à mourir de honte si, à cause de moi, vous connaissiez un four !).
Cette homogénéité de l'interprétation, du jeu, du ton, plus nécessaire dans un spectacle audibertien que n'importe où, je parviendrais peut-être à l'obtenir ?
Comme l'amour, l'admiration rend masochiste et même un refus à mon offre de service me comblerait pourvu que ce soit un petit mot de vous, ou un rendez-vous, ou une brève rencontre ou un gueuleton,
Votre toujours consulaire

f. truffaut

1. Sans doute *La Ville de la chance*, Éditions du Seuil, Paris, 1962.
2. *L'Arche : la revue du Fonds social juif unifié* (janvier 1961, p. 46), à laquelle Elie Wiesel confiera régulièrement des inédits et des entretiens.
3. Truffaut envisagera de mettre en scène des pièces de Jacques Audiberti (*La Pucelle*), Henry Miller (*Just Wild about Harry*) et William Inge (*Bus Stop*), sans jamais parvenir à les mener à bien.

JACQUES AUDIBERTI À FRANÇOIS TRUFFAUT

3 bis, rue des Lyonnais Paris V^e^
ou aux soins de Mlle Françoise Vatel
3, rue Turbigo Paris Ier

[*6 mars 1961*]

Cher Premier Consul,
Votre lettre me fait grand plaisir, vous pensez. Mais pourquoi ne faisons-nous pas plutôt du cinéma ? Serait-ce que nous en avons marre du cinéma ? De toute façon, cela *m'enchanterait* que nous opérions de concert sur un plateau, vous metteur et moi mis ! Se voir en des gueuletons ? Ne serait-ce pas mieux que nous nous rencontrions chez Françoise Vatel[1], où je travaille quelquefois, l'après-midi, au bon soleil des Halles[2] ? Seriez-vous enclin à lui téléphoner (à Françoise Vatel) demain, par exemple (CEN 11.24) pour que nous nous rencontrions mercredi ou jeudi après-midi ?
Autre chose. J'ai mis en vente mon appartement[3] de Caulaincourt, où j'ai le vertige. Quant à mon pied-à-terre de la rue des Lyonnais, mon cœur ne parvient plus à gravir les bons six étages qui y conduisent. En attendant d'avoir réussi à vendre ces deux logis, il faut absolument que j'aie *une chambre* — une simple chambre — qui ne soit ni trop haute (sauf ascenseur) ni, évidemment, bruyante. Si votre entourage connaît cette indispensable perle — cette chambre —, faites-moi signe tout de suite. Urgentissimo. Donc, coup de téléphone à CEN 11.24.
Et amitiés, tant et plus !

Jacques Audiberti

1. Actrice française (1937-2005) qui, pour Audiberti, créa le personnage de *Pomme, Pomme, Pomme* mise en scène par Georges Vitaly au Théâtre La Bruyère, le 7 septembre 1962.
2. Note de Jacques Audiberti : « 3, rue Turbigo, 3. »
3. Audiberti avait acheté cet appartement du XVIIIe arr. parisien, après avoir découvert celui de Jacqueline Gauthier, son interprète de *L'Effet Glapion* (1959), qui habitait aussi rue Caulaincourt et jouissait d'une vue dégagée. Selon Bernard Fournier, l'immeuble était « très haut sur une partie, d'où le vertige. L'appartement était aussi en pente. Il l'a acheté et revendu entre 1960 et 1961 » (courriel à Bernard Bastide, 7 juillet 2020).

FRANÇOIS TRUFFAUT À JACQUES AUDIBERTI

[Papier en-tête *Les Films du Carrosse*]

De Paris, ce samedi 11 mars 1961

Cher Seigneur antibois,
Je me suis dit : puisqu'il me met à l'épreuve, je ne donne plus signe de vie à Audiberti avant de lui avoir trouvé la chambre de ses rêves : point trop haute (sauf si ascenseur), assez grande et non bruyante. Mais je n'ai rien trouvé à ce jour et je m'absente de Paris quelques jours. Je pars pour Vienne afin de vérifier si le Congrès s'y amuse[1] vraiment.
Des renseignements toutefois me firent défaut : cette chambre doit-elle se trouver dans un appartement occupé ou peut-ce être une chambre de bonne ? La voulez-vous archigratuite ou chargée d'un raisonnable loyer ? En rentrant, je m'en occupe à nouveau sans quoi j'aurai mauvaise conscience en vous retrouvant.
Je suis très fier que l'idée vous plaise d'un travail ensemble. Je me demande si vous aimerez le film *Jules et Jim* que je commence bientôt. À mon retour, je vous joins par l'agréable intermédiaire de Mademoiselle Vatel.
Votre Truffaut

f. truffaut

FRANÇOIS TRUFFAUT À MAURICE PONS

Monsieur Maurice Pons
Moulin d'Andé
St-Pierre-de-Vauvray

Paris, le 24 mars 1961

Mon cher Maurice,
Cela me rendrait service que tu veuilles bien signer le papier ci-joint qui me permet d'être en règle envers la Sacem et de toucher la part des droits qui me revient pour les dialogues des *Mistons*, la

1. Référence au *Congrès s'amuse*, film franco-allemand d'Erik Charell et Jean Boyer (1931). Truffaut se rend à Vienne pour rencontrer le comédien autrichien Oskar Werner et/ou son agent, dans la perspective de son engagement dans *Jules et Jim*.

part réservée pour le commentaire restant acquise pour la Sacem puisqu'autant que je sache, tu ne fais pas partie de cette belle organisation.
Amitiés,

François Truffaut

MAURICE PONS À FRANÇOIS TRUFFAUT

[Papier en-tête *Moulin d'Andé*]

Mardi [*Fin mars 1961*]

Mon cher « collaborateur » (comme dit inélégamment la Sacem),
Je t'envoie quelques photos prises au Moulin[1], qui te rappelleront le paysage, mieux que l'état des routes et chemins. Il me semble qu'il y a autour du Moulin beaucoup de possibilités, notamment à Porte-Joie[2], où je suis allé hier, après ton coup de téléphone, faire du « repérage[3] ». Et j'ai « repéré » une superbe petite route de halage au bord de la Seine, qui me paraît correspondre à ce que tu cherches. Je te la ferai voir, ainsi que d'autres, quand tu viendras ici (je te demanderai *anyway* de me rapporter ou renvoyer ces photos, auxquelles Suzon[4] tient assez).
Je t'envoie également le papier pour la Sacem[5]. J'ai vu en effet que *Les Mistons* poursuivaient une heureuse carrière. Je les ai vus affichés et bien accueillis à New York (où ils passaient avec *Lady Chatterley*[6]) et j'ai eu le plaisir de les revoir avec *L'Amérique insolite*[7]. J'aime beaucoup *Les Mistons*, et je regrette de ne pas

1. Situé sur la commune d'Andé (Eure), le Moulin d'Andé est devenu, à partir de 1956, un lieu très prisé des cinéastes (Louis Malle, Jean-Paul Rappeneau, Robert Enrico) et le décor de nombreux films (*Le Combat dans l'île* d'Alain Cavalier). Truffaut, qui a tourné à proximité la dernière scène des *Quatre Cents Coups*, a écrit dans le livre d'or du Moulin, composé par Maurice Pons : « Le département de l'Eure est bénéfique aux fins de films, surtout dans un rayon de 10 km autour de Louviers. Amitiés à Suzanne, Vogel, toi, les hôtes du moment et tous les enfants. » Il y reviendra en 1961 pour tourner la scène de *Jules et Jim* où Jules et Catherine s'installent. Le livre d'or conserve des photos de travail, ainsi qu'une carte postale postée le 3 juin 1961 des « Routes de montagnes au ballon d'Alsace », adressée à « Mme Lipinska et M. Maurice Pons » et dédicacée par toute l'équipe artistique et technique.
2. Commune de l'Eure, située en bord de Seine.
3. Maurice Pons effectue, à la demande de Truffaut, des repérages pour *Jules et Jim*, dont le tournage débutera le 10 avril 1961.
4. Suzanne Lipinska. Voir n. 1, p. 150.
5. Sans doute un formulaire d'enregistrement en tant que coauteur des *Mistons*.
6. Sans doute *L'Amant de Lady Chatterley* de Marc Allégret (1955). En avril 1959, *The Mischief Makers* (*Les Mistons*) était à l'affiche du Beckman Theater (New York), l'un des quatre courts métrages du « Cinema 16's program ». Sa diffusion au même programme que *L'Amant de Lady Chatterley* est sans doute postérieure.
7. Film de François Reichenbach, présenté avec *Les Mistons* en mai 1960, au Colisée et au Marivaux (Paris).

t'avoir demandé l'autre soir, chez toi, quelques-unes des photos du film que tu nous as montrées.
Ta lettre me laisse penser par ailleurs qu'il y aurait des droits à toucher pour le commentaire par l'entremise de la Sacem. Je n'ai rien fait jusqu'alors en ce sens, mais ce serait trop bête de laisser perdre cet argent et je vais voir ce que je peux faire maintenant.
Je te dis à très bientôt. Transmets mon bon souvenir à Madeleine, et une bise à la petite Laura. Mes bonnes amitiés.

Maurice Pons

Tu sais que si tu veux venir avec Madeleine et ta fille (ou quelques autres collaborateurs), cela nous fera plaisir.

FRANÇOIS TRUFFAUT À JACQUES AUDIBERTI

De Paris, ce 26 avril 61

Cher Grand Ami,
Je n'ai toujours pas trouvé à vous loger et vous n'avez pas répondu à ma demande de renseignements : chambre gratuite ou non, indépendante ou non, etc.
Maintenant, mon film en tournage me prend de 7 heures du matin à 10 heures le soir, je n'ai jamais autant travaillé de ma vie. J'aurai terminé le tournage le 6 juin à l'aube[1] et j'attaquerai la lecture ou relecture de votre théâtre complet[2] ; êtes-vous toujours favorable à un travail commun au théâtre ? Avez-vous une ou plusieurs nouvelles pièces ? Laquelle des anciennes reprendriez-vous le + volontiers ?
Un petit mot de vous avant mon départ en extérieur[3] dans 8 jours me ferait plaisir…
Votre

truffaut

1. Clin d'œil au film de Jean Grémillon (1945) consacré au débarquement anglo-américain en Normandie. En fait, le tournage de *Jules et Jim*, qui a débuté le 10 avril 1961, ne s'achèvera que le 28 juin.
2. Quatre tomes du *Théâtre* d'Audiberti sont déjà parus chez Gallimard (1948-1961), à quoi s'ajoutent quelques pièces éparses, parues chez Gallimard, ou à L'Avant-Scène théâtre.
3. Truffaut va tourner les scènes principales de vie commune de Jules et Catherine dans un chalet « allemand » situé à Cernay, dans les Vosges.

FRANÇOIS TRUFFAUT À JEAN COCTEAU

[Papier en-tête *Les Films du Carrosse*]

Ce 26 avril 61

Mon cher Jean,
Jules et Jim m'absorbe plus que mes films précédents, d'où mon retard, néanmoins impardonnable, à vous répondre.
Nous venons de recevoir la copie prémixée d'*Anna*, très raccourcie, très bien montée, avec une admirable musique (des variations sur votre thème) ; le poème est tjrs interrompu, mais le film est méconnaissable[1].
Nous avons hâte de vous le montrer ; Marianne ne sait pas encore, *motus*, Wiener *idem*. Soyez, je vous prie, le premier spectateur. Ensemble nous aviserons comment circonvenir les uns et les autres et contenter tout le monde et son père.
La Farce du château, Édouard Dhermite[2] est un acteur admirable ; j'avais une envie irrésistible de revoir *Les Enfants terribles* et *Le Testament*.
Je suis votre

françois

JACQUES AUDIBERTI À FRANÇOIS TRUFFAUT

[*Avril-mai 1961*]

Bien cher Truffaut,
J'attends avec impatience que se reproduise ce que tout semble devoir indiquer comme bon, à savoir notre rencontre, enfin à l'écran ou sur la scène. Je viens d'achever une pièce[3] que je porte

1. Le 6 février 1961, Claude Jutra a écrit à Truffaut : « J'ai travaillé deux jours au montage, coupant allègrement. Non pas de façon aussi systématique que votre suggestion (enlever deux secondes de part et d'autre de chaque collure), mais en court-circuitant de nombreuses scènes, et en ne gardant que l'essentiel, c. à d. les rapports entre les deux femmes, et les principaux éléments de l'atmosphère. »
2. Édouard Dermit (ou Dhermite), pseudonyme d'Antoine Dermit (1925-1995). Mineur en Lorraine, sa vie bascule à la fin des années 1940 après sa rencontre avec Jean Cocteau, dont il devient le compagnon et l'interprète fétiche (*L'Aigle à deux têtes*, *Orphée* et *Le Testament d'Orphée*). Adopté par Cocteau, il deviendra son légataire universel. Dans *La Farce du château*, téléfilm de François Gir (1961), adapté par Jean-Jacques Kihm du monologue éponyme de Jean Cocteau, il interprète Romano, le précepteur.
3. Sans doute l'une des quatre pièces de *Théâtre V* (Gallimard, Paris, 1962) : *Pomme, pomme, pomme*, *Bâton et ruban*, *Boutique fermée* et *La Brigitta*.

à stencyler. Peut-être celle-là… Pour les autres, *Quoat-Quoat*[1] me paraît indispensable comme dirait mon ami Robert[2].
Bien amicalement

Audiberti

Depuis l'an 1910 (!), je n'ai pas assisté à une prise de vues de cinéma[3]. Si un jour vous pouviez me montrer comment ça se passe… Merci !

JEAN MAMBRINO À FRANÇOIS TRUFFAUT

Collège Saint-Clément[4]
28, rue du Pontiffroy
Téléphone : 68 14 44
Metz

Le 25 mai 1961

Bien cher François,
Voilà des semaines que je voulais vous écrire. J'attendais un petit signe de vous, espérant que vous pourriez peut-être faire un saut à Metz durant l'un des dimanches de mai[5]. Mais je devine bien la difficulté.
J'espère que *Jules et Jim* prend forme selon vos rêves. Jusqu'à quand tournez-vous là-bas ? Car, *à partir du 12 juin*, je serai (pr 15 jours) dans un chalet (La Goldenmatt, au-dessus de Goldbach, à 30 minutes de voiture de l'endroit où vous tournez, sur l'autre versant, derrière vous). Ce serait merveilleusement sympathique de vous revoir et dans le cadre du tournage en plus.
Mettez-moi un petit mot, voulez-vous, pour me dire si vous êtes toujours là-bas en juin (avec votre adresse précise). Je l'espère de tout cœur, car ce me serait une grande joie de vous revoir, en dehors des bousculades parisiennes, et de renouer un peu nos dialogues d'autrefois.
Avec ma fidèle amitié,

Jean Mambrino

1. Pièce créée au théâtre Agnès-Capri (Paris) le 28 janvier 1946, dans une mise en scène de Catherine Roth (*Théâtre I*, Gallimard, Paris, 1948).
2. Sans doute le metteur en scène et producteur Robert Yag.
3. Audiberti aurait donc assisté à son premier tournage à 11 ans, sans doute dans les rues d'Antibes.
4. À Metz. Collège où Jean Mambrino enseigna les lettres françaises et l'anglais de 1954 à 1968.
5. Truffaut tourne des scènes de *Jules et Jim* dans un chalet-refuge du Molkenrain (Haut-Rhin), la séquence entre autres où Jeanne Moreau interprète *Le Tourbillon*.

Je vous joins la lettre (dont je vous avais parlé) du poète et romancier Robert Sabatier[1], à qui j'avais chaudement recommandé *Le Pianiste*...

JEAN COCTEAU À FRANÇOIS TRUFFAUT

Santo Sospir
St-Jean-Cap-Ferrat
Tél. 251-28

1er juin 1961

Mon très très cher François,
Je suis heureux de ta lettre et d'apprendre que cette *Anna* sort des pénombres confuses où elle allait se perdre.
Je sais que Dermit est d'ordre exceptionnel. *Si tu le faisais jouer dans un de tes films, il accepterait* (il n'acceptait de jouer que dans les miens). Je serais bien fier pour lui si tu y songes. Je lui ai posé la question. Il m'a répondu : « Pour lui sûrement. Mais pour personne d'autre[2]. »
En ce qui concerne *Anna*, motus et voyons-le ensemble.
Je t'adore
Embrasse respectueusement ta femme

Jean

J'arrive d'Espagne. Hier on m'a cravaté de rouge[3]. C'est la vie que je traverse le plancher de l'estrade [*sic*], qu'on m'honore dessus et que je retourne vite dessous.

1. Cette lettre n'a pas été conservée. Truffaut nouera une correspondance avec Robert Sabatier en 1967, alors que celui-ci était directeur littéraire des éditions Albin Michel.
2. Annotation marginale, reliée par un trait au nom d'Édouard Dermit.
3. Le 1er mars 1961, Cocteau a été élevé au grade de commandeur de la Légion d'honneur. « Le rouge, le vrai rouge, reste l'apanage de la Légion d'honneur et du théâtre », avait-il écrit (*Le Foyer des artistes*, Plon, Paris, 1947). La remise de décoration eut lieu le 31 mai 1961 à la préfecture de Nice, en présence du préfet, de la bégum Aga Khan et du prince de Polignac.

ELIE WIESEL À FRANÇOIS TRUFFAUT

Le 7 juin [*1961*]

Cher François Truffaut,
À Paris pour une dizaine de jours : nous pourrions peut-être nous rencontrer, si vous disposez d'un peu de temps[1]. Faites-moi signe.
Bien à vous,

Elie W

P.-S. Je suis descendu à l'hôtel Montpensier, 12, rue de Richelieu Paris Ier.

FRANÇOIS TRUFFAUT À ELIE WIESEL

Monsieur Elie Wiesel
310, Riverside Drive
New York 25, N.Y.

Paris, le 19 juillet 1961

Cher Monsieur,
Je suis désolé de mon absence à Paris au moment de votre séjour ; mon film a été beaucoup plus difficile et plus long à terminer que je ne l'avais prévu.
Je ne désespère pas de faire un voyage cette année à New York et ce serait pour nous enfin l'occasion de nous rencontrer.
Bien à vous,

François Truffaut

1. Truffaut est encore en tournage de *Jules et Jim*.

FRANÇOIS TRUFFAUT À JACQUES AUDIBERTI

Monsieur Jacques Audiberti
3 bis, rue des Lyonnais
Paris V^e^

Paris, le 25 juillet 1961

Cher Ami,
Le producteur[1] des *7 Péchés capitaux* faisant la fine bouche, comme convenu entre vous et moi, je laisse tomber et consacre tous mes soins à *Pucelle* (1).
Je serais désolé que cette entreprise-là n'aboutisse point, et si notre ami Yag[2] devait échouer dans ses pourparlers, j'essayerai, avec votre permission, de monter quand même l'affaire, peut-être plus modestement et dans un plus petit local, qu'en pensez-vous ?
Toujours vôtre

François Truffaut

(1) Le producteur trouve qu'il y a similitude entre la situation : « par orgueil il ne couche pas avec elle » et le sketch que tournera Godard : « par *paresse* il ne couche pas avec elle, car il n'a pas le courage de se déshabiller »[3].

1. Joseph Bercholz (Les Films Gibé). Truffaut, qui devait réaliser le sketch *L'Orgueil*, sur un scénario d'Audiberti, lui expose « les [cinq] raisons qui dictent [son] refus définitif de mettre en scène un des *Sept Péchés capitaux* » (lettre à Joseph Bercholtz, 25 juillet 1961, *Correspondance*, *op. cit.* pp. 186-187).
2. Le 11 juillet 1961, *Paris-Presse* a annoncé qu'« en novembre, Truffaut montera *La Pucelle* d'Audiberti. Deux amis de l'auteur, Robert Yag et Madeleine Declercq, produiront le spectacle ». Pour sa première mise en scène théâtrale, Truffaut a concocté une distribution très « cinéma » : Marie Dubois, Françoise Vatel, Albert Rémy, Yvette Étiévant, Jean-Pierre Léaud et Henri Virlojeux. Le metteur en scène et producteur Robert Yag renonce à la produire, sans doute en raison du manque de notoriété de Marie Dubois, pressentie pour le rôle principal. Le 3 août 1961, Truffaut lui écrit : « J'ai bien peur que notre beau projet soit tombé à l'eau. Si cela est, j'en serai vraiment désolé car mon désir est très grand de faire une mise en scène de théâtre, désir accru après la lecture de *La Pucelle* qui est vraiment une pièce extraordinaire. »
3. Cette note (1) est un ajout manuscrit. Dans le sketch de Godard, Eddie Constantine est abordé par une starlette qui l'amène chez elle avec des intentions précises, mais la paresse du séducteur sera telle que la morale sera sauve.

JACQUES AUDIBERTI À FRANÇOIS TRUFFAUT

[*Fin juillet 1961*]

Mon cher Truffaut,
Pris bonne note... bien sûr... mais un peu fâché, un tout petit peu, de l'incertitude et du vague des beaux projets tombés à l'eau et en allés en fumée. J'aimerais, pour l'harmonie du monde, que les paroles prennent corps. Et vous ? L'aimeriez-vous ?
Bien amicales pensées,

Audiberti

JEAN MAMBRINO À FRANÇOIS TRUFFAUT

Collège Saint-Clément
28, rue du Pontiffroy
Téléphone : 68 14 44
Metz

Metz, le 21 septembre 1961[1]

Bien cher François,
Nous nous sommes manqués en juin dernier dans les Vosges, mais vous êtes un horrible lâcheur pour m'avoir ainsi laissé sans nouvelles et sans moyen de vous joindre ! Qu'est-ce que c'est que cette manière de larguer les vieux amis d'avant la gloire, et qui vous resteront inexorablement fidèles ! (ces 2 répliques dites d'un ton bourru, le regard tout riant de malice et d'amitié...).
Ce mot rapide pour vous demander un grand service. Pourriez-vous prendre comme assistant-stagiaire, dans votre film en préparation[2], un très grand ami à moi (c'est un de mes anciens élèves) Christian Ledieu[3], un garçon remarquable et que je vous recommande chaudement ? Il a une profonde connaissance du cinéma (acquise un peu comme vous en dehors des écoles...), des idées originales et brillantes sur le 7e art, nourries par une

1. Ajout à la main de Truffaut : « Réponse lettre manuscrite le 28.10.61 » — lettre qui n'a pas été retrouvée dans les archives de Jean Mambrino.
2. Truffaut n'a aucun film en préparation, sinon le projet d'adapter *Fahrenheit 451*.
3. Journaliste de cinéma et cinéaste, qui sera l'assistant-réalisateur de José Giovanni, Gérard Brach et Roberto Rossellini.

culture générale exceptionnelle. Il aime les choses que vous aimez, que nous aimons. Et il apprécie beaucoup ce que vous faites. Il a déjà été assistant-stagiaire dans un film, et il serait très intéressé de travailler avec vous. S'il vous manquait même un 2e assistant, il est largement capable de tenir cette place dans un film.
Si vous pouvez le prendre avec vous au nom de notre amitié, je puis vous garantir que vous ne serez pas déçu, et que vous apprécierez son sens du cinéma comme sa valeur spirituelle et humaine. J'attends avec impatience *Jules et Jim* et aussi la joie de vous revoir. Peut-être même à Metz puisque vous avez promis, paraît-il, à un grand ami à moi dans cette ville, Martial Bellinger[1], de venir lui rendre visite.
Mon fidèle souvenir à votre femme.
Je vous serre amicalement la main,

Jean M.

Ci-joint l'adresse et le n° de téléphone de Ledieu : Christian Ledieu, 15 rue Michel-Ange, Paris XVIe. Jasmin 05 10
P.-S. Voulez-vous me prévenir d'un mot sur ce que vous aurez pu arranger pour lui (je crois qu'il a déjà vu votre directeur de production) ?

FRANÇOIS TRUFFAUT À JEAN MAMBRINO

28 octobre 1961

Mon cher ami,
Avec cinq semaines de retard, je réponds à votre si gentille lettre. J'ai en effet quitté le Molkenrain[2] une dizaine de jours avant votre venue dans les parages et, accablé de travail, je n'ai pas répondu à votre lettre m'annonçant ce déplacement. Pardonnez-moi.
Pour le garçon dont vous me parlez, je ne puis rien faire et j'en suis désolé. Notre système de tournage, dans des intérieurs réels et dans les rues, rend impossible la présence d'un stagiaire, même très actif. Dans mes films, les deux tiers de l'équipe sont toujours dans les escaliers (quand nous tournons dans une chambre) ou dans un bistrot (quand nous tournons dehors). Je reçois plusieurs

1. Animateur du Ciné-Club de Metz et éditeur du trimestriel *Est ciné-club* (1955-1965).
2. Sommet des Vosges (Haut-Rhin), près duquel Truffaut a tourné des scènes de *Jules et Jim*.

demandes de stage chaque semaine et malheureusement je dois régulièrement refuser et vous comprenez bien que je suis obligé de reprendre toujours *les mêmes* assistants : ils ont femme, enfants, je connais leurs problèmes, et ils ne travaillent pas toute l'année. S'il n'est pas trop fauché, conseillez-lui, en attendant mieux, de faire des films d'amateur en 16 mm ou même en 8 mm ; pour trente mille francs, on tourne un court métrage ; on en fait le montage soi-même, c'est comme cela que nous avons appris, Rivette, Godard et moi. Un petit film de ce genre, réussi, constitue la meilleure carte de visite auprès des producteurs intéressants, du genre Braunberger[1].

Jules et Jim m'a véritablement épuisé. J'ai eu raison d'attendre pour le tourner, car c'est, de mes trois films, celui qui était le plus difficile à faire. Sur une donnée très scabreuse, c'est un film que je crois profondément moral, ne serait-ce que par l'épouvantable tristesse qui s'en dégage. C'est la troisième fois que cela m'arrive : commencer un film en imaginant qu'il sera amusant et m'apercevoir en cours de route qu'il n'est sauvable que par la tristesse. Jeanne Moreau est vraiment très bien, je crois, et extraordinaire l'acteur autrichien Oskar Werner. Delerue a fait une très belle musique. Nous commençons le mixage dans quelques jours.

Godard est très désemparé par l'échec de son dernier film[2] ; il a renoncé à *Mouchette*[3] et il cherche un sujet pour Anna Karina, qui est devenue, en quelques mois, son unique raison de vivre. Si vous avez une idée... Je crois — et lui aussi — qu'il a intérêt à adapter un roman substantiel[4]. Rivette fignole une magnifique adaptation de *La Religieuse*[5]. Les *Cahiers* consacrent leur numéro de Noël à la critique.

1. Pierre Braunberger (1905-1990), l'un des trois producteurs emblématiques de la Nouvelle Vague (*Moi, un noir* de Jean Rouch, *Tirez sur le pianiste* de François Truffaut, *Vivre sa vie* de Jean-Luc Godard...).
2. *Une femme est une femme*, sorti le 6 septembre 1961.
3. *Nouvelle histoire de Mouchette*, roman de Georges Bernanos — le récit d'une adolescente violée qui finira par se suicider —, sera adapté par Robert Bresson en 1967, sous le titre de *Mouchette*.
4. Après avoir tourné *Vivre sa vie*, d'après un scénario original de lui et Marcel Sacotte, c'est en 1963 qu'il adaptera un « roman substantiel » : *Le Mépris* d'Alberto Moravia, mais sans Anna Karina.
5. L'adaptation par Jean Gruault et Jacques Rivette du roman de Diderot. Présenté en mai 1962 devant la Commission de contrôle cinématographique, le scénario recevra un avis défavorable. Il devient une pièce créée le 6 février 1963 au Studio des Champs-Élysées, mise en scène par Rivette et interprétée par Anna Karina, sans provoquer aucun scandale. Le film sera tourné à l'automne 1965 à la chartreuse de Villeneuve-lès-Avignon (Gard) et, le 22 mars 1966, la Commission de contrôle autorise la sortie, frappée d'une interdiction aux moins de 18 ans. Le 31 mars 1966, le secrétaire d'État à l'information, Yvon Bourges, en interdit la distribution et l'exportation. Après une longue bataille médiatique et juridique, le film recevra enfin son visa d'exploitation, sortira le 26 juillet 1967 sous le titre *Suzanne Simonin, la Religieuse de Diderot* et connaîtra un très grand succès public.

J'ai vu récemment de très beaux films dont *Ce soir ou jamais*, de Michel Deville[1], et surtout *Adieu Philippine*[2], de Jacques Rozier. La semaine prochaine, la mère Varda montrera *Cléo de 5 à 7*[3]. Aimez-vous toujours autant les films ?
Je traverse une période hitchcockienne ; chaque semaine, je vais revoir deux ou trois de ses films en reprise ; pas de doute, c'est le plus grand, le plus complet, le plus instructif, le plus beau, le plus fort, le plus chercheur, le plus veinard, il a la grâce[4].
Je viendrai à Metz l'année prochaine pour la sortie de *Jules et Jim* que je veux défendre ville par ville, à la force du poignet, car, pour Les Films du Carrosse que *Le Testament d'Orphée*, *Paris nous appartient* et 4 courts métrages[5] n'ont guère enrichis, c'est un peu la dernière carte avec, heureusement, le *Tire-au-flanc 62*[6] de De Givray qui s'annonce bien.
Un petit mot me donnant davantage de nouvelles de vous me fera plaisir.
Fidèlement vôtre,

françois truffaut

1. Son premier long métrage produit par Éléfilm, la société de production que Michel Deville (né en 1931) a créée en 1961. C'est aussi le début d'une longue et fructueuse collaboration avec la scénariste Nina Companeez, jusqu'à *Raphaël ou le Débauché* (1971).
2. Premier long métrage de « l'enfant terrible de la Nouvelle Vague » (né en 1926), produit par Georges de Beauregard dans des conditions chaotiques, mais unanimement salué par la critique à sa sortie.
3. Deuxième long métrage d'Agnès Varda (1928-2019) : le portrait d'une jeune chanteuse qui redoute d'être atteinte d'un cancer. Il s'agit ici de projections privées : le film ne sortira qu'en avril 1962. Si Truffaut n'a jamais écrit sur *Cléo de 5 à 7*, il le trouve « excellent (très influencé par *Lola* et par Godard), mais d'une beauté plastique inégalée » (lettre à Helen Scott, 9 novembre 1961). Mais il fait de Varda « une femme sous influence » masculine, comme s'il avait du mal à lui concéder un statut de créatrice à part entière. *Cléo de 5 à 7* marque magnifiquement l'entrée de Varda dans la Nouvelle Vague, mais elle affirme aussi sa différence avec un récit qui se déroule en temps réel, un regard résolument féminin sur le monde et des dialogues très raffinés. Truffaut en gardera longtemps le souvenir — dans *La Femme d'à côté*, l'une des chansons auxquelles Mathilde a recours pour traduire la douleur de sa rupture est justement celle de Cléo : « Je suis [comme] une maison vide sans toi »…
4. Truffaut commence à réfléchir à son livre sur et avec Alfred Hitchcock ; les premiers entretiens se dérouleront à Los Angeles en août 1962 et l'ouvrage paraîtra en 1966 chez Robert Laffont.
5. *Anna la bonne* de Claude Jutra, *Le Scarabée d'or* de Robert Lachenay, *Vie d'insectes* de Jean Claude Roché et *La Fin du voyage* de Michel Varesano.
6. Le premier long métrage de Claude de Givray, ami et assistant de Truffaut. Adapté d'une pièce de Mouézy-Éon et André Sylvane et déjà porté à l'écran par Jean Renoir, sorti le 20 décembre 1961, il ne parviendra pas à séduire un large public : « Ce n'est pas aussi bien que prévu, mais beaucoup *mieux que prévu*, et je vous confirme que le cinéma français compte un nouveau grand metteur en scène comique », écrivait pourtant Truffaut à Helen Scott, le 11 mars 1961 (*Correspondance*, *op. cit.* p. 184).

FRANÇOIS TRUFFAUT À JEAN COCTEAU

[Papier en-tête *Les Films du Carrosse*]

Monsieur Jean Cocteau
36, rue Montpensier
Paris Ier

Paris, le 9 novembre 1961

Mon cher Jean,
Je ne voudrais surtout pas que votre convocation comme témoin au procès que me fait Vadim[1] vous cause de l'embarras.
Je sais que vous allez vous faire excuser et, comme je comprends très bien que cela peut vous ennuyer de prendre dans cette affaire une position aussi violente et polémique que celle de mes autres témoins : Claude Chabrol, Jean-Luc Godard, Pierre Kast, Jean-Pierre Melville et Alain Resnais, je vous propose de nous aider quand même en décrivant *en quelques lignes* la modération avec laquelle René Clément supervisa *La Belle et la Bête*[2], car c'est autour de cette notion de supervision « *amicale* » ou « *abusive* » que se déroulera la discussion.
Pardonnez-moi, mon cher Jean, de vous causer ce petit souci, et croyez-moi fidèlement vôtre,

François Truffaut

1. Le 1er décembre 1960, Jean Aurel commence à tourner *La Bride sur le cou*, son premier long métrage, avec Brigitte Bardot. Les premiers jours s'avérant difficiles, les producteurs demandent à Roger Vadim de superviser la production ; encouragé par B. B., Vadim accepte. Le 12 décembre, Jean Aurel quitte le tournage en dénonçant le comportement de sa vedette et de son mentor. Truffaut prend ouvertement la défense de son ancien collègue d'*Arts*. « Lorsqu'il s'agit de Brigitte Bardot et de Roger Vadim, on sait qu'il y a, ou qu'il y aura, du sensationnel dans l'air. Ce qui est triste, ici, c'est que le sensationnel fait une victime, Jean Aurel, qui attendait sagement depuis deux ans de pouvoir dire : Moteur ! » (*France-Observateur,* 22 décembre 1961.) Le 29 janvier 1962, « l'affaire Vadim » débouchera sur un retentissant procès en « diffamation », intenté à Truffaut par Vadim, devant la 17e chambre correctionnelle de Paris. Ses amis réalisateurs (Resnais, Melville, Godard, Chabrol, Kast, Sautet, mais pas Cocteau, même s'il l'avait proposé) viennent témoigner en sa faveur. Mais il sera condamné à verser à Vadim un franc de dommages et intérêts.
2. Au générique de ce film de Cocteau, René Clément (1913-1996) — l'un des réalisateurs les plus importants de l'après-guerre, et dont le déclin fut accéléré par les attaques virulentes de la Nouvelle Vague, Truffaut en tête — est crédité « conseiller technique », formule qui éclaire peu sur ses fonctions réelles au sein de la production.

JEAN COCTEAU À FRANÇOIS TRUFFAUT

11 novembre 1961

Mon très cher petit François,
Justement avant-hier René Clément m'a téléphoné sa surprise *de cet incroyable malentendu de* La Belle et la Bête[1], où il n'était que mon assistant parfait et modeste. Il ne s'est jamais mêlé une minute et n'a rien « improvisé » d'un travail dont il assurait la marche technique — sans rien d'autre.
En ce qui concerne cette affaire Vadim, je n'ai reçu aucune convocation et si je dois m'y rendre, préviens-moi d'urgence au 36, rue de Montpensier (j'y serai après-demain) RICH. 55.72. Tout cela est triste.
Je t'aime et t'embrasse.

Jean Cocteau

P.-S. Si d'autres lignes te sont utiles (car je connais mal l'affaire), écris-moi-le d'urgence au Palais Royal. Je te les enverrai par retour.

[Texte joint à la lettre :]

Lorsque j'ai demandé à René Clément d'être mon assistant pour *La Belle et la Bête*, je ne le connaissais pas comme cinéaste[2]. Il tournait *La Bataille du rail*, ce qui l'empêcha même d'être à mon côté pendant les extérieurs du film, en Touraine. Clément sait trop l'importance d'un état d'esprit pour y mêler un autre. Il a eu la gentillesse parfaite de s'effacer[3] et de ne m'aider que dans la mesure où il me déchargeait des préparatifs techniques du travail. Il est le premier surpris et choqué du rôle qu'on lui attribue et n'arrive pas à comprendre qu'on refuse d'entendre les éclaircissements qu'il donne sur notre équipe. Mais j'insiste sur la raison de mon choix. Je le devais à Jean Aurenche[4], qui connaissait beau-

1. Annotation de Cocteau en marge : « C'est une mauvaise farce de journaliste. »
2. Pendant le tournage de *La Belle et la Bête*, René Clément avait organisé, pour l'équipe, une projection de son premier long métrage, alors inédit, consacré à la résistance des cheminots sous l'Occupation. « Cocteau en est sorti complètement sidéré en disant : "Je ne savais pas que j'avais un grand metteur en scène comme collaborateur !" » (Léonard Keigel, dans *René Clément*, de Denitza Bancheva, Éditions du Revif, Paris, 2008, p. 339.)
3. « Jean avait un très bon assistant, René Clément. Tout en étant merveilleux dans son travail, il ne se serait jamais permis de faire plus que ce qu'on attendait de lui. » (Jean Marais, *Histoires de ma vie*, Albin Michel, Paris, 1975, p. 176.)
4. Scénariste français (1903-1992). Avec son complice Pierre Bost (1901-1975), on lui doit les scé-

coup Clément — car j'estime que le rôle d'assistant exige (comme il m'arrive avec Claude Pinoteau[1]) une adaptation profonde à des idées qui ne sont pas les nôtres et une obéissance aveugle à une esthétique différente de celle que nous désirons mettre en œuvre. René Clément n'a jamais une minute critiqué la marche interne et visuelle de mon film. Il y apportait sa poigne et sa courtoisie envers les machinistes. Je lui en garderai toujours la reconnaissance affectueuse.

RENÉ-JEAN CLOT À FRANÇOIS TRUFFAUT

Le 11. 11. 61

Mon cher ami,

Je m'excuse de ce papier scolaire, il est solide comme un filet de pêcheur.

Je suis sans nouvelles de vous, mais je vous espère en bonne santé — et si accablé de besognes diverses que je ne dérange jamais mes amis.

Je tiens à vous dire que *La Révélation*, après un nouveau travail, est devenue un bon petit instrument de combat, à la fois hystérique et mystique. Il y a aussi, ce que je cherche dans l'œuvre d'art, non une *griserie*, non un accomplissement formel, non une certitude inspirée mais un *inassouvissement*. Ne pas être comblé par la solution d'un problème de jeu croisé. Rester béant, déchiré, indiciblement désorienté = émoi = blessure. Aveuglement voyant. Tout cela est difficile et sans règles ni lois.

Jean Rossignol, qui me téléphone pour me dire que Broadway prendrait option sur *La Révélation*[2], m'avertit surtout qu'il vous a confié ma nouvelle pièce *Arc-en-enfer*[3] (1). Il y a, je le crois, une atmosphère

narios de films de Claude-Autant Lara (*Le Rouge et le Noir, En cas de malheur*), Jean Delannoy (*Chiens perdus sans collier, Notre-Dame de Paris*) et les scénarios et/ou adaptations de *Jeux interdits, Gervaise* et *Paris brûle-t-il ?* de René Clément. Dans les années 1950, Aurenche et Bost ont été les cibles privilégiées des attaques virulentes de François Truffaut contre « la tradition de la qualité ». Voir aussi n. 1, p. 44.

1. Réalisateur français (1925-2012). Cocteau, qu'il avait assisté pour *Orphée* (1949), le qualifiera comme « cet admirable et adorable Claude Pinoteau, mon bras droit » (*Du cinématographe*, Belfond, Paris, 1988, p. 151).

2. Les droits américains ont été achetés par la productrice Caroline Swann (1913-1964), qui confia cette pièce à un célèbre metteur en scène de Broadway, Warren Enters, avec le projet de la monter à New York. C'est finalement au Fred Miller Theater (Milwaukee, Wisconsin), situé près du campus de l'université, qu'Enters, originaire du Wisconsin, la mettra en scène en 1963 avec une distribution mêlant étudiants et comédiens professionnels.

3. Dans un asile d'aliénés en révolte, trois gendarmes abusent d'une jeune folle. L'abbé Dumon,

assez étonnante pour *un metteur en scène*, nous traitons le problème des lèvres et du sang et mon prêtre halluciné, ambigu, désespéré *qui quitte l'asile parce qu'il ne savait pas ce qu'était le péché des hommes* (qu'il porte en lui, à la manière d'un feu témoin) est, je crois, scénique jusqu'à l'apparition finale du préfet (Société) sur la scène.
Si *La Révélation* marche au Théâtre de France[1], Barrault, qui a besoin, *c'est normal*, de certitudes, de succès ou d'approbations critiques (il faut se mettre à la place d'un directeur de salle), montera *Arc-en-enfer*, il jouerait le rôle du prêtre. Mais je n'ai *aucun engagement* encore avec lui. C'est ce que j'ai tenu à vous dire en vous exprimant mon souvenir fidèle.

renéjeanclot

(1) Jacques Lemarchand[2] préfère cette pièce à *La Révélation* et la publie dans sa collection de théâtre.

FRANÇOIS TRUFFAUT À JACQUES AUDIBERTI

Monsieur Jacques Audiberti
3 bis, rue des Lyonnais
Paris V^e^

Paris, le 24 novembre 1961

Cher Grand Ami,
La seule finition laborieuse de mon film explique mon silence depuis ce fameux gueuleton chez Françoise Spira[3].
Voulez-vous noter que *Jules et Jim* passe le 4 décembre devant la commission « Avances sur recettes » du Centre national du cinéma, et réserver votre soirée[4] ?

---

directeur de l'asile, hanté et fasciné par le mal qu'il voit autour de lui, va s'efforcer de trouver le chemin vers la vérité…

1. L'Odéon-Théâtre de France, dont André Malraux, ministre des Affaires culturelles, a confié la direction à Jean-Louis Barrault en 1959. Il y montera les grandes œuvres du répertoire, créant aussi des pièces contemporaines comme *Rhinocéros* d'Eugène Ionesco, *Oh les beaux jours* de Samuel Beckett et *Les Paravents* de Jean Genet.
2. Écrivain français (1908-1974), entré en 1943 comme lecteur aux éditions Gallimard ; il y dirige alors la collection théâtrale « Le manteau d'Arlequin », où paraîtra *Arc-en-enfer* le 15 mai 1963.
3. Comédienne française (1928-1965), qui fut en 1956 l'interprète principale de *La Hobereaute*, l'opéra parlé de Jacques Audiberti.
4. Audiberti, siégeant au sein de la Commission consultative du cinéma, peut influencer les membres de la Commission d'avance sur recettes en faveur de *Jules et Jim*.

Je croyais avoir tourné le film le plus moral de l'année, or la censure vient de l'interdire aux moins de 18 ans[1], ce qui me désole infiniment…
Votre fidèle

François Truffaut

FRANÇOIS TRUFFAUT À RENÉ-JEAN CLOT

Monsieur René-Jean Clot
91, avenue de Saint-Cloud
Versailles

Paris, le 25 novembre 1961

Cher Monsieur,
Votre petit mot m'a fait vraiment plaisir, car je craignais que vous ne soyez un peu fâché par mon dégonflage sur *Le Bleu d'outre-tombe.*
J'ai lu *Arc-en-enfer* qui me paraît une pièce magnifique, supérieure certainement à *La Révélation.*
Je n'ai pas aimé l'adaptation cinématographique du *Noir de la vigne*[2], moins bonne que la pièce et moins bonne que le roman.
Chaque fois que je lis quelque chose de vous, je suis impressionné par une force qu'on trouve rarement dans les romans, dans les pièces et dans les films, au fond vous êtes un manipulateur de plastic.
Avec votre permission, je pourrai faire lire *Arc-en-enfer* à un producteur de théâtre[3] qui voulait me faire monter une pièce d'Audiberti. Nous n'étions pas tombés d'accord car celle qui me plaisait était trop chère à monter, d'autres facilement montables me semblaient un peu boulevardières ou moins intéressantes du point de vue du travail de mise en scène. Quelle est votre pensée ?
Croyez-moi fidèlement vôtre,

François Truffaut

1. Pour échapper à l'interdiction aux moins de 18 ans, Truffaut demandera à plusieurs personnalités (Jean Cocteau, Armand Salacrou, etc.) de lui adresser « un petit mot au sujet de *Jules et Jim* en soulignant par une phrase l'aspect non immoral de l'entreprise ». Les lettres ainsi collectées seront transmises à Henry de Ségogne (1901-1979), président de la Commission de contrôle cinématographique.
2. Voir les lettres de René-Jean Clot datées du 28 février et du 16 juin 1960, pp. 155 et 172.
3. Robert Yag qui, en 1961, a encouragé Truffaut à mettre en scène *La Pucelle.*

RENÉ-JEAN CLOT À FRANÇOIS TRUFFAUT

Le 30/XI/61

Mon cher ami,
Pourquoi vous en vouloir ? Ce qui peut lier les êtres, c'est aussi le désintéressement ou *la communion dans certaines choses* : un secret, une affinité parfois si fragiles et durs comme un roc du Finistère.
Et dans ces temps si lourds d'histoire poissée de sang et de mensonges[1], il faut aussi se faire le cœur transparent, comme on voit la lumière derrière les branches.
Vous savez quelle serait ma joie si vous acceptiez de monter l'*Arc.*
Silvia Monfort est aussi emballée par la pièce. *Madeleine Renaud aussi*[2]. J'ai l'impression qu'ils attendent les réactions de *La Révélation* (1).
Mais dans l'*Arc*, il y a une atmosphère poétique et *hallucinée.*
Pour un producteur, il n'y a comme frais que le prêtre qui tient par son vertige toute la trame. Les autres sont des comparses. Et nous n'aurions pas besoin d'un théâtre comme l'Odéon. Enfin, *ce que vous ferez sera bien.*
(Nous terminons dans la nuit avec une lampe acétylène d'un style campagnard. Le préfet qui apparaît, c'est la société qui n'a rien compris au drame qui s'est joué. Et tout au long, j'ai cherché un ruissellement poétique à opposer à la félonie des hommes.)
Tenez-moi au courant.
Votre bien sincère

rjct

(1) Je travaille un peu (car je suis sans loisirs) avec les comédiens. J'apprends et je m'amuse.

1. La répression en Algérie, qui a provoqué une centaine de morts (1er novembre), le début de la répression du « Complot des enseignants » en Guinée (19 novembre) et l'opération de la CIA contre le gouvernement cubain (30 novembre).
2. Silvia Monfort, comédienne et directrice de théâtre (1923-1991), militante d'un théâtre populaire et décentralisé. Comédienne française (1900-1994), après des débuts à la Comédie-Française, Madeleine Renaud a fondé en 1946, avec son mari, Jean-Louis Barrault, la Compagnie Renaud-Barrault, où elle créera ses plus beaux rôles, notamment la Winnie de *Oh les beaux jours* de Samuel Beckett (1963).

RENÉ-JEAN CLOT À FRANÇOIS TRUFFAUT

Dimanche 10-XII-61

Cher François Truffaut,
Voilà une grande nouvelle, tout d'abord. C'est venu au cours d'une réunion de travail avec Barrault. Voyez comme il est généreux et combien il a confiance en vous : il met à votre disposition, pour la saison prochaine, le Théâtre de Fr[ance] pour monter *Arc-en-enfer.* Comme cela les questions de trésorerie sont réglées, l'ennuyeux bien sûr c'est que nous [ne] disposons de la salle que pour un mois ½ (car il monte d'autres spectacles) mais, enfin, vous bénéficiez de son local, de certains acteurs de sa troupe si vous voulez et il vous laisse *libre de faire ce que vous voulez.*
Comme vous, Jacq[ues] Lemarchand préfère *Arc-en-enfer* à *La Révélation*, qui est une pièce hallucinée avec de l'atmosphère. Il faudra trouver un grand acteur pour la figure du prêtre. Je vous inviterai en janvier aux dernières répétitions de *La Révélation*, vous verrez là-bas les acteurs, l'atmosphère.
Il faut que vous écriviez, mon cher, à J.-L. Barrault pour le remercier de la confiance qu'il met spontanément en vous. Demandez-lui un rendez-vous, donnez-lui votre numéro de téléphone afin *de mettre au point tout cela* et de prendre date pour le calendrier, ce qui est pour lui très important.
Croyez-moi affectueusement à vous,

renéjeanclot

JEAN COCTEAU À FRANÇOIS TRUFFAUT

16 déc. 1961

Mon François,
On me dit (au Delluc[1]) que ton film est un chef-d'œuvre. Et tu ne me l'as pas fait voir, moi qui t'aime. Je quitte Paris pour 4 ou 5 jours à cause d'une fatigue énorme et mystérieuse. Je rentre mardi ou mercredi. Téléphone-moi au *28 à Milly-la-Forêt, Seine-et-Oise,*

1. Le prix Louis-Delluc comptait cette année-là deux favoris : *Jules et Jim* de François Truffaut (1962) et *Cléo de 5 à 7* d'Agnès Varda (1962). C'est finalement un outsider, *Un cœur gros comme ça* de François Reichenbach (1962), qui fut récompensé.

entre midi et 9 h. du soir. Je serais trop triste loin de ton succès et de ton cœur.
Je t'embrasse

Jean

RENÉ-JEAN CLOT À FRANÇOIS TRUFFAUT

Mardi 19/XII/61

Mon cher François Truffaut,
Je suis heureux que vous rencontriez Barrault jeudi. C'est un fanatique du théâtre, *il peut beaucoup pour vous.* Il sait beaucoup de choses, *musicalement.* Il sent les choses dans l'espace.
Demandez-lui de jouer le rôle de l'abbé dans *Arc-en-enfer.* S'il ne veut pas, essayez de voir ce type très bien de sa troupe qui est *Jean Desailly*[1].
Soyez viril. Tenez vos promesses maintenant. Ne me laissez plus tomber ! La pièce vous portera, vous verrez. Il y a en elle un ruissellement et des ténèbres qui voient. Ayez confiance en nous ! Une mise en scène au Théâtre de France vous ouvrira ensuite les portes de tous les théâtres. Barrault vous aidera. *C'est un cœur ardent.*

Votre rjct

JEAN COCTEAU À FRANÇOIS TRUFFAUT

Milly (demain Paris)

7 janv. 1962

Très cher François,
Tu dois te demander ce que signifie ce cache-cache. C'est que je viens de subir une alerte désagréable[2] qui a dérangé mon pro-

1. Comédien français (1920-2008). Lors de ses débuts à la Comédie-Française, en 1942, il rencontre Jean-Louis Barrault, qui l'engage dans sa compagnie dès 1946. La pièce *Arc-en-enfer* ne sera jamais montée, mais Truffaut dirigera Desailly dans *La Peau douce* (1964). Leur collaboration ne sera pas très harmonieuse. « Jean Desailly, qui sera sur l'écran d'un bout à l'autre, n'aime ni le film, ni le personnage, ni le sujet, ni moi », écrira Truffaut à Helen Scott ([fin 1963], *Correspondance, op. cit.* p. 252).

2. Le 1er janvier 1962, Cocteau écrit dans son journal : « D'après les examens du sang, on suppose que mes crises viennent de l'aérophagie, d'une poche d'air que Mességué avait découverte et que Soulié m'a fait voir aux rayons X. Seulement, si c'est cela, les douleurs imitent exactement celles de l'infarctus et même affectent le bras gauche. Toutes les drogues, pilules et suppositoires

gramme et retardé mon retour. Les docteurs disent que c'est une fausse alerte due à l'aérophagie. Il n'en reste pas moins que j'ai failli ne jamais voir ton film[1] — ce qui serait une des mauvaises farces de la mort.
Je t'embrasse

Jean

JEAN COCTEAU À FRANÇOIS TRUFFAUT

Milly-la-Forêt, 13 janvier 1962

Mon cher petit et grand François,
La mauvaise farce de ma santé ayant bousculé tout mon programme amical, j'irai voir ton film avec la foule — et c'est sans doute préférable.
Je serai pour toi au Vigo[2] le 29.
Je t'embrasse.

Jean

FRANÇOIS TRUFFAUT À JEAN COCTEAU

De Paris, ce mardi 16 janvier 1962

Mon cher Jean,
L'essentiel est votre santé que je veux meilleure très vite et bonne toute l'année. Le reste est beaucoup moins important. Vous verrez *Jules et Jim* quand cela ira tout à fait bien pour vous. La première aura lieu mardi soir prochain, ce serait sans doute prématuré, mais s'il est malcommode pour vous de le voir en public, je vous ferai une projection spéciale le jour et l'heure de votre choix, que ce soit en janvier, février ou mars, à Paris, à Saint-Jean ou à Milly.
Je pense à vous et vous embrasse,

françois

---

et piqûres qu'on m'administre me rendent, en outre, assez malade. » (*Le Passé défini*, vol. VIII, *op. cit.* p. 15)

1. *Jules et Jim*, qui sortira en salles le 23 janvier 1962.
2. Réunion des membres du jury du prix Jean-Vigo. Cette année-là, le lauréat sera *La Guerre des boutons* d'Yves Robert.

RENÉ-JEAN CLOT À FRANÇOIS TRUFFAUT

Mercredi 24-1-62

Cher F. T.

I. J'ai bien apprécié le spectacle hier soir : les plans, leur déroulement, la psychologie toujours intégrée à l'action, le mouvement et surtout les admirables interprètes. Je regrette que votre dialoguiste[1] et vous-même (mais peut-être suis-je aussi jaloux que vous ne m'ayez confié aucun travail) n'[ayez] point utilisé la Danoise excentrique au début[2] pour amorcer cette non-fixation obsessionnelle. Les scènes de plage du livre, l'empoisonnement par exemple, mais enfin vous atteignez le plus souvent à la beauté plastique de l'image. C'est l'essentiel.

II. Je vous ai envoyé *La Révélation*[3], différente par endroits du 1er jet que vous avez lu. Essayez de la relire. Nous avons eu, il y a un mois, une proposition Broadway, et on attend. Je passe (la générale) le 5 mars. En février, vous viendrez voir des répétitions, j'espère.

III. Cher, je lisais une déclaration de vous à la presse où vous dites avoir tenu promesse à *Jules et Jim*. Que ne la tenez-vous pas aussi au *Bleu*[4] ! Réfléchissez encore. Le problème était contemporain : délation, méfiance, cruauté avec les vagues de la mer des enfants toujours présente. Recherche de l'hallucination dans un lieu clos.

IV. Surtout, ce que je vous demande, c'est de ne pas abandonner *[la] proposition de Barrault qui a eu confiance en vous.* Vous débutez au Théâtre de France et le théâtre est une architecture morale. Il y a, dans *Arc-en-enfer* (dont Jacques Lemarchand est très emballé), un mysticisme sensuel vu, développé dans un climat de poésie

1. Il est question ici d'une projection de *Jules et Jim*, dialogué par Jean Gruault, d'après le roman d'Henri Pierre Roché.

2. Le personnage d'Odile, qui figurait dans le roman de Roché — « une jeune Nordique excentrique dont Jules et Jim se partagent les faveurs » avant leur rencontre avec Catherine (Carole Le Berre, *François Truffaut au travail*, Cahiers du cinéma, Paris, 2004, p. 49) —, n'a pas été conservé dans le film. Mais certains de ses actes (la lettre brûlée devant Jim, la bouteille de vitriol, etc.) seront réattribués, dans le scénario, au personnage de Catherine.

3. Cette pièce de René-Jean Clot sera créée à l'Odéon, le 22 mars 1962, dans une mise en scène de Jean-Louis Barrault : « J'avais été très touché par le climat de sa pièce. Toute l'année dernière, René-Jean Clot a bien voulu se prêter à une refonte de son œuvre. Le sujet en est périlleux et passionnant. Il fait parfois penser à un chapiteau obscène de quelque église romane. Le bien et le mal y sont aussi mouvants que la vie elle-même. » (Jean-Louis Barrault, *Théâtre de France, programme 1961-1962 ; Cahiers bleus* n° 44, été 1988, p. 44.)

4. *Le Bleu d'outre-tombe*, roman de René-Jean Clot que Truffaut avait envisagé de porter à l'écran (voir lettre du 20 août 1959, p. 140). Clot rappelle ici la promesse de Truffaut à Henri Pierre Roché de porter *Jules et Jim* à l'écran — promesse tenue cinq ans plus tard.

dramatique. Et surtout une *apparence hallucinée*, nauséeuse mais oppressante, l'abbé. Je vous signale que la jeune folle qui a un rôle capital, que nous ne lâchons jamais, est un rôle de mime, elle ne dit pas un mot. Peut-être pourriez-vous en parler à Jeanne Moreau ? Lui passer la pièce en tout cas ? Essayez. Mais ce que je vous demande c'est l'engagement loyal, tenir votre parole. Ne me laissez plus tomber.

V. Ci-joint 2 pages pour présentation d'un scénario[1] de 80 pages remis à Jean Rossignol. C'est une effusion chez les squales. Des portraits à la Frans Hals avec la mélodie d'un retour comme un fil de la Vierge. Aquarelle du bonheur difficile. L'adolescent qui découvre le monde mauvais.

VI. Je voudrais envoyer à Jeanne Moreau et à Claude Chabrol *La Révélation*. Je n'ai pas trouvé leur adresse sur le fichier Gallimard. Soyez bon pour me les envoyer dès que possible. Merci.

Croyez en mon affection.

renéjeanclot

MAURICE PONS À FRANÇOIS TRUFFAUT

[Papier en-tête *Moulin d'Andé*]

Mercredi 24 janvier [*1962*]

Cher François,

Nous avons couru, avec joie, sous la tempête, pour voir, avant tout le monde, *Jules et Jim* — et nous sommes très contents, nous avons beaucoup aimé.

Je te le dis, avec d'autant plus de joie, que je n'aime presque plus rien. Je deviens exigeant, et odieux ! Des films de quelques bons amis, je sors presque toujours triste et découragé.

Hier soir, j'étais heureux. Parce que ton film est gai, tout en étant grave. Et raconte une belle histoire, avec de belles images, et un charme fou. Ah ! la scène de la chanson[2], par exemple, comme c'est réussi — et quel soin, dans le bouquet, la tasse de thé, posée

1. Le document mentionné n'étant pas joint à la lettre, nous n'avons pu identifier le scénario en question.

2. *Le Tourbillon*, la chanson écrite par Bassiak (Serge Rezvani) en 1957 et interprétée par Jeanne Moreau. Écrite à l'origine pour un cercle d'amis, elle racontait les séparations et retrouvailles à répétition du couple Jean-Louis Richard et Jeanne Moreau. Séduit par cette chanson qui correspondait à la thématique de *Jules et Jim* — « une femme qui hésite entre les hommes, et décide de les aimer tous » (Jeanne Moreau) —, Truffaut demandera à Serge Rezvani l'autorisation de l'intégrer dans son film.

sur ce si joli meuble (et comme c'est lent, alors, on a tout le temps ! au lieu d'être pressé…). Il y aurait mille exemples — et la scène des trois hommes assis dans l'herbe, parlant d'Apollinaire (et la Marseillaise ! fantastique !). On les aime vraiment, Jules et Jim — et, à la guerre, on ne voudrait vraiment pas qu'ils meurent, ni surtout qu'ils se tuent l'un l'autre — et quelques images disent plus qu'un long discours.
Je retournerai sûrement voir *Jules et Jim* — et tous les amis du Moulin iront les voir. Je leur souhaite un très grand succès, et à toi aussi, bien sûr.
Mes bonnes amitiés,

Maurice Pons

FRANÇOIS TRUFFAUT À JEAN COCTEAU

[Papier en-tête *Les Films du Carrosse*]

Monsieur Jean Cocteau
36, rue Montpensier
Paris Ier

Paris, le 5 février 1962

Mon cher Jean,
Je viens vous embêter une fois de plus en vous demandant s'il vous serait possible de m'envoyer un petit mot au sujet de *Jules et Jim* en soulignant par une phrase l'aspect non immoral de l'entreprise. Ce petit texte ne sera utilisé qu'en privé, auprès de Monsieur Henry de Ségogne, président de la Commission de contrôle, qui accepte de remettre en question l'interdiction aux moins de 18 ans, à la faveur des critiques élogieuses et des témoignages émanant de personnalités[1] que je pourrais recueillir.
Je ne sais pas encore où cette lettre vous trouvera et je suis très impatient d'avoir de vos nouvelles.
Votre ami,

François Truffaut

1. Tels Armand Salacrou, Jean Renoir, Jean Cocteau, Gabriel Arout, Jacques Demy, Maurice Le Roux, Agnès Varda et Pierre Lazareff. Voir *L'Avant-Scène cinéma* n° 16, 15 juin 1962, consacré au découpage de *Jules et Jim*.

JEAN COCTEAU À FRANÇOIS TRUFFAUT

36, rue de Montpensier
Palais-Royal
Paris

7 février 1962

Mon très cher François,
Par chance, j'ai ta lettre avant mon départ (Allemagne qui monte *L'Aigle*[1]).
J'ai beaucoup connu l'auteur[2] du livre d'où tu as tiré ton film. C'était l'âme la plus délicate et la plus noble. Dans le film, je n'ai trouvé que scrupules du cœur et grâces d'une époque où les blousons noirs étaient des blousons blancs. Je suis sûr que tes juges se rendront compte de la « gentillesse » qui se dégage du drame et que tu auras gain de cause. Henry de Ségogne ne saurait priver les jeunes d'un spectacle qui les change du gangstérisme et des mitraillettes.
Dois-je intervenir directement auprès de lui ?
Je t'embrasse et Jeanne

Jean Cocteau

Sans oublier Oskar Werner, qui fut un Bacchus[3] paraît-il admirable.

1. *L'Aigle à deux têtes* est monté au Theater in der Leopoldstrasse, à Munich. Cocteau y passera huit jours afin d'y défendre sa pièce. Le 11 mars 1962, il écrit à Louise de Vilmorin : « Me voici parti encore en Allemagne voir si mon *Aigle* conserve toutes ses têtes. » (*Correspondance croisée*, Éditions du Promeneur, Paris, 2003, p. 157.)
2. Henri Pierre Roché, que Cocteau avait rencontré le 1er août 1916 alors qu'il réalisait un reportage photographique à la Rotonde (Montparnasse), où se retrouvaient soldats permissionnaires et civils : Kisling, Picasso, Modigliani, etc. En 1939, Roché s'était éloigné de Cocteau, « l'imposteur par excellence ». Ils se rapprocheront à la fin de leur vie. Le 23 novembre 1958, Cocteau lui écrit : « Votre silence adorable est une main adorable qui se pose sur l'épaule et peu importent les paroles. » (Scarlett et Philippe Reliquet, *Henri Pierre Roché, l'enchanteur collectionneur*, Ramsay, Paris, 1999.)
3. Rôle-titre d'une pièce de Jean Cocteau, mise en scène par Josef Gielen, lors d'une tournée théâtrale en Allemagne, en 1957.

DAVID GOODIS[1] À FRANÇOIS TRUFFAUT

6305 N. 11th St.
Phila[delphia], 41, PA
U.S.A.

24 avril 1962

Cher François,
Je vous fais parvenir le viseur[2] sous pli séparé. Je vous prie de me pardonner de ne pas vous l'avoir envoyé plus tôt. Quand je suis rentré à Philadelphie et que je l'ai cherché, je ne l'ai pas trouvé. Hier, après m'être remis à sa recherche, je l'ai retrouvé, et maintenant je suis heureux que vous l'ayez, en souvenir de l'agréable soirée que nous avons passée à New York, mais aussi en gage de mon respect pour Truffaut le réalisateur et Truffaut l'homme. Je tiens à ce que vous sachiez que je ne vous offre pas ce viseur avec mes mains, mais avec mon cœur.
Votre ami

David

1. Écrivain américain (1917-1967), traduit en France dès 1949. En 1959, Truffaut adapte au cinéma l'un de ses romans, *Tirez sur le pianiste* (Gallimard, Paris, 1957). Dans un contrat daté du 5 juin 1959, Goodis cède les droits d'adaptation aux Films de la Pléiade (Pierre Braunberger). Le film sortira en salles le 25 novembre 1960. À partir du 17 août 1960, afin de préparer la sortie américaine, Helen Scott (French Film Office) rencontre à plusieurs reprises Goodis à New York : « [Il] ressemble énormément à Aznavour, écrit-elle à Truffaut le 18 août 1960. Petit, noiraud, teint basané, il a 43 ans [...]. Il est entré dans mon bureau très vague, très pressé, mais non pas pédéraste... "Je n'écris pas des romans policiers, m'a-t-il affirmé, mais dans mes thèmes, il y a du mélodrame et de l'action." » (*Polar* n° 23, août 1982.) Truffaut, lui, ne rencontre Goodis qu'une fois à New York, à la mi-avril 1962 : « Il me peine d'avouer que je n'en ai pas un souvenir précis parce que c'était à un moment de ma vie où les choses se bousculaient [...]. Je sais qu'il avait vu le film tiré de son livre quelques jours avant, donc je sais qu'on en a forcément parlé. Je sais qu'on a dîné ensemble, qu'on s'est promenés un peu dans Harlem, et puis c'est tout. » (Entretien avec François Guérif, *Étoiles et toiles*, TF1, mars 1982). « Il avait pour habitude de se promener des nuits entières dans les rues de New York, se retrouvant parfois impliqué dans une bagarre sans savoir pourquoi, écrira aussi Truffaut. Le personnage central de chacun de ses livres est un homme brisé. Goodis est mort alors qu'il n'avait pas cinquante ans. Il luttait contre ses éditeurs qui lui reprochaient ses fins pessimistes. » (« Les espadrilles de William Irish », *La Toile d'araignée* de William Irish, Belfond, Paris, 1980 ; *Le Plaisir des yeux*, Cahiers du cinéma, Paris, 1987, pp. 133-137.)

2. « J'ai bien reçu le viseur de Goodis, écrit Truffaut à Helen Scott. Malheureusement il est réellement rudimentaire et je comprends maintenant que Goodis ne garde pas un bon souvenir d'Hollywood si on le traitait aussi mal ! » (*Correspondance, op. cit.* p. 204). Goodis a fait deux séjours à Hollywood comme scénariste. En 1942, pour Universal, il travaille (non crédité) au scénario de *Guérilla en Chine* (*Destination Unknown*) de Ray Taylor. En 1947, la Warner Bros achète les droits d'adaptation de son second roman, *Dark Passage* (*Cauchemar*), réalisé par Delmer Daves. D'octobre 1947 à août 1948, Goodis travaillera, pour la Warner, au scénario de *L'Infidèle* (*The Unfaithful*) de Vincent Sherman (1947). Il ne retravaillera qu'une seule fois pour le cinéma, en adaptant, pour Paul Wendkos, son roman *Le Casse* (*The Burglar*, 1957).

FRANÇOIS TRUFFAUT À RAY BRADBURY[1]

Monsieur Ray Bradbury
10265 Cheviot Drive
Los Angeles 64, California

Paris, le 27 avril 1962

Cher Monsieur Bradbury,
Si j'ai un peu tardé à vous écrire, c'est que la décision à prendre était délicate, et qu'une fois prise elle était difficile à formuler sans vous donner l'impression que je suis un garçon bien indécis. En une phrase, voici les faits : je renonce à tourner un film tiré de vos nouvelles[2] et je vous demande de reporter nos conventions sur *Fahrenheit*, qui deviendrait donc mon prochain film. Voici quelles sont mes raisons :
1) En rentrant à Paris, je me suis rendu compte que nous aurons en Europe une véritable marée de films à sketches : les amours célèbres, les crimes célèbres, les grandes escroqueries internationales, Satan et les Dix Commandements, les fables de La Fontaine[3], etc., etc. Tous ces films sont en tournage ou en préparation,

1. Romancier américain (1920-2012). Considéré comme le maître du récit d'anticipation, il est l'auteur de nombreux romans et nouvelles (*Chroniques martiennes, L'Homme illustré, Fahrenheit 451*...). Le 21 août 1960, Truffaut écrit à Helen Scott : « On m'a proposé — c'est l'éternel Raoul J. Lévy — un roman américain très beau : *Fahrenheit 451* de Ray Bradbury [...]. Mais je le tournerai dans deux ans. » (*Correspondance, op. cit.* p. 168.) Ce roman, qui croise science-fiction et conte philosophique, réflexion politique et défense des livres, a tout pour le séduire, mais le genre ne lui est pas familier. « [C']est le premier roman de science-fiction que j'ai lu. Je n'aimais pas la science-fiction au cinéma car cela me semblait une dérobade devant le réalisme, devant les sentiments et devant la simplicité, en même temps qu'un recours au pittoresque et à la situation abusive. Il va sans dire que j'ai changé d'avis. » (Lettre à Rolando Jotti, 5 juillet 1962). Tourné du 13 janvier au 22 avril 1966, *Fahrenheit 451* sortira en France le 16 septembre 1966 et aux États-Unis le 2 novembre 1966.
2. Truffaut rencontre pour la première fois Bradbury à New York, vers le 7 avril 1962. « J'ai d'abord vu un homme de quarante ans, très juvénile, d'une extrême gentillesse et qui portait des lunettes aux verres les plus gros que j'aie jamais vus. Un homme prompt à l'enthousiasme, chaleureux, qui m'a tout de suite adopté. » (*Le Cinéma selon François Truffaut, op. cit.* p. 170). Bradbury tente de le dissuader d'adapter *Fahrenheit 451* et lui conseille plutôt « 6 ou 7 nouvelles » de ses *Chroniques martiennes*. Curieusement, après avoir découvert *Les Mistons* (1958), Bertrand Tavernier, alors étudiant, avait envoyé à Truffaut une lettre prémonitoire [*ca* décembre 1958], affirmant qu'il était « le metteur en scène français qui pourrait mettre en scène des nouvelles de Bradbury (Éditions Denoël). Il me semble que cela vous irait parfaitement ». « Il y avait, dans *Les Mistons*, des touches incisives, rapides, que l'on retrouve chez les auteurs de nouvelles américains (Irwin Shaw, Daniel Fuchs, et dans les années qui vont suivre, Raymond Carver) plus que dans les romans. » (Courriel de Bertrand Tavernier à Bernard Bastide, 24 mai 2019.)
3. Respectivement : *Les Amours célèbres* de Michel Boisrond ; *Le crime ne paie pas* de Gérard Oury ; *Les Plus Belles Escroqueries du monde*, réalisé par cinq metteurs en scène internationaux, dont Claude Chabrol ; *Le Diable et les Dix Commandements* de Julien Duvivier ; *Les Quatre Vérités* (1962), réalisé par Hervé Bromberger, Luis Garcia Berlanga, Alessandro Blasetti et René Clair.

mais sur les écrans de Paris on peut voir actuellement *Les 7 Péchés capitaux*, *Les Petits Matins*, et j'ai moi-même collaboré à un film international qui s'appelle *L'Amour à vingt ans*[1]. Le succès de ces films est généralement assuré par beaucoup de noms de vedettes sur l'affiche. Mais ces vedettes qui acceptent de tourner 3 ou 4 jours entre deux grands films sont souvent la cause de l'échec artistique puisque, même à l'intérieur de *short stories*, pour les réunir ensemble, on est contraint de multiplier les concessions.
2) Pour mener à bien ce film tiré de plusieurs de vos nouvelles, il faudrait, dans la préparation du film, faire un grand effort de repérages de lieux futuristes, de costumes et d'accessoires ultra-modernes, tel qu'ensuite je risquerais d'être moins inspiré pour préparer *Fahrenheit*, et cela est le point le plus important.
3) Je ne tourne qu'un grand film tous les 18 mois. Si je tournais d'abord un film d'après vos histoires, cela reporterait *Fahrenheit* en 1964, et d'ici là je pense que, même les producteurs de films auront compris que, depuis Gagarine[2], on ne peut plus faire absolument les mêmes films. Il est assez important que *Fahrenheit* soit le premier film européen de science-fiction[3].
4) Au cours de nos conversations, Monsieur Congdon[4] a beaucoup insisté sur la nécessité pour vous de conserver les droits de télévision des nouvelles que nous aurions mises en film. Or, depuis deux ans, il est impossible de vendre un film français aux distributeurs étrangers sans concéder, en même temps, les droits de passage du film à la télévision, et nous nous heurterions ici à des difficultés pratiquement insurmontables.
Je pense donc que nous devrions dès maintenant traiter les droits de *Fahrenheit* avec Monsieur Don Congdon et travailler ensemble, cet été, aux dates qui vous conviendront, à l'élaboration de *Fahrenheit*, dont le tournage alors pourrait débuter à la fin de l'année. Par le même courrier, j'envoie un double de cette lettre à Monsieur Congdon.

1. Respectivement : *Les Sept Péchés capitaux*, réalisé par Sylvain Dhomme, Max Douy, Édouard Molinaro, Jean-Luc Godard, Jacques Demy, Roger Vadim, Philippe de Broca et Claude Chabrol ; *Les Petits Matins* de Jacqueline Audry (1962) ; *L'Amour à vingt ans*, réalisé par Shintaro Ishihara, Marcel Ophuls, Renzo Rossellini, Andrzej Wajda et François Truffaut, dont le sketch, *Antoine et Colette*, deuxième volet des *Aventures d'Antoine Doinel*, sera aussi exploité séparément.
2. Youri Gagarine (1934-1968), cosmonaute russe, le premier homme à avoir effectué un vol dans l'espace au cours de la mission Vostok 1, le 12 avril 1961.
3. Truffaut « oublie » *Le Voyage dans la Lune* de Georges Méliès (1902), *Paris qui dort* de René Clair (1923), *La Fin du monde* d'Abel Gance (1931), ainsi que *La Jetée* de Chris Marker, qui vient de sortir, le 16 février 1962.
4. Don Congdon (1918-2009), agent littéraire américain de Ray Bradbury et, à partir de 1962, celui de Truffaut aux États-Unis.

Au fond, je ne pense pas qu'il me sera difficile de vous convaincre puisque notre première rencontre[1] a eu lieu dans le but de tourner *Fahrenheit*, mais je vous prie de m'excuser de vous avoir rendu témoin des hésitations que d'habitude je garde pour moi, puisque je me décide toujours assez lentement mais définitivement. C'est parce que je savais vous rencontrer à New York que j'ai lu tous vos livres précipitamment et que je n'ai pas pris le temps de peser les inconvénients et les avantages des diverses possibilités. *Fahrenheit* est un sujet *fort* qui doit donner un film *fort* et c'est là-dessus que je désire maintenant concentrer mes efforts.

Ma femme est actuellement dans le Midi pour examiner la question de votre logement pour notre travail commun et naturellement j'aurais besoin de détails supplémentaires. Il semble très difficile de trouver une maison convenable au bord de la mer.

Aimez-vous Saint-Paul-de-Vence ? Connaissez-vous *La Colombe d'or*[2] ? Combien serez-vous ?

Je demande dès aujourd'hui à M. Berbert, gérant de ma société Les Films du Carrosse, d'entrer en correspondance avec Monsieur Congdon, et de notre côté continuons à échanger des lettres jusqu'à notre prochaine rencontre.

François Truffaut

RAY BRADBURY À FRANÇOIS TRUFFAUT

10265 Cheviot Drive
Los Angeles 64, California

3 mai 1962

Cher Monsieur Truffaut,

Je comprends les raisons pour lesquelles vous avez décidé de ne pas faire de film d'après six ou sept de mes nouvelles pour le moment. Et je suis heureux que vous préfériez *Fahrenheit 451*. Mais cela nous place dans une tout autre situation : j'ai passé tant de temps, ces dernières années, sur divers aspects de *Fahrenheit 451*[3]

1. À New York, début avril 1962, dans le bureau de Don Congdon, avec Helen Scott comme interprète.

2. Célèbre auberge créée dans les années 1920 par la famille Roux, lieu de villégiature très prisé des écrivains, artistes et cinéastes dans les années 1950-1970. Le 30 avril, Truffaut écrit à Helen Scott : « Madeleine est partie quelques jours dans le Midi à la recherche de maisons à louer. Elle n'a rien trouvé. Une fois de plus, notre lieu de vacances et de travail sera *La Colombe d'or.* »

3. Bradbury a entrepris l'écriture de *Fahrenheit 451* en 1950, alors qu'il vivait à Venice (Californie). La première version fut bouclée en neuf jours et publiée dans le magazine *Galaxy Science Fiction*

— le roman mais aussi la pièce qui n'a jamais été montée —, que je ne pense pas être la bonne personne pour l'adapter au cinéma. Ce roman m'a coûté beaucoup de fatigue, d'épuisement même, et ce ne serait pas vous rendre service que d'accepter d'en écrire pour vous le scénario. Je vous suggère donc de négocier les droits avec mon agent Don Congdon, et d'engager quelqu'un d'autre pour le scénario[1].

J'étais très heureux, et motivé, à l'idée de scénariser les nouvelles pour vous, car elles sont encore fraîches, et qu'elles m'intriguent encore. Mais le roman représente un tout autre défi, plus épineux. J'aurais aimé le faire pour vous, mais je ne me berce pas d'illusions. Je ne voudrais surtout pas accepter pour en arriver à un résultat décevant. Vous finiriez par me détester, et je me haïrais moi-même.

J'espère que cela n'atténuera pas votre intérêt pour le roman, comme cela s'est produit avec Raoul Lévy, qui m'avait dit à l'époque qu'il achèterait les droits et qu'il trouverait quelqu'un pour l'adapter.

Nous sommes tous déçus, cela va de soi, d'autant que cela remet en cause notre séjour dans le Sud de la France. Nous ne pouvions que jubiler à l'idée de passer un été dans un cadre aussi charmant. Mais peut-être viendrons-nous quand même, plus tard, quand vous serez en pleins préparatifs pour *Fahrenheit 451*.

Dites-moi ce que vous pensez de tout cela. J'espère sincèrement que vous allez continuer et faire le film, ce serait vraiment excitant. J'ai eu grand plaisir à vous rencontrer, vous et votre charmante épouse[2].

Avec mes meilleurs sentiments,

Bien à vous,

Ray Bradbury

---

sous la forme d'une nouvelle intitulée *The Fireman*. Le roman parut en 1953, chez Ballantines Books (États-Unis), puis en France, chez Denoël (1955).

1. « Cela m'arrange que Bradbury ne participe pas à l'adaptation et je vais très probablement travailler avec Marcel Moussy », écrira Truffaut à Helen Scott, le 2 juin 1962. Si plusieurs scénaristes travailleront à cette adaptation (Marcel Moussy, Jean-Louis Richard, Claude de Givray), seuls Jean-Louis Richard et Truffaut seront crédités au générique.

2. Madeleine Morgenstern était présente lors de la première rencontre de Truffaut et Bradbury en avril 1962, à New York.

FRANÇOIS TRUFFAUT À HENRY MILLER[1]

Henry Miller
Hôtel Marillia
Formentor Majorque

3 mai 1962[2]

CHER MONSIEUR MILLER STOP AYANT LA POSSIBILITÉ DE MONTER UNE PIÈCE CET HIVER JE SERAIS TRÈS DÉSIREUX DE LIRE VOTRE MANUSCRIT STOP ADMIRATIVEMENT VOTRE STOP TRUFFAUT HÔTEL MARTINEZ CANNES ALPES MARITIMES

1. Sans doute l'un des écrivains américains (1891-1980) que Truffaut aura le plus admirés. Dans *Fahrenheit 451*, il fera brûler *Sexus*, l'un de ses livres de chevet, et placera en exergue cette citation de Miller : « Ces livres étaient vivants et ils m'ont parlé » (*Les Livres de ma vie*) ; il intitulera d'ailleurs son recueil *Les Films de ma vie* (Flammarion, Paris, 1975). Pour autant, il n'a jamais envisagé de l'adapter au cinéma : « ... la nudité qu'il évoque en littérature, transposée à l'écran, n'aurait plus la même valeur. Je suis pour un érotisme habillé [...]. Mais la nudité elle-même, non. Chez Miller, nous avons des corps abstraits. Au cinéma, la nudité devient anecdotique ou trop pittoresque et cela nuit à l'histoire. » (« Entretiens François Truffaut » : propos recueillis par Jacques Fieschi, *Cinématographe* n° 27, mai 1977, pp. 20-21.) En mai 1962, au Festival de Cannes, alors qu'il est à la recherche d'une pièce à monter à l'Odéon, Truffaut entend parler de *Just Wild about Harry*, encore inédite en français : « ... mais Madeleine et [Marcel] Moussy qui l'ont lue attentivement, m'affirment qu'elle est assez démodée et finalement très casse-gueule, et tous les deux me dissuadent de donner suite. » (Lettre à Helen Scott, 2 juin 1962, *Correspondance, op. cit.* p. 205.) Il adresse la pièce à Barrault : « Je ne vous cache pas que je suis un peu déçu et que cela ne semble pas correspondre à l'idée que je me faisais de la première pièce de Miller. » « Je vais la lire en anglais. Je comprends l'anglais, mais en comprendrai-je le climat ? » lui répond Barrault, qui renonce. Le 23 juillet 1973, alors que Truffaut séjourne à Los Angeles pour un stage intensif d'anglais, il écrit à ses deux filles Laura et Éva : « Dans un restaurant italien, l'écrivain Henry Miller, octogénaire, a su que j'étais là et il est venu me serrer la cuillère et discuter le bout de gras avec moi. » Miller rapportera cet épisode à son ami Lawrence Durrell, le 9 janvier 1980 : « Je l'ai rencontré une fois à Los Angeles dans un restaurant italien, avec une merveilleuse actrice franco-britannique (j'ai oublié son nom). J'ai été frappé par son côté vieux jeu et taciturne — plutôt mélancolique. » (Lawrence Durrell-Henry Miller, *Correspondance 1935-1980*, Buchet-Chastel, Paris, 2004). Enfin, en janvier 1980, Brenda Venus, Miss Univers baptisée « la Vénus de Miller », propose à Truffaut d'adapter un « quasi-roman » de Miller, *Le Sourire au pied de l'échelle*. « Elle a eu un bon contact avec Truffaut pour qui elle semble avoir un infini respect », écrit Miller à Durrell le 9 janvier (*ibid.*). Mais Truffaut déclinera : « [C']est un livre superbe mais, pour en tirer un film, je ne suis pas l'homme de la situation. Si je devais choisir dans l'œuvre d'Henry Miller, ce que je préfère et qui me correspond le mieux, ce serait *Un diable au paradis*, que je relis chaque année et qui, chaque fois, provoque en moi les mêmes éclats de rire aux mêmes endroits. Dites à Henry Miller que je pense à lui avec beaucoup d'affection, que son œuvre m'a beaucoup aidé à vivre et que je lui souhaite une bonne santé. » (Lettre à Brenda Venus, 8 avril 1980.) Miller décédera le 7 juin à Pacific Palisades (Californie).
2. « De Cannes, écrit Miller, Truffaut m'a télégraphié demandant s'il pourrait lire ma pièce de théâtre. Il dit qu'il y aura la chance de monter une pièce à Paris cet hiver. Ce serait beau s'il le ferait [*sic*] ! » ([mai 1962], *Lettres à Frédéric Jacques Temple*, Finitude, Le Bouscat, 2012, p. 67.)

HENRY MILLER À FRANÇOIS TRUFFAUT

4 mai 1962

JE VAIS DEMANDER À MON AGENT À PARIS DE VOUS FAUNIN [*sic*] UNE COPIE DU SERIPT [*sic*] ESPÉRANT QUE VOUS LISEZ AMPLAIS [*sic*] STOP JOLIE SURPRISE DE RECEVOIR VOTRE MESSAGE LETTRE AVEC BENISONS [*sic*] HENRY MILLER[1]

HENRY MILLER À FRANÇOIS TRUFFAUT

[Papier en-tête *Prix international des éditeurs et Prix Formentor 1962*]
Formentor Majorque

4 mai 1962

Cher Monsieur Truffaut,
C'est curieux d'avoir reçu votre message ici. Il y a quelques semaines à New York on m'a donné *a private showing*[2] de votre *Tirez sur le pianiste*. À Paris, j'ai rencontré Ionesco[3] et on a parlé théâtre et les difficultés de monter une pièce (en France) quand il y a plus que quatre ou cinq personnages.
Il faut que je vous dise immédiatement que c'est ma première pièce et il se peut qu'elle est [*sic*] mauvaise. Je la nomme un « méli-mélo », ce qui veut dire un mélange de farce, burlesque, slapstick et sentimentalité. Je crois qu'elle est amusante et que personne ne va dormir. Il y a une vingtaine de personnages, dont quatre sont des caractères principales [*sic*]. Il me semble qu'il y a beaucoup de *business*, comme on dit peut-être trop. Mais les Allemands et les Norvégiens l'ont accepté et jusqu'ici ne m'ont pas reproché à cause de cela.
Mais vous verrez pour vous-même. Je suis flatté que quelqu'un comme vous montre un intérêt.

1. Henry Miller écrit directement en français, souvenir de ses années vécues à Paris entre 1930 et 1939.
2. C'est lors de cette projection privée, à New York, en 1962, que Miller fait la connaissance de David Goodis, l'auteur adapté, qui deviendra son ami. « Miller a adressé une lettre très chaleureuse à Goodis, par suite à la projection du film où ils se sont rencontrés », écrit Helen Scott à François Truffaut, le 22 juin 1962. Un extrait sera reproduit sur la couverture de la réédition de *Down There*, rebaptisé *Shoot the Piano Player* : « *I think that the novel is even better than the film. Henry Miller.* » (Grove Press, New York, 1962.)
3. Eugène Ionesco (1909-1994), dramaturge français d'origine roumaine. Le 24 avril 1962, Miller écrit à Lawrence Durrell : « Lundi j'ai déjeuné avec Ionesco et sa femme, au Vésinet. Tout à fait dans mes cordes. Je crois que vous détestez ses pièces ? » (*Correspondance 1935-1980, op. cit.*)

Je vais écrire à Dr Michael Hoffman[1] (mon agent littéraire) de vous expédier une copie à Cannes. Mais peut-être il serait expédient de lui donner une adresse plus ou moins permanente. Son adresse est 77, bd Saint-Michel, Paris Ve et c'est là que je reçois mon courrier pendant que je suis à l'étranger. Pour télégrammes c'est AGHOFF — Paris.
Ouf ! Je vous fatigue sans doute. Pour le moment, je suis alité avec l'influenza mais j'espère rentrer à Paris la semaine prochaine — pour quelques jours seulement.
Croyez-moi que votre geste m'a bien touché. Et n'ayez pas peur de me dire que la pièce n'est pas bon théâtre. Je n'ai aucune fierté à cet égard.
Alors — à la prochaine !

Henry Miller

P.-S. J'espère que vous vous amusez au Festival. Moi, je l'avais trouvé une corvée[2].

HENRY MILLER À FRANÇOIS TRUFFAUT

[Papier en-tête *Hôtel Formentor*[3]]

Paris, 13 mai 1962

Cher François Truffaut,
Je doute fort que ma pièce sera convenable pour l'Odéon, mais vous saurez assez vite en la lisant. Je viens de lire le livre de Goodis (*Là-bas*[4]) et je trouve remarquable combien vous étiez fidèle à son texte. La seule chose qui me manquait dans le film était l'éternel froid et la neige. À la fin, oui, vous avez joué bien avec la neige. Mais le froid est presque un élément de son livre.
Quant à faire un film sur l'amour — c'est intrigant *mais* — est-ce que je possède le talent ? Je connais bien mes limitations. Dans un sens, je ne suis même pas un écrivain. « Je suis comme je suis[5] » — comme dit la Gréco.

1. Fondateur à Paris, en 1934, de l'Agence Hoffman, l'une des plus grandes agences littéraires françaises, gestionnaire entre autres des droits de Daphné Du Maurier, John Steinbeck et Lawrence Durrell.
2. Truffaut est juré de cette XVe édition du Festival de Cannes. En 1960, Miller avait été juré de la XIIIe, présidée par Georges Simenon.
3. Miller, qui se trouve alors à Paris, a barré la mention « Hôtel Formentor » (Majorque).
4. *Down There* devenu *Shoot the Piano Player* en 1962, le roman de Davis Goodis (1956), dont Truffaut a tiré son film *Tirez sur le pianiste*.
5. Chanson de Jacques Prévert (paroles) et Joseph Kosma (musique), écrite pour le film de Marcel Carné *Les Enfants du paradis (1943)*, puis interprétée par Juliette Gréco (1951).

Maintenant je vais aller à Berlin voir ce qu'on va faire avec ma pièce. La traductrice – une amie à moi[1] – m'a dit qu'il est bien possible avec le Schillertheater (Berlin) pourrait vous inviter de monter la pièce là-bas. Je vais voir ce qu'on pense là-dessus – supposant que cela vous intéresserait (?).

J'espère voir votre *Jules et Jim* quelque part. Je n'ai jamais vu *Les Quatre Cents Coups.*

Ne vous en faites pas avec mes livres. Il me faut rentrer chez moi à la fin du mois, mais je crois que je reviendrai en septembre pour deux mois – Paris et Berlin – et Nîmes, voir mon ami Lawrence Durrell[2].

Bien à vous. On se verra, j'espère, un de ces jours. Fidèlement,

Henry Miller

P.-S. Je n'ai pas encore vu mon agent, Dr Hoffman – mais demain.

ROMAIN GARY[3] À FRANÇOIS TRUFFAUT

26 mai [*1962*]

Cher François Truffaut,

Je vous ai envoyé mon roman *Éducation européenne* et mon autobiographie, *La Promesse de l'aube.* Je jouais avec l'idée de mettre en scène *Éducation*[4]. Si cela vous tente, je serais heureux de vous passer la main.

J'ai été heureux de vous connaître.

Romain Gary

1. Renate Gerhardt. Henry Miller la rencontre en 1960 à Hambourg alors qu'elle est l'assistante de son éditeur allemand, Ledig-Rowohlt, et en tombe amoureux. Elle commence par traduire en allemand les ouvrages de Miller, puis devient son éditrice. La pièce de Miller, *Ganz wild auf Harry : eine melo-melo in sieben szene,* ne sera jamais montée à Berlin.

2. Écrivain britannique (1912-1990). En février 1957, après avoir vécu en Grèce, en Égypte et à Chypre, il s'installe dans un petit mazet du sud de la France, à Sommières (Gard), où il recevra souvent la visite de son ami Henry Miller, rencontré à Paris en 1937.

3. Pseudonyme de Roman Kacew, écrivain et réalisateur français d'origine russe (1914-1980). Militaire, puis diplomate, Gary entame une carrière littéraire en 1945 avec *Éducation européenne,* à laquelle il se consacrera pleinement à partir de la publication de *La Promesse de l'aube* (Gallimard, Paris, 1960). Auteur d'une supercherie littéraire, il publiera quatre romans sous le pseudonyme d'Émile Ajar, dont *La Vie devant soi* (Mercure de France, prix Goncourt 1975).

4. Si *La Promesse de l'aube* a fait l'objet de deux adaptations au cinéma, par Jules Dassin (*Promise at Dawn,* 1971) et Éric Barbier (2017), *Éducation européenne* (Calmann-Lévy, Paris, 1945) ne sera jamais porté à l'écran. Romain Gary passera lui-même à la réalisation en 1968 avec *Les oiseaux vont mourir au Pérou.*

FRANÇOIS TRUFFAUT À HENRY MILLER

Monsieur Henry Miller
Agence Hoffman
77, bd Saint-Michel
Paris Ve

Paris, le 29 mai 1962

Cher Monsieur Miller,
Je réponds un peu tardivement et brièvement à votre lettre du 13 mai.
Étant vraiment incapable de lire l'anglais, j'ai fait lire votre pièce à ma femme et à deux amis. Tous les trois sont d'accord pour dire qu'elle est presque impossible à résumer, que c'est le ton qui compte plutôt que l'intrigue et qu'elle est à la fois amusante, sentimentale et insolite.
Chez votre agent, Monsieur Hoffman, on nous a dit qu'il n'était pas prévu pour l'instant de traduction en français, si bien que je ne sais pas comment procéder. Dans la mesure où elle comporte beaucoup de personnages et où elle demande d'assez gros moyens, la solution Théâtre de France était excellente, et je vais la faire lire à Jean-Louis Barrault qui, d'ailleurs, en a entendu parler par Ionesco.
Je ne manquerai pas de vous tenir au courant au fur et à mesure et j'espère beaucoup vous rencontrer en septembre à Paris[1] ou dans le Midi.

François Truffaut

FRANÇOIS TRUFFAUT À RAY BRADBURY

Monsieur Ray Bradbury
10265 Cheviot Drive
Los Angeles 64, Calif.

Paris, le 29 mai 1962

Cher Monsieur Bradbury,
Pardonnez-moi de ne répondre qu'aujourd'hui à votre lettre du 3 mai. Je dois vous dire que je voyais six à huit heures de films

1. Miller se rendra à Paris début septembre 1962, mais n'y rencontrera pas Truffaut.

par jour au Festival de Cannes, et que je sortais de là trop abruti pour rédiger une lettre.
Je suis désolé que vous ne puissiez collaborer à l'adaptation de *Fahrenheit 451*, mais je comprends très bien vos raisons.
Je suis très enthousiasmé à l'idée que cela sera mon prochain film et tout le monde autour de moi trouve le roman formidable.
Monsieur Berbert et Monsieur Congdon sont en correspondance et je crois qu'ils aboutiront bientôt. De mon côté, j'envisage de faire l'adaptation et les dialogues en collaboration avec Marcel Moussy, qui avait écrit avec moi le scénario et les dialogues des *Quatre Cents Coups*.
Quant à l'acteur principal, comme je vous l'avais dit, je pense sérieusement à Jean-Paul Belmondo[1], et le tournage se situerait soit à la fin de cette année 1962, soit au début de l'année 1963.
Pour les *short stories*, je n'abandonne pas l'idée de les réaliser un jour, peut-être pour la télévision lorsque la France aura une deuxième chaîne[2].
Jean-Louis Barrault[3] m'a parlé de sa conception des *Chroniques martiennes* et je crois que ce sera vraiment très joli ; il envisage de mêler sur scène des acteurs véritables et des marionnettes à fils de dimension humaine.
J'espère vous voir pendant le tournage de *Fahrenheit 451*, mais nous aurons probablement l'occasion de nous revoir avant, peut-être

1. Comédien français, né en 1933. Formé sur les planches, il débute au cinéma dans *Les Copains du dimanche* d'Henri Aisner (1956) et devient une vedette avec *À bout de souffle de* Jean-Luc Godard (1960). Son engagement pour le rôle de Montag fut souvent contrarié. « Je ne tournerai pas *Fahrenheit 451* avant mars 1963, car Belmondo, qui est d'accord pour le tourner, n'est pas libre avant cette date. » (Lettre de François Truffaut à Helen Scott, 5 juillet 1962.) « Belmondo demande 60 millions de salaire, cela me hérisse et me donne envie de changer de métier. » (20 juillet 1962, *ibid.*) L'acteur, de son côté, affirme que son nom aide au financement : « Les types ont trente millions, quarante millions pour faire leur film. J'arrive dedans, ils en trouvent cinq cents, du jour au lendemain ! » (Propos recueillis par Michel Cournot, *Le Nouvel Observateur* n° 5, 17 décembre 1964.) Après ce premier rendez-vous raté et d'autres projets restés inaboutis, Truffaut devra attendre 1969 pour diriger Belmondo dans *La Sirène du Mississipi*.
2. La deuxième chaîne sera créée le 25 juillet 1964. Une captation de la version théâtrale des *Chroniques martiennes* sera présentée sur la 3e chaîne le 13 décembre 1974, réalisée par Renée Kammerscheit.
3. Truffaut avait rencontré Jean-Louis Barrault, le 21 décembre 1961, avec le projet (inabouti) de mettre en scène *Arc-en-enfer* de René-Jean Clot. En 1962, Louis Pauwels travaille à une adaptation théâtrale des *Chroniques martiennes* que Barrault doit mettre en scène. Mais le projet sera bientôt rattrapé par l'actualité. Le 24 avril 1967, le cosmonaute Vladimir Komarov meurt à bord de la capsule de Soyouz 1. Le 23 juin, Barrault écrit à Bradbury : « Qu'il suffise que deux cosmonautes soient brûlés dans leur capsule et la vision des *Chroniques martiennes* change d'aspect. C'est vous dire que, restant toujours passionné par notre projet, mes sensations évoluent aussi, souvent avec angoisse. » (BnF, Arts du spectacle/Fonds Renaud-Barrault.) Jugeant la pièce pas assez avant-gardiste, Barrault en confie la mise en scène à Jean-Marie Serreau et Jean-Pierre Granval. Lors d'une répétition, « Pauwels a dit : "Nous nous sommes trompés, ça ne vaut rien." Serreau a ajouté que "la mise en scène n'était pas possible", opinion partagée par Granval [...]. Peu de temps après, il y a eu mai 68 qui porta le coup fatal à une entreprise moribonde. » (Jacques Noël, *Théâtres : entretiens avec Christian Giudicelli*, Bibliothèque historique de la Ville de Paris, 1993, pp. 87-88.) La pièce sera créée au théâtre Saint-Roch (Paris), en 1974, mise en scène par Jean-Claude Amyl.

même à Los Angeles[1], où j'envisage d'aller avec Helen Scott pour faire un long entretien avec Alfred Hitchcock en vue d'un livre.
Croyez, cher Monsieur Bradbury, à mon meilleur souvenir.

François Truffaut

FRANÇOIS TRUFFAUT À DAVID GOODIS

Monsieur David Goodis
6305 N. II St.
Philadelphia 41, Pa

Paris, le 29 mai 1962

Cher David,
En rentrant du Festival de Cannes, je trouve le viseur, et je suis vraiment très touché de ce cadeau qui sera en même temps un si beau souvenir.
Moi aussi je suis très heureux de la soirée que nous avons passée à New York, et comme j'espère y revenir bientôt, je demanderai à Helen de vous prévenir.
Ma femme est en train de lire vos livres en anglais, ceux que je dois ensuite transmettre à Marcel Duhamel[2] pour la publication éventuelle à Paris.
Croyez-moi, cher David, très amicalement vôtre,

François Truffaut

RAY BRADBURY À FRANÇOIS TRUFFAUT

10265 Cheviot Drive
Los Angeles 64, California

[*11 juin 1962*]

Cher Monsieur Truffaut,
Merci pour votre dernière lettre. Je suis heureux d'apprendre que vous allez acheter les droits de *F. 451*, et j'espère que tout cela sera

1. C'est en effet durant son séjour à Los Angeles du 13 au 18 août 1962 que Truffaut aura une brève entrevue avec Ray Bradbury.
2. Éditeur et traducteur (1900-1977), créateur en 1945, chez Gallimard, de la collection Série Noire dévolue au roman policier.

finalisé rapidement. Le nom de Belmondo comme acteur possible a suscité un grand enthousiasme, chez moi comme chez tous ceux à qui j'en ai parlé. J'espère que cela marchera aussi.
L'adaptation des nouvelles me tient toujours à cœur, et si vous pouviez trouver quelqu'un qui y croit pour nous, j'aurais grand plaisir à le faire et même à vous les apporter quand nous viendrons en France, sur le tournage de *F. 451*, et pour voir la mise en scène de mon roman[1] par Jean-Louis Barrault. C'est une idée à creuser, et quand vous viendrez à Los Angeles, nous pourrons peut-être en parler plus en détail.
En attendant, je suis heureux de voir les critiques excellentes de *Jules et Jim*, notamment dans *Time Magazine*, qui est toujours si dur à satisfaire, dans tous les domaines[2].
Amitiés à vous et votre famille,

Ray Bradbury

FRANÇOIS TRUFFAUT À ALBERT CHAMBON[3]

Monsieur A. Chambon
Ambassade de France au Brésil
Section consulaire
Rio de Janeiro

Paris, le 15 juin 1962

Cher Monsieur,
J'étais très heureux de recevoir votre longue lettre et je m'apprêtais à vous écrire puisque, aussitôt rentré à Paris, j'ai lu très attentivement votre livre *81490*, dont nous avions tellement parlé ensemble. Je le trouve franchement admirable et supérieur à tous les ouvrages de fiction sur le même sujet[4].

1. Voir n. 3, p. 231. *Chroniques martiennes* est un recueil de nouvelles, où l'histoire que raconte chacune d'elles vient s'intégrer à un ensemble qu'on lit comme un roman.
2. Anonyme, « *In Love with a Smile* : Jules and Jim », *Time Magazine*, 4 mai 1962, p. 47.
3. Diplomate et résistant français (1909-2002), délégué du Conseil national de la résistance, Albert Chambon est alors premier conseiller à l'ambassade de France au Brésil. Dans *81490* (Flammarion, Paris, 1961), il rapporte ses souvenirs de Buchenwald, où il fut déporté en 1944. « 81490 » était son matricule.
4. De nombreux romans sur la Shoah et les camps nazis sont édités dans ces années-là, notamment *Le Dernier des justes* d'André Schwarz-Bart (Seuil, Paris, prix Goncourt 1959). Le sujet entre en résonance avec le projet inabouti de Truffaut, qui avait envisagé, en 1960, de consacrer un film au « dernier déporté » et d'en confier le scénario à Elie Wiesel (voir n. 1, p. 185).

Ce que vous me dites de *L'Enclos*[1] est très instructif. C'est peut-être un peu trop sévère pour que je transmette votre lettre au metteur en scène, mais je me propose, lorsque je le rencontrerai, de lui rapporter quand même l'esprit de vos critiques.
Non, vraisemblablement je ne tournerai jamais un film sur les camps, parce que je ne pourrais me résoudre à faire jouer des personnages de 30 kilos par des figurants de 60 kilos, car dans ce domaine cette réalité physique, visuelle, corporelle est trop importante pour être sacrifiée, sauf si, comme dans *L'Enclos*, le film est construit non pas sur une convention cinématographique, mais sur une convention théâtrale[2].
Ce que je crois possible, c'est l'évocation de la déportation, mais là il est impossible, à mon avis, de faire mieux que *Nuit et Brouillard*[3], dont nous avons également parlé. D'ailleurs le prochain film d'Alain Resnais sera tiré d'un scénario de Jean Cayrol et, sans être absolument certain, je crois qu'il s'agit encore du problème de la déportation[4].
Je suis vraiment très touché que vous m'ayez écrit, d'autant plus que j'étais désolé d'avoir quitté Rio[5] sans vous avoir salué.
Lorsque votre invitation à dîner nous est parvenue, je gardais la chambre depuis deux jours car j'étais grippé, et dans le même temps les Belmondo et Philippe de Broca[6] allaient passer 24 heures à Maja[7].
Notre petit groupe était assez disloqué et j'avais transmis votre lettre à Jérôme Brierre[8] d'Unifrance pour qu'il joigne votre secré-

1. Film d'Armand Gatti (1961). Un officier SS place deux condamnés à mort dans un enclos : celui qui tuera son compagnon sera gracié.
2. « Je disais qu'il était impossible de faire un film sur la déportation à cause du poids des interprètes. Or, un film comme *L'Enclos* m'a convaincu. Gatti a pris son sujet sur un plan théâtral ; il le possédait tellement qu'il a triomphé des obstacles. Il a fait, je crois, le meilleur film de fiction sur la déportation. » (François Truffaut : entretien avec Pierre Delot, *Clartés* n° 42, mars 1962.)
3. Truffaut critique fut un grand défenseur de ce « film sublime dont il est difficile de parler [...]. Toute [sa] force réside dans le ton adopté par les auteurs : une douceur terrifiante » (« Rencontre avec Alain Resnais », *Arts* n° 556, 22-28 février 1956).
4. *Muriel ou le Temps d'un retour* (1963). Sans doute influencé par le nom de Jean Cayrol qui, ancien déporté au camp de Mathausen-Gusen, fut le scénariste de *Nuit et Brouillard*, Truffaut pense que ce nouveau film serait lui aussi centré sur la question de la déportation ; en réalité, celle-ci n'est évoquée que par petites touches à travers le passé collabo de certains personnages, le passage d'un gendarme à képi (allusion au plan censuré de *Nuit et Brouillard*) ou des bribes de dialogues, telle « Le cuisinier d'ici a été déporté. S'il était mort, on aurait perdu la recette ».
5. Truffaut participe alors à un festival organisé par Unifrance Film, à Rio de Janeiro.
6. Réalisateur français (1933-2004), auteur de comédies d'aventures. À Rio de Janeiro, il présente *Cartouche*, avec Jean-Paul Belmondo.
7. Sans doute Magé, ville de l'État de Rio de Janeiro.
8. Photographe et attaché de presse (né en 1928), alors collaborateur d'Unifrance Film. Christine et Jérôme Brierre deviendront les attachés de presse de Truffaut jusqu'en 1978 (dans une lettre à Jérôme Brierre, le 19 avril 1978, il signifie la fin de leur collaboration en raison d'une faute professionnelle ou ce qu'il considère comme telle).

taire afin de nous excuser et peut-être d'organiser quand même un rendez-vous avant notre départ. Je comprends en vous relisant que cela n'a pas été fait.

J'espère revenir prochainement au Brésil et je suis très désireux de visiter Brasilia[1], où je pense éventuellement tourner quelque chose.

Je suppose que le triomphe brésilien au Festival de Cannes[2] vous aura favorablement surpris.

Cher Monsieur, je vous renouvelle mes remerciements et je suis très heureux d'avoir fait votre connaissance.

Chaleureusement vôtre,

François Truffaut

FRANÇOIS TRUFFAUT À ROMAIN GARY

Monsieur Romain Gary
108, rue du Bac
Paris

Paris, le 15 juin 1962

Mon cher ami,

Je suis très heureux d'avoir reçu vos deux livres. Je vais les lire tranquillement dans le Midi et je ne manquerai pas de vous envoyer un petit mot.

Moi aussi j'ai été très heureux de faire votre connaissance à la faveur de ce festival[3].

Transmettez mon meilleur souvenir à Jean Seberg[4] et croyez-moi amicalement vôtre,

François Truffaut

1. L'une des « villes envisagées, visitées, pressenties, photographiées et repérées depuis trois ans ! [comme décor pour *Fahrenheit 451*] », écrit Truffaut dans son *Journal de tournage* (Seghers, Paris, 1974, p. 162).

2. La Palme d'or fut attribuée au film brésilien d'Anselmo Duarte, *La Parole donnée* (*O pagador de promessas*).

3. Romain Gary était l'un des jurés du XVe Festival de Cannes, comme Truffaut, qui en gardera un souvenir amer : « Je me suis rendu compte que c'était un dialogue de sourds et qu'on ne peut pas parler de cinéma avec des gens aussi différents que Mel Ferrer, Sophie Desmarets, Jean Dutourd, Romain Gary, pour qui le cinéma n'a pas le même sens, pour qui les mots n'ont pas le même sens. Alors, on en arrive à la compromission. » (« *L'Express* va plus loin avec François Truffaut : propos recueillis par Christiane Collange, Pierre Billard, Claude Veillot », *L'Express* n° 883, 20-26 mai 1968.)

4. Actrice américaine (1938-1979), découverte dans *Sainte Jeanne* (*Saint Joan*) d'Otto Preminger (1958). Son interprétation de Patricia, la jeune Américaine d'*À bout de souffle* de Jean-Luc Godard (1960), lui ouvrira les portes d'une carrière française. En 1962, elle est la compagne de Romain Gary, qu'elle épousera le 16 octobre 1963. Les archives Truffaut conservent quelques lettres de Jean Seberg, notamment une « *fan letter* » (*ca* 1959), où elle le remercie pour son article sur *Bonjour*

DAVID GOODIS À FRANÇOIS TRUFFAUT

6305 North 11th Street,
Philadelphia 41, Pa.

Monsieur François Truffaut
Films du Carrosse
25, rue Quentin-Bauchart
Paris VIIIe
France

29 juin 1962

Cher François,
Je viens de recevoir une lettre d'Helen Scott me demandant de vous renseigner sur la disponibilité des droits cinématographiques de *The Burglar*[1], en vue d'en faire un remake. C'est la Columbia Pictures Corp., à Hollywood, qui détient les droits. Elle en avait sorti une adaptation en 1957. Produit par Samson Productions, à Philadelphie, le film a été vendu à la Columbia. Si vous souhaitez faire un remake, il vous faudrait donc négocier directement avec la Columbia.
Astor Pictures[2] m'a invité à une projection de *Shoot the Piano Player* (sous-titré en anglais), et mes réactions vis-à-vis des sous-titres sont mitigées : par moments, ils s'adaptent parfaitement au rythme du film, mais à d'autres, l'effet est superflu, voire ambigu. Le recours à l'argot me semble excessif aussi, notamment dans les scènes impliquant les deux gangsters. Cela étant dit, le traducteur est précis et fait bien passer le sens, je dirais donc que le sous-titrage dans l'ensemble est plutôt satisfaisant[3].

---

tristesse (*Arts* n° 661, 12-18 mars 1958 ; *Chroniques d'Arts-Spectacles*, *op. cit.* pp. 423-427) et le complimente pour un film, sans doute *Les Quatre Cents Coups*.

1. Roman de David Goodis paru en 1953, publié en France en 1954 (*Le Casse*, Gallimard, Paris) et adapté au cinéma en 1957 par Paul Wendkos. Le 20 juin 1962, Truffaut écrivait à Helen Scott : « Pourriez-vous lui demander [à Goodis] si le contrat que lui ou son éditeur a passé avec *The Burglar* permet ou non de tourner un de ces jours un remake ? C'est le seul bouquin qui me déciderait à refaire un "thriller" genre *Pianiste*. » Puis, le 5 juillet : « ... il ne me dit pas l'essentiel, probablement parce qu'il l'ignore : à savoir pour combien d'années les droits littéraires ont été cédés au producteur ou au distributeur ? Il est possible que ce soit une cession à vie comme cela se fait souvent en Amérique, [auquel] cas il me serait impossible de tourner le film dans quelques années et en manifestant le désir au *big boss* de la Columbia et si je suis à ce moment-là dans une situation favorable vis-à-vis d'eux. » Le 24 juillet, Helen Scott lui répond : « David Goodis me confirme que si vous désirez refaire le film, vous devrez en négocier les droits avec la Columbia. Ils ont les droits à perpétuité. »

2. Société de distribution américaine, fondée par Robert M. Savini. C'est elle qui distribua, après deux ans de tergiversations, *Tirez sur le pianiste* aux États-Unis, en 1962. Le 20 décembre 1961, Truffaut écrivait à Helen Scott : « Braunberger me confirme qu'Astor n'a toujours pas signé de contrat pour *Le Pianiste*, drôles de fumistes ! » (*Correspondance*, *op. cit.* p. 196.)

3. Truffaut à Helen Scott, le 5 juillet 1962 : « David Goodis m'a écrit une lettre et j'ai compris que

Je suis heureux que vous ayez reçu le viseur et qu'il vous plaise. Grove Press sort une édition cinéma de *Shoot the Piano Player* et je ferai en sorte qu'on vous en envoie un exemplaire dès sa parution[1].
Votre ami,

David

HENRY MILLER À FRANÇOIS TRUFFAUT

661 Las Lomas
Pacific Palisades, California

6 juillet 1962

Cher François Truffaut,
Merci de vos nouvelles à l'égard de ma pièce. Je ne peux croire qu'elle plaira aux directeurs du théâtre national. C'est trop d'attendre. Mais félicitations pour les démarches — jusqu'à Barrault !
Je crois que je serai à Paris au commencement de septembre. J'irai à Edinburgh Festival[2] le 15 août. Encore une « conférence » d'écrivains — de la merde, quoi. Mais je voudrais bien voir l'Écosse — et mon cher ami Lawrence Durrell.
Je ne resterai pas longtemps à Paris. Je veux voir Hildegarde Knef[3] (Neff, chez nous) à sa maison, en Bavaria (Allemagne). Et ensuite à Berlin voir *une amie* à moi.
Peut-être entre temps je ferai un petit séjour à Nîmes, chez Durrell.
Je suis impatient de voir *Jules et Jim*. Ici je suis dans la solitude totale.
Salut !

Henry Miller

Le Pianiste sous-titré lui plaît moins que lorsqu'il n'y comprenait rien et croyait le film beaucoup plus fidèle à son livre. » (*Correspondance*, *op. cit.* p. 217.)

1. L'éditeur américain de *Down There*, qui a inspiré *Tirez sur le pianiste*, va profiter de la sortie du film de Truffaut aux États-Unis, le 24 juillet 1962, pour rééditer le roman sous le titre *Shoot the Piano Player* comme le film, dans sa collection de poche « Black Cat Book ». Cette « édition cinéma » comportait une photo du film en couverture (Charles Aznavour et Michèle Mercier) et cette citation d'Henry Miller : « *I think that the novel is even better than the film* », ainsi que six photos du film en quatrième de couverture.
2. Fondé en 1947, le Festival international d'Édimbourg est un festival de théâtre qui se tient chaque année, au mois d'août.
3. Actrice et chanteuse allemande (1925-2002), découverte dans *Les assassins sont parmi nous* de Wolfgang Staudte (1946).

BERNARD GHEUR[1] À FRANÇOIS TRUFFAUT

20, rue Trappé
Liège (Belgique)

Liège, 15 juillet 1962

Monsieur François Truffaut,
J'ose enfin vous écrire. Je vous connais assez bien par les nombreuses interviews que j'ai lues de vous, par trois films (tous vos films moins *Les Quatre Cents Coups* qui, en Belgique, étaient interdits à l'enfant que j'étais en 1959), et je vous ai entrevu au dernier Festival de Cannes[2] (cf. l'article de moi, ci-joint, que je me permets de vous envoyer).
J'ai 17 ans et je dois dire que vous m'avez aidé depuis deux ans ; votre lointain exemple m'a appris à vivre, m'a suggéré un art de vivre, le seul art de vivre, c'est-à-dire celui qui se fonde sur la volonté et la sincérité. À présent, j'essaie de faire de petits films en 8 mm, toujours en retournant à vos préceptes de mise en scène, qui ressemblent à ceux de Jean Renoir : avoir de l'amour et du respect pour ce qui est devant l'objectif, laisser courir son cœur, laisser faire son instinct, tourner des films pour son plaisir, un plaisir qui ne va pas sans le plaisir des autres. Évidemment, mon travail est très grossier, peut-être prétentieux, mais nous y avons tous pris grand plaisir. Des intrigues amoureuses se nouaient entre presque tous les collaborateurs et collaboratrices !
Voici le scénario de notre film, si cela ne vous ennuie pas trop :
Deux adolescents sortent d'un collège. L'un vient de rater un examen d'algèbre. Mais une chose le console : l'automobile. « Ma spécialité, c'est les bagnoles », dit-il. L'autre aime mieux « les choses vivantes » : il a rencontré dernièrement une jeune fille à laquelle il pense tout le temps. Miracle ! Ils la rencontrent justement en

1. Journaliste et romancier belge (né en 1945). Après des études de droit et de journalisme, il travaille au quotidien *La Meuse*. Jeune cinéphile, c'est en lisant l'article « Panorama du jeune cinéma français » paru dans la revue bruxelloise *Les Amis du film* (n° 46, avril 1959), qu'il découvre l'existence de François Truffaut et lui adresse cette première lettre. Il a écrit plusieurs romans, dont *Le Testament d'un cancre* (Albin Michel, Paris, 1970), *Le Lieutenant souriant*, devenu un classique de la littérature pour la jeunesse, et *Les Étoiles de l'aube* (Weyrich, 2011). Dans *Les Orphelins de François* (Weyrich, 2021), il relate son amitié épistolaire avec Truffaut, de 1962 à 1984.
2. « Au fond, j'ai vu deux fois François Truffaut en chair et en os. La première fois, c'était au Festival de Cannes [la XVe édition, 7-23 mai 1962, où il était juré]. La seconde en mars 1967, pour la présentation de *Fahrenheit 451* dans un amphi de l'Université libre de Bruxelles, où je faisais mes études de journalisme. François Truffaut est venu répondre aux questions des étudiants. » (Courriel de Bernard Gheur à Bernard Bastide, 22 novembre 2018.) L'article dont il est question ici n'a pas été retrouvé.

ville, et de plus elle monte dans une Ferrari, en compagnie de son père. Les deux amis ne se sentent plus de joie. Ils demandent à un troisième de suivre la Ferrari en voiture. Les deux voitures sortent de la ville. Les poursuivants dépassent la belle et sa Ferrari ; ils s'arrêtent et simulent une panne d'essence. La Ferrari s'arrête et prend en charge nos deux amis.

Le père, qui habite tout près, propose d'aller chercher chez lui un bidon d'essence. Les deux amis vivent un rêve. Pendant ce temps, le conducteur de la voiture faussement « asséchée » reste là... et commence à s'impatienter. Les collégiens voient maintenant tout à leur portée. Le bidon doit être ramené dans une Jeep, que le passionné de voitures espère vaguement pouvoir conduire. L'autre se dit qu'il va parler à la fille. Mais catastrophe ! Un troisième garçon apparaît à la maison ; il prend la main de la fille, et il va se mettre au volant de la Jeep. Tout est perdu. Et pendant ce temps, leur copain, qui est plus vieux qu'eux, n'y tient plus, et démarre aussi sec ! Les collégiens seront abandonnés sur la grand-route par le conducteur de la Jeep, furieux, avec en plus un haussement d'épaules excédé de la demoiselle ! Nous retrouvons les deux amis en train de faire de l'auto-stop. Une voiture s'arrête. Mais c'est une Jaguar E, et une jolie demoiselle est à la portière. Nos garçons secouent la tête négativement et continuent leur route. On ne les y reprendra plus ! FIN.

J'espère que vous aurez compris ce compte rendu un peu gauche et que vous ne m'aurez pas trouvé trop sot de vous conter nos petites affaires. Je crois avoir été influencé inconsciemment par *L'Inconnu du Nord-Express*[1] : le montage parallèle de la fin montrant le trajet de la Jeep et le type qui s'impatiente, et la toute dernière scène (le pasteur qui accoste le joueur de tennis dans le train). Je sais en tout cas que la musique et la fille sont ravissantes ! À part cela, pardonnez cette lettre d'un jeune cinéphile[2] un peu fou !

Bernard Gheur

1. « Jamais suspense ne fut plus efficace que dans *L'Inconnu du Nord-Express* (admirablement mis en scène), qui préfigure et annonce le film suivant d'Alfred Hitchcock, *I Confess (La Loi du silence)* » (François Truffaut, « Reprises », *Arts* n° 529, 17-23 août 1955 ; *Chroniques d'Arts-Spectacles*, *op. cit.* p. 150).

2. « Jamais je n'aurais imaginé que Truffaut aurait gardé cette première lettre. C'est une pure et naïve lettre de fan [...]. Je me souviens de l'avoir écrite en été, sans doute à Spa, où j'étais en vacances, et de m'être dit : "Je suis gonflé d'écrire cela à Truffaut ! Tant pis, je l'envoie." Mais je ne me rappelle absolument plus les phrases... » (Courriel de Bernard Gheur à Bernard Bastide, 15 novembre 2018.)

FRANÇOIS TRUFFAUT À RAY BRADBURY

[Papier en-tête *Les Films du Carrosse*]
BAL 74-98

BRADBURY
10265 Cheviot Drive
Los Angeles 64, Calif.

11 août 1962

CHER MONSIEUR BRADBURY
HELEN SCOTT ET MOI SERONS AU BEVERLY HILLS HÔTEL DU 13 AU 18 AOÛT ET ESPÉRONS VOUS RENCONTRER[1].

TRUFFAUT

RAY BRADBURY À FRANÇOIS TRUFFAUT

10265 Cheviot Drive
Los Angeles 64, California

12 août 1962

Cher François (si vous me permettez de vous appeler ainsi),
Je vous écris car nous avons vu *Jules et Jim*[2] hier soir.
Je vous écris pour vous dire ce que vous savez déjà, mais qu'il faut vous répéter : vous êtes né pour faire du cinéma.
Votre corps, votre œil, est une caméra. La caméra n'existe pas indépendamment : vous et la caméra ne faites qu'un, vous regardez et découvrez le monde ensemble et vous nous surprenez.
C'est un beau film, si dense, si humain… Il m'a tout simplement envoûté. Je vais m'arrêter là, avant de trop en dire.
J'ajouterai simplement que je suis très impatient de voir *Fahrenheit 451*. Comment ça se passe pour le scénario ? Avez-vous repensé à l'idée de tirer un film d'après mes nouvelles, plus tard, l'an prochain ? J'aimerais beaucoup les adapter, vous le savez.

1. Truffaut et Helen Scott se rendent à Los Angeles pour réaliser la première série d'entretiens avec Hitchcock (*Le Cinéma selon Hitchcock*, Robert Laffont, Paris, 1966).
2. Ce film est sorti au Guild Theater, à New York, le 23 avril 1962, où il a tenu l'affiche quatre semaines. Cette projection à Los Angeles était sans doute privée, organisée par Helen Scott à la demande de Bradbury.

Vous trouverez ci-joint une nouvelle que je viens d'écrire ; j'espère que votre femme aura plaisir à vous la lire[1].
Avec toute mon admiration et mes remerciements,
Bien à vous,

Ray

FRANÇOIS TRUFFAUT À RAYMOND JEAN[2]

Monsieur Raymond Jean
12, rue de Sontay
Aix-en-Provence

Paris, le 23 août 1962

Cher Ami,
Je garde un excellent souvenir de notre brève rencontre à Aix[3] et je vous adresse un double remerciement, pour la critique de *Jules et Jim* dans *Les Cahiers du Sud*, extraordinairement pénétrante (vous êtes le seul à avoir parlé de *Jacques et Julien*[4]), mais surtout pour votre livre qui m'a fasciné. Comme vous le soupçonnez probablement, je ne suis pas très amateur de « nouveau roman », mais dans *La Conférence*[5], il s'agit de sentiments tellement précis et personnels pour vous et pour moi que cela m'a emporté. Rétrospectivement, je me suis représenté le petit débat-laïus sur scène après *Jules et Jim*, et j'ai eu la conviction qu'à cause de votre livre vous aviez été, ce soir-là, après le film, un spectateur au « carré ».

1. Ce document n'a pas été conservé avec la lettre. Le 2 avril 1965, Truffaut écrira à Malcom Stuart : « Je vous retourne, avec vingt mois de retard, le scénario de notre ami Bradbury, *And the Rock Cried out*, qui m'a vivement intéressé à travers la traduction orale que m'en a fait ma femme, car malheureusement je ne lis pas l'anglais. Mais il m'est impossible de m'y intéresser activement car, comme vous le savez probablement, je lutte depuis trois ans pour tourner *Fahrenheit 451* et je crois pouvoir espérer maintenant que ce beau rêve se réalisera en 1966. »
2. Écrivain et essayiste français (1925-2012). Outre ses romans (*La Vive, L'Attachée*…), il a écrit des essais sur la littérature (*La Littérature et le Réel. De Diderot au Nouveau Roman*) et la poésie (*La Poétique du désir*). Après leur première rencontre à l'Université d'Aix-en-Provence, Raymond Jean enverra régulièrement son dernier livre à Truffaut et le complimentera pour son dernier film (*La Peau douce, Baisers volés*). Il lui fera part de son désir « d'écrire pour le cinéma » et de le voir adapter ses romans *Les Grilles* et *La Vive*. Mais ces projets resteront lettre morte.
3. En juin 1962, Truffaut est venu présenter *Jules et Jim* aux étudiants de la section Lettres et Droit de l'Université d'Aix-en-Provence.
4. « *Jules et Jim* ou Tendre comme le souvenir », *Les Cahiers du Sud* n° 366, mai-juin 1962 ; Raymond Jean, *La Littérature et le Réel. De Diderot au Nouveau Roman*, Albin Michel, Paris, 1965, pp. 197-202. *Jacques et Julien* est le titre du roman que le personnage de Jim écrit dans *Jules et Jim*.
5. Roman de Raymond Jean (Albin Michel, Paris, 1961).

Je crois que vous n'avez pas lu le roman *Jules et Jim*, mais je préfère vous envoyer le second livre[1] du même auteur qui vous surprendra davantage bien que, ici et là, quelques phrases se soient immiscées dans le film.

Avec mon meilleur souvenir, croyez-moi chaleureusement vôtre,

François Truffaut

RAY BRADBURY À FRANÇOIS TRUFFAUT

31 août 1962

Cher François,

Vous m'aviez demandé un compte rendu de la projection de *Tirez sur le pianiste* à notre Film Society[2] : le voici.

Il y a ceux qui pensent que *Tirez sur le pianiste* est meilleur que *Jules et Jim*. Et ceux qui pensent que *Jules et Jim* est supérieur à *Tirez sur le pianiste* ! Cela vous amuse-t-il autant que moi ? Je l'espère, car je sais depuis très longtemps déjà, tout au long de ma carrière, que les gens sont capables de ce genre de comparaisons ineptes. Le fait est que certaines personnes ont BESOIN de certaines de nos œuvres plutôt que d'autres : certains préfèrent mes histoires fantastiques à ma science-fiction, d'autres mes récits réalistes à mes histoires fantastiques, etc.

Je dirais aussi qu'il est difficile de comparer *Tirez sur le pianiste* et *Jules et Jim*. Sur le plan technique, je trouve les mouvements de caméra plus déliés et plus fluides dans *Jules et Jim*, dont l'atmosphère me semble aussi plus prégnante. Pour le reste, les deux films sont comparables en ce qu'ils révèlent votre immense vitalité et votre légèreté, tout en laissant paraître, en filigrane, la tombée de la nuit. Pour moi, ce qui me fait penser le plus à vos films, c'est le souvenir d'un mariage-chasse au renard auquel j'ai assisté en Irlande — une journée cocasse au cours de laquelle renards, chevaux et meutes de chiens ont attendu patiemment qu'un pasteur unitarien marie un vieux renard à une pauvre fille gelée qui ne cessait de renifler. Une fois la cérémonie terminée, au lieu de les

1. *Deux Anglaises et le Continent* (Gallimard, Paris, 1956).

2. Ray Bradbury appartenait à la Writers Guild of America West, syndicat des scénaristes basé à Los Angeles. En 1960, son président lui demanda d'y créer la Writers Guild Film Society, qui fonctionna comme un ciné-club — cotisation des adhérents, projection de films en avant-première, organisation de débats — et compta jusqu'à 2 000 membres.

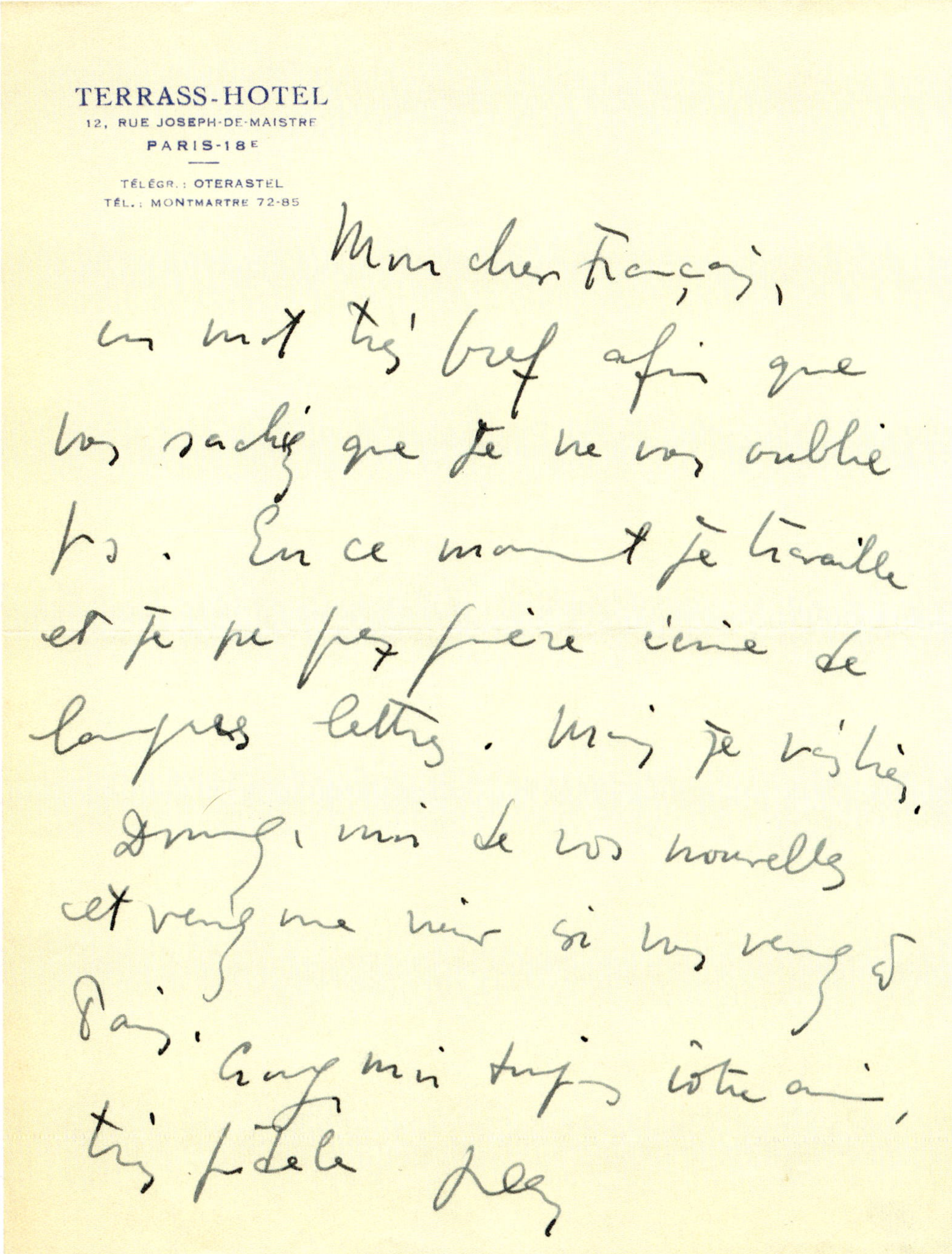

TERRASS-HOTEL
12, RUE JOSEPH-DE-MAISTRE
PARIS-18E

TÉLÉGR. : OTERASTEL
TÉL. : MONTMARTRE 72-85

Mon cher François,

un mot très bref afin que vous sachiez que je ne vous oublie pas. En ce moment je travaille et je ne peux guère écrire de longues lettres. Mais je vous lis.

Donnez-moi de vos nouvelles et venez me voir si vous venez à Paris.

Croyez-moi toujours votre ami, très fidèle

Jean

1 Jean Genet à François Truffaut
[29 juin 1951]

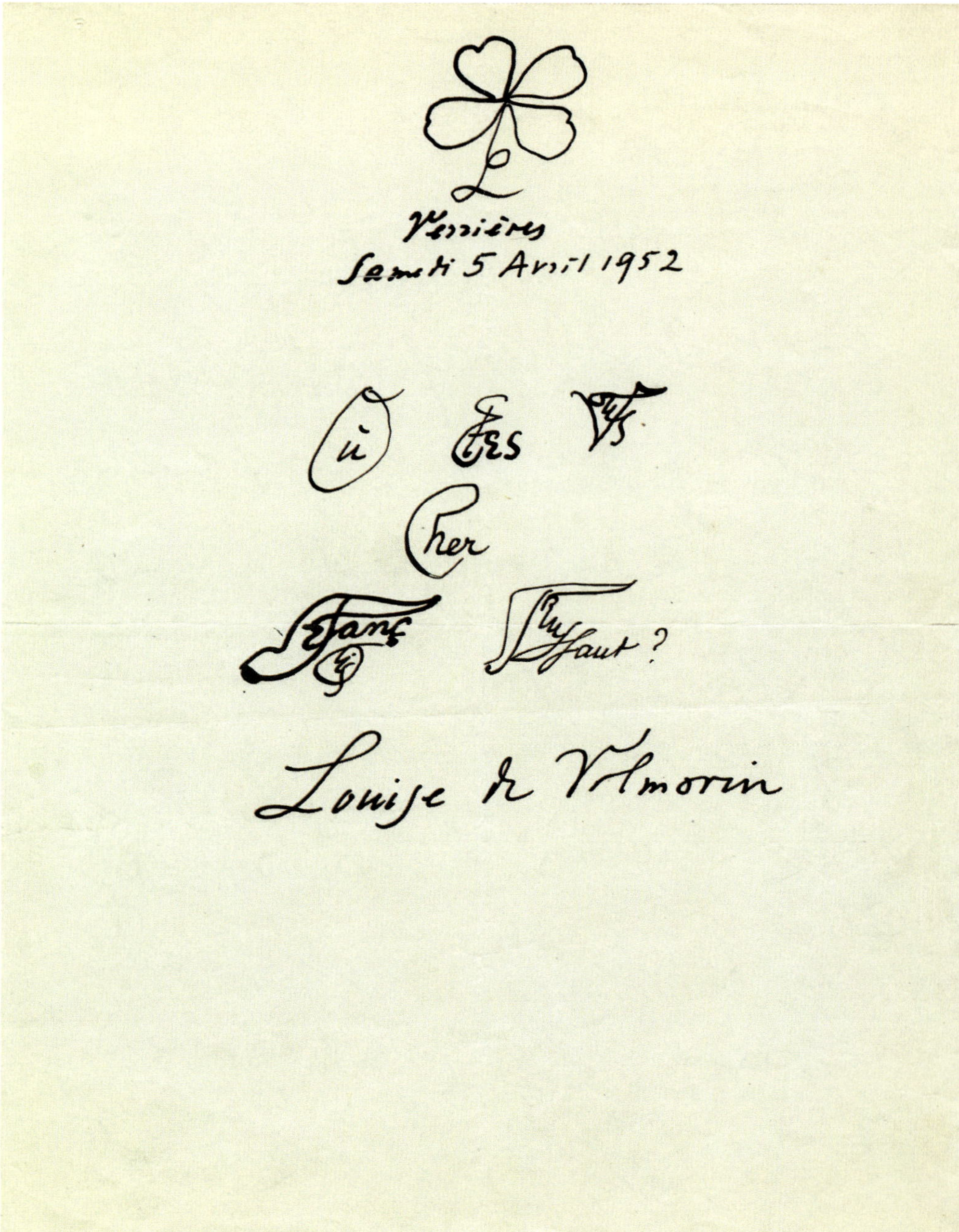

Verrières
Samedi 5 Avril 1952

Où êtes vous
Cher
François Truffaut?

Louise de Vilmorin

II Louise de Vilmorin à François Truffaut
5 avril 1952

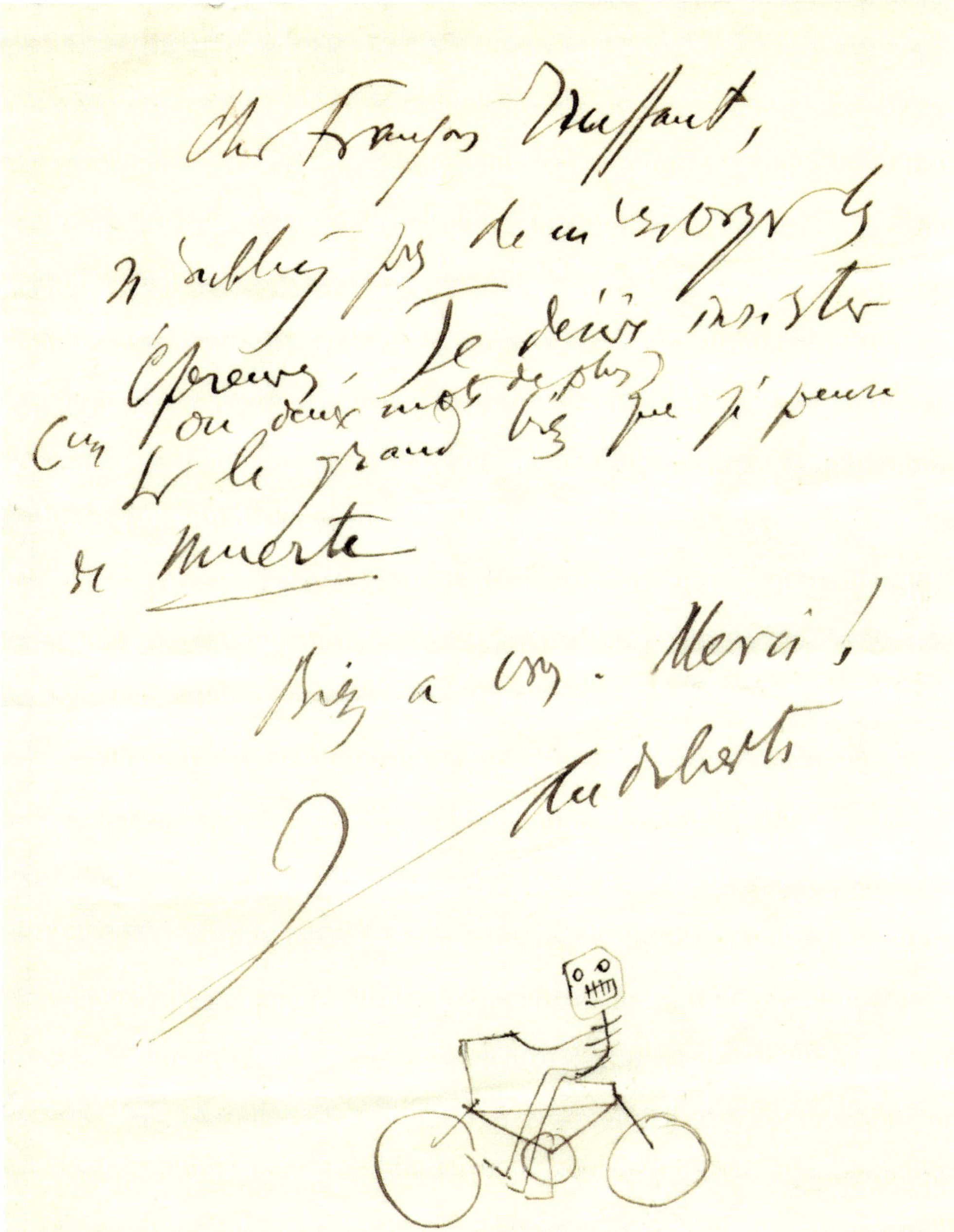
Cher François Truffaut,
n'oubliez pas de m'envoyer les
épreuves. Je désire insister
un ou deux mots de plus
sur le grand bien que je pense
de Muerte
Bien à vous. Merci !
Audiberti

III Jacques Audiberti à François Truffaut
[*ca* octobre 1955]

11 Avril '56 Sèvres

H. P. ROCHÉ 2, RUE NUNGESSER-COLI. SÈVRES (S.-&-O)

Cher François Truffaut

J'ai été très sensible à vos quelques mots sur "Jules et Jim" dans Arts notamment à : "... grâce à une morale esthétique et neuve sans cesse reconsidérée."

J'espère que vous la retrouverez, encore plus, dans : "Deux Anglaises et le Continent", que vous allez recevoir...

Henri Pierre Roché

IV Henri Pierre Roché à François Truffaut
11 avril 1956

LES FILMS DU CARROSSE

SOCIÉTÉ DE PRODUCTION CINÉMATOGRAPHIQUE

de Paris, ce jeudi soir,

Mon cher Jean,

Déjeuner avec vous ? Quelle joie ! Toutefois il faudrait que ce soit avant le jeudi prochain 24 mars car je partirai ~~pour~~ Copenhague qqs jours.

Oui, vous serez le 1er spectateur du Pianiste. L'unique plan d'Aznavour dans le Testament est <u>spécialement</u> beau.

Rivette a aimé et écrit ; je n'ai pas lu, c'est à l'imprimerie, je fais confiance.

Il y a donc Jutra en qui je crois beaucoup et qui est prêt à tourner en couleurs, seul, à la fois opérateur-réalisateur-monteur, Arri la bonne caméra à la main. Je n'ai aucun mérite à lui faire confiance car il est l'acteur et le co-réalisateur avec Mac Laren de LA CHAISE. Le petit film qu'il a tourné sur Félix Leclerc est excellent ainsi qu'un long métrage canadien romancé en 16 m/m.

Marianne à corps perdu se jettera à l'eau, tous deux s'entendent bien.

Société à responsabilité limitée au capital de 5.000.000 de francs
Siège Social : 25, RUE QUENTIN-BAUCHART, PARIS 8e
R. C. Seine 57 B 15.689 - Téléphone : BAL. 48-61
Carte Professionnelle N° 666 - 4410

v François Truffaut à Jean Cocteau
[17 mars 1960]

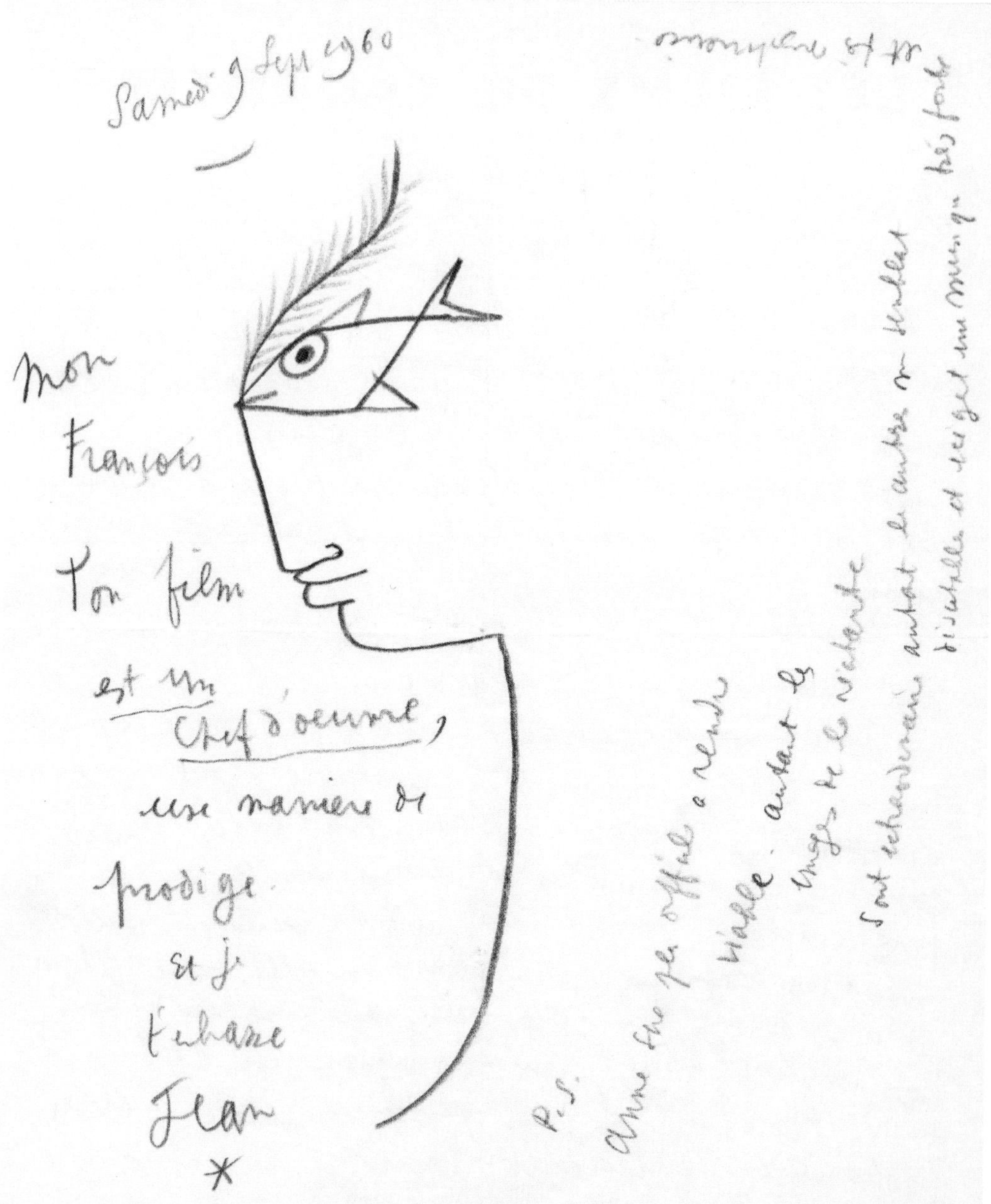
Samedi 9 Sept 1960

Mon François

Ton film est un chef d'œuvre, une manière de prodige.

Et je t'embrasse

Jean
*

VI Jean Cocteau à François Truffaut
9 septembre 1960

MOULIN D'ANDÉ
ST-PIERRE-DU-VAUVRAY
TÉL. 89 (EURE)

Mercredi, 24 janv.

Cher François,

Nous avons couru, avec joie, sous la tempête, pour voir, avant tout le monde, Jules et Jim – et nous sommes très contents, nous avons beaucoup aimé.

Je te le dis, avec d'autant plus de joie, que je n'aime presque plus rien. Je deviens exigeant, et odieux ! Des films de quelques bons amis, je suis presque toujours triste et découragé.

Hier soir, j'étais heureux. Parce que

VII Maurice Pons à François Truffaut
24 janvier [1962]

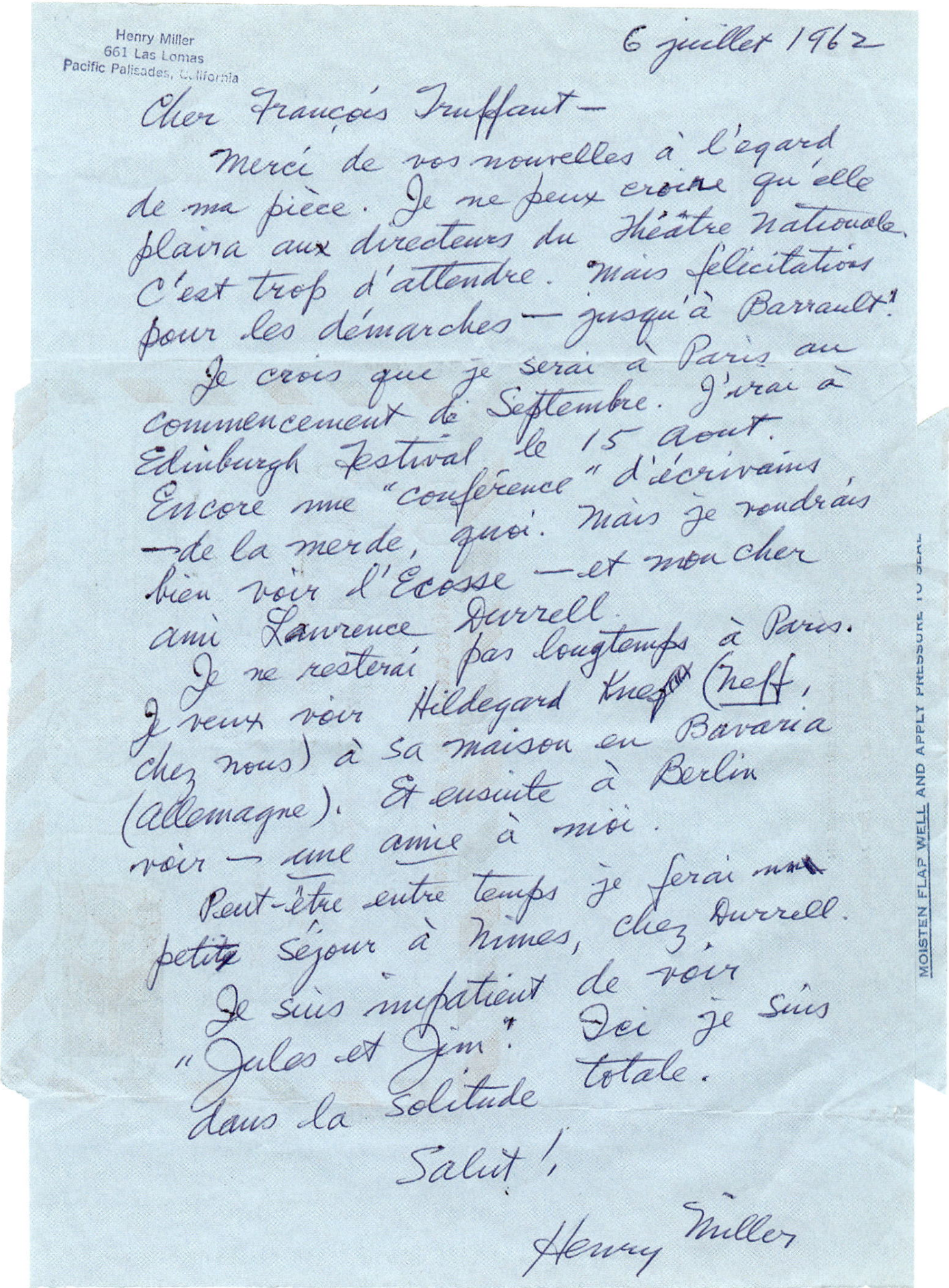
Henry Miller
661 Las Lomas
Pacific Palisades, California

6 juillet 1962

Cher François Truffaut —

Merci de vos nouvelles à l'egard de ma pièce. Je ne peux croire qu'elle plaira aux directeurs du Théâtre Nationale. C'est trop d'attendre. "Mais félicitations pour les démarches — jusqu'à Barrault"!

Je crois que je serai à Paris au commencement de Septembre. J'irai à Edinburgh Festival le 15 Aout. Encore une "conférence" d'écrivains — de la merde, quoi. Mais je voudrais bien voir l'Ecosse — et mon cher ami Lawrence Durrell.

Je ne resterai pas longtemps à Paris. Je veux voir Hildegard Knef (Neff, chez nous) à sa maison en Bavaria (allemagne). Et ensuite à Berlin voir — une amie à moi.

Peut-être entre temps je ferai petit séjour à Nimes, chez Durrell.

Je suis impatient de voir "Jules et Jim". Ici je suis dans la solitude totale.

Salut!

Henry Miller

MOISTEN FLAP WELL AND APPLY PRESSURE TO SEAL

VIII Henry Miller à François Truffaut
6 juillet 1962

Ce vendredi soir,

Jean,

je suis rentré de Stockolm hier soir ; aujourd'hui, j'ai travaillé toute la journée sans prendre aucune communication car je repars demain matin dans le Midi.

Dès que j'ai su que vous me cherchiez, j'ai appelé le Lutetia. Je vous ai dit : je viens à 7 heures, nous parlerons jusqu'à 8 (car vous m'aviez dit dîner avec Nico à 21h30).

Après notre coup de fil ma femme m'a téléphoné car ma plus jeune fille était malade et il y avait des ordonnances à porter à la pharmacie. Ma femme était seule à la maison car c'était le jour de sortie de la fille qui s'occupe de nos gosses ; je suis donc rentré à la maison.

Ma femme m'a expliqué qu'il y avait une "préparation" et que je devrais donc un peu attendre ; prévoyant mon retard, j'ai appelé mon bureau pour qu'on vous dise : huit heures au lieu de 7. Je n'ai pas appelé

IX François Truffaut à Jean Genet
[23 novembre 1962]

Samedi 14 mars 64

FRANÇOIS TRUFFAUT

Ma chère Louise,

moi aussi je suis triste de ne pas vous voir et vous n'imaginez pas combien je pense à vous.

Peut-être un de mes défauts est-il de trop lier l'amitié et le travail ? Je rêve de vous connaître vraiment, progressivement, à la faveur d'un travail commun pour le cinéma, peut-être pour Jeanne ? Chaque fois que je la vois nous parlons de vous.

Chère Louise, comment peut-on avoir autant d'amitié et d'admiration pour quelqu'un et les lui témoigner si peu et si mal ? C'est à moi de répondre à cette question autrement que par : la vie est mal fichue,

je vous embrasse, mal mais sincèrement,

votre François

x François Truffaut à Louise de Vilmorin
14 mars 1964

Cher François.

Voilà une exposition sans vous ! It is verry "tristounze balerinette" pour parler comme Guillaume. Nous sommes ici comme des coqs en pâte et recevons dans vos salons les amis, car nous sommes immobilisés par une griffe que Danièle a pignée au saut du train. À part les amis nous ne voyons personne d'autre que la masse de nos ennemis qui encombrent les rues et nous empêchent de jouir de Paris égoïstement. Paris est un "cher petit grand fond malampia" lieu de séquestration. Les parisiens disent d'ailleurs ~~qu'il n'y a que Londres~~ qu'on respire est-ce vrai ?

et  a naït ?... ça va t-y ?...

et  joue-t-il bien ?

Faites lui nos amitiés à ... n'R

Les souvenirs glanés à Oradour... au dessus du teleph. sont "findumondesques" pour ne pas dire apocalypses. Votre bibliothèque m'inviterait à rester au moins six mois chez vous tant elle est neuve pour parler littérairement, mais déjà je trépigne et ne pense qu'à retourner vers "mon petit cher grand petit fond malampia à moi-même personellement. J'ai envie de me remettre à peindre à vrai dire et vous invite à venir nous voir au printemps.

Serge REZVANI

du 25 Janvier au 25 Février 1966

Amitiés par milliers.
de nous deux dans vos pantoufles.

Vernissage Mardi 25 Janvier : 18 heures

XI Serge Rezvani à François Truffaut
[début 1966]

Castel Ste-Claire
HOTEL-RÉSIDENCE
****
HYÈRES - VAR
TÉL. 9.33 ET 3.95

24 avril

Cher François,

j'ai très envie de faire un film en adaptant le dernier David Goodis traduit : La pêche aux avaros (Série Noire 1116). J'ai écrit un mot chez Gallimard où on tarde à me répondre, quant aux droits. Pour votre Pianiste, comment aviez-vous traité ? Si vous en aviez le temps, vous me rendriez service en me le disant (faut-il par exemple traiter avec Goodis directement ?)

Aline a été montré ici pour la première fois, je ne sais pas... Il y aura des projections à Paris, j'espère que vous pourrez venir.

Amitiés

François Weyergans

15 rue Dauphine, Paris 6

XII François Weyergans à François Truffaut
24 avril [1967]

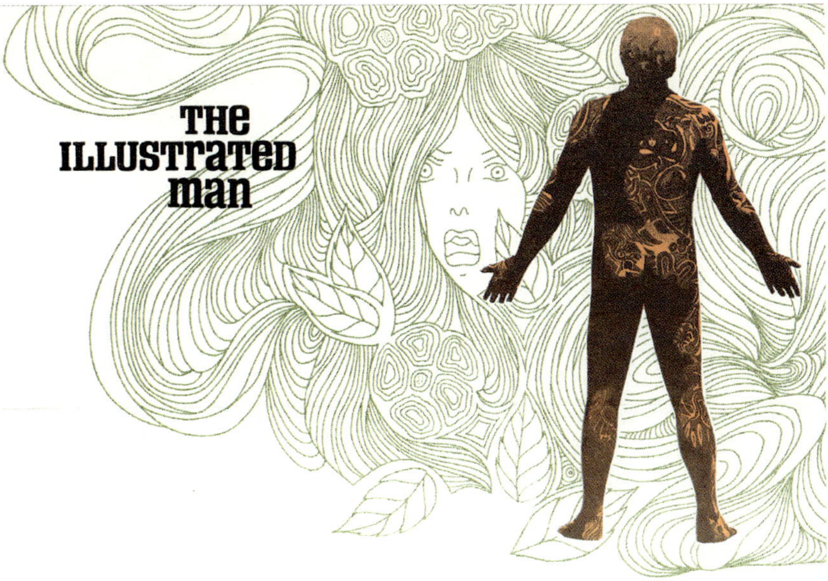

June 27th, 1970

Dear Francois:

Just a note to thank you for your kindness in sending on your book L'ENFANT SAUVAGE; very handsome, very intrigueing. I look forward to seeing your film when it arrives over here.

I saw FAHRENHEIT 451 again a few weeks ago at one of the local universities, and enjoyed it immensely. It seems to grow with every year that passes. I begin to wonder if it shouldn't be re-released now, with the change in climate, especially in university towns in the United States? I don't suppose we can get the studio to do this, but I am inclined to believe the film could do better today than it did three years ago. This is merely intuition on my part. I cannot really prove it. But my hunches, in the past, have rarely been wrong.

When do we do a Trio film together, Francois? We spoke of this once, and I hope that some day soon you may consider it again.

I may get a chance to [redacted] direct a short film, myself, for TV this autumn. It will be based on my story of the man who runs into Disneyland and assassinates the Lincoln robot there.

Good luck in the summer ahead. Again thanks, and best from yours,

Ray
Bradbury

~~WARNER BROS. SEVEN ARTS STUDIOS / BURBANK, CALIFORNIA~~

XIII Ray Bradbury à François Truffaut
27 juin 1970

Mas de Fourques
Lunel Hérault
30.X.75

Cher Monsieur

J'ai vu votre très beau film l'autre jour à Nîmes. Merci de tout cœur d'avoir organisé pour nous cette séance privée. Nous avons amené des amis qui tous ont été enthousiasmés. J'ai été moi-même très ému. Vous avez traité cette histoire dramatique avec beaucoup de délicatesse. L'héroïne est exquise de beauté et joue le rôle à merveille. Les autres acteurs sont tous excellents et j'ai particulièrement aimé Mme Baa, qui ne ressemble pas du tout à la vraie Mme Baa, mais qui a un visage et des expressions d'une bonté inoubliable. La fin quand Adèle passe à côté de Pinson sans le reconnaître est tout à fait admirable.

J'ai reçu plusieurs lettres enthousiastes de gens qui ont vu le film à Paris. Je crois que le succès est très grand.

Avec toutes mes chaleureuses félicitations, je vous prie de croire, cher Monsieur, à mes sentiments de très amicale admiration

Jean Hugo

XIV Jean Hugo à François Truffaut
30 octobre 1975

GEORGES SIMENON

le 1er décembre 1977

Cher François Truffaut,

Je suis très touché de ce que vous me dites de mes dictées, qui vont se succéder à un rythme un peu plus rapide car il y en a déjà quatorze sur le marbre, y compris, bien entendu, les ouvrages déjà parus.

Je note les deux titres que vous voulez bien me donner. Mais j'attends toujours le dernier moment pour fixer un titre définitif.

J'étais à Cannes à la Première des "Quatre cents Coups" que j'ai beaucoup admiré. Chose amusante, le jeune Léaud, dont je suis très ami avec le père, a été probablement conçu lors d'un long séjour de Léaud et de sa femme dans la maison que j'occupais alors à Saint-Mesmin. J'ai suivi votre carrière avec le plus grand intérêt.

Je considère Jean Renoir non comme un ami mais comme un frère et j'aime beaucoup Dido. Quand vous les verrez, dites-leur que je les embrasse très fort et que je vais leur écrire une très longue lettre.

Teresa vous remercie de vos voeux comme je le fais de mon côté en vous demandant d'accepter les nôtres.

Croyez, cher François Truffaut, à mon admiration et à mon amitié,

Monsieur François Truffaut
5 rue Robert-Estienne
75 008 Paris

12 AVENUE DES FIGUIERS, 1007 LAUSANNE

XV Georges Simenon à François Truffaut
1er décembre 1977

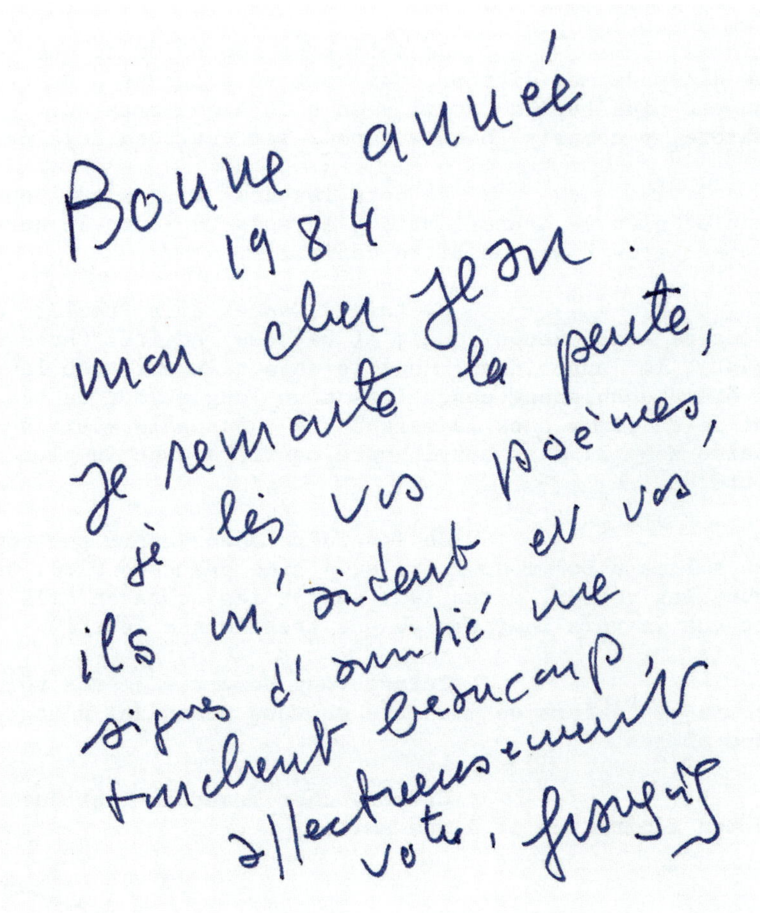

Bonne année
1984
mon cher Jean.
je remonte la pente,
je lis vos poèmes,
ils m'aident et vos
signes d'amitié me
touchent beaucoup,
affectueusement
votre, françois

XVI François Truffaut à Jean Mambrino
[janvier 1984]

laisser se retirer dans la chambre nuptiale, tous les invités sont partis à la chasse au renard !
Je suis en train d'écrire cette histoire sur le mode de la comédie, comme je l'ai vécue, mais en fait, à tout moment, cette ambiance incroyablement « Keystone Cops[1] » aurait pu virer au tragique, si un cheval avait trébuché et tué l'un des innombrables invités. Le fait est d'ailleurs que ce mariage-chasse avait été retardé d'une semaine pour un accident de ce type[2]. De la même façon, tout est lié dans vos deux films : on rit et… et puis tout à coup… on est atterré, en larmes. Et vous mêlez ces deux émotions de manière extrêmement habile.
Bref, certains ont donc une préférence pour tel ou tel de vos films, certains pour d'autres. Et d'autres encore les apprécient tous sans distinction. En somme, le sentiment général fut très positif.
Vous serez sans doute heureux d'apprendre que *Jules et Jim* est toujours à l'affiche ici. L'exploitation devait s'arrêter la semaine suivant votre départ, mais cela fait plus d'un mois qu'il passe. J'en suis ravi.
J'ai beaucoup apprécié votre visite ici avec Helen[3], et j'espère que vous pourrez rester plus longtemps une autre fois.
En attendant, j'espère que vous êtes à pied d'œuvre sur le scénario de *F. 451*[4]. Je sais que le résultat sera magnifique, et que nous serons tous les deux célèbres grâce à votre excellent travail.
Toutes mes amitiés à vous, à votre femme et à votre famille, et à Helen.
Votre admirateur,

Ray Bradbury

1. Personnages de policiers hystériques et incompétents qui animaient les productions de la Keystone Company, une société américaine, fondée en Californie en 1912, dirigée par Mack Sennett et spécialisée dans le burlesque, où de nombreux comédiens firent leurs débuts, tel Charlie Chaplin en 1914.
2. En 1953, Ray Bradbury a passé six mois en Irlande afin d'y rédiger une adaptation cinématographique de *Moby Dick* d'Herman Melville, destinée à John Huston. Son séjour lui inspirera, dans les années 1950-1960, une dizaine de nouvelles irlandaises et un essai, *The Hunt-Wedding*, dispersés dans diverses publications. C'est à la genèse de cet essai qu'il fait ici référence. En 1992, ce matériau retravaillé fournira la matière de *La Baleine de Dublin* (Denoël, Paris, 1993), troisième volet de son autobiographie romancée.
3. Helen Scott.
4. Truffaut travaille au scénario de *Fahrenheit 451* avec Marcel Moussy. Il écrit à Helen Scott, de Saint-Paul-de-Vence, le 20 juin 1962 : « Je travaille un peu sur le projet Hitchcock et un peu sur *Fahrenheit*. Marcel Moussy (mon collaborateur des *400 Coups*, réalisateur de *Saint-Tropez Blues*) viendra travailler avec moi plus sérieusement vers le début août. Ensuite, il travaillera seul pendant que nous ferons notre escapade hitchcockienne. » (*Correspondance*, *op. cit.* p. 207.)

FRANÇOIS TRUFFAUT À SERGE REZVANI[1]

Paris, le 19 septembre 1962

Mon cher Serge,
Je crois qu'il est indispensable que vous gardiez dans vos archives quelques coupures de presse concernant *Le Tourbillon*[2]. J'ai oublié de vous demander, à l'occasion, de me rendre les disques que je vous avais prêtés, excepté les orchestrations du *Tourbillon* que je réclamerai chez Philips.
Amitiés,

François Truffaut

RAYMOND JEAN À FRANÇOIS TRUFFAUT

Faculté de Lettres
et Sciences humaines d'Aix
Raymond Jean
12, rue de Sontay

Monsieur François Truffaut
25, rue Quentin-Bauchart
Paris VIIIe

Aix, le 20 septembre 1962

Cher François Truffaut,
J'étais en vacances : déplacements, voyages… et votre lettre m'est parvenue assez tard. Je m'excuse de n'y répondre qu'aujourd'hui. J'en ai été très touché. Je suis heureux que mon texte sur *Jules et Jim* dans *Les Cahiers du Sud* vous ait paru juste, mais plus heureux encore que vous ayez aimé *La Conférence*. Les

1. Cyrus Rezvani, dit Serge Rezvani, né en 1928 à Téhéran, peintre et écrivain, mais aussi auteur-compositeur de chansons sous le pseudonyme de Cyrus Bassiak. D'abord peintre abstrait dans le Paris de l'après-guerre, il se consacre ensuite à l'écriture de pièces, récits et romans. En 1967, il inaugure une œuvre autobiographique avec *Les Années-Lumière* (Flammarion, Paris, 1967), consacré à son enfance tourmentée, puis *Les Années Lula* (Flammarion, 1968), centré autour de la figure de la femme aimée, Danièle Adenot, dite Lula (1930-2004). En 1960, alors qu'il prépare *Jules et Jim*, Truffaut lui demande une chanson pour Jeanne Moreau. Ce sera *Le Tourbillon*, que Rezvani avait écrite en 1957, pour se moquer des séparations-retrouvailles du couple Jean-Louis Richard-Jeanne Moreau. Cette collaboration sera le début d'une grande amitié entre les deux hommes.

2. « Je composais pour notre plaisir et celui de nos amis des chansons que tout le monde autour de nous avait fini par connaître par cœur. Un jour, Jean [Jean-Louis Richard], qui était enthousiaste et qui les savait même mieux que moi, en avait chanté quelques-unes à François Truffaut. François fut séduit et me demanda si j'accepterais que Jeanne interprète *Le Tourbillon* dans le film qu'il préparait à l'époque [*Jules et Jim*]. Comme Truffaut aimait ma façon sauvage (pour ne pas dire maladroite) de jouer de la guitare, il souhaita me donner un rôle dans son film pour que j'accompagne Jeanne. J'acceptai, amusé, de participer à cette entreprise collective. » (Serge Rezvani, *Le Testament amoureux*, Actes Sud, Arles, 1997, p. 1127.) Grâce au film, la chanson connaîtra un immense succès et sera reprise par de nombreuses artistes, dont Francesca Solleville, Cora Vaucaire, Mona Heftre, Vanessa Paradis et Helena Noguerra.

réactions que ce livre a suscitées ont été diverses, mais toutes les approbations n'ont pas le même prix à mes yeux. La vôtre m'est particulièrement précieuse parce que vous êtes l'auteur d'un certain nombre de films qui me laissent à penser que si je suis, moi, un bon spectateur, vous êtes, vous, le meilleur lecteur que je puisse souhaiter. Pour en finir avec *Jules et Jim*, je saisis ici l'occasion de vous redire que peu d'œuvres, tant au cinéma qu'en *littérature*, m'ont autant ému, depuis longtemps, et paru si bienvenues. J'ai senti cela dès le premier soir, à Aix, mais mon impression n'a fait que se confirmer et s'approfondir aux visions suivantes.

Merci de m'avoir adressé les deux éditions [*sic*] de *Deux Anglaises et le Continent*. Je sors de cette lecture. Je crois que je garderai longtemps en moi le sentiment qu'elle me laisse, celui d'un livre aigu et prenant, d'une incroyable authenticité, déchirant dans sa sobriété précise, et d'une singulière richesse de structure. L'écriture en est étonnante, séduisante. Le thème, pour inverser dans une certaine mesure la situation de *Jules et Jim*, m'a semblé aller parfois plus loin, plus profond dans la confidence. Je vous suis reconnaissant de m'avoir fait lire ce roman et découvrir H. P. Roché (je commence à avoir de la peine à comprendre qu'il n'ait pas eu plus d'audience de son vivant !).

Je comprends vos réticences devant le « nouveau roman ». L'avenir du roman se rétrécit chaque jour davantage, comme une peau de chagrin. J'aimerais bien écrire sur le cinéma, travailler pour le cinéma... J'aimerais bien aussi vous rencontrer et avoir l'occasion de parler un peu plus longuement avec vous.

En attendant, merci encore, et croyez-moi bien sincèrement et fidèlement vôtre,

Raymond Jean

P.-S. Je pense, au dernier moment, que je serai très probablement à Paris la première semaine d'octobre (Hôtel Saint-Pierre, VIe. Tél. DAN 63-88).

FRANÇOIS TRUFFAUT À RAY BRADBURY

Monsieur Ray Bradbury
10265 Cheviot Drive
Los Angeles 64, Calif.

Paris, le 24 septembre 1962

Mon cher Ray,
Je vous remercie un peu tardivement de votre lettre à la suite de la projection de *Shoot the Piano Player*.
J'ai transmis au journal *L'Express* les textes que vous m'avez confiés et ils ont conservé l'un d'eux pour en publier des extraits le jour où ils feront un ensemble de textes[1] sur vous (je crois qu'il s'agit d'une lettre aux éditeurs ou quelque chose comme ça).
Je leur ai donné votre adresse et je crois qu'ils vont vous proposer une interview par correspondance.
Un de mes amis cinéastes, Pierre Kast[2], qui est passionné de science-fiction et à qui il faudrait confier la réalisation d'un épisode, lorsque nous adapterons vos *short stories*, doit constituer pour un grand éditeur parisien, Robert Laffont, une anthologie de la science-fiction[3], et il va vous écrire pour vous demander une *short story* inédite ou du moins inédite en France.
Depuis mon retour, j'ai travaillé avec Marcel Moussy (co-auteur des *400 Blows*) à l'adaptation de *Fahrenheit 451*. Le travail a été plus difficile que je l'imaginais, mais tellement excitant que cette période est pour moi la plus agréable de l'année ; naturellement, je vous tiendrai au courant de notre travail au fur et à mesure.
Don Congdon a accepté de me représenter en Amérique pour le livre d'entretiens avec Monsieur Hitchcock, et je suis très heureux de cela.
Mon cher Ray, en espérant bientôt vous revoir, je vous adresse

1. Ces textes n'ont pas été conservés avec la lettre, mais tout laisse à penser que ce dossier n'a pas été publié.
2. Réalisateur français (1920-1984). Assistant-réalisateur, puis critique aux *Cahiers du cinéma*, il débute dans la réalisation avec *Amour de poche* (1957). En marge de la Nouvelle Vague, il réalisera aussi *Le Bel Âge* (1960) et *Vacances portugaises* (1963), sans jamais accéder à un large public.
3. *La Grande Anthologie de la science-fiction* sera publiée, sous la direction de Jacques Goimard, Demètre Ioakimidis et Gérard Klein, au Livre de Poche (en 36 volumes, 1966-1985). Plusieurs nouvelles de Bradbury y figureront, entre autres « Kaléidoscope », « Icy, il doit y avoir des tigres » et « Châtiment sans crime ».

mes amitiés ainsi qu'à votre femme et à vos filles, celle qui était éveillée au cours de mon passage chez vous et aussi celle qui était déjà endormie.
Votre

François Truffaut

JEAN COCTEAU À FRANÇOIS TRUFFAUT[1]

36, rue de Montpensier
Palais-Royal
Paris

26 Sept. 1962

Très Cher François,
Orphée appartient à tous, mais je t'aurais une véritable reconnaissance de ne pas donner à ton film le titre du mien[2]. Surtout que le succès considérable de mon *Orphée* en Allemagne risquerait de te nuire. Tu serais très gentil de m'en parler et de me rassurer sur ce qui risque d'avoir l'air d'une compétition.
Je te connais trop pour voir dans cette idée la moindre intention inamicale, mais l'amitié que je te porte exige que je t'en parle. Je suis assez malade d'une bronchite et je dois, après la séance Maeterlinck à Bruxelles, enregistrer *L'Histoire du soldat*[3] à Vevey avec Markevitch. Je rentrerai vers le 10 octobre et si nous déjeunons ensemble, tout sera en ordre pour les domaines du cœur.
Je t'embrasse

Jean Cocteau

1. Cette lettre, retrouvée cachetée dans les archives Cocteau, ne fut jamais envoyée à son destinataire, ce que l'écrivain confirmera dans son petit mot du 10 octobre 1962, p. 248.
2. Cocteau a lu dans *France-Soir* que Truffaut s'apprêtait à tourner une adaptation d'*Orphée*.
3. Cocteau a prononcé, en hommage à Maurice Maeterlinck, un discours à l'Académie royale de langue et de littérature françaises. *L'Histoire du soldat*, œuvre lue, jouée et dansée d'Igor Stravinsky, fut créée au théâtre municipal de Lausanne le 28 septembre 1918. En 1962, Cocteau participe à un enregistrement, où il interprète le récitant, aux côtés de Peter Ustinov (le diable), Jean-Marie Fertey (le soldat), Anne Tonietti (la princesse) et un ensemble de solistes, sous la direction d'Igor Markevitch. Disque 33 tours Philips, 1963.

JEAN COCTEAU À FRANÇOIS TRUFFAUT

9 octobre 1962

Mon François,
Ma lettre affectueuse t'aurait-elle choqué ? Réponds-moi vite[1]. Tu me connais et lorsque j'aime et admire, c'est solide comme le roc.
Je t'embrasse

Jean Cocteau

Je rentre assez malade d'un dur périple Metz-Belgique-Suisse.

JEAN COCTEAU À FRANÇOIS TRUFFAUT

10 octobre 1962

Mon très cher François,
Tu n'as rien dû comprendre à ma lettre, car l'autre n'avait pas été mise à la poste. Elle te parlait de ma curiosité (pour tout ce que tu fais), de cet *Orphée* qu'on annonce et pour te demander si tu prendrais le même titre que moi ?
Je t'embrasse

Jean Cocteau

Réponds-moi vite, ton silence me peinerait beaucoup.

FRANÇOIS TRUFFAUT À JEAN COCTEAU

De Paris, ce 11 octobre 62

Mon cher Jean,
C'est un mythe à propos d'un mythe, une de ces informations en l'air comme les canards en impriment tous les jours. *Voilà la vérité :* l'acteur autrichien Oskar Werner (Bacchus-Jules) voudrait tourner un film avec Romy Schneider[2] ; ils ont parlé d'une pièce autri-

1. Voir n. 1, p. 247.
2. Comédienne allemande naturalisée française (1938-1982). Rendue célèbre par son interprétation de l'impératrice Elizabeth d'Autriche, dite Sissi, elle s'installe en France en 1958 et y poursuit sa

chienne sur *Orphée* (inédite en France, non traduite) et de bibi comme metteur en scène[1] ; n'ayant pas lu la pièce et soupçonnant que a) cela serait assez vain après *Orphée* et *Le Testament* [*d'Orphée*] b) cela ne correspondrait pas à ce que je peux faire au cinéma, j'ai répondu : « probablement que non ». Il eût été grossier de me montrer plus catégorique sans avoir même lu cette pièce en cours de traduction. Puis… ils ont reçu la presse pour annoncer qu'ils allaient jouer *Hamlet* et *Roméo et Juliette* ensemble, à Vienne, un de ces jours[2], et comme ils n'avaient rien à annoncer du côté cinéma, ils ont lancé ce ballon d'*Orphée*, aussi sec intercepté par *France-Soir*.

Mon cher Jean : il y a une chance sur 1 000 pour qu'ayant lu la pièce je désire en tirer un film. *Dans ce cas*, je ferais en sorte qu'il n'y ait aucune similitude extérieure ou intérieure, de contenant ou de contenu, de titre, etc. et, *de toute façon*, cela ne pourrait se faire sans que je vous en parle d'abord…

Je ne tourne qu'un film tous les deux ans ; je travaille dur avec mon ami Marcel Moussy sur l'adaptation de *Fahrenheit 451* de Ray Bradbury, que je tournerai au milieu de 1963 pour le sortir en 64. D'ici là, je publierai un gros livre très amusant et instructif d'entretiens avec Alfred Hitchcock, dont le dernier film, *The Birds*[3], est superbe.

Croyez-moi, mon cher Jean, toujours loyalement et fidèlement vôtre,

françois

P.-S. SI CELA VOUS AMUSE DE LIRE LA PIÈCE EN FRANÇAIS QUAND ON ME LA DONNERA, DITES-LE-MOI STOP AMI STOP AMIAMIAMIAMIAMIAMIAMIA.

---

carrière. Elle sera couronnée deux fois du César de la meilleure actrice, pour *L'important c'est d'aimer* d'Andrzej Zulawski (1975) et *Une histoire simple* de Claude Sautet (1978).

1. Sans doute s'agit-il d'*Orpheus und Eurydike*, la pièce d'Oskar Kokoschka (1921) qui a servi de livret à l'opéra d'Ernst Krenek (1923).

2. Le Theater Ensemble Oskar Werner (créé en 1959) avait proposé à Romy Schneider de jouer Ophélia (*Hamlet*) et Juliette (*Roméo et Juliette*) ; ces projets ne verront pas le jour. Mais l'interprétation d'*Hamlet* par Oskar Werner en 1953 à Francfort, mis en scène par Lothar Müthel, demeurera l'un des sommets de sa carrière théâtrale.

3. Truffaut a dû voir *Les Oiseaux* en projection privée : le film ne sortira aux États-Unis que le 28 mars 1963 et en France le 6 septembre 1963.

JEAN COCTEAU À FRANÇOIS TRUFFAUT

11 octobre 1962

Mon François,
Je savais très bien que tu ne ferais jamais la moindre chose qui puisse créer un trouble. Peux-tu me dire s'il est possible, par ton entremise, de voir *The Birds*[1] ? Peut-être [au] Publicis ? Que cela ne te dérange pas. Mais ce serait prétexte à nous rencontrer quelques minutes après le film.
Je t'embrasse.

Jean

FRANÇOIS TRUFFAUT À SERGE REZVANI

Paris, le 12 octobre 1962

Mon cher Serge,
Ci-joint, la coupure de presse[2] que j'avais égarée l'autre jour.
Vous savez que Jeanne m'avait demandé d'écrire des paroles sur l'air du *Brouillard*[3].
Je vous envoie ce que j'ai fait avec beaucoup de mal et dont je ne suis pas content. En fait, je ne parvenais pas à faire abstraction des images du film. En plus de cela, j'ai terriblement séché à la fin. J'ai travaillé avec le disque.
Jeanne a lu ces paroles, elle les trouve très bien et je la soupçonne de ne pas être assez difficile.
Je vous suggère de prendre le relais d'une façon ou d'une autre, soit en corrigeant et terminant la chanson, soit en la recommençant entièrement. Vous le savez, je n'ai aucune vanité d'auteur et en tout cas j'abandonne car c'est trop difficile pour moi.

1. Le 27 mai 1963, Peggy Robertson, assistante personnelle d'Hitchcock, écrit à Edd Henry, directeur exécutif chez Universal : « M. Hitchcock voudrait que Jean Cocteau voie *The Birds* dès que possible. M. Cocteau, lui aussi, devrait voir le film là où il le souhaite, pas nécessairement chez Universal. Pour votre information, nous avons appris que M. Cocteau est mourant et un de ses derniers vœux, selon ses amis à Paris, est de voir *The Birds*. » (Cité par Dominique Païni, « Cocteau, Hitchcock, Truffaut... et retour », *Cinéma 04*, automne 2002, pp. 83-90.) Nous ignorons si cette projection privée a pu être organisée.
2. Cet article n'ayant pas été conservé avec la lettre, il n'a pu être identifié.
3. Composé pour la bande musicale de *Jules et Jim*, ce morceau figurait sur le même 45 tours que *Le Tourbillon* (Réf. : Philips 432 728).

C'était avant-hier une excellente soirée.
On se tient au courant,
Amitiés,

François Truffaut

FRANÇOIS TRUFFAUT À MARCEL DUHAMEL

Paris, le 15 octobre 1962

Cher Monsieur,
J'ai fait la connaissance à New York de David Goodis pour lequel, je crois, vous avez la même admiration que moi.
À la faveur d'une projection de *Tirez sur le pianiste*, Henry Miller est devenu son ami et a découvert ses livres avec enthousiasme[1]. Cela m'a fait plaisir pour Goodis, car à la vérité la condition de romancier de « thriller » en Amérique n'est guère enviable. Perdu dans la masse, ignoré de tous les intellectuels américains, malmené par ses éditeurs qui réclament des fins heureuses, des aménagements, des coupures et des changements de titres, le pauvre Goodis se console comme il peut.
Il est très heureux de compter quelques admirateurs français et la traduction de quelques-uns de ses livres à la Série Noire[2] le remplit de fierté.
Il m'a donné quatre romans inédits en France. Ne lisant pas l'anglais, je n'ai pu en prendre connaissance, mais ma femme les a beaucoup appréciés. Je me permets de vous les adresser à la demande de Goodis en espérant que vous pourrez en prendre connaissance et éventuellement les inscrire chez [*sic*] votre programme.
J'espère ne pas vous importuner et je vous prie de trouver ici mes remerciements et mes meilleures salutations.

François Truffaut

1. Allan D. Norkin, colocataire de Goodis à Los Angeles, se souvient qu'il « ne parlait jamais de livres ou d'auteurs connus. Sauf Henry Miller. Il l'aimait beaucoup et avait des tas de livres de lui ; je crois qu'il les aimait surtout pour ses passages pornographiques [...]. Il allait voir Miller à Big Sur, je crois. Ça c'était plus tard, à l'époque de *Shoot the Piano Player*. Apparemment, Miller l'aimait bien ; du moins, c'est ce qu'il me disait » (Philippe Garnier, *Retour vers David Goodis*, La Table Ronde, Paris, 2016, p. 145).
2. Collection de romans policiers et de romans noirs fondée en 1945 par Marcel Duhamel, aux Éditions Gallimard. Le premier titre de Goodis paru dans la Série Noire fut *Le Casse*, suivi de *Vendredi 13*, *Sans espoir de retour*, *Tirez sur le pianiste*, *L'Allumette facile*, *Les Pieds dans les nuages*, *La nuit tombe* et *La Pêche aux avaros*.

HENRY MILLER À FRANÇOIS TRUFFAUT

Monsieur François Truffaut
Les Films du Carrosse
25, rue Quentin-Bauchart
Paris VIIIe Frankreich

Berlin, 16/10/62

Cher Monsieur,
Rien de vous depuis des mois. Je suppose que ma pièce n'est pas convenable pour un théâtre français. Mais donnez-moi un tout petit mot *là-dessus*, quand vous aurez le temps[1]. Vous pouvez écrire toujours chez l'Agence Hoffman — Paris.
Je partirai pour Californie la fin de ce mois.
Amitiés.

Henry Miller

RAY BRADBURY À FRANÇOIS TRUFFAUT

10265 Cheviot Drive
Los Angeles 64, California

18 octobre 1962

Cher François,
Un ami très cher, qui m'a aidé à produire ici mon court métrage *Icarus Montgolfier Wright*[2], vient à Paris. Il s'appelle Jules Engel[3]. C'est un grand artiste, dont les œuvres sont présentes dans de nombreux musées et collections aux États-Unis. Pendant des années, il a beaucoup compté, en tant qu'artiste et producteur, chez UPA, qui a créé *Gerald McBoing-Boing* et *Mr. Magoo*. Avec une poignée de collaborateurs, il a fondé Format Films[4] il y a

1. Truffaut ne donnera pas suite.
2. Court métrage d'animation d'Osmond Evans (1962), scénario de Ray Bradbury et George Clayton Johnson. La nouvelle éponyme de Bradbury fut publiée dans le recueil *Un remède à la mélancolie* (Denoël, Paris, 1961).
3. Réalisateur, peintre et décorateur américain d'origine hongroise (1909-2003), Jules Engel a créé le Programme d'animation expérimentale au sein du California Institute of Arts.
4. UPA (United Productions of America) : studio d'animation américain, où furent créés les personnages de Mister Magoo (en 1949 par John Hubley) et Gérald McBoing-Boing (imaginé par Dr. Seuss). Format Films : studio d'animation pour la télévision fondé en 1959 par Herbert Klynn, Jules Engel, Bob McIntosh et Joseph Mugnaini.

quelques années ; je viens de travailler près d'un an avec lui sur *Icarus*, et j'admire beaucoup l'homme et l'artiste.
Jules vous enverra un mot car il aimerait beaucoup vous rencontrer, à un moment ou à un autre. Il restera en Europe plusieurs mois, pour sa carrière. Je pense que vous vous entendriez bien, et qui sait quel projet fascinant pourrait naître d'une telle rencontre.
Je sais que Jules vous plaira autant qu'à moi. Et je vous remercie par avance pour le temps, même bref, que vous pourriez lui accorder.
Avec toute mon affection, comme toujours,
Bien à vous,

Ray

FRANÇOIS TRUFFAUT À JEAN GENET

Ce vendredi soir [*23 novembre 1962*]

Jean,
Je suis rentré de Stockholm[1] hier soir ; aujourd'hui, j'ai travaillé toute la journée sans prendre aucune communication car je repars demain matin dans le Midi.
Dès que j'ai su que vous me cherchiez, j'ai appelé le Lutetia[2]. Je vous ai dit : je viens à 7 heures, nous parlerons jusqu'à 8 (car vous m'aviez dit dîner avec Nico[3] à 21 h 30).
Après notre coup de fil, ma femme m'a téléphoné car ma plus jeune fille[4] était malade et il y avait des ordonnances à porter à la pharmacie. Ma femme était seule à la maison car c'était le jour de sortie de la fille qui s'occupe de nos gosses ; je suis donc rentré à la maison. Ma femme m'a expliqué qu'il y avait une « préparation » et que je devrais donc un peu attendre ; prévoyant mon retard, j'ai appelé mon bureau pour qu'on vous dise : huit heures au lieu de 7. Je n'ai pas appelé moi-même car je n'avais pas le numéro de téléphone du Lutetia et j'aurais perdu du temps à le chercher. J'ai dû aller chercher les médicaments et les ramener chez moi, puis repartir au Lutetia, vous savez la suite.

1. Truffaut s'est rendu en Suède pour la sortie de *Jules et Jim*, le 14 novembre 1962.
2. L'hôtel Lutetia, 45, boulevard Raspail (Paris VIe), où résidait alors Jean Genet.
3. Nico Papatakis (1918-2010), réalisateur et directeur artistique français d'origine grecque et éthiopienne. Très lié à Jean Genet, il produit et finance son film *Un chant d'amour* (1950), puis réalise *Les Abysses* (1962), d'après *Les Bonnes* de Jean Genet, et *Les Équilibristes* (1991), d'après *Le Funambule* de Jean Genet.
4. Éva, âgée de 18 mois.

Ça ne me fâche pas trop d'être traité de « petit emmerdeur » car, étant gosse, on me traitait de « petit merdeux » ; cela montre un progrès.
Si votre copain, qui n'a rien à voir dans nos emmerdements respectifs, me téléphone à BAL 48-61 dans la matinée du mardi 27 novembre, je le verrai le jour même ou au plus tard le lendemain.
D'une certaine façon, j'ose dire que cela m'a fait plaisir de vous voir et j'ai pensé au temps où je faisais le boulevard de Clichy en espérant vous rencontrer et en redoutant vous rencontrer ; quand j'y pense, maintenant, je me dis que vous étiez bien patient avec moi ; à mon tour, salut.

François Truffaut

JEAN GENET À FRANÇOIS TRUFFAUT

[*24 novembre 1962*]

Mon cher François,
J'étais patient boulevard de Clichy. Je le serai encore, avec vous ou avec d'autres, s'il s'agit de moi.
Hier je vous demandais de rendre service à un jeune Marocain un peu égaré, mais vous l'avez fait attendre une heure ½. Je vous ai donc foutu à la porte. Pour son hygiène morale, c'était bien qu'il voie comment se tiennent les gens de cinéma et comment on doit les traiter : de tout mon cœur, François, je regrette que vous en ayez appris et tenu le rôle, parce que je vous aimais bien. Abdallah[1] a lu votre lettre, il ne vous téléphonera pas. Cette première attente d'une heure ½ lui fait redouter ce que pourraient être les suivantes.
Laissez monter à votre tête toute la gloriole rigolote que vous voudrez, mais lâchez les mauvaises manières, François, et rôdez toujours un peu boulevard de Clichy, il arrive que j'aie besoin de mille balles[2].

Jean

1. Abdallah Bentaga (1936-1964), acrobate français d'origine algérienne. Jean Genet le rencontre à Paris, en 1955, devient son amant et lui consacre le poème *Le Funambule* (L'Arbalète, Décines, 1958). Lourdement handicapé à la suite d'une chute, il se suicidera en 1964, à 28 ans.
2. Ce mot de Genet marque sa rupture définitive avec Truffaut, pour qui il restera l'une de ses plus belles rencontres. « Bazin et Genet ont fait pour moi en trois semaines ce que mes parents n'ont jamais fait en quinze ans », écrivait-il le 15 août 1951 à son ami Robert Lachenay.

RENÉ-JEAN CLOT À FRANÇOIS TRUFFAUT

25 novembre 1962

Cher Monsieur,
L'agent de Gallimard[1] me fait part de votre pensée qui se tourne à nouveau vers *Le Bleu*[2]. Je me dois de vous signaler que j'en ai fait une pièce en 3 actes, *Les Voix dans la cour*[3], dont j'ai la naïveté ou la sottise d'être content. Jean Rossignol a communiqué cette pièce à Jeanne Moreau. Il en a, je crois, plusieurs exemplaires.
Cette fois, je me suis attaché à faire dire à mon institutrice les [paroles les] plus transparentes et les plus charitables dans un monde opaque et diabolique. Son rôle est plus important[4].
J'ai achevé aussi une autre pièce nouvelle[5]. Ma solitude est comme une saison. Son acquiescement et sa nécessité n'ont besoin de rien d'autre qu'une continuité.
Bien à vous

rjct

FRANÇOIS TRUFFAUT À RENÉ-JEAN CLOT

Monsieur René-Jean Clot
91, avenue de Saint-Cloud
Versailles

Paris, le 27 novembre 1962

Cher Monsieur,
Nous avons obtenu de Gallimard, et probablement avec votre accord, une prolongation d'un an pour les droits du *Bleu d'outre-tombe*, et je vous en remercie.
J'ai bien reçu votre lettre ; effectivement, je serais très désireux de

1. Jean Rossignol.
2. « J'ai dû, pour des raisons commerciales, abandonner le projet de film auquel vous faites allusion [...]. Comme j'aime beaucoup ce sujet, j'y ai repensé récemment et je vais peut-être essayer de le réaliser pour la télévision. » (Lettre de François Truffaut à Marianne Koyre, 28 février 1962.)
3. Adaptée du *Bleu d'outre-tombe* (Gallimard, 1956), la pièce fut publiée par le même éditeur en 1965, avec *La nuit n'est pas si noire* et *Un feu de bois vert*. Si *Les Voix dans la cour* n'a jamais été mise en scène en France, elle fut montée en Allemagne, en 1964, sous le titre *Die Gefahr* (« Le Danger »), puis représentée en 2006, en Bavière.
4. Pour justifier l'abandon du projet, Truffaut avait signifié à Clot que le personnage de Mme Langlois n'était pas assez important pour être confié à Jeanne Moreau.
5. Sans doute l'une des deux pièces éditées dans le même volume que *Les Voix dans la cour*.

lire *Les Voix dans la cour* et je vais demander à Jean Rossignol de m'en prêter un exemplaire.

François Truffaut

MAURICE PONS À FRANÇOIS TRUFFAUT

[Papier en-tête *Moulin d'Andé*]

Lundi [*fin 1962*]

Cher François,
On m'a dit que tu avais téléphoné au Moulin la semaine dernière. Je suis désolé de t'avoir manqué, d'autant que je ne sais où te rappeler.
J'ai fait pas mal de petits allers-retours entre le Moulin et Paris, plus exactement entre le Moulin et Saint-Cloud, où les célèbres laboratoires LTC s'emploient présentement à développer, tirer, monter, truquer un petit court métrage de Maurice Pons, *La Dormeuse*[1]. Tu vois que tout arrive ! et me voilà passé (accidentellement) de l'autre côté (le meilleur !) de la caméra.
J'ai appris beaucoup de choses en ces quelques jours de tournage — et je serais heureux de te montrer mon ours[2] dès qu'il sera présentable. Je te ferai signe.
Par ailleurs, je suis toujours le sillage de mon ami Enrico et nous allons reprendre le tournage de *La Belle Vie*[3].
À bientôt, j'espère. Essaye de me rappeler ou mets-moi un petit mot. Je t'envoie mes bonnes amitiés.

Maurice Pons

Comment as-tu trouvé le film d'Alain Cavalier[4] ?
Peux-tu me dire ce que tu penses, comme production, de l'équipe Fédier-Roustang[5] ?

1. Tourné au Moulin d'Andé durant l'été 1962, puis diffusé à la télévision le 12 juillet 1965, ce film expérimental met en scène une femme qui dort (Élisabeth Ercy), filmée par une caméra indiscrète et silencieuse, suspendue au-dessus de son lit.
2. Ce terme désigne un montage « mal léché » : un bout-à-bout des séquences prémontées. L'ours donne une idée de la construction du film : il permet de voir si les articulations fonctionnent, si le rythme n'est pas trop long, si le discours retient l'intérêt.
3. Le premier long métrage de Robert Enrico (1931-2001), coécrit et dialogué par Maurice Pons. Le film subira les foudres de la censure et sera distribué tardivement, dans une seule salle parisienne, en janvier 1964.
4. *Le Combat dans l'île*, tourné en partie au Moulin d'Andé, sorti en salles en septembre 1962.
5. Carlo Fédier et Pierre Roustang, d'Ulysse Films, le producteur délégué de *L'Amour à vingt ans* (1962), pour lequel Truffaut venait de réaliser le segment *Antoine et Colette*.

RAY BRADBURY À FRANÇOIS TRUFFAUT

10265 Cheviot Drive
Los Angeles 64, California

[*16 février 1963*]

Cher François,
Je vous écris pour plusieurs raisons. Pour commencer, je serais très curieux de savoir où en est le scénario de *Fahrenheit 451*. Avez-vous terminé ? En êtes-vous satisfait ? La production démarrera-t-elle en avril ou en mai ? Je me souviens que vous aviez parlé de Belmondo quand vous étiez ici l'an dernier. Récemment j'ai lu des rumeurs à ce sujet dans plusieurs magazines de cinéma. Alors Belmondo jouera-t-il dans le film ?
Pauwels[1] et Barrault m'ont donné des nouvelles de l'adaptation théâtrale des *Chroniques martiennes*, qui est repoussée au mois d'octobre.
En attendant, mon court métrage *Icarus Montgolfier Wright* vient d'être nommé aux Oscars[2] ! J'en suis très heureux, c'est le moins qu'on puisse dire.
François, vous trouverez ci-joint une copie de la lettre[3] que j'ai adressée à l'une de mes amies qui vit à Versailles et qui a écrit il y a quelques années une adaptation théâtrale de *Fahrenheit 451*. En ce moment, elle essaie de relancer le projet. Mais j'ai très peur qu'à ce stade vous ne voyiez pas d'un bon œil une adaptation théâtrale de mon roman en France. Quoi que vous en pensiez et quelle que soit votre décision, sachez que j'irai dans votre sens. Si vous préférez que Madame Garreau-Dombasle[4] attende la fin du tournage et la sortie du film, vous n'avez qu'un mot à dire, et je lui dirai d'attendre.
Par ailleurs, j'ai reçu une lettre charmante de Satyajit Ray[5], en

1. Le journaliste et écrivain français Louis Pauwels (1920-1997), qui a signé l'adaptation théâtrale des *Chroniques martiennes*, mise en scène par Jean-Louis Barrault.
2. En fait, c'est Jules Engel qui fut nommé pour l'Oscar du meilleur scénario pour un court métrage d'animation.
3. Cette copie n'a pas été conservée.
4. Man'ha Garreau-Dombasle, née Germaine Massenet (1898-1999), écrivaine, poète et traductrice. En 1948, au Mexique, elle prend en stop le jeune Ray Bradbury, venu découvrir les rites du Jour des morts. S'ensuit une amitié de soixante ans au cours de laquelle elle adaptera pour le théâtre *Fahrenheit 451*, tandis que Bradbury lui dédicacera son roman fantastique *The Halloween Tree* (Alfred A. Knopf, 1972).
5. Réalisateur, écrivain, traducteur et compositeur indien bengali (1921-1992). En 1966, Satyajit Ray crée à Calcutta le SF Cine Club, où l'on présente notamment *Fahrenheit 451* de François Truffaut. Ses *Écrits sur le cinéma* (Jean-Claude Lattès, Paris, 1982 ; Ramsay, Paris, 1985) contiennent un article intitulé « La Nouvelle Vague et le vieux maître », consacré au livre de Truffaut sur Alfred Hitchcock. En 1962, il publie *Bankubakur Bandhu* (*L'Ami de Banku Babu*), la rencontre d'une petite créature

Inde. Il aimerait tourner un film de science-fiction à Calcutta ! J'en suis enchanté, cela va sans dire, et cela débouchera peut-être un jour sur quelque chose.

Vous seriez flatté d'entendre les réactions de mes amis ou des gens que je rencontre quand je leur dis que je collabore avec François Truffaut sur *F. 451*. Cela suscite une reconnaissance, une approbation et un enthousiasme immédiats !

C'est tout pour le moment, cher François. J'espère avoir rapidement de vos nouvelles.

Mes amitiés à vous et à votre famille,

Ray

FRANÇOIS TRUFFAUT À RAY BRADBURY

Paris, le 8 mars 1963

Mon cher Ray,

Je réponds avec quelque retard à votre lettre du 16 février, justement parce que j'étais en plein travail sur l'adaptation de *Fahrenheit 451* avec Jean-Louis Richard[1] qui est aussi un jeune metteur en scène français et l'ancien mari de Jeanne Moreau.

Nous avons terminé un premier travail : une première adaptation dialoguée que je vais laisser reposer quelques jours pour avoir le recul nécessaire avant d'apporter des corrections. Cela n'a pas toujours été facile, mais toujours passionnant.

Je vais faire tout mon possible pour tourner le film en couleurs, car en noir et blanc il risquerait d'être trop déprimant.

---

humanoïde avec un enfant d'un village bengali. Mis en relation avec le producteur Mike Wilson par l'intermédiaire du romancier Arthur C. Clarke, Ray écrit le scénario de *The Alien* : un extraterrestre amical autour duquel gravitent trois personnages. Wilson invite Ray à Hollywood, l'introduit à la Columbia et lui présente des comédiens (Marlon Brando, Peter Sellers…). Après avoir découvert que Wilson s'est enregistré comme coauteur du scénario et qu'il a empoché une avance de la Columbia, Ray abandonne le projet. Ce n'est qu'en 2003 que son fils, Sandip Ray, proposera à la télévision une nouvelle adaptation, réalisée par Kaushik Sen sous le titre *Bankhubabur Bandhu*.

1. Jean Marius Richard, dit Jean-Louis Richard (1927-2012), comédien, réalisateur et scénariste français. Il fut l'époux de Jeanne Moreau (1941-1951), avec laquelle il a eu un fils, Jérôme, né en 1949. Très proche de la génération Nouvelle Vague, il apparaît dans plusieurs films de Truffaut (*Jules et Jim, La Peau douce, Le Dernier Métro*) et collabore à l'écriture de *La Peau douce, Fahrenheit 451, La mariée était en noir* et *La Nuit américaine*). Truffaut a coécrit et coproduit *Mata Hari, agent H21*, son deuxième long métrage. Le 14 janvier 1963, Truffaut écrit à Helen Scott : « Je suis à Cannes […], je travaille ici, à l'hôtel Martinez, avec Jean-Louis Richard, au scénario de *Fahrenheit*. Il y a déjà un premier scénario que j'ai fait avec Marcel Moussy et qui est assez mauvais ; donc nous repartons de zéro avec Richard ; je m'entends bien mieux avec lui qu'avec Moussy et le travail est meilleur […]. Je crois qu'après *Fahrenheit* je laisserai tomber les adaptations au profit des scénarios originaux, tout de même plus faciles à faire ! » (*Correspondance, op. cit.* pp. 229-230.)

En principe, Belmondo ne serait pas libre cette année, ou bien ne pourrait consacrer le temps nécessaire non seulement pour le tournage, mais pour la préparation du film (costume de pompier, etc.) ; aussi [*sic*] en sommes-nous actuellement avec Charles Aznavour, qui a beaucoup aimé le livre et qui serait libre au mois de juin. Si cela devient définitif avec lui, les autres pompiers seront choisis petits et minces comme lui[1]. Ce seront de petits hommes. Maintenant les choses vont aller assez vite et je vous tiendrai régulièrement au courant.

L'essentiel — c'est-à-dire la fidélité à l'esprit de votre livre et en second lieu la liberté de mon travail — sera absolument préservé quels que soient les interprètes et les producteurs du film. C'est pour cela que je n'ai rien signé avant de terminer le scénario.

J'ai beaucoup apprécié votre réponse à Madame Garreau-Dombasle. Effectivement, ce serait une gêne pour le film que l'on joue une pièce d'après *Fahrenheit 451*. Actuellement cela n'est envisageable que quelques mois après la sortie du film[2].

À bientôt, mon cher Ray, mes amitiés pour vous et votre famille,

François Truffaut

JEAN COCTEAU À FRANÇOIS TRUFFAUT

St-Jean-Cap-Ferrat

17 mars 1963

Mon très cher petit petit et grand François,

Je suis heureux que ton succès augmente de jour en jour et augmente en profondeur alors que tant de nos camarades se meuvent

1. De son propre aveu, Charles Aznavour mesurait 1,64 m, ce qui lui valait le surnom de « petit Charles ». Jean-Paul Belmondo ayant demandé un cachet trop important, le 12 décembre 1962, Truffaut écrit à Aznavour, qu'il a déjà dirigé dans *Tirez sur le pianiste*, pour lui adresser le livre de Bradbury et lui proposer le rôle de Montag. Le 18 janvier 1963, il lui écrit : « Je travaille beaucoup à *Fahrenheit* et, dans un mois (à la mi-février), je pense avoir un scénario assez au point. Les premières discussions avec Deutsch [Henry Deutschmeister, producteur] ont été excellentes, je crois que tout ira bien […]. Je pense beaucoup à toi en écrivant le scénario, le personnage de Montag sera assez fort, je crois, et meilleur que dans le roman. Je suis content que le personnage de Montag te plaise. » (*Correspondance, op. cit.* p. 231.) Le 22 mars, Truffaut enverra ce télégramme à Aznavour, en tournée à New York : « Tout va bien entre Deutsch et moi. Stop. Nous commençons la pêche ou la chasse au distributeur. Stop. Je serai prêt à tourner à partir du 10 juin à Paris en couleurs. Stop. Bon tabac à New York. Amitiés Truffaut. » Il renoncera finalement à Aznavour pour des problèmes de budget et parce qu'il ne correspondait plus au personnage de Montag.

2. Si l'adaptation de Man'ha Garreau-Dombasle n'a jamais été présentée au théâtre, la pièce sera créée en 2005 au Préau (Vire), dans une mise en scène d'Éric de Dadelsen et une adaptation de Danièle Klein.

en surface. Fais-moi signe. Je rentre à Paris vers le 28 de ce mois et j'aimerais te voir et t'expliquer pourquoi je m'éloigne d'un milieu avec lequel mon âge et mes besognes ne me permettent plus d'entrer en lutte.

J'ai vu, à la télévision, des pastiches de ce *Ruy Blas*[1] que j'opposais [*?*] au « néoréalisme » italien et qui était, comme toujours, une heure en avance.

Je t'embrasse.

Jean

FRANÇOIS TRUFFAUT À JEAN COCTEAU

[Papier en-tête *François Truffaut*]

Mercredi 27 mars 63

Mon cher Jean,

Dans votre lettre du 17 mars, vous m'indiquez la date de votre retour à Paris (vers le 28 mars) et que vous voulez me voir. Hélas, je quitte Paris demain matin pour un voyage de quinze jours au Japon[2].

Serez-vous encore à Paris vers le 12 avril et voulez-vous que je vous téléphone ?

J'ai beaucoup de difficultés avec les distributeurs pour mon prochain film d'après Bradbury : *Fahrenheit 451*, le genre « science-fiction » étant jugé par eux inadéquat pour l'Europe[3]. Ils n'ont peut-être pas tort…

En rentrant, je compte me faire projeter *Le Testament d'Orphée*, que je ne connais pas assez intimement et qui est si beau.

Je vous embrasse,

françois

1. Sans doute la diffusion télévisée de *Ruy Blas* de Pierre Billon (1947), une adaptation de la pièce de Victor Hugo par Cocteau : « *Ruy Blas* est le contraire de *La Belle et la Bête*, de *La Voix humaine*. C'est un film actif au possible, un drame dont le mécanisme ressemble à ceux du vaudeville » (« Notes de travail », *La Revue du cinéma* n° 7, été 1947 ; *Du cinématographe*, Belfond, Paris, p. 161).
2. Ce premier voyage de Truffaut au Japon est destiné à présenter *Jules et Jim* dans le cadre de la Semaine du cinéma français. Il y fera la connaissance de Marcel Giuglaris, le délégué d'Unifrance Films, de Madame Kawakita, distributrice de *Jules et Jim*, et de Koichi Yamada, son traducteur japonais et bientôt ami. « C'était l'époque florissante de la Nouvelle Vague, tous les journalistes se sont précipités sur Truffaut, qui était la vedette parmi les vedettes », écrira le critique Rikiya Tayama (*Kinema Jumpo*, 1er juillet 1971, cité par Laurence Alfonsi dans *Lectures asiatiques de l'œuvre de François Truffaut*, L'Harmattan, Paris, 2008, p. 140).
3. « *Fahrenheit* est de ces films que chacun voit à sa façon, que chacun a envie de tripoter et de modifier : pas assez science-fiction, trop étrange, pas assez insolite, pas assez d'histoire d'amour, trop d'amour. Bref, le seul moyen d'avoir la paix dans ce cas-là, c'est de dire "merde" à tout le monde. Si vous voyez un autre moyen, dites-le-moi. » (Lettre de Truffaut à Helen Scott, 16 décembre 1964, *Correspondance, op. cit.* p. 289)

JEAN COCTEAU À FRANÇOIS TRUFFAUT

Chez Jean Marais
Marnes-la-Coquette

29 juin 1963

Mon très cher François,
Merci de ta bonne lettre. Cette convalescence est sinistre et menace de me rendre incapable de vivre et de reprendre mon travail.
Les gens vous guérissent vite. Mais, hélas, c'est un fantôme de moi qui t'embrasse[1].

Jean Cocteau

RAY BRADBURY À FRANÇOIS TRUFFAUT

[*2 octobre 1963*[2]]

Cher François,
L'idée d'adapter cette pièce au cinéma a suscité beaucoup d'intérêt. Elle plaira peut-être à votre femme, qui pourrait alors vous la lire.
Si elle vous plaît à vous aussi, il y a beaucoup de gens ici, j'en suis certain, qui seraient enchantés de vous en confier l'adaptation.
Quoi qu'il en soit, dites-moi ce que vous en pensez.
Quelles sont les nouvelles concernant *Fahrenheit 451* ? Est-il exact que vous viendrez en avril pour démarrer le tournage ?
Mes amitiés à vous et à votre famille,

Ray

1. Frappé par une nouvelle crise cardiaque en avril 1963, Cocteau passe trois mois de convalescence chez Jean Marais, à Marnes-la-Coquette (Hauts-de-Seine), afin d'échapper aux importuns. En juillet, il revient à Milly-la-Forêt, où Louise de Vilmorin, lors d'une visite en août, le trouve « tout seul, très pâle, très attentif et résigné. Il m'a semblé qu'il était las de tout ce qu'il sait, de tout ce qu'il pense et pensa, et de tout ce qu'il a créé » (lettre à André de Vilmorin, août 1963, citée dans Claude Arnaud, *Jean Cocteau*, Gallimard, 2003, p. 753). Il décédera d'une crise cardiaque, le 11 octobre 1963, à 74 ans, dans sa maison de Milly-la-Forêt.
2. Cette lettre est collée sur une autre de Malcom Stuart, son agent, adressée à Truffaut. Elle concerne la pièce de Bradbury *And the Rock Cried out*, soumise à Truffaut.

RAY BRADBURY À FRANÇOIS TRUFFAUT

10265 Cheviot Drive
Los Angeles 64, California

30 décembre 1963

Cher François,
Juste ce petit mot, en cette fin d'année, pour vous présenter mes meilleurs vœux à vous et à votre famille, et vous souhaiter une année 1964 pleine de vie, d'enthousiasme, de santé et de créativité. Avez-vous des nouvelles à me donner, François ? Venez-vous toujours aux États-Unis pour tourner *F. 451* en avril ou en mai ? Et avez-vous avancé dans le casting ? Je suis impatient d'en savoir plus.
De mon côté, je viens de publier un recueil de pièces, et *The Machineries of Joy*[1], mon dernier recueil de nouvelles, sortira fin janvier. Le 15, ma pièce en un acte *The Veldt*[2] sera jouée dans le cadre d'un programme d'avant-garde, avec d'autres pièces de divers auteurs, dans une nouvelle petite salle expérimentale du Royal Shakespeare Theatre. C'est Peter Brook qui assure la mise en scène[3]. Par ailleurs, je suis plongé dans le scénario des *Chroniques martiennes*, et tout se passe bien ; Pakula et Mulligan[4] sont des hommes avec qui il est agréable, stimulant et constructif de travailler. J'espère terminer au printemps, si la chance et la Muse sont avec moi.
C'est tout pour le moment. Je vous en prie, écrivez-moi, ne serait-ce que quelques mots, pour me dire où vous en êtes.
Une fois encore, bonne année à vous et à vos proches,

Ray

1. Respectivement : *The Anthem Sprinters*, The Dial Press, New York, 1963 (*Café irlandais : comédies*, Denoël, Paris, 1965) et *The Machineries of Joy : short stories*, Simon & Schuster, New York, 1964 (*Les Machineries du bonheur*, Denoël, 1965).
2. Nouvelle de science-fiction parue sous le titre *The World the Children Made* (*The Saturday Evening Post*, 23 septembre 1950), souvent adaptée à la radio, à la télévision, au cinéma et au théâtre. La production à laquelle Bradbury fait référence fut présentée au Lamda Theatre Club (Londres) sous le titre *Theatre of Cruelty* : un programme modulable composé d'œuvres de Paul Ableman, John Arden, Antonin Artaud, Ray Bradbury, Peter Brook, Cyril Connolly, Jean Genet, Alfred Jarry, Alain Robbe-Grillet et William Shakespeare.
3. En fait, il y avait deux metteurs en scène : Peter Brook (né en 1925) et Charles Marowitz (1934-2014).
4. Le réalisateur américain Robert Mulligan (1925-2008) devait alors adapter au cinéma les *Chroniques martiennes* dans une production du cinéaste Alan J. Pakula (1928-1998). « En fait, j'ai écrit deux scénarios des *Chroniques martiennes*, dira Bradbury. Un pour la MGM et l'autre pour la production Pakula-Mulligan. Apparemment, c'est juste trop cher [...]. J'aimais bien le scénario, mais je doute qu'on puisse jamais le tourner. » (Steven L. Aggelis éd., *Conversations with Ray Bradbury*, University Press of Mississippi, Jackson, 2004, p. 77.) L'adaptation ne verra le jour qu'en 1980, pour la télévision américaine, réalisée par Michael Anderson sur un scénario de Richard Matheson. « C'était un vrai désastre », en dira Bradbury (propos recueillis par Michèle Gazier et Anne Barbé, *Télérama*, 3 octobre 1984).

FRANÇOIS TRUFFAUT À RAY BRADBURY

Ray Bradbury
10265 Cheviot Drive
Los Angeles, 64, Calif

Paris, le 15 janvier 1964

Mon cher Ray,

J'étais très heureux de recevoir votre lettre et, à mon tour, je vous présente mes meilleurs vœux pour la nouvelle année ainsi qu'à votre famille.

Comme vous le savez, *Fahrenheit 451* est en très bonnes mains, celles du producteur Lewis Allen[1], que vous avez déjà rencontré, je crois.

Nous ne savons pas encore si le film se tournera à New York, Philadelphia ou Toronto, car tout cela sera établi en février lorsque je vais venir à New York et que nous établirons le casting et le budget du film[2].

Je suis très impatient de voir les *Chroniques martiennes* au cinéma. J'avais adoré le premier film de Mulligan, *The Strike out*[3], avec Karl Malden et Anthony Perkins.

Je ne compte pas vous voir à New York en février, car je sais

1. Producteur américain de théâtre et de cinéma (1922-2003). Alors que Truffaut peine à monter *Fahrenheit 451* en France, Helen Scott le met en relation avec Lewis Allen, désireux de produire le film aux États-Unis. En août 1963, celui-ci rachète les droits d'adaptation du roman aux Films du Carrosse, ainsi que l'adaptation faite par Truffaut et ses collaborateurs successifs. « Dans l'arrangement avec Allen, écrit Truffaut à Helen Scott, le 20 août 1963, il est prévu qu'il ne peut pas faire *Fahrenheit* avec un autre réalisateur que moi, donc je ne risque pas de perdre le script [...]. Si Allen n'arrive pas à monter l'affaire à telle date, il me devra, comme dédommagement [...] les droits du livre et du script qui me reviendront ainsi sans que j'aie à rembourser les sommes versées par lui. Vous voyez que je suis bien protégé. »

2. Après avoir étudié, avec Lewis Allen, venu à Paris en janvier 1964, chacune des propositions de plusieurs distributeurs ou coproducteurs potentiels, Truffaut bénéficiera d'un budget confortable : « Nous sommes ici dans l'engrenage de la grosse production (environ un million et demi de dollars, 750 millions d'anciens francs) où l'argent coule à flots, mais pour payer des choses qui ne sont pas sur l'écran. Par exemple, s'il y a peu de gadgets dans ce film, il y a tout de même une trentaine d'objets importants, or pas un seul n'a été réellement réussi ou soigneusement "fini", faute d'invention et d'argent. » (*La Nuit américaine : scénario du film*, suivi de *Journal de tournage de Fahrenheit 451*, Seghers, Paris, 1974, p. 198.) Pour interpréter Montag, Lewis Allen lui soumet les noms de Marlon Brando et Paul Newman : « [Newman] est très beau, surtout lorsqu'il est filmé en couleurs, et je le préfère à tous les acteurs de Hollywood qui ont un box-office : Hudson, Peck, Brando, Lancaster », lui écrit Truffaut le 3 juillet 1963.

3. *Fear Strikes out* de Robert Mulligan (1957), sorti en France sous le titre *Prisonnier de la peur*. Truffaut saluera « son réalisme, la vérité du cadre, des faits et aussi la stylisation du jeu » (*Arts* n° 651, 1er-7 juillet 1958).

que vous ne voyagez pas énormément, mais j'espère bien passer quelques jours à Los Angeles cette année, ou encore nous rencontrerons-nous sur les lieux de tournage de *Fahrenheit* ? Cette dernière possibilité serait la plus agréable.
Voilà plus de trois ans que je désire tourner *Fahrenheit 451* et mon envie de le faire est aussi forte qu'au premier jour. Cette fois, je crois que ce rêve se réalisera en 1964. Je vous remercie de m'avoir fait confiance depuis le début et j'espère que vous serez content du résultat.
Très admirativement et amicalement vôtre,

François Truffaut

MAURICE PONS À FRANÇOIS TRUFFAUT

[Papier en-tête *Moulin d'Andé*]

[*Début 1964*]

Mon cher François,
La télévision m'ayant demandé de présenter (à des fins éminemment éducatives) une émission[1] sur l'orthographe, j'aurais voulu commencer en montrant la scène des anarchistes dans *Jules et Jim* que j'aime beaucoup et qui me paraît illustrer parfaitement cette question ô combien délicate… Je ne pense pas que tu y voies d'inconvénient(s), étant entendu que je citerai le film et l'auteur dans le commentaire, et que la télévision versera les droits usuels de passage à l'écran. Les « réalisateurs », comme on dit, doivent prendre contact d'ici peu avec les Films du Carrosse. Tu serais gentil de leur faciliter la chose, si tu le peux.
J'espère que tu es heureux et que tu as de beaux jours avec *Peau douce*[2]. Jean-François nous en a parlé. Comment as-tu trouvé *La Belle Vie*[3] ?
À bientôt. Amitiés de

Maurice Pons

1. Malgré nos recherches, nous n'avons pu identifier l'émission en question.
2. Façon d'évoquer à la fois le titre du film en cours de tournage et son héroïne, Françoise Dorléac, avec laquelle Truffaut entretient une liaison.
3. Jean-François Adam (1938-1980), coscénariste de *La Peau douce* et assistant-réalisateur de Robert Enrico pour *La Belle Vie*, film sorti en janvier 1964 (voir aussi n. 3, p. 256).

LOUISE DE VILMORIN À FRANÇOIS TRUFFAUT

[Papier en-tête *Verrières*]

Dimanche 1er mars 1964

Mon cher François,
Jamais nous ne nous voyons et j'en suis triste.
Aujourd'hui je voudrais, par ces quelques mots, attirer votre attention sur François Raoul-Duval[1], pour qui j'ai de l'amitié. Il est photographe, il est jeune et intelligent, et il a le grand désir de vous rencontrer. Vous me feriez plaisir en acceptant de le voir.
Je vous embrasse de tout cœur, cher François.
Fidèlement vôtre,

Louise

FRANÇOIS TRUFFAUT À LOUISE DE VILMORIN

[Papier en-tête *François Truffaut*]

Samedi 14 mars 64

Ma chère Louise,
Moi aussi je suis triste de ne pas vous voir et vous n'imaginez pas combien je pense à vous.
Peut-être un de mes défauts est-il de trop lier l'amitié et le travail ?
Je rêve de vous connaître vraiment, progressivement, à la faveur d'un travail commun pour le cinéma, peut-être pour Jeanne[2] ?
Chaque fois que je la vois, nous parlons de vous.
Chère Louise, comment peut-on avoir autant d'amitié et d'admi-

1. Né en 1935, acteur et réalisateur de films expérimentaux et d'un seul long métrage, *Et pourtant elle tourne* (1981), une satire des milieux du cinéma que Truffaut verra en projection privée. La lettre qu'il adressera à son réalisateur, le 20 avril 1980, sera publiée dans *Pariscope* et le dossier de presse du film : « Je l'ai suivi comme un spectateur, tour à tour surpris, charmé, étonné, frustré, surpris encore […]. C'est du cinéma à la première personne du singulier, à cause de cela, je n'aimais pas quitter le garçon-héros trop longtemps. Il est remarquable, aussi Madame Alcina (avec qui j'ai tourné quand elle était plus potelée). La jeune fille, grave à la façon d'Orane Demazis (*Fanny-Marius-César*), m'a plu, mais Dieu qu'elle a tardé à rire et sourire. Je ne cite aucun détail car j'en ai aimé cent, détails et trouvailles. Vous êtes poétique (aux antipodes du cinéma d'assistant), mais aussi doué pour la comédie. »
2. Truffaut aura, quelques mois plus tard, le projet d'adapter, avec Louise de Vilmorin, *La Duchesse de Langeais* de Balzac. En 1958, Jeanne Moreau avait été l'interprète des *Amants* de Louis Malle, coadapté par Louise de Vilmorin du roman de Vivant Denon *Point de lendemain*.

ration pour quelqu'un et les lui témoigner si peu et si mal ? C'est à moi de répondre à cette question autrement que par : la vie est mal fichue.
Je vous embrasse, mal mais sincèrement,

votre françois

LOUISE DE VILMORIN À FRANÇOIS TRUFFAUT

Verrières, jeudi 19 mars 1964

Mon cher François,
J'arrive de Suisse[1] et je trouve votre lettre. Jamais je n'ai douté de votre amitié, mais je suis souvent triste de cette vie qui passe sans se soucier de mon désir de vous revoir et vous m'avez fait vraiment plaisir en me disant que vous pensiez parfois à moi.
Depuis combien d'années nous connaissons-nous ? Vous aviez dix-sept ou dix-huit ans, vous étiez militaire en Allemagne et vos lettres sentaient l'ombre des forêts d'outre-Rhin. Chose curieuse, en les recevant j'entendais, chaque fois, Ruy Blas dire : « Elle aime une fleur bleue d'Allemagne et je fais chaque jour quatre lieues pour cueillir de ces fleurs. J'en ai cherché partout sans en trouver ailleurs. » (La citation n'est sûrement pas juste[2].)
Quoi qu'il en soit, la certitude de notre amitié n'a jamais dissipé la timidité qui m'entrave. Jamais je n'ai eu assez d'audace pour m'imposer à ceux que j'aime, pour me croire bienvenue, et la peur d'être importune me contraint à l'exil. Même dans mon lit, même dans mon bain je ne suis pas tranquille et le reste du temps, je ne fais que balbutier.
Je voudrais passer un moment avec vous le plus vite possible. Je pars demain pour Tunis[3], je serai de retour dimanche et vous téléphonerai lundi.
Je vous embrasse, mon cher François. Ne doutez jamais de mon très fidèle et affectueux attachement,

Louise

1. Louise de Vilmorin séjournait fréquemment à Collonge-Bellerive, en Suisse, dans la propriété de son ami le prince Sadruddin Aga Khan.
2. « Elle aime une fleur bleue d'Allemagne… / Je fais chaque jour une lieue / Jusqu'à Caramanchel, pour avoir de ces fleurs / J'en ai cherché partout sans en trouver ailleurs. »
3. Quand elle se rendait en Tunisie, Louise de Vilmorin séjournait à Sidi-bou-Saïd, chez André Levy-Despas, l'homme d'affaires, ou chez l'architecte Bernard Zehrfuss.

FRANÇOIS TRUFFAUT À LOUISE DE VILMORIN

[Papier en-tête *Hôtel Algonquin, New York*]

Ce mercredi 14 avril [*1964*]

Ma chère Louise,
Je suis installé dans cet hôtel autrefois fameux pour ses tables rondes poétiques hebdomadaires[1]. Un jeune liftier, poète, s'était promis d'acheter l'hôtel quand il serait grand — donc riche. J'ai fait sa connaissance, il est l'actuel patron.
Dans votre dernière lettre, à la veille d'un départ pour Tunis, vous me disiez : « Je serai de retour dimanche et vous téléphonerai lundi. » Dans le même temps, je m'envolais pour venir ici. On projette des films à présent jusque dans les avions[2] !
J'espérais laisser mes soucis à Paris, erreur. J'ai sans doute trop travaillé ces derniers temps ou trop durement, je suis épuisé, à pleurer de fatigue[3].
Pourtant, je passe beaucoup de temps dans ma chambre à dormir et lire. J'ai acheté à la librairie française un roman de vous que j'ignorais, *Le Violon*, et je l'ai beaucoup aimé.
Je pense souvent à un roman de vous dont on aurait pu tirer un meilleur film que celui qui a été fait, *Julietta*[4]. Je vais le relire en rentrant à Paris. En rentrant à Paris également ou plutôt : d'abord et surtout, je vous téléphonerai.
D'ici là, je vous embrasse d'ici, ici et là,

votre françois truffaut

1. Truffaut se trouve à New York pour travailler, avec Helen Scott, au livre d'entretiens avec Alfred Hitchcock. Situé près de Time Square, l'Algonquin avait accueilli, dans les années 1920, le groupe de la Table Ronde (Dorothy Parker, Robert Benchley, Harold Ross, Harpo Marx...), en référence à la table autour de laquelle ils se réunissaient.
2. Le premier long métrage projeté dans un avion fut, en 1925, *Le Monde perdu* (*The Lost World*) d'Harry O. Hoyt, lors d'un vol Londres-Paris. Le procédé se généralisa sur les long-courriers dans les années 1960.
3. Sa séparation avec Madeleine, son épouse, puis le tournage et le montage de *La Peau douce* ont laissé Truffaut exsangue : « À force de tourner des films déprimants, je deviens complètement neurasthénique. Tout me dégoûte, je suis écœuré, fatigué, complètement vidé. » (Lettre à Paula Delsol, 11 avril 1964, *Correspondance*, *op. cit.* p. 268.)
4. Film de Marc Allégret (1953), adapté et dialogué par Françoise Giroud, avec Dany Robin et Jean Marais.

FRANÇOIS WEYERGANS[1] À FRANÇOIS TRUFFAUT

Vendredi [*avril-mai 1964*]

Cher F. T.,
Je n'étais pas à Paris ni pour la projection à l'UGC ni pour la première[2]. Je vous remercie d'avoir pensé à moi. Je suis rentré ce matin et je dois repartir en fin d'après-midi. J'enrage de ne pas encore avoir vu *La Peau douce*. Vous ne pouvez pas savoir combien j'en ai envie, depuis un mois. D'après ce que j'en sais, d'après ce qu'on en dit, je vais l'adorer. Dès mon retour, je le verrai souvent et j'espère aussi vous revoir.
Amitié

François Weyergans

FRANÇOIS WEYERGANS À FRANÇOIS TRUFFAUT

[*Mai-juin 1964*]

Cher François Truffaut,
Il y a un temps fou que je pense à cette lettre, pour vous dire comme j'aime *La Peau douce*. C'est un film tout à fait merveilleux parce que, précisément, il se refuse à la merveille. Vous avez réussi complètement, pour moi, ce que tout le monde recherche (partout, c. à d. pas

1. Écrivain et réalisateur franco-belge (1941-2019). Né à Etterbeek (Bruxelles), il fait ses humanités gréco-latines et collabore, comme son père — l'écrivain Franz Weyergans, auquel il consacrera son roman *Franz et François* —, à la revue *Les Amis du film* (1953-1982). En 1960, il s'installe à Paris, entre à l'IDHEC et collabore aux *Cahiers du cinéma* (1960-1966) pour y défendre les auteurs qu'il aime, notamment Bresson, Resnais et Godard. C'est par l'intermédiaire d'André Bazin qu'il y rencontre Truffaut. Le 21 décembre 1960, celui-ci écrit à Pierre Lherminier, directeur de la collection « Cinéma d'aujourd'hui » (Seghers), pour lui « recommander à tout hasard, et sans même lui en parler, un jeune Bruxellois qui vient de s'installer à Paris ». En 1962, Truffaut lui commande « la rédaction d'un scénario sur l'œuvre du sculpteur Alberto Giacometti, dans le but de réaliser un court ou éventuellement un moyen métrage » (lettre de Marcel Berbert à François Weyergans, 23 juillet 1962). Mais l'intéressé décline « en raison des clauses suspensives contenues dans ladite lettre [l'obtention d'un permis de travail en France] » (lettre à Marcel Berbert, 25 juillet 1962). En 1965, André S. Labarthe lui confie la réalisation de *Bresson, ni vu ni connu* pour la série *Cinéastes de notre temps*. Suivront quelques films de fiction (*Aline, Maladie mortelle, Couleur chair*) à la diffusion limitée. À partir des années 1970, Weyergans se consacre à la littérature — *Je suis écrivain* (Gallimard, Paris, 1989), *La Démence du boxeur* (Grasset, Paris, prix Renaudot 1992) et *Trois jours chez ma mère* (Grasset, Paris, prix Goncourt 2005) : « J'aime dire que je suis un cinéaste qui écrit des romans. » (Entretien avec Bruno Chibane et Nicolas Geiger, *Limelight* n° 14, mars 1993, p. 39.) Il est élu à l'Académie française le 26 mars 2009. Son amitié avec Truffaut perdurera jusqu'à la fin des années 1970, au point qu'après la mort du cinéaste, Éva Truffaut offrira à Weyergans la machine à écrire de son père — celle du temps d'*Arts*.
2. Celle de *La Peau douce* de François Truffaut, sorti en avril 1964.

seulement au cinéma) : une espèce d'objectivité qui ne soit pas celle de la réalité, mais la réalité quand même avec le signe + devant. Or ça, il n'y a que vous qui puissiez le faire (les autres poussant vers l'abstrait, ou le lyrique, ou Dieu sait quoi). Le début, par exemple, formidable parce qu'on sent à quelle somme de petits hasards est suspendue une rencontre (ou une évolution), et parce que l'addition reste sans cesse perceptible derrière la somme. Ou encore Desailly mettant les cigarettes de deux paquets dans un seul paquet : ce n'est plus du tout le geste dont on se dit « comme c'est bien vu », c'est un geste qui, étant déjà « bien vu », révèle le sentiment (ne le « traduit » pas, mais le révèle vraiment, soudainement, avec toute la stupeur que cela implique chez qui assiste à cette révélation).
La Peau douce : c'est ça, une révélation, une suite de révélations qui font ce même effet que les révélations aux grands procès. Et justement, ici, de quel procès s'agit-il ! Mais tout ce que je dis n'a pas grand intérêt. Encore ceci : en voyant votre film, j'avais très envie de tourner à mon tour, de ne plus être critique, mais de devenir cinéaste… Autrement dit : j'aime *La Peau douce* sans vouloir le classer (c'est votre meilleur film, non ?). J'y penserai encore très souvent.
Votre ami,

François Weyergans

JEAN MAMBRINO À FRANÇOIS TRUFFAUT

Collège Saint-Clément
28, rue du Pontiffroy
Téléphone : 68 14 44
Metz

Metz, le 1/7 1964

Cher François,
J'ai visionné hier seulement (dans le studio privé du distributeur de Metz) *La Peau douce*, et je ne puis me retenir de vous envoyer ce mot.
J'ai été touché profondément. C'est très beau – si juste, merveilleusement juste, posé avec une précision légère et pourtant ferme, mais non sans un secret frémissement. (Seul un certain flottement dans le personnage de l'écrivain, qui est plus recréé que vécu. Mais cela ne concerne que des détails *extérieurs*. L'homme existe en dedans.)

Il y a beaucoup de tendresse dans le regard qui suit les personnages, aucun jugement, aucun mépris – et pourtant, c'est terriblement cruel, sans mensonges, sans voiles. Purifiant.
La gravité tremblante du désir, et sa futilité, son leurre, ses masques, ses mirages. Je regrette seulement que l'épouse ne soit pas montrée davantage pour qu'on saisisse également la fragilité, la fausseté de sa passion, l'inexistence de ce couple adolescent (je voudrais bien voir la 1re version de 3 heures[1] !).
Impossible de confondre cette œuvre avec aucune autre. Modeste, humaine, parlant à voix basse, avec une extraordinaire violence. Je suis sûr que Bazin aurait aimé.
Nous en étions restés à ce coup de téléphone pendant que vous mixiez *Jules et Jim* ; et je ne vous avais jamais parlé de ce film que j'ai bcp aimé aussi. Si amer, avec des éclairs de tendresse inouïe, et comme un appel vers une pureté inaccessible et pourtant toute proche, à portée de souffle…
Je voudrais tellement vous revoir, parler de beaucoup de choses avec vous, vous interroger… (Je passe qqes jours à Paris du 10 au 14, avant de partir pour l'Italie, puis Londres. J'essaierai de vous atteindre au Carrosse, mais je ne sais plus où vous joindre[2], hélas !).
Soyez sûr du moins de ma profonde et fidèle amitié,

Jean Mambrino

L'enveloppe est sale parce qu'il y a plus d'un an que je l'ai écrite, voulant vous écrire, vous le voyez, depuis longtemps…

FRANÇOIS TRUFFAUT À JEAN MAMBRINO

[Papier en-tête *François Truffaut*]

Samedi 18 juillet 64

Mon cher ami,
Votre lettre me touche profondément. Moi aussi, je souhaite vous revoir. Je n'étais pas à Paris aux dates indiquées dans votre lettre

1. « L'autre jour, j'en ai vu *1 heure trente* et à la fin les personnages n'étaient pas encore arrivés à Reims pour la conférence ! C'était donc trop long, assez ennuyeux, plein de redites et de cafouillages divers, bref une projection épouvantablement décevante. » (Lettre de François Truffaut à Helen Scott, 22 février 1964, *Correspondance, op. cit.* p. 264.)
2. Après sa séparation avec Madeleine, en février 1964, Truffaut a emménagé dans un nouvel appartement au 34, avenue Paul-Doumer (Paris XVIe).

(du 10 au 14 juillet) mais à Cannes, avec mes deux petites filles, en vacances.
Je suis venu passer trois jours à Paris et je repars cette nuit, toujours dans le Midi, pour rentrer à la mi-août.
Je travaille aux dialogues de *Mata Hari*[1] que mettra en scène mon ami Jean-Louis Richard, avec Jeanne Moreau.
Vous pouvez toujours me joindre ici, au Carrosse, BAL 48-61 + BAL 74-98...
Merci de tout comprendre, merci de votre témoignage d'affection.
Toutes mes amitiés,

françois

JEAN MAMBRINO À FRANÇOIS TRUFFAUT

[Carte postale de Venise]

31 juillet 64

Cher François,
Votre lettre m'a rejoint ici, à la fin d'une session internationale dans les Dolomites, dont j'étais l'aumônier. Je suis heureux que vous m'ayez senti près de vous. Je ne pourrai pas vous voir dans ces mois d'été car je serai tout le temps en voyage : je pars 15 jours en Hollande, puis Londres, et Stratford pour le festival[2]. Et en septembre, un trou des Vosges pour écrire (j'ai un livre qui sort en décembre[3]) avant de rentrer à Metz. Mais je vous ferai signe en octobre ou en décembre. Bon travail, cher François.
Je pense à vous très amicalement.

Jean M.

1. Le film sortira le 29 janvier 1965 sous le titre *Mata Hari, agent H21*.
2. Le Stratford-upon-Avon Festival (31 juillet-8 août 1964), fameux festival de théâtre célébrant cette année-là, dans sa ville natale, le 400e anniversaire de la naissance de Shakespeare.
3. Sans doute *Le Veilleur aveugle* (Mercure de France, Paris, 1965).

FRANÇOIS TRUFFAUT À FRANÇOIS WEYERGANS

François Weyergans
15, rue Dauphine
Paris

Paris, le 19 août 1964

Mon cher François,
Voici comme convenu le script de *Fahrenheit.* En vérité il n'est pas définitif et si vous lisez l'anglais, je vous communiquerai ensuite une nouvelle version[1]...
J'espère que nous pourrons parler de cela à votre retour de Venise[2].
Mes amitiés à tous deux[3],

François Truffaut

RAYMOND JEAN À FRANÇOIS TRUFFAUT

12, rue de Sontay
Aix-en-Provence

Aix, le 25 octobre 1964

Cher François Truffaut,
Des déplacements, des voyages à l'étranger m'avaient empêché de voir jusqu'à présent *La Peau douce.* Je viens enfin de voir ce film. Il faut que je vous le dise : il m'a directement, profondément touché. Vous êtes allé très loin dans le *vrai.* À chaque instant, vous avez trouvé la nuance, le détail d'observation qui rend la situation que vous décrivez exacte et authentique. On se sent concerné, impliqué dans ce film. C'est une très belle œuvre, qui marque une étape dans la vie d'un « nouveau réalisme ». J'ai

1. Le scénario de *Fahrenheit 451*, traduit en anglais par Helen Scott, vient d'être « remanié par [Peter] Matthiessen (qui a complété son boulot en 3 semaines) et révisé par Jay [Allen] afin que vous prépariez la version finale » (lettre d'Helen Scott à François Truffaut, 14 août 1964).
2. Weyergans effectuait de nombreux séjours à Venise. « Ah, l'Italie ! Qu'est-ce qu'on serait sans l'Italie ? [...]. Et si on parlait de Venise, la ville où je suis allé le plus souvent ? » (Entretien avec Jeannine Paque, *Le Carnet et les instants* n° 167, juin-septembre 2011.)
3. Weyergans et son épouse, Mylène Van der Meersch, qui rencontrera Robert Bresson lors du tournage du documentaire de Weyergans, *Robert Bresson, ni vu ni connu* (1965), l'épousera et sera son assistante de 1967 à 1977.

beaucoup de peine à comprendre comment elle a pu faire l'objet de certains malentendus et être assimilée parfois à une œuvre conventionnelle.
J'espère que vous avez reçu mon roman de l'année dernière, *Les Grilles*. J'aurais aimé qu'il vous intéresse (car il doit beaucoup au cinéma), ou qu'au moins vous puissiez y intéresser de jeunes réalisateurs. Vous sera-t-il seulement parvenu ?
Croyez en ma sympathie

Raymond Jean

FRANÇOIS WEYERGANS À FRANÇOIS TRUFFAUT

Ce 2 nov. 64

Cher François, j'ai lu *Phénix*[1] (je l'avais emporté à Venise : un bon découpage, c'est mieux qu'un mauvais film – ou roman !), je l'ai même relu l'autre jour... Et puis je pensais rentrer à Paris fin septembre et vous faire signe comme on avait dit. Mais il y a un mois que je tourne autour de Paris en croyant y revenir d'un jour à l'autre, mais être absent, voyager, c'est amusant : on a l'impression de « vivre » ! Et on voit d'autres films qu'à Paris (*Rapt* de Kirsanoff[2], par exemple, d'après Ramuz, que j'ai vu à Lausanne, avec Dita Parlo, c'est très beau ; le connaissez-vous ?). Et aimez-vous *The Patsy*[3] ? Le rire a, là, la même fonction que la peur chez Edgar Poe (la même logique) ou que le dépaysement dans *Phénix*. Comme j'aurais aimé voir *Phénix*, puisque le texte que vous m'avez prêté m'a enchanté.
Ce qui sera le plus beau sera tout ce qui est fait sur les regards. (Surtout Clarisse et Monty dans le métro, au début ; et aussi lorsque Clarisse téléphone en se faisant passer pour la femme de Monty ; et les regards des gosses et de Clarisse, à l'école – c'est étonnant comme le moment du récit où des enfants apparaissent dans vos films est toujours le plus opportun ; et tous les maris [?]

1. Titre envisagé pour la version internationale du film *Fahrenheit 451*, d'après le roman de Ray Bradbury.
2. Film franco-suisse de Dimitri Kirsanoff (1934), d'après Charles Ferdinand Ramuz, l'un des auteurs fétiches de Weyergans : « Je [le] lisais à 14 ans pour me distinguer de mes camarades de classe qui, eux, lisaient jusqu'au bout les romans de A. J. Cronin ou de Pearl Buck [...]. Je regrettais que Ramuz soit mort, je lui aurais écrit pour lui demander de m'offrir le même porte-plume que lui [...]. Mon premier film, en 1966, je l'ai tourné en adaptant son premier roman, *Aline*, ce fut Godard qui m'en donna l'idée, il y avait pensé pour lui-même. » (« J'aime Ramuz », *Le Monde*, 15 décembre 2005.)
3. Film de et avec Jerry Lewis, sorti en France en octobre 1964 sous le titre de *Jerry souffre-douleur*.

à la clinique ; etc.). J'ai lu un jour une phrase (de Stendhal, je crois) qui disait à peu près : « On peut tout dire avec un regard, et pourtant on peut toujours nier un regard dès qu'il ne peut pas être répété textuellement[1]. »
Ce qui sera bien encore [?], je crois, ce sera le climat étrange qui découlera des faits habituels, familiers, mais décalés (vous devriez peut-être jeter un coup d'œil sur un texte de Freud, *L'Inquiétante Étrangeté*, paru dans le volume *Essais de psychanalyse appliquée*, chez Gallimard, texte qui m'a toujours paru une excellente approche de la science-fiction, ou du moins d'une certaine S.-F., celle précisément que vous voulez atteindre, me semble-t-il).
Et votre Clarisse, ce sera notre Camilla Horn[2]...
Il y a trois petits détails qui me gênent, mais sont peut-être nécessaires pour des raisons qui m'échappent : le côté théorique, didactique par rapport au spectateur, de Granger qui accueille Montag chez les hommes-livres ; aussi, les titres des livres choisis par les hommes-livres ; et le côté moyenâgeux évoqué deux fois (Montag qui lit comme un moine ; les accessoires de la bibliothèque clandestine). Mais il faudrait en parler, et je me trompe sans doute.
Phénix c'est aussi, et de façon plus apparente et plus convaincante que chez Bradbury, une histoire d'amour qui me touche beaucoup. Or, n'est-ce pas, comme onze films sur dix doivent être cela, en étant le onzième vous serez le premier.
Ce qui m'a aussi beaucoup intéressé, c'est la manière dont tout s'enchaîne et coule.
Mais que vous dire que vous ne sachiez déjà et n'ayez prévu ? Alors ceci : à quand la copie zéro ?
Dès mon retour à Paris (bientôt ; je suis maintenant à Bruxelles où je suis venu voir la chorégraphie de Maurice Béjart sur la *IXe Symphonie*[3], qui vous plairait [?]). Je vous téléphonerai et si vous êtes là, j'espère vous revoir.
Amitiés

François Weyergans

1. « On peut tout dire avec un regard, et cependant on peut toujours nier un regard, car il ne peut pas être répété textuellement » (Stendhal, *De l'amour*).
2. Danseuse et comédienne allemande du cinéma muet (1903-1996). Spécialisée dans les rôles de vamp, elle fut dirigée entre autres par Friedrich W. Murnau (*Faust, une légende allemande* et *Tartuffe*).
3. Présenté comme une grande œuvre destinée à combattre tous les racismes, ce « concert dansé » sur la musique de Beethoven fut créé par le Ballet du XXe siècle au Cirque royal de Bruxelles (Belgique), le 27 octobre 1964.

RAY BRADBURY À FRANÇOIS TRUFFAUT

10265 Cheviot Drive
Los Angeles 64, California

23 déc. 1964

Mon cher François,
Ce petit mot pour vous présenter tous mes vœux de bonheur en cette étrange, folle, triste et heureuse Saison et vous souhaiter de grandes choses pour cette année 1965.
Pourriez-vous me faire envoyer rapidement une copie de *La Peau douce* sur la côte ouest, afin que nous puissions la projeter à notre Film Society ? Nous aimerions vraiment lui consacrer une séance spéciale.
Une fois encore, cher François, tous mes vœux les plus chaleureux à vous et à vos proches,

Ray

SERGE REZVANI À FRANÇOIS TRUFFAUT

[*1964*]

Cher François,
Voici deux bandes enregistrées sur les deux faces, ce qui fait trente chansons.
Une bande pour C. Rich et l'autre pour Jeanne[1]. Je n'envoie pas les bandes à leurs destinataires car Jeanne en a déjà égaré plusieurs. J'ai passé deux jours pleins à ces enregistrements et je serais affolé s'il fallait remettre ça. Vous serait-il possible, cher François, de vous charger d'en faire tirer des souples ?
1 exemplaire pour vous
1 pour Jeanne
1 pour Claude Rich

1. L'acteur Claude Rich (1929-2017) et Jeanne Moreau (1928-2017), dont Rezvani brosse le portrait dès 1952-1953 : « Souvent, le soir, Jeanne nous rejoignait ou alors nous allions la chercher au studio. Elle tournait un film dont elle parlait avec distance (pour nous plaire), tout en s'étonnant, avec ce côté midinette qu'elle a toujours eu, d'en être arrivée (elle, fille d'un gérant de restaurant montmartrois *monté* du fond de l'Auvergne) à ce stade de célébrité. Bien qu'elle n'eût que 24 ou 25 ans, elle aimait sans cesse rappeler le chemin qu'elle avait parcouru [...]. "Vous vous rendez compte... je n'arrive pas à y croire... Moi, la petite Jeanne, je tourne des films, j'ai une voiture, j'en suis déjà là !" » (*Le Testament amoureux*, *op. cit.* p. 1082.)

et 1 pour moi
et me rendre les bandes à l'occasion ?
J'ai enregistré par erreur sur la bande de Rich une deuxième fois, deux chansons que je destinais à Jeanne (*Nous vivions deux*... et *Pericoloso*[1]). Pour la première, je sais que Jeanne avait l'intention de la prendre, quant à *Pericoloso*, je ne sais quelles sont les intentions de Jeanne, mais moi je la vois bien la chantant. Pouvez-vous le dire à Claude Rich quand vous lui remettrez le souple ?
J'espère que vos occupations actuelles vous laissent assez de loisirs pour ce genre de corvée. Nous espérons vous voir autour du 20. Je vous signale que le 19 nous ne serons pas là. Nous sommes de nouveau tranquilles après ces 15 jours fous qui suivirent mon exposition[2]. Je me suis remis à peindre et j'ai l'impression d'être dans un caisson de décompression.
J'adore le disque de Trenet[3].
Danièle[4] se joint à moi pour vous embrasser en souhaitant à bientôt.

Serge

SERGE REZVANI À FRANÇOIS TRUFFAUT

[*Fin 1964*]

Cher François,
Nous avons de vos nouvelles par Jeanne ainsi que de Jean et Carla[5]. J'ai parlé incidemment avec Jeanne du fameux souple. Il doit y avoir un malentendu et j'espère qu'il n'est pas égaré quelque part. Pensant que vous l'aviez, j'avais dit à Alain Jouffroy[6] de vous

1. Ces deux chansons ne seront pas enregistrées par Jeanne Moreau, mais la première par Cyrus Bassiak lui-même (Rezvani) dans son album *Notre folle jeunesse* (1994) et la deuxième par Marianne Feld (1971).
2. À la galerie Cavalero, à Cannes, en 1964.
3. Disque offert par Truffaut. Le 31 mai 1965, il écrira qu'il « n'apprécie pas, chez Brassens, la division du monde en deux : les pacifistes et les bellicistes, les intelligents et les idiots, les poètes et les bourgeois, les amoureux et les flics [...]. Ma préférence va à Charles Trenet, Boby Lapointe et Bassiak. Ce sont les trois seuls auteurs-chanteurs que j'admire » (*Correspondance, op. cit.* p. 302).
4. Danièle Rezvani, née Adenot (1930-2004). Serge Rezvani la rencontre en 1950, lors d'un réveillon chez le peintre François Arnal et l'épouse en 1952, à la mairie du VIe arrondissement de Paris. Celle qu'il surnomme Lula dans *Les Années-Lumière* et *Les Années Lula* restera sa compagne cinquante ans durant.
5. Jean-Louis Richard et Carla Marlier, sa compagne.
6. Poète et écrivain français (1928-2015). Intrigué par la peinture de Serge Rezvani qu'il découvre au début des années 1960, il n'aura de cesse de la défendre dans divers catalogues d'exposition (galerie Cavalero, 1969 ; Centre culturel du Marais, 1976) et des entretiens avec l'artiste (*L'Œil* n° 132, 1er décembre 1965).

téléphoner pour vous le demander afin qu'il l'écoute (et même le repique sur bande pour lui) puis me l'envoie, ce qui vous aurait évité de le faire. Je pense qu'il s'est mal expliqué d'après ce que m'a dit Jeanne, et que vous aviez compris qu'il en voulait un exemplaire pour lui. Que faire ? Où est ce disque ? Je suis impatient de le voir et surtout inquiet à l'idée qu'il traîne. Jeanne ne sait plus si vous le lui avez confié pour moi. Faut-il que je m'introduise de nuit, masqué et ganté, à Préverger[1] jusque sous l'oreiller du tchin't'ok[2] ? Qui sait ? Il kleptise peut-être cet être éthéré.
Ah cher François, que la vie est dure et compliquée ! Sans parler du péril jaune… avant-garde de Mao à l'avant Garde-Freinet. Je lis des choses effarantes sur ce qui est le 1er art pour vous et le second pour moi dans *L'Observateur nouveau*[3]. Ne voilà-t'y pas qu'un jeune metteur en scène préconise de demander au public de se mettre en rapport avec les créateurs de films pour leur suggérer le genre de films dont ils ont besoin et envie sur mesure, comme dans les wagons-restaurants au sujet du menu. Tout en refusant (ce metteur en scène)[4] le droit aux dentistes de tâter à la pellicule de leurs propres mains. C'est évidemment une situation intransposable pour un peintre, à moins qu'il ne travaille sous la direction de ses amateurs[5].
Cher François, nous vous embrassons et à bientôt j'espère. Dites-moi si ce disque n'est pas perdu.

Serge

1. Nom de la propriété acquise par Jeanne Moreau en 1964. « Jeanne nous annonça qu'elle achetait, sur un coup de tête, à La Garde-Freinet, une immense propriété où elle avait décidé de venir s'établir "à l'année". Cette nouvelle nous accabla […]. Le fait qu'elle investisse notre territoire à cette vitesse éclair nous donnait l'impression d'être nous-mêmes investis, dépossédés. » (Serge Rezvani, *Le Testament amoureux*, *op. cit.* p. 1155.)
2. Jeanne Moreau avait engagé un cuisinier chinois.
3. Pour *Le Nouvel Observateur*.
4. Ici s'insère le dessin d'une boîte aux lettres portant l'inscription : « Écrivez si vous avez des observations à nous faire. Merci ». Dans l'article, Édouard Molinaro accuse le gouvernement d'avoir asphyxié le cinéma hexagonal en supprimant, en mars 1963, la prime à l'exportation des films. Pour enrayer cette crise, il y a, selon lui, deux moyens : une grève des réalisateurs et un appel au public. Molinaro se plaint aussi que la réalisation soit parfois confiée à des non-professionnels : « Récemment encore, les cinémas parisiens projetaient un film mis en scène par un dentiste. Devant des salles vides, bien sûr. » (« La grève du scénario : une interview d'Édouard Molinaro », *Le Nouvel Observateur* n° 4, 10 décembre 1964, pp. 36-37.)
5. Ici s'insère un dessin dans lequel un homme à lunettes et cigare, caricature de producteur ou mécène, ordonne à un peintre : « Un peu de jaune ici, espèce de con… !! Fils de pute… ! » Habillé en prisonnier avec un boulet au pied, le peintre répond, en s'exécutant : « Bien, monsieur l'amateur. »

RENÉ-JEAN CLOT À FRANÇOIS TRUFFAUT

renéjeanclot
950-6416

4/II/1965

Cher François Truffaut,
Sans nouvelle de vous depuis 2 ans. Pas même invité à la 1re de votre film[1]. Qu'est-ce qui se passe, ingrat !
J'ai tant de travail.
J'ai tant de progrès à faire.
J'ai tant de joie à les faire que je suis sans voix pour les reproches.
Je dis même : tout est bien. Parfaitement.
Un jury où je ne connaissais personne m'a donné le Prix de la nouvelle pour *La Rose de Noël*[2] (1), publiée l'an dernier. Pas méchant. Ni vaniteux. Une belle femme là-dedans, comme un os de seiche sur une plage. Et puis la vespasienne de la télévision... Drôle de monde.
Avez-vous reçu *Les Voix dans la cour* ? J'ai repris l'histoire de Mme Langlois[3]. Hébertot[4] devait monter la pièce avec Judith Magre[5] et puis il n'y a pas eu assez d'argent. Pas compliqué. Des comédiens veulent aussi monter le truc avec Alliaux[6], mais toujours l'argent.
La seconde pièce, *La nuit n'est pas si noire*, raconte l'histoire d'1 enfant anormal qui arrive dans une famille bourgeoise. Le père, mou et veule, se révèle un lion mais finit par céder à la violence des femmes. Une hystérique catholique grandiose et solitaire : un lys dans la vallée des pivoines.
La troisième histoire[7] est celle du *rendez-vous impossible* : dans 1 petite ville, 1 jeune fille aime le prêtre qui est beau. Et comme elle ne peut le lui dire, qu'elle est révoltée, elle pille les troncs de l'église. L'abbé sait que c'est elle et garde son église (son amour). Atmosphère malsaine et chaste, au baiser triste. Mais le rendez-

1. Sans doute *La Peau douce*, sorti le 20 avril 1964.
2. Recueil de quatorze nouvelles (Gallimard, 1964), ayant souvent pour cadre des écoles de la banlieue parisienne, à Suresnes ou Courbevoie, villes où Clot a longtemps enseigné.
3. L'institutrice dans *Le Bleu d'outre-tombe*.
4. Jacques Hébertot (1886-1970), directeur du théâtre Hébertot, 78 bis, boulevard des Batignolles (Paris XVIIe).
5. Comédienne française (née en 1926), qui fut l'une des interprètes de *La Révélation* de René-Jean Clot, mise en scène par Jean-Louis Barrault, Odéon-Théâtre de France, en 1962.
6. Peut-être s'agit-il du réalisateur et scénographe René Allio.
7. *Un feu de bois vert*. Voir aussi n. 3, p. 255.

vous a lieu : la voleuse est prise sur des ténèbres où brûlent des cierges. Des portraits de femmes en aquatinte. Les muses de province. La mère de l'abbé. Son amour éclate à la fin, mais c'est un enfant chéri de Dieu, élevé dans les jupes de sa chère mère.
J'écris en ce moment 2 récits courts, violents, sinistres, croyants. Ça ronfle. Je ne suis pas malheureux. Venez me voir un de ces jours (jeudi, dimanche).
Votre fidèle

rjct

(1) Avez-vous lu (Gallimard) ?

FRANÇOIS TRUFFAUT À MARGUERITE DURAS[1]

Marguerite Duras
5, rue Saint-Benoît
Paris VIe

Paris, le 26 février 1965

Chère Madame,
Voici l'adresse de Jeanne au Mexique[2] :
Callejon del Salto Chico
N° 100 antes 38
Tlaltenango
Cuernavaca
Morelos
MEXICO
J'ai de très bonnes nouvelles d'elle, mais l'éloignement lui pèse beaucoup et elle attend avec énormément d'impatience les lettres de France. Alors cela lui ferait très plaisir certainement que vous lui donniez de vos nouvelles.
Croyez-moi fidèlement vôtre,

François Truffaut

1. Écrivaine et réalisatrice française (1914-1996). S'ils possédaient un certain nombre d'amis communs (Alain Resnais, Gérard Depardieu…), Truffaut et Duras eurent peu de contacts directs. Le 13 septembre 1960, Dionys Mascolo, écrivain, philosophe, et l'époux de Marguerite Duras, avait adressé à Truffaut la « Déclaration sur le droit à l'insoumission dans la guerre d'Algérie », bientôt baptisée « Manifeste des 121 », que le cinéaste signera le jour même, manifestant pour la première fois un engagement politique. En avril 1967, pour l'émission *Comme il vous plaira* (France Culture), Duras, à l'invitation de Truffaut, questionnera des enfants de l'école de la rue Saint-Benoît (Paris VIe), où elle habite. Et c'est à l'appel de Duras que Truffaut signera le 8 mai 1968 un manifeste en faveur des étudiants.
2. Jeanne Moreau tourne *Viva Maria !* sous la direction de Louis Malle.

FRANÇOIS TRUFFAUT À DANIÈLE REZVANI

Samedi (rien qui vaille) [*février-mars 1965*]

Ma chère Danièle,

Nous n'avons de Jeanne que de bonnes nouvelles, mais, tout de même, chaque matin à sa lucarne elle guette la venue du facteur de Santa-Cruz[1] qui lui amènerait des nouvelles de l'Europe. Elle a un grand besoin de recevoir des lettres et, comme tout le monde à 6 000 kilomètres de chez soi, elle croit qu'il se passe des tas de choses pendant son absence. Ne la détrompez pas et racontez-lui comme et pourquoi vous êtes devenue blonde et Serge, sous-préfet des Alpes-Maritimes, pourquoi l'on n'a pu sauver de l'incendie de La Mourre[2] que la moumoute du cuisinier chinetoque (importée de Monaco) et tout ce qui se passe dans le Bas-Var et le Haut-Var. Une bonne longue grosse lettre d'une demi-livre lui fera plaisir avec un dessin de Serge caché au dos du timbre.

J'ai eu de vos bonnes nouvelles par Carolojean et la petite Marlier[3] et de mon côté ça va aussi ; ça commence à faire longtemps, je trouve, et je serais bien content de vous visiter, peut-être pour les Pâques ?

Beaucoup de sentiments,

François

FRANÇOIS TRUFFAUT À SERGE REZVANI

[*1965*]

Mon cher Serge,

Je ne suis pas seul à penser que vous devriez, un de ces 4, vous atteler à l'écriture d'un livre[4] : poèmes ? Prose ? Fiction ? Souvenirs d'enfance ? Qu'importe, mais pensez-y !

1. Titre d'une chanson populaire écrite et interprétée par Henri Genès dans les années 1950.
2. Hameau situé sur la commune de La Garde-Freinet (Var). Le massif des Maures fut marqué par un grand incendie survenu en 1951.
3. Carla Marlier et Jean-Louis Richard, le couple ami des Rezvani.
4. Truffaut fut l'un de ceux qui ont le plus incité Rezvani à écrire, avec Alain Jouffroy et Raymond Queneau, qui « venait souvent à *La Béate* avec Jeanine, sa femme. On s'aimait. Chaque fois, il demandait, avec un sourire gêné : "Et alors, Serge, ce livre ?" [...]. Jusqu'au jour où je lui ai remis [...] sept cents pages que j'avais écrites en un peu plus d'un an : *Les Années-Lumière* » (*Le Tourbillon de ma vie*, Écriture, Paris, 2015, p. 142).

Vous savez comme j'adore provoquer le travail autour de moi, sans doute pour me donner une bonne conscience d'activiste et de remueur de vent. Enfin… l'idée est lancée…
Je terminerai à la manière de ce pauvre Albert Camus qui roulait trop en voiture[1], en vous suggérant de vous tourner et retourner sur votre lit de douleur afin d'y trouver la place la moins inconfortable ; autrement et plus simplement dit : portez-vous bien,
embrassades

François

DANIÈLE REZVANI[2] À FRANÇOIS TRUFFAUT

[*Mars-avril 1965*]

Mon cher François,
J'allais justement écrire à Jeanne quand j'ai reçu votre lettre car nous avions reçu d'elle quelques jours avant une longue et adorable lettre. Nous lui avons envoyé une lourde enveloppe (au moins une demi-livre !) avec six pages de mon écriture et des petits volets illustrés par Serge et collés avec du scotch au fur et à mesure de ce que je lui racontais. Je crois que ça la réjouira. Ça m'a beaucoup fait rire. C'est comme un petit feuilleton. Je lui ai raconté un peu notre vie et les fous rires avec Jean et Carlotta, sous l'œil de Séductine[3]. Enfin, ça lui apportera un peu de nous. Ça doit être un peu triste quelquefois pour Jeanne d'être loin de nous tous, et un peu déprimant aussi parfois toute cette agitation autour de ce film[4].
Nous pensons souvent à vous, cher François, et serons heureux de vous revoir bientôt ici. À Paris nous ne savons quand car ça dépend toujours d'une décision subite de Serge. Peut-être pour le Salon[5] de mai car il exposera une grande toile.

1. Allusion à la mort de Camus, le 4 janvier 1960.
2. Voir n. 4, p. 276. « J'ai connu Danièle autour de ma vingt-deuxième année – elle en avait dix-neuf. Ce compte semble irréel. Nous avons vécu dans une confusion de plaisir, dans le renouvellement du plaisir de notre préférence […]. Nous nous sommes laissé prendre à l'intense et exclusif plaisir d'être ensemble, aux délices de cette intoxication, découvrant dans l'opium d'être nous l'éventail des plaisirs […]. Nous ne nous appartenions pas – disons, si vous préférez, que nous ne nous sommes jamais promis quoi que ce soit. Nous ne nous devions rien. » (Serge Rezvani, *Le Testament amoureux*, *op. cit.* pp. 784 et 1074.)
3. Jean-Louis Richard et sa compagne, Carla Marlier. Séductine est la chatte des Rezvani.
4. Voir n. 2, p. 279.
5. La 21e édition de ce salon créé en 1943 par le critique d'art Gaston Diehl, au musée d'Art moderne de Paris.

Nous guettons chaque semaine l'arrivée de *Mata Hari*[1] sur la côte. Elle se fait terriblement attendre.
À bientôt à Pâques. Je vous embrasse bien affectueusement.

Danièle

SERGE REZVANI À FRANÇOIS TRUFFAUT

[*Mars-avril 1965*]

Cher François,
Voici une photographie de l'été dernier donnée par [Lionel] Cavalero[2]. Nous avons été, hier mercredi à Cannes, les premiers (séance de 2 h 1/4) à voir *Mata-Hari*. Nous avons aimé le film, surtout la seconde partie : fuite avec le chauffeur – passage de la frontière très très réussi – le poison – le bruit de la fiole qui se casse. Au début j'ai eu – et Danièle comme moi – beaucoup de mal à entrer dans le film. Certainement notre amitié pour vous tous nous rendait plus attentifs à des détails qui nous distrayaient du propos à tout moment – et puis d'avoir lu le premier scénario – certaines scènes imaginées par avance sur ce que Jean nous avait raconté. La grande ennemie du cinéma, l'imagination. Motus et bouche cousue... ccchuuttt... pfuitt – pfuitt – mystère... comme pour toute magie. Le tour de passe-passe doit se faire dans l'huile, c'est comme ça qu'on avale les éléphants (trempés dans l'huile), c'est connu ! – Viendrez-vous avec Jean[3], à Pâques ? Comme vous le dit Danièle, nous ne voyons pas de raison pour aller à Paris (en tout cas pour le moment). Seule la faim fait sortir le loup du bois, c'est connu ! Alors tant que nous ne sommes pas zaux zabois nous nous tapissons. Surtout que tous nos amis passent par la Béate[4]. Que souhaiter de mieux ? Même vous, si campagnophobe[5], crochetez

1. *Mata Hari, agent H21* de Jean-Louis Richard, avec Jeanne Moreau.
2. Lionel et Christie Cavalero exposaient en permanence les tableaux de Rezvani dans leur galerie, au 103, rue d'Antibes, à Cannes. Cette photo représente Danièle et Serge Rezvani, François Truffaut, Jean-Louis Richard, Carla Marlier (voir *Correspondance, op. cit.* p. 293).
3. Jean-Louis Richard.
4. Nom de la propriété acquise par les Rezvani au début des années 1960, à La Garde-Freinet (Var). « [Elle] portait un nom ridicule qui nous avait enchantés : *La Béate*. Aussitôt nous l'avions louée. Ici tout parlait à nos sens et à nos sentiments, et je dois dire que sans le désir fou que nous avions de nous y ancrer, je n'aurais sans doute pas si facilement dit oui à Truffaut lorsqu'il me demanda ma chanson [*Le Tourbillon*]. Naïvement, je pensais qu'*un coup* comme celui-là nous rapporterait de quoi acheter cette terre. En vérité, il nous fallut des années pour la payer et sans l'aide réunie de tous nos amis nous n'aurions pu réaliser ce rêve. » (Serge Rezvani, *Le Testament amoureux, op. cit.* p. 1135.)
5. Truffaut détestait la campagne et, plus encore, l'idée de s'éloigner des grandes villes et des

par chez nous. Vous me dites que je devrais un de ces jours écrire. Qui n'a été tenté de le faire, ce strip-tease de l'âme ? Quand je serai bien vieux, si ma vue baisse, je laisserai peut-être le pinceau pour la plume. J'accoucherai de monstres – les mêmes que mes tableaux –, car j'ai quelque chose de tordu, de baroque. Y a de la thalidomide[1] dans l'air (ça pourrait faire une chanson).

À bientôt, cher François.

P.-S. J'allais signer lorsqu'une lettre exprès de Jeanne [Moreau] arrive (une deuxième, pas celle dont parle Danièle). Très très gentille. Je vais lui écrire et Danièle illustrera cette fois-ci. Chacun son tour.
Je vous embrasse.

Serge

BERNARD GHEUR À FRANÇOIS TRUFFAUT

Bernard Gheur (20 ans)
20, rue Trappé
Liège (Belgique)

Liège, le 11 octobre 1965

Monsieur,
J'ose vous envoyer ce texte, qui n'a peut-être pas techniquement la valeur que je lui attribue sentimentalement. J'aimerais que l'auteur des *Quatre Cents Coups* lise ce modeste récit[2].
Veuillez croire, Monsieur, en ma respectueuse admiration.

---

cinémas. Mais la proximité de la Béate lui donnait l'occasion de rendre visite à ses amis lorsqu'il se rendait au Festival de Cannes, chez Jeanne Moreau ou à la Colombe d'or, à Saint-Paul-de-Vence.

1. Médicament des années 1950-1960 utilisé comme sédatif et antinauséeux, notamment par les femmes enceintes.

2. Une nouvelle, *Le Testament d'un cancre*, premier jet d'un roman qui paraîtra cinq ans plus tard.

FRANÇOIS TRUFFAUT À BERNARD GHEUR

[Papier en-tête *François Truffaut*]

Paris, le 22 octobre 1965

Cher Monsieur,

J'ai beaucoup apprécié votre texte *Le Testament d'un cancre*, et je suppose que vous me l'avez envoyé davantage pour des raisons littéraires que cinématographiques. Je suppose aussi que vous êtes influencé par des écrivains que j'admire également beaucoup, tels que Cocteau, Radiguet, mais votre personnalité et votre sensibilité font le prix de ce travail.

Naturellement, je pense que vous devriez développer tous ces thèmes, ce personnage, donner à tout cela beaucoup d'ampleur, vous évader de la nouvelle pour entreprendre vraiment un roman.

Dans ce cas, *Le Testament d'un cancre* pourrait être considéré comme le résumé du dernier tiers de ce livre à écrire, vous en êtes capable et je pense sincèrement que vous devriez le faire.

Croyez-moi très cordialement vôtre,

F. Truffaut

BERNARD GHEUR À FRANÇOIS TRUFFAUT

20, rue Trappé
Liège

Liège, le 2 novembre 1965

Cher François Truffaut,

Même dictée par une grande indulgence, votre lettre me touche profondément.

Le Testament d'un cancre risquait d'être le testament d'un écrivain manqué, car, si ce récit n'avait éveillé nul écho, j'aurais peut-être jeté mon bic aux orties. Condamner sans appel cette nouvelle, c'était mettre en cause plus qu'un simple texte, c'était rejeter une personnalité qui ne demande qu'à s'exprimer davantage, mais qui craint de n'intéresser personne.

Cocteau et Radiguet… ce sont précisément mes auteurs de chevet. Tel qu'on nous le raconte, Cocteau aurait peut-être eu l'extrême gentillesse de m'encourager[1]. Vous l'avez fait à sa place, et je vous en remercie de tout cœur.

Bernard Gheur

FRANÇOIS TRUFFAUT À RAY BRADBURY

Paris, le 15 novembre 1965

Mon cher Ray,

Je crois bien que, depuis 1962, je n'ai jamais manqué de vous envoyer mes vœux de fin d'année sans ajouter : « l'année qui vient sera celle de *Fahrenheit 451* ».

Cette fois, il semble que nous approchions du but et logiquement nous devons commencer le 10 janvier aux studios de Pinewood *Fahrenheit 451* avec Oskar Werner et Julie Christie dans le double rôle de Clarisse et Mildred[2].

D'ici le 10 janvier, je vais relire tous vos recueils de nouvelles de manière à bien m'imprégner de vous.

Le film est produit par MCA pour le compte d'Universal[3].

Ces derniers jours, je me suis fait projeter à MCA deux Hitchcock adaptés de vos nouvelles, *The Jar* et *L'Histoire de Diaz*[4]. Les deux films étaient très intéressants et Bernard Herrmann[5], qui en a fait la musique, sera notre compositeur pour *Fahrenheit 451*.

Je vous écrirai encore une fois avant le tournage pour vous donner d'autres précisions sur le film et ensuite, mon principal espoir sera de ne pas vous décevoir.

Fahrenheit 451 est une merveilleuse histoire. Pendant toutes ces

1. Le souci d'ouvrir sa porte aux jeunes gens, de les aider à se trouver, est constant d'un bout à l'autre de la vie de Cocteau, qualifié par André Fraigneau de « prince de la jeunesse » (*Panorama*, 1943).
2. C'est Lewis Allen qui a proposé à Truffaut que Julie Christie interprète ces deux rôles féminins. Mais, persuadé qu'il s'est fait voler la vedette, Terence Stamp, qui devait interpréter Montag, écrit à Truffaut le 20 septembre : « [Cette] idée me perturbe beaucoup. Je ne crois pas que cela soit une bonne idée pour le film, pour Julie et, par-dessus tout – peut-être de manière égoïste – pour moi. »
3. « Il s'est trouvé que la compagnie Music Corporation of America (MCA) a ouvert à Londres des bureaux destinés à produire des films indépendants, dont Universal [Pictures] assurera la distribution [internationale]. *Fahrenheit* est la première de ces productions indépendantes. » (François Truffaut, *La Nuit américaine*, suivi de *Journal de tournage de Fahrenheit 451*, *op. cit.* p. 160)
4. *The Jar* et *The Life Work of Juan Diaz* sont deux épisodes de la série américaine *Suspicion*, créée par Alfred Hitchcock (1962-1965).
5. Compositeur et chef d'orchestre américain (1911-1975), qui doit son renom international à sa longue collaboration avec Alfred Hitchcock.

années d'attente, j'ai évité de relire trop souvent le livre ou le scénario pour ne pas me lasser, mais chaque fois que je l'ai fait, mon enthousiasme renaissait pour cette histoire puissante et superbe.
Mon cher Ray, recevez ainsi que votre famille, les meilleurs souvenirs et toutes les amitiés de

François Truffaut

RAY BRADBURY À FRANÇOIS TRUFFAUT

19 nov. 1965

Cher François,
Concernant Oskar Werner et Julie Christie, c'est une formidable nouvelle ! Je suis fasciné à l'idée de la voir jouer à la fois les rôles de Clarisse et de Mildred. Je trouve cela audacieux et excitant. Je suis également ravi d'apprendre que vous aurez recours au talent admirable de Bernard Herrmann pour la bande originale. J'ai encore suggéré à Lew[1] que Rod Steiger ou Alec Guinness seraient excellents dans le rôle du capitaine des pompiers[2] ! Qu'en pensez-vous ? Guinness, notamment, qui a eu peu de rôles de ce type au cinéma, serait un choix à prendre en considération. J'ai hâte de recevoir des nouvelles plus détaillées, plus tard, quand vous aurez le temps. Bonne chance, mon cher François ! J'aimerais pouvoir être là !
Avec toute ma gratitude,

Ray Bradbury

1. Lewis Allen.
2. Ce rôle sera finalement attribué à l'acteur irlandais Cyril Cusack (1910-1993).

MARCEL DUHAMEL À FRANÇOIS TRUFFAUT

[Papier en-tête *Éditions Gallimard NRF*]

Monsieur François Truffaut
5, rue Robert-Estienne
Paris VIIIe

Le 3 décembre 1965[1]

Cher Monsieur,

Je suis d'autant plus désolé d'avoir à vous écrire cette lettre que depuis *Tirez sur le pianiste*, je ne cesse de vous couvrir d'éloges en toutes occasions.

On me rapporte des propos que vous avez tenus dans l'émission TV du 2 décembre[2]. Vous avez dit en substance que les traductions Gallimard étaient faites à la va-vite, sans soin, bref, disons le mot, du travail à la chaîne...

Je m'insurge d'autant plus vivement contre ces assertions que nos traductions sont précisément confiées à une équipe de traducteurs de talent choisis après des tests difficiles, pour être ensuite revues et corrigées avec un soin minutieux[3].

Nous avons heureusement quelques témoignages à opposer au vôtre : d'Audiberti, de Jean Paulhan et Dominique Aury[4], pour ne citer que ceux-là...

J'ajoute que plusieurs universités américaines ont choisi les traductions de la Série noire pour leur classe de français et je regrette

1. Ajout manuscrit : « lettre du 15/10/62 » – sans doute la date à laquelle Truffaut a écrit à Marcel Duhamel pour lui faire parvenir quelques ouvrages de David Goodis encore inédits en français (voir lettre du 13 décembre 1965, p. 288).

2. *François Truffaut ou l'Esprit critique* de Jean-Pierre Chartier (1965), coll. « Cinéastes de notre temps », diffusée le 2 décembre 1965. « J'aurais pu réaliser ce film, mais je n'en avais pas envie, confiera André S. Labarthe. Truffaut me paraissait trop... sage, trop classique par rapport à Godard. Je n'étais pas sûr, alors, de la qualité de son cinéma [...]. Le tournage a été confié à Jean-Pierre Chartier qui cumulait les fonctions : il dirigeait Radio-Cinéma-Télévision (sous le nom de Jean-Louis Tallenay), il était journaliste et réalisateur à l'ORTF. » (*La Saga Cinéastes de notre temps*, Capricci, 2011, p. 52.)

3. Ce processus apparemment vertueux semble contredit par les archives. Dans une fiche de lecture consacrée à *The Burglar* de David Goodis, adressée à Laurette Brunius, sa traductrice, Marcel Duhamel écrit : « C'est le meilleur Goodis. Le suspense est soutenu, et c'est plus spirituel, le rythme est plus rapide que les autres. *Voyez si vous ne pouvez pas changer la fin.* » (Cité par Philippe Garnier dans *Retour vers David Goodis*, *op. cit.* pp. 165-166.)

4. Écrivain et éditeur français (1884-1968), Jean Paulhan dirigea la *NRF*, la principale revue littéraire d'Europe, seul (1925-1940), puis aux côtés de Dominique Aury (1953-1968), femme de lettres française (1907-1998), qui fut aussi l'auteure, sous le pseudonyme de Pauline Réage, du roman érotique *Histoire d'O* (Jean-Jacques Pauvert, Paris, 1954).

que vous n'ayez pas pris la peine de vous informer mieux ou de comparer avec le texte original car alors, vous n'auriez certainement pas, de bonne foi, porté un jugement aussi arbitraire et aussi erroné.
Veuillez agréer, cher Monsieur, l'expression de mes meilleurs sentiments.

Marcel Duhamel

FRANÇOIS TRUFFAUT À MARCEL DUHAMEL

Paris, le 13 décembre 1965

Cher Monsieur,
Depuis trois ans j'espérais recevoir une lettre de vous, elle arrive, ce n'est pas celle que j'attendais !
En mars ou avril 1962, j'ai fait la connaissance à New York de David Goodis, précisément en lui projetant *Tirez sur le pianiste.* Il m'avait exprimé le vœu de voir paraître dans la Série Noire davantage de ses livres. Il m'avait confié quatre exemplaires de ceux-ci en anglais. Je vous les ai adressés, je crois bien à Antibes, avec un petit mot et je n'ai malheureusement jamais obtenu de réponse.
Ceci n'a aucun rapport avec l'objet de votre lettre, mais jc voulais faire le point là-dessus.
Je n'étais pas à Paris lorsque l'émission de télévision dont vous me parlez est passée sur l'antenne, mais je crois me souvenir assez bien de mes propos.
J'ai expliqué que *Tirez sur le pianiste* (le film) n'était pas une parodie de cinéma américain, mais un hommage respectueux en forme de pastiche. J'ai ajouté que j'avais aimé le cinéma américain comme une drogue au point d'inclure dans cet amour le style de la postsynchronisation française. J'ai étendu cette idée aux livres de la Série Noire en disant que j'avais conservé dans *Tirez sur le pianiste* des passages entiers du roman sans même essayer de me rapporter au texte anglais afin de faire entrer dans le film « le charme du traduit du ».
Vous voyez qu'il s'agissait d'une pensée très claire et j'ose ajouter subtile, très loin de l'intention péjorative que l'on vous a rapportée.
J'ai connu, l'année dernière, à Saint-Tropez, une jeune femme qui fait des traductions[1] pour vous et elle m'a longuement parlé de son travail. Je n'ignore donc pas le soin avec lequel sont lus, choisis et traduits les livres de la Série Noire.

1. Sans doute Laurette Brunius, traductrice attitrée de la Série Noire.

J'ai, par exemple, admiré sans aucune réserve, celui dont j'ai oublié le titre et qui a été publié il y a quelques mois par *France Observateur*[1].

Enfin, toujours est-il que je suis content d'avoir fait allusion aux traductions de la Série Noire comme d'un attrait supplémentaire et non comme d'un manque.

En espérant vous avoir convaincu, je vous prie, cher Monsieur, de me croire fidèlement vôtre,

François Truffaut

MARCEL DUHAMEL À FRANÇOIS TRUFFAUT

[Papier en-tête *Éditions Gallimard NRF*]

Monsieur François Truffaut
5, rue Robert-Estienne
Paris VIIIe

Paris, le 16 décembre 1965

Cher Monsieur,

C'est avec un très grand plaisir que je fais mon *mea culpa* ; on m'avait mal renseigné. Veuillez tenir ma lettre pour nulle et non avenue.

Je confesse que j'avais complètement oublié que c'était vous qui m'aviez envoyé les Goodis. Nous en avons publié 6[2], mais les autres nous avaient semblé aussi peu Série Noire que possible. Je viens de revoir les fiches de lecture et, tout bien considéré, je vais tout de même en redemander deux ou trois. Avec le temps, les critères évoluent et, qui sait, ils passeront peut-être le test cette fois-ci.

En vous remerciant vivement et en espérant que je finirai bien par avoir le plaisir de vous rencontrer, soit à Paris, soit dans le Midi (mon numéro, près de Cannes, est : 90 04 05), je vous prie d'agréer, cher Monsieur, l'assurance de mes sentiments très cordiaux.

Marcel Duhamel

1. Pendant l'été 1965, l'hebdomadaire, devenu *Le Nouvel Observateur*, a publié les bonnes feuilles du 1 000e roman de la Série Noire, *1 275 âmes* de Jim Thompson.

2. Voir n. 2, p. 251. À la suite de cet échange, deux autres titres de Goodis paraîtront dans la Série Noire : *La nuit tombe* (1967) et *La Pêche aux avaros* (1967).

FRANÇOIS TRUFFAUT À DANIÈLE ET SERGE REZVANI

17.12.65

REZVANI LA-GARDE-FREINET
CHERS TOUS DEUX MON APPARTEMENT 53 RUE DE PASSY EST À VOTRE ENTIÈRE DISPOSITION POUR TOUT LE TEMPS DE VOTRE SÉJOUR CAR JE DOIS RESTER À LONDRES DU 10 JANVIER AU 15 MARS STOP MACKY[1] POURRAIT ME RENDRE SERVICE EN ARROSANT MES PLANTES SUR LA TERRASSE STOP VOUS ARRANGEREZ LES DÉTAILS AVEC JEAN[2] STOP AFFECTUEUSEMENT FRANÇOIS[3]

SERGE REZVANI À FRANÇOIS TRUFFAUT

[*Fin décembre 1965*]

Cher François,
Merci de votre télégramme qui était un télékilogramme plutôt, par la densité amicale de son texte. J'ai téléphoné à Jean ce matin... (entre nous, pour faire une petite enquête, à savoir s'il n'y aurait pas votre gouvernante dans les lieux pour nous taper sur les doigts)... mais comme Jean nous a rassurés sur ce chapitre, je vous écris aussitôt que nous avons tout lâché et sommes en plein vol plané pour atterrir sur votre édredon (la bonne métaphore aurait dû être « sur l'édredon de votre amicale sensibilité » – mais laissons les métaphores puisque nous sommes au siècle des communications exprès). Le seul hic, c'est que le fait que vous nous cédiez si galamment la place me fait présumer que votre absence de Paris risque d'être vach'ment totale. Alors qu'est-ce qu'on va faire sans vous ?... Ah !... Vous n'y pensâtes pas lorsque vous télékilogrammâtes, François, mon cher !...
Pour parler simplement, sans travelling, vous nous manquerez... Et si vous voulez un coup de zoom sur un point précis... eh bien à qui donc lirai-je mes pièces ?... si vous n'êtes pas là[4]... Ah !... C'est

1. Maki, que Rezvani décrit comme « un grand chien fauve » (*Le Testament amoureux*, *op. cit.* p. 1162).
2. Jean-Louis Richard, ami commun de Truffaut et du couple Rezvani.
3. Brouillon d'un télégramme référencé « ALM 12-74 13 h 15 » et conservé dans les archives Truffaut.
4. En 1965, c'est par l'écriture de courtes pièces (*L'Immobile*, *Body*, *Le Cerveau*...) que Rezvani

que ces trois petits monstres parlent, chantent et se démènent. J'ai suivi vos conseils et, au prix d'un labeur et d'insomnies acharnées, je les ai tirées de mon plexus... Je les ai enregistrées en les jouant à moi tout seul, femmes comprises – vous m'avez compris !... une folie de solitaire mais pas en ver... Trois diamants (métaphore d'auteur). Je ne vous dis qu'ça !... Donc à plus tard, hélas ! pour vous. Mais nous comprenons quand même, croyez-le bien, cher François... nous comprenons que vous fassiez ce voyage en Angleterre car à notre difficile époque on accouche « où qu'on peut » et il faut reconnaître que vous portiez votre enfant[1] au-delà des limites tolérables... (au diable les métaphores).
J'espère que vous speekez ok werri well et que vous savez dire moteur ! et coupez ! dans la langue de scheakspeaaaaire[2].
Je profite, et Danièle se joint à moi, de ce moment laborieux pour vous dire tout c'qu'on peut s'dire sous l'gui au douzième coup d'minuit à l'an neuf ! et vous souhaiter un verry happy christmasssss ! et tous les trucs qui vont avec et tout ! et un Faranaïte du tonnerre ! Et un Oscar au bout, coupes melba en or massif, médaille de platine du film le plus virulent de l'année hors concours médaille et coupe melba pour la mise en scène et ça va de soi un Oscar pour Oskar[3] (c'est usé mais qu'y puis-je ?).
Je vous quitte car j'ai les crocs et Danièle s'affaire si bien à la cuisine que le fumet me chatouille jusqu'ici. Vous dire encore notre amitié serait superflu car ce sont des choses qui s'disent pas.
Savez-vous que Jean a une bande que je vous avais envoyée à tous les deux où il y a une chanson à vous dédiée sur le cinéma qui s'appelle *La Revue du cinéma*[4] ? Nous attendons Jeanne et épluchons des bananes pour le Grec[5], on vous embrasse tous les

---

inaugure sa carrière d'écrivain. « Je crois bien que c'est *Le Rémora* [1970] que j'avais lu à Truffaut » (entretien avec Bernard Bastide, 19 mars 2020). « ... une sorte de comédie autobiographique remplie de poèmes et de chansons dans laquelle je mettais en scène un couple victime d'un visiteur qui n'arrive pas à repartir. L'intrus peu à peu les *occupe*, se dégrade, devient une sorte de bête velue et informe » (*Le Testament amoureux, op. cit.* p. 1172).

1. Truffaut « porte » le projet de *Fahrenheit 451* depuis 1962.

2. Sur le point de réaliser son premier film en anglais, Truffaut ne parvenait pas à surmonter ses difficultés d'apprentissage de cette langue.

3. Oskar Werner, l'interprète principal de *Fahrenheit 451*.

4. « Cette chanson s'est effacée de ma mémoire. À cette époque on se réunissait toutes les semaines rue de Douai, à Paris. Je composais pour la circonstance, un dîner ou autre, puis j'oubliais la chanson... » (Entretien de Bernard Bastide avec Serge Rezvani, 19 mars 2020.)

5. Theodoros Roubanis, ancien marin grec, devenu comédien après avoir suivi des cours de théâtre à New York. Jeanne Moreau l'avait rencontré en 1965 sur le tournage, en Grèce, du *Marin de Gibraltar* de Tony Richardson et avait noué une idylle avec lui. « Dévoré par l'ambition de faire carrière au cinéma, Théo interprétait de mélancoliques chansons grecques aux pieds ou sous les fenêtres de Jeanne chaque nuit, en s'accompagnant à la guitare. Cela eut l'effet escompté : Jeanne,

deux. Maki ne viendra pas, c'est moi qui serai obligé de pisser sur les plantes. Tant pis.

Serge

Moi aussi je vous embrasse bien fort

Danièle

JEAN CAYROL[1] ET CLAUDE DURAND À FRANÇOIS TRUFFAUT

[*1965*]

Cher Monsieur,
Nous avons su par des amis que vous étiez favorable à notre film *Le Coup de grâce*[2]. Vous ne sauriez croire la joie que nous en avons, car s'il est un cinéaste, François, dont nous admirons l'art et le jugement, c'est bien vous, depuis le jour surtout où nous vous avons rencontré dans *Jules et Jim*. Nous aimerions bien vous rencontrer pour vous dire cela de vive voix. Est-ce possible ? Comment faire pour que nous prenions un verre ensemble la semaine prochaine avec vous ?
Nous sommes à votre disposition quant au jour et à l'heure qui vous conviendront. Un petit mot ou un coup de fil nous feraient bien plaisir, car nous sommes dans un moment difficile pour ce film qui reste à défendre.
Avec notre très grande sympathie

Jean Cayrol Claude Durand

---

qui semblait avoir perdu patience avec Tony [Richardson, son compagnon], se mit à chanter en duo avec le romantique Théo. » (Donald Spoto, *The Redgraves : A Family Epic*, Crown Archetype, New York, p. 231.)

1. Poète, écrivain, éditeur et résistant français, Jean Cayrol (1910-2005) fut arrêté en 1942 et déporté au camp de Mauthausen-Gusen. Il fut éditeur, trente ans durant, aux éditions du Seuil. Lauréat du prix Renaudot en 1947 pour son roman *Je vivrai l'amour des autres*, il reçut le Grand Prix littéraire de Monaco en 1968 pour l'ensemble de son œuvre et fut membre de l'Académie Goncourt (1973-1995). Il prit part, en tant que scénariste ou réalisateur, à plusieurs films pour le cinéma et la télévision – entre autres le court métrage d'Alain Resnais *Nuit et Brouillard* (1956), dont il a écrit le commentaire.

2. Coréalisé par Jean Cayrol et l'éditeur (Grasset, Fayard) Claude Durand (1938-2015), le film sortira le 8 mai 1966. Truffaut l'a certainement découvert lors d'une projection privée.

FRANÇOIS TRUFFAUT À SERGE REZVANI

De Londres, 4 janvier 1966

Chère Danièle, cher Serge,
Pas de problème, donc. Jean[1] aura la clé de mon appartement, vous la donnera et voilà. L'adresse exacte est 53, rue de Passy. À vos amis vous expliquerez qu'il faut monter un étage à pied, le premier, et prendre l'ascenseur jusqu'au dixième. Là-haut, mon nom est à côté de la porte. Le téléphone est MIRabeau 57-93. Il reste peu de provisions (quelques boîtes de sardines), elles sont là pour être bouffées et il y a du champagne : a) sous le téléphone ; b) sous l'évier de la cuisine ; c) dans le frigidaire. Pour le reste, les portes, les placards, la vaisselle, tout cela, je vous laisse découvrir vous-mêmes.
Une femme, Yvonne, vient une ou deux heures par semaine en ce moment, en mon absence, mais elle cessera de venir à partir du 15 janvier, sauf si vous le désirez. Pour cela, il suffit d'en parler à (ou avec) Madeleine que vous trouverez toujours chez elle TRO 06-75, car Yvonne est une femme de ménage de la famille.
Je regrette beaucoup de ne pouvoir me faire inviter un soir à dîner par vous pendant mon séjour ; j'aurais adoré jouer le rôle de l'invité râleur qui critique tout ; Jean fera ça très bien.
Pour être franc, cet appartement n'a pas que des qualités ; divisé nettement en deux parties, il est difficile à chauffer, surtout la partie couloir et chambres. Certaines nuits d'hiver, on a l'impression de dormir sur les hauts de Hurlevent, vous verrez.
Je vous suggère de faire chambre à part, puisque l'endroit s'y prête et d'ailleurs vous pouvez très bien, grâce à la disposition des pièces, rester enfermés un mois et demi là-dedans sans vous rencontrer…
Enfin, il y a vos pièces de théâtre dont l'existence me remplit de joie. Pour en faire connaissance, les vacances de Pâques me semblent adéquates. *Fahrenheit*, bon ou mauvais, sera terminé et je serai tout à fait détendu.
Je ne sais si Jeanne ou Jean vous ont parlé de mon désir de m'assurer votre collaboration pour la partie peinture de *The Bride Wore Black*[2]. Un des personnages masculins est un peintre. D'abord on

1. Jean-Louis Richard. Voir aussi le télégramme de Truffaut aux Rezvani le 17 décembre 1965, p. 290.
2. *La mariée était en noir*, le film de Truffaut (1968) d'après William Irish. C'est finalement à un autre ami peintre, Charles Matton, que sera confiée la réalisation des toiles de Fergus (Charles Denner) vues dans le film.

voit une exposition de ses œuvres récentes, puis Jeanne devient son modèle pour une sorte de Diane chasseresse et elle le tue d'une flèche, à la fin d'une séance de pose.
Tout cela est assez excentrique, mais intéressant. Peut-être que cette idée de vous amuser à faire des tableaux pastiches et postiches ne vous conviendra pas ou vous gênera, je ne sais... J'en ai déjà parlé à Oscar Lewistein[1] et cela lui plaisait. On s'arrangerait pour que vous puissiez tout faire chez vous et que vous n'ayez pas besoin de venir à Londres[2], sauf si vous le souhaitez.
Je suis à quelques jours de mon tournage et en vous écrivant, j'ai oublié mon trac pour un moment.
Si je repense à autre chose au sujet de l'appartement, je vous écrirai à nouveau, mais vraisemblablement cela pourra se faire par téléphone avec Jean.
Merci pour votre *very funny letter*, regrets pour dimanche dernier, à bientôt et beaucoup d'embrassades,

françois

P.-S. Il y a pas mal de livres chez moi, inutile d'en amener du Midi ; j'espère que vous lirez quelques vieux Audiberti et, si vous ne la connaissez pas, *La Séquestrée de Poitiers*, de Gide[3].

SERGE REZVANI À FRANÇOIS TRUFFAUT

[*Début 1966*]

Cher François,
Voilà une exposition[4] sans vous ! It is very « Tristouse Ballerinette[5] » pour parler comme Guillaume. Nous sommes ici comme des coqs en pâte et recevons dans vos salons les amis, car nous sommes immobilisés par une grippe que Danièle a piquée au saut

1. Directeur de production de Woodfall Film Productions, la société britannique fondée en 1956 par John Osborne, Harry Saltzmann et Tony Richardson, avec lequel Jeanne Moreau tournait alors *Mademoiselle*, en 1966. Truffaut souhaitait qu'Oscar Lewistein achète pour lui les droits d'adaptation du roman d'Irish pour en confier le rôle principal à Jeanne Moreau.
2. Le projet était une production anglaise tournée en anglais, avec Jeanne Moreau entourée de quatre comédiens britanniques. Mais, après l'expérience douloureuse de *Fahrenheit* tourné à Londres et en anglais, Truffaut transposera le tournage en France.
3. « C'est toujours dans la réalité ou dans les livres que je puise les choses fortes [...]. Mon livre de chevet est *La Séquestrée de Poitiers* d'André Gide : je n'aime que les détails inattendus, donc ceux qui ne prouvent rien. » (François Truffaut, *Cinéma et Télé-Cinéma* n° 341, octobre 1966.)
4. À la galerie Jacqueline Ranson, Paris, 1966. Le papier à lettres porte, en bas de page, cette mention : « Serge Rezvani, du 25 janvier au 25 février 1966. Vernissage mardi 25 janvier : 18 heures ».
5. Nom forgé par Apollinaire pour désigner Marie Laurencin dans *Le Poète assassiné* (1916).

du train. À part les amis, nous ne voyons personne d'autre que la masse de nos ennemis qui encombrent les rues et nous empêchent de jouir de Paris égoïstement. Paris est un « cher petit grand fond Malempia[1] », lieu de séquestration. Les Parisiens disent d'ailleurs qu'il n'y a qu'à Londres qu'on respire, est-ce vrai ? Et [*dessin d'un phare*] à naït ?... Ça va-t-y ?... et [*dessins rébus pour Oscar*] joue-t-il bien ? Faites-lui nos amitiés à [*dessins rébus pour Oscar Werner*[2]]. Les souvenirs glanés à Oradour, au-dessus du téléph[one], sont « findumondesques » pour ne pas dire « apocales[3] ».
Votre bibliothèque m'inviterait à rester au moins six mois chez vous, tant elle m'est neuve pour parler littérairement, mais déjà je trépigne et ne pense qu'à retourner vers « mon petit cher grand petit fond Malempia » à moi-même personnellement. J'ai envie de me remettre à peindre, à vrai dire, et vous invite à venir nous voir au printemps[4].
Amitiés par milliers de nous deux dans vos pantoufles.

Serge Rezvani

DANIÈLE REZVANI À FRANÇOIS TRUFFAUT

[*Début 1966*]

Vous nous avez manqué, cher François, et c'était triste d'être chez vous sans que vous ayez un jour sonné à la porte et que nous vous ayons vu par le petit œil.
On peut dire que nous avons profité au maximum de votre appartement car nous y avons été grippés l'un et l'autre à tour de rôle, et c'était le lieu idéal pour se dorloter. Maintenant nous sommes revenus dans notre petite vallée, bien heureux d'avoir retrouvé notre terrain comme une sorte de petits animaux bizarres qui

1. Dans *La Séquestrée de Poitiers*, Malempia est le nom donné, par la jeune fille, à la chambre sale où elle est restée longtemps enfermée. Rezvani semble avoir mis à profit le conseil de Truffaut de lire ce livre de Gide.
2. Pour les dessins rébus qui précèdent, voir le fac-similé reproduit p. XI du cahier hors texte.
3. Laura Truffaut nous éclaire : « Dans un coin de son appartement, mon père avait accroché une série de cartes postales anciennes, illustrées, comiques, qui portaient toutes la légende "Souvenir d'Oradour-sur-Glane". Elles dataient évidemment de bien avant le massacre. Elles venaient sans doute de chez un bouquiniste. Ce souvenir date des années 1960 et je ne me souviens pas de les avoir revues dans les appartements où mon père a vécu ensuite. Il faut dire qu'elles n'étaient pas d'un goût exquis… » (Courriel à Bernard Bastide, 12 juillet 2020.)
4. Ici s'insère une caricature de Rezvani, une palette dans la main gauche et un pinceau dans la main droite.

écouteraient *La flûte enchantée*. Maki est dans une totale euphorie de nous avoir récupérés et le chat ne déronronne pas.
Cher François, nous attendons Pâques avec impatience pour vous revoir. Je vous embrasse tendrement et vous souhaite de tout cœur le meilleur « tournage » possible.

Danièle

SERGE REZVANI À FRANÇOIS TRUFFAUT

[*Début 1966*]

Cher François,
Nous voici revenus à la Béate après un merveilleux séjour dans votre extraordinaire appartement. Nous avons beaucoup reçu chez vous par force car nous avons été très grippés le plus clair du temps. Qu'est-ce que vous pensez de ce truc pour écrire ? C'est un nouveau stylo américain pour gens sans imagination qui veulent envoyer une longue lettre quand même pour faire plus intellectuel[1]...
Comment va le film ? Et comment vous, vous allez ?... Nous, nous débordons de joie d'être revenus à la Béate, chère Béate, nous sommes définitivement dévoyés et je sais maintenant que jamais plus, quoi qu'il arrive, nous ne vivrons dans une ville. Et pourtant, vous ne saurez jamais combien votre appartement nous a rendu les choses « coquenpatizantes ». Mais que faire ?
L'exposition m'a beaucoup apporté... beaucoup de contacts avec des jeunes... jeunes peintres... jeunes poètes... jeunes j'sais pas quoi qui en savent plus qu'on croit. Pour un peintre, c'est étonnant de voir des gens faire un effort pour voir et accorder du *temps* à un tableau.
Nous avons déjeuné avec Madeleine, qui a été adorable (oui, c'est bien le mot), extrêmement gentille et pleine de charme et de douceur. Nous avons entraperçu les enfants qui sont restés muets avec leurs grands yeux noirs, impatients de se tirer à l'école.
Nous souhaitons (je continue en vert[2], couleur de l'espoir) vous voir ici dans le Midi autour de Pâques. Pas question de nous

1. Chaque ligne manuscrite, en vert, est dupliquée, en dessous, par la même ligne manuscrite, en rouge, créant ainsi un effet d'écriture en relief. De fait, le texte dupliqué occupe beaucoup plus de place sur la page.
2. Jusqu'ici le verso de la page (depuis « Comment va le film ? ») était écrit en rouge.

rater. Bon Faranaïte. Bye Bye François. Pour nous commence un certain Faraniente, c'est le pays qui veut ça. Good bye good bye may diear. Good work my couragous Franc'oys. Good work, good work. Nous vous kissons.

Serge

MARCEL DUHAMEL À FRANÇOIS TRUFFAUT

[Papier en-tête *Éditions Gallimard NRF*]

Monsieur François Truffaut
5, rue Robert-Estienne
Paris VIIIe

Le 11 janvier 1966

Cher François Truffaut,
Maintenant que je sais à quel point vous appréciez la Série Noire, je vais me permettre de vous demander quelque chose : les très sympathiques jeunes gens qui dirigent la librairie *La Pochade*, organisent, à l'occasion de la sortie de la millième Série Noire[1], une sorte de raout-exposition[2] le 19 janvier et aimeraient avoir un témoignage de vous comme nous en donnent beaucoup d'écrivains, metteurs en scène, artistes et autres amateurs de Série Noire*.
Incidemment, nous faisons, toujours à l'occasion de cette millième bien sûr, des séances de signatures à partir du 27 janvier au Drugstore des Champs-Élysées, avec la participation de nos principaux auteurs (J. H. Chase, Simonin[3], etc.) accompagnés de vedettes des films. Et je me demande si vous ne me feriez pas la grande gentillesse de participer vous aussi, c'est-à-dire** le 1er février à partir de 18 heures, pour signer en tant que metteur en scène (l'auteur étant en Amérique), *Tirez sur le pianiste* en compagnie, si possible, d'une des vedettes de votre film. Je pense que cela aurait un très gros succès.

1. *1 275 Âmes* de Jim Thompson (1966), qui sera adapté au cinéma par Bertrand Tavernier (*Coup de torchon*, 1981).
2. La communication de l'époque parlera de « cocktail-fiesta » à propos de cet événement.
3. James Hadley Chase (1906-1985), écrivain britannique dont la Série Noire a publié une cinquantaine de titres. Albert Simonin (1905-1980), écrivain et scénariste dont la Série Noire a publié sept romans, entre autres *Touchez pas au grisbi !* et *Le cave se rebiffe*, respectivement portés à l'écran par Jacques Becker (1954) et Gilles Grangier (1961).

J'espère ne pas trop vous importuner, mais vraiment je crois que cela pourrait être assez drôle.
Merci d'avance et bien cordialement.

Marcel Duhamel[1]

* Quelques lignes, si possible
** Par exemple, ou une autre date[2]

FRANÇOIS TRUFFAUT À RAY BRADBURY

16 janvier 1966

Cher Ray[3],
Vous vous en souvenez certainement, il ne nous aura fallu que trois heures et demie pour parvenir à un accord sur *Fahrenheit*[4]. Trois ans et demi plus tard, je suis enfin en mesure de vous annoncer que le tournage commence demain.
Nous avons eu quelques jours de retard car Julie Christie a eu des problèmes dentaires[5], mais en fait il a déjà commencé puisque nous avons passé deux jours à filmer toutes les scènes qui apparaîtront sur l'écran en magnavision[6].
Pour le rôle du capitaine, nous avons choisi un acteur irlandais, Cyril Cusack, que vous connaissez peut-être pour son rôle récent dans *L'Espion qui venait du froid*[7].
Sans relever vraiment de la superproduction, notre budget nous permettra quand même de faire honneur au scénario : les accessoires et les costumes sont bons, les décors excellents. Nous

1. Truffaut a ajouté à la main la mention « À classer », signifiant ainsi qu'il ne donnerait pas suite.
2. Ces deux notes sont des ajouts manuscrits.
3. La présence d'Helen Scott, son amie et collaboratrice bilingue, permet à Truffaut d'écrire pour la première fois en anglais à Ray Bradbury.
4. Lors de leur première rencontre à New York, dans le bureau de Don Congdon, début avril 1962.
5. Le lundi 10 janvier 1966, Truffaut écrit : « Le tournage de *Fahrenheit 451* devait commencer aujourd'hui, mais il est reporté. Le médecin des assurances a examiné Julie Christie et l'a trouvée trop fatiguée par son tournage de neuf mois du *Docteur Jivago*. Elle devrait également se faire arracher une dent de sagesse avant de commencer à travailler. » (*Journal de tournage de Fahrenheit 451*, *op. cit.* p. 159.)
6. Procédé d'écrans de télévision de grande taille. « Dans le roman, il n'y a plus de postes de télévision, la télévision ce sont les murs eux-mêmes [...]. Je n'ai pas voulu faire plus grand parce que je me suis dit : si je conçois une télévision qui a la taille d'un mur, étant donné que l'on filme rarement les personnages en pied avec tout le décor, les personnages vont avoir l'air de parler devant des transparences. » (François Truffaut, « La leçon de cinéma », TF1, 1983.)
7. Film de Martin Ritt, d'après le roman de John Le Carré, avec Richard Burton et Claire Bloom. Le 11 janvier 1966, Truffaut écrivait : « C'est un film sans instinct et sans intuition. Il y a plusieurs bons comédiens là-dedans, dont deux peuvent jouer le rôle du capitaine. Nous allons joindre demain le meilleur des deux : Cyril Cusack qui est irlandais. » (*Journal de tournage de Fahrenheit 451*, *op. cit.*, p. 159).

tournons en couleur, et jusque-là tous les indicateurs sont au vert. D'ici deux semaines environ, Helen Scott vous enverra une première série de photos qui vous donneront un aperçu du film.

À ce propos, j'écris parallèlement à Don Congdon pour lui suggérer une idée qui devrait vous plaire : inciter les nombreux éditeurs de *Fahrenheit* dans le monde entier à en sortir une nouvelle édition, illustrée de 20 à 30 photos, à choisir parmi les scènes communes à votre roman et à mon film.

Inutile de vous dire que je vais souvent penser à vous durant ces dix prochaines semaines. Mais j'espère, mon cher Ray, que vous comprendrez et me pardonnerez mon silence jusqu'à la fin du tournage.

Transmettez mes salutations à votre femme, à vos filles et à vous-même, avec toute mon amitié,

Bien à vous,

François Truffaut

RAY BRADBURY À FRANÇOIS TRUFFAUT

10265 Cheviot Drive
Los Angeles 64, California

24 janvier 1966

Cher François,

Merci de m'avoir écrit malgré votre emploi du temps surchargé. Je suis comblé par la distribution de *Fahrenheit 451*. Julie Christie crève l'écran dans *Darling*, mais aussi, et surtout, dans *Zhivago*. Oskar Werner est époustouflant dans *Ship of Fools* et on ne voit que lui dans *The Spy who Came in from the Cold*. J'ai vu Cyril Cusack dans des dizaines de films, et j'ai particulièrement apprécié son interprétation dans *Odd Man out*[1]. Vous faites donc un heureux ici, un Auteur qui approuve sans réserves et vous est très reconnaissant. Transmettez mes meilleures pensées à la Distribution. Je sais qu'ils se donneront à fond pour vous.

Le passage au Technicolor est également une très bonne chose. Bravo.

Je transmettrai à mes éditeurs votre idée d'une nouvelle édition

1. Respectivement : *Darling chérie* de John Schlesinger (1965) ; *Le Docteur Jivago* de David Lean (1965) ; *La Nef des fous* de Stanley Kramer (1965) ; *L'Espion qui venait du froid de* Martin Ritt (1965) ; *Huit Heures de sursis* de David Lean (1947), où Cyril Cusack interprète le rôle de Pat.

avec des photos de votre film, dans l'espoir qu'ils accepteront[1]. Je leur ai déjà envoyé la première affiche, très belle, parue la semaine dernière dans les journaux spécialisés.
Bonne chance pour chaque heure de chaque jour de ces prochains mois, mon cher François. Tous ceux auxquels je parle de votre projet et de votre distribution sont béats d'admiration.
Bien à vous,

Ray

HELEN SCOTT À RAY BRADBURY

22 février 1966

Cher Ray,
François et moi venons de passer tout notre déjeuner à sélectionner pour vous ces photos[2]. Il me demande de vous préciser que ces clichés en noir et blanc ne rendent pas justice aux couleurs du film, qui sont vraiment magnifiques[3]. Et comme nous avons utilisé quatre caméras, ce qui limitait l'activité sur le plateau, elles ne reflètent pas non plus les temps forts de l'action.
Cet après-midi, nous commençons par la scène qui se passe dans le couloir de l'école. Puis nous tournerons dans la chambre de Clarisse, sur le monorail, et au rez-de-chaussée de la caserne, dans cet ordre, avant de passer à la scène finale avec tous les hommes-livres. Nous finirons le tournage début avril, je pense, sur la séquence du monorail qui sera tournée à Orléans, près de Paris.
L'extravagance est bannie de ce film de science-fiction, où règnent la simplicité et la chaleur, avec des notes discordantes dans les dialogues ou les décors, pour souligner l'anticipation temporelle

1. Ce projet d'édition restera lettre morte.
2. « Pour la première fois de sa vie, [Bradbury] a pris un billet d'avion dans l'intention de venir nous voir ; au dernier moment, son aérophobie a triomphé et il a renoncé à l'expédition, mais pour le consoler nous lui avons adressé cinquante photos du film. » (*Journal de tournage de Fahrenheit 451*, *op. cit.* p. 207.)
3. La photographie de *Fahrenheit 451* est signée par Nicolas Roeg (1928-2018) : « J'ai toute confiance en mon opérateur Nick Roeg à qui j'ai demandé le contraire de ce qu'il a fait pour *Nothing but the Best* de Clive Donner, suave et pastel. J'ai aimé de lui la photo hâtive mais violente du *Masque de la mort rouge* de Roger Corman, et il fera ici une image sombre et dure avec de vrais noirs. L'équipe caméra est excellente, et je m'entends très bien avec Nick et son cameraman Alex [Thompson] qui me demande en français, après chaque prise : "Ça te plaît, Monsieur ?" » (*Journal de tournage de Fahrenheit 451*, *op. cit.* p. 167.)

et la neutralité – ou l'aspect indéfini, si vous préférez – du lieu où l'histoire se situe.
Tout comme les représentants d'Universal qui viennent les voir chaque semaine, je trouve les rushes vraiment magnifiques, et nous sommes très optimistes.
Et vous, comment allez-vous ?
Sincères salutations à vous et à votre famille de la part de Truffaut et moi-même,

Helen Scott

P.-S. : Truffaut tient un journal de tournage[1] pour les *Cahiers du cinéma*, un récit au jour le jour qui sera publié dans trois numéros consécutifs. Il demande à son bureau de vous faire parvenir celui de février dès sa parution.

RAY BRADBURY
À FRANÇOIS TRUFFAUT ET HELEN SCOTT

10265 Cheviot Drive
Los Angeles 64, California

27 février 1966

Cher François (et Helen !)
Merci pour les photos de tournage qui viennent tout juste d'arriver. Elles sont incroyablement passionnantes à regarder, et je les emporte partout avec moi pour les montrer à ceux de mes amis qui n'ont pas le temps de fuir quand j'arrive en agitant les clichés ! Je les conserverai comme un trésor, une part très importante de ma vie cette année, déjà si riche grâce à vous. Tous ceux à qui j'ai parlé de vous et du film sont enthousiastes à l'idée que vous puissiez travailler avec une distribution aussi extraordinaire.
Ce que j'apprécie le plus dans ces photographies, c'est cette impression de revenir quatorze ans en arrière, de me revoir assis à ma machine à écrire, à finir la première version du roman *F. 451* pour libérer enfin sur le papier les personnages et les lieux que je retenais dans mon esprit. Aujourd'hui, vous les avez affranchis à nouveau et relâchés au grand jour. Si mes « amis » sont libres

1. Sur les conseils de Jean-Louis Comolli, rédacteur en chef des *Cahiers du cinéma*, Truffaut tiendra un journal de tournage publié en six livraisons (n° 175, février 1966, au n° 180, juillet 1966), puis repris en volume dans *La Nuit américaine : scénario du film*, suivi de *Journal de tournage de Fahrenheit 451*, *op. cit.*

enfin de se mouvoir dans le monde réel-irréel du cinéma, ils n'en demeurent pas moins les images que j'ai tenues captives et projetées sur les parois obscures de mon crâne il y a très longtemps. Je vous en suis profondément reconnaissant.
S'il vous plaît, transmettez mes salutations affectueuses à Julie Christie, à Oskar Werner, à M. Cusack, et à tous les autres. J'ai hâte de recevoir d'autres photos, plus tard, quand vous trouverez un moment pour les choisir.
Merci, merci. Bien à vous,

Ray

RAY BRADBURY À FRANÇOIS TRUFFAUT

4 mai 1966

Cher François,
Merci infiniment pour votre dernier envoi de photos de *F. 451*. J'ai enfin rencontré Oskar Werner ici, la semaine dernière, et il m'a parlé de la chance que vous avez eue quand la neige s'est mise à tomber au moment des scènes finales – jolie touche, si pertinente, à ce qui est dit et signifié dans ces derniers moments de l'intrigue[1]. J'en suis heureux pour vous.
J'apprends également que vous viendrez peut-être à Los Angeles bientôt (Don Congdon m'en a parlé au téléphone récemment), et je m'en réjouis. Nous avons tant de choses à nous dire !
Une fois encore, mes sincères remerciements, et mes meilleurs sentiments à vous et à Helen.
Bien à vous,

Ray Bradbury

1. Début avril 1966, le mauvais temps perturbe plusieurs jours d'affilée le tournage de la dernière séquence : « Jeudi 14 avril. Ce matin, à six heures, de ma fenêtre au vingt-cinquième étage du Hilton, j'ai vu la neige tomber sur tout Londres, épaisse, dense, têtue. À Black Park, tout était blanc. J'ai décidé de tourner quand même et de profiter de la neige ! [...] Les hommes-livres passent et repassent devant le lac pendant que la neige tombe, voilà le plan final que je suis impatient de voir en rushes. » (*Journal de tournage de Fahrenheit 451*, *op. cit.* p. 218.)

RAY BRADBURY À FRANÇOIS TRUFFAUT

27 mai 1966

Mon cher François,
J'ai été heureux de recevoir votre lettre du 11. J'ai reçu les DEUX premiers numéros des *Cahiers du cinéma* contenant vos articles, et je suis certain que le TROISIÈME arrivera bientôt[1]. Ma femme m'en a lu des extraits, et le tournage de *F. 451*, de ce qui s'en dégage, a dû être réellement intense et fascinant. Dieu que j'aurais aimé être parmi vous…
Bien sûr, ma rencontre ici avec Oskar Werner fut différente de votre expérience de tournage là-bas. Nous avons tous les trois de fortes personnalités, de solides convictions, et si je travaillais avec lui, il me tuerait peut-être dans la semaine, ou bien c'est moi qui lui mettrais mon poing dans la figure ! J'aimerais croire le contraire, mais, quand j'ai travaillé avec Huston[2], au bout de six mois passés à nous voir tous les jours, un soir nous en sommes presque venus aux mains.
Quoi qu'il en soit, entre les photos que vous avez eu la gentillesse de me faire parvenir, les articles et ma rencontre avec M. Werner, je meurs d'impatience de voir le film.
Votre première lettre en anglais[3] était superbe ! Merci.
Quand viendrez-vous à Los Angeles ? En août ? Quand vous aurez achevé le montage et le mixage[4] ? J'ai hâte de vous voir et vous envoie mes meilleures pensées,
Bien à vous,

Ray

1. Les deux premières livraisons du « Journal de tournage de Fahrenheit 451 » sont parues dans les *Cahiers du cinéma* (février et mars 1966).
2. En 1953, Bradbury avait séjourné en Irlande afin d'adapter, pour John Huston, le roman d'Herman Melville *Moby Dick* (voir aussi n. 2, p. 243). En 1992, il publiera *La Baleine de Dublin* (Denoël, 1993), version romancée de sa rencontre avec le cinéaste et de cette aventure scénaristique.
3. Celle du 16 janvier 1966, p. 298.
4. Truffaut prévoyait de se rendre à New York « après la fin de [son] mixage, vers le 25 juillet » (lettre à Odette Ferry, 20 juin 1966, *Correspondance*, *op. cit.* p. 325) ; le retard accumulé lors de la postproduction rendit impossible ce déplacement.

FRANÇOIS WEYERGANS À FRANÇOIS TRUFFAUT

15, rue Dauphine

Vendredi [27 mai 1966]

Cher ami,
J'ai essayé de vous joindre par téléphone, à Paris, à Londres. Impossible. Voici pourquoi : vous vous souvenez peut-être que j'essaie de faire un film d'après l'*Aline* de Ramuz depuis longtemps. J'ai finalement trouvé de l'argent grâce à l'ensemble des télévisions francophones (ORTF, Suisse, Belgique, Canada)[1], et je pourrais à peu près, avec leur budget, faire un film de 70 minutes, qui risque de rester dans les circuits TV. Je crois qu'avec 10 ou 15 millions d'A. F. il y aurait moyen de faire un film de 85-90 minutes, sortable dans quelques salles (lesquelles ?)[2]. Croyez-vous qu'il soit possible de trouver vite cet argent à Paris ? (Vite, parce que les TV veulent le tournage en juillet pour programmer fin de l'hiver.) Le coproducteur qui mettrait cet argent aurait 60 à 80 % des droits cinéma monde entier. Je vous écris parce que vous aviez aimé à l'époque mon scénario d'*Aline*. (J'aimerais que vous puissiez voir le court métrage de fiction que j'ai fait : *Voleuses*[3].) Si vous croyez pouvoir faire quelque chose (sans que cela vous importune dans votre travail), ce serait gentil de me conseiller, me téléphoner à Paris, où je serai rentré (DAN 50 04). Bresson m'a dit que vous y seriez la semaine prochaine[4]. Voilà. Je signe cette bouteille à la mer.

François Weyergans

1. Écrit à l'origine pour la télévision, *Aline*, premier roman de Charles Ferdinand Ramuz, sera un film de cinéma produit par la Société Nouvelle Cinévog (France), avec l'aide financière des quatre télévisions francophones d'alors. Weyergans le décrira comme « le bout à bout d'une série de sensations à propos d'une jeune fille, de sa vie, de sa mort, de son cartable et de son enfant. À quoi ça ressemble ? J'espère que ça me ressemble un peu » (« Aline », *Cahiers du cinéma* n° 187, février 1967).
2. Présenté aux IIIe Rencontres du jeune cinéma d'Hyères, en 1967, *Aline* suscitera de nombreux commentaires qui tous soulignent « l'ombre stérilisante » de Robert Bresson (Jean-Louis Comolli, « Contingent 671 A ou les insoumis du jeune cinéma », *Cahiers du cinéma* n° 187, février 1967). Resté inédit en salles faute de distributeur, *Aline* sera redécouvert en 2006 aux Premiers Plans d'Angers.
3. Avec Anne de Staël et Pierre Klossowski.
4. Truffaut est à Londres pour la postproduction de *Fahrenheit 451*.

RAY BRADBURY À FRANÇOIS TRUFFAUT

10265 Cheviot Drive
Los Angeles 64, California

28 mai 1966

Cher François,
Après trois années de travail, le projet des *Chroniques martiennes*, avec Robert Mulligan à la réalisation et Alan Pakula à la production, est tombé à l'eau. Exténué par deux ans de travail, je m'étais retiré du scénario l'an dernier. Mulligan et Pakula avaient alors engagé un autre auteur pendant un temps. Mais aujourd'hui, eux-mêmes exténués, ils m'en ont rétrocédé les droits. J'ai donc récupéré tous les droits des *Chroniques martiennes*. Et j'ai hâte de trouver un nouveau tandem producteur-réalisateur.
Vous trouverez ci-joint ma dernière version du scénario achevée il y a un an. Elle renferme, me semble-t-il, un vrai potentiel. Je crois encore que le film peut se faire, mais qu'il exige un réalisateur de votre trempe. Je suis conscient que vous venez de terminer un film de science-fiction, pour utiliser cette étiquette. Mais *Chroniques martiennes*, qui est un type de récit très différent, pose d'autres défis et d'autres enjeux.
J'espère que vous lirez ce scénario et me répondrez. Je suis impatient de connaître vos réactions, quelles qu'elles soient.
Je serais fou de joie que vous acceptiez de le réaliser. Mais je me contenterais tout aussi bien de votre attention amicale et de vos critiques.
Bien à vous,

Ray

RAY BRADBURY À FRANÇOIS TRUFFAUT

17 juin 1966

Cher François,
Merci pour les derniers numéros des *Cahiers du cinéma*, que ma femme traduit au fur et à mesure pour mon plaisir et mes lumières.
Avez-vous reçu le scénario des *Chroniques martiennes* que j'avais envoyé à votre hôtel à Londres ? J'ai cru comprendre que vous étiez de retour à Paris, et je crains qu'il ne se soit égaré.

Mon ami Laszlo Benedek[1], le réalisateur de *L'Équipée sauvage* et d'autres films remarquables, va venir à Paris pour un court séjour, et il se peut qu'il vous appelle. S'il est déjà possible à ce stade de lui montrer des extraits de *F. 451*, je suis certain que cela lui fera très plaisir. Mais bien sûr, s'il n'en est pas encore temps, il vous suffira d'en faire part à M. Benedek, qui est un homme d'un grand tact.
Mes pensées amicales,
Bien à vous,

Ray

RAY BRADBURY À FRANÇOIS TRUFFAUT

20 juillet 1966

Cher François,
Merci pour votre dernière lettre[2] et ces nouvelles formidables concernant la projection de *Fahrenheit 451* au festival de Venise[3]. Comme j'aurais aimé y aller avec vous ! Mais, vous l'avez deviné, cela me prendra des années pour surmonter ma peur de l'avion, si j'y arrive un jour. La vitesse des montgolfières me convient mieux, même si je suis conscient du romantisme ridicule dont je fais preuve en disant cela[4]. La première fois que je monterai dans cet engin de malheur, il se pourrait bien que la foudre le frappe pour me faire payer cette folie grotesque.
François, dites-moi, auriez-vous deux ou trois photos supplémentaires des scènes finales de *F. 451* avec la neige qui tombe ? J'ai été interviewé ici pour un magazine de cinéma, et quand je leur ai parlé de la chance que vous aviez eue de voir tomber la neige le dernier jour du tournage, ils m'ont demandé s'ils pourraient en publier une photo. Pourriez-vous m'aider sur ce point ? Merci

1. Réalisateur américain d'origine hongroise (1905-1992), lauréat du Golden Globe du meilleur réalisateur pour *Mort d'un commis voyageur* (*Death of a Salesman*, 1952), d'après la pièce d'Arthur Miller.
2. Cette lettre n'a pas été retrouvée.
3. À la XXVIIe Mostra de Venise (28 août-10 septembre 1966), la France présentera quatre films en compétition : *Les Créatures* d'Agnès Varda, *Au hasard Balthazar* de Robert Bresson, *La Curée* de Roger Vadim et *Fahrenheit 451* de François Truffaut : « Je n'ai jamais été aussi content d'avoir un film invité dans un festival que cette fois, sans doute à cause du sentiment d'isolement qui a été le mien pendant tout ce travail loin de Paris. » (*Journal de tournage de Fahrenheit 451*, *op. cit.* p. 232.)
4. Truffaut obtiendra que Bradbury soit invité, aux frais d'Universal, à traverser l'Atlantique en bateau afin d'accompagner la sortie de *Fahrenheit 451* en Europe (Venise, Milan, Paris, etc.). Mais l'écrivain ne fera pas le déplacement.

beaucoup. J'espère que cette lettre vous trouvera très occupé et très heureux,
Bien à vous,

Ray

RAY BRADBURY À FRANÇOIS TRUFFAUT

31 août 1966[1]

JE VIENS DE VOIR FAHRENHEIT 451. IL EST SI RARE POUR UN AUTEUR D'ENTRER DANS UN CINÉMA ET DE VOIR SON ROMAN PORTÉ À L'ÉCRAN DE FAÇON FIDÈLE ET BRILLANTE STOP TRUFFAUT M'A FAIT LE DON DE ME RENDRE MON LIVRE DANS UN NOUVEAU MEDIUM TOUT EN PRÉSERVANT L'ÂME DE L'ORIGINAL STOP JE SUIS PROFONDÉMENT RECONNAISSANT.

RAY BRADBURY

RAY BRADBURY À FRANÇOIS TRUFFAUT

FRANÇOIS TRUFFAUT
EXCELSIOR PALACE
LIDO, VENISE[2]

CHER FRANÇOIS. MON ROMAN REGARDE VOTRE FILM ET S'Y VOIT EN RETOUR STOP VOTRE FILM REGARDE MON LIVRE ET S'Y VOIT EN RETOUR ! CETTE GÉMELLITÉ EST SI RARE DANS LE MONDE DU CINÉMA STOP JE VOUS SUIS PROFONDÉMENT RECONNAISSANT STOP BONNE CHANCE POUR LES JOURS À VENIR. LETTRE SUIT. AMITIÉS

RAY BRADBURY

1. Télégramme envoyé de Los Angeles.
2. Télégramme envoyé de Los Angeles par Bradbury à Truffaut, qui présente *Fahrenheit 451* à la Mostra de Venise.

MAGGIE ET RAY BRADBURY À FRANÇOIS TRUFFAUT

FRANÇOIS TRUFFAUT LES FILMS DU CARROSSE
5 RUE ROBERT ESTIENNE PARIS

[*31 août 1966*]

VOUS APPARTENEZ À PARIS DEPUIS DES ANNÉES STOP QUE CE SOIR PARIS VOUS APPARTIENNE[1]

MAGGIE ET RAY BRADBURY

RAY BRADBURY À FRANÇOIS TRUFFAUT

31 août 1966

Mon cher François,
Je vous écris à peine quelques heures après avoir vu *Fahrenheit 451* ici au studio[2]. Je trouve que c'est un très beau film, et j'en apprécierai sans doute plus encore les qualités avec le temps et en le revoyant – peut-être entouré, cette fois, d'amis et de proches qui me sont chers. J'étais très anxieux au studio, comme lors d'un accouchement. Oui, je sais bien que c'est VOUS qui avez accouché, souffert mille morts… Eh bien disons alors que mon agonie était empathique.
Quoi qu'il en soit, je trouve que vous avez quasi parfaitement saisi l'essence de mon roman, et j'attends désormais les réactions des autres, car je crains que mon manque d'objectivité, au studio, il y a quelques heures, ne m'ait montré à l'écran plus que ce qu'il y avait à voir. On sort d'une telle projection submergé de tant d'émotions qu'il nous faut retourner dans tous les sens, examiner et réexaminer… Si j'ai l'air incohérent, c'est que j'ai l'impression d'avoir été renversé par un camion, sans connaître encore le numéro d'immatriculation du véhicule qui s'est enfui.
Je n'aurais qu'une modeste suggestion à faire, même si je suis conscient qu'elle est tardive, et qu'on ne peut probablement plus rien y faire. J'ai trouvé la traque de Montag trop courte. Pas néces-

1. Référence au film de Jacques Rivette *Paris nous appartient* (1958). Télégramme ainsi référencé : « LLGO34 LOS ANGELES CALIF 30 15 1240APDT ».
2. Universal, à Los Angeles.

sairement parce qu'elle est longue dans mon roman, et qu'elle devrait l'être ici, mais pour des raisons purement cinématographiques : s'il vous restait des rushes des hommes qui volent à la poursuite de Montag, ou d'autres images de lui quand il regarde sa propre traque sur divers écrans au fur et à mesure qu'il traverse la ville, ce serait plus divertissant. Si je dis cela, c'est parce qu'à mon avis il faut une phase de tension plus longue pendant la poursuite, avant la période belle et plus calme de la fin, qui est parfaite. C'est pour le contraste que je fais cette suggestion. Une fois encore, je sais que je m'exprime à la fin du montage, et que je devrais m'abstenir. Mais ce serait peut-être plus divertissant de rajouter ces rushes à la poursuite (si par chance d'autres images ont été tournées). À part ça, je n'ai rien d'autre à dire. Je trouve Christie très convaincante dans son double rôle, tout comme Werner. Les décors sont parfaitement justes, imaginatifs sans être trop présents – l'équilibre et le goût y règnent, tout comme pour les costumes.

Allez-vous pouvoir modifier quoi que ce soit d'ici le moment où le film sortira aux États-Unis ? Je vais le revoir plus tard dans la semaine et si j'ai encore une suggestion mineure, je vous la soumettrai. MAIS... SEULEMENT si cela vous est d'une quelconque utilité à ce stade. Je ne veux pas vous ennuyer avec des petits détails agaçants auxquels on ne peut rien faire.

Bref, et pour finir, j'ai adoré ce que j'ai vu, et suis resté nerveusement épuisé tout le reste de l'après-midi. J'espère qu'il sera extrêmement bien accueilli à Venise et qu'à sa sortie à Paris, les dieux vous souriront[1].

Tenez-moi au courant des réactions après la projection au festival, je vous prie.

Bonne chance ! Et merci, merci pour cette expérience extraordinaire.

Bien à vous,

Ray

1. Présenté le 7 septembre 1966 à la Mostra de Venise, *Fahrenheit 451* sera bien accueilli, mais il ne recevra aucun prix. Il sortira en France le 16 septembre 1966 sans soulever un enthousiasme débordant. La veille, une avant-première sera organisée au théâtre Marigny (Paris), en présence de Julie Christie. Truffaut fit envoyer le roman de Bradbury « à tous les critiques cinématographiques français et italiens. Il sera également distribué aux huit cents invités de la première » (lettre à Don Congdon, 28 juillet 1966, *Correspondance*, *op. cit.* p. 328).

RAY BRADBURY À FRANÇOIS TRUFFAUT

3 septembre 1966

Cher François,

J'ai revu *Fahrenheit 451* hier soir, cette fois avec ma femme, mes enfants et mes amis les plus chers, ce qui a créé une atmosphère beaucoup plus apaisante et m'a permis d'apprécier au plus haut point tout ce que vous avez fait. La réaction générale fut tout à fait excellente.

Peut-être serez-vous surpris d'apprendre que les femmes de l'assistance ont eu des réactions beaucoup plus fortes que les hommes ! Je ne saurais dire exactement pour quelles raisons, mais c'est le cas ! Je me demande si la même chose se produira partout où le film sera projeté. James Wong Howe[1] était présent avec sa femme, et Jimmy a été très impressionné par le travail de la caméra, de la lumière et de la couleur, donc d'un point de vue purement technique, vous avez là un avis d'expert ! J'ai peu de choses à ajouter à ma dernière lettre. Je reste encore un peu frustré par le fait que les quatre hommes volants n'aient pas été plus exploités dans la poursuite, et la « mort » du faux Montag. À part ça, mon cher François, hier soir de nombreuses personnes de l'assistance étaient en larmes à la fin du film. Quel cadeau plus éloquent pourrait-on vous offrir ? Voulez-vous que je vous écrive à nouveau si de nouvelles idées me viennent en assistant à d'autres projections ? Dites-moi, et je me plierai à votre volonté. Si le film est désormais totalement abouti et que vous ne voulez plus rien modifier, il serait idiot de ma part de vous communiquer mes suggestions à la marge. J'en aurais bien quelques-unes à l'esprit, mais je ne vous en dirai rien, sauf si vous souhaitez y réfléchir d'ici la sortie du film aux États-Unis.

Bonne chance à Venise !

Amitiés,

Ray

1. Chef opérateur américain d'origine chinoise (1899-1976). Il a travaillé avec les plus grands (Fritz Lang, Josef von Sternberg, Raoul Walsh…).

RAY BRADBURY À FRANÇOIS TRUFFAUT

18 septembre 1966

Cher François,

J'espère que cette lettre vous trouve d'excellente humeur à l'issue des premières séances de *F. 451* à Paris. Je n'ai pas eu de nouvelles encore de l'avant-première, mais j'ai de grands espoirs pour vous et pour le film. J'en recevrai d'Universal Pictures probablement demain, lundi. Ils ont été très rapides et courtois à me tenir informé.

Vous trouverez ci-joint une critique espagnole que vous n'avez peut-être pas encore vue. Elle m'a été envoyée par un admirateur madrilène[1], et elle est très élogieuse.

Je lis, en anglais grâce à Universal, votre journal sur *F. 451* et son tournage[2]. Je le trouve fascinant et, surtout, instructif. J'ai l'impression de redevenir étudiant quand je lis ce que vous avez à dire, ce qui m'importe. Bien que très cinéphile, et cela depuis ma plus tendre enfance, il me reste encore beaucoup à apprendre sur la technique. J'ai particulièrement apprécié le passage où vous parlez de travailler la distribution contre le scénario, la photographie contre la distribution, et le montage contre la photographie, de façon à ne pas construire un énorme mille-feuille d'éléments qui ne feraient qu'ajouter de l'emphase à l'évidence. Comme vous le dites, si Cyril Cusack s'est révélé un excellent choix, c'est justement parce qu'il n'est PAS un méchant, et qu'il ne jouait pas son rôle comme tel. Le charme a toujours été l'un des atouts maîtres des maléfiques de ce monde. Ils vous invitent chez eux tout sourire et accueillants, ils vous servent un gâteau empoisonné, et vous mourez en n'ayant aucune idée de ce qui s'est passé.

C'est ce qui m'avait déplu dans *Sweet Smell of Success*[3], il y a quelques années... Burt Lancaster y incarnait un méchant bien trop méchant... S'il n'avait été qu'amour, sourires et amitié, le film aurait été deux fois plus fort.

Quoi qu'il en soit, je suis content de ne pas être venu à Londres

1. *Fahrenheit 451* ne sortira à Madrid puis à Barcelone qu'en octobre 1967. Les articles en question ont donc été écrits par des envoyés spéciaux de grands quotidiens espagnols présents à la Mostra de Venise.

2. « Journal of *Fahrenheit 451* », *Cahiers du cinéma in English*, n° 5 à n° 7, 1966.

3. *Le Grand Chantage*, film américain d'Alexander Mackendrick (1957), où Burt Lancaster incarne un éditorialiste new-yorkais sans scrupules.

en février[1]. Je vous aurais gêné. J'aurais posé des questions sur ceci ou cela, nous nous serions querellés à propos de tel ou tel élément et cela aurait été une très mauvaise chose. Dès le départ, le plus important à mes yeux était de vous laisser forger votre monde futuriste à votre manière.

En travaillant souvent contre ma matière, vous l'avez créée. Un autre réalisateur en aurait fait un film à la James Bond. Je ne dis pas que les James Bond sont ennuyeux ; au contraire, ils sont très divertissants. Mais j'approuve de tout cœur votre idée d'avoir gardé de petits écrans de télévision, par exemple, au lieu de leur faire occuper tout un mur. Si j'avais été là, je vous aurais peut-être poussé à surcharger le film de gadgets. Or, au contraire, en limitant un usage trop artificiel de la mécanique, vous m'avez donné une leçon de goût et de sobriété.

Oui, le limier me manque beaucoup, mais il n'est pas nécessaire. Les avions à réacteur et la guerre ont disparu du ciel au-dessus de la ville – Bon débarras ! De la simplicité, encore de la simplicité, toujours de la simplicité.

Je comprends maintenant, grâce à votre *Journal*, pourquoi on ne voit jamais Montag et la jeune fille dans les prairies et les champs, ce qui aurait été plaisant. Mais, compte tenu de l'attitude de Werner[2], cela nous a permis peut-être d'éviter un romantisme qui aurait fait basculer le film du mauvais côté.

Et je comprends mieux, désormais, des mois plus tard, pourquoi vous avez dû être abasourdi par ma lettre où je vous racontais ma rencontre, en avril, avec Oskar Werner. Mais après tout il s'agissait d'une visite de courtoisie, ma première, où chacun se donnait du mal pour être spirituel, drôle et aimable. Ce qui n'a rien à voir avec le fait de travailler ensemble. Je connais bien des amis pour lesquels j'ai la plus haute estime parce que j'ai

1. Sur le tournage du film aux studios de Pinewood, près de Londres.

2. Le *Journal* de Truffaut témoigne de ses tensions avec l'acteur : « À propos de ce lance-flammes dangereusement manié dans son dos par Cyril Cusack, Oskar Werner devient nerveux, et une violente dispute nous oppose pendant cinq minutes… » (1er février 1966, *Journal de tournage de Fahrenheit 451*, *op. cit.* p. 177.) « Décidé à terminer assez vite la scène, je règle un long plan au cours duquel on brûlera à la suite la télévision et les livres, avec trois caméras. J'explique à Oskar Werner qu'il ne risque rien puisqu'il est armé d'un faux lance-flammes et que le vrai n'entrera en action qu'après sa sortie du cadre. Il ne veut rien entendre, refuse d'assister à la répétition et part s'enfermer dans sa loge […]. Nous tournons donc le plan prévu, mais avec la doublure d'Oskar, un Anglais très charmant. » (18 février 1966, *ibid.* p. 184.) « Suite et fin de la cave chez Clarisse. Nouveaux ennuis avec Oskar Werner, qui veut toucher le bras et les épaules de Clarisse alors que je ne veux pas de romance dans leur tandem. Ensuite, après la phrase qu'il prononce, il voudrait que Julie le regarde, ce que je ne veux pas […]. Si, de guerre lasse, je laisse souvent Oskar jouer à son idée (en me protégeant par des solutions de montage), je ne veux pas accepter qu'il se mêle du jeu de Julie Christie ou de Cyril Cusack en leur suggérant des trucs dès que je tourne le dos. » (22 février 1966, *ibid.* p. 186.)

vécu un enfer avec eux sur des projets de tournage ou de mise en scène, dont nous ne sommes pas sortis indemnes, mais sans que cela n'affecte notre amitié. Une fois, un metteur en scène qui travaille ici sur mes pièces s'est enfui quelques jours avant la première, pris de panique, en me laissant un mot disant qu'il lui était impossible de continuer... et me demandant de lui pardonner. Je suis allé le trouver, pour lui dire qu'il était surmené, exténué et trop négatif au point d'en devenir fou. Il est revenu, il a repris son rôle de metteur en scène, et nous avons été bien accueillis par la presse. Quand on court après quelqu'un qui fuit, c'est très délicat de savoir quand il faut arrêter de courir ou pas. La fatigue peut anéantir notre jugement. Je sentais son épuisement, et je savais que c'était la seule chose qui affectait la façon dont il se voyait.

Quoi qu'il en soit, j'ai été attristé de lire dans votre *Journal* tout ce qui s'est passé avec Werner, mais je me suis consolé en pensant au résultat final.

Cela fait de nombreuses années qu'on n'avait pas vu une fin aussi brillante que celle de votre film. C'est un cliché, mais il faut le répéter : si un film formidable a une fin médiocre, les gens penseront qu'il est simplement bon. Mais si un bon film a une fin brillante, ils penseront que c'est le film tout entier qui est brillant. On quitte la salle en emportant cette fin qui nous a été confiée, et que l'on savoure plus que tout. C'est l'une des raisons pour lesquelles *Moby Dick* s'en tire mieux qu'il ne le mérite en quelque sorte, du fait de la piètre performance de Peck[1]. La symphonie de l'action, du montage, de la couleur, du naufrage du *Pequod* et de la symbolique d'Achab, enchaîné à son ennemi, sombrant à jamais en faisant des signes à ses hommes qui courent à leur propre perte, crée ce petit miracle. Le spectateur est convaincu, alors qu'auparavant il ne l'était pas.

Je m'arrête là. Cher François, merci pour ce mois riche en émotions. Bonne chance pour les mois à venir et toutes les premières de *F. 451*.

Bien à vous,

Ray

1. Gregory Peck (1916-2003), le comédien américain qui incarne Achab, le capitaine du *Pequod*.

RAY BRADBURY À FRANÇOIS TRUFFAUT

9 octobre 1966

Cher François,
Je ne me souviens plus si je vous ai déjà envoyé mon livre ci-joint, *La Foire des ténèbres*[1]. Un jour, il me faudra veiller à bien classer mes archives. Pardonnez-moi si je vous l'ai déjà donné, dans cette édition, il y a quelques années. Mais si je vous l'envoie aujourd'hui, c'est parce que je pense qu'il ferait un bon film[2], et pour le rappeler à votre bon souvenir.
C'est tout pour le moment. Je continue à lire les critiques parisiennes de *F. 451*, qui me font plaisir pour vous et pour le film. Et j'ai l'impression que même si vous n'avez pas gagné à Venise, vous avez gagné quand même. Vous trouverez ci-joint un article du *New Yorker*[3], que vous avez peut-être raté !
Amitiés, comme toujours,
Bien à vous,

Ray Bradbury

P.-S. : Universal me dit que vous serez à New York fin octobre et début novembre[4]. J'adorerais pouvoir venir, mais rien n'est moins sûr, car je suis censé commencer un nouveau scénario[5]. Y a-t-il une chance que vous reveniez à Los Angeles dans un futur proche ? R.

JACQUES-PIERRE AMETTE[6] À FRANÇOIS TRUFFAUT

Caen, le 28 octobre 1966

Monsieur François Truffaut,
Vers le 15 février paraîtra aux Éditions Mercure de France, dans la collection blanche, un long récit (ou un court roman) dont

1. Roman fantastique de Ray Bradbury sorti en 1962 aux États-Unis sous le titre *Something Wicked This Way Comes* et publié en France en 1964 chez Denoël.
2. Le roman sera porté à l'écran en 1983 par Jack Clayton, dans une adaptation signée Ray Bradbury lui-même.
3. Janet Flanner, « Letter from Paris : *Fahrenheit 451* », *The New Yorker* n° 42, October 1st 1966, pp. 181-183.
4. Sans doute pour la promotion de *Fahrenheit 451*, qui sortira à New York le 2 novembre 1966.
5. Sans doute celui de *The Picasso Summer*, qui sera réalisé en 1969 par Robert Sallin.
6. Écrivain et critique littéraire français (né en 1943), connu également sous le pseudonyme de Paul Clément. Auteur d'une trentaine de romans, récits, pièces et romans noirs, il a reçu le prix Goncourt

le titre est *Élisabeth Skerla*. Je suis l'auteur de cette histoire passionnée qui ne s'avoue pas ouvertement comme telle. C'est mon second bouquin. Je le dois à vous, en partie. Je le dois à *La Peau douce*, votre meilleur film selon moi (et pourtant il y a ce moment dans *Jules et Jim* où les papiers prennent feu dans une chambre...). Comme il est d'usage de rendre le bien qu'on a pris, je voudrais vous dédier mon récit. Mettre un petit quelque chose comme « À François Truffaut ». Pas plus. Évidemment, ce n'est ni *David Copperfield*, ni *Marie Dubois*, ni *Gaspard Hauser*[1]. Qu'est-ce que c'est ? Je ne sais pas. L'auteur est mal placé. Il faudrait demander à mon éditeur. Le seul renseignement que je puisse vous communiquer sur moi, c'est une critique, par exemple, celle de *L'Express*[2], l'année dernière, à propos de mon premier récit qui avait pour titre *Le Congé*. Vous remarquerez, si vous lisez cette critique, qu'elle est suivie d'un hommage à Audiberti. C'est ce qui m'a procuré le plus de plaisir. Des choses comme ça, c'est vraiment épatant. Enfin, je ne voudrais pas vous voler votre temps, et puis je tape de plus en plus mal à la machine à écrire.

Je vous demande simplement de me donner votre avis. Accepterez, n'accepterez-vous pas ? C'est TRÈS important pour moi.

Je vous serre la main. Je compte sur votre amitié envers ceux qui écrivent, je compte sur votre sincérité aussi.

J.-P. Amette

2003 pour *La Maîtresse de Brecht* (Albin Michel, Paris, 2003). Il est étudiant en lettres à l'Université de Caen et prépare le concours d'entrée à l'IDHEC, quand il écrit cette lettre à Truffaut. « J'avais choisi le nom de Skerla pour mon héroïne et pour titre de mon roman, en hommage à la comédienne Léna Skerla, partenaire de Maurice Ronet au début du *Feu follet* de Louis Malle. À l'époque, j'avais deux films cultes (je n'ai pas changé de goût), *Le Feu follet* de Louis Malle, d'après Drieu la Rochelle et, bien sûr, *La Peau douce*... » (courriel à Patricia Guédot, 4 juin 2020). L'influence du 7e art est patente dans l'œuvre littéraire de Jacques-Pierre Amette, qui signa aussi des chroniques cinématographiques dans *La Nouvelle Revue française* (dont une consacrée à *Domicile conjugal*). Amette s'est amusé à glisser des références au cinéaste dans son œuvre. Ainsi, dans *L'Homme du silence*, un personnage s'exclame : « On donne le meilleur Truffaut dans un cinéma tout près d'ici [...] *La Femme d'à côté*. »

1. Respectivement : les héros des romans de Charles Dickens et de Jacques Audiberti ; le nom de Gaspard Hauser renvoyant à l'orphelin allemand qualifié d'enfant sauvage qui inspira Paul Verlaine, Peter Handke et Werner Herzog. Trois des livres dérobés par Montag (Oskar Werner) dans *Fahrenheit 451*.

2. François Bott, « Les miroirs de la peur », *L'Express* n° 757, 20-26 décembre 1965, pp. 102-103.

FRANÇOIS TRUFFAUT À JACQUES-PIERRE AMETTE

Mr Jacques-Pierre Amette
30, av. du 6 Juin – Caen

Paris, le 8 novembre 1966

Cher Monsieur,
Naturellement je ne vois aucun inconvénient à ce que votre deuxième livre me soit dédié, au contraire cela me touche infiniment, plus encore que votre approbation pour *La Peau douce*…
J'ai été très intéressé par l'article de *L'Express* consacré à votre premier livre et je vous le retourne afin que vous n'en soyez pas privé. J'ai apprécié également la coïncidence à propos d'Audiberti.
Sincèrement vôtre[1],

François Truffaut

JACQUES-PIERRE AMETTE À FRANÇOIS TRUFFAUT

Caen, le 11 novembre 1966

Cher Monsieur Truffaut,
Vous acceptez spontanément de voir votre nom figurer en tête de mon roman *Élisabeth Skerla*. Cette approbation me touche beaucoup et je tiens à vous en remercier.
Je ferai évidemment en sorte que les services du Mercure de France vous envoient le plus rapidement possible un jeu d'épreuves.
Cordialement vôtre,

J.-P. Amette

1. « J'ai conservé la première lettre de François Truffaut et je crois me souvenir qu'elle était sur papier Japon. J'avais été frappé par la simplicité de la signature, comme émanant de quelqu'un ouvert aux autres. Oui, cela m'avait beaucoup marqué et, dans mon esprit, cela ressemblait à ses films. » (Courriel à Bernard Bastide, 22 juin 2020.)

BERNARD GHEUR À FRANÇOIS TRUFFAUT

20, rue Trappé, Liège

Le 4 décembre 66

Cher Monsieur Truffaut,
Il y a un an, je vous envoyais une nouvelle (*Le Testament d'un cancre*) et vous me conseilliez aimablement de la prolonger en un roman[1]. Le roman est sur le chantier. Il s'appellera peut-être *Toutes les couleurs* et je me permets de vous en soumettre les premiers chapitres (provisoires).
Par ailleurs, je suis des cours de journalisme à l'Université de Bruxelles, et cela m'amène à solliciter de vous une grande faveur. Vous serait-il possible de m'accorder un jour un entretien ? Je pourrais aller à Paris, avec un ami, n'importe quel jour de décembre, à l'endroit qui vous conviendrait. L'interview paraîtrait, par exemple, lors de la sortie en Belgique de *Fahrenheit 451*[2]. Mais c'est peut-être beaucoup demander !...
Veuillez agréer, cher Monsieur, l'expression de mes sentiments respectueux,

Bernard Gheur

FRANÇOIS TRUFFAUT À BERNARD GHEUR

Paris, le 9 décembre 1966

Cher Monsieur,
J'ai bien reçu votre début de roman et je me suis permis de marquer au crayon les mots et les expressions qui m'ont choqué au passage[3]. En effet, il s'agit de soutenir un style qui ne vous est pas encore complètement naturel et, à l'intérieur du parti pris que vous avez adopté, il importe d'être gracieux et ce n'est pas toujours facile. Pardonnez-moi d'avoir joué le professeur.*
Je ne peux pas vous accorder l'interview en question car je viens

1. Voir lettre du 22 octobre 1965, p. 284.
2. Le film est sorti en France le 15 septembre 1966 et en Belgique début 1967.
3. En 2013, Bernard Gheur a fait don à la Cinémathèque française de ces feuillets originaux sur lesquels Truffaut avait apposé ses corrections.

de commencer un scénario[1] qui doit être livré à la mi-février et je ne puis accepter aucun rendez-vous d'ici là.
Cela me fait toujours plaisir d'avoir de vos nouvelles.
Croyez-moi cordialement vôtre,

François Truffaut

* Mais je vous encourage *vivement* à continuer, éventuellement en allant davantage vers la simplicité quand la préciosité ne s'impose pas d'emblée[2].

RAY BRADBURY À FRANÇOIS TRUFFAUT

10265 Cheviot Drive
Los Angeles 64, California

11 décembre 1966 !

Cher François,
Voici ma lettre de vœux, pour vous souhaiter un merveilleux Noël et une année 1967 pleine de vie, de bonheur et d'amour.
J'ai désormais vu *F. 451* au moins sept fois, avec des gens du studio, des amis, des parents, et une 8e et 9e fois par morceaux, mais la meilleure de toutes peut-être date d'il y a quelques jours, quand je suis allé un soir au cinéma Bruin, ici à Westwood[3], que je me suis assis au premier rang (!) avec mes deux enfants, dans une salle bondée, pleine d'inconnus (pas de gens du studio, pas de critiques, pas d'amis !) et que je me suis relaxé dans un bon bain chaud d'émotions.
Là, enfin, je me suis donné pleinement à votre film, plus peut-être que toutes les fois précédentes... J'ai écouté et regardé, j'ai senti les présences autour de moi... Et quand je suis ressorti, oh François, j'aurais aimé que vous puissiez voir la foule de gens qui attendaient dans la nuit froide, à dix heures du soir – une file qui faisait tout le tour du pâté de maisons ! qui attendait pour voir votre film ! Mes cheveux se sont dressés sur ma nuque, ce qui m'arrive quand j'éprouve un sentiment qui va au-delà de ce que je peux exprimer. J'en ai eu les larmes aux yeux, et j'étais fier de nous tous, et heureux pour nous. Car,

1. Celui de *La mariée était en noir*, d'après William Irish.
2. Ajout manuscrit.
3. Cinéma-palace de 670 places, ouvert en 1937, dans la banlieue de Los Angeles, à proximité d'UCLA, l'université de Californie.

au fond, une fois que les critiques ont donné leur avis, que vous vous éloignez de votre propre enfant-film, et que j'arrête de vous écrire des lettres à son propos, que cela vous plaise ou non, c'est bien au public que le film appartient. Vous aimeriez peut-être parfois qu'il n'appartienne qu'à une petite frange, mais il n'en est rien : le film passe de main en main, d'œil en œil, d'esprit en esprit, dans la rue et au cinéma, et votre destin repose alors sur cette grande foule étrange qui fait la queue, voit le film, et parle de vous en sortant ou, au contraire, reste silencieuse. Pour le moment, il semble qu'ils vont parler de vous et de votre film, et que les critiques new-yorkais seront noyés, oubliés, voire écrasés au passage de ceux qui viennent voir votre œuvre.

Tout le monde ou presque, sans exception, parle du film en général, mais aussi de sa fin qui, j'en suis certain désormais, figurera sur la liste très exclusive des douze les plus mémorables de l'histoire du cinéma, comme celle de *Citizen Kane* ou des *400 Coups*, et vous y figurerez de nouveau, dans la neige, avec les vôtres.

L'intérêt pour ma *Foire des ténèbres* commence à se préciser. L'avez-vous lu, François ? Il est rare que j'insiste ainsi, mais j'ai pensé que certains aspects pourraient vous intéresser. Si c'est le cas, il y a ici un producteur, Stan Margulies[1], homme charmant et très brillant, avec qui vous pourriez collaborer à merveille, j'en suis certain. Avez-vous pu vous faire un avis ? S'il est négatif, vous savez que je n'en prendrai absolument pas ombrage. Je vous proposerai simplement un autre livre, une autre histoire, à un autre moment.

Donnez-moi de vos nouvelles quand vous en aurez le temps.

Toute mon affection et toute mon amitié à vous et à votre famille en cette période de fêtes. Et toute ma gratitude pour avoir fait de mon année 1966 un succès,

Bien à vous,

Ray

1. Producteur américain (1920-2001), coproducteur entre autres de la série télévisée *Racines* (1977).

SERGE REZVANI À FRANÇOIS TRUFFAUT

[ca *décembre 1966*]

Cher François,
Ça fait des mois et des mois que je voulais vous écrire pour vous dire bonjour… d'ailleurs j'exagère par des mois, des semaines puisqu'on vous a vu à Paris… Vous dire donc bonjour, vous dire qu'on pense souvent à vous et que nous regrettons de ne pas vous voir plus souvent. Mais à qui la faute ?… Vous avez raison… pas un mot de plus, cher François… d'accord, d'accord… vous avez raison, nous sommes bel et bien coupables d'avoir quitté Paris… Mais zalors ? me direz-vous pourquoi choisir juste le moment où je viens faire un tour dans votre coin pour fuir en Espagne… Pas un mot de plus, cher François, d'accord d'accord !… Vous avez bien raison, nous sommes bel et bien coupables d'avoir quitté le Midi pour l'Espagne, mais nous ne savions pas au moment où… au moment que… au moment, en un mot, où notre décision fut prise que vous preniez la vôtre de… de… comment dire ? Quoi, vous voyez !… Et vous ça va ?… d'accord, d'accord. Je sais, je sais ! Le cinéma c'est pas de tout repos, nous savons par Jean[1] toutes les turpitudes dont vous êtes tous les deux accablés par les frères Akrime[2]. Il faut dire qu'ils l'appellent… d'accord d'accord… Bon… Sur cette entrée en matière un peu décousue (comme vous le voyez j'ai essayé de mettre un peu de vie pour avoir le sentiment… Quoi, vous voyez ce que je veux dire.) Bon… Alors quoi de neuf ???……… (un grand silence)…….. ça va ?……… (nouveau silence)…….. merci !……… pas mal !……… et vous ???……… yod' poêle…….. (si on se tutoyait, ça irait mieux pour le yod' poêle)…….. Ah cher François, comme vous le voyez, c'est pas facile de faire de la correspondance !… Supposons que cette lettre tombe juste le jour où vous venez… j'sais pas moi… de… payer votre percepteur… eh bien elle vous agacera pire que le percepteur lui-même… Et supposons que vous recevez ce début primesautier au saut du lit avec la gueule de boa ?… ha !… Non, je vous assure, à notre époque de gros soucis, seul le

1. Jean-Louis Richard.
2. Les frères Robert (1907-1992) et Raymond (1909-1980) Hakim devaient produire *La Sirène du Mississipi*. Mais des divergences avec Truffaut ont surgi concernant l'interprète masculin : « Ils voulaient Alan Bates ou Delon, j'en pinçais pour Jean-Paul. J'ai rompu avec eux » (lettre à Gilles Jacob, fin octobre 1969, *Correspondance, op. cit.* p. 375). Le projet sera repris trois ans plus tard avec une coproduction franco-américaine Les Films du Carrosse-Les Artistes Associés et… Jean-Paul Belmondo !

télégramme est bon pour véhiculer les sentiments… Vous recevriez par exemple le matin dont je parlais (celui du percepteur), vous recevriez un télégramme de nous ainsi rédigé… Amitiés… Stop… De tout cœur vos amis… Stop… Signé Serge et Danouche… Pas mal hein ?… Là je parie que vous en seriez sur le flanc… et vous me diriez… « fantastique ! »… et en toute circonstance le télégramme va au poil. Vous vous cassez la gueule dans l'escalier… ça va… vous vous cassez pas la gueule dans l'escalier… ça va aussi bien, vous recevez le télégramme et ça colle !… Il vous arrive quelque chose de réjouissant… le télégramme ça marche au poil. Tandis que là… j'écris pour ainsi dire les yeux bandés et les nerfs aussi… Cette lettre c'est pire que la bouteille à la mer… Non ! à bas l'écriture… et vive le point tiret point point… stop… tiret tiret point… d'accord d'accord… me direz-vous pour me la faire boucler… Mais au fond de vos yeux je vois luire la flamme qui laisse clairement entendre que vous restez un chaud partisan de la « chose écrite », un bouillant même. À part ça, nous ça va… Je termine mon livre dont vous êtes un de ceux qui m'ont poussé au cul de l'écrire (joli échantillon de style) d'accord d'accord[1]… je modestise !
Mon cher François, étant donné que les fêtes approchent, ne croyez pas cependant que cette lettre venue du fond du cœur ne laisse pas entendre que nous les ignorions, alors force est aux circonstances de vous joindre comme en glissant nos vœux les plus simples et sincères enrobés dans le plus total salmigondis de poignées de mains bénévoles.
Votre ami… ou en un mot Amitié stop de tout cœur vos amis stop

Serge et Danouche

Je vous embrasse bien fort. Danièle

MAURICE PONS À FRANÇOIS TRUFFAUT

[Papier en-tête *Moulin d'Andé*]

[ca *début janvier 1967*]

Cher François,
J'ajoute un petit mot aux vœux (poétiques) du Moulin, simplement pour te signaler que mon ami Georges Perec[2], auteur de

1. *Les Années-Lumière* (Flammarion, Paris, 1967).
2. Écrivain français (1936-1982). Auteur entre autres de *La Disparition*, *La Vie mode d'emploi* et *Je me souviens*, il a coréalisé *Récits d'Ellis Island* avec Robert Bober, ancien assistant de Truffaut.

Les Choses, que tu as sûrement lu(es), aimerait beaucoup te rencontrer pour parler avec toi d'une éventuelle adaptation cinématographique de son livre. Il pense que le sujet est fait pour toi. Il séjourne fréquemment au Moulin où il sera à partir de la mi-janvier.
Voilà, je transmets. J'espère que l'année ne passera pas sans que nous nous voyions un peu. Je t'envoie mes bonnes et fidèles amitiés.

Maurice Pons

RAY BRADBURY À FRANÇOIS TRUFFAUT

10265 Cheviot Drive
Los Angeles 64, California

10 janvier 1967

Cher François,
Merci pour votre télégramme[1]. Je ne serai sans doute pas à Paris avant la fin du printemps ou le début de l'été – cela dépend de beaucoup de choses. Je pars demain pour Houston[2], au Texas, puis pour Cap Kennedy, pour interviewer les astronautes qui, nous l'espérons, atterriront sur la Lune dans un futur proche.
Je ne vous l'ai pas dit plus tôt, mais la semaine où je devais venir vous voir à New York, ma mère est tombée malade. Le week-end de la première new-yorkaise de *Fahrenheit 451*, elle est morte subitement. C'est ainsi que la vie mêle le chagrin et l'exaltation. La période des fêtes m'a fait vivre ce curieux mélange d'émotions, mais la nouvelle année m'incite à me reprendre et à travailler dur. Avez-vous pensé à *La Foire des ténèbres* ? Si je repose la question, c'est UNIQUEMENT parce que l'intérêt est très vif ici, et qu'il

---

Pour le cinéma, Perec adaptera l'un de ses romans (*Un homme qui dort* de Bernard Queysanne), un roman de Jim Thompson (*Série noire* d'Alain Corneau) et coécrira un scénario original (*Retour à la bien-aimée* de Jean-François Adam). Perec a vécu cinq années au Moulin d'Andé, où il a écrit *La Disparition*.

1. Daté du 4 janvier 1967 : « Tous mes vœux pour vous et les vôtres STOP Viendrez-vous à Paris cette année ? Lettre suit amitiés. »

2. Le 13 janvier 1967, Ray Bradbury se rend au Manned Space Center de Houston (Texas) comme envoyé spécial de *Life*, afin de passer une semaine avec les soixante-dix astronautes de la future mission Apollo 1 (1967). « Quand je les ai rencontrés, j'ai découvert qu'ils avaient tous lu mes *Chroniques martiennes*. N'est-ce pas merveilleux ? Lorsqu'ils étaient encore de tout jeunes hommes, ils avaient lu mes livres et cela les avait incités à devenir astronautes. » (*Ray Bradbury : The Last Interview and Other Conversations*, Melville House Publishing, 2014.) Le 27 janvier 1967, lors d'une répétition au sol, un incendie dans le module de commande du vaisseau entraîna la mort de son équipage.

émane de plusieurs sources. Si ce livre ne vous plaît pas, vous savez que je le comprendrai et que je resterai bien entendu votre ami,

Ray Bradbury

FRANÇOIS TRUFFAUT À RAY BRADBURY

RAY BRADBURY
10265 CHEVIOT DRIVE
LOS ANGELES 64, Calif.[1]

MON CHER RAY
J'AI LU LA FOIRE DES TÉNÈBRES QUI EST UN TRÈS BEAU LIVRE MAIS JE NE PENSE PAS POUVOIR EN FAIRE UN FILM.
UNE LETTRE SUIT
AMITIÉS[2]

TRUFFAUT

FRANÇOIS TRUFFAUT À MAURICE PONS

Maurice Pons
Moulin d'Andé

Paris, le 3 février 1967

Cher Maurice,
Je viens seulement de lire *Les Choses* et j'ai été extrêmement intéressé, mais je ne me sens vraiment pas capable d'en tirer un film, ni même d'imaginer le film que cela donnerait tourné par un autre, excepté évidemment par Jean-Luc Godard mais, même dans ce cas-là, il donnerait peut-être l'impression de se répéter puisque ses propres films depuis *Une femme mariée* témoignent des mêmes préoccupations.
Je travaille actuellement avec Jean-Louis Richard sur l'adaptation de *La mariée était en noir*, qui est un merveilleux roman, le premier et le meilleur, de William Irish (Cornell Woolrich) et ce travail m'absorbe complètement.
J'espère moi aussi que nous aurons l'occasion de nous revoir cette année.

François Truffaut

1. Télégramme ainsi référencé : ALM 12-74 – 19 H – 17/1/1967.
2. En français dans le texte original écrit directement par Truffaut en anglais.

RAY BRADBURY À FRANÇOIS TRUFFAUT

[Papier en-tête *Bradbury*]
10265 Cheviot Drive
Los Angeles 64 California

[*Début 1967*]

Cher François,
J'ai pensé que cette lettre[1] d'un ami vous plairait ; vous pouvez la garder. Ci-joint également des critiques extraites de *Status & Diplomat* et *Playboy*, que vous n'avez peut-être pas vues !
Amitiés, comme toujours,
Bien à vous

Ray

FRANÇOIS TRUFFAUT À RAY BRADBURY

6 février 1967

Mon cher Ray,
Je n'arrivais pas à me réunir avec Helen, ce qui m'a empêché de répondre plus tôt à vos gentilles lettres sur *Fahrenheit* et à la triste nouvelle de la mort de votre mère. J'espère que vous me pardonnerez ces manquements.
Je suis heureux d'avoir lu *La Foire des ténèbres* ; c'est un très beau livre, qui m'a particulièrement impressionné par sa maîtrise subtile du thème de l'adolescence. Mais, comme je l'ai mentionné dans mon télégramme, il n'entre pas dans mes projets actuels.
J'attends d'avoir l'assurance qu'Universal est satisfait des résultats au box-office de *Fahrenheit* pour revenir à notre vieille idée de départ : un film à sketches tiré de cinq ou six de vos nouvelles, réalisé par moi-même et quatre ou cinq de mes amis.
Naturellement, il nous faudrait savoir si celles qui nous intéressent sont disponibles. Et comme ce serait, selon toute probabilité, un film français, j'imagine que chacun des réalisateurs demanderait d'avoir *carte blanche*[2] pour l'adaptation.

1. Lettre d'Herbert Kline, du 11 janvier 1967, où l'auteur exprime toute son admiration pour l'œuvre de Truffaut en général et l'adaptation de *Fahrenheit 451* en particulier.
2. En français dans le texte original écrit directement par Truffaut en anglais.

Merci infiniment pour la lettre d'Herbert Kline[1] et les coupures de presse. J'imagine que vous recevez tout ce qui est publié en anglais, et si vous êtes intéressé, je me ferai un plaisir de vous faire parvenir également certaines critiques en français.
Concernant *Fahrenheit*, les échos provenant de Suède, du Danemark et de Finlande sont particulièrement positifs. Les résultats en France sont très bons[2], et je crois qu'ils sont satisfaisants aux États-Unis, mais vous en savez beaucoup plus que moi sur ce point précis.
Quoi qu'il en soit, je peux vous dire que je respire beaucoup mieux maintenant que notre longue aventure commune sur *Fahrenheit 451* est terminée. Bien que toute aventure soit exaltante, je dois admettre que j'ai souvent eu l'impression que ce projet-là était peut-être trop ambitieux pour moi, et que j'ai vécu constamment dans la crainte que mes efforts ne rendent pas justice à votre œuvre.
Je suis particulièrement heureux et fier que l'édition suédoise de *Fahrenheit 451* rassemble en un même volume votre roman et mon *Journal*[3].
Mon cher Ray, j'espère que votre patience tiendra jusqu'au jour où je serai enfin capable d'exprimer dans votre langue la valeur que j'attache à vos témoignages nombreux et concrets de notre amitié.
Avec mes fidèles pensées,

François Truffaut

HELEN SCOTT À RAY BRADBURY

9 février 1967

Cher Ray,
Un mot de ma part pour vous préciser que François vous tient en très grande estime et pense très souvent à vous. Son incapacité à communiquer directement avec vous est pour lui une source d'irritation permanente. La correspondance par mon intermédiaire est

1. Cinéaste américain (1910-1999), auteur de documentaires sur la guerre d'Espagne et les crises politiques qui ont conduit à la Seconde Guerre mondiale. « Blacklisté » au moment du maccarthysme pour son engagement communiste, il quitta Hollywood en 1953.
2. Plus de 700 000 entrées en France.
3. La Kungliga Biblioteket de Stockholm ne possède pas d'édition conjointe du roman de Bradbury et du *Journal* de Truffaut, qui fait peut-être référence ici à un projet abandonné ou à un tirage limité, hors commerce, utilisé comme outil promotionnel pour la sortie de *Fahrenheit 451* en Suède.

ce qui s'en rapproche le plus, selon lui, et comme nous travaillons séparément en ce moment, il est encore plus frustré. Ceci explique également pourquoi la lettre ci-jointe n'est pas signée : il me l'a dictée avant de partir à Cannes.
Pour votre information, à la suite de *Fahrenheit*, la branche européenne d'Universal m'a demandé de monter une antenne à Paris, que je gère seule, pour repérer des talents locaux, des lieux de tournage en France, etc. Si jamais vous aviez besoin qu'une requête soit traitée rapidement, mon adresse personnelle est 1, rue de la Pompe, Paris XVIe et mes numéros de téléphone sont Jasmin 05-32 à la maison et Alma 19-16 au bureau.
Enfin, au vu des deux articles que vous avez écrits[1] et des coupures de presse que nous avons reçues, nous pensons tous les deux que les résultats phénoménaux de la première à Los Angeles sont en grande partie le fruit de votre motivation et de votre enthousiasme. Puisque François manque de vocabulaire pour le faire, c'est à moi qu'il revient de vous exprimer à quel point nous sommes enchantés et touchés de tout ce que vous avez fait.
Cordialement,

H. S.

JACQUES-PIERRE AMETTE À FRANÇOIS TRUFFAUT

Vendredi 17 février [*1967*]

Cher Monsieur Truffaut,
Je réponds avec du retard. Votre lettre[2] à propos d'*Élisabeth Skerla* me touche. Elle me touche beaucoup. Ce que vous me dites sur l'art de la dissimulation, j'essaie de l'appliquer à un scénario « sans intrigue[3] » sur la vie de tous les jours, les soirs ; sur l'ordinaire, le banal qui l'est si peu, la vie « comme ça », qui passe. Je compte terminer ce scénario avant un mois et demi, date de mon départ au service militaire !
Ici, on joue *Tirez sur le pianiste*. Je ne vais jamais à Paris[4]. Peut-être,

1. « *At What Temperature Do Books Burn ?* », *New York Times*, November 13th, 1966 ; « Fahrenheit on Film », *Los Angeles Times*, November 20th, 1966.
2. Cette lettre n'a pas été retrouvée.
3. « Pour le scénario "sans intrigue", il s'agissait de la vie de quelques étudiants sur un campus universitaire [...] et d'histoires d'amours croisées. [...] J'ai complètement perdu ce texte qui n'a jamais été tourné. » (Courriel à Bernard Bastide, 22 juin 2020.)
4. « J'ai revu Truffaut des années plus tard, plusieurs fois, à Paris, alors que j'étais devenu journaliste à *La Quinzaine littéraire* et au *Point*. Je me souviens qu'au cours d'un entretien pour *La Quinzaine*

je pourrais vous rencontrer un jour en Normandie[1] : la lumière est d'une douceur remarquable ici, sur les visages. Il faudrait que vous veniez tourner.

Cordialement vôtre,

Jacques-Pierre Amette

BERNARD GHEUR À FRANÇOIS TRUFFAUT

20, rue Trappé
Liège

Liège, le 5 avril 67

Cher François Truffaut,

Voici quelques mois, je vous communiquais les premiers chapitres d'un roman, et vous me faisiez l'agréable surprise de les renvoyer enrichis de notes et corrections.

Ce n'est pas de cela qu'il s'agit aujourd'hui. Permettez-moi de vous livrer quelques réflexions inspirées par vos œuvres récentes.

Le Cinéma selon Hitchcock[2] Votre complicité avec Hitchcock va tellement loin que l'on jurerait parfois assister à une séance de travail entre un metteur en scène et son assistant. Ces entretiens me paraissent constituer la forme idéale de la critique : l'auteur en cause jouit d'un droit de réponse constant et immédiat. Les risques de malentendu sont minimes. Enfin, le langage est dépouillé de ces ornements littéraires qui souvent détournent l'attention du lecteur, l'étourdissent, aux dépens de l'œuvre en question ! J'ai apprécié, en outre, l'humilité de l'introduction. Vous vous mettez absolument « au service » d'Alfred Hitchcock, avec le seul souci d'efficacité, avec une simplicité de moyens délibérée.

Fahrenheit 451 Henri Janne[3], professeur à l'Université de Bruxelles,

---

littéraire, Truffaut a poussé une colère en lisant un article de Jean Genet dans *Le Nouvel Observateur*. Sa colère était sur le thème : "Mais qui est ce Genet pour avoir deux écritures, celle de ses fictions et l'écriture journalistique ? Où est le vrai ?" Je me souviens de ce feu dans son regard pour m'affirmer que Genet était un tricheur ; cela m'avait beaucoup impressionné. » (Courriel à Patricia Guédot, 4 juin 2020.)

1. Jacques-Pierre Amette habite Caen.

2. Première édition des entretiens entre François Truffaut et Alfred Hitchcock, parue chez Robert Laffont en 1966.

3. Sociologue et homme politique belge (1908-1991), qui était aussi professeur à l'Université libre de Bruxelles, où Bernard Gheur a découvert *Fahrenheit 451* le 3 mars 1967, lors d'une avant-première en présence du cinéaste. « Sur la scène, Truffaut nous avait dit qu'il n'était pas habitué à voir des films en version originale sous-titrés en deux langues – français et néerlandais – et sa tendance à lire les deux textes. » (Courriel à Bernard Bastide, 8 mai 2020.)

« éminent sociologue », etc. nous dit qu'avec *Fahrenheit*, « F. T. montre une intuition profonde de la sociologie ». Et de commenter plusieurs scènes sous cet angle. Vous voilà donc matière à examen…
Veuillez agréer, cher Monsieur Truffaut, l'expression de mes sentiments respectueux.

Bernard Gheur

ROBERT SABATIER[1] À FRANÇOIS TRUFFAUT

[Papier en-tête *Éditions Albin Michel*]

Monsieur François Truffaut
5, rue Robert-Estienne
Paris VIIIe

Paris, le 14 avril 1967

Cher François Truffaut,
Sans doute avez-vous vu en librairie les volumes de la collection « Lettre ouverte » où ont été publiés des livres de Jean Cau, Salvador Dali, Robert Escarpit, André Maurois, Albert Simonin[2], etc., et dont les tirages se sont chiffrés par milliers et même dizaines de milliers d'exemplaires.
Nous avons beaucoup d'amis communs, j'admire vos films. Je sais que vous avez encore beaucoup à dire sur le cinéma. En bref, j'aimerais vous proposer de publier une « Lettre ouverte ». À qui ? Aux cinéastes, aux spectateurs… À vous, bien sûr, de voir à qui vous auriez envie d'écrire cette missive en toute liberté.
Ce n'est pas un travail énorme car la forme épistolaire employée permet une construction libre, les pensées étant jetées familièrement au fil de la plume.
Je vous propose de vous rencontrer pour vous donner des indications plus précises. Pouvez-vous me donner un rendez-vous (DANton 13-50).

1. Écrivain et poète français (1923-2012). Auteur, entre autres, de la série du « roman d'Olivier » (*Les Allumettes suédoises, Trois Sucettes à la menthe, Les Noisettes sauvages…*) et d'une *Histoire de la poésie française*, il travailla, pendant douze ans, aux Presses Universitaires de France, avant de devenir directeur littéraire chez Albin Michel, jusqu'à son élection à l'Académie Goncourt (1971).
2. Respectivement : *Lettre ouverte à tout* Le Monde ; *Lettre ouverte à Salvador Dali* ; *Lettre ouverte à Dieu* ; *Lettre ouverte à un jeune homme sur la conduite de la vie* ; *Lettre ouverte aux voyous* (Albin Michel, Paris, 1966-1967).

Je vous adresse ici, cher François Truffaut, tous mes meilleurs sentiments.

Robert Sabatier
Directeur littéraire

FRANÇOIS WEYERGANS À FRANÇOIS TRUFFAUT

[Papier en-tête *Castel Ste-Claire*]
15, rue Dauphine, Paris 6

24 avril [*1967*]

Cher François,
J'ai très envie de faire un film en adaptant le dernier David Goodis traduit : *La Pêche aux avaros* (Série Noire 1116). J'ai écrit un mot chez Gallimard où on tarde à me répondre quant aux droits. Pour votre *Pianiste*, comment aviez-vous traité ? Si vous en aviez le temps, vous me rendriez service en me le disant (faut-il, par exemple, traiter avec Goodis directement ?).
Aline a été montré ici pour la première fois[1], je ne sais pas... Il y aura des projections à Paris, j'espère que vous pourrez venir.
Amitié

François Weyergans

RAY BRADBURY À FRANÇOIS TRUFFAUT

[Papier en-tête du train *Santa Fe Super Chief*]

28 avril 1967

Je suis venu à New York par ce train, bien sûr ! Pas en avion ! R.[2]

Cher François,
Pardonnez-moi, je vous prie, ce long silence. Je viens de terminer l'écriture d'une comédie musicale, *Dandelion Wine*[3], qui se jouera dans un petit théâtre du Lincoln Center, ici à New York, ces deux prochains week-ends, et je suis ici pour la voir, la réviser

1. Aux IIIe Rencontres du jeune cinéma d'Hyères (Var), du 17 au 24 avril 1967.
2. Ray Bradbury a relié d'un trait cette note tapuscrite à l'en-tête du papier à lettres.
3. D'après le roman fantastique éponyme (1957), paru en France sous le titre *Le Vin de l'été* (Denoël, 1959).

et apporter mon aide au compositeur et au parolier qui sont mes amis[1]. Je n'ai donc pas eu une minute à moi. Et j'ai totalement abandonné toute correspondance.

Fahrenheit 451 connaît un succès variable selon les régions aux États-Unis, si j'en crois le peu d'informations que je reçois du studio. Il est sorti à Los Angeles la semaine dernière, et a fait un nombre d'entrées honorable. Il est encore trop tôt pour savoir comment cela tournera. Mais vous avez réalisé un VRAI film d'avant-garde ; vous avez osé limiter la violence et le sexe au strict minimum, à l'heure où Losey[2] et d'autres les vendent comme des crêpes Suzette en prétendant que c'est de l'Art. Je me ferai à jamais le héraut de votre intégrité au milieu de tout ce chaos.

Barrault me dit que les *Chroniques martiennes* seront présentées au festival de Bordeaux en juin et à Paris en septembre. Et qu'il montera peut-être aussi mes pièces en un acte[3] en même temps, dans le petit théâtre près de l'Odéon.

Avez-vous repensé à un trio ou un quatuor de mes nouvelles pour le cinéma ? Je serais heureux d'en discuter avec vous quand vous trouverez le moment.

Quelles nouvelles de votre pays ? J'ai vu l'édition française de votre livre sur Hitchcock dans le bureau de Don[4], et je l'ai trouvée très belle.

Je serai ici jusqu'au 7 mai ; si vous souhaitez m'écrire, s'il vous plaît, faites-le à l'hôtel Plaza – 59th & 5th Ave. – New York, New York.

Toutes mes amitiés à vous et à Helen !

P.-S. : Avez-vous des chiffres de *F. 451* dans les différents pays d'Europe ? Dans quel pays a-t-il le mieux marché ?

Écoutez-moi bien : votre film fera son retour, encore et encore. Il reviendra dans 7 ans, puis dans 14 ans, et les gens le verront avec un regard neuf ; leurs œillères tomberont et ils comprendront à quel point *F. 451* est un grand cru comparé à ce que font tous les

1. La musique était signée Billy Goldenberg (né en 1936) et les lyrics Larry Alexander.

2. Joseph Losey (1909-1984), réalisateur et scénariste américain émigré en Angleterre après la chasse aux sorcières. Bradbury pense sans doute à des films comme *Modesty Blaise* (1966) ou *Accident* (1967), qui venait de sortir sur les écrans américains.

3. *The Anthem Sprinters and Other Antics* (New York, The Dial Press, 1963) – ce projet n'a pas abouti. La première des *Chroniques martiennes*, dans une adaptation de Louis Pauwels et une mise en scène de Jean-Louis Barrault, devait avoir lieu au Grand-Théâtre de Bordeaux, le 1er juin 1967, dans le cadre du XVIIIe Mai musical de Bordeaux ; annoncée dans le programme, elle fut ajournée.

4. Don Congdon, l'agent américain de Bradbury à cette époque. *Le Cinéma selon Hitchcock* (Robert Laffont, Paris, 1966) paraîtra quelques mois plus tard aux États-Unis sous le titre *Hitchcock* (Simon & Schuster, New York, 1967), dans une traduction d'Helen Scott.

autres réalisateurs qui prétendent aimer le cinéma mais qui ne l'aiment pas réellement, pas comme vous, pas comme moi, avec toutes les fibres de notre être.
Avec toute mon affection

Ray Bradbury

ROBERT SABATIER À FRANÇOIS TRUFFAUT

[Papier en-tête *Éditions Albin Michel*]

Monsieur François Truffaut
5, rue Robert-Estienne
Paris VIIIe

Paris, 3 mai 1967

Cher François Truffaut,
J'ai été très heureux de cette conversation qui a fait ressortir beaucoup de points communs entre nous.
Je vous remets donc ce contrat, établi en triple exemplaire, que vous voudrez bien signer, après la mention « lu et approuvé », dès que vous aurez la certitude d'écrire cette *Lettre ouverte à Jeanne Moreau*. Peut-être serait-il intéressant, d'ailleurs, que Jeanne Moreau y réponde en quelques pages, que nous situerions à la fin du volume ? Qu'en pensez-vous ?
À bientôt j'espère et à vous, cher François Truffaut, avec tous mes meilleurs sentiments.

Robert Sabatier
Directeur littéraire

FRANÇOIS TRUFFAUT À FRANÇOIS WEYERGANS

Paris, le 8 mai 1967

Mon cher François,
David Goodis est mort à Philadelphie où il habitait, il y a maintenant trois ou quatre mois[1]. En ce qui concerne le *Pianiste*, Braunberger avait négocié les droits directement d'Amérique

1. Le 7 janvier 1967.

probablement par l'intermédiaire d'un quelconque avocat new-yorkais. Mais la marche à suivre habituelle pour tous les romans de la Série Noire (comme ce fut le cas pour plusieurs films de Godard : *Pierrot le fou*, *Bande à part*, *Made in USA*) est d'en acquérir les droits auprès de Jean Rossignol, qui s'occupe de cela chez Gallimard et d'autres éditeurs. Rossignol s'étant cassé la jambe il y a un mois, votre lettre ne lui a peut-être pas été adressée. Voici son adresse personnelle : 41, avenue du Maréchal-Lyautey, Paris XVIe.
Je sais qu'il y a une projection d'*Aline* mardi soir à la Cinémathèque[1] ; je ne suis pas encore certain de pouvoir y aller, mais en tout cas j'essaierai.
Amitiés,

François

FRANÇOIS TRUFFAUT À ROBERT SABATIER

Robert Sabatier
Éditions Albin Michel
22, rue Huygens
Paris XIVe

Paris, le 9 mai 1967

Cher Monsieur,
J'ai bien reçu votre lettre et votre projet de contrat.
Jeanne Moreau m'a donné son accord en ce qui concerne la formule du livre, mais je ne lui ai pas proposé d'y répondre en quelques pages car je ne voulais pas lui demander plusieurs choses à la fois et je préfère qu'elle lise d'abord ce qui aura été écrit.
Je ne vous renvoie pas le contrat signé pour deux raisons :
1) Ainsi que je vous l'ai dit, j'attendrai que le tournage soit commencé depuis une dizaine de jours afin de m'assurer que je peux mener à bien cette rédaction ;
2) Je voudrais modifier le contrat sur un ou plusieurs points que je vous exposerai début juin et qui, selon moi, ne constitueront pas un véritable obstacle à l'entreprise.

1. La Cinémathèque française installée dans le palais de Chaillot, avenue Albert-de-Mun, depuis 1963. Truffaut en montrera l'entrée publique dans le générique de *Baisers volés* (1968), en soutien à Henri Langlois, révoqué par André Malraux en février 1968.

La meilleure formule est donc de revoir la question ensemble, début juin.
Croyez-moi sincèrement vôtre,

François Truffaut

RAY BRADBURY À FRANÇOIS TRUFFAUT

10265 Cheviot Drive
Los Angeles 64, California

5 juin 1967

Cher François,
Comment vont les choses de votre côté ? Quels ont été les résultats de *F. 451* en Europe, en général ? Ici aux États-Unis, à la sortie officielle, il n'a pas aussi bien marché que nous l'aurions espéré. Dans les grandes villes, les premières séances ont été encourageantes, mais ensuite il n'y a pas eu de grand élan, d'affluence régulière... Les gens ont probablement été déroutés par vos idées et vos méthodes peu conventionnelles... accoutumés à la jouissance et aux orgasmes photographiques que leur procurent les films de James Bond. Je ne dis pas cela pour dénigrer les James Bond[1], que j'apprécie beaucoup dans leur genre. Mais vous avez créé quelque chose de plus subtil, et je continue à rencontrer des gens qui débattent de votre film. Je me place entre eux et je les laisse argumenter, énumérer les « pour » et les « contre », et je souris discrètement, en silence.
François, quel est votre emploi du temps pour cet été ? Nous avons un projet avec Picasso qui prend forme enfin, un film d'une heure dont vingt ou vingt-cinq minutes seraient animées et s'appuieraient sur ses dessins mythologiques. Il sortirait probablement à la fois à la télévision ET au cinéma. Et son point de départ serait l'histoire ci-jointe, que vous connaissez probablement. Bref, avez-vous du temps, et êtes-vous intéressé ? Vous êtes probablement en plein travail sur votre adaptation de Woolrich[2], j'en suis conscient, mais si jamais ce projet prenait du retard, vous seriez peut-être intéressé, notamment par une ou deux journées de travail dans le sud de la France, avec Picasso, dont nous aurions besoin pour introduire la séquence animée. Dans l'histoire, une

1. Depuis la sortie de *James Bond 007 contre Dr No* de Terence Young (1962), le personnage était très présent sur les écrans américains et mondiaux.
2. Truffaut tourne *La mariée était en noir*, d'après le roman de William Irish (Cornell Woolrich).

fois qu'il se met à dessiner avec un bâton dans le sable, les caméras zoomeraient sur son dessin qui laisserait place à l'animation par un fondu. Picasso nous donnerait, dans son studio, 70 ou 80 dessins sur l'histoire mythologique de l'humanité, et les animateurs les relieraient entre eux grâce à des centaines de dessins inspirés de ses originaux. Ce projet plaît beaucoup à Picasso, et je voulais savoir s'il piquait aussi votre curiosité… Pourriez-vous me répondre rapidement, s'il vous plaît ?
Une fois encore, je suis conscient que vous êtes probablement très occupé, mais…
Avec toute mon affection,
Bien à vous,

Ray

FRANÇOIS TRUFFAUT À RAY BRADBURY

Ray Bradbury
10265 Cheviot Drive LA 64 Calif.

12/6/67[1]

MON CHER RAY,
JE SUIS TRÈS INTÉRESSÉ PAR LE PROJET SUR PICASSO, ET JE VOUS DONNE PAR LA PRÉSENTE MON ACCORD PROVISOIRE EN ATTENDANT D'EN SAVOIR PLUS STOP J'AURAI FINI LE TOURNAGE DU WOOLRICH LE 1ER AOÛT. J'ATTENDS VOTRE LETTRE. BIEN AMICALEMENT.

RAY BRADBURY À FRANÇOIS TRUFFAUT

10265 Cheviot Drive
Los Angeles 64, California

15 juin 1967

Cher François,
J'étais ravi de recevoir votre télégramme exprimant votre enthousiasme pour le projet Picasso. Vous trouverez ci-joint mon plan pour ce film d'une heure. L'histoire que je vous ai envoyée en fera partie intégrante, bien entendu.
Je n'ai pas fait de copie de l'autre lettre que je vous avais envoyée,

1. Télégramme dont le Fonds Truffaut n'a conservé que ce brouillon.

donc pardonnez-moi si je répète ici certains détails. Le projet se déroulerait ainsi : le film serait diffusé à la fois en salles et à la télévision… Probablement, si je comprends bien, d'abord à la télévision et plus tard en salles ici aux États-Unis ; et en Europe, au cinéma plutôt qu'à la télévision. Ces détails sont encore nébuleux, et bien sûr soumis à réflexion et à révision.

Au moment où, dans l'histoire, on rencontre Picasso sur le rivage, la CAMÉRA descendrait pour regarder par-dessus son épaule, et tandis qu'il dessinerait sur le sable, il y aurait un passage à l'animation par un fondu. Ce qui suppose que Wes Herschensohn[1], notre producteur pour l'animation, invite Picasso à venir en studio dessiner 50, 100, 300 ou autant de croquis qu'il serait nécessaire pour retracer l'histoire mythologique de l'homme et de ses symboles. Ces croquis seraient confiés à Wes et à ses animateurs qui relieraient entre elles certaines postures figées. Nous verrions par exemple toutes les formes et tous les symboles de l'Amour, tous ceux de la mort et de la guerre, et tous les dieux et créatures étranges qui nous ont terrifiés, bouleversés ou exaltés pendant des milliers d'années.

Cette section durerait aussi longtemps que la fécondité de Picasso le permet sur ce projet précis. L'animation pourrait durer 15, 20 ou 25 minutes, selon la façon dont l'imaginaire de l'Artiste s'empare de tout cela.

À la fin de cette séquence, la caméra reviendrait sur Picasso, en train de dessiner la dernière image au crépuscule. Et nous verrions qu'il n'a pas dessiné 5 mètres d'images, ni 50, ni 300, mais plus d'un kilomètre sur le sable, à perte de vue ; le Vieil Homme aurait couché ses symboles sur la grève assombrie aussi loin que porte le regard. Puis il hausserait les épaules, tournerait les talons et s'en irait en longeant ses chefs-d'œuvre.

Les gens de chez Campbell-Silver-Cosby[2], qui ont monté ce projet avec M. Herschensohn, viendront dans le sud de la France pour voir Picasso, d'ici deux ou trois semaines. Voulez-vous qu'ils passent une journée à Paris pour vous rencontrer quelques heures et discuter en personne de tous les points que vous souhaiteriez aborder ?

Je leur demande immédiatement de vous faire parvenir tous les détails susceptibles de vous aider à prendre une décision.

Quoi qu'il en soit, quand vous aurez consulté le plan ci-joint,

1. Cinéaste d'animation (1925-1985), collaborateur des Studios Disney, d'Hanna Barbera et de Filmation. À la fois coproducteur, coscénariste et réalisateur des séquences animées de *The Picasso Summer*.
2. Société coproductrice de ce film avec Warner Brothers/Seven Arts.

dites-moi ce que vous en pensez vraiment. Et si vous avez la moindre question, n'hésitez pas. Les producteurs viennent voir Picasso principalement pour finaliser certains aspects de sa participation.

Je suis très persévérant, François. Nous sommes certains d'utiliser une partie de ces idées quand nous filmerons Picasso ; je suis sûr que d'autres nous viendront en cours de route, à notre plus grande surprise et pour notre plus grand plaisir.

Je prie pour que Picasso soit dans une phase heureuse de sa vie quand mes amis arriveront en France et, surtout, j'espère que vous déciderez de nous rejoindre sur le rivage. C'est dans cet esprit que je me permets de joindre ici ce stylet pour que vous écriviez à votre tour dans le sable[1].

Amitiés, comme toujours,

Ray Bradbury

ROBERT SABATIER À FRANÇOIS TRUFFAUT

[Papier en-tête *Éditions Albin Michel*]

Paris, 22 juin 1967

Cher François Truffaut,

Un petit mot pour vous rappeler notre conversation. Pensez-vous que nous puissions publier cette *Lettre ouverte à Jeanne Moreau*, par François Truffaut, avec, si possible, une réponse de l'intéressée ? Je pars en vacances le 4 juillet. Je serais heureux que vous me donniez une réponse avant. Sinon, nous en reparlerions à mon retour au mois d'août.

À vous, cher François Truffaut, avec tous mes meilleurs sentiments

Robert Sabatier
Directeur littéraire

1. Bradbury a joint un bâtonnet d'esquimau en bois, sur lequel il a écrit : « *Made for François Truffaut by R. B.* »

FRANÇOIS TRUFFAUT À RAY BRADBURY

Paris, le 28 juin 1967

Mon cher Ray,

Je suis désolé de vous donner une réponse négative pour le film à propos de Picasso. Au début, je croyais qu'il s'agissait seulement de filmer votre *short story*, c'est-à-dire une scène de plage avec un couple américain et la participation de Picasso (donc au maximum trois jours de tournage), mais je me rends compte à présent qu'il s'agit véritablement d'un film, d'un film *in english*, avec beaucoup de scènes, des intérieurs, des décors à éclairer, des scènes de nuit, une distribution d'acteurs à établir, et là vraiment je ne peux pas assurer ce travail car il s'agit nettement d'un film de long ou moyen métrage avec tous les problèmes habituels que je parviens à surmonter généralement mais, chaque fois, au prix de plusieurs mois de réflexion et de travail.

Ensuite, pour être tout à fait franc, puisque la franchise est de mise entre nous, je dois vous dire que je ne retrouve plus dans le traitement détaillé l'originalité d'invention de la *short story* initiale. Je crois que si l'on visite la maison de Picasso, si l'on s'occupe de Dominguin[1], etc. etc., l'arrivée de Picasso sur la plage n'est plus un événement aussi fort que dans la *short story*, à plus forte raison si toute l'histoire est coupée par des reproductions filmées et d'animation.

J'ai vu vos deux amis et je trouve qu'ils ont fait un travail remarquable avec l'animation, mais tout de même il me semble que, dans cette entreprise, votre œuvre initiale, *Par un beau jour d'été*, disparaît en tant qu'« œuvre » pour devenir simplement un prétexte à faire un film sur Picasso.

Enfin, je sais que la mauvaise santé actuelle de Picasso compromet fortement sa participation au film et, comme il n'y a pas de marée[2] sur la Côte d'Azur, l'histoire n'existe plus si on ne la garde pas à Biarritz comme vous aviez fait dans votre *short story*.

Pour terminer, je crois que ce film doit être tourné par un Américain parce qu'il montre le comportement d'un couple d'Américains en Europe, ou mieux encore par un cinéaste américain

1. Luis Miguel Dominguin (1926-1996), torero espagnol, devenu un ami de Picasso, qu'il avait rencontré grâce à Cocteau… Dominguin jouera son propre rôle dans le film.
2. À la fin de la nouvelle de Bradbury – *In a Season of Calm Weather* (1957), parue en français dans *Un remède à la mélancolie* (Denoël, Paris, 1961) –, la marée recouvre les dessins de Picasso.

connaissant bien l'Europe, par exemple Jules Dassin ou Joseph Losey[1].
Voilà, mon cher Ray, j'espère que vous comprenez les raisons de mon attitude et que vous trouverez rapidement une bonne solution à ce problème difficile. Je me réjouis de vous voir bientôt à Paris pour la création des *Martian Chronicles* au Théâtre de France et je vous prie de me croire toujours votre reconnaissant et fidèle ami.

François Truffaut

FRANÇOIS WEYERGANS À FRANÇOIS TRUFFAUT

[Carte postale *Belle-Île-en-Mer, 1858, Port de Sauzon*]

28 juin 1967

Cher François,
Oui, j'ai mangé beaucoup de fraises[2] et beaucoup dormi en lisant dans les journaux bretons que vous tourniez *La marée est noire* et j'ai pêché des avaros[3] dans une île où les gens n'en sont pas encore revenus d'avoir regardé Marcel Carné dirigeant Martine Carol dans *La Fleur de l'âge*[4], et leur grand-mère d'avoir vu Sarah Bernhardt[5] au bain. Verrez-vous un jour *Aline* que personne n'aime ? Entretemps, collectionnez les cartes postales[6] ! et voilà, amitiés,

François

1. Ces deux cinéastes américains ont dû quitter les États-Unis en raison du maccarthysme, pour s'exiler le premier en Europe, le second en Angleterre, puis en France.
2. La fraise de Plougastel est une spécialité bretonne.
3. Jeu de mots sur *La mariée était en noir*, que Truffaut venait de tourner, et la première grande marée noire des côtes françaises, provoquée par le naufrage du *Torrey Canyon*, le 18 mars 1967. Puis avec *La Pêche aux avaros* de David Goodis (Gallimard, 1967).
4. Film inachevé de Marcel Carné (1947), d'après un scénario de Jacques Prévert, sur une révolte d'adolescents dans le bagne d'enfants de Belle-Île. Voir *Un récit photographique*, Émile Savitry, Gallimard, Paris, 2013.
5. En 1894, la comédienne acquit un fortin militaire désaffecté à la pointe des Poulains, à Belle-Île-en-Mer, où elle passa ses vacances jusqu'en 1922. Classé monument historique, il fut transformé en espace muséographique Sarah Bernhardt dans les années 2000.
6. Inscription publicitaire enchâssée par Weyergans dans sa lettre.

FRANÇOIS TRUFFAUT À ROBERT SABATIER

Robert Sabatier
Éditions Albin Michel
22, rue Huygens
Paris XIVe

Paris, le 5 juillet 1967

Cher Monsieur Sabatier,
La rapidité du tournage de *La mariée était en noir* et tous les problèmes posés par la part d'improvisation qui est entrée dans mon travail m'ont empêché de tenir le journal quotidien dont nous avons parlé et qui aurait constitué cette *Lettre ouverte à Jeanne Moreau*. Nous devons donc, vous et moi, renoncer à cette publication, en tout cas pour cette année.
Avec mes regrets, croyez-moi cordialement vôtre,

François Truffaut

SERGE ET DANIÈLE REZVANI À FRANÇOIS TRUFFAUT

[*Janvier 1968*]

Cher François, merci pour ce *Don Juan*[1]. Nous qui le connaissons presque note à note le lirons comme il se doit. Merci aussi de l'article – me voici donc cinéaste !... Oh ah ! Attention, cher concurrent !... Je vous prépare des peaux de bananes et mon prochain film qui s'appelle *Les Années Lula*[2]... s'attaque à Orson, à Buñuel et à Charlie[3]. Je viens (presque) d'y mettre les 3 points

1. « Je ne me souviens pas s'il s'agissait d'un livre, d'un scénario ou d'un synopsis. François avait l'habitude de tâter le terrain en me soumettant des sujets de scénarios possibles. Là, c'est autre chose : il savait que j'avais une prédilection pour *Don Juan* et que je voulais le mettre en scène d'une façon particulière, comme quelqu'un qui détruit les femmes auxquelles il s'attaque. » (Entretien de Serge Rezvani avec Bernard Bastide, 19 mars 2020.)
2. Rezvani a eu, à plusieurs reprises, la tentation de passer à la réalisation sans jamais franchir le pas. « Un moment, j'aurais volontiers réalisé un film d'après mon roman *L'Amour en face*. Un film atypique, un film de peintre, avec Helena Noguerra qui a si merveilleusement interprété mes chansons. Et puis j'ai renoncé. » (*Le Tourbillon de ma vie, op. cit.*, p. 122.)
3. Orson Welles, Luis Buñuel et Charlie Chaplin. « Pour moi, seul l'auteur des *Lumières de la ville* est un génie absolu, au même titre que les grands esprits qui ont fait l'humanité. » (*Le Tourbillon de ma vie, op. cit.* p. 126).

finals (finaud !) car l'histoire reste en suspens, bien entendu. La suite dans une vingtaine d'années… Tous nos vœux, cher François, pour ces *baisers volés*. Nous faisons un saut à Paris pour recevoir le prix des 4 Jurys. Grimaces – chèque-hand – sinkiou ! Missié Oufoueët Boigny[1] good bye et on se tire aussi sec. Aller et retour éclair. Donc on n'aura pas la joie de vous voir surtout si vous manivellez. Mais pas de blague on se voit lorsque vous venez à Cannes. Nous y comptons.
Nous vous embrassons ferme.

Sergédanièle

JEAN MAMBRINO À FRANÇOIS TRUFFAUT

Études
15, rue Monsieur
Paris VIIe
Tél. : 734.74.77

De Metz, le 17/1/68

Bien cher François,
Voilà bien longtemps que je ne vous ai vu, mais je ne vous ai pas du tout oublié, bien sûr, et souvent j'ai désiré vous rencontrer de nouveau.
J'aimerais beaucoup vous revoir, discuter bien des choses avec vous sur ce cinéma que nous aimons et renouer ainsi nos entretiens amicaux de jadis.
J'ai fait un long voyage aux USA en 66 (où j'ai vu Renoir à Hollywood[2]) et cet été en Russie. Je suis toujours professeur de lettres au Collège des Jésuites de Metz, mais je viens presque chaque semaine à Paris le dimanche, pour des rencontres d'écrivains, dans le cadre d'une collaboration régulière avec la revue *Études*, où l'on m'a confié la rubrique littéraire. Je pense y être définitivement en octobre prochain.
Mais je ne voudrais pas attendre encore 6 mois avant de vous revoir, surtout que j'ai un petit projet à vous proposer.
Je parle souvent de vous avec un grand ami à moi, l'excellent

1. Félix Houphouët-Boigny (1905-1993), président de la Côte d'Ivoire (1960-1993). Le prix Hassan II des Quatre Jurys, prix littéraire créé en 1952 à Abidjan, fut décerné à Serge Rezvani, pour *Les Années-Lumière*, en janvier 1968.
2. En 1946, Jean Renoir a acheté un terrain Leona Drive, à Beverly Hills, sur lequel il a fait construire une maison qu'il habitera, par intermittence, jusqu'à sa mort en 1979.

critique Jean Collet[1], et nous complotons une rencontre, un repas (?) où nous serions tous les 3 ensemble.
Dites-moi que vous voulez bien, cela me ferait un grand plaisir.
Nous pourrions arranger facilement les modalités de cette rencontre (j'ai dit à Jean Collet que je vous écrivais).
En attendant la joie de vous revoir, je vous envoie mes vœux les plus sincères.
Avec ma fidèle amitié,

Jean Mambrino

Je pense voir Renoir dimanche 21 janvier au soir, à Aubervilliers[2]. J. Collet y sera aussi certainement. Si vous y étiez, ce serait épatant, on pourrait combiner de vive voix notre rencontre...

FRANÇOIS TRUFFAUT À JEAN MAMBRINO

[Papier en-tête *François Truffaut*]

Paris, le 2 février 1968

Mon cher ami,
Pardonnez-moi ce petit mot à la hâte : je commence lundi un nouveau tournage, *Baisers volés*, avec Jean-Pierre Léaud. Voyons-nous en avril, cela me fera très plaisir.
Croyez-moi chaleureusement et fidèlement vôtre,

françois

1. Journaliste et critique cinématographique à *Radio-Ciné-Télévision/Télérama*, aux *Cahiers du cinéma* et à *Études*, Jean Collet (1932-2020) est l'auteur de plusieurs essais consacrés à des cinéastes de la Nouvelle Vague : *Jean-Luc Godard* (Seghers, Paris, 1963), *Le Cinéma de François Truffaut* (Pierre Lherminier, Paris, 1977), *François Truffaut* (Pierre Lherminier, Paris, 1985), *François Truffaut* (Gremese, Rome, 2004) et *Tout sur François Truffaut* (en collaboration avec Oreste De Fornari, Gremese, Rome, 2020). Il a retracé son parcours personnel dans *Après le film* (Aléas, Lyon, 1999) et sa conception du 7e art dans *L'Art de voir un film* (Hermann, Paris, 2015).
2. Du 17 au 21 janvier 1968, le théâtre de la Commune d'Aubervilliers organisa des Rencontres avec Jean Renoir, au cours desquelles furent projetés huit de ses films. Pour promouvoir cette manifestation, Truffaut signa une tribune intitulée « Jean Renoir, le patron » (*Le Monde* du 18 janvier 1968).

RAY BRADBURY À FRANÇOIS TRUFFAUT

10265 Cheviot Drive
Los Angeles 64, California

7 mars 1968

Cher François,
J'espère que cette lettre vous trouve en bonne santé et plein d'entrain.
Je n'ai que peu d'informations sur *Bride Wore Black*[1], dans le sens où je ne suis tombé sur aucune critique. Je suis donc extrêmement curieux de savoir comment le film est reçu, et comment vous vivez cette sortie. Par ailleurs, si c'est possible… ce serait formidable si vous pouviez nous en faire parvenir par avion, à nos frais, une copie pour organiser une projection à notre Film Society, que j'ai fondée il y a sept ans. Un groupe dont les membres sont très réceptifs, presque tous fans, ou quasi, de Truffaut. Vous auriez là une séance s'adressant à un public conquis d'avance. Cela serait-il envisageable assez rapidement ?
Pour le reste, tout va bien ici. Nous avons commencé l'animation de *The Picasso Summer*[2], et hier nous avons démarré le tournage de *The Illustrated Man*[3] avec Rod Steiger et Claire Bloom. C'était fascinant de voir huit maquilleurs travailler sur la peau de Steiger, pour y dessiner toutes les illustrations dont j'ai rêvé il y a vingt ans.
Je suis impatient d'avoir de vos nouvelles.
Avec toute mon amitié,
Bien à vous,

Ray

1. *La mariée était en noir* n'était pas encore sorti en France.
2. Commencé par Serge Bourguignon, ce long métrage, qui mêle séquences d'animation et prises de vues réelles, sera achevé par Robert Sallin et sortira en 1969. En fait, la production n'a jamais obtenu les autorisations de tourner dans l'atelier de Picasso et c'est Jim Connell qui interprète le peintre à l'écran.
3. Film de Jack Smith (1969), inspiré d'un recueil de nouvelles de science-fiction de Ray Bradbury (Doubleday, 1951 ; Denoël, 1954), basé sur la rencontre du narrateur avec un employé de cirque.

FRANÇOIS TRUFFAUT À RAY BRADBURY

Paris, le 11 mars 1968

Mon cher Ray,
Je serais très heureux que *The Bride Wore Black* soit projeté à votre association, à condition que les Artistes Associés[1] vous confient une copie avec des sous-titres en anglais. Naturellement, je ne sais pas si cette copie est déjà prête, mais je sais que les sous-titres, qui ont été très sérieusement vérifiés par Helen Scott et moi, sont très fidèles aux dialogues du film.
Vous savez que tout le milieu du cinéma à Paris est mobilisé par ce que nous appelons « l'affaire Langlois[2] », dont vous trouverez des détails dans le reportage de *Life Continental*[3] que je vous adresse ci-joint. Je crois qu'il serait très important pour nous que vous adressiez un message ou un télégramme[4] signé de vous au nom de votre association de *screenwriters* pour demander la réintégration d'Henri Langlois.
J'attends impatiemment de vos nouvelles, amitiés,

François Truffaut

FRANÇOIS TRUFFAUT À JEAN-LOUIS BORY[5]

[14 mars 1968]

Mon cher Jean-Louis Bory,
Je voudrais éclaircir un point qui me concerne dans votre note à propos de « l'affaire Langlois » publiée par *Le Nouvel Observateur* du mercredi 13 mars.
Il s'agit du « Face à Face » entre Pierre Moinot[6] et moi que vous

1. Les Artistes Associés étaient à la fois coproducteurs de *La mariée était en noir*, avec les Films du Carrosse et Dino De Laurentiis Cinematografica, et distributeurs pour la France.
2. En février 1968, André Malraux décide de priver Henri Langlois, le créateur de la Cinémathèque française, de la direction et de le remplacer par un fonctionnaire, Pierre Barbin. Ce changement entraînera une vague de protestations dans le milieu du cinéma et la création d'un Comité de défense de la Cinémathèque française, dont Truffaut fut le trésorier. Grâce à ces démarches, Langlois fut réintégré le 22 avril 1968.
3. Michael Durham, « L'affaire Langlois. *The cause célèbre of the genius who was fired by André Malraux* », *Life Atlantic* vol. 44, n° 5, March 18th, 1968, pp. 78-80.
4. Le Fonds Truffaut ne contient aucune trace d'un éventuel soutien de Ray Bradbury.
5. Voir n. 3, p. 408.
6. Haut fonctionnaire et écrivain français (1920-2007). Il est alors directeur des Arts et Lettres au ministère des Affaires culturelles d'André Malraux et président de la Cinémathèque française.

aviez annoncé dans votre numéro du 6 mars et dont vous dites qu'il est ajourné à la demande de Pierre Moinot.

Voici le déroulement des opérations : le principe de ce « Face à Face » m'a été proposé le 1er mars par *Le Nouvel Observateur* et j'ai réservé ma réponse pour le 7 mars, car je désirais d'abord observer le déroulement du conseil d'administration de la Cinémathèque fixé au 5 mars et présidé par Pierre Moinot depuis le 5 février et auquel je siège en tant que membre coopté, c'est-à-dire représentant à la fois les administrateurs désignés par le gouvernement et les amis d'Henri Langlois.

Lorsque je me suis aperçu, le jeudi 7 mars, que Pierre Moinot ne tenait pas les promesses qu'il nous avait faites 48 heures avant, en particulier celle d'administrer seul la Cinémathèque jusqu'à la réunion de l'assemblée générale extraordinaire fixée au 22 avril, et que messieurs Barbin et Maillet[1] continuaient à diriger la rue de Courcelles, je vous ai fait savoir par un coup de téléphone de ma secrétaire qu'il n'était plus question pour moi d'accepter ce « Face à Face ».

Les mêmes raisons de confiance déçue m'ont amené à refuser l'éventualité de faire partie du comité des « Sages » dont il fut question dans les jours précédents.

Je crois que, si l'on désire sincèrement la réintégration d'Henri Langlois et le départ des « successeurs », le seul moyen de lutter effectivement est de le faire à l'intérieur du comité de défense de la Cinémathèque française, dont Jean Renoir est président d'honneur, Alain Resnais le président.

On peut faire partie de ce comité de défense en adhérant, soit en qualité de :

Membre fondateur : 500,00 F

Membre bienfaiteur : 50,00 F

Adhérent : 5,00 F

Le Comité de défense[2] de l'association (dont l'adresse est : 7, rue Rouget-de-l'Isle, Paris Ier) se propose :

1° de rétablir le fonctionnement normal de la Cinémathèque ;

2° d'entreprendre toutes actions pour faire respecter l'intégrité de la Cinémathèque française et sa liberté. Il poursuivra son action

1. Fondateur et délégué général de l'Association française pour la diffusion du cinéma (AFDC), Pierre Barbin (1926-2014) fut nommé directeur artistique et technique de la Cinémathèque (février-avril 1968), en remplacement d'Henri Langlois. Raymond Maillet (1934-1984) remplaça Claude Fabrizio au poste de directeur administratif et financier de la Cinémathèque en février 1968.

2. Créé en février 1968, le Comité de défense de la Cinémathèque a pour but de rétablir Henri Langlois à son poste de directeur artistique et technique de l'institution.

au-delà de la réintégration d'Henri Langlois dans ses fonctions de directeur artistique et technique, réintégration exigée par l'ensemble de la profession cinématographique.
Certain de votre loyauté, je ne doute pas que vous publierez ma lettre dans le prochain numéro du *Nouvel Observateur*.
Croyez-moi cordialement vôtre,

François Truffaut

MAURICE PONS À FRANÇOIS TRUFFAUT

[Papier en-tête *Moulin d'Andé*]

[ca *mars 1968*]

Cher François,
C'est une bonne surprise et je te remercie vivement de ta parfaite correction en cette affaire. Dois-je comprendre que c'est ton film qui a été vendu aux États-Unis, ou qu'un autre film va se faire sur le même sujet[1] ?
Quoi qu'il en soit, merci, bravo, et à bientôt j'espère.

Maurice Pons

As-tu lu ma chronique fidèle de *Rosa*[2]... etc. ? Ou veux-tu que je te l'envoie ?

FRANÇOIS TRUFFAUT À MAURICE PONS

Paris, le 3 avril 1968

Mon cher Maurice,
Merci de tes remerciements.
Le petit post-scriptum à propos de *Rosa* me fait craindre qu'une lettre se soit égarée. En effet, je me souviens très bien de t'avoir complimenté pour ce beau livre dans une lettre que je t'ai envoyée[3] il y a environ trois mois, peut-être même en même

1. Truffaut a sans doute adressé à Maurice Pons un chèque en règlement d'une cession des droits d'exploitation des *Mistons* aux États-Unis. Mais il n'a jamais été question d'un remake américain.
2. Roman de Maurice Pons (1967), présenté par Denoël comme une « chronique fidèle des événements survenus au siècle dernier dans la principauté de Wasquelham ».
3. Cette lettre n'a pas été retrouvée.

temps qu'un chèque répondant à l'appel du Moulin. Je te suggère de vérifier cela.
Amitiés,

François

MAURICE PONS À FRANÇOIS TRUFFAUT

[ca *avril 1968*]

Mon cher François,
Non, je ne savais pas que tu avais lu et aimé *Rosa*. J'en suis très heureux et je suis très touché que tu aies eu la gentillesse de m'écrire à ce sujet. Mais j'ai mené une vie assez agitée au début de l'année, entre Paris et Londres, et je crois avoir perdu dans ces va-et-vient pas mal de lettres. J'en suis désolé.
Par contre, je n'oublie pas avec quelle fidélité tu avais répondu à l'appel du Moulin en détresse[1]. Je t'avais alors aussitôt remercié de ton geste, en t'envoyant une carte de membre de l'association. Nous sommes tous fiers et heureux de te compter au nombre de nos amis. J'espère que cette lettre-là n'a pas été perdue ?
Je vois avec plaisir que nous allons vers une espèce de victoire sur le front Langlois[2]. Bravo !
J'espère toujours que nous aurons bientôt l'occasion de nous voir un peu longuement. Bien des années ont passé depuis que nous cherchions des ponts écroulés sur la Seine[3]... et encore plus depuis *Les Mistons*.
Toute l'amitié de

Maurice Pons

1. Il s'agit sans doute d'une pétition ou d'une collecte de fonds pour soutenir les activités du Moulin d'Andé.
2. Le 22 avril 1968 est convoquée une assemblée générale extraordinaire de la Cinémathèque au cours de laquelle le conseil d'administration procède à l'élection de son bureau : Alexandre Kamenka est élu président-fondateur, Jean Riboud et François Truffaut vice-présidents, Henri Langlois secrétaire général, auquel Pierre Moinot, le lendemain, remettra symboliquement les clefs de la Cinémathèque. (Voir *Histoire de la Cinémathèque française*, Laurent Mannoni, Gallimard, Paris, 2006, p. 404.)
3. En 1961, lors des repérages pour la dernière séquence de *Jules et Jim*.

SERGE REZVANI À FRANÇOIS TRUFFAUT

[*Septembre 1968*]

Nous avons vu *Baisers volés*, merveilleux film[1] ! Nous qui sommes complètement décinématographisés à force de vivre en loups avec nos livres et nos disques, sommes sortis de votre film heureux de savoir que vous avez accouché de quelque chose d'aussi difficile que ça. Certaines scènes sont d'une folie poignante et pourtant tout y est simple, familier. Il est bien connu que, sous les eaux dormantes… etc. Vous vous penchez sur le miroir rose et quelque part des ombres vont et viennent, presque rien, mais des ombres carnassières, ça, ça m'a beaucoup plu !
Nous serons à Paris à partir du 8 oct pour 15 jours[2]. Voici notre téléphone : DAN 91 66 au cas où vous seriez à Paris en même temps que nous.
Je vous rappelle aussi notre n° ici : 46, La Garde-Freinet. Vous savez que vous êtes chez vous chez nous. Ne manquez pas de venir nous voir lorsque vous *repasserez* dans le coin.
Avec notre vieille amitié, nous vous embrassons tous les deux.

Serge

MARGUERITE DURAS À FRANÇOIS TRUFFAUT

5, rue Saint-Benoît
Paris VIe
Lit. 71 31
Mon fils Jean Mascolo[3] Lit. 71 59 l'après-midi.

8.10.68

Cher François Truffaut,
Mon fils fait de très belles photos. Si vous voyez, si vous apercevez une possibilité de le faire travailler sur un film – de vous ou d'autres –, je vous en serais infiniment reconnaissante.

1. Le troisième volet des *Aventures d'Antoine Doinel*, sorti à Paris le 6 septembre 1968.
2. Pour la promotion des *Années Lula* : « On m'a dit qu'en mai 1968, beaucoup de jeunes gens avaient ce livre dans la poche » (Entretien de Serge Rezvani avec Bernard Bastide, 19 mars 2020).
3. Né en 1947, fils unique de Dionys Mascolo et Marguerite Duras, Jean Mascolo est photographe de plateau, assistant ou technicien sur la plupart des tournages de Marguerite Duras, de *La Musica* (1966) à *Dialogue de Rome* (1983).

Il a fait une émission photo à la télé sur *Lol V. Stein*, très belle[1].
Il sort d'un enfer d'angoisse.
S'il travaille, quand il travaille, il est très bien.
Amitiés

Marguerite

C'est épatant *Baisers volés*[2].

SERGE ET DANIÈLE REZVANI À FRANÇOIS TRUFFAUT

[ca *novembre 1968*]

Cher François, ce petit mot pour vous demander s'il vous serait possible de voir un moment Henriette Jelinek (l'écrivain)[3]. Elle nous a été très sympathique. Nous l'avons rencontrée à Paris. Elle m'écrit pour me demander de vous demander si vous pourriez la voir au sujet… je crois, d'un scénario tiré de *La Route du whisky*[4], un roman d'elle, je crois… tout ça est très flou. Je lui ai dit de vous téléphoner au « Carrosse ». Elle est très émouvante. Le mot est ridicule mais vrai pour elle. Nous ici avons repris nos « très riches heures[5] ». C'est l'automne et mon troisième livre avance au crak[6]. Nous avons beaucoup regretté de ne pas vous avoir vu depuis si longtemps, mais qu'y faire… nous partons en Espagne très bientôt et ensuite la Grèce. Donc nous ne [nous] verrons pas avant un an maintenant.
Nous vous embrassons, François, de toute notre amitié

Serge et Danièle

1. *Marguerite Duras : du mot à l'image*, émission consacrée à la photographie, réalisée par Daniel Georgeot et diffusée le 2 mars 1968, où elle est interviewée au sujet de l'illustration photographique du *Ravissement de Lol V. Stein* (Gallimard, Paris, 1964).
2. Ajout manuscrit dans la marge.
3. Le 15 novembre 1968, Henriette Jelinek (1923-2007) enverra un mot à Truffaut pour solliciter un rendez-vous, demande classée sans suite.
4. Ce roman (Gallimard, Paris, 1964) ne sera pas adapté au cinéma.
5. Allusion aux *Très Riches Heures du duc de Berry*.
6. *Les Américanoïaques* (Christian Bourgois, 1970). Désireux de se libérer d'un contrat léonin signé avec Flammarion, Rezvani va suivre le conseil de Raymond Queneau : donner à son éditeur « quatre rossignols » au lieu des quatre livres qu'il lui doit. « Chaque roman faisait environ cent cinquante pages tapées au plus large. Quinze heures par roman […]. Ce fut un véritable exercice d'écriture automatique sur six cents pages […]. Ce furent *Les Américanoïaques, Coma, Les Mammouths* et *L'Impayable l'ouverturien*. » (*Le Testament amoureux, op. cit.* p. 1202.)

FRANÇOIS TRUFFAUT À SERGE ET DANIÈLE REZVANI

Vendredi 15 novembre 68

Cher Sernièle,
Impossible rencontrer Jelinek because I am going to the Reunion Island in few days. I had very disapointed with Corsica country because of exigences of my scenario[1]. We are stay in Reunion Island jusqu'à Noël. We hope come back in your beautiful French Riviera for Noël and shooting of *La Sirène du Mississipi* continue à Nice (Musée Masséna transformed by us in hospital, why not ?), with Naviplane on airport and after that, we will shoot à Antibes (place Jacques Audiberti) and Aix-en-Provence for one or two weeks, after that Lyon and Grenoble because the happy end in the snow juste like *The Pianist.* That's all[2]. Si vous correspondez avec la chère Jelinek, dites-lui my admiration et le plaisir que j'aurai à la voir à partir de mars 1969.
Alors, dites donc, on n'est pas près (ou prêts) de se revoir, hein ? Ce sera pour votre tome 3 ou mon opus 8. Votre prochain, j'espère le lire en manuscrit, cela me ferait bien plaisir.
Jean est devenu un vrai Juif Tchécoslovaque[3], et tout le monde autour de moi adore votre nouveau livre[4] (autour de vous également, j'espère). Je devine combien il est grisant pour vous de parcourir le monde, votre machine à écrire à la main ; c'est vivre libre et vivre sa liberté, c'est le rêve du danseur à claquettes[5] qui arrive de la rue, se dandine sur scène et repart comme il était venu, sans accessoires, en sifflotant. J'aurais beaucoup mieux exprimé ces pensées en anglais, mais j'ai eu peur de vous lasser !
Je crois me rappeler que votre 3e livre couvrira la période entre le 1er et le 2e. Exact ?

1. Dans un premier temps, Truffaut avait envisagé de tourner en Corse *La Sirène du Mississipi*, dont le tournage aura lieu en partie à la Réunion.
2. L'autodérision de Truffaut, qui a toujours eu beaucoup de mal à parler et écrire la langue de Shakespeare : « Impossible de rencontrer Jelinek car je vais à la Réunion dans quelques jours. J'ai été très déçu par la Corse à cause des exigences de mon scénario. Nous restons à la Réunion jusqu'à Noël. Nous espérons revenir dans votre belle Côte d'Azur pour Noël et le tournage de *La Sirène du Mississipi* se poursuit à Nice (musée Masséna transformé par nous en hôpital, pourquoi pas ?), avec un Naviplane à l'aéroport et ensuite, nous tournerons à Antibes (place Jacques-Audiberti) et Aix-en-Provence pour une ou deux semaines, puis à Lyon et Grenoble pour le happy end dans la neige, tout comme le *Pianiste*. C'est tout. »
3. Jean-Louis Richard vient de réaliser, en Tchécoslovaquie, *Le Corps de Diane*, d'après François Nourissier, avec Jeanne Moreau et Charles Denner.
4. *Les Années Lula* (Flammarion, 1968).
5. Voir n. 1, p. 157.

Si vous écrivez aussi des lettres, sachez que tout ce qui m'est adressé 5, rue Robert-Estienne m'est acheminé illico et que je réponds avec célérité et bonne humeur.
Portez-vous l'un l'autre et portez-vous bien. Je pense à vous souvent et avec une grande tendresse.
Si je savais écrire, je ne ferais pas le singe derrière la grosse Mitchell 300[1].
Je vous embrasse,

françois

FERNAND DELIGNY À FRANÇOIS TRUFFAUT

[*Novembre 1968*]

À nouveau dans les Cévennes[2] depuis avril. Il est à nouveau question de terminer *Le Moindre Geste*[3].
Il y a quelques jours, j'ai ouvert la grosse malle de fer où s'entassent toutes sortes de papiers couverts d'écriture et, dans le tas, les tomes II et III d'*Adrien Lomme*[4] que je ne me suis pas décidé à envoyer à Gallimard. Pauvre Adrien, sans destin et quasiment inconnu, comme le soldat du même nom.
Dans la même couche de papiers, dans le « terrain » de la même époque, vos lettres. Adrien avait quand même réussi à se trouver un ami[5] et me l'avait ramené.
Depuis plus d'un an vit parmi nous (sept ou huit) un gamin[6] de

1. La volumineuse caméra utilisée par Truffaut dans ses tournages.
2. Deligny a quitté la propriété de Félix Guattari à Gourgas (Gard), pour s'installer avec sa compagne Any Durand et leur fils Vincent, dans une ferme du hameau de Graniès, à Monoblet (Gard).
3. Film que Deligny a tourné en 1964, puis en 1966, avec une caméra et un magnétophone achetés par Josée Manenti. Centré autour d'Yves et Richard, deux garçons échappés d'une institution psychiatrique, il est qualifié par ses auteurs de « tentative pour mettre en lumière la vie d'un handicapé mental et pour une meilleure compréhension de l'autre ». Soutenu par Truffaut, Chris Marker et le Service de lancement des œuvres nouvelles (SLON), *Le Moindre Geste* est présenté à la Semaine de la critique, à Cannes, en 1971, et remarqué par Jacques Rivette (*Cahiers du cinéma*), qui organise une tournée en province. « Truffaut avait proposé de sortir le film, mais il voulait en enlever 45 minutes, rajouter un commentaire et un entretien avec Deligny ! » (Jean-Pierre Daniel : propos recueillis par Cyril Béghin, *Le Moindre Geste : dossier de presse*, 2004, p. 15.) Finalement, il fera l'objet d'une sortie tardive en novembre 2004, distribué par Shellac, avant de connaître une édition DVD dans le coffret *Le Cinéma de Fernand Deligny : autour du* Moindre Geste (Éditions Montparnasse, Paris, 2007). Un passionnant dossier lui fut consacré : « Fernand Deligny : autour du *Moindre Geste* », *L'Image, le Monde : une revue en cinéma* n° 2, automne 2001, pp. 36-65.
4. Un roman autobiographique (Gallimard, Paris, 1958), centré sur un enfant roux qui décide, un beau matin, de ne plus aller à l'école.
5. L'« ami » n'est autre que Truffaut. C'est après la lecture d'*Adrien Lomme* qu'il avait rendu visite à Fernand Deligny dans l'Allier afin de lui soumettre quelques séquences du scénario des *Quatre Cents Coups*.
6. Jean-Marie J., dit Janmari, un enfant autiste et mutique, diagnostiqué « encéphalopathe pro-

douze ans qui n'a jamais dit un mot de toute sa vie. Il n'est ni sourd, ni muet, preste comme un chimpanzé. La seule présence qui le fasse frémir, vibrer, est celle de l'eau qui coule, source, fontaine ou robinet.
« Adrien » qui, d'instinct, aurait refusé la parole. De crétin qu'il était à se balancer, à se jeter par terre, à se cogner la tête contre les murs, il est devenu une brave petite bête qui met la table, va chercher l'eau, fait la vaisselle, ne nous quitte pas, l'un ou l'autre, où que nous allions, adapté à la vie sauvage : par quel miracle qui remet en cause toutes les théories de l'enfant dans son milieu proche car enfin son père est maçon. Il a toujours vécu au sein de sa famille dans la banlieue HLM de Châteauroux et voilà qu'ici il se met nu dès qu'il peut dans le soleil : on dirait qu'il connaît par cœur des passages du *Livre de la jungle*[1]. Il danse devant le feu. Pendant des mois, il est resté sur la pointe des pieds, même pour de longues marches : il flaire longuement ce qu'il mange. Il est beau, sauf quand il se met à grimacer, exactement comme un jeune orang-outang. Enfant-singe comme on parle d'enfant-loup, mais comment tout ça peut-il venir de la banlieue de Châteauroux ?
Bref. Je ne finirai pas de le décrire et d'en parler. Il est, en fait, mon maître à penser puisque je l'ai pris avec nous pour chercher ce que pourrait être un langage non verbal.
Le Moindre Geste. Le conseiller technique à la jeunesse, de la région de Marseille[2] (qui a fait l'IDHEC, a travaillé avec Planchon) a vu quelques bobines. Enthousiasmé, il a trouvé un petit producteur (Valle, *Film et Son*[3]) qui nous prête ses installations

fond » à l'hôpital de la Salpêtrière (Paris). Fin 1966, sa mère le confie à Deligny qui, touché par son mode d'être, amorce une recherche sur le langage et initie la création d'un réseau, à Monoblet (Gard). Janmari y passera toute sa vie, jusqu'à sa mort, en 2002. Truffaut envisagera un temps d'en faire l'interprète de *L'Enfant sauvage* avant d'y renoncer. En 1973, Renaud Victor en fera le personnage central de *Ce Gamin, là*, illustration de la « tentative Deligny ». Coproduit par les Films du Carrosse et six autres producteurs sollicités par Truffaut (Claude Berri, Jacques Perrin, Yves Robert, etc.), le film ne sortira qu'en janvier 1976 au Saint-André-des-Arts (Paris).

1. Deligny fait référence au personnage de Mowgli dans le livre de Rudyard Kipling : un enfant sauvage recueilli et élevé par les loups.

2. Jean-Pierre Daniel (né en 1939), diplômé de l'IDHEC (section opérateur), militant communiste et membre des mouvements d'éducation populaire. De 1968 à 1971, il réalise le montage du *Moindre Geste*. C'est dans le cadre de son mémoire de fin d'études de l'IDHEC, « Vers un cinéma populaire », qu'il a rencontré le metteur en scène et dramaturge Roger Planchon. « Deligny, à qui j'ai raconté très tôt ces moments, en a conclu par cette phrase, "a travaillé avec Planchon". Quoi qu'il en disait, il était très sensible aux références établies, comme mon diplôme de l'IDHEC qu'il a toujours accolé à mon nom. » (Courriel de Jean-Pierre Daniel à Bernard Bastide, 14 septembre 2020.)

3. Antoine Valle, fondateur de la société marseillaise *Film et Son*. « Nous n'avons pas développé cette piste qui nécessitait que l'on trouve, par ailleurs, un financement […]. En décembre 1969, l'équipe de Deligny m'a demandé d'aller présenter le prémontage à Chris Marker dans un appartement près de la rue Mouffetard (Paris V^e^), en présence de collaborateurs de la toute nouvelle

à Marseille pour le montage, mixage[1], etc. Il veut bien travailler bénévolement, jour et nuit, etc. Nous, les quelques-uns qui avons « fait » ce film (moins Jo Manenti[2] que nous avons larguée une fois pour toutes), nous sommes toujours ensemble. Y compris Yves, le « débile profond » du film. Pour le moment, il fait les vendanges. L'enfant-chimpanzé a une peur panique de la mule.

La sortie de ce film (les quelques sous que ça peut rapporter), je ne vois pas d'autre planche de salut pour la survie de notre tentative. Il faut, autour de Jean-Marie (l'enfant sans paroles), des présences proches aussi disponibles et constantes que l'eau qui coule, et plusieurs pour qu'elles élaborent entre elles ce langage sans mot – hors les mots – que Jean-Marie pourrait emprunter, qui lui permettrait « d'articuler » une pensée qui n'aurait rien à foutre de ce satané vocabulaire dont se targue notre espèce mais qui est la matière même de l'Institué[3]. ETC.

Deligny

J'ai aussi, sous la main, un projet de film. C'est la région des Camisards. La Tour de Constance à Aigues-Mortes, lieu de concentration et tout ce qu'il y a d'immuable dans la lutte entre l'État et... les Autres, le Reste. Tous ces endroits qui sont pareils à ce qu'ils étaient en 1700, du temps de Cavalier qui avait vingt ans, et des prophétesses[4]. On se croirait en mai 1968, avec

coopérative SLON. À la fin de la projection des 3 h 45 du prémontage, Marker m'a dit : "Tu restes ici et tu finis le film. On s'occupe de tout !" » (Courriels de Jean-Pierre Daniel à Bernard Bastide, 14 et 30 septembre 2020.)

1. Le prémontage fut effectué dans le grenier du centre social de la Maurelette (Marseille). « Quand j'ai vu ces images, je m'en suis emparé comme si je les avais faites et je me suis enfermé deux ans pour faire le montage. » (Jean-Pierre Daniel : propos recueillis par Cyril Béghin, *op. cit.* p. 15.) Mais « [c']est bien un film de Fernand Deligny et de Josée Manenti que nous avons réalisé à six mains, six yeux et six oreilles » (« Josée Manenti. Jo, mon amie », http://www.polygone-etoile.com).

2. Josée (dite Jo) Manenti (1933-2010), psychanalyste. Fille d'industriel en rupture familiale, elle rejoint Deligny en 1953, au sein de la Grande Cordée (Paris), le réseau d'hébergement expérimental pour adolescents délinquants qu'il a fondé en 1948 ; elle travaille à ses côtés comme assistante de la Consultation Enfance et financera nombre de ses projets. De 1962 à 1964, elle tourne elle-même les images du *Moindre Geste*, mais, en 1967, au moment du montage, un différend provoque leur séparation. Jo Manenti s'installe à Paris pour se consacrer à l'enseignement des sciences humaines cliniques à l'Université de Paris VII et à son cabinet de psychanalyse de l'île Saint-Louis (Paris IVe).

3. Selon Sandra Alvarez de Toledo, « l'ensemble des motifs de la recherche à venir de Deligny se trouve dans cette dernière phrase. Dans les *Cahiers de la FGÉRI* (Fédération des groupes d'études et de recherches institutionnelles) [...] il avance l'idée de "langage non verbal" qui donna lieu, quelques mois plus tard à "l'invention des cartes" permettant de retracer les déplacements des enfants autistes » (Fernand Deligny, *Correspondance des Cévennes*, Sandra Alvarez de Toledo éd., L'Arachnéen, Paris, 2018, n. 9, p. 20).

4. Ce projet de consacrer un film aux camisards – ces protestants des Cévennes qui ont mené une insurrection contre les persécutions du pouvoir après la révocation de l'Édit de Nantes, en 1685 –

Guevara[1], et dans ce service d'adolescents pervers de l'hôpital psychiatrique d'Armentières[2] au sein duquel se préparait, pendant des mois, l'évasion, la même que celle qui se préparait dans la Tour de Constance bâtie par Saint Louis. Et les grottes, par ici, et tous les Tartuffe du pouvoir établi.

FRANÇOIS TRUFFAUT À FERNAND DELIGNY

[*Paris, 15 novembre 1968*]

Cher ami,

Je suis très content de recevoir de vos nouvelles.

Ce que vous me dites à propos du garçon de Châteauroux qui est avec vous m'intéresse infiniment, car je compte tourner, l'année prochaine, un film intitulé *L'Enfant sauvage* et qui est tiré d'un texte que vous connaissez probablement : le Mémoire ou plutôt les deux Mémoires de Jean Itard[3] sur Victor de l'Aveyron, rédigés tout au début des années 1800.

Si je n'étais pas obligé de quitter Paris dans quelques jours pour l'île de la Réunion[4], d'où je ne reviendrai qu'au début de l'année prochaine, j'aurais pris aussitôt le train ou ma voiture pour venir vous voir.

Je suppose que votre garçon est trop fragile pour qu'il soit question d'envisager de le faire tourner et de lui faire jouer le rôle de « l'enfant sauvage », mais la description que vous me donnez de son comportement est tellement proche de ce qu'Itard a décrit dans ses textes et de ce que nous voulons obtenir dans le film que je suis extrêmement troublé.

---

sera initié par Deligny à Gourgas, en 1967, puis repris par Jacques Lin, avant d'être abandonné. Jean Cavalier (1681-1740) fut le plus célèbre des chefs et prophètes camisards. Les « prophétesses » Marie Durand (1711-1776) et ses condisciples « hérétiques » furent emprisonnées dans la tour de Constance en raison de leur foi protestante.

1. Ernesto Guevara, dit « Che Guevara » ou « le Che » (1928-1967), révolutionnaire argentin, qui fut l'un des dirigeants de la révolution cubaine fomentée par Fidel Castro.

2. « Après la guerre, je suis retourné à l'hôpital psychiatrique d'Armentières [...]. Aux portes, il y avait des serrures de sécurité comme pour des coffres-forts, avec des clefs extraordinaires. Dans un pavillon, il n'y avait que le chef de pavillon et le médecin chef qui avaient la clef pour ouvrir toutes les portes. » (Fernand Deligny, *Le Croire et le Craindre*, Stock, Paris, 1978 ; *Œuvres, op. cit.* p. 1094.)

3. *Mémoire* (1801) et *Rapport sur Victor de l'Aveyron* (1806), publiés en annexe des *Enfants sauvages : mythe et réalité* (UGE, 10/18, Paris, 1964) de Lucien Malson. Victor de l'Aveyron est un enfant sauvage découvert dans le Tarn en 1797. D'après un observateur, « il marche à quatre pattes, se nourrit de plantes, est velu, sourd et muet ». En 1801, l'enfant est confié au Dr Itard, qui en fait un sujet d'analyse. De 1811 à sa mort en 1828, Victor sera veillé et soigné par Mme Guérin, dans une maison de l'impasse des Feuillantines (Paris V^e^).

4. Truffaut y tournera *La Sirène du Missisipi*, à partir du 2 décembre 1968.

Je crois, en tout cas, que votre garçon[1] devrait nous servir de modèle à la fois pour choisir le garçon qui jouera effectivement le rôle et pour nous inspirer un style de comportement corporel.
Ma script-girl, Suzanne Schiffman[2], qui viendra me rejoindre à l'île de la Réunion fin novembre, connaît déjà par cœur le scénario de *L'Enfant sauvage* et elle a déjà commencé la préparation du film ; elle a visité l'Institut des Sourds-Muets et interrogé plusieurs personnes[3].
Accepteriez-vous qu'elle vienne dans les prochains jours vous rendre visite, observer le garçon, éventuellement prendre des photos (les vôtres sont très impressionnantes) et, par la même occasion, elle vous donnerait à lire le scénario et recueillerait vos premières observations ?
J'ai besoin d'une réponse assez rapide de votre part, car sa visite devrait se situer entre les 21 et 25 de ce mois puisque le 28 elle prend l'avion pour la Réunion[4].
Vous pouvez nous envoyer une réponse télégraphique à : Carosfilms – Paris, ou nous téléphoner en PCV à : ALMa 12 73 et ALMa 12 74 (ma secrétaire s'appelle Madame de Givray[5]).
Suzanne Schiffman viendrait par le train (elle ne sait pas conduire), il faut donc lui donner toutes les indications pour qu'elle puisse arriver jusqu'à vous.
Je ne veux pas vous bousculer ; si vous pensez que ce programme est trop précipité, je reprendrai contact avec vous après la termi-

1. Selon Jean-Pierre Daniel, « [Truffaut] avait pensé, un moment, prendre Janmari pour jouer l'enfant. [Suzanne Schiffman et Jean-François Stévenin] ont pris des images Super 8 de Janmari qu'ils ont montrées à l'acteur [Jean-Pierre Cargol] pour qu'il "copie". Deligny m'a toujours laissé entendre qu'il y avait, dans le film de Truffaut, un contresens complet : l'enfant sauvage n'est pas un autiste » (propos recueillis par Cyril Béghin, *op. cit.* pp. 20-21). Position qui semble contredite par Deligny lui-même : « Janmari, qui vit près de moi un jour après l'autre, est le jumeau de *L'Enfant sauvage* » (10 juillet 1972, « Correspondance François Truffaut-Fernand Deligny », *op. cit.* p. 105).
2. Assistante, scénariste et réalisatrice, née Klochendler (1929-2001). C'est à la Cinémathèque française qu'elle rencontre Jean-Luc Godard, François Truffaut et Jacques Rivette, dont elle deviendra l'assistante. Pour Truffaut, elle sera scripte, puis assistante réalisatrice. À partir de *La Nuit américaine* (1973), elle sera la coscénariste et/ou dialoguiste de huit de ses films… et parfois même sa doublure image (*L'Enfant sauvage*). En 1987, elle réalisera son unique film pour le cinéma, une fable moyenâgeuse intitulée *Le Moine et la Sorcière*. « En hommage à Buñuel, je la surnomme Suzanna la perverse », écrit Truffaut dans son *Journal de tournage de Fahrenheit 451*, *op. cit.*, p. 162.
3. 254, rue Saint-Jacques (Paris Ve). Créée au XVIIe siècle, c'est la première école au monde entièrement dédiée à l'enseignement des enfants sourds. En avril-mai 1969, Suzanne Schiffman et Jean Malige, le chef opérateur des *Mistons*, vont rencontrer et photographier dans le Gard, l'Hérault et les Bouches-du-Rhône plusieurs dizaines de jeunes garçons âgés de 10 à 14 ans ; des essais seront filmés avec Jean Malige (Fonds François Truffaut, TRUFFAUT 147 B090) et c'est le jeune gitan montpelliérain Jean-Pierre Cargol, 12 ans, neveu de Manitas de Plata, qui sera retenu pour le rôle principal.
4. Le Fonds Truffaut conserve la copie d'un télégramme du 19 novembre 1968 adressé à M. Deligny : « Madame Schiffman arrive jeudi 21 à 9 h 40 Gare Saint-Hippolyte-du-Fort – Bureau de F. Truffaut. »
5. Voir n. 1, p. 172.

naison de mon film actuel, c'est-à-dire à la mi-février, mais vos photos et vos commentaires m'ont mis dans un état de grande curiosité.
J'ai écrit à Mademoiselle Any Durand[1] à Montpellier, je lui ai passé une commande et aussi une liste de personnes qui seront probablement intéressées par les jeux et jouets de l'Atelier de l'Aire[2].
Je regrette vos hésitations à confier aux éditeurs la suite de votre livre et nous en reparlerons quand nous nous verrons ; j'emmène d'ailleurs *Adrien Lomme* dans mon voyage pour le relire tranquillement.
Je quitte Paris mardi soir et, si cette lettre vous parvient assez vite, j'aurai peut-être de vos nouvelles avant mon départ.
De toute manière, votre lettre m'a fait un grand plaisir et j'espère bientôt vous revoir.
Bien amicalement vôtre.

François Truffaut

FERNAND DELIGNY À FRANÇOIS TRUFFAUT

Graniès, le 16 novembre 1968

Cher ami,
Je reçois votre lettre du 15 nov.
J'ai relu et relu les Mémoires d'Itard (et toutes sortes d'écrits à propos des enfants-loups et autres[3]) et c'est là justement ce qui me rend perplexe depuis un an.
Jean-Marie J., enfant de Châteauroux, si on l'avait trouvé à Bornéo, il y aurait de quoi écrire des thèses sur l'enfant-chimpanzé. Il est le « sauvage » d'Itard et Mowgli, il se met nu dans le soleil, danse devant le feu, frémit à l'approche de l'eau qui source, marche sur la pointe des pieds pendant des heures, glapit, chantonne dans sa gorge à longueur de journée, et ses mains... à croire qu'il a été élevé à Bali.

1. Permanente du réseau et compagne de Fernand Deligny.
2. Jacques Lin, 18 ans, ouvrier électricien, fabriquait, avec Janmari, des jeux et des modèles réduits de chariots imitant ceux du Far West, dont la vente constituait une source de revenus pour le réseau Deligny. Selon Sandra Alvarez de Toledo, « l'Atelier de l'Aire n'a jamais existé en tant que tel [...]. Le mot "aire" fait partie du vocabulaire employé par Deligny pour spécifier l'expérience du réseau, qu'il appelle également la "tentative". » (*Correspondance des Cévennes*, *op. cit.* note 2, p. 23). En 1969, Deligny créera une revue spécialisée, *Les Cahiers de l'Aire* (1969-1973).
3. Entre autres le chapitre « Les enfants-loups, un mythe tenace » dans *La Forteresse vide* de Bruno Bettelheim (1967), Gallimard, Paris, 1969, pp. 619-695.

Il n'est pas fragile du tout. Mais la parole est pour lui ce que l'algèbre était pour moi au lycée. Peut-il tourner ? Tout dépend du mode de tournage.

Si votre script-girl vient nous voir, nous pourrons parler de tout cela. Any Durand a téléphoné tout à l'heure à votre secrétaire à ce sujet. Nous irons chercher Suzanne Schiffman à la gare si nous sommes prévenus un jour (ou deux si possible) avant.

Je ne bouge guère de Graniès, petit hameau près de Monoblet. On peut me téléphoner, en cas de besoin, chez Monsieur Saval[1] (tél. : 4 à Monoblet), un ex-anarchiste espagnol qui est le propriétaire des alentours.

Quel dommage que je n'ai rien donné à éditer que vous puissiez lire entre Paris et la Réunion. Décidément, il va falloir que je m'y remette. Mais Jean-Marie a un tel dédain du verbe et on s'entend tellement bien, tous les deux, qu'il m'entraîne à ne rien dire.

Il semble maintenant certain que le montage du *Moindre Geste* va commencer lundi prochain. Ça va se passer à Marseille.

Par où revient-on de la Réunion ? En passant par Marseille, vous verriez où en est ce sacré monstre de film (18 heures d'images, au moins 5 scénarios successifs en cours de tournage…) et, ensuite, Graniès est tout juste sur la route vers Paris.

Il y aurait un petit Adrien[2] (et même plusieurs) en argile d'Anduze cuite sur de bonnes bûches de chêne que j'ai modelé hier pour vous l'envoyer. Vous pourriez choisir.

Le « Chariot d'émigrants » (qui est un grand jouet), où faut-il l'envoyer ?

Amitiés

Deligny

FERNAND DELIGNY À FRANÇOIS TRUFFAUT

Graniès, le 22 novembre 1968

Madame Schiffman a passé ici la journée d'hier et m'a laissé le scénario de *L'Enfant sauvage* qui illustre les Mémoires d'Itard.

1. Selon Sandra Alvarez de Toledo, « ce M. Saval que Deligny qualifie un peu rapidement d'"ex-anarchiste" (par amalgame avec les réfugiés de la guerre civile espagnole, nombreux dans la région), était propriétaire de plusieurs centaines d'hectares autour du hameau de Graniès (dont il possédait la moitié des bâtiments) » (*Correspondance des Cévennes*, *op. cit.* n. 2, p. 24).

2. Référence à *Adrien Lomme*, le roman de Fernand Deligny.

C'est bien là l'objet du film : rendre aussi fidèlement que possible les notes d'Itard.
Quant à l'Enfant lui-même... Ses attitudes, ses réactions, ses menus gestes sont ceux de Jean-Marie J. qui, tous les sens intacts et aiguisés mais privé de parole, est à peu près le « frère en situation » du sauvage privé des autres : or, leurs gestes ne sont pas les nôtres : leurs gestes parlent un autre langage, ils ne sont pas complémentaires des mots et, ça se voit, plus proches de ceux d'un chimpanzé que de ceux d'un enfant. Il ne s'agit ni d'une déformation, ni d'un ralentissement : ils sont autres parce que ce qui les commande n'est pas une pensée verbale. Comment faire pour que le Sauvage du film profite de l'existence de Jean-Marie ? Madame Schiffman m'a dit qu'elle reviendrait ici en février[1]. Nous examinerons le problème de plus près à ce moment-là mais, dès maintenant, je veux vous dire que tous, ici, Jean-Marie le premier, sommes à votre entière disposition comme on dit d'habitude mais, pour une fois, c'est tout à fait réel.
Amitiés

Deligny

SERGE REZVANI À FRANÇOIS TRUFFAUT

[*Novembre-décembre 1968*]

Promis pour le manuscrit de mon prochain livre, cher François. D'ici un peu plus d'un an, je vous l'envoie. J'espérais vous voir lors de vos séjours à Cannes et ici pour vous passer celui des *Années Lula*. Ça ne s'est pas trouvé, nous en avons été les premiers désolés. En effet, cette mutation en danseur de claquettes est un grand moment dans ma vie. D'ailleurs tous les témoignages *d'écrivains de la quarantaine* sont très émouvants à ce sujet. J.-J. Rousseau dans ses *Rêveries* raconte comment un jour il eut l'illumination[2]. H. Miller a écrit des pages magnifiques là-dessus dans *Plexus*[3] je

1. Cette deuxième visite n'a sans doute pas eu lieu, l'idée de confier à Jean-Marie J. le rôle principal de *L'Enfant sauvage* ayant été abandonnée.
2. C'est dans ses *Lettres à M. de Malesherbes* que Rousseau raconte l'illumination de la route de Vincennes qui, en octobre 1749, fut à l'origine de sa carrière d'écrivain : « J'allais voir Diderot, alors prisonnier à Vincennes [...]. Tout à coup, je me sens l'esprit ébloui de mille lumières ; des foules d'idées vives s'y présentèrent à la fois avec une force et une confusion qui me jeta dans un trouble inexprimable ; je sens ma tête prise par un étourdissement semblable à l'ivresse. »
3. À 32 ans, Henry Miller est directeur du personnel de la Western Union Telegraph, quand il rencontre June, sa future épouse, et décide de se consacrer à la littérature : « Il me paraissait impossible d'avoir pu passer presque cinq ans au service de cette compagnie sans cœur [...]. Aussitôt, je fis le

crois. Montaigne en est tout illuminé de cette liberté que donne l'intrusion brutale dans une forme d'expression neuve, de là sa force. Il a écrit les *Essais* pour son *plaisir.* (Voilà, entre autres, mes amis quotidiens.) Pour moi ces deux années resteront inoubliables, oui, pour nous deux ce fut une suite de découvertes et je crois (s'il était possible) un lien de plus entre nous. H. Miller raconte comment, lorsqu'il se mit à écrire, il eut besoin de trouver un nouveau « perchoir » et de ce « perchoir » comment il remit en question ses rapports avec le monde, ses amis, etc. Il fit un tri selon des critères qui lui étaient propres, inexplicables, en tout cas hors de toute discussion, rejetant certains, gardant des liens avec d'autres, resserrant avec quelques-uns. Il eut besoin de changer son paysage affectif, ses habitudes, même dans sa vie quotidienne, tout...
L'année des *Années-Lumière*[1] fut une année passée dans un état d'exaltation rare. Si nous n'avions été si bien à la Béate, nous en serions partis. D'ailleurs, nous avons fui en Espagne au moment des fêtes de Noël, cette année-là. Donc nous avons rejeté tout ce qui n'était pas *simple* autour de nous, tout ce qui respirait le *mensonge*, les *intrigues*.
Je voulais avoir l'esprit clair sans sujet de malaise et de distraction mentale, noué sur la seule chose que je *devais* mener à bout. Je ne voulais avoir aucune explication avec qui que ce soit, aucune discussion. Le temps depuis a passé, le deuxième livre m'a accaparé autant que le premier et voilà maintenant ce troisième[2] que je vois feuille par feuille épaissir sur ma table. Tout cela pour vous dire que je suis à prendre ou à laisser tel que je suis. Je considère avoir agi justement. Au fond, écrire c'est refuser une certaine part de comédie, c'est être ouvert et ouvrir les autres (ne croyez pas que je me suis refermé ici sur moi-même, au contraire nous nous sommes ouverts sur un autre paysage, beaucoup de gens sont dans notre vie, comme dirait la midinette, mais nos rapports avec eux sont *simples*, ouverts). Oui, je disais qu'écrire c'est refuser avant tout les paroles fausses, *écrire c'est prendre les mots et les sentiments à la lettre.* Toute notre vie nous avons eu soif d'absolu. Nous croyons au bien et au mal (pas pour rien Persan, donc manichéen). Notre retraite ici n'était pas un hasard (cela fait 15 ans que nous venons dans ces bois), elle a toujours été dans le sens de notre rêve de *justesse*, et ce rêve je tiens à le poursuivre durement s'il le faut.

---

vœu de ne plus jamais travailler pour personne. [...]. J'avais un talent et je le cultiverais. Je serais un écrivain ou je crèverais de faim. » (*Plexus*, Christian Bourgois, Paris, 1996, pp. 48-49.)

1. Où Rezvani raconte l'errance de sa jeunesse, ballottée entre foyer maternel et orphelinats sordides.
2. *Les Années Lula* et *Les Américanoïaques* (*op. cit.*).

Voilà, cher François, un petit tableau impressionniste qui, j'espère, vous donnera à peu près la couleur générale de notre paysage, auquel j'ajoute cette touche. Nous aussi pensons à vous avec une réelle tendresse. Il ne dépend que de vous de nous voir, vous le savez, notre maison vous est ouverte.
Comme vous vous en doutez, nous avons beaucoup ri à l'image du numéro de claquettes mains dans les poches. C'est vrai, j'ai arraché un bâillon et ne suis pas prêt maintenant d'arrêter de siffloter. Ce qui est émouvant c'est de s'apercevoir qu'il suffit de siffler sur un certain ton pour entendre, dans ce qui paraissait une forêt déserte, l'air repris et sifflé par des tas d'oiseaux inconnus de vous. Oui, les livres ouvrent d'étonnants dialogues. Le contraire de la peinture. Peindre c'est être en accord avec le monde. Un peintre ne peut pas faire une peinture critique sans qu'elle verse aussitôt dans l'outrance donc s'annule. Écrire, par contre, est un *acte.* Le mot *écrit* est jusqu'à présent le plus fort détonateur connu et le restera longtemps. J'ai fait une curieuse constatation à ce propos et que je vous livre en passant. L'autre jour, nous avons vu un film américain sous-titré. Les acteurs prononçaient des mots très « osés », remplacés dans les sous-titres par la première lettre et des petits points. Ce qui veut dire que l'oreille accepte n'importe quel mot, l'œil n'importe quelle image mais la chose écrite garde son caractère *sérieux*, dramatique (héritage judaïque sans doute). De là ce manque de *sérieux* dans les rapports humains modernes. La civilisation occidentale se servant de plus en plus de l'image et du son a perdu cette fabuleuse mise au point de l'écriture qui encrait [*sic*] le dialogue sur un terrain sûr. Le coup de fil futile a remplacé le billet qui imposait obligatoirement une rigueur dans la réponse, un engagement. Les lettres étaient des petits contrats, elles restaient, on pouvait s'y référer. Tout cela imposait obligatoirement une rigueur morale, une tenue mentale. De là ce goût si surprenant chez les jeunes révoltés du placard écrit. Le « c'est écrit » les engage. À ce propos, n'avez-vous pas remarqué que les peintres faisant des affiches pour ces folies de mai n'ont pas pu faire mieux que de passer à l'écriture ? CRS = SS[1]. Aucun dessin n'est plus parlant. Toutes ces secousses montrent que les gens deviennent fous de passivité, épuisés de leur rôle de voyeurs. Ce sont les signes avant-coureurs d'une grande remise en question de « l'audiovisuel ». Sous une forme cataclysmique, un nouveau théâtre

1. Initié en 1948, lors des grèves de mineurs violemment réprimées par la police, ce slogan fut réinvesti à la fin des années 1960. En mai 1968, une affiche sérigraphiée, sortie de l'Atelier populaire de l'École des beaux-arts de Paris, placarda l'image d'un CRS casqué levant sa matraque, protégé derrière un bouclier portant la mention « SS ».

est en train de renaître. Artaud doit faire des sauts dans sa tombe, [ne] doit plus se tenir ! Oui, de voyeurs les voilà devenus ou en passe de devenir acteurs. Ça commence par des graffitis, ça finit par des actes. Voilà pourquoi les comédiens ont été si fortement révolutionnés par les premières brises de mai. Avez-vous lu *Le Théâtre et son Double*[1] ? Les pages sur la grande peste et le théâtre sont superbes. Malgré cette page commencée, je vais vous laisser. Je ne sais pas où cette lettre vous touchera. Finalement, nous ne bougeons pas d'ici pour ces raisons de change, etc. Donc nous serons chez nous cet hiver. Bien bien ! Cette lettre va vous paraître sérieuse, mais vous savez que tout ce que je fais je le fais avec un sérieux absolu et quand je ris, c'est très sérieusement aussi, tout est tellement important ou alors rien. C'est à choisir.

Cher François, nous vous embrassons tous les deux et je souhaite que vous répondiez à cette lettre avec la bonne humeur promise.

Serge

P.-S. J'ai transmis à Jelinek[2]. C'est quelqu'un de très pur.

RAYMOND JEAN À FRANÇOIS TRUFFAUT

12, rue de Sontay
Tél. 27-59-62

Aix, le 24 janvier 1969

Cher François Truffaut,

Vous vous souvenez peut-être de l'époque proche et déjà lointaine où je vous adressais mon roman *La Conférence* et où vous me faisiez lire *Deux Anglaises et le Continent*... Si vous arriviez à soustraire quelques instants à votre travail de tournage, j'aurais été très content de vous voir lors de votre séjour à Aix[3]. J'avais parlé de cela à Bourseiller et Claire Duhamel[4] ; je ne sais s'ils ont pu vous le dire.

1. Essai d'Antonin Artaud (Gallimard, Paris, 1938) dans lequel il développe son concept de « théâtre de la cruauté ».
2. Le 15 novembre 1968, Truffaut avait reporté à mars un rendez-vous possible avec la romancière Henriette Jelinek.
3. En janvier 1969, Truffaut a tourné à Aix-en-Provence plusieurs scènes de *La Sirène du Mississipi*.
4. Le metteur en scène de théâtre Antoine Bourseiller (1930-2013). La comédienne Claire Duhamel (1925-2014) a joué le rôle de la mère de Claude Jade dans *Baisers volés* et *Domicile conjugal*.

J'ai vraiment beaucoup aimé *Baisers volés*, comme tout le reste de votre œuvre. J'aurais été heureux de vous le dire de vive voix.
Cordialement

Raymond Jean

FRANÇOIS TRUFFAUT À RAYMOND JEAN

Monsieur Raymond Jean
12, rue de Sontay
Aix-en-Provence (13)

Grenoble, le 7 février 1969

Cher Raymond Jean,
J'ai reçu votre carte le jour même où nous quittions Aix pour continuer notre tournage à Lyon...
Ce n'est que partie remise et je dis cela d'autant plus sincèrement que Aix-en-Provence est la ville de France où il est le plus agréable pour un Parisien de séjourner.
Croyez-moi bien cordialement vôtre,

François Truffaut

FRANÇOIS WEYERGANS À FRANÇOIS TRUFFAUT

7 février [1969], 5 h du matin

Une minuscule anecdote pour vous divertir entre deux plans : j'envoie à l'instant un télégramme de 65 mots à une fille avec qui je veux absolument travailler (je commence à répéter un opéra[1] que je mets en scène pour le festival de Royan en mars). Mon télégramme parle d'avions et « je te propose un rôle aussi important pour toi que pour moi ». Quand le télégraphiste relit mon texte (c'est signé François), il me dit : « Mais je reconnais très bien votre

1. *Por diversos motivos* : action scénique sur des textes de François Weyergans et une direction musicale de Luis de Pablo, qui sera créée au Festival d'art contemporain de Royan le 22 mars 1970. Cette interprétation « pour piano... et aspirateur » déchaîna « la colère du public et des critiques » (*Sud-Ouest*, 4 juillet 2007).

voix : vous êtes François Truffaut » ; j'ai beau dire « non, non », je suis sûr qu'il croit que c'était vous !
Amitiés

William Wilson[1]
p.c.c. François Weyergans

FRANÇOIS-RÉGIS BASTIDE[2] À FRANÇOIS TRUFFAUT

[Papier en-tête *Éditions du Seuil*]

Monsieur François Truffaut
5, rue Robert-Estienne
Paris VIIIe

Paris, le 27 février 1969

Bien cher Truffaut,
Voici donc sous le même pli le roman de Jean-René Huguenin, *La Côte sauvage*[3], dont nous avons parlé. Je vous confirme que sa sœur a eu pas mal de propositions récentes de la part de la télévision. Chaque fois que nous en parlons un peu, nous disons au bout d'un moment toujours la même phrase : « Ah ! Si Truffaut... » Lisez-le quand vous en aurez le temps. C'est un livre admirable qui a eu un gros succès et qui continue d'être lu avec ferveur par des quantités de jeunes gens. Ce n'est pas commode à faire. Sincèrement, je crois que vous avez réussi des choses bien plus difficiles.
Bien amicalement à vous

François-Régis Bastide

1. Titre d'une nouvelle d'Edgar Allan Poe (1839), dans laquelle un officier autrichien despotique est hanté par son double et portée à l'écran par Louis Malle dans *Histoires extraordinaires* (1968).
2. Écrivain, diplomate, éditeur et animateur de radio français (1926-1996). Il entre en 1956 aux Éditions du Seuil comme conseiller littéraire, en 1968 au comité de lecture de la Comédie-Française, puis en 1976 au jury du Prix Médicis. Il fonde en 1955, avec Michel Polac, l'émission hebdomadaire de France-Inter *Le Masque et la Plume*, qu'il animera seul de 1971 à 1981. François Mitterrand le nommera ambassadeur de France au Danemark, en Autriche, puis à l'Unesco.
3. Publié aux Éditions du Seuil (1960), où François-Régis Bastide était conseiller littéraire, l'unique roman de Jean-René Huguenin (1936-1962) ne sera pas adapté au cinéma ni à la télévision.

RAYMOND JEAN À FRANÇOIS TRUFFAUT

Aix, le 2 mars 1969

Cher François Truffaut,
Merci de votre mot. Je regrette de vous avoir manqué à Aix et de ne vous avoir fait signe que le jour de votre départ. Mais j'espère qu'il y aura d'autres occasions...
J'avais surtout envie de vous montrer mon dernier roman, *La Vive*[1]. J'aurais aimé que vous le lisiez et peut-être vous y intéressiez, comme cinéaste. Je suis, moi, très touché par chacun de vos films – par exemple le dernier, *Baisers volés* – et j'ai souvent l'impression que vous trouvez très bien, par votre style cinématographique, ce que je cherche par mon écriture.
Je vous envoie donc *La Vive.*
Très cordialement

Raymond Jean

FRANÇOIS TRUFFAUT À FRANÇOIS-RÉGIS BASTIDE

Éditions du Seuil
27, rue Jacob
Paris VIe

Paris, le 18 mars 1969

Cher Ami,
Je trouve, en rentrant à Paris, l'exemplaire de *La Côte sauvage* mais, en fait, j'ai pu en acheter un exemplaire à Saint-Brieuc, ce qui m'a permis de lire ce beau roman pas tout à fait sur les lieux de l'action mais presque, à Paimpol, devant la mer[2]...
Effectivement, c'est un bon et beau roman, mais je ne me sens pas capable d'en tirer un film pour plusieurs raisons, dont la principale est le décalage entre l'autobiographie du roman et ma propre biographie. Pour m'expliquer plus clairement : je ne me sens pas obligé nécessairement de me raconter dans les films, mais, tout de même, lorsqu'il s'agit de quelque chose d'aussi intime, j'ai besoin de sentir des racines plus profondes entre l'auteur du livre

1. Roman paru aux Éditions du Seuil, en 1968.
2. L'action du roman de Jean-René Huguenin se passe en Bretagne.

(ou son personnage) et moi pour pouvoir travailler avec précision et sans bluff.

Olivier n'est pas un frère pour moi, il ressemble plutôt à certains de mes cousins plus favorisés que moi et avec qui je ne sympathisais pas. En fait, je m'aperçois que je tourne encore autour de la vraie raison : je suis fils unique jusqu'au bout des ongles et je ne comprends rien aux histoires de frère et sœur.

Ce roman sera encore plus abîmé par la télévision qu'il ne l'aurait été par le cinéma, sauf si vous avez la chance de recruter quelqu'un comme Bluwal ou Moussy[1].

Je regrette de vous décevoir peut-être avec cette réponse négative, mais je vous suis reconnaissant de m'avoir permis de lire ce livre. J'ai croisé parfois Jean-René Huguenin dans les couloirs de *Arts-Spectacles* et si je ne l'ai pas connu vraiment, c'est qu'il a dû quitter le journal à peu près à l'époque où j'y entrais[2].

Croyez-moi bien amicalement vôtre,

François Truffaut

FRANÇOIS-RÉGIS BASTIDE À FRANÇOIS TRUFFAUT

[Papier en-tête *Éditions du Seuil*]

Monsieur François Truffaut
5, rue Robert-Estienne
Paris VIIIe

Paris, le 27 mars 1969

Cher ami,

Merci de votre lettre. Je comprends parfaitement vos raisons, tout en les regrettant.

Quant à la télévision, je crois qu'il vaut mieux ne pas y songer. Je connais très bien Bluwal et Moussy. J'avoue que je ne vois pas la connivence possible.

Croyez-moi bien amicalement vôtre.

François-Régis Bastide

1. Marcel Bluwal (1925-2021), réalisateur et metteur en scène de théâtre français qui, dans les années 1960-1970, adaptera pour la télévision des œuvres littéraires (*Dom Juan ou le Festin de pierre, Le Jeu de l'amour et du hasard, La Double Inconstance…*) . Marcel Moussy : voir n. 3, p. 127.

2. Jean-René Huguenin a collaboré à *Arts*, *réalités* et au *Figaro littéraire* – articles regroupés, après sa mort, dans *Une autre jeunesse* (Éditions du Seuil, Paris, 1965).

JEAN CAYROL À FRANÇOIS TRUFFAUT

[Papier en-tête *Éditions du Seuil*]
27, rue Jacob
Paris VIe

[ca *juin 1969*]

J'aime *beaucoup* votre film[1], ses décors et leur dégradation, sa mise en scène libre, son montage, son *naturel.* Vous êtes un des rares réalisateurs qui avez le respect de l'histoire que vous racontez. Et puis, chez vous, la grande réussite ce sont les passages de la vie à la mort, de la mort à l'amour sans « pathotiser » les scènes ; la passion est dans la trame avec toute sa sauvagerie, et sa *fatalité.*
Rien ne peut tuer l'amour, ni le langage, ni le mutisme.
Tout se déroule inexorablement mais humainement. *Tout est possible.*
Je suis touché par les rapports secrets qui naissent entre les décors, les paysages, les demeures.
Le côté « meringué » du mariage, blanc sur blanc, lilial, paradisiaque, a sa réponse dans le blanc glacé, poudreux de la dernière image, mais elle et lui ne sont plus que des silhouettes noircies par le drame.
Je me suis promené longtemps cette nuit avec un de mes amis et vos personnages.
J'aimerais vous voir et je vous dis, si vous le voulez bien, toute mon amitié heureuse.

Jean Cayrol

BERNARD GHEUR À FRANÇOIS TRUFFAUT

Place Coronmeuse, 8
4400 Herstal Belgique

Le 29 septembre 1969

Cher Monsieur Truffaut,
À la fin de l'année 1965, je vous envoyais une courte nouvelle : *Le Testament d'un cancre.* Vous m'aviez alors donné quelque

1. Sans doute *La Sirène du Mississipi*, sorti en juin 1969.

confiance, m'incitant à développer les thèmes et le personnage, jusqu'à faire un roman[1].
Après avoir très longtemps interrompu ce travail (sans jamais abandonner le projet), j'ai trouvé récemment l'occasion de m'y remettre et lui ai donné, je crois, la tournure décisive. Voici le texte. Il reste bien sûr ouvert à toutes les retouches, car je le sens rempli d'imperfections. Peut-être voudriez-vous m'aider à les déceler, si jamais vous en trouviez le temps ?
Veuillez agréer, cher Monsieur Truffaut, l'expression de mes sentiments respectueux.

Bernard Gheur

BERNARD GHEUR À FRANÇOIS TRUFFAUT

Place Coronmeuse, 8
4400 Herstal Belgique

Le 23 décembre 1969

Monsieur,
Permettez-moi de vous communiquer, sous pli séparé, un autre manuscrit (quelque peu remanié et plus présentable) de mon roman *Le Testament d'un cancre*[2].
Je suis confus d'insister de la sorte (d'autant plus que la littérature n'est pas directement votre domaine, et qu'il ne doit guère vous rester de temps pour lire des premiers romans !). Cependant, puisque par votre encouragement vous êtes un peu à l'origine de ce travail, j'aimerais beaucoup connaître maintenant votre opinion sur l'ensemble. – Je ne me fais guère d'illusions (peut-être ce récit n'intéressera-t-il jamais que mes anciens camarades de collège ?). Mais, malgré tout, j'ai foi en certains passages.
Veuillez agréer, Monsieur, l'expression de mes sentiments respectueux.

Bernard Gheur

1. Voir lettre du 22 octobre 1965, p. 284.
2. « Le plus sombre de tous mes livres. Je racontais une dizaine de jours de la vie d'un adolescent, en plein hiver. Un adolescent qui ne voit pas d'issue, qui prend les choses trop au sérieux, qui est trop absolu, donc ça ne peut que finir mal, parce qu'il en demande trop à la vie. » (Bernard Gheur, entretien avec René Begon, site *Le Carnet et les instants*.)

FRANÇOIS TRUFFAUT À BERNARD GHEUR

Paris, le 29 décembre 1969

Cher Monsieur,
Je suis en train de terminer un film, *L'Enfant sauvage* et à la veille d'en commencer un autre, *Domicile conjugal*, et il m'est réellement impossible de prendre connaissance personnellement de tous les manuscrits que je reçois, même quand il s'agit de projets de films. C'est pourquoi je serai dans l'impossibilité de lire votre roman avant le mois d'avril 1970.
J'ai un ami en qui j'ai une grande confiance et qui habite Bruxelles, je crois qu'il est professeur et en même temps homme de lettres et grand cinéphile, il s'appelle René Micha[1]. Je vous suggère de lui écrire de ma part et de lui demander conseil. Voici son adresse : 74, avenue Louise – Bruxelles 5.
Si mes encouragements sont un peu à l'origine de votre travail, je ne le regrette pas, car rien n'est plus triste que les rêves non réalisés et les premiers romans abandonnés sitôt qu'entrepris.
Je vous retourne le premier manuscrit sans avoir trouvé le temps de le lire et je vous retournerai également le manuscrit remanié à moins que la date d'avril ne vous semble pas trop éloignée.
Avec mes regrets, je vous prie de me croire bien chaleureusement vôtre,

François Truffaut

FRANÇOIS WEYERGANS À FRANÇOIS TRUFFAUT

Paris, vendredi soir[2]

Chcr F. T.
Voilà je quitte le Bretagne[3] comme on quitte une terrasse de café, après avoir beaucoup regardé. Je n'ai jamais vu d'aussi beaux « moyens de locomotion » que dans *La mariée*... : le décollage de

1. Poète, critique d'art et de littérature, scénariste belge (1913-1992). « Je lui ai écrit et envoyé le manuscrit. Il m'a dit, en substance, qu'il n'était pas sûr que ce roman, "qui se base sur les structures traditionnelles du récit", convainque un éditeur parisien, en 1970. Nous étions encore à l'ère du Nouveau Roman. Heureusement pour moi, René Micha, excellent critique, se trompait. » (Courriel de Bernard Gheur à Bernard Bastide, 30 avril 2020.)
2. Ajout manuscrit de Truffaut : « À classer », signifiant qu'il ne souhaitait pas y répondre.
3. Cinéma parisien où était présentée *La mariée était en noir*.

l'avion, superbe ; le train (qui bat tous les autres trains qui vont leur train dans les tunnels étreints – c'est à peu près dit comme ça chez Max Jacob[1]) et puis le plus beau moyen de locomotion : les pieds, je veux dire les plans « subjectifs » que vous avez osé faire. Surtout, surtout, c'est un film personnel, c. à d. le film d'une personne et non d'un auteur. Michel Bouquet qui chantonne en quittant Jeanne Moreau par exemple, c'est autre chose qu'une trouvaille, c'est le ton d'un film qui chante juste avec le public. Mais c'est un peu idiot d'écrire ce genre de lettre. J'ai été heureux de voir un film comme le vôtre (où les comédiens sont plausibles, ce qui est rare en Europe !) pendant que je fais des gammes à la télé[2]. Peut-être on se rencontrera un soir ?
Amitiés

François Weyergans

Le train vraiment m'a impressionné et j'en prends souvent pourtant.

JEAN CAYROL À FRANÇOIS TRUFFAUT

[Papier en-tête *Éditions du Seuil*]

Monsieur François Truffaut
25, rue Quentin-Bauchard
75 Paris VIIe

Paris, le 28 janvier 1970

Cher François Truffaut,
J'ai été très heureux de vous revoir dimanche à la télévision[3]. C'était un jour difficile pour moi car j'avais des malades à côté de moi et une espèce de ciel épouvantable qui pesait sur la campagne. Alors je vous ai dit bonjour à travers l'écran et cela m'a fait du bien.

1. « Les trains ! Les trains par les tunnels étreints… » (*Invitation au voyage*, 1921).
2. François Weyergans écrit et réalise plusieurs sujets pour l'émission *Dim Dam Dom* de Daisy de Galard, dont *La Photographe* (avec Delphine Seyrig, 20 décembre 1968) et *Béjart à Venise* (31 octobre 1969).
3. *François Truffaut, dix ans dix films* de Jean-Pierre Chartier, série « Cinéastes de notre temps », diffusé le dimanche 26 janvier 1970. « Dans le film, Truffaut est très clair, très analytique. Il s'adresse presque plus à des cinéastes qu'à des amateurs de cinéma » (André S. Labarthe, *La Saga Cinéastes de notre temps*, *op. cit.* p. 131).

J'apprends que vous allez donner vos scenarii et autres textes à un éditeur américain[1]. Vous savez combien je suis attaché à tout ce que vous faites et à tout ce que vous dites et la constante et vive amitié que je vous porte m'autorise, je crois, à vous dire de ne pas nous oublier si vous voulez éditer, en France, quelque chose de vous. Nous sommes à votre disposition, vous le savez.
Un tout petit mot me ferait plaisir pour me dire d'accord. Mais je vous laisse terminer *L'Enfant sauvage*[2], dont j'espère être un des premiers spectateurs enthousiastes.
Avec toute mon amitié,

Jean Cayrol

PAUL GUTH[3] À FRANÇOIS TRUFFAUT

24, rue Desbordes-Valmore
Paris XVIe – TRO. 29.60

Paris, ce 27 mars 1970

Cher François Truffaut,
Parmi vos innombrables admirateurs, permettez-moi de vous en signaler deux : Bourvil[4] et moi. Bourvil m'a dit récemment : « J'aimerais tant tourner avec François Truffaut ! Il faut que je lui fasse lire votre *Saint Naïf* ! » *Saint Naïf* est le 7e et dernier roman de ma série du *Naïf*. Il a paru en 1959 chez Albin Michel. Dès sa sortie, Bourvil s'est intéressé à cet ouvrage. À l'heure actuelle, il l'a si souvent lu et relu qu'il le sait à peu près par cœur. Il le connaît infiniment mieux que je ne le connais moi-même.
Dernièrement, *Saint Naïf* est entré au Livre de Poche où figure ainsi toute ma série complète du *Naïf*. Ce n'est pas à vous, qui aimez tant les livres et qui l'avez prouvé, que j'oserais signaler ce que représente la série du *Naïf* dans l'esprit du public. Si nous

1. En 1967, l'éditeur Simon & Schuster a édité *Hitchcock*, traduction américaine du *Cinéma selon Hitchcock* (Robert Laffont, Paris, 1966). Les années suivantes, Truffaut confiera à ce même éditeur la traduction de quelques-uns de ses scénarios ou découpages – notamment *Jules and Jim* (1968), *The Adventures of Antoine Doinel* (1971) – ainsi que le recueil de ses critiques, *Films in My Life* (1978).
2. Le film sortira le 25 février 1970.
3. Romancier et essayiste français (1910-1997). Auteur d'une cinquantaine d'ouvrages, croisant petite et grande histoire, il dénonce les maux de son temps (illettrisme, chômage ou drogue).
4. André Raimbourg, dit Bourvil (1917-1970), acteur, chanteur et humoriste français. Dans les années 1960, le succès des comédies tournées sous la direction de Gérard Oury (*Le Corniaud*, *La Grande Vadrouille* et *Le Cerveau*) en fait l'un des comédiens français les plus populaires. *Le Cercle rouge* de Jean-Pierre Melville (1970) permet de découvrir une autre facette de ses talents, dans un registre plus grave.

parlions d'étude de marché, sujet qui n'est point indifférent quand on envisage la future clientèle d'un film, je citerais des chiffres de tirage, je soulignerais le succès du *Naïf* dans la collection du Livre de Poche, lue en majorité par les jeunes, public idéal du cinéma. Mais je craindrais de désobliger en vous le grand metteur en scène et l'artiste, au profit du producteur.
Me permettez-vous seulement de vous prier, au nom de Bourvil et au mien, de bien vouloir lire *Saint Naïf* ? Ce sera vite fait, le livre n'est pas gros. J'ai tenu à vous le donner en édition de poche, la plus récente, toute bruissante des rythmes du monde moderne. Merci mille fois d'avance !
Pardon pour mon audace ! J'ai cru pouvoir me le permettre à cause des paroles si charmantes que vous avez bien voulu me dire sur mon premier livre, *Autour des Dames du bois de Boulogne*[1], un jour où nous passions ensemble à la télévision (*Lectures pour tous*[2]).
Avec toute la reconnaissance, l'admiration, l'amitié de

Paul Guth

FRANÇOIS TRUFFAUT À BERNARD GHEUR

Paris, le 13 mai 1970

Cher Monsieur,
Je suis très content de la nouvelle que vous m'annoncez[3] et je pense que votre roman sera en de bonnes mains chez Albin Michel. Je ne l'ai pas encore lu, seulement parcouru, et c'est bien volontiers que j'écrirai le petit texte de présentation. Cependant, comme il s'agit d'une écriture élégante et que vous avez bien voulu me demander conseil dès le début, je souhaiterais, dans votre intérêt, que vous corrigiez *une nouvelle fois* votre manuscrit. Dites-moi si vous m'autorisez à le lire un crayon à la main, car je voudrais souligner ou entourer les mots ou membres de phrases qui me semblent chanter moins juste. Si oui, je vous retournerai l'exemplaire en ma possession pour la fin du mois de mai. C'est parce que je me sens un peu

1. Julliard, Paris, 1945 ; « Ramsay Poche Cinéma », Paris, 1989. L'un des tout premiers exemples de récit d'un tournage de film – celui des *Dames du bois de Boulogne* de Robert Bresson (1945), adaptation par Cocteau du roman de Diderot *Jacques le fataliste et son maître*.
2. Émission présentée par Pierre Dumayet, Pierre Desgraupes et Max-Pol Fouchet (1953-1968), sur la 1re chaîne de l'ORTF. Il s'agit sans doute de celle du 9 août 1967 où Truffaut présentait *Le Cinéma selon Hitchcock*, *op. cit.*
3. Nous n'avons pas retrouvé cette lettre de Bernard Gheur.

solidaire de votre entreprise et que je désire autant que vous qu'elle soit bien accueillie que je me permets de vous faire cette suggestion. Répondez-moi rapidement et croyez-moi bien chaleureusement vôtre,

François Truffaut

BERNARD GHEUR À FRANÇOIS TRUFFAUT

Rue Darchis, 60
4000 Liège

Liège, le 16 mai 1970

Monsieur,
Votre lettre, et l'heureuse nouvelle qu'elle m'apporte, me font un plaisir immense. Je vous en remercie très vivement.
Vous avez absolument raison : mon texte a besoin de remaniements. Je n'osais espérer que vous auriez à cœur de m'aider dans cette tâche. C'est donc avec la plus grande attention que je prendrai note de vos remarques.
Il me semble qu'au fil des pages, je me suis éloigné (du moins quant au style) de l'influence Cocteau-Radiguet, que vous aviez tout de suite décelée. Par ailleurs, j'ai essayé d'« aller davantage vers la simplicité quand la préciosité ne s'impose pas d'emblée[1] ». Il s'agit, vous le verrez, d'un récit assez mince, un peu sommaire peut-être, et « facile » par endroits. J'aimerais simplement atteindre une rapidité, une fluidité d'écriture.
Je voudrais aussi que certains lecteurs reconnaissent ici ou là des souvenirs intimes, souvenirs d'un âge à la fois tragique et privilégié, où on est l'objet d'une sorte de racisme de la part des adultes, mais aussi où l'on bénéficie d'une solidarité rare.
En vous remerciant de m'avoir accordé votre attention, je vous prie d'agréer, Monsieur, l'expression de mes sentiments distingués.

Bernard Gheur

P.-S. : Vous allez sans doute recevoir – si ce n'est pas déjà fait –, une lettre de M. Robert Sabatier[2]. Je lui avais en effet demandé d'appuyer ma requête.

1. Voir lettre du 9 décembre 1966, p. 317-318.
2. Voir lettre du 5 juin 1970, p. 374.

JEAN CAYROL À FRANÇOIS TRUFFAUT

[Carte de visite *Jean Cayrol*]
Pujols 33350 Castillon-la-Bataille
Tél. 40.50.60.

Mercredi [ca *mai 1970*]

Cher François Truffaut,
Merci infiniment pour votre lettre. Moi aussi je serai très heureux de déjeuner avec vous. Le temps et l'image prennent chez vous *tout au sérieux.*
Je viendrai à Paris le 5 juin pour le déjeuner Goncourt[1]. Je resterai une dizaine de jours. Je vous téléphone. Je crains Paris et ses joyeuses commères de la littérature. Je préfère une bagarre d'oiseaux, une pousse de pivoines, un vigneron impulsif.
Ici, la politique est désarmée, désarmante : on ne force pas la terre avec des mots, on écrit pour exister encore. On écrit pour se taire. Heureusement que la sagesse ne me fait pas les yeux doux avec l'âge.
En toute amitié,

Cayrol

FRANÇOIS TRUFFAUT À BERNARD GHEUR

Paris, le 2 juin 1970

Cher ami,
J'ai lu très attentivement et avec beaucoup de plaisir votre roman et j'ai noté au crayon un certain nombre de corrections[2]. Ce sont des suggestions, vous en ferez ce que vous voudrez. Elles vont généralement dans le sens de votre désir de rapidité et de fluidité. Je suis certain que le bon accueil fait par Albin Michel[3] à votre

1. Au restaurant Drouant, rue Gaillon (Paris IIe). Jean Cayrol fut membre du jury de 1973 à 1995.
2. « Au printemps 1970, François Truffaut a lu, crayon à la main, le tapuscrit du *Testament d'un cancre*, juste avant que les éditions Albin Michel ne le remettent à la fabrication. J'ai adopté toutes les corrections suggérées par le cinéaste ; elles sont très nombreuses, minutieuses. Fin 2013, j'ai fait don à la Cinémathèque française des feuillets originaux. Ils me paraissent révélateurs des goûts de François Truffaut en matière de style. "Il importe d'être gracieux", m'écrivait-il, en décembre 1966. J'ai appliqué sa "leçon de style" dans l'écriture de mes romans suivants. » (Courriel de Bernard Gheur à Bernard Bastide, 5 novembre 2018.)
3. « Je viens de lui apprendre que le livre est accepté par Albin Michel. Il me dit que le texte doit

manuscrit va vous stimuler considérablement pour entreprendre cette réécriture.
Lorsque vous en jugerez le moment venu, je relirai votre manuscrit en me mettant cette fois dans la peau d'un lecteur et j'écrirai le petit texte d'introduction si vous le souhaitez toujours.
Croyez-moi bien sincèrement vôtre,

François Truffaut

P.-S[1]. J'ai beaucoup aimé Jean-Marc[2], ses relations avec les autres, les portraits de filles, mais je n'ai pas trouvé le temps de lire d'un trait. Je me suis hâté pour faire des corrections ; la prochaine fois je ne me priverai pas de la joie du lecteur direct. Beaucoup d'amitié. fr.

BERNARD GHEUR À FRANÇOIS TRUFFAUT

Rue Darchis, 60
4000 Liège

Liège, le 5 juin 1970

Cher Monsieur,
Vous avez fait pour mon roman un travail décisif : « secouer l'arbre, faire tomber les fruits trop mûrs », comme dit Cocteau[3]. Grâce à vous, le texte trouve un bien meilleur rythme, et une netteté plus grande. J'en suis très heureux et je ne sais comment vous remercier de m'avoir consacré tout ce temps.
Vous recevrez très bientôt le nouveau manuscrit. À cause des délais d'édition (le livre doit paraître en septembre), je me permets de vous demander de bien vouloir écrire le texte de présentation aussitôt que cela vous sera possible. Que ce roman, pour lequel vous avez tant fait, soit introduit par un texte de vous, je trouve cela magnifique.
Je vous prie d'agréer, avec mes plus vifs remerciements, l'expression de mes sentiments les meilleurs.

Bernard Gheur

être retravaillé. Plus exigeant, donc, que Robert Sabatier. » (Courriel de Bernard Gheur à Bernard Bastide, 9 novembre 2018.)

1. Post-scriptum manuscrit.
2. Personnage principal du *Testament d'un cancre*.
3. Propos que Cocteau prête en fait à Charlie Chaplin : « Je lui ai aussi entendu dire (au sujet du style ornemental) qu'après un film, il "secouait l'arbre". Il faut, ajoutait-il, ne garder que ce qui tient aux branches. » (*La Difficulté d'être*, 1946.)

ROBERT SABATIER À FRANÇOIS TRUFFAUT

[Papier en-tête *Éditions Albin Michel*]

Monsieur François Truffaut
5, rue Robert-Estienne
75 Paris VIIIe

Paris, le 5 juin 1970

Cher François Truffaut,
Comme vous le savez, nous avons retenu le manuscrit de M. Bernard Gheur que vous connaissez bien, pour publication à la rentrée littéraire.
Notre nouvel auteur nous a appris que vous acceptez d'écrire une courte préface pour son ouvrage, et je veux ici vous en remercier très vivement par avance.
J'attends le manuscrit remanié de ce *Testament d'un cancre* pour le transmettre à la fabrication. Je serais heureux si vous pouviez me faire parvenir le plus tôt possible votre préface.
Je vous prie de trouver ici, cher François Truffaut, les assurances de mes sentiments les plus reconnaissants et dévoués.

Robert Sabatier

FRANÇOIS TRUFFAUT À BERNARD GHEUR

[Papier en-tête *François Truffaut*]

De Paris mercredi 17 juin 70

Mon cher ami,
J'ai relu avec beaucoup de contentement votre manuscrit, bien au point, je crois. Sans crayon à la main, j'ai été pris et touché. J'espère que tout va aller bien pour vous. Voilà le petit texte d'avant-propos[1] ; envoyez-le vous-même à Albin Michel, seule-

1. « J'ai reçu par la poste il y a quelques mois les quinze premières pages du *Testament d'un cancre*. Était-ce le début d'un scénario que j'ai suggéré à Bernard Gheur de transformer en roman ou le premier chapitre d'un roman dont j'ai souhaité lire la suite, toujours est-il que je suis content de recevoir aujourd'hui ce livre mené à bien, imprimé, bon à tirer. Plus chanceux que William Saroyan, à peine séchée sur la dernière page de son premier manuscrit l'encre du mot FIN, l'audacieux jeune

ment si vous le trouvez adéquat ; je crains toujours la réaction des critiques littéraires : « De quoi se mêle ce cinéaste, etc. »
Donnez-moi de vos nouvelles,
Amitiés,

François Truffaut

RAY BRADBURY À FRANÇOIS TRUFFAUT

[Papier en-tête *The Illustrated Man*]

27 juin 1970

Cher François,
Juste un mot pour vous remercier de m'avoir si gentiment envoyé votre livre *L'Enfant sauvage*[1], qui est très beau et tout à fait fascinant. Je suis impatient de voir votre film quand il sortira ici[2].
Il y a quelques semaines, j'ai revu *Fahrenheit 451* dans l'une des universités du coin, avec un plaisir immense. Il semble grandir à mesure que les années passent. Je me demande si on ne devrait pas le ressortir maintenant que l'atmosphère a changé, notamment dans les villes universitaires américaines. Je suppose qu'on ne peut pas forcer le studio, mais j'ai tendance à penser qu'il pourrait mieux marcher aujourd'hui qu'il y a trois ans. Ce n'est qu'une simple intuition de ma part, je ne peux pas vraiment le prouver, mais mon instinct m'a rarement trompé jusque-là.
Quand ferons-nous un film ensemble avec la Trio[3], François ? Nous en avions parlé il y a longtemps, et j'espère qu'un jour, bientôt, vous y repenserez.
Je vais peut-être avoir l'occasion de réaliser moi-même un court métrage pour la télévision cet automne. Il sera tiré de ma nou-

homme au stylo volant pourrait ouvrir sa fenêtre et s'exclamer : "Je suis un écrivain-édité !" Je n'ai jamais vu, pas même en photo, Bernard Gheur, je suppose qu'il ressemble à son Jean-Marc rougissant et qu'il vénère comme lui les belles stars de cinéma. D'autres romans nous ont montré des enfants plus terribles que ceux-là, ou plus tristes ou plus démunis, mais l'écart n'est pas grand qui les sépare de Jean-Marc car ce jeune homme à lunettes appartient aussi à la famille nombreuse des enfants humiliés. Si Bernard Gheur est le contraire d'un cancre, son livre est le contraire d'un testament, c'est un coup d'essai qui est en même temps un beau coup d'envoi. Bernard Gheur suit le conseil de Jean Cocteau, il "chante dans son arbre généalogique" et nous pouvons dire, comme Jacques Prévert : "C'est une chanson qui nous ressemble..." François Truffaut »

1. Jean-François Pays, *L'Enfant sauvage : d'après le film de François Truffaut* (G. P., Paris, 1970) : une novellisation à l'attention des jeunes lecteurs, illustrée de photographies de plateau.
2. *The Wild Child* sortira aux États-Unis le 11 septembre 1970, distribué par United Artists.
3. Société américaine susceptible de produire une adaptation des *Chroniques martiennes*... de Ray Bradbury, avec Truffaut comme metteur en scène.

velle sur un homme qui fait irruption à Disneyland et y assassine l'automate de Lincoln[1].
Bonne chance pour l'été qui vient. Merci encore et toutes mes amitiés,

Ray Bradbury

FRANÇOIS TRUFFAUT À RAY BRADBURY

Ray Bradbury
10265 Cheviot Drive
Los Angeles 64, Calif.

Paris, le 3 juillet 1970

Mon cher Ray,
Je suis très heureux de recevoir votre lettre du 27 juin et très content aussi de vos pensées à propos de *Fahrenheit 451*.
Bien que j'aie souvent tendance à me moquer des artistes qui pensent que leur œuvre a été incomprise en son temps parce qu'elle était en avance, dans le cas précis de *Fahrenheit 451* je crois, comme vous, que le nouveau jeune public américain peut s'y intéresser davantage.
Mais, de Paris, je n'ai aucun moyen de convaincre la direction d'Universal[2] de tenter la nouvelle exploitation dont vous parlez. Puisque vous avez la chance de vivre tout près de la grande capitale mondiale du cinéma, c'est vous qui pourriez approcher Messieurs Wasserman et Jules Stein[3] pour lancer cette idée.
En regardant, ces jours-ci, des photos de *Fahrenheit 451*, j'ai pensé que vous devriez vous inspirer de l'album[4] de *L'Enfant sauvage* pour faire vous-même une édition de votre roman à l'usage des jeunes lecteurs, illustrée naturellement avec les photos du film que je m'étais efforcé de réaliser à la manière d'un conte de fée.
Ce matériel photographique doit exister sous forme d'ektachromes de grande qualité soit à New York, soit à Los Angeles, et je vous envoie les quelques photos que j'avais dans mon bureau pour vous aider à examiner cette idée.

1. Inspirée par cette attraction fameuse de Disneyland : *Great Moments with Mr. Lincoln*, la nouvelle est parue dans *Downwind from Gettysburg* (Knopf, Londres, 1969 ; « La seconde mort d'Abraham Lincoln », in *Je chante le corps électrique*, Denoël, Paris, 1970).
2. Universal Pictures, le distributeur du film aux États-Unis, en 1966.
3. Lew Wasserman et Jules C. Stein, à la tête des studios Universal.
4. Voir n. 1, p. 375.

Cet été, je vais relire toutes vos *short stories* (toutes celles qui ont été traduites en français) et nous reparlerons de ce projet de Trio Film. Je vous souhaite bonne chance pour la réalisation de votre film à propos de Lincoln à Disneyland et, en espérant vous revoir bientôt, je vous prie de me croire bien amicalement vôtre,

François Truffaut

RAY BRADBURY À FRANÇOIS TRUFFAUT

10265 Cheviot Drive
Los Angeles 64, California

2 août 1970

Cher François,
Merci pour les photos couleur de *F. 451*, qui sont très belles. Peut-être un jour pourront-elles figurer en effet dans le type d'ouvrage que vous évoquez. Mais ce serait un projet difficile à vendre à un éditeur aux États-Unis.
Quant à Universal, j'espère présenter mon idée à M. Wasserman dans le courant du mois prochain. On pourrait leur suggérer une reprise de *F. 451* dans une salle de Los Angeles, avec une petite campagne publicitaire, pour tester et s'assurer que les gens feraient la queue pour le voir. Je vous tiendrai au courant, s'il en ressort quoi que ce soit.
Je suis heureux d'apprendre que vous allez relire certaines de mes nouvelles. Cela me ferait immensément plaisir de travailler avec vous dans le futur… Le plus tôt sera le mieux !
Je vous souhaite un heureux été,
Bien à vous,

Ray

BERNARD GHEUR À FRANÇOIS TRUFFAUT

Rue Darchis, 60
4000 Liège

Le 7 septembre 1970

Cher Monsieur,
Je me permets de vous envoyer quelques brèves nouvelles.
J'ai connu, fin août, mon baptême du feu : deux jours à Paris pour

signer le service de presse et répondre aux premières interviews (France Culture et *Le Figaro littéraire*). C'était un peu troublant ; la veille encore, j'étais terré dans une caserne avec, pour soucis premiers, de ne pas égarer mon béret, garder propre mon fusil, surtout passer inaperçu – le « soldat inconnu »[1]. La vie militaire m'empêche de m'occuper de mon livre comme je le voudrais. Par contre, elle me donne de nouvelles histoires à raconter.
Je retourne à Paris du 14 au 18 septembre[2]. Sans doute aurai-je le grand plaisir de découvrir votre dixième film[3].
Veuillez croire, cher Monsieur, à tous mes sentiments les meilleurs.

Bernard Gheur

BERNARD GHEUR À FRANÇOIS TRUFFAUT

Rue Darchis, 60
4000 Liège

Le 8 octobre 1970

Cher Monsieur,
J'ai eu, hier soir, la magnifique surprise de [vous] voir feuilleter mon livre sur l'écran de la télévision[4]. C'était émouvant, croyez-moi. Merci !
Après les 3 500 exemplaires initiaux, Albin Michel en a fait imprimer 1 000 autres. Ce n'est peut-être pas encore fini. Voici quelques extraits de presse.
Je tâcherai d'obtenir une permission, jeudi prochain, pour venir vous voir à Bruxelles et revoir *Domicile conjugal*[5].
Avec tous mes meilleurs sentiments

Bernard Gheur

1. Du 1er juillet 1970 au 30 août 1971, Bernard Gheur effectue son service militaire : d'abord deux mois d'instruction à Malines (province d'Anvers), puis une affectation au 36e bataillon logistique de Liège, où il travaille comme dactylographe dans les bureaux, avec un grade de simple soldat.
2. Pour la promotion de son livre. Plusieurs recensions paraîtront dans *La Quinzaine littéraire, Le Figaro, Esprit*, etc.
3. *Domicile conjugal*, sorti le 1er septembre 1970.
4. Le 7 octobre 1970, Truffaut était l'invité de la première émission littéraire de Michel Polac et Pierre Lattès, *Post-scriptum*, sur la deuxième chaîne de l'ORTF, au double titre d'auteur des *Aventures d'Antoine Doinel* (Mercure de France, 1970) et de préfacier du *Testament d'un cancre* de Bernard Gheur (Albin Michel, 1970).
5. Sorti en Belgique le 24 septembre 1970 : « … gros tapage dans les médias belges. François Truffaut faisait bien les choses » (courriel de Bernard Gheur à Bernard Bastide, 30 avril 2020).

BERNARD GHEUR À FRANÇOIS TRUFFAUT

Rue Darchis, 60
4000 Liège

Le 16 novembre 1970

Cher Monsieur,
Merci de tout cœur d'avoir pensé à m'envoyer ce beau « livre-cadeau[1] ». Comme j'ai eu du plaisir à relire vos films !
Il m'a été impossible d'aller vous entendre à Bruxelles le mois dernier[2].
Mon livre fait une carrière discrète, mais aucun de ceux qui l'ont lu ne semble l'avoir rejeté ; comme dit l'attachée de presse d'Albin Michel, « il attire toujours une certaine tendresse ».
Veuillez croire à tous mes sentiments les meilleurs

Bernard Gheur

FRANÇOIS WEYERGANS À FRANÇOIS TRUFFAUT

Paris, lundi matin 22.XII.[1970]

Cher F. T.,
Je me noie et si je me résous à vous dire « À moi ! » (« sorte d'exclamation pour faire venir promptement quelqu'un auprès de soi », déclare le Littré), c'est que je n'arrive pas à joindre les trois personnes auxquelles je m'adresserais avec moins de vergogne ou de précautions oratoires, mais en feuilletant pour la ixième fois mon carnet d'adresses, voyant votre nom, je me suis dit que vous n'allez certainement pas vous offusquer de ceci que j'ose vous demander : l'ORTF me doit 5 800 francs que je devrais récupérer « bientôt » depuis 3 semaines et dont j'ai plus que besoin ; voilà : pourriez-vous, puisque les banques s'y refuseraient, me prêter 5 000 francs (tout ou partie) remboursables avec tous les intérêts possibles dans je suppose 15 jours ou 3 semaines ? C'est un peu fort de demander cela à quelqu'un avec qui on n'a jamais joué au billard électrique[3], mais ce n'est pas pour expédier des cadeaux

1. *Les Aventures d'Antoine Doinel* de François Truffaut (*op. cit.*).
2. À la présentation de *Domicile conjugal*, Bernard Gheur était encore sous les drapeaux.
3. Jeu pratiqué assidûment, dans les cafés, par tous les cinéastes de la Nouvelle Vague.

de Noël à mes cousines, c'est hélas pour payer deux huissiers qui me traînent devant le tribunal de grande instance parce que j'ai trop admiré Sarah Bernhardt, qui disait : « Envoyez-moi l'huissier, je ne paye qu'aux huissiers ! »
Si cela vous *importune*, un tant soit peu, laissez tomber et tant pis (ou donnez-moi l'adresse de Silvina Boissonas[1] !). Un message – mon téléphone ne marche pas, bien que ce soit une des rares choses que j'ai payées – un message à F. W. 17, rue Rollin, Paris Ve, me soulagerait un peu beaucoup. – Quelle drôle de lettre !
Fidèlement,

François Weyergans

FRANÇOIS TRUFFAUT À FRANÇOIS WEYERGANS

17, rue Rollin
Paris Ve

Paris, le 22 décembre 1970

Mon cher François,
Impossible de vous prêter la totalité de la somme ; d'abord, parce que vous n'êtes pas le seul, en cette fin d'année « nouvelle société[2] » et aussi parce que, ayant produit moi-même *Domicile conjugal* sans l'habituel financement américain, je dois attendre l'année prochaine pour être de nouveau en équilibre.
Ci-joint un chèque de 1 500 francs que vous me rembourserez quand la télévision vous aura payé.
Bonne année.
Amicalement vôtre,

François Truffaut

1. Productrice indépendante (Zanzibar Films), entre autres des films de Philippe Garrel (*La Cicatrice intérieure, Le Lit de la vierge*).
2. Politique préconisée par Jacques Chaban-Delmas, Premier ministre de Georges Pompidou, le 16 septembre 1969.

FRANÇOIS WEYERGANS À FRANÇOIS TRUFFAUT

[Carte postale représentant la place de la Bastille
et la colonne de Juillet]

[ca *fin décembre 1970*]

Dans un magazine américain cet été, j'avais lu que vous étiez l'homme le plus heureux sur terre[1]. Alors, maintenant, je vous souhaite d'être plus heureux que vous-même. « Par ailleurs... » je vous dis 1 500 fois merci[2]. Non : cent cinquante mille fois merci. Quel soulagement ce fut, cette enveloppe avec votre adresse au dos (je voulais vous le dire tout de suite par téléphone mais au téléphone on est vite aussi bête que Hunebelle[3], tandis que si on tombe en panne, dans une lettre il y a toujours moyen de copier dans Madame de Sévigné[4]).
Amitié

François W.

JEAN-PAUL SARTRE[5] À FRANÇOIS TRUFFAUT

[ca *1970*]

Cher François Truffaut,
J'ai reçu avec beaucoup de plaisir la lettre de Fl. que vous avez eu l'extrême gentillesse d'acquérir pour moi. Elle me sera précieuse

1. « *Is Truffaut the Happiest Man on Earth ? Yes.* », *Esquire* 74 : 2, August 1970, pp. 66-67, pp. 135-136 ; « Voilà pourquoi je suis le plus heureux des hommes », *Le Plaisir des yeux*, Cahiers du cinéma, Paris, 1987, pp. 244-250
2. Allusion aux 1 500 francs que Truffaut lui a prêtés.
3. André Hunebelle (1896-1985), réalisateur français de films populaires (*Le Capitan, Fantômas...*), méprisé par la génération Nouvelle Vague.
4. Grande épistolière du XVIIe siècle à laquelle Truffaut fait plusieurs fois référence dans ses lettres. « Je sévigne, tu sévignes, nous sévignons [...]. J'écris cinq lettres par jour », confie-t-il déjà, à 13 ans, à son ami Robert Lachenay ([juillet-août 1945], *Correspondance, op. cit.* p. 20). « Ah ! Je ne serai jamais Mme de Sévigné ! » écrit-il à Helen Scott le 30 novembre 1961.
5. Écrivain et philosophe français (1905-1980). Truffaut découvre son œuvre en 1950 avec *Les Chemins de la liberté* (Gallimard, Paris, 1945-1949), puis il le lit en prison. « Il [Jean Genet] va me faire porter d'autres livres par quelqu'un de chez Gallimard et particulièrement les *Situations* [vol. I, II, III]. Je sens qu'il voudrait me faire aimer Sartre qu'il admire beaucoup », note-t-il le 31 août 1951 (« Le Journal de prison de François Truffaut », *op. cit.* pp. IV-V). En mai 1970, *La Cause du peuple* (1968-1972), hebdomadaire de la Gauche prolétarienne, est saisi dès sa publication par décret du ministre de l'Intérieur, Raymond Marcellin. Le 20 juin 1970, Truffaut participe, aux côtés de Jean-Paul Sartre, Simone de Beauvoir entre autres, à une vente publique du journal rue Daguerre, puis avenue du Général-Leclerc (Paris XIVe). Absent de Paris au moment du procès des militants du journal, il écrira le 8 septembre

pour mon travail : elle est inédite et elle fait état des inquiétudes de Fl. pour cet opéra (qu'il n'a jamais fait, finalement)[1]. Il y a aussi une remarque sur l'intrigue d'un opéra qui est – sinon curieuse – du moins intéressante dans sa banalité. Bref, outre l'agrément presque sensuel à voir l'écriture de mon Gustave et à la *posséder* (cela me fait toujours étrange quand je me sens propriétaire), votre cadeau joint l'utile à l'agréable. Croyez que je ne la regarderai jamais sans penser à vous. Merci.
Croyez, mon cher Truffaut, à ma vive sympathie.

J.-P. Sartre

FRANÇOIS TRUFFAUT À JEAN HUGO[2]

[Papier en-tête *François Truffaut*]

De Paris, ce mercredi 20 janvier 1971

Cher Monsieur,
Avec mon ami le scénariste Jean Gruault (nous avons adapté ensemble le roman d'Henri Pierre Roché, *Jules et Jim*, et le rapport

---

1970 au président de la Cour de sûreté de l'État : « Je n'ai jamais eu d'activités politiques et je ne suis pas plus maoïste que pompidolien […]. Il se trouve seulement que j'aime les livres et les journaux, que je suis très attaché à la liberté de la presse et à l'indépendance de la justice […]. J'ai donc voulu mettre en accord mes idées de cinéaste et mes idées de citoyen français. » (*Correspondance, op. cit.* pp. 387-390). La relation Sartre-Truffaut prendra ensuite une tournure professionnelle. « Un jour, Sartre demande à Truffaut de filmer des entretiens avec lui. Truffaut aime bien voir les documentaires, mais pas les faire » (entretien de Claude de Givray avec Bernard Bastide, 22 novembre 2019). Claude de Givray et Édouard Luntz sont chargés de réaliser cette vaste fresque : l'histoire de la France au XXe siècle, vue par Jean-Paul Sartre. « Mon rôle exact est celui de "consultant au montage", écrit Truffaut à Liliane Siegel le 5 janvier 1975, car cela a un sens et une utilité, cela ne doit pas gêner ou blesser les metteurs en scène de l'émission. Toutefois, puisque je ne désire recevoir aucune rémunération, il ne faut pas que j'apparaisse au générique […]. Je vous aide dans l'ombre, par admiration, amitié et complicité, mais je n'accepterais pas que [Marcel] Jullian se serve de moi commercialement. » Jugé gauchiste et subversif par le pouvoir politique, le projet sera censuré en septembre 1975 et ne verra jamais le jour. En 1984, sentant sa fin prochaine, Truffaut évoquera la mort de Sartre avec Liliane Siegel et lira *La Cérémonie des adieux* de Simone de Beauvoir, sur les dernières années de la vie du philosophe.

1. C'est une lettre de Flaubert que Truffaut a acquise – sans doute chez un libraire spécialisé ou dans une vente aux enchères –, sachant que Sartre prépare *L'Idiot de la famille*, son essai consacré à l'écrivain, qu'il publiera chez Gallimard (1971-1972). En 1863, Flaubert projetait d'écrire un opéra avec Giuseppe Verdi.

2. Peintre, illustrateur et écrivain français (1894-1984). Arrière-petit-fils de Victor Hugo, il épousa en secondes noces, en 1949, Lauretta Hope-Nicholson, une jeune Écossaise avec qui il aura sept enfants. Sa vie se partage en deux grandes périodes. Dans le tourbillon des Années folles, il fréquente le tout-Paris des arts et des lettres, exerce en dilettante la profession de peintre, de décorateur de théâtre, devient l'ami de Jean Cocteau et d'Erik Satie. Puis, en septembre 1929, il hérite du mas de Fourques, en petite Camargue, et s'y installe loin des mondanités parisiennes. Il peint alors quotidiennement, dans son atelier ou dans la garrigue, émerveillé par la variété de la nature, touché par un élan spirituel. Il publiera ses Mémoires : *Avant d'oublier : 1918-1931* (Fayard, Paris, 1976), *Le Regard de la mémoire : 1914-1945* (Actes Sud, Arles, 1983 ; rééd. 2020) et *Carnets : 1946-1984* (Actes Sud, Arles, 1994).

du docteur Itard sur l'*Enfant sauvage*), j'étudie depuis quelques semaines la possibilité de tirer un film de la biographie d'Adèle Hugo[1], en particulier du long épisode de son amour pour le lieutenant Pinson.

Je n'ai pas cherché à vous contacter plus tôt, car, à ce stade, notre travail est expérimental, et il nous arrive souvent d'ébaucher des constructions de films auxquels ensuite nous devons renoncer, surtout lorsqu'il s'agit d'histoires réelles, par opposition aux romans.

Mon grand désir eût été de vous atteindre par l'intermédiaire de Louise de Vilmorin, que j'aimais beaucoup... hélas[2]... Puis Me Matarasso[3] s'est offert pour cela, mais je lui ai demandé d'attendre un peu, car je voulais vraiment vous faire lire un projet cohérent, vous permettant d'émettre une opinion. Entretemps, j'ai rencontré Mrs Frances V. Guille[4], avec qui j'étais en correspondance, et elle

1. C'est en mars 1969, grâce à un article d'Henri Guillemin dans *Le Nouvel Observateur*, sur le premier volume du *Journal d'Adèle Hugo*, que Truffaut découvre son existence. Le 20 janvier 1971, il informe Jean Hugo, détenteur avec sa sœur et son demi-frère, du droit moral, pour l'informer de son désir de l'adapter. D'abord réticent, Jean Hugo accepte à condition que l'on n'insiste pas sur l'aliénation mentale d'Adèle et que Victor Hugo ne soit pas incarné à l'écran. En avril 1972, Truffaut, en tournage à Lunel pour *Une belle fille comme moi*, lui rend visite avec Jean Gruault, et l'informe des différentes versions du scénario. Le 23 février 1975, alors que *L'Histoire d'Adèle H.* est en cours de tournage, Jean Hugo note dans ses carnets que ses enfants « Baptiste et Jeannette sont revenus de Guernesey [...]. De la jeune et déjà célèbre actrice [Isabelle Adjani] qui joue le rôle d'Adèle dans le film de Truffaut, ils ont dit avec un peu de mépris : "C'est une petite fille" » (*Carnets : 1946-1984*, *op. cit.* p. 374). En octobre 1975, Truffaut organise, dans un cinéma nîmois, une projection privée du film pour Jean Hugo et ses proches. Jean Hugo ne tarira pas d'éloges et remerciera Truffaut pour avoir « traité cette histoire dramatique avec beaucoup de délicatesse ».

2. Louise de Vilmorin (1902-1969) est décédée deux ans plus tôt. Jean Hugo l'avait rencontrée en 1934, chez Anna de Noailles. En mai 1935, elle lui rend visite au mas de Fourques, où elle écrit le poème *Officiers de la garde blanche*, tandis que Jean fait « des croquis de son beau visage ». « C'est le 16 mai 1935 que tu m'as embrassée », lui écrira-t-elle. Une relation sentimentale, ponctuée de rencontres épisodiques, se noue, avant de se muer en tendre amitié. En octobre 1970, Hugo ira se recueillir sur sa tombe, à Verrières-le-Buisson. « Où est-elle ? On ne voit rien que du gazon. À côté du lieu où je me souviens d'avoir vu la fosse ouverte, on a placé un banc de pierre en forme de croissant. À l'un des bouts du banc est gravée l'initiale de Louise, avec le trèfle à quatre feuilles et la devise "Au secours". » (*Carnets : 1946-1984*, *op. cit.* p. 297). Voir leur *Correspondance croisée : 1935-1954* (Honoré Champion, Paris, 2019).

3. Maître Léon (dit Léo) Matarasso (1910-1998), qui fut, durant la guerre d'Algérie, l'un des principaux avocats anticolonialistes, celui notamment d'Henri Alleg.

4. Frances Vernor Guille Secor (1908-1975), universitaire américaine, professeure de littérature française aux États-Unis, éditrice scientifique et préfacière du *Journal d'Adèle Hugo* (Minard/Lettres modernes, Paris, 1968-2002). Contactée par Truffaut le 28 septembre 1970, elle se positionne très vite en ayant droit et coauteure du scénario, désirant le rencontrer « pour parler de la possibilité de réaliser un film sur mon [*sic*] livre *Le Journal d'Adèle Hugo* » (lettre du 15 décembre 1970). Elle réclame « deux cent mille francs (vingt millions anciens) pour [sa] collaboration éventuelle au scénario de *L'Histoire d'Adèle* (en supplément aux trente mille francs N.F. pour le droit d'utiliser [sa] biographie [...]. Nous abandonnons donc, Jean Gruault et moi, ce projet de film [...]. Par le même courrier, je dois informer M. Jean Hugo de cet échec dont, selon moi, vous portez l'entière responsabilité. » (Lettre de François Truffaut à Miss Guille, 10 avril 1973). Elle se ravise : « Si vous trouvez disproportionnée la proposition qui a été faite, je suis prête à la discuter et à entendre ce qui vous paraît raisonnable. » (Lettre du 18 avril 1973.) Pour sa documentation et contribution au scénario, elle recevra 30 000 francs à titre d'option pour trois ans, puis 20 000 à la réalisation. Dès

m'a dit vous avoir déjà parlé de ce projet ; c'est pourquoi j'ai tenu à vous expliquer le côté tardif de ma démarche.

Dans la première quinzaine de février, je pourrai vous soumettre un premier état de scénario en espérant votre accord de principe et naturellement toutes les remarques que vous voudrez formuler sur ce travail.

Pour ce qui regarde les questions morales et légales entre vous-même, Mrs Frances V. Guille et nous, je propose que Me Matarasso représente nos intérêts respectifs.

Il me reste à vous dire à quel point Jean Gruault[1] et moi-même nous sommes pris de passion pour Adèle tout au long de notre travail ; en espérant avoir bientôt l'occasion de vous rencontrer, je vous prie, cher Monsieur, de croire à l'expression de mes sentiments les plus distingués.

François Truffaut

JEAN HUGO À FRANÇOIS TRUFFAUT

Mas de Fourques
Lunel Hérault

31.I.71

Cher Monsieur,

Miss Guille m'avait, en effet, parlé de votre projet[2]. Je dois vous avouer qu'il m'a effrayé. Je me demande si cette triste histoire, qui a été longtemps un secret de famille jalousement gardé[3], ne sera

---

lors, son soutien est inconditionnel : elle donne des précisions sur le séjour d'Adèle sur l'île de la Barbade, dévoile des partitions écrites par Adèle, et manifeste même son enthousiasme à réception de la dernière version : « On voit Adèle beaucoup mieux dans sa totalité. » (Lettre du 14 décembre 1974.) Miss Guille – devenue Frances Guille Secor après son mariage, en 1973 – découvre *L'Histoire d'Adèle H.* le 12 octobre 1975, au New York Film Festival. Au générique, elle est ainsi créditée, après les scénaristes : « avec la collaboration de Frances V. Guille, auteur du livre *Le Journal d'Adèle Hugo* (Éditions Minard) ». Dix jours plus tard, elle décédera d'une crise cardiaque. Et Truffaut lui dédiera l'édition du découpage de *L'Histoire d'Adèle H.* paru dans *L'Avant-Scène cinéma.*

1. Coscénariste de *L'Histoire d'Adèle H.*, avec François Truffaut et Suzanne Schiffman. Voir aussi n. 4, p. 186.

2. Le 26 janvier 1971, Frances V. Guille écrira à Jean Hugo : « Lorsque j'étais à Paris, François Truffaut et son assistant Jean Gruault sont venus me voir, et à ma grande surprise ont apporté avec eux le premier brouillon d'un scénario de film sur Adèle. Ils m'en ont donné un exemplaire, puis m'ont rappelée pour recueillir mes suggestions et mes commentaires. Bien que j'aie fait beaucoup de suggestions, j'ai été, la plupart du temps, charmée et bouleversée par le scénario. Leur intention est d'entrer en contact avec vous très vite et de vous montrer le scénario. Ils m'ont dit qu'ils ne vous ont pas contacté plus tôt parce qu'ils savaient que vous êtes une personne très occupée et qu'ils préféraient avoir un scénario mieux ficelé avant de vous rencontrer. » (Collection Famille Hugo.)

3. Jean Hugo a découvert tardivement l'existence d'Adèle Hugo (1830-1915), cette grand-tante atteinte de troubles psychiatriques, internée dans un hôpital de Suresnes (Hauts-de-Seine). Selon lui,

pas choquante à l'écran. L'aliénation mentale, dont on devine très tôt les signes chez Adèle Hugo, en donnant une couleur pathologique à cette histoire d'amour, ne lui enlève-t-elle pas toute valeur humaine ? Quoi qu'il en soit, je serai très heureux de lire votre travail et d'en parler avec vous.

J'écris à Me Matarasso, qui m'a écrit[1]. J'aurais été heureux de le rencontrer à nouveau, si nos affaires de droits d'auteur n'étaient pas confiées depuis de longues années à Me Trumeau[2], qui a seule qualité pour donner, avec le mien, l'accord de ma sœur et de mon frère. En attendant de vos nouvelles, je vous prie, cher Monsieur, de croire à mes sentiments bien distingués.

Jean Hugo

P.-S. Par une curieuse coïncidence, votre adresse était celle du bureau de Gustave Simon[3], tuteur de ma tante Adèle pendant ses dernières années.

FRANÇOIS TRUFFAUT À JEAN HUGO

[Papier en-tête *François Truffaut*]

Samedi 6 février 1971

Cher Monsieur,

Je vous remercie beaucoup de m'avoir répondu si vite. Je comprends parfaitement votre crainte et j'espère que notre vision d'Adèle filmée sera à la fois assez discrète et assez lyrique pour vous donner l'envie d'être le premier spectateur de cette réalisation qui me tient tellement à cœur.

---

il ne l'aurait « croisée » que deux fois dans sa vie : à 8 ans et 20 ans. « En 1902, pour le centenaire de son père, elle [Adèle] assista à la représentation des *Burgraves*, à la Comédie-Française. [...]. La guerre éclata avant que mon père ait pu me mener à Suresnes et quand je rencontrai enfin Adèle Hugo, le matin du 24 avril 1915, en la chapelle de la Sainte-Vierge, au fond de l'église Saint-Sulpice, elle était dans son cercueil. » (*Le Regard de la mémoire*, *op. cit.* p. 165.)

1. « Récemment, Monsieur François Truffaut m'a fait part de son projet de faire un film d'après la vie d'Adèle Hugo. Je lui ai proposé de le mettre en contact avec vous, mais il m'a prié d'attendre que son projet soit plus avancé [...]. C'est bien volontiers, pour le cas où ce projet aurait votre accord, que je suis à votre disposition pour examiner les divers problèmes juridiques qu'il soulève. » (Lettre de Me Matarasso à Jean Hugo, 27 janvier 1971, collection Famille Hugo.)

2. Maître Julien Trumeau, notaire à Paris. À cette date, il y a trois héritiers : Jean Hugo, sa sœur Marguerite Hugo (1896-1984), agricultrice, héritière du domaine du Grand Malherbes à Aimargues (Gard), et son demi-frère François Hugo (1899-1981), orfèvre spécialisé dans la confection de bijoux d'artistes, domicilié à Aix-en-Provence.

3. Écrivain et journaliste français (1848-1928). Après la mort de Victor Hugo et celle de son ami Paul Meurice (1818-1905), il est désigné comme tuteur d'Adèle Hugo et exécuteur testamentaire du poète. Il dirigera une édition de ses *Œuvres complètes* et lui consacrera plusieurs ouvrages érudits.

Je suis enchanté d'apprendre de vous que j'habite le même immeuble (et peut-être le même local) que Gustave Simon, dont j'ai lu bien attentivement le livre[1] sur les tables tournantes de Jersey.
J'espère vous envoyer bientôt *Adèle* dactylographiée et je vous prie, cher Monsieur, de croire à mes sentiments les plus distingués,

François Truffaut

FRANÇOIS TRUFFAUT À JEAN HUGO

[Papier en-tête *François Truffaut*]

Vendredi 26 mars 1971

Cher Monsieur,
Voici, avec un peu de retard sur le calendrier prévu, *L'Histoire d'Adèle*, projet pour un film dont nous vous soumettons le principe[2].
Je crois avoir bien compris vos craintes[3] ; vous verrez que l'aliénation mentale est suggérée plutôt qu'exploitée, de telle sorte qu'il s'agit d'une histoire d'amour, douloureuse parce que non partagée, mais très humaine, intense et plausible.
Ce qui n'est pas encore très au point concerne les plongées dans le passé, les flashes de la vie à Guernesey et tout ce qui met en scène Victor Hugo lui-même ; c'est pourquoi j'attends avec le plus vif intérêt votre réaction de principe et – si elle n'est pas défavorable – vos remarques de détail qui nous seraient tellement précieuses, à Jean Gruault et moi.
Je pense que les réactions de Miss Guille nous seront également très utiles si vous deviez nous donner le feu vert pour persévérer dans ce travail qui nous passionne de plus en plus[4].

1. *Chez Victor Hugo. Les Tables tournantes de Jersey : procès-verbaux des séances*, L. Conard, Paris, 1923.
2. Les archives de Jean Hugo conservent deux versions dactylographiées, non datées, du scénario : la première, de 108 pages, étant sans doute cette version de mars 1971.
3. « J'ai reçu de Jean Hugo une lettre *très encourageante*. Il fait juste des réserves sur les flashes de Guernesey (la représentation physique de Hugo), il préférerait qu'on ne montre que des photos mais, même sur ce point, il n'est pas formel, cela pourra se négocier. Je vais relire très attentivement le script n° 1 et le n° 2 et prendre des notes pour que tu puisses y retravailler un peu. Cette lettre de Jean Hugo me rend très heureux, car je tiens beaucoup à ce film. » (Lettre à Jean Gruault, 8 avril 1971, *Correspondance*, *op. cit.* p. 400.) Après la sortie du film, Truffaut confiera : « Jean Hugo s'inquiétait également d'une éventuelle représentation filmée de Victor Hugo. Je m'efforçai de le rassurer en lui promettant que je lui épargnerais le spectacle sur l'écran d'un figurant barbu qui s'amènerait et dirait : "Je suis Victor Hugo"… » (« Pourquoi ce film ? Pourquoi pas » : dossier de presse, *Avant-Scène cinéma* n° 165, janvier 1976.)
4. De son côté, Miss Guille est anxieuse : « Comme vous pourrez l'imaginer, nous mourons d'envie de savoir les réactions de Jean Hugo sur le scénario ! Faut-il que je vous dise combien

Je commence un nouveau film fin avril, *Deux Anglaises et le Continent*, tiré d'un livre d'Henri Pierre Roché (l'auteur de *Jules et Jim*), l'histoire d'un jeune Français amoureux de deux sœurs anglaises dans les années 1910. Puis je serai dans le Midi en juillet et août, à votre disposition au cas où vous souhaiteriez me rencontrer ; de toutes manières, j'espère beaucoup recevoir de vos nouvelles après lecture du projet et je vous prie, cher Monsieur, de croire à mes sentiments les plus distingués,

François Truffaut

FRANÇOIS TRUFFAUT À JEAN HUGO

[Papier en-tête *François Truffaut*]

Mardi 30 mars 1971

Cher Monsieur,
Je tiens tout de suite à rectifier une erreur qui s'est glissée dans notre récit sur *Adèle* (scène n° 20 page 41). Nous parlons d'une photographie de Léopoldine prise par François-Victor. Double erreur puisque François-Victor n'avait que quinze ans à la mort de sa sœur, que le photographe de la famille était Charles[1] et qu'il n'existe de Léopoldine que des dessins par Madame Hugo.
C'est une erreur, il s'en trouve peut-être d'autres que vous nous signalerez. Je souhaite qu'elles soient trop peu nombreuses pour vous influencer défavorablement et je vous prie, cher Monsieur, de croire à l'expression de mes sentiments les plus distingués,

François Truffaut

---

la réalisation de ce film (et surtout par vous) serait pour moi une joie inexprimable ? Avez-vous la moindre indication de la part de Jean Hugo concernant son opinion ? » (Lettre à François Truffaut, 19 avril 1971.)

1. Charles Hugo (1826-1871), le deuxième des cinq enfants de Victor Hugo et Adèle Foucher, est le grand-père de Jean Hugo. En 1852-1853, il accompagne et documente l'exil de son père à Bruxelles, puis à Jersey en réalisant un album de photographies demeuré dans la famille jusqu'en 1986. Après le décès de Jean Hugo, cet album fut accepté par l'État à titre de dation, en paiement de droits de succession, et il figure aujourd'hui dans les collections du musée d'Orsay, à Paris.

JEAN HUGO À FRANÇOIS TRUFFAUT

5.IV.71[1]

Cher Monsieur,

Votre projet de film est très beau, très émouvant et, à ce qu'il me semble, d'une exactitude historique parfaite. J'avais sursauté à la page 41, mais votre lettre est arrivée aussitôt. Vous avez tourné à merveille la difficulté de l'aliénation mentale : on s'en aperçoit à peine.

Pour les flashes de la vie à Guernesey, j'ai une crainte. Il y a plusieurs projets sur la vie de Victor Hugo, l'un d'eux notamment par R. Escholier[2]. Ma tante Jeanne Hugo[3], qui vivait encore alors, s'était toujours opposée à leur réalisation. Je crains que si l'on voit Victor Hugo à l'écran cela ne crée un précédent, et que des metteurs en scène qui n'ont pas votre discrétion et votre tact ne soient tentés de reprendre cette idée[4]. Je sais bien que tout a été révélé de la vie de V. H. Mais un film est autre chose qu'un livre. Pour en revenir aux flashes, vous trouverez sans doute un moyen d'éviter ce danger futur ; des photographies fixes peut-être ?

Je ferai lire votre texte à ma sœur, qui est ici. Elle aura sûrement le même sentiment que moi.

J'ai rencontré jadis Henri Pierre Roché, mais je ne connais pas le livre[5] dont vous allez tirer un film.

J'espère bien vous rencontrer cet été, peut-être au début de juillet. À partir du 10 environ jusqu'aux vendanges, je serai dans le Rouergue[6]. Cela ne sera pas sans doute sur votre chemin, mais je serais heureux, là comme ici, de vous accueillir.

Avec toutes mes félicitations pour votre beau projet, je vous prie…

1. La lettre n'ayant pas été retrouvée dans le Fonds Truffaut, nous avons retranscrit ici son brouillon, conservé dans les archives de la famille de Jean Hugo.
2. Raymond Escholier (1882-1971), ancien conservateur de la Maison Victor Hugo et auteur de plusieurs ouvrages sur le poète. Ce projet de film ne semble pas avoir abouti. En 1927-1928, Abel Gance avait eu le projet d'une *Vie de Victor Hugo*, dont Raymond Escholier devait écrire le scénario et Jean Hugo faire les costumes.
3. Petite-fille de Victor Hugo (1869-1941), épouse de Léon Daudet, de Jean-Baptiste Charcot, puis de Michel Negroponte. En dépit de son opposition, le poète fut incarné au cinéma, notamment par Émile Drain dans une séquence de *Si Paris nous était conté* de Sacha Guitry (1956).
4. Le 9 novembre 1973, un protocole sera établi entre les Films du Carrosse et les trois ayants droit de la famille Hugo, représentés par Me Trumeau. « À l'article 2, il est précisé : "… le personnage de Victor Hugo ne pouvant apparaître sur l'écran que sous forme d'ombres projetées." » (Lettre de Léo Matarasso à Marcel Berbert, 16 octobre 1973.)
5. *Deux Anglaises et le Continent*, *op. cit.*
6. Jean-Baptiste Hugo nous précise : « Mon père se référait toujours à l'Aveyron par le nom de

FRANÇOIS TRUFFAUT À JEAN HUGO

[Papier en-tête *François Truffaut*]

De Paris, ce 16 avril 1971

Cher Monsieur,

Votre lettre me rend très heureux et la perspective de faire revivre Adèle m'enchante. Miss Guille a réagi dans le même sens et se propose de nous adresser, avec la collaboration de son assistante, une série de précisions et de détails.

Je comprends votre crainte en ce qui concerne la représentation physique de Victor Hugo sur l'écran et je vais étudier la possibilité de recourir à des photographies pour illustrer les flashes ; ce qui me désolerait serait de renoncer aux scènes 36 et 37 (Bureau de *La Gazette de Guernesey*[1]), car elles me paraissent nécessaires à la bonne compréhension de l'histoire et elles ont le mérite d'authentifier tout le contexte. Peut-être pourrais-je vous proposer une façon encore plus discrète de les filmer, à l'aide d'une mise en scène plus indirecte, par exemple en ne montrant Victor Hugo que de dos[2] ?

Enfin, nous aurons l'occasion d'en parler en juin si vous venez à Paris. Je serai en tournage, mais il me sera possible de me libérer soit le matin soit le soir, pour venir vous voir, avec mon collaborateur Jean Gruault. Sinon, je viendrai volontiers vous voir dans le Rouergue, en juillet (après mon tournage qui se termine le 12 juillet).

Je tiens à vous remercier d'avoir lu si rapidement notre travail et de l'avoir examiné avec autant d'objectivité et de bienveillance. Je sens que cette histoire vraie peut dépasser en émotion n'importe quelle fiction et qu'on peut encore sensiblement l'améliorer. Votre approbation va nous stimuler pour continuer cette écriture dans le même sens ; avec ma gratitude, je vous prie de croire, cher Monsieur, à mes sentiments les plus distingués,

François Truffaut

---

l'ancienne province. En 1960, il acheta une ferme dans la vallée du Durzon, à Nant, au pied du Larzac. Nous y allions l'été, de juillet à septembre. » (Courriel à Bernard Bastide, 25 juin 2020.) Les paysages de l'Aveyron seront une puissante source d'inspiration pour le peintre Jean Hugo, qui dessinera en 1983 les « cartons » des trois vitraux de l'église de Nant.

1. Dans le film, ce sera : *The Guernesey Press Co. Ltd*, visible sur la façade d'un immeuble.

2. Truffaut tiendra sa promesse de ne jamais montrer Victor Hugo à l'image. « Jamais je ne pourrai incarner [son] visage. Mais là, on parle beaucoup de lui, on sent sa présence. On l'entend lire des lettres très émouvantes qu'il adresse à Adèle : "Je suis vieux. Mon rêve est de vous avoir tous autour de moi. Mes bras te sont ouverts. Reviens." » (*Le Cinéma de François Truffaut*, *op. cit.* p. 331).

FRANÇOIS TRUFFAUT À JEAN HUGO

[Papier en-tête *François Truffaut*]

Vendredi 15 octobre 1971

Cher Monsieur,

Beaucoup de retard dans la terminaison de mon nouveau film[1] m'a empêché de reprendre contact avec vous cet été.

Jean Gruault et moi souhaitons vous rendre visite en novembre ou décembre, où vous voulez.

Je vous adresse un nouvel état du scénario sur Adèle ; sur la première page, j'ai mentionné, comme il me semble juste, les noms de Frances Guille et Margaret Mack[2]. Si le nom d'Hugo ne l'est pas, c'est que l'histoire est racontée de manière à provoquer un choc au milieu du récit lorsqu'on aura la révélation de l'identité d'Adèle. Nous avons établi ce nouveau scénario en tenant compte de vos remarques et aussi de celles de Miss Guille. Si, après la lecture de ce nouvel état et après notre rencontre, votre impression favorable se confirmait, je souhaiterais que des accords interviennent entre nous tous ; d'ici là, je garde le secret à propos de ce projet[3] que j'espère réaliser en 1973, mais qui exige une longue préparation.

Si vous désirez plusieurs exemplaires de l'état actuel, je puis faire procéder à une frappe supplémentaire ; j'espère recevoir bientôt de vos nouvelles et je vous prie de croire, cher Monsieur, à mes sentiments les plus distingués,

François Truffaut

1. *Les Deux Anglaises et le Continent.*
2. Cette version, non datée (oct. 1971), 122 pages, conservée dans les archives Jean Hugo, mentionne sur sa page de titre : « *L'Histoire d'Adèle* (projet de film) / Scénario établi par Jean Gruault et François Truffaut, à l'aide des travaux de Frances Vernor Guille et Margaret Mack » – ce qui attirera les foudres de Miss Guille : « Je ne comprends pas pourquoi vous avez mis le nom de Margaret Mack sur la première page. Sa part dans mon travail n'a pas été plus grande que celle de plusieurs autres étudiantes et il n'y a aucune raison que son nom paraisse dans l'affaire. » (Lettre à François Truffaut, 23 novembre 1971.) Truffaut lui répond le 8 décembre 1971 : « … il faut voir là une erreur de ma part, une confusion avec Madame Carol Seib, dont vous aviez mentionné la contribution dans plusieurs de vos livres. »
3. À Miss Guille, qui lui demande, le 19 avril 1971 comment annoncer le projet dans le journal de Wooster, *The Daily Record*, Truffaut répond le 22 avril qu'« il est préférable d'attendre que tout soit en règle sur le plan légal entre la famille Hugo, vous et nous. Jean Hugo n'est pas seul à décider de l'autorisation, il ne faudrait pas qu'une annonce journalistique (susceptible de faire boule de neige avec d'autres journaux internationaux) donne l'impression que l'on veut "forcer la main" aux héritiers Hugo. Tout cela est délicat, encore fragile ».

JEAN MAMBRINO À FRANÇOIS TRUFFAUT

15, rue Monsieur
Paris VIIe
Tél. : 734.74.77

Dimanche 28/11/71

Cher François,
Je sors de voir votre dernier film[1] et je ne puis me retenir de vous envoyer ce mot. Je suis profondément ému et touché. Plus que je ne pourrai dire. Tout ici est d'une délicatesse et d'une force admirables. Les visages et les âmes sont mis à nu avec une sorte de pudeur embrasée. On sent, comme avec les mains, le grain de la chair, le battement fou du cœur, de l'esprit déchiré. Il y a le temps interminable et lisse (si merveilleux, si douloureux dans sa lenteur) et les instants mobiles dont l'éclat fulgurant et doux force les yeux à se clore... Il n'y a rien de plus beau que la tendresse brûlante avec laquelle vous avez scruté ces deux jeunes êtres féminins, la jeunesse presque désespérée des regards, l'impossible et consumant désir, et cette mystérieuse souffrance presque aussi révélante que le bonheur.
Pardonnez-moi, cher François, si je délire un peu, mais je suis touché ici par une qualité très rare au cinéma, un certain rayonnement de poésie où beauté et vérité ne font plus qu'un (« La poésie ce n'est pas la prose en robe du soir, disait votre ami Cocteau, c'est une mathématique du cœur[2] »).
Dès les premières images, on reconnaît votre griffe inimitable (une certaine gaucherie très sûre d'elle-même, un certain tremblement de la main comme pour créer ce *sfumato* cher à Vinci[3], et en même temps, étrangement, quelque chose d'aigu et de presque sec dans le trait, comme si l'aveu de chaque image voulait se reprendre au moment de se dire). Et puis, peu à peu, il se produit un dépaysement étrange d'où émerge comme un nouvel univers filmique : ce

1. *Les Deux Anglaises et le Continent*, sorti le 18 novembre 1971.
2. Jean Mambrino semble avoir fusionné ces deux citations : « ... la poésie cessera enfin d'être une prose en robe du soir » (Jean Cocteau, *Poésie critique*, Gallimard, Paris, 1959, p. 30) et « Il aimait profondément la grande épopée des nombres, dont la musique n'était au fond que l'expression céleste, la mathématique du cœur » (Louis Aragon, *Les Voyageurs de l'impériale*, Gallimard, 1942, p. 398).
3. C'est Léonard de Vinci (1452-1519) qui a théorisé le *sfumato*, cette technique picturale qui donne au sujet peint des contours imprécis obtenue par l'utilisation de glacis d'une texture lisse et transparente.

film n'est pas seulement le plus beau que vous ayez fait, c'est le commencement d'une œuvre nouvelle, mûrie par le temps et la douleur.
Cher François, pardonnez-moi cette lettre au nom de notre vieille amitié. J'aimerais beaucoup vous revoir. Nous nous sommes manqués, il y a près de 2 ans, lors d'un rendez-vous décommandé et jamais repris[1].
Si vous le pouvez, si vous le voulez, téléphonez-moi ici un matin entre 10 h et midi, et offrez-moi le plaisir de causer de nouveau avec vous.
Votre fidèle ami,

Jean M.

JEAN-MARC ROBERTS[2] À FRANÇOIS TRUFFAUT

Téléphone 380.63.53.
34 bis, rue Guillaume-Tell
Paris XVIIe

Paris, le 29 novembre 1971

Cher Monsieur,
Je cherchais une occasion depuis quelques semaines pour vous remercier de la très gentille lettre que vous m'avez adressée au sujet de mon modeste roman, *Samedi, dimanche et fêtes*[3]. Je l'ai trouvée hier soir lors de la vision de votre dernier film. Une fois de plus, vous venez sauver le cinéma français qui devient, et je suis malheureux de le constater, tout à fait inquiétant.
Jusqu'au moindre détail, *Les Deux Anglaises et le Continent* sont la perfection même. Ce que j'admire le plus peut-être chez vous, c'est ce don de replacer un certain monde, un certain univers dans chacune de vos œuvres. Et le plus fort, avec *Les Deux Anglaises*, c'est qu'on en sort en se disant : « Quelle remarquable adapta-

1. Leur précédent échange date du 2 février 1968, alors que Truffaut s'apprêtait à commencer le tournage de *Baisers volés*.
2. Écrivain et éditeur français (1954-2013), dont la mère, Ada Lonati, comédienne italienne, joue le rôle de la réceptionniste d'un hôtel de passe dans *Domicile conjugal* (1970). Familier du personnage de Doinel, Jean-Marc Roberts avoue que « François Truffaut ne m'avait pas donné l'envie de filmer mais d'écrire » (*Les Nouvelles littéraires* n° 2671, 25 janvier-1er février 1979 ; *François Truffaut : le roman du cinéma*, hors-série *Le Monde*, mai-juin 2014). Une amitié épistolaire se nouera entre eux, mais, après la mort de Truffaut, Roberts confiera : « Je n'aurais jamais dû le rencontrer, j'ai été très déçu. » (*VSD*, 28 octobre 2008.)
3. Éditions du Seuil, 1972. Jean-Marc Roberts, 17 ans, avait envoyé le manuscrit à Truffaut en espérant une préface. Devant son refus, il mettra en exergue cet extrait d'un dialogue tiré de *Domicile conjugal* : « Une œuvre d'art ce n'est pas un règlement de comptes. »

tion ! » Malgré ça, vous êtes toujours présent, vous, Truffaut, et pas seulement un très bon adaptateur. Si je pouvais le faire (mais je n'en suis pas là), il faudrait inventer un prix d'excellence Truffaut. Je veux dire par là qu'un prix d'honneur ne suffirait jamais. J'aime beaucoup Chabrol, Demy, Mocky[1] (de temps en temps). Eh bien ces gens-là sont des prix d'honneur. Voilà, en deux mots, j'adore votre film, je vais le revoir, en guettant le prochain, bien sûr.

Inutile de vous signaler, comme je vous l'ai déjà dit au téléphone, que je serais ravi de vous rencontrer. De toute façon, le premier (enfin, soyons honnêtes, un des premiers) exemplaire de mon roman qui sortira vers le mois d'avril vous sera réservé d'emblée.

Avec toute mon admiration

Jean-Marc Roberts

FRANÇOIS TRUFFAUT À JEAN HUGO

[Papier en-tête *François Truffaut*]

De Paris, ce 8 décembre 1971

Cher Monsieur,

Pardonnez-moi de ne pas vous avoir donné signe de vie depuis longtemps ; il m'a fallu travailler sans relâche pour terminer *Les Deux Anglaises* avant la période des fêtes.

Pensez-vous venir à Paris dans le courant du mois de janvier et si oui, pourrez-vous nous accorder un rendez-vous ?

Le tournage de mon prochain film[2] aura lieu à Béziers en février et mars et il me sera facile de vous rendre visite à Lunel avant de commencer si nous ne nous sommes pas rencontrés d'ici là.

J'espère beaucoup terminer *L'Histoire d'Adèle* en 1973, mais naturellement je ne me risquerai pas à faire lire le scénario à qui que ce soit avant d'avoir votre autorisation et la solution légale à une situation complexe, je veux parler de la diversité littéraire des sources[3] : le journal inédit d'Adèle et la biographie reconstituée

1. Claude Chabrol, Jacques Demy et Jean-Pierre Mocky, trois réalisateurs de la même génération que Truffaut.

2. *Une belle fille comme moi* d'après le roman de Henry Farrell, avec Bernadette Lafont.

3. « D'ordinaire lorsqu'on tire un scénario de film d'après un livre, les choses sont simples : ou bien le livre est dans le "domaine public" et l'on a "carte blanche", ou bien on en acquiert les droits de reproduction cinématographiques en accordant, ou non, un droit de regard à l'auteur ou à ses héritiers. Ici, tout est plus complexe puisqu'il y a en premier lieu le *Journal inédit* d'Adèle Hugo

par Miss Guille à partir de quoi nous avons, Jean Gruault et moi, construit l'histoire pour l'écran.
Dans l'espoir d'une prochaine rencontre, je vous prie, cher Monsieur, de croire à mes sentiments les plus distingués,

François Truffaut

JEAN HUGO À FRANÇOIS TRUFFAUT

Mas de Fourques
Lunel

12.XII.71

Cher Monsieur,
Je ne pense pas pouvoir aller à Paris en janvier, mais je me réjouis de vous voir ici en février. Nous pourrons parler de tout plus tranquillement qu'à Paris. Et peut-être ai-je des photographies de Guernesey[1] que vous ne connaissez pas.
Croyez, je vous prie, cher Monsieur, à mes sentiments distingués.

Jean Hugo

BERNARD GHEUR À FRANÇOIS TRUFFAUT

Rue Darchis, 60
4000 Liège

Le 27 décembre 1971

Cher Monsieur,
Puis-je vous donner quelques rapides nouvelles ?
Nous n'avons pas encore vu vos *Deux Anglaises* à Liège[2]. Comme chaque fois, depuis douze ans, je me fais une fête de découvrir votre nouveau film.
Le Testament d'un cancre poursuit son petit bonhomme de che-

(donc les droits moraux et légaux de Monsieur Jean Hugo), ensuite vos travaux sans lesquels nous serions dans l'ignorance de la vie d'Adèle, et principalement de son séjour à Halifax. La situation légale est si particulière que seule une réunion entre Me Trumeau, Me Matarasso et M. Cazé pourra l'éclaircir. » (Lettre de François Truffaut à Miss Guille, 8 décembre 1971.)

1. Voir n. 1, p. 387.
2. *Les Deux Anglaises et le Continent* sortira en Belgique le 16 mars 1972.

min : deux tirages épuisés (3 500 et 1 000) ; un troisième en cours (1 200).
Jean Renoir a eu la gentillesse de m'écrire un petit mot à propos de mon premier roman[1]. Peut-être aimeriez-vous le lire ? Je me permets de vous en envoyer ici une copie.
Mon service militaire terminé, j'ai entamé un autre roman. Il s'intitulera peut-être *Un jeune homme plein de mystère*[2]. Le héros a dix-huit ans ; cela fera un livre plus extérieur, plus drôle, plus dur aussi.
Je vous envoie, cher Monsieur, mon meilleur souvenir.

Bernard Gheur

FRANÇOIS TRUFFAUT À BERNARD GHEUR

5, rue Robert-Estienne
Paris VIIIe

Monsieur Bernard Gheur
Rue Darchis, 60
4000 Liège (Belgique)

Le 7 janvier 1972

Mon cher ami,
J'ai lu avec beaucoup de plaisir la copie de la lettre que vous a adressée Jean Renoir, et j'en suis très heureux, ainsi que des bonnes nouvelles à propos du tirage de votre livre. Je suis impatient de lire *Un jeune homme plein de mystère* et je vous envoie mes meilleurs vœux.
Je vous prie de me croire sincèrement vôtre.

François Truffaut

1. Truffaut avait envoyé un exemplaire du roman à Jean Renoir, qui écrit à Bernard Gheur le 29 septembre 1971 : « [C']est un très beau livre, non seulement troublant de justesse, mais chargé d'une poésie inhabituelle. »
2. Le roman sortira sous le titre *La Scène du baiser* (Éditions Le Cri, Bruxelles, 1982).

FRANÇOIS TRUFFAUT À JEAN MAMBRINO

[Papier en-tête *François Truffaut*]
2, avenue Saint-Saëns à Béziers – 34

De Béziers, ce 12 mars 1972

Mon cher Jean,
Votre petit mot à propos des *2 Anglaises* m'a beaucoup touché ; je ne fais pas exprès de vous écrire quand je suis loin mais, entre ma fuite (au Canada[1]) au moment de la sortie du film, et la préparation du nouveau, j'ai passé peu de temps à Paris.
Je rentre le 15 avril, nous déjeunerons chez moi, je le désire comme vous. La courte description des *Anglaises* dans votre lettre est, phrase après phrase, d'une justesse totale, avec des mots très exacts ; mais nous ne parlerons pas seulement de films, je vous questionnerai sur certains livres[2].
Fidèlement votre ami,

françois

JEAN MAMBRINO À FRANÇOIS TRUFFAUT

15, rue Monsieur
Paris VIIe
Tél. : 734·74·77

15/3/72

Cher François,
Merci de votre bonne lettre qui me touche beaucoup. Moi aussi j'ai un grand désir de vous revoir. Nous ne parlerons pas seulement de films, bien sûr, mais de livres, et de toutes choses. Je crois à la complicité des amitiés profondes…

1. Truffaut, qui se trouve à Béziers pour le tournage d'*Une belle fille comme moi*, s'était rendu au Canada en décembre 1971 pour la sortie des *Deux Anglaises et le Continent*. C'est là qu'il participa, à Montréal, à l'émission radiophonique *Femme d'aujourd'hui* de la journaliste Aline Desjardins, évoquant avec justesse et sincérité son enfance, ses débuts au cinéma et ses admirations (Renoir, Welles, Hitchcock). Voir *Aline Desjardins s'entretient avec François Truffaut* (Léméac, Ottawa, 1973 ; Ramsay, Paris, 1987).
2. Truffaut, qui envisage une adaptation de *L'Autel des morts* de Henry James (pour *La Chambre verte*), souhaite interroger son ami à ce sujet.

Je vous joins un petit article[1] que j'ai fait pour vous défendre dans une revue d'étudiants où j'écris régulièrement ! (je pense que vous avez lu le beau papier que mon ami Jean Collet a écrit sur *Les 2 Anglaises* dans *Études* de janv. 72[2]).
Je serai en Grèce presque tout le mois d'avril. Je rentrerai autour du 20 (plus ou moins). Dès mon retour, je téléphonerai au Carrosse pour vous joindre, ravi à la pensée de déjeuner chez vous.
Bonne inspiration pour ce nouveau film.
Votre ami,

Jean

FRANÇOIS TRUFFAUT À JEAN HUGO

De Béziers, ce mercredi 29 mars 72

Cher Monsieur,
Notre tournage à Béziers s'achève et la dernière semaine nous amène à Lunel (au cabaret *Le Colt Saloon*, sur la route)[3].
Vous est-il possible de nous revoir, Jean Gruault et moi, à n'importe quel moment dans la journée du dimanche 9 avril afin que nous puissions parler de notre projet : *L'Histoire d'Adèle* ?
J'espère que vous pourrez donner votre réponse au porteur de la présente ou bien m'appeler sur le lieu de notre tournage à Béziers (jusqu'à vendredi inclus, tél. 28-29-20) ou le soir à partir de 21 h chez moi : 28-84-75.
Dans l'espoir de notre prochaine rencontre, je vous prie, cher Monsieur, de croire à l'expression de mes sentiments les plus distingués,

François Truffaut

1. L'article n'ayant pas été conservé, nous n'avons pu l'identifier.
2. « Choix de films », *Études : revue de culture contemporaine*, 1972/1, janvier 1972, pp. 116-120.
3. Tournage dans la semaine du 3 avril 1972. Selon Carole Le Berre, c'est « Suzanne Schiffman qui a découvert près de Lunel le décor presque authentique du *Colt Saloon* » (*François Truffaut au travail*, Cahiers du cinéma, 2004, p. 177).

FRANÇOIS TRUFFAUT À JEAN HUGO

[Papier en-tête *François Truffaut*] Mr. Jean Hugo, Lunel

Jeudi 27 avril 1972

Cher Monsieur,
Nous gardons, Jean Gruault et moi, un splendide souvenir de ce dimanche dans votre maison si vivante et rieuse[1].
J'ai vu Me Matarasso, il va se mettre en rapport avec Me Trumeau pour avancer notre projet et j'espère que tout ira bien.
Je vous prie d'exprimer ma gratitude à Mme Hugo et de transmettre mon meilleur souvenir à Baptiste, Jeanne, Adèle, Sophie et celle dont je suis confus d'avoir oublié le nom[2].
Avec l'espoir de vous revoir bientôt, croyez-moi fidèlement et sincèrement vôtre,

François Truffaut

FRANÇOIS-RÉGIS BASTIDE À FRANÇOIS TRUFFAUT

[Papier en-tête *Éditions du Seuil*]
27, rue Jacob
75261 Paris

Monsieur François Truffaut
Artmedia[3]
37, rue Marbeuf
75008 Paris

Paris, le 4 août 1972

Mon cher Truffaut,
Paul Flamand[4] me communique votre lettre du 21. Je rentre moi-même de vacances. M'étant personnellement occupé, ici,

1. Le 9 avril 1972, alors qu'il avait laissé croire à Jean Gruault que *L'Histoire d'Adèle H.* serait son prochain film, « Truffaut dit à Jean Hugo, devant Gruault, qu'ils ne [le] tourneront pas avant un an ou deux. Nouvelle qui contribue à engager son coscénariste à abuser, ce soir-là, des vins muscat du pays et autres liqueurs libéralement prodigués par Jean Hugo devant un Truffaut resté sobre et hilare » (Carole Le Berre, *François Truffaut au travail, op. cit.* p. 195). Ce 27 avril, Truffaut rend compte à Miss Guille de cette visite au mas de Fourques : « Jean Hugo nous a montré beaucoup de photos de Guernesey, ses filles sont charmantes, sa maison pleine de gaieté, c'était un beau dimanche. »
2. La fratrie est constituée de Charles (né en 1949), Marie (née en 1951), Jean-Baptiste (né en 1953), Adèle (née en 1954), Jeanne (née en 1955), Sophie (née en 1957) et Léopoldine (née en 1958).
3. Agence artistique française, dont le créateur et premier directeur, Gérard Lebovici (1932-1984), est l'agent de Truffaut. Il lui conseille et lui présente des acteurs, négocie avec des coproducteurs français ou étrangers, édite les livres d'André Bazin aux éditions Champ Libre. Et c'est aussi « Lebo » qui distribuera le dernier film de Truffaut, *Vivement dimanche !* (1983) au sein de sa société, AAA (Auteurs Artistes Associés).
4. Le 18 juillet 1972, Paul Flamand, des Éditions du Seuil, a écrit à Truffaut pour lui apprendre la

du roman de Christopher Frank[1], je peux vous dire qu'il s'agit d'un roman assez brillant, d'un jeune romancier français, d'origine anglaise. C'est son deuxième livre. Nous avions publié le premier, *Mortelle*, avec une préface de Jean-Louis Curtis.
Tout ce que je peux vous dire, c'est que vous avez choisi, l'un et l'autre, un bien beau titre. Il est tout de même probable que votre film fera plus de bruit que le roman. Ce serait amusant que, l'ayant lu, vous ayez envie d'en faire un film qui, tout naturellement, porterait un autre titre, etc. etc.
Je vous prie de croire, mon cher Truffaut, à l'assurance de mes sentiments les meilleurs.

François-Régis Bastide

Jean-Pierre est fantastique dans *L'Éducation*[2].

FRANÇOIS TRUFFAUT À JEAN MAMBRINO

5, rue Robert-Estienne
Paris VIIIe

Monsieur Jean Mambrino
15, rue Monsieur
Paris VIIe

Paris, le 28 août 1972

Mon cher Jean,
Je garde un très bon souvenir de notre déjeuner pendant le mixage d'*Une belle fille comme moi* et j'espère que nous nous reverrons à mon retour à Paris après le 15 novembre.
J'ai lu avec beaucoup de passion votre étude sur Simenon[3] et je vais me procurer un exemplaire du *Fils*[4].
Amicalement,

François

P.-S. Je vous retourne votre texte qui peut vous être utile.

parution prochaine d'un roman de Christopher Frank, *La Nuit américaine*, et s'inquiète d'une confusion possible avec le film de Truffaut, qui lui répond : « Je suis désolé de ce que vous m'apprenez au sujet de *La Nuit américaine*, mais il m'est impossible de changer ce titre [...]. De toute manière, le film ne paraîtra sur les écrans qu'en avril 1973, soit huit mois après votre livre et cela ne sera pas la première fois qu'une telle similitude se produit. »

1. Écrivain, scénariste et réalisateur français d'origine britannique (1942-1993). Son roman sera adapté en 1975 par Andrzej Zulawski sous le titre *L'important c'est d'aimer*.
2. Ajout manuscrit. Jean-Pierre Léaud interprète Frédéric Moreau dans la mini-série *L'Éducation sentimentale* de Marcel Cravenne (1973), adaptation et dialogues de François-Régis Bastide, d'après Flaubert.
3. « Le mot du coffre », *Simenon*, Francis Lacassin et Gilbert Sigaux (dir.), Plon, Paris, 1973, pp. 23-51, où Jean Mambrino analyse la signification des images symboliques chez Simenon et le concept de « dépouillement ». Sa correspondance avec Georges Simenon (1951-1988) fut éditée dans les *Cahiers Simenon* n° 13, 1999.
4. Roman de Georges Simenon (Presses de la Cité, Paris, 1957).

FRANÇOIS-RÉGIS BASTIDE À FRANÇOIS TRUFFAUT

[Papier en-tête *Éditions du Seuil*]
27, rue Jacob
75261 Paris

Monsieur François Truffaut
Artmedia
37, rue Marbeuf
75008 Paris

Paris, le 6 décembre 1972

Mon cher Truffaut,
Vous vous en souvenez peut-être : au moment où nous achevions d'imprimer les premières épreuves de *La Nuit américaine*, de Christopher Frank, nous avions appris, par *Le Figaro*, que ce titre était aussi celui de votre prochain film. Notre directeur général, Paul Flamand, vous avait alors écrit pour vous signaler cette similitude[1]. Vous lui aviez répondu, le 21 juillet, que « cela ne serait pas la première fois qu'une telle similitude se produit ».
Il y avait, théoriquement, peu de chances pour que ce livre connaisse un succès de nature à vous gêner. Entretemps, et heureusement pour l'auteur et pour nous, le livre a eu un écho plus que favorable dans la presse (articles de Claude Mauriac, Jean d'Ormesson, Bertrand Poirot-Delpech, etc.) et le Renaudot lui a été décerné, comme vous le savez. Il y a, actuellement, une bonne centaine de milliers d'exemplaires en vente.
On me signale qu'il y a toujours des échos dans la presse sur votre tournage, et toujours avec le même titre. Quelles sont vos intentions à ce sujet ? Je suppose que vous avez l'intention de changer de titre, et que cela ne vous est pas agréable, ce que je conçois aisément. Pourriez-vous, dès que possible, me dire ce qu'il en est ?
Croyez, cher François Truffaut, à mes sentiments bien cordiaux.

François-Régis Bastide

1. Voir n. 4, p. 398.

FRANÇOIS TRUFFAUT À FRANÇOIS-RÉGIS BASTIDE

Monsieur François-Régis Bastide
Éditions du Seuil
27, rue Jacob
75261 Paris

Paris, le 11 décembre 1972

Mon cher ami,
Malgré le retentissement de votre livre *La Nuit américaine*[1], il m'est impossible de changer le titre de mon dernier film. Comme je l'avais spécifié à votre directeur général, *La Nuit américaine* en tant que titre de film a été déposé par nous au Registre public de la cinématographie (au CNC), il y a maintenant plus d'un an. Les premiers échos sur ce projet de tournage, avec la mention du titre *La Nuit américaine*, ont été publiés dans la presse (*Le Figaro*, *France-Soir*) en mai 1972, donc trois mois avant la démarche de Paul Flamand. Je regrette un peu de ne pas avoir, à ce moment-là (fin juillet), insisté pour que l'auteur du roman change son titre. Le film sortira seulement en avril ou mai[2] et cet écart de six mois limitera la confusion, je l'espère.
Croyez-moi sincèrement vôtre,

François Truffaut

GRAHAM GREENE[3] À FRANÇOIS TRUFFAUT

La Résidence des Fleurs
Avenue Pasteur
06 Antibes

24 décembre [*1972*]

Cher François Truffaut,
J'étais parti à Londres pour une petite opération, et je viens seulement de rentrer et de trouver les deux photos, que je

1. Voir n. 4, p. 398.
2. Le 24 mai 1973, quelques jours après sa présentation au Festival de Cannes.
3. Écrivain et scénariste britannique (1904-1991), dont l'œuvre se divise en deux genres principaux : les thrillers ou romans à suspense (*Le Rocher de Brighton*) et les textes littéraires (*La Puissance et la Gloire*). Plusieurs de ses livres ont été adaptés au cinéma (*Un Américain bien tranquille, Voyages avec ma tante*...) et lui-même a signé plusieurs scénarios originaux, notamment pour deux films de Carol Reed, *Le Troisième Homme* (1949) *et Notre agent à La Havane* (1959).

prends comme un signe de pardon ! Je ressemble indéniablement à un assureur[1] ! N'ayant pas votre adresse, je demande à Secker[2] de vous envoyer ce mot, ainsi qu'un exemplaire de mon livre sur le cinéma[3] – un livre d'art, qui n'est pas destiné à être lu.

Votre secrétaire ou vous-même auriez-vous l'extrême amabilité de m'envoyer l'adresse de cet agent, sur la Côte, que vous avez recommandé à Martine – vous vous souvenez sans doute de la fille d'Yvonne, de Monte Carlo TV, que vous aviez eu la gentillesse de recevoir ?

Tous mes meilleurs vœux pour cette nouvelle année,

Bien à vous,

Graham Greene

FRANÇOIS TRUFFAUT À GRAHAM GREENE

Monsieur Graham Greene
La Résidence des Fleurs
Avenue Pasteur
06 Antibes

Paris, le 29 janvier 1973

Cher Monsieur,

Je vous remercie beaucoup de m'avoir adressé *The Pleasure Dome* et j'espère pouvoir être en mesure de le lire dans quelques mois, lorsque j'aurai appris sérieusement l'anglais, mais je puis déjà, non sans un peu d'arrogance, vous signaler une erreur page 268 : dans la distribution du film *Pièges*[4], il faut lire dans la liste des acteurs non pas Jean Renoir mais son frère Pierre, et naturellement cette erreur est répercutée page 283 dans l'index.

L'homme dont vous me demandez le nom et l'adresse n'est pas un agent mais un régisseur de films, c'est-à-dire l'équivalent d'un

1. Sans doute deux photos de plateau de Graham Greene dans *La Nuit américaine*, où il interprétait un assureur anglais – brève composition qui ne sera pas créditée.
2. Harvill Secker, son éditeur.
3. *The Pleasure Dome : the Collected Film Criticism 1935-1940*, Secker and Warburg, Londres, 1972. L'ouvrage, inédit en français, collecte les critiques de films de Graham Greene parues dans *The Spectator*, un hebdomadaire britannique conservateur. Une édition plus complète paraîtra sous le titre *Mornings in the Dark : The Graham Greene Film Reader* (Carcanet Press Ltd, Manchester, 1993).
4. Film français de Robert Siodmak (1939), avec Erich von Stroheim, Maurice Chevalier et Pierre Renoir.

production manager. Il s'agit d'Alex Maineri[1] : 126, avenue de la Californie, Le Carina, à Nice (Tél. 86 62 42).
Sur la table de montage, je vois et revois toujours avec plaisir votre scène de *La Nuit américaine* et je dois vous dire que si vous aviez l'espoir secret de disparaître[2] avant le *final cut*, cet espoir sera déçu.
Je vous prie de transmettre mon meilleur souvenir à Yvonne et Martine[3] et me croire sincèrement vôtre,

François Truffaut

FRANÇOIS TRUFFAUT À JEAN HUGO

Ce 12 avril 1973

Cher Monsieur,
Je suis très coupable de ne pas vous avoir donné de nouvelles après votre si chaleureux accueil à Lunel, mais je me suis lancé dans un film particulièrement difficile, *La Nuit américaine*, que je viens seulement de terminer[4].
Je suis très content d'avoir fait la connaissance de Me Trumeau, malheureusement à l'occasion d'une réunion entre avocats à l'issue de laquelle Miss Guille s'est montrée si difficile et déraisonnable que je suis contraint d'abandonner le projet de film sur l'histoire d'Adèle[5]. La photocopie ci-jointe vous éclairera tout à fait. Bien sûr, au fond de moi, l'espoir subsiste, même si je dois attendre très longtemps, de renouer les fils cassés ou emmêlés.
Je tiens à vous dire que je vous suis très reconnaissant d'avoir

1. Alex Maineri (1920-2004) a notamment travaillé à *Tire-au-flanc 62* de Claude de Givray (1960), à la série des *Gendarme* (1970-1979) et au *Juge et l'Assassin* de Bertrand Tavernier (1976).
2. Voir n. 1, p. 402.
3. Yvonne Cloetta (1923-2001), la dernière compagne de Graham Greene, et sa fille Martine.
4. Tourné de septembre à novembre 1972, *La Nuit américaine* sera présenté hors compétition au Festival de Cannes le 14 mai 1973 et sortira sur les écrans dix jours plus tard.
5. Au cours de cette réunion à la Société des gens de lettres (Paris XIVe), le 30 mars 1973 – en présence de François Truffaut, Marcel Berbert, Me Matarasso, Miss Guille, Marcel Cazé, Me Trumeau, M. Minard –, Miss Guille réclame « deux cent mille francs (vingt millions anciens) pour [sa] collaboration éventuelle au scénario de *L'Histoire d'Adèle* ». Les Films du Carrosse proposent 20 000 francs (deux millions d'anciens francs) à Miss Guille et la même somme aux héritiers Hugo, en s'efforçant de minimiser la nature du projet. « Monsieur Truffaut, en passant, nous a indiqué que son intention était de faire un film simple, en noir et blanc, sans vedette, qui pourrait au besoin passer à la télévision au lieu du grand écran. » (Lettre de Me Trumeau à Jean Hugo, 5 avril 1973, collection Famille Hugo.) Le 10 avril 1973, Truffaut informe donc Miss Guille qu'en raison de ses prétentions financières, il est contraint de renoncer. « Et tout ce travail – le tien surtout – pour rien, écrit-il à Jean Gruault, son coscénariste. Mais je n'ai pas dit mon dernier mot : six mois après la mort de cette salope, je donnerai le 1er tour de manivelle de *L'Histoire d'Adèle H.* » (*Correspondance, op. cit.* p. 419.)

montré, en ce qui vous concerne, une attitude si bienveillante et sympathique envers notre projet. Il n'y avait aucune difficulté entre les désirs de Me Trumeau et les nôtres, seule Miss Guille est venue nous placer des bâtons américains dans les roues françaises (je devrais préciser des bâtons hollywoodiens[1] !).
J'adresse mon meilleur souvenir à Madame Hugo, vos enfants, et je vous prie de croire à mon profond respect,

François Truffaut

JEAN MAMBRINO À FRANÇOIS TRUFFAUT

15, rue Monsieur
Paris VIIe
Tél. : 734.74.77

25/5/73

Cher François,
J'ai été voir hier soir, dès le premier jour, *La Nuit américaine*, pensant que vous étiez encore à Cannes[2], et je veux vous dire tout de suite mon ravissement. C'est un film merveilleux d'humanité, de tendresse, de poésie, de précision, de « magic »... « Est-ce que les femmes sont magiques ? »...
C'est un beau film comme *Le Carrosse*[3], à la fois ouvert et fermé, facile et secret... Il y a dans chaque plan un extraordinaire *bonheur*, une continuelle *inspiration*, une invention, une drôlerie, une désinvolture extrême, et tout est extrêmement serré et solide comme un instrument qui sert pour un objet défini.
Naturellement, c'est bourré d'allusions et d'échos, tous les films que nous aimons (d'où un glissement, un rayonnement sans fin), mais aussi votre vie la plus personnelle s'y cache de façon poignante, ajoutant une rumeur grave continue... Cela m'a touché plus que tout. J'aimerais vous revoir. Faites-moi signe.
En affectueuse amitié,

Jean Mambrino

1. Miss Guille, qui vit aux États-Unis, s'est basée sur des grilles salariales hollywoodiennes, sans commune mesure avec les émoluments français. Le 18 avril 1973, elle écrit ainsi à Truffaut : « J'ai été d'ailleurs très étonnée que la somme qui a été suggérée vous semble si exorbitante, car je suis bien informée sur la rémunération courante pour le genre de travail que j'ai fait. »
2. Présenté hors compétition le 14 mai, le film « a été chaleureusement accueilli à Cannes, et son succès devrait être général » (Jean de Baroncelli, *Le Monde*, 16 mai 1973).
3. *Le Carrosse d'or* de Jean Renoir (1953).

P.-S. : Je l'ai vu au Dragon[1]. La salle était transportée. J'ai reconnu au fond de la salle le docteur aux cheveux blancs, le mari de Paméla[2]… Quelle direction d'acteurs vous avez réussie !

JEAN CAYROL À FRANÇOIS TRUFFAUT

[Papier en-tête *Éditions du Seuil*]
27, rue Jacob
Paris VIe

Monsieur François Truffaut
25, rue Quentin-Bauchart
75008 Paris

Paris, le 4 juin 1973

Cher François Truffaut,
Je voudrais vous dire combien j'ai été heureux de voir votre film[3] et de goûter cette subtilité, cette finition que vous savez mettre tout au long de vos séquences. Vos acteurs sont merveilleux et naturels d'aisance, de partis pris.
Tous ceux qui ont fait un peu de cinéma comprendront ce que vous avez fait d'une manière totale.
Merci de m'avoir permis de vous voir sur un écran.
J'espère que vous n'oubliez pas combien je serais désireux d'avoir un texte de vous pour les Éditions du Seuil. Je vous en avais déjà parlé il y a quelques années, et je sais, d'après la presse, que vous allez vous consacrer à la littérature[4]. Ne m'oubliez pas…
J'aimerais pouvoir un jour déjeuner avec vous, si cela est possible, et reparler de vos projets.
Je vous dis encore mes sentiments de vive admiration et d'une grande sympathie.

Jean Cayrol

1. Cinéma parisien, 24, rue du Dragon (Paris VIe), ouvert en 1963 par le cinéaste Claude Makowski et l'exploitant Boris Gourévitch, puis transformé en vidéo-club gay à la fin des années 1970.
2. David Markham (1913-1983), l'interprète du docteur Michael Nelson, le mari de Julie Baker/Paméla (Jacqueline Bisset).
3. *La Nuit américaine*, sorti le 24 mai 1973.
4. En fait, Truffaut veut mener à bien la composition de plusieurs ouvrages, entre autres l'édition d'un recueil de ses articles (*Les Films de ma vie*, Flammarion, Paris, 1975), mais soutenir aussi l'édition de livres de ses maîtres André Bazin, Sacha Guitry et Jacques Audiberti.

FRANÇOIS-RÉGIS BASTIDE À FRANÇOIS TRUFFAUT

L'Ancienne Mente
83 La Garde-Freinet

4/7/73

Mon cher Truffaut,
Dans une interview publiée par *Télé 7 jours*, parlant de « l'échec » de *L'Éducation sentimentale*[1], vous avez accusé Cravenne pour 2/3 et votre serviteur pour 1/3. Pour moi, passe encore. J'ai eu assez de compliments comme cela, venant d'écrivains que j'estime, et j'ai eu assez de difficultés avec ce texte, inévitablement *digest* d'un chef-d'œuvre. Votre jugement ne me concerne pas.
Pour ce qui est du travail de Marcel Cravenne, je trouve votre attitude assez révoltante. On dirait que vous ne savez pas ce qui s'est passé sur le plateau pendant trois mois. Un comédien à peu près constamment ivre[2] (de cognac, de champagne), ne sachant pas un mot de son texte, une stagiaire-scripte se roulant par terre hors champ pour lui envoyer la moindre des répliques, un comédien qui n'avait jamais sa brochure avec lui, qui réclamait et obtenait, de l'habillcuse, des gifles, ou de l'épouse de l'adaptateur (qui est médecin) des drogues remontantes ou apaisantes, un comédien que toute l'équipe a proprement haï pendant ces trois mois, et Cravenne qui n'a pas eu un mot d'impatience, tandis que Jean-Pierre traitait de « fasciste » tout un chacun. Voilà la vérité auprès de laquelle le tournage de votre *Nuit américaine* est une aimable bluette[3] (charmant film par ailleurs).
En fait, Cravenne a fait une erreur en choisissant Léaud, contre tous les avis, ou à peu près, et malgré mon scepticisme. Il est

1. La mini-série télévisée de Marcel Cravenne (1973), adaptée et dialoguée par François-Régis Bastide, d'après Flaubert. Dans cet entretien, Truffaut confiait : « Avant d'accepter le rôle, Jean-Pierre [Léaud] est venu me demander conseil et je l'avais encouragé à travailler sous la direction d'un réalisateur qui avait merveilleusement su traduire *David Copperfield.* Je me suis trompé et j'ai mal conseillé Jean-Pierre. » Un échec qu'il attribue « pour un tiers à l'adaptation du roman de Flaubert, et pour les deux tiers à sa mise en image. Ma confiance en Jean-Pierre Léaud reste intacte » (Jacques Parrot, « François Truffaut ne croyait pas au succès de *Baisers volés* », *Télé 7 jours* n° 682, 19 mai 1973, pp. 36-37). De son côté, Léaud confiera : « Au début, pour montrer la timidité de Frédéric Moreau qui arrive à Paris, tombe amoureux de Mme Arnoux et découvre la vie, j'ai pensé à Antoine Doinel que je jouais dans *Baisers volés*. Vers la fin, quand Frédéric a vieilli de 27 ans et pris de l'assurance en devenant un bourgeois, j'ai toujours pensé à Antoine Doinel, mais à celui de *Domicile conjugal.* » (*France-Soir*, 17 mars 1973.)
2. Truffaut a ajouté à la main la mention « Léaud » dans la marge.
3. François-Régis Bastide fait allusion au tournage de *Je vous présente Paméla*, le film dans le film.

vrai qu'il n'y avait à peu près personne d'autre et que Léaud est bien, comme comédien, l'anti-comédien et l'anti-héros de Flaubert. Mais ce qui passe, d'un jeu, au cinéma, ne passe pas du tout au petit écran. La France entière a trouvé Léaud mauvais, par comparaison inconsciente avec des comédiens-comédiens, du type Drouot, Paturel[1], etc. La critique aussi, vous le savez. Pourtant, et je veux que vous le sachiez aussi, j'ai fait de mon mieux, reconnaissant un peu les raisons qui avaient « détraqué » quelque peu Léaud, raisons sentimentales, les seules respectables. J'ai fait de mon mieux pour que certains critiques ne le « matraquent » pas trop, expliquant les difficultés d'un tournage où l'on doit être sublime tous les jours pendant trois mois. J'ai écrit des lettres, notamment à Mme Claude Sarraute, du *Monde*[2], et elle a bien compris. Dans cette lettre, notamment, je me souviens que je disais à peu près : tirez sur l'adaptateur, si vous voulez, mais pas sur Léaud, ni bien sûr sur Cravenne. Le résultat est qu'elle a traité les yeux de Françoise Fabian de « flaques d'eau tiède[3] »... Ah ! mon bon monsieur, on n'est pas aidé !

Voilà. Je comprends très bien que vous défendiez votre ami, qui a un talent certain, parfois même dans certaines séquences de *L'Éducation*. Je ne comprends pas que vous puissiez égratigner au passage ceux qui, à son endroit, n'ont rien à se reprocher.

Léaud ne s'était jamais colleté avec un texte de cette sorte (qui est strictement du Flaubert textuel, à une ou deux phrases près, et Jean-Pierre sait lesquelles, car il avait bien étudié le livre) et il n'y est pas arrivé. Le voyant, il a bu. Bu, il a trébuché à peu près tous les jours. Ce n'est pas un cataclysme national, mais Cravenne a été fort affecté par cette sorte d'échec. Vous auriez pu y penser, avant de lancer vos anathèmes.

Bien sincèrement, mon cher Truffaut

François-Régis Bastide

1. Jean-Claude Drouot qui, rendu célèbre par la série de Pierre Goutas *Thierry la Fronde*, venait de triompher dans *Les Gens de Mogador* de Robert Mazoyer (1972). Dominique Paturel qui, comédien de théâtre à l'origine, est devenu, dans les années 1960-1970, une vedette du petit écran.

2. « *L'Éducation sentimentale*, entre Mogador et Nogent-sur-Marne », *Le Monde*, 12 mars 1973.

3. « ... une Mme Arnoux au beau visage de Madone, à peu près aussi expressif qu'une flaque d'eau » (Claude Sarraute, *Le Monde*, 12 mars 1973).

BERNARD GHEUR À FRANÇOIS TRUFFAUT

Rue Beeckman, 16
4000 Liège

Le 3 décembre 1974

Cher Monsieur,
Mon second roman est terminé. C'est pourquoi je reprends contact avec vous et je me permets de vous demander s'il vous serait possible de lire *La Cour intérieure*[1] un crayon à la main, avant la parution, comme vous aviez bien voulu le faire pour *Le Testament d'un cancre*. Si vous étiez d'accord – et ce serait magnifique –, quel moment vous conviendrait le mieux ? Cette fois encore, il s'agit d'un roman court, longuement mûri, écrit en moins d'un mois.
Je compte envoyer dans quelques semaines un premier manuscrit à Albin Michel[2].
Veuillez croire, cher Monsieur, à tous mes sentiments les meilleurs.

Bernard Gheur

FRANÇOIS TRUFFAUT À JEAN-LOUIS BORY[3]

Paris, le 11 décembre 1974

Cher Jean-Louis Bory,
Je rumine depuis une dizaine de jours un paragraphe de votre article : « Faut-il brûler les Champs-Élysées[4] ? » sans réussir à le

1. Ce second roman de Bernard Gheur paraîtra sous le titre *La Scène du baiser* (Éditions Le Cri, 1982).
2. « Le roman a été refusé par Albin Michel. Mon interlocuteur n'était plus Robert Sabatier qui, devenu membre de l'Académie Goncourt, avait renoncé à son poste de directeur littéraire chez Albin Michel. » (Courriel de Bernard Gheur à Bernard Bastide, 30 avril 2020.)
3. Écrivain et journaliste français (1919-1979), dont le premier roman, *Mon village à l'heure allemande* (Flammarion, Paris, 1945) obtient le prix Goncourt. Il sera suivi par une douzaine d'autres et quelques essais dont *Ma moitié d'orange* (Julliard, Paris, 1973), où Bory révèle son homosexualité. Passionné de cinéma, il devient critique d'abord à *Arts* (1961-1965), puis au *Nouvel Observateur* (1966-1979). Dans ses écrits comme dans ses interventions radiophoniques du *Masque et la Plume*, il défend avec fougue un cinéma « debout » et « différent », marquant de son empreinte des générations de cinéphiles. Concernant le cinéma de Truffaut, s'il savoure *La Nuit américaine*, « un chant d'amour au cinéma [...], son *Carrosse d'or* », apprécie *Domicile conjugal* sur lequel « flottait une espèce de grâce », il avoue être « sorti déçu de *La Sirène* » et détester *Les Deux Anglaises et le Continent*, « empatouillé dans le livresque [...], décoratif ». L'orage éclate en 1974 quand Bory accuse Truffaut de s'être fait « ramasser par le système ». Mais ils continueront à échanger, liés par une sensibilité et des blessures communes.
4. *Le Nouvel Observateur* n° 525, 2-8 décembre 1974.

digérer. J'ai pensé vous demander un rendez-vous pour en parler ensemble, je me décide pour une lettre, car c'est moins contraignant pour vous.

La phrase qui m'agite est celle-ci : « ... Truffaut, Chabrol, Demy, Rohmer se sont fait ramasser par le système. » S'il s'agissait d'une appréciation, d'un jugement de valeur, je ne répondrais évidemment pas, mais il s'agit de morale et qui aime se faire traiter de salaud ?

Mon cher Jean-Louis Bory, nous avons un point commun : celui d'avoir débuté avec notre plus grand succès[1]. Vous avez eu la joie d'être tout de suite un auteur édité et reconnu, moi aussi. Ensuite, vous avez publié beaucoup de livres chez différents éditeurs, on ne vous a jamais refusé un manuscrit parce que, dès le début, vous aviez fait vos preuves.

Supposons que vous lisiez un jour dans un journal : « La véritable littérature d'aujourd'hui est constituée de manuscrits refusés par les éditeurs, des livres édités à compte d'auteur et des brochures ronéotées : Genet s'est tu en 1968 ; quant à Sartre, Bory, Cayrol, Rezvani, ils se sont laissé ramasser par le système. » Ne penseriez-vous pas : « Voilà un type qui mélange tout et qui confond le contenant et le contenu » ?

Vous n'êtes pas un auteur « marginal », vous êtes un écrivain professionnel ; on publie vos livres parce qu'ils sont bons, que vous avez une audience et que le tirage espéré permet de rembourser l'investissement initial. Vrai ou faux ? S'ils ne se vendent pas dans les gares aussi bien que Simenon ou Guy des Cars, vos livres s'achètent dans les drugstores et ils n'en sont pas moins bons pour autant. Vrai ou faux ?

Je peux me tromper, mais j'ai l'impression d'être un metteur en scène de cinéma qui travaille *dans le même esprit que vous* comme écrivain : nous choisissons librement nos sujets, nous les traitons à notre idée et nous les mettons en circulation.

Je vous ai entendu l'autre jour à la télévision[2] parler des prix littéraires et de la diffusion des livres avec beaucoup de logique et sans cynisme ; pourquoi ne pas appliquer la même lucidité à la circulation des films ?

1. *Mon Village à l'heure allemande* pour Bory, *Les Quatre Cents Coups* pour Truffaut.

2. Reportage diffusé dans le journal télévisé d'Antenne 2, le 1er décembre 1974, à 20 h, où Serge Misraï questionnait sur les prix littéraires Roger Vrigny (prix Fémina 1963), Bernard Privat (éditions Grasset) et Jean-Louis Bory (prix Goncourt 1945), qui se montrait le plus critique : « Cette remise de prix littéraires a un aspect de foire. [C']est un phénomène de société de consommation, qu'on le veuille ou non. »

Le meilleur film français de cette fin d'année est *Les Doigts dans la tête*[1], je crois que c'est aussi votre avis. De ne sortir que dans une salle, *Le Racine*[2], n'est pas un titre de noblesse pour ce film, mais une chose désolante ; début janvier, les recettes auront peut-être remboursé les frais de sortie et encore ce n'est pas certain ; ce que l'on doit souhaiter aux *Doigts dans la tête*, c'est d'obtenir un tel succès au Racine que Gourévitch ou Nedjar[3] programment à leur tour le film, avant Noël, dans un de leurs cagibis des Champs-Élysées.
J'ai tourné treize films. Quelques succès relatifs, quelques échecs relatifs, trois bides absolus : *La Peau douce*, *La Sirène*, *Les Deux Anglaises*. Que me reprochez-vous au juste : de ne pas avoir eu assez d'échecs ou de réussites ? Sur ces treize films, lesquels vous apparaissent comme des concessions au système ?
Quitte à vous ennuyer un peu, je vais faire un long flash-back pour vous décrire sommairement le cheminement de mon travail depuis quinze ans. J'ai découvert le cinéma pendant l'Occupation et à la Libération et, suivant le conseil de Jean Cocteau : « Il faut chanter dans son arbre généalogique[4] », je tourne des films qui ressemblent à ceux que j'ai aimés. Or, les films que j'ai aimés, même quand ils échouaient auprès du public – comme *La Règle du jeu* ou les *Amberson*[5] –, avaient été tournés de manière à être accessibles à tous. Ayant arrêté les études à 14 ans, il est logique que je ne puisse même pas envisager de me livrer aux mêmes recherches que Robbe-Grillet ou mon copain Rivette[6]. Je raconte des histoires avec un début, un milieu et une fin, même si je sais que, finalement, l'intérêt est ailleurs que dans l'intrigue elle-même.

Je commence mon flash-back. Puisque vous semblez souvent penser que j'ai descendu la pente fatale (sans préciser jamais la date exacte), je vous rappelle qu'après *Les 400 Coups* (mon village à

1. Film de Jacques Doillon, que Truffaut a comparé au *Toni* de Jean Renoir (« Un film simple comme bonjour », *Une semaine de Paris-Pariscope*, décembre 1974 ; *Les Films de ma vie*, *op. cit.* pp. 357-360). Bory lui a consacré un article enthousiaste, affirmant que, de la pauvreté du projet, Doillon tire « une extrême liberté qui rappelle celle de la Nouvelle Vague en ses beaux débuts » (« La fraîcheur et la fureur », *Le Nouvel Observateur* n° 523, 18 novembre 1974 ; *L'Obstacle et la Gerbe*, UGE 10/18, 1976, pp. 412-416).

2. Cinéma parisien d'art et essai, 6, rue de l'École-de-Médecine, Paris VIe, inauguré le 6 mars 1965, rebaptisé Le Nouvel Odéon à sa réouverture en novembre 2010.

3. Les producteurs et exploitants Boris Gourévitch (1897-1980) et Claude Nedjar (1938-2003) possédaient de nombreuses petites salles dans ce quartier.

4. « Plus un poète chante dans son arbre généalogique, plus il chante juste. » (*Poésie critique*, tome 1, Gallimard, Paris, 1959, p. 34.)

5. *La Règle du jeu* de Jean Renoir (1939) et *La Splendeur des Amberson* (*The Magnificent Ambersons*) d'Orson Welles (1942).

6. Le romancier et cinéaste Alain Robbe-Grillet (1922-2008) et le metteur en scène Jacques Rivette (1928-2016).

l'heure Nouvelle Vague[1]), j'ai tourné *Le Pianiste*[2] et *Jules et Jim* (j'ai relu récemment votre article enthousiaste dans *Arts*[3]). Ensuite, *La Peau douce*, bon ou mauvais, peu importe, mais après ce *big* fiasco à Cannes, me voilà quasiment chômeur. Un producteur italien[4] m'offre une petite fortune pour tourner un sketch avec Soraya et, en plus, il achètera *La Peau douce* pour l'Italie ; je réfléchis vingt-quatre heures, je rencontre la princesse (pourtant charmante), puis je refuse. Antonioni héritera de Soraya.

Alors je me balade partout, mon script de *Fahrenheit 451* sous le bras, bernique ! Deux ans plus tard, je parviens à faire le film à condition que ce soit à Londres et en anglais. Entretemps, je refuse : *Paris brûle-t-il ?*, *À la recherche du temps perdu*, *L'Étranger* de Camus et *Le Grand Meaulnes*, vive le système[5] !

Je tourne ensuite *La mariée était en noir*, *Baisers volés* (qui a failli ne pas se faire, le script étant trop mince) et *La Sirène du Mississipi*. Ce dernier film m'avait été proposé[6] deux ans auparavant avec Brigitte Bardot. J'avais adoré le roman, mais j'avais dit : « Bardot, pas question. Ce sera Catherine Deneuve ou personne. » J'ai patienté dans l'ombre et, dès que les droits ont été libres, je les ai achetés avec de l'argent prêté par Jeanne Moreau (vivent les vraies amies !) et j'ai tourné le film à mon idée, bonne ou mauvaise, mais à mon idée.

Ces difficultés sont peu connues, car je n'aime pas en parler dans les interviews ; après tout, la lutte pour la liberté individuelle fait partie de la vie et je n'aime pas l'idée de solliciter l'indulgence des critiques par le récit de mes démêlés avec les financiers. Je ne demande pas davantage à l'État de me subventionner, et la seule

1. Truffaut parodie ici le titre du premier roman de Jean-Louis Bory, *Mon Village à l'heure allemande*.
2. *Tirez sur le pianiste* (1960).
3. « Jules et Jim : une fête de tendresse et d'intelligence », *Arts* n° 854, 31 janvier-6 février 1962, p. 11 ; *Ombre vive*, UGE, Paris, 1973, pp. 289-291.
4. En 1964, Dino De Laurentiis avait proposé à Truffaut de tourner pour lui *Il provino*, l'un des sketches des *Trois Faces*. « Je suis en train de vendre mon âme en Italie pour un prix très élevé, j'ai besoin de fric pour m'acheter un appartement », écrit Truffaut à Helen Scott le 3 juillet 1964 (*Correspondance*, *op. cit.* p. 270). Il s'agit aussi d'offrir son premier rôle à la princesse Soraya, l'ex-épouse du shah d'Iran, en exil à Paris. Ce sketch sera finalement réalisé par Michelangelo Antonioni.
5. Le Fonds François Truffaut contient un relevé détaillé de ces « films refusés » : *Paris brûle-t-il ?* que lui avait proposé le producteur américain Paul Graetz, sera réalisé par René Clément ; *Un amour de Swann*, proposé par Nicole Stéphane, sera réalisé par Volker Schlöndorff ; *L'Étranger*, proposé par Micheline Rozan, sera porté à l'écran par Luchino Visconti ; *Le Grand Meaulnes*, proposé par Eugène Lépicier puis Georges Lourau, par Jean-Gabriel Albicocco.
6. Le projet avait été proposé à Truffaut par Robert et Raymond Hakim, en 1966, avec Jean-Paul Belmondo. Dans une lettre à Gilles Jacob, Truffaut écrit plutôt : « Même quand je discutais de *La Sirène* avec les Hakim, il n'a jamais été question d'elle [Bardot] ; c'était pendant le tournage de *Belle de jour*, les *brothers* ne juraient que par Catherine [Deneuve]. » (Fin octobre 1969, *Correspondance*, *op. cit.* pp. 374-375.)

chose que je reprochais à Cocteau était de parler trop souvent de « la France qui méconnaît ses artistes » ! Alors, j'ai la réputation du type qui obtient toujours ce qu'il veut, probablement qu'il y a du vrai et que, d'une façon ou d'une autre, cela m'arrange ! En tout cas, je me sens responsable, complètement, des films que je tourne, de leurs qualités et de leurs défauts et je n'accuse jamais le système. Retour en arrière.

Robert Dorfmann[1], qui me demandait un projet, lit mon scénario de *L'Enfant sauvage* et dit : « J'ai toujours voulu travailler avec vous et vous m'amenez un truc impossible. » Bon, je fais le film avec les Artistes Associés et, pour imposer mon désir de le tourner en noir et blanc, j'abandonne la moitié de mon salaire.

Ensuite, je tourne *Domicile conjugal* et là je veux bien avouer que ce n'était pas un film « nécessaire » (ou pas si tôt) et que, pour la première fois depuis longtemps, je partais gagnant au départ à cause du succès de *Baisers volés* ; je ne plaide pourtant qu'à demi coupable, car *Baisers volés* avait été bâclé (à cause de l'affaire de la Cinémathèque) et que le travail avec les acteurs a été poussé beaucoup plus loin dans *Domicile*, film petit-bourgeois, d'accord !

Ensuite est venu *Les Deux Anglaises*, film douloureux, éventuellement complaisant dans la douleur mais sincère, je vous prie de le croire, à tel point que j'ai ensuite ressenti comme une *nécessité* de le compenser par un film de vitalité forcenée, *Une belle fille comme moi*, qui me permettait de repartir à zéro (« à zéro, je ne lui fais pas dire », pensez-vous), avec ma Bernadette[2] des *Mistons*.

Ensuite je me suis rassemblé et réconcilié avec moi-même grâce à *La Nuit américaine* qui concerne simplement ma raison de vivre. (Vous adorez votre mère, je hais la mienne, même morte, comment pourrions-nous avoir deux idées en commun ?)

Après *La Nuit américaine*, j'ai voyagé, j'ai composé un livre, *Les Films de ma vie* (articles anciens et récents), j'ai fait des préfaces pour deux livres d'André Bazin[3], j'ai refusé à nouveau des films : *Le Petit Prince* d'après Saint-Ex, *La Vie de Scott et Zelda*[4] (ouais, ouais) et j'ai terminé différents scénarios pour les trois années à venir.

1. Ancien exploitant et distributeur (1912-1999), devenu producteur en 1951 avec la société Corona (*Jeux interdits* de René Clément, *Le Corniaud* et *La Grande Vadrouille* de Gérard Oury, *L'Aveu* de Costa-Gavras, *Le Cercle rouge* de Jean-Pierre Melville…).

2. Bernadette Lafont (1938-2003), comédienne française et l'interprète, pour François Truffaut, des *Mistons* (1957) et d'*Une belle fille comme moi* (1972).

3. *Jean Renoir* (Champ Libre, Paris, 1971) et *Charlie Chaplin* (Éditions du Cerf, Paris, 1972).

4. Le premier lui a été proposé par le cinéaste Stanley Donen ; le second, consacré à Francis Scott Fitzgerald et sa femme Zelda, par le producteur américain David O. Selznick.

Bons ou mauvais, mes films sont ceux que j'ai voulu faire et *seulement* ceux-là. Je les ai tournés avec les acteurs – connus ou inconnus – que j'avais choisis et que j'aimais. Si l'on doit un jour me refuser un projet, je m'en irai le tourner en Suède ou ailleurs. Par exemple, depuis *Jules et Jim*, on me propose régulièrement des films à tourner en Amérique ; le scénario de *Bonnie and Clyde*[1] a été écrit spécialement pour moi, mais je ne voulais plus, après *Le Pianiste*, filmer à nouveau des gangsters ; je sais bien aussi que si tous mes projets personnels échouaient, je finirais par accepter certaines de ces commandes et que le résultat ne serait pas forcément négatif, mais jusqu'ici j'ai tenu bon et je m'en trouve bien. Je souhaite que nous ayons l'occasion, un jour, de discuter de cette aventure parallèle des films qui se font et ne se font pas. Ne croyez pas que je verse dans l'autosatisfaction. Je me rends compte qu'ayant la chance de faire partie des vingt metteurs en scène français qui ont la liberté d'initiative, je dois me montrer plus rigoureux et exigeant.

Je suis conscient d'avoir accompli la moitié de mon trajet et j'ai la volonté de réussir plus complètement les treize prochains films. Je sais par exemple que j'ai eu tort d'avoir peur de la page blanche et qu'à cause de cela, j'ai tourné trop d'adaptations de romans, surtout de romans américains.

Curieusement, il est évident que je me suis mieux fait comprendre (*Jules et Jim* excepté) à travers les scénarios originaux comme *Les 400 Coups*, *Baisers volés*, *L'Enfant sauvage*, *La Nuit américaine* qu'à travers Irish et Goodis. Je sais que je dois encore lutter, mais je peux vous affirmer que mes efforts porteront sur la façon de mener ces films à bien et non sur une modification, qui serait artificielle, du choix de mes sujets.

En vérité, je n'ai jamais choisi un sujet de film. J'ai laissé une idée entrer dans ma tête, grandir et se développer, j'ai pris des notes et des notes et, au moment où je me sentais envahi : en avant.

C'est ainsi que je vais tourner un film sur Adèle Hugo exactement cinq ans après avoir lu une double page d'Henri Guillemin dans *Le Nouvel Observateur* (aux environs de février ou mars 1969[2]).

1. Écrit par deux jeunes scénaristes américains, Robert Benton et David Newman, ce projet fut proposé à Truffaut par le producteur Lewis Allen, en décembre 1963. Il envisagera un temps d'en faire son premier film américain, avec Jane Fonda et Warren Beatty, avant d'y renoncer : « De tous les scénarios que j'ai refusés depuis cinq ans, *Bonnie and Clyde* est de très loin le meilleur », écrit-il le 7 septembre 1964 à Elinor Jones, leur agent.

2. « Le noir taureau folie… », *Le Nouvel Observateur* n° 228, 24-30 mars 1969, pp. 40-43.

Cette manière de procéder non par choix ou par adoption, mais par envahissement progressif, un *critique* peut ne pas l'accepter comme sincère, par contre un *écrivain* ne peut pas ne pas l'avoir ressentie.
À présent, je vais vous parler de mes projets.
L'Histoire d'Adèle H. (que je commence donc en janvier) concerne la deuxième fille de Victor Hugo, Adèle (comme vous pouvez l'imaginer, le nom de Hugo ne soulève pas l'enthousiasme dans les bureaux). Le film sera entre *L'Enfant sauvage*, c'est-à-dire constitué d'évènements réels, et *Les Deux Anglaises*, c'est-à-dire sur des sentiments forts, non réciproques.
Ensuite, en juillet-août, *L'Argent de poche*[1], un film animé par huit enfants, garçons et filles, de la naissance à l'âge de douze ans.
En 1976, je tournerai un film, pas exactement à propos de la mort, mais *des* morts, et des sentiments que nous leur portons[2]. S'il faut le tourner en 16 mm et pour la télévision, je le ferai de cette manière, mais d'abord je tenterai de le faire en 35 mm et dans le système, oui.
Ensuite, je tournerai l'histoire d'un homme, probablement joué par Charles Denner, qui s'occupe trop des femmes[3]. J'ai encore d'autres projets, mais je ne veux pas vous embêter plus longtemps. Je veux juste vous faire accepter l'idée que je tourne ces films *exactement comme vous*, lorsque vous portez un livre à un éditeur et qu'il le publie sans demander des ajouts, des coupures, ni vous imposer une couverture mensongère ou affriolante.
Ayant essayé de vous démontrer ma pureté et que je n'accepterai jamais d'échanger deux paquets de lessive contre la mienne[4], je vais plaider un dossier trop facile puisque c'est celui du plus pur d'entre nous tous.
Éric Rohmer[5] a décidé, il y a déjà dix ans de cela, de tourner *Six Contes moraux*. Il a tourné entre 1964 et 1966 les deux premiers en 16 mm, puis *La Collectionneuse*. Le quatrième, *Ma Nuit chez Maud*, était écrit spécialement pour Jean-Louis Trintignant, qui a hésité deux ans avant d'accepter, ému par l'insistance de Rohmer qui refusait tout autre interprète.

1. Tourné du 21 juillet au 9 septembre 1975 à Thiers (Puy-de-Dôme), *L'Argent de poche* sortira le 17 mars 1976, avec entre autres Laura et Éva Truffaut, ses deux filles, et Geory Desmouceaux, le fils de Claude de Givray.
2. *La Chambre verte*, qui sortira le 5 avril 1978.
3. *L'Homme qui aimait les femmes*, qui sortira le 27 avril 1977.
4. Allusion à une célèbre publicité télévisée tournée dans une grande surface, où un enquêteur proposait à une ménagère d'échanger sa lessive Ariel contre deux barils d'une lessive X.
5. Truffaut ne cite pas le nom d'Éric Rohmer par hasard : Jean-Louis Bory avait, en effet, fait sa connaissance en hypokhâgne, au lycée Henri IV (Paris V^e^), à la rentrée de 1937.

Dans le même temps, le script de *Ma nuit chez Maud* était refusé par l'Avance sur recettes et par la télévision ; nous nous sommes groupés à sept coproducteurs et je suis allé convaincre Monsieur Contamine[1], alors patron de l'UGC, de distribuer le film qui a connu le succès que vous savez et que *La Collectionneuse* aurait mérité tout aussi bien. Ensuite, imperturbablement, Rohmer a poursuivi son plan : *Le Genou de Claire* et *L'Amour l'après-midi*.

Son projet étant réalisé dans sa totalité, il vient de passer trois ans à : a) donner des cours de cinéma à Nanterre ; b) réaliser une émission sur l'architecture d'aujourd'hui ; c) passer une maîtrise sur le *Faust* de Murnau (200 pages), réétudier l'allemand pour tourner son prochain film d'après Kleist dans la langue originale[2]. C'est cela que vous appelez « se laisser ramasser par le système » ?

Contrairement à vous et à moi, Rohmer a refusé d'aller dans les festivals et il n'a jamais voulu passer à la télévision[3] : c'est un type têtu et intègre, logique et rigoureux, oui, nous devons accepter cette idée parce qu'elle est vraie : le meilleur metteur en scène français est en même temps le plus intelligent et le plus pur. Son succès est d'aussi bon aloi que celui d'Ingmar Bergman, j'espère que vous êtes d'accord là-dessus.

Enfin, si vous faisiez partie de ces snobs qui ne peuvent aimer une œuvre qu'à condition qu'elle soit refusée par le nombre, vous ne vous seriez pas fait le défenseur d'Eugène Sue[4], écrivain populaire racontant des histoires mouvementées et poignantes.

Je vous envoie cette lettre car, lorsque vous parlez des films dans *Le Masque et la Plume*, votre façon de les décrire me rappelle un homme que j'adorais, Audiberti ; j'espère que vous avez aussi sa bonne foi.

Croyez-moi sincèrement vôtre,

François Truffaut

1. Claude Contamine (1929-2017) est alors P.-D.G. d'UGC (Union générale cinématographique). *Ma Nuit chez Maud* fut produit par Barbet Schroeder et Pierre Cottrell (les Films du Losange) et coproduit, à l'initiative de Truffaut, par FFP, Simar Films, les Films du Carrosse, les Productions de la Guéville, les Films de la Pléiade et les Films des Deux Mondes. À sa sortie en salles, il fera plus d'un million d'entrées.

2. En fait, Éric Rohmer est alors chargé de cours dans le département Arts et Archéologie de l'Université Paris 1. En 1972, il a soutenu une thèse de troisième cycle, qu'il publiera sous le titre *L'Organisation de l'espace dans le* Faust *de Murnau* (UGE 10/18, Paris, 1977 ; rééd. Cahiers du cinéma, 2000). Et il préparait *La Marquise d'O*, d'après Kleist, interprété par les comédiens germanophones Edith Clever et Bruno Ganz.

3. Derrière ce choix éthique se cachait une raison plus pragmatique : Maurice Schérer n'a jamais révélé à sa mère, Jeanne (décédée en 1970), l'existence de ce double réalisateur, Éric Rohmer, préférant lui laisser croire qu'il était professeur de lettres en province.

4. Jean-Louis Bory, *Eugène Sue*, Hachette, Paris, 1962.

JEAN-LOUIS BORY À FRANÇOIS TRUFFAUT

Paris, le 12/12 [*1974*]

Cher François Truffaut,

Je sens que je vous ai blessé – et j'en suis triste. Votre lettre me donne mauvaise conscience, je n'aime guère ça.

Je pense que vous avez lu trop vite une phrase que j'ai écrite trop vite, avec trop d'emportement (le plus grave de mes défauts). Je n'accusais pas – au nom de quelle « vertu » l'aurais-je fait ? Je constatais. Je constatais seulement que le cinéma jadis étiqueté Nouvelle Vague (comme cette étiquette a dû vous agacer, et comme je vous comprends !), ce cinéma « franc-tireur » ne l'était plus, franc-tireur. Du seul fait de sa victoire. Votre succès même, celui de Rohmer vous condamnent à participer du système, que vous le vouliez ou non. Vous, ici, c'est vous + Rohmer. Pouvez-vous empêcher vos films de circuler dans le circuit UGC ? Et – dans l'état actuel des choses – pourquoi vous y opposeriez-vous, en effet ?

Je ne suis pas assez sot, ni d'assez mauvaise foi pour reprocher à Gracq[1] son Goncourt. Je constate qu'il l'a eu – même s'il l'a refusé. Bon gré mal gré, *Le Rivage des Syrtes* a été récupéré par le système. Idem pour *Le Genou de Claire* – et tant mieux pour Rohmer dont j'admire profondément l'œuvre depuis ses débuts. Idem pour *La Nuit américaine* – et tant mieux pour vous.

La phrase que j'ai écrite, que sa rapidité excessive rendait brutale et par conséquent injuste, appelait la nuance et la rectification. Toutes deux impossibles dans le cadre de l'article (survol de dix ans de cinéma !). Je le regrette. Mais les lecteurs qui me suivent savent avec quel entêtement je défends l'œuvre de Rohmer, et avec quelle attention je suis tout ce que vous faites. Si vous étiez devenu un Molinaro ou un Boisrond[2], croyez-moi, il y a

1. Louis Poirier, dit Julien Gracq (1910-2007). C'est en 1938 qu'il inaugure chez José Corti, avec *Le Château d'Argol*, la publication d'une œuvre romanesque éthique, teintée de surréalisme, en marge des grands courants esthétiques, qui culminera en 1951 avec l'attribution et le refus de ce prix Goncourt.

2. Édouard Molinaro (1928-2013), auquel on doit, entre autres, *Oscar* (1967), avec Louis de Funès, et *L'Emmerdeur* (1973), avec Jacques Brel. Le nom de Michel Boisrond (1921-2002) reste attaché à celui de Brigitte Bardot, qu'il dirigea dans *Cette Sacrée Gamine* (1955), *Une Parisienne* (1957), *Voulez-vous danser avec moi ?* (1959) et *Les Amours célèbres* (1961).

beau temps que vous n'entendriez plus, en ce qui me concerne, parler de moi.
Je n'ai pas écrit que vous aviez vendu votre âme – seigneur ! Je suis sûr du contraire. Votre longue lettre m'en apporte une preuve non nécessaire. Mais, encore une fois, je ne prétendais pas pénétrer le secret de vos cœurs. Je remarquais, en conclusion à ce panoramique rétrospectif embrassant la dernière décennie, que le système était toujours assez puissant pour digérer, à plus ou moins longue échéance et peu ou prou, toutes les tentatives contestataires – dont la Nouvelle Vague, pour le cinéma français, reste la manifestation la plus exemplaire. Simple constat *historique*. Et non – oh non – verdict moralisateur.
Je souhaite à Jacques Doillon de triompher un jour à Cannes[1], et je vous assure que, dans la mesure de mes moyens, je travaillerai à ce triomphe. Il ne s'agit plus, dans l'état actuel des choses, de résister au système. Il s'agit de s'imposer à lui. Ce que Rohmer réussit à faire. Et vous aussi. Mais il serait peu lucide de ne pas admettre que, dans le moment même où vous vous imposez à lui, il vous récupère. Jean-Edern Hallier[2] a sans doute édité son livre contre le système des éditeurs, mais dès qu'il accepte sa distribution selon le système des messageries en vigueur, il se laisse « récupérer ». C'est comme ça. Je ne condamne pas Jean-Edern. Je constate.
Merci pour votre lettre. Merci pour tout ce que vous m'y dites. J'y sens – surtout – une confiance en moi qui m'honore, me touche, et dont j'essaierai, je vous le promets, de rester digne.
Croyez-moi vôtre

Jean-Louis Bory

1. En 1979, Jacques Doillon obtiendra le prix du Jeune Cinéma au Festival de Cannes. Il y reviendra ensuite avec *La Pirate* (sélection officielle, 1984), *Carrément à l'ouest* (Un certain regard, 2001) et *Rodin* (sélection officielle, 2017).
2. Créateur du prix anti-Goncourt au début des années 1970 et de la revue *L'Idiot international* (1969-1972), cet écrivain anticonformiste (1936-1997) anima une polémique active et diverses actions d'éclat contre le prix Goncourt et ses lauréats : dépôt d'engins incendiaires sur le palier des membres du jury, attentat au ketchup contre Michel Tournier, etc.

FRANÇOIS TRUFFAUT À BERNARD GHEUR

Monsieur Bernard Gheur
Rue Beeckman, 16
4000 Liège (Belgique)

Paris, le 31 décembre 1974

Mon cher ami,
Je suis d'accord pour lire votre manuscrit et comme vous êtes devenu un véritable écrivain professionnel, j'aurai certainement peu de corrections à suggérer.
Je vous souhaite une bonne année.
Bien amicalement à vous,

François Truffaut

BERNARD GHEUR À FRANÇOIS TRUFFAUT

Rue Beeckman, 16
4000 Liège

Le 10 janvier 1975

Cher Monsieur,
Voici *La Cour intérieure*[1]. De tout cœur, je vous remercie de vous intéresser à mon travail et de bien vouloir faire la fin du chemin avec moi.
Je vous souhaite à mon tour une excellente année (*Abel et Câline*[2] est un titre merveilleux) et je vous exprime tous mes meilleurs sentiments.

Bernard Gheur

1. Voir n. 1, p. 408.
2. En fait *Abel et Câlins*, titre de travail de *L'Argent de poche*. Selon Bernard Gheur, « Madeleine [Morgenstern] m'a dit en riant : "François aimait les titres commençant par un A, car ils sont cités en premier dans l'ordre alphabétique !" » (courriel à Bernard Bastide, 22 novembre 2018). Trois de ses films commencent en effet par la lettre A : *Antoine et Colette*, *L'Argent de poche* et *L'Amour en fuite*.

FRANÇOIS TRUFFAUT À BERNARD GHEUR

Monsieur Bernard Gheur
Rue Beeckman, 16
4000 Liège (Belgique)

St-Peter[1]*, le 24 janvier 1975*

Mon cher Bernard,
J'ai lu avec beaucoup de plaisir votre nouveau livre. Il m'est réellement impossible de vous suggérer des corrections car je l'ai lu d'une traite, emporté par la narration, à la façon dont je regarde certains films en me laissant prendre par l'histoire, au point d'oublier complètement la caméra. Par ailleurs, il ne fait aucun doute que vous êtes devenu un écrivain professionnel. Le contenu de votre livre a réveillé en moi bien des choses endormies, mais j'ai surtout pensé à un autre metteur en scène : Jean Eustache[2], à qui je vous conseille de l'envoyer, aussitôt publié, car vos personnages seront des frères pour lui. (Jean Eustache, c/o Les Films du Losange, 26, avenue Pierre-Ier-de-Serbie, 75116 Paris)
Merci de m'avoir donné la primeur de ce nouveau livre et je vous souhaite bonne chance pour vos éditeurs.
Je vous prie de me croire sincèrement vôtre,

François Truffaut

BERNARD GHEUR À FRANÇOIS TRUFFAUT

29 janvier 1975

Cher François Truffaut,
Vous étiez le premier à pénétrer dans cette *Cour intérieure* et votre lettre me fait beaucoup de bien. Je vais corriger le texte selon la

1. Saint-Pierre-Port est la capitale de l'île de Guernesey où Truffaut tournait alors *L'Histoire d'Adèle H.*
2. Cinéaste français (1938-1981), auteur de *La Maman et la Putain* (1973) et *Mes Petites Amoureuses* (1974), considéré comme un héritier de la Nouvelle Vague. Truffaut entretenait avec lui des rapports ambigus, teintés de jalousie. En 1973, dans une lettre à Bernadette Lafont, il le classe sans ménagement dans la famille des névrosés, « celle des gens tordus et contents de l'être » (Bernard Bastide, *Bernadette Lafont, une vie de cinéma*, Atelier Baie, Nîmes, 2013, p. 154). Le cinéma de Truffaut contient plusieurs références à Jean Eustache : entre autres dans *Domicile conjugal*, Antoine parle au téléphone avec Mme Eustache et la prie d'annoncer à son fils Jean qu'il vient d'être papa d'un petit garçon, et le personnage récurrent de Jacques, « le tapeur » (Jacques Robiolles), qui emprunte à plusieurs reprises de l'argent à Antoine, aurait été inspiré par Jean Eustache.

« méthode Truffaut » : barrer les adverbes et les mots inutiles et changer ceux qui chantent mal.
Je vous souhaite des journées très fructueuses à Guernesey et vous remercie de tout cœur de votre lecture complice.

Bernard Gheur

RAY BRADBURY À FRANÇOIS TRUFFAUT

[Papier en-tête *Ray Bradbury*]
10265 Cheviot Drive
Los Angeles 64, California

2 mai 1975

Cher François,
J'ai pris la liberté de vous faire parvenir, sous pli séparé, mon scénario de *Something Wicked This Way Comes*, tiré de mon roman du même nom. Chartoff/Winkler[1], mes producteurs, cherchent un réalisateur. J'ai suggéré votre nom… Si ce scénario vous parvient à un moment inopportun ou que vous préférez ne pas le lire, n'hésitez pas à vous en abstenir, et dites-le-moi. Je comprendrai. D'un autre côté, si vous êtes curieux, j'espère que vous le lirez, que vous me donnerez votre avis, et que vous me direz si vous êtes enclin à le réaliser un jour.
J'espère que cette lettre vous trouve en grande forme, et occupé à des projets qui vous rendent très heureux.
Bien à vous,

Ray

1. Robert Chartoff (1933-2015) et Irwin Winkler (né en 1931), producteurs américains, cofondateurs de Chartoff-Winkler Productions. *La Foire des ténèbres* (*Something Wicked This Way Comes*) sera adapté pour le cinéma par Bradbury et réalisé par Jack Clayton sous ce titre, en 1983.

FRANÇOIS TRUFFAUT À RAY BRADBURY

Monsieur Ray Bradbury
10265 Cheviot Drive
Los Angeles, Calif. 90064 (USA)

Paris, le 16 mai 1975

Mon cher Ray,
Je vais vous retourner votre screenplay *Something Wicked This Way Comes*, qui n'est réellement pas du matériel pour moi, car cela me semble trop difficile à filmer et, par ailleurs, je dois vous avouer que je n'ai pas fait beaucoup de progrès en anglais. Par contre, cela m'intéresserait de lire votre script de *Martian Chronicles* car ce projet me paraissait excellent et je ne comprends vraiment pas que le film ne soit pas encore tourné[1].
Je viens de tourner un film, *The Story of Adèle H* (à propos de la deuxième fille de Victor Hugo), et je vais tourner au mois de juillet un film avec une douzaine d'enfants : *Pocket Money*[2].
Mon cher Ray, je suis très touché que vous ayez pensé à moi pour filmer une nouvelle fois votre travail et j'espère que tout va bien pour vous et votre famille.
Croyez-moi très amicalement vôtre,

François Truffaut

FRANÇOIS TRUFFAUT À JEAN MAMBRINO

Monsieur Jean Mambrino
15, rue Monsieur
75007 Paris

Paris, le 16 mai 1975

Mon cher ami,
Je vous envoie un petit livre de James que vous connaissez peut-être déjà, et à propos duquel j'aimerais vous questionner (il s'agit du premier texte : *L'Autel des morts*[3]).

1. Les *Chroniques martiennes*, que Bradbury avait déjà proposé à Truffaut d'adapter en 1962, seront réalisées par Michael Anderson (1979), sous la forme d'une mini-série télévisée en 3 épisodes.
2. *L'Argent de poche*.
3. La nouvelle qui a inspiré *La Chambre verte* à François Truffaut. En raison de sa brièveté, elle avait été éditée en français dans le même volume qu'une autre nouvelle de Henry James, *Dans la cage* (Stock, Paris, 1974). Sensiblement à la même époque, Truffaut va solliciter tour à tour Koichi

Voulez-vous m'appeler quand vous l'aurez lu ?
Merci beaucoup.
Amitiés,

François

RAY BRADBURY À FRANÇOIS TRUFFAUT

[Papier en-tête *Ray Bradbury*]
10265 Cheviot Drive
Los Angeles 64, California

22 mai 1975

Cher François,
Merci pour votre gentil mot à propos de *Something Wicked This Way Comes*.
Je comprends tout à fait vos sentiments.
Vous trouverez ci-joint un exemplaire de ma dernière version des *Chroniques martiennes*, un livre qui selon moi se révèle difficile à adapter. Il y a beaucoup de bons éléments dans le scénario, mais beaucoup de choses à supprimer, et à repenser. Le livre suscite à nouveau beaucoup d'intérêt, de la part de nombreux producteurs ici et en Angleterre. Si vous avez la moindre volonté de vous impliquer dans les *Chroniques*, je serai enchanté de l'apprendre. Le plus tôt, bien sûr, sera le mieux. Je vous envoie toutes mes pensées affectueuses !
Bien à vous,

Ray

Yamada, son correspondant japonais, sur le culte des morts au Japon (lettre du 10 juillet 1974, *Correspondance*, *op. cit.* p. 444), son ami Éric Rohmer et le père dominicain Guy Léger.

RAY BRADBURY À FRANÇOIS TRUFFAUT

[Papier en-tête *Ray Bradbury*]
10265 Cheviot Drive
Los Angeles 64, California 90064
My Home Telephone : 213-839-533

3 juin 1975

Cher François,
Encore un mot. Cela fait un certain temps déjà que je suis en contact ici avec Walter Mirisch[1]... Or, depuis le début des années 1960, il aimerait adapter mes *Chroniques martiennes* au cinéma. Entre nous, nous avons commencé à discuter d'une version plus courte, tirée d'un plus petit nombre de nouvelles, sur une trame réduite. Le livre, vous le savez bien, est beaucoup trop long pour être adapté tel quel à l'écran. D'ici le mois prochain, j'espère faire un plan qui rassemblera trois ou quatre de mes nouvelles, dans un cadre qui fonctionnerait mieux pour un réalisateur, un producteur, et un budget qui reste raisonnable.
Je sais que vous connaissez Walter. Je lui ai parlé ce matin et il m'a dit de vous transmettre ses salutations. Seriez-vous partant pour faire le film avec lui et moi dans le courant de l'année prochaine, si nous pouvions nous mettre d'accord sur la façon d'aborder le matériau ? Le scénario que je vous ai envoyé, comme vous pouvez le voir, part dans tous les sens, et il est bien trop long. Certaines parties sont assez bonnes pour être conservées et utilisées, mais si vous êtes intéressé, je pense que vous pourriez appeler Walter qui travaille désormais pour Universal. D'accord ?
Bien à vous,

Ray

1. Producteur américain né en 1921, cofondateur, avec ses frères Harold et Marvin, de la Mirisch Company, l'une des principales sociétés de production américaines indépendantes. Il était aussi président de l'Academy of Motion Pictures Art and Sciences, qui décerne les Oscars, l'année où Truffaut reçut celui du meilleur film étranger pour *La Nuit américaine*. C'est là sans doute que Ray Bradbury fit sa connaissance.

FRANÇOIS TRUFFAUT À RAY BRADBURY

Monsieur Ray Bradbury
10265 Cheviot Drive
Los Angeles, Calif. 90064
(USA)

Paris, le 19 juin 1975

Mon cher Ray,

J'ai pris beaucoup de plaisir à lire le script de *The Martian Chronicles*, mais je constate une nouvelle fois que je ne peux pas être le metteur en scène pour ce film qui demande de très grands moyens financiers et une exécution parfaite.

Comme vous le savez, j'ai un style qui est fait de nuances, de demi-teintes, et ce style amène forcément une limitation dans l'audience des films. Avec les années, je me suis rendu compte que, si je ne veux pas faire perdre d'argent aux producteurs, je ne dois pas tourner des films coûtant plus d'un million de dollars. Je crois que *The Martian Chronicles* doit être tourné par un metteur en scène d'Hollywood comme Arthur Penn, Coppola, Bogdanovich[1].

Je vous retourne donc le scénario avec mes remerciements et j'espère vous revoir peut-être en Californie où je pense venir en octobre, et je vous prie de me croire sincèrement vôtre,

François Truffaut

1. Trois des cinéastes américains les plus populaires dans ces années 1970 : Arthur Penn pour *Bonnie and Clyde* et *Little Big Man* ; Francis Ford Coppola (né en 1939) pour *Le Parrain* (*The Godfather*) et Peter Bogdanovich (né en 1939) pour *La Dernière Séance* (*The Last Picture Show*) et *Enfin l'amour* (*At Long Last Love*).

JORGE SEMPRUN[1] À FRANÇOIS TRUFFAUT

171, bd Saint-Germain
Tél. 548 8207

Vendredi 12.9.75

Cher François Truffaut,
Je viens de recevoir ce matin plusieurs appels téléphoniques de Madrid et de Barcelone, d'amis cinéastes.
Ils me demandent d'intervenir auprès de vous. Le Festival de San Sebastian[2], en effet, doit projeter *Adèle H.* Or, San Sebastian est l'une des capitales des Basques espagnols, sur lesquels tombent aujourd'hui les peines de mort des tribunaux militaires franquistes. Ces amis cinéastes me demandent si vous ne pourriez pas (je fais, bien entendu, de leur part, la même démarche auprès de M. Clouzot, président du jury, et de Pirès[3]) d'une façon ou de l'autre (*en retirant le film ou vous abstenant de paraître*, si le retrait du film *s'avère irréalisable*) marquer votre désapprobation. Les Suédois, semble-t-il, ont retiré leurs films[4].
Je m'excuse de cette intervention. Non pas que je sois en désaccord avec mes amis espagnols. Pas davantage parce que je sous-estime l'impact qu'un geste de votre part pourrait avoir. Je m'en excuse parce que je sais bien à quel point l'intrusion de la politique et de la mort peut être choquante et souvent injustifiée. Mais je ne pense pas que ce soit le cas aujourd'hui.
Je suis à votre disposition pour tous détails dont vous voudriez prendre connaissance.

1. Écrivain et scénariste espagnol d'expression française (1923-2011). Son œuvre littéraire autobiographique est nourrie de ses expériences politiques, la déportation, l'exil (*Le Grand Voyage*, 1963 ; *La Deuxième Mort de Ramon Mercader*, 1969 ; *L'Algarabie*, 1981). Il est l'auteur de scénarios pour le cinéma (*Z* et *L'Aveu* de Costa-Gavras ; *La guerre est finie* et *Stavisky* d'Alain Resnais). Truffaut et Semprun eurent peu d'échanges professionnels, mais ils partagèrent le même plateau d'*Apostrophes*, le 8 avril 1983.
2. Créé en 1953 pour promouvoir le cinéma espagnol, le Festival international du film de Saint-Sébastien est aujourd'hui l'un des plus grands festivals au monde. Cette année-là, c'est José Luis Borau (Espagne) qui reçut la Coquille d'or pour *Furtivos*.
3. Henri-Georges Clouzot se désistera, de même que Gérard Pirès, dont le film *L'Agression* faisait partie de la compétition officielle.
4. Le 9 octobre 1975, Truffaut écrit à Liliane Siegel : « ... lorsque j'ai quitté Paris, la situation n'était pas si nette (on parlait de réviser le premier procès, on ne parlait pas des exécutions à venir). J'avais pris seulement la décision de *ne pas y aller*, Nestor Almendros non plus et, comme je partais pour l'Amérique en *annulant tous les rendez-vous* de presse pour *Adèle* : télés, radios, journaux, afin de ne pas avoir l'air arrogant ni trop sûr de moi vis-à-vis de la presse, j'ai demandé à Christine Brierre, dans son communiqué, d'insister sur mon état de santé qui exigeait le repos. Voilà ce qui s'est passé, je pense que vous le comprenez. »

Et, quoi qu'il en soit, veuillez croire à mon amitié et à mon respect.

Jorge

FRANÇOIS TRUFFAUT À JEAN HUGO

[Papier en-tête *François Truffaut*]

Ce 13 sept. 75

Cher Monsieur,
Je pars pour les États-Unis[1] jusqu'au 20 octobre et je suis désolé de ne pouvoir venir à Lunel vous montrer *L'Histoire d'Adèle* comme je l'aurais souhaité.
Le film sort à Paris le 8 octobre et Miss Guille le verra au N. Y. Festival le 12 octobre. Il devrait être possible – par le canal des Artistes Associés, firme distributrice – de vous organiser une projection à Montpellier, début octobre. Si un arrangement de ce genre vous convient, voulez-vous appeler Christian Lentretien, Films du Carrosse ALMA 12.73 ou ELY 19.74 afin qu'il s'en occupe ?
À Paris, il n'y aura pas de « première », mais nous pouvons envoyer des invitations aux personnes que vous nous désignerez.
J'ai beaucoup vécu avec Adèle et j'ai souffert en filmant sa souffrance, j'espère surtout que vous ne serez pas déçu.
Merci de m'avoir fait confiance, croyez-moi fidèlement vôtre,

François Truffaut

JEAN-MARC ROBERTS À FRANÇOIS TRUFFAUT

13 octobre [*1975*]

Hier, cher François Truffaut, un film est entré dans ma mémoire[2]. Il y a peu de place dans ma mémoire, un jour on y range Dostoïevski, Proust, Welles, les deux Renoir et quelques films d'Hitchcock. Plus beau encore que *L'Enfant sauvage* ou *Les Deux Anglaises*, ce dernier cadeau que vous me faites est, à la fois, le plus

1. Truffaut se rend aux États-Unis pour la promotion de *The Story of Adèle H.* au New York Film Festival le 12 octobre 1975, avant sa sortie le 25 décembre 1975.
2. *L'Histoire d'Adèle H.*, sorti le 8 octobre 1975.

généreux, le plus pur et le plus réconfortant. Il est l'intelligence, la chaleur et le raffinement mêmes. C'est un miracle qui arrive à point dans une vie.
À bientôt et en amitié,

Jean-Marc Roberts

JEAN HUGO À FRANÇOIS TRUFFAUT

Mas de Fourques
Lunel Hérault

30.X.75.

Cher Monsieur,
J'ai vu votre très beau film l'autre jour à Nîmes. Merci de tout cœur d'avoir organisé pour nous cette séance privée[1]. Nous avons amené des amis qui tous ont été enthousiasmés. J'ai été moi-même très ému. Vous avez traité cette histoire dramatique avec beaucoup de délicatesse. L'héroïne[2] est exquise de beauté et joue le rôle à merveille. Les autres acteurs sont tous excellents et j'ai particulièrement aimé Mme Baa[3], qui ne ressemble pas du tout à la vraie Mme Baa, mais qui a un visage et des expressions d'une bonté inoubliable. La fin, quand Adèle passe à côté de Pinson[4] sans le reconnaître, est tout à fait admirable.
J'ai reçu plusieurs lettres enthousiastes de gens qui ont vu le film à Paris[5]. Je crois que le succès est très grand.
Avec toutes mes chaleureuses félicitations, je vous prie de croire, cher Monsieur, à mes sentiments de très amicale admiration.

Jean Hugo

1. « Certaines de mes sœurs, dont Sophie, se souviennent d'être allées avec notre père voir la projection du film à Nîmes, nous écrit Jean-Baptiste Hugo, le fils de Jean Hugo. Il s'agissait d'une projection privée, l'après-midi, organisée pour la famille et les amis. Étaient présents Jean Godebski, grand ami de mon père, neveu de Misia Sert, et sa femme, ainsi que quelques autres amis. Leurs noms et celui du cinéma n'ont pas resurgi des mémoires. » (Courriel à Bernard Bastide, 25 juin 2020.)
2. Isabelle Adjani, dont c'était le premier grand rôle au cinéma après ses débuts à la Comédie-Française. Truffaut, qui l'avait découverte dans *L'École des femmes*, lui écrit : « Vous êtes une actrice fabuleuse et, à l'exception de Jeanne Moreau, je n'ai jamais senti un désir aussi impérieux de fixer un visage sur la pellicule, tout de suite, toutes affaires cessantes [...]. Sortant de *La Gifle*, j'ai eu la conviction que l'on devrait vous filmer tous les jours, même le dimanche. » (Lettre s.d. [oct.-nov. 1974].)
3. C'est une comédienne non professionnelle, Madame Louise, qui interprète à l'écran Mme Baa, la personne qui, sur l'île de la Barbade, recueillit et soigna Adèle Hugo avant de la ramener chez son père.
4. Le lieutenant Albert Pinson (incarné par le comédien britannique Bruce Robinson), dont Adèle Hugo s'était follement éprise.
5. Il ne peut s'agir que de projections privées, organisées pour des journalistes ou des exploitants de cinéma.

FRANÇOIS TRUFFAUT À JEAN HUGO

[Papier en-tête *François Truffaut*]

Ce 14 novembre 75

Cher Monsieur,

Je suis très touché par votre approbation. J'imagine que, par délicatesse, vous préférez taire les objections ou les réserves en ce qui concerne certaines libertés prises avec la vérité, peut-être aussi des anachronismes involontaires.

Savez-vous, oui vous le savez certainement, que Miss Guille (Madame Secor) est morte quelques jours après la projection du film au Festival de New York ? Elle a vu le film deux fois, pleurant d'un bout à l'autre à la première vision. Beaucoup de ses collègues du Collège de Wooster étaient venues l'accompagner ; un dîner en son honneur a été donné au Plaza[1] et une party après la projection. Je crois que son mari compte poursuivre l'édition du *Journal* d'Adèle[2].

Je n'ai pu assister au vernissage de votre exposition[3], mais je compte m'y rendre samedi. J'attends impatiemment votre journal littéraire[4] qu'on annonce.

Je viens de tourner un film avec deux cents enfants[5], cette longue aventure de *L'Histoire d'Adèle* fait déjà partie des souvenirs, mais je n'oublie pas, dites-le à Madame Hugo, le merveilleux dimanche passé près de vous, il y a trois ans, à Lunel. Amical souvenir également à tous les enfants Hugo.

Avec toute ma reconnaissance, je vous prie de croire, cher Monsieur, à ma respectueuse admiration,

François Truffaut

1. L'un des hôtels les plus célèbres de New York, sur la Cinquième Avenue.
2. Truffaut, qui a appris le décès de l'éditrice du *Journal d'Adèle Hugo* par une lettre de J. Garber Drushal, principal du Collège de Wooster (Ohio), le 23 octobre 1975, a adressé un télégramme de condoléances à son mari, le Dr Walter T. Secor, enseignant à Denison University, Granville (Ohio). Le 29 octobre, celui-ci lui répond : « Je me suis décidé à rester pour l'année scolaire au College of Wooster pour finir le travail de sa recherche sur le *Journal d'Adèle*. C'est pour moi un témoignage d'amour et un devoir primordial. Je me suis déjà trempé dans la matière et c'est une consolation quotidienne, malgré cette douleur qui est toujours là. Il s'agit de mettre à jour le cinquième tome, de l'année 1856, avec un appendice des pages éparses non datées. Pour ce travail, j'ai toujours l'aide de sa secrétaire fidèle, Carol McDaid, dont vous avez fait la connaissance à New York. C'est pour moi une aide indispensable car elle a travaillé avec Mme Secor pendant neuf ans. » À ce jour, ce cinquième tome n'a toujours pas été publié.
3. Exposition Jean Hugo consacrée au théâtre, à la galerie Lucie Weill, 6, rue Bonaparte (Paris VIe), avant d'être présentée à Édimbourg (Écosse), puis Londres (Angleterre).
4. *Avant d'oublier* : *1918-1931*, Fayard, Paris, 1976.
5. *L'Argent de poche* (1976).

FRANÇOIS TRUFFAUT À JEAN HUGO

[Papier en-tête *François Truffaut*]

24 février 76

Cher Monsieur,
J'ai beaucoup aimé votre livre, j'espère qu'il est le premier d'une grande série[1] ; bien des choses m'ont paru familières car mes lectures m'entraînent souvent du côté de Radiguet et Cocteau. Par exemple, j'ai lu récemment *Mon amant se marie* de Thora Dardel[2], longue nouvelle exquise (préfacée par Cocteau). Dans *L'Histoire d'Adèle*, le court rôle du notaire sourd, au début du film, est tenu par sir Cecil de Sausmarez, probablement le fils du bailli de Guernesey.
Cette forme que vous inventez – entre le *Journal* et les *Mémoires* – est très harmonieuse, car elle donne à toutes les actions et les paroles la même importance, sans hiérarchie. D'une écriture à la fois modeste et précise, vous faites avancer la vie avec un rythme égal, régulier, celui d'un train. Je voudrais être à nouveau un de vos voyageurs du prochain livre : de 1932 à 1940, j'espère… ?
Adèle est bien reçue en Amérique, Isabelle Adjani a obtenu une nomination pour l'Oscar de la meilleure actrice[3]. Sur le scénario que je vous envoie, je vous invite à regarder la page 3 où vous trouverez les noms de Sausmarez, Falla, Roger Martin[4] qui vous sont familiers.
Je suppose que Monsieur Secor reste en correspondance avec vous puisqu'il désire poursuivre les recherches sur Adèle.
J'espère qu'*Avant d'oublier* vous apportera des satisfactions, ce livre m'a comblé et je tenais à vous le dire.

1. *Avant d'oublier : 1918-1931* sera complété chez Actes Sud en 1983 par *Le Regard de la mémoire : 1914-1945*, puis en 1994 par les *Carnets : 1946-1984*. Selon Jean Gruault, Truffaut a pu lire *Le Regard de la mémoire* (1983) peu avant sa disparition : « Le dernier bouquin que m'a recommandé François (pas pour un film), ce sont les souvenirs de Jean Hugo. C'était au téléphone. Il était malade, mais il avait puisé la force de me lire la dernière phrase, qu'il rapprochait du style de Roché. » (« Le Secret perdu », *Le Roman de François Truffaut*, Cahiers du cinéma/Éditions de l'Étoile, Paris, 1985, pp. 86-88.)
2. C'est grâce à Henri Pierre Roché, en 1956, que Truffaut a découvert cet ouvrage. Voir lettre d'Henri Pierre Roché, 23 novembre 1956, p. 96.
3. C'est Louise Fletcher, dans *Vol au-dessus d'un nid de coucou* (*One Flew Over the Cuckoo's Nest*) de Milos Forman, qui a obtenu cet Oscar.
4. Sir Cecil de Sausmarez (maître Lenoir, le notaire), sir Raymond Falla (le juge Johnstone) et Roger Martin (docteur Murdock) sont des comédiens non professionnels, habitants de Guernesey. Leurs noms figurent au générique de *L'Histoire d'Adèle H.* dont Truffaut adresse ici à Jean Hugo le découpage paru dans *L'Avant-Scène cinéma* n° 165, janvier 1976.

Mon meilleur souvenir tout autour de vous, tous mes vœux à la famille Hugo,
Fidèlement vôtre,

François Truffaut

JEAN CAYROL À FRANÇOIS TRUFFAUT

[Papier en-tête *Éditions du Seuil*]

Monsieur François Truffaut
5, rue Robert-Estienne
75008 Paris

Paris, le 12 mars 1976[1]

Cher Monsieur,
Je reçois à l'instant un manuscrit qui m'a été confié, afin que je puisse vous l'expédier, par Madame Ilse von Hellens[2] : Stahlbergintie 3 E 50 – 00570 Helsinki 57.
Je vous laisse faire car elle tient énormément à votre jugement, je pense. Il est évident que ces pages vont vous créer une certaine préoccupation, mais je suis obligé d'accéder au désir de cette dame puisqu'elle me le demande avec autant d'insistance.
Vous savez, entre nous, que je vous aime bien et que tout ce que vous pouvez faire au cinéma me touche jusqu'au plus profond de moi-même ? Nous pouvons nous regarder dans vos films.
Avec mes sentiments bien cordiaux.

Jean Cayrol

JEAN HUGO À FRANÇOIS TRUFFAUT

Mas de Fourques
Lunel Hérault

14.III.76

Cher Monsieur et ami,
Merci beaucoup pour votre précieuse lettre. Tout ce que vous me dites me ravit et me touche. Merci de même pour les deux

1. Ajout manuscrit : « Sera à Paris vers le 12/4 », sans doute en réponse à la lettre. Le manuscrit évoqué n'a pas été conservé.
2. Poétesse, écrivain et traductrice finlandaise.

publications[1] que vous m'avez envoyées, sur votre très beau film. C'est très intéressant de le revoir ainsi, pour ainsi dire, des coulisses.
Le Dr Secor m'a en effet écrit récemment. L'éditeur Minard lui avait annoncé qu'il ne pourrait pas, faute de crédits, publier les prochains volumes du *Journal d'Adèle* avant plusieurs années, et ajoutait que si l'on trouvait un autre éditeur, il ne s'y opposerait pas. Au Dr Secor, qui me demandait conseil, j'ai dit qu'il fallait, à mon avis, sauter sur cette occasion[2].
À bientôt j'espère et bien amicalement à vous,

Jean Hugo

JEAN MAMBRINO À FRANÇOIS TRUFFAUT

15, rue Monsieur
Tél. 734-74-77

16 avril 76

Cher François,
J'avais été voir *L'Argent de poche* le tout premier soir de sa sortie, et j'aurais voulu vous dire tout de suite ma joie et mon enchantement. Tout est d'une justesse, d'une vérité, d'une fraîcheur incomparables. C'est merveilleux ! On sent que c'est une œuvre longuement portée et méditée. Et en même temps *inspirée*, pénétrée d'une aisance, d'un bonheur qui cache la maîtrise et le long apprentissage.
Cela m'a beaucoup touché. *Merci.*
Je vous redis mon amitié fidèle,

Jean Mambrino

1. Sans doute *L'Avant-Scène cinéma* n° 165, janvier 1976, et le dossier de presse du film.
2. Ce sont bien les éditions Minard/Lettres modernes qui publieront le tome 2, année 1853 (1971), le tome 3, année 1854 (1984) et le tome 4, année 1855 (2002) du *Journal d'Adèle Hugo*.

JACQUES LAURANS[1] À FRANÇOIS TRUFFAUT

8, rue de la Valfère
34000 Montpellier
Tél. 58-57-80 (heures des repas svp)

Montpellier, le 16 novembre 1976

Monsieur,

Si je vous adresse ces quelques lignes, c'est parce que, dans mon désir de me présenter à vous, je craindrais, en me trouvant sur le plateau des prises de vues, de contrarier votre travail.

Cependant, en me décidant à vous écrire, j'ai aussi le sentiment de vous connaître depuis longtemps. De plus, je suis un ami intime de Jean Collet que vous connaissez bien et dont je viens encore de lire tout récemment quelques pages du livre qu'il vous a consacré[2]. Ouvrage qui me paraît d'ailleurs d'une importance exceptionnelle !

Mais il y a aussi une autre personne que vous devez connaître, soit en lecteur, soit à travers l'amitié qu'Henry Miller lui voue, c'est *Joseph Delteil*[3]. Il réside tout près de Montpellier et je le vois souvent. Si vous le désirez, je pourrai vous conduire dans sa « tuilerie[4] » délicieuse.

1. Poète et écrivain français né en 1943 au Maroc, vivant à Montpellier. Auteur discret d'une œuvre sensible, composée de brefs récits autobiographiques et d'essais personnels. Passionné de cinéma, il lui a consacré un récit, *Dans la salle obscure* (Éditions du Seuil, Paris, 1997). C'est à Montpellier, au moment du tournage de *L'Homme qui aimait les femmes*, qu'il a rencontré Truffaut : « … je me souviens très bien de cette première rencontre et avec quelle bienveillance et quelle gentillesse, il m'avait invité à revenir le voir quelques jours plus tard en fin de semaine pour participer à un apéritif qu'offrait, chacun à son tour, un membre de l'équipe de tournage […]. Truffaut, très délicatement, est revenu vers moi pour s'assurer que je me trouvais bien en cette chaleureuse compagnie. » (Courriel à Bernard Bastide, 26 novembre 2018.)

2. *Le Cinéma de François Truffaut*, Pierre Lherminier, Paris, 1977.

3. Écrivain et poète français (1894-1978). Son premier roman, *Sur le fleuve Amour* (Grasset, Paris, 1922) attire l'attention des surréalistes, tandis que sa *Jeanne d'Arc* (1925) suscitera son rejet. En raison de problèmes de santé, Delteil quitte la vie parisienne dès 1931 pour son Midi natal, où il cultivera sa personnalité de paysan-écrivain. Dans cette retraite créative, il noue de solides amitiés avec Henry Miller, Frédéric Jacques Temple, Charles Trenet et Pierre Soulages.

4. La Tuilerie de Massane, la demeure de Delteil située à Grabels (Hérault). Truffaut, qui a ajouté un « non » à la main, écrit à Jean Collet le 1er décembre 1976 : « Je verrai certainement votre ami Jacques Laurans, mais probablement pas Joseph Delteil car je ne connais presque rien de son œuvre. » Truffaut connaissait pourtant au moins un livre de Delteil : « Chaque fois que je regarde *Fahrenheit 451*, nous confie Jacques Laurans, je scrute la séquence de la vieille dame qui brûle parmi ses livres. Or, parmi les livres qui tombent dans les flammes, il y a la *Jeanne d'Arc* de Joseph Delteil dans l'édition J. Ferenczi, le livre moderne illustré, de 1927. Je me suis toujours demandé si cela représentait, de la part de Truffaut, une forme d'hommage à Carl Theodor Dreyer pour sa *Passion de Jeanne d'Arc*, ce film pour lequel Delteil a collaboré au scénario. » (Courriel à Bernard Bastide, 26 novembre 2018.) Dans son *Journal de tournage de Fahrenheit 451 (op. cit.* p. 172),

Voilà, je termine là ce petit mot en espérant que *L'Homme qui aimait les femmes* se tourne idéalement et en souhaitant aussi vous rencontrer peut-être un jour prochainement.
Très cordialement et amicalement à vous,

J. Laurans

JACQUES LAURANS À FRANÇOIS TRUFFAUT

Montpellier, le 15 décembre 1976[1]

Cher Monsieur,
J'aurais aimé vous remettre ce livre beaucoup plus tôt et je me décide aujourd'hui pour *Le Sacré Corps* de Joseph Delteil, qui est son dernier ouvrage paru[2].
En fait, sous ce titre sont réunis différents textes, parfois très anciens, qui étaient publiés dans des revues ou à l'occasion [de la parution] d'un livre d'un ami.
Je me demande si Joseph Delteil aime le cinéma ? En fait, je crois que seul lui-même pourrait répondre à cela. Par exemple, en 1925, il écrivait pour la revue des *Cahiers du mois* qui consacrait un numéro spécial au « Cinéma, aux lettres et à la pensée moderne[3] » :
« ... Je n'ai ici ni plume ni encre, vous le savez. Je suis nu. Mais je veux cependant vous dire que le cinéma est mon père. Je lui dois la vie et je l'aime. Le cinéma est la pilule *pink*[4] de la littérature. Il lui donne sang et pourpre. »
Dans un de ses plus beaux romans, *Choléra*, il fait dire à l'une de ses adolescentes ceci : « Alice n'aimait pas le cinéma. Le cinéma est mille ailes. Le cinéma est une neige qui tombe... Le cinéma est une coquille noire où rampe à tâtons une imagination à mille

---

Truffaut évoque ses démêlés avec Universal, qui ne souhaitait voir dans la scène que des livres dans le domaine public. Consulté à ce sujet, un avocat londonien l'autorisa « à citer tous les titres et les auteurs que vous voulez ».

1. Jacques Laurans nous écrit : « La seconde lettre, je me souviens l'avoir déposée au PC de l'équipe de tournage quelques jours plus tard. Je lui proposais de l'accompagner à la Tuilerie de Massane pour faire connaissance de Delteil. Mes souvenirs sont un peu confus, car je me rappelle également que Truffaut m'a précisé qu'il refusait toutes les invitations pendant un tournage. Il se consacrait totalement à son travail et préparait le soir à son hôtel les scènes à réaliser le lendemain. » (Courriel à Bernard Bastide, 26 novembre 2018.)

2. « Cette lettre est davantage un petit mot d'accompagnement que j'avais glissé à l'intérieur du livre de Joseph Delteil (*Le Sacré Corps*) que je souhaitais lui offrir. » (Courriel de Jacques Laurans à Patricia Guédot, 11 mai 2020.)

3. « Les lettres, la pensée moderne et le cinéma », *Les Cahiers du mois* n° 16-17, octobre 1925. Cette enquête contenait les réponses de Blaise Cendrars, Jean Cocteau, René Crevel, Joseph Delteil, Robert Desnos, Charles Ferdinand Ramuz, Philippe Soupault et Jules Supervielle.

4. Spécialité médicamenteuse vendue fin XIXe-début XXe contre l'anémie et la fatigue.

pattes… » Et lorsque Joseph Delteil fut confronté à la réalité cinématographique – je songe à sa collaboration au scénario du *Procès de Jeanne d'Arc*[1] avec Carl Dreyer –, cela hélas ne trouva pas l'accomplissement désiré. C'était, bien entendu, la rencontre de l'homme du Nord et du Méditerranéen. L'un, bien assis sur sa chaise, le visage dans ses mains, imaginant en silence ; l'autre, en fièvre, allant et venant, avec de grands gestes de départ, feuilles volantes à la main, l'œil illuminé de ciel…
Les enfants de Joseph Delteil sont des êtres de soleil, nourris en plein air, rêvant les yeux ouverts ! Je ne crois pas avoir lu une seule description de nuit dans toute son œuvre (35 livres !) ; excepté peut-être dans l'admirable *À la belle étoile*[2] où il se souvient d'une procession de village du temps de son enfance audoise…
Voilà, cher Monsieur, c'est en souhaitant que ce petit livre vous plaise que je vous présente mes plus amicaux sentiments,

Jacques Laurans

FRANÇOIS TRUFFAUT À MILAN KUNDERA[3]

Milan Kundera
18, rue de Brest
35000 Rennes

Paris, le 9 février 1977

Cher Monsieur,
Voici les notes dont je vous ai parlé au téléphone, autour de l'idée d'un film qui s'intitulerait *Le Petit Roi*[4].

1. Il s'agit en fait de *La Passion de Jeanne d'Arc* (1928). Jacques Laurans fait une confusion de titre avec le film de Robert Bresson, *Le Procès de Jeanne d'Arc* (1962).
2. Flammarion, Paris, 1944. Tirage limité à 500 exemplaires, illustré avec des eaux-fortes de Robert Louis Antral.
3. Écrivain tchèque né en 1929, naturalisé français en 1981. L'invasion soviétique d'août 1968 ayant mis fin à la liberté d'expression en Tchécoslovaquie, Kundera choisit, en 1975, de s'exiler en France, où il vit d'un poste d'enseignant à Rennes et de sa plume. C'est chez Gallimard qu'il publie entre autres *La Valse des adieux*, *L'Insoutenable légèreté de l'être*, porté à l'écran par Philip Kaufman, et *L'Immortalité*.
4. En 1968, Truffaut découvre *Le Roi Mathias 1er*, un roman pour enfants de l'écrivain polonais Januz Korczak (Jérôme Martineau éditeur, Paris, 1967) : l'histoire d'un jeune monarque imaginaire de 6 ans succédant à son père malade. Fin 1974, il propose à Jean-Loup Dabadie de l'adapter, mais le scénariste ne donnera pas suite. Fin 1976, après avoir lu *La Plaisanterie* de Milan Kundera, Truffaut décide de lui confier l'adaptation du *Roi Mathias 1er* pour un film qui s'intitulerait *Le Petit Roi*. Mais il renonce bientôt lui-même au projet, et Kundera préfère se consacrer à son œuvre littéraire. Dans *L'Amour en fuite* (1979), dans la librairie que fréquente Antoine Doinel, deux lecteurs tiennent chacun un livre : *Le Roi Mathias 1er* et *La Plaisanterie*.

Comme vous le verrez, le concept est encore un peu vague. Mais je compte sur vous pour me dire si l'idée vous inspire ou non.
J'aime vos livres et, si j'ai pensé d'abord à vous pour établir ce scénario, c'est que vous êtes quelqu'un qui n'a pas peur aujourd'hui de raconter une histoire.
Voici les numéros où vous pouvez me joindre si vous préférez me téléphoner : 256.12.73/74 – 359.19.74 – 359.26.46.
Je serai absent de France dans la deuxième quinzaine de février, mais ensuite je ne bougerai pas jusqu'à la fin avril[1].
Sincèrement vôtre,

François Truffaut

SERGE REZVANI À FRANÇOIS TRUFFAUT

Horefton Pelion
Grèce

14 avril [*1977*]

Bien cher François,
Votre lettre[2] est venue jusqu'en Grèce nous faire cette joie.
Ce que vous me dites du *Portrait ovale*[3] me réconforte, ici, si loin. Chaque livre apporte sa surprise. Quel bonheur que celui-ci nous apporte votre voix. Nous aussi nous serions très heureux de vous voir – bien sûr à Paris lorsque nous viendrons, ou bien chez nous si vous venez dans le Midi avant que nous ne « montions ». Nous sommes dans une [*sic*] Garde-Freinet au bord de l'eau, dans les bois, sur une plage, et j'écris mon premier « roman-roman[4] ». Il

1. Truffaut achève la rédaction du scénario de *L'Agence Magic* (projet non réalisé), l'histoire d'une troupe de music-hall en tournée en Afrique, et se rend en Italie pour la sortie de *L'Argent de poche*, le 11 février.
2. Cette lettre n'a pas été retrouvée. Dans *Le Tourbillon de ma vie* (*op. cit.* pp. 129-130), Serge Rezvani raconte : « Nos quelques exils tentés, loin de la Béate, ont toujours été motivés par la recherche d'une super Béate [...]. Ce fut le cas lorsqu'une amie nous parla d'une maison qu'elle venait d'acheter en Grèce, et plus précisément parmi les châtaigneraies de la presqu'île du Pélion [...]. Nous nous installons dans une grande maison sur la plage solitaire où je poursuis l'écriture de mon livre *Feu.* »
3. Roman de Serge Rezvani (Gallimard, Paris, 1976), que Truffaut venait de lire. L'été 1965, alors qu'il tournait des scènes de *Pierrot le fou* dans une châtaigneraie près de la Béate, Jean-Luc Godard avait proposé à Rezvani de tourner, Lula et lui, une adaptation du *Portrait ovale* d'Edgar Allan Poe, l'histoire d'un peintre qui vole la vie de la femme aimée en réalisant son portrait. « Cette nouvelle "extraordinaire" m'a longtemps hanté », affirme Rezvani, que l'œuvre de Poe en général a « influencé comme aucune autre au temps où je peignais » (*Le Tourbillon de ma vie, op. cit.* p. 124).
4. *Feu* (Stock, Paris, 1977), réédité sous le titre *Le Vol du feu* (Actes Sud, 2000). « Ce sont les

m'a fallu prendre cette distance pour finir le premier jet. Nous resterons ici sans doute encore un mois, deux au plus.
Bien sûr, j'aimerais beaucoup que vous voyiez mes tableaux – j'aimerais vous voir les voir. Vous n'avez rien raté à Beaubourg – en fait le Centre culturel du Marais[1]. C'est à la Béate qu'ils vivent – et moisiront.
À bientôt, cher François, nous vous embrassons tous les deux de notre « vieille » amitié. Douze ans ou plus déjà[2] !

Serge

Je ne sais pas si vous avez notre numéro de téléphone à la Béate : (94) 43.60.46.

JEAN-MARC ROBERTS À FRANÇOIS TRUFFAUT

26/4/77[3]

Cher François Truffaut,
Je me suis permis de vous adresser mon cinquième roman, *Le Sommeil agité*, et j'espère que vous l'avez bien reçu. Je vous imagine très occupé à la veille de la sortie de *L'Homme qui aimait les femmes*, mais je serais très heureux d'avoir votre impression sur ce texte. Un conseil. Je sais que vous avez plus ou moins renoncé pour le moment à adapter un roman pour le cinéma. Aussi, je n'attends de vous que des « indications ».
Bien amicalement à vous,

Jean-Marc Roberts

incendies de 1971 qui ont servi de trame à *Feu* : Serge y a situé tout son paysage, les lieux où se déplaçaient ses héros, tels que nous les dominions, à pic, du haut de la colline de Miremer. » (Danièle Rezvani, *Le Testament amoureux, op. cit.* p. 1235.)

1. La série de vingt tableaux 3 m x 3 m intitulée *Les Plages* est présentée dans l'exposition « Grandes Marines », organisée par le Centre Georges-Pompidou (alors en construction) au Centre culturel du Marais (Paris), du 5 au 15 février 1976.
2. Rezvani et Truffaut se sont rencontrés lors de la préparation de *Jules et Jim* en 1961.
3. Ajout manuscrit de Truffaut : « adressé carte + article le 3.5.77 ».

FRANÇOIS TRUFFAUT À MILAN KUNDERA

Milan Kundera
18, rue de Brest
35000 Rennes

Paris, le 3 mai 1977

Mon Cher Ami,
Je suis désolé du contretemps qui nous a empêchés de nous rencontrer à Paris et si j'ai tardé à vous donner de mes nouvelles, c'est que j'étais absorbé par la sortie de mon nouveau film[1].
Je renonce au projet de film intitulé : *Le Petit Roi*, car le fameux artiste de music-hall Coluche prépare lui aussi un film sur ce thème, qu'il dirigera et interprétera lui-même[2].
Mon désir de travailler avec vous reste intact, mais peut-être vous sentiriez-vous plus à l'aise sur une idée qui viendrait de vous. Je reste ouvert à toute suggestion. Si cela vous intéresse, faites-moi signe lors de votre prochain passage à Paris.
Sincèrement vôtre,

François Truffaut

MILAN KUNDERA À FRANÇOIS TRUFFAUT

[*Début mai 1977*]

Cher François Truffaut,
Je m'excuse. Le jour de notre rencontre proposée je suis tombé malade et quelque temps après, je suis parti pour la Martinique pour y passer le temps de la convalescence.
J'ai réfléchi beaucoup sur votre proposition de travailler avec vous sur le scénario, dont le sujet me semble être très intéressant. C'est très séduisant pour moi. Je suis un vieux et fidèle admirateur de vos films et travailler avec vous – c'est un rêve.

1. *L'Homme qui aimait les femmes*, sorti le 27 avril 1977.
2. Michel Colucci, dit Coluche (1944-1986), comédien et réalisateur français. Formé au Café de la Gare, il entame, à 26 ans, une carrière d'humoriste, brocardant les valeurs de la France giscardienne. Son premier film, coécrit et coréalisé avec Marc Monnet, *Vous n'aurez pas l'Alsace et la Lorraine*, sortira le 19 octobre 1977.

Mais je ne crois pas que je trouverai le temps. J'ai perdu beaucoup de temps en m'habituant à la langue française, en préparant mes cours en université, etc., presque pendant deux ans je n'ai pas écrit pour moi-même presque une seule ligne. Je voudrais me consacrer maintenant à mon travail et j'ai peur que cela occupe tout mon temps. C'est triste de voir qu'on n'a pas assez de forces de faire tout ce qu'on a envie de faire.
Je vous envoie mes salutations les plus cordiales.
Votre

Milan Kundera

FRANÇOIS TRUFFAUT À MILAN KUNDERA

Milan Kundera
18, rue de Brest
35000 Rennes

Paris, le 10 mai 1977

Cher Milan Kundera,
Je pense que nos lettres se sont croisées.
Je comprends très bien vos raisons. Vous êtes un grand écrivain et vos livres doivent avoir la priorité sur tout le reste.
Je vous souhaite bonne chance et vous prie de me croire sincèrement vôtre,

François Truffaut

JEAN MAMBRINO À FRANÇOIS TRUFFAUT

Études
15, rue Monsieur
Tél. 734.74.77

28/7/1977[1]

Cher François,
Voici les 2 dialogues, longuement travaillés[2]. Ils sont le fruit de longues méditations anciennes qui, étrangement, semblent rejoindre

1. La lettre porte cet ajout manuscrit de Truffaut : « Lui écrire dès que scénario tapé » et « *La Chambre verte* Jean Mambrino ».
2. Dès mai 1975, Truffaut confie à Jean Mambrino son projet d'adapter au cinéma *L'Autel des*

certaines de vos hantises les plus secrètes (comme je l'ai découvert *après*, en lisant l'admirable étude de Collet[1] sur vous !).
Naturellement c'est très dense, un peu plus consistant que les dialogues habituels au cinéma, mais très clair, je crois, et naturel. Enfin, j'espère !
J'ai rêvé sur le personnage dans la ligne de tout ce que je vous avais suggéré pour donner au film une profondeur nouvelle, tout en pensant continuellement à *vous* dans le rôle...
J'espère que cela vous plaira pour l'essentiel. J'aurais aimé faire tous les dialogues pour harmoniser avec d'autres passages. En tout cas, n'hésitez pas à me demander tout ce que vous désirez et à me communiquer vos remarques. Je serai heureux de continuer ce travail avec vous sur ce film passionnant.
Mille choses à Suzanne[2].
Je reste avec vous avec toute mon amitié.

Jean M.

En principe, je rentre le 12 octobre[3] (sans doute avant).

FRANÇOIS TRUFFAUT À JEAN MAMBRINO

[Carte représentant une couverture
de *Theatre Magazine* de novembre 1923]

[*Août 1977*]

Mon cher Jean,
J'ai bien reçu les 2 scènes, cela va m'aider considérablement.
Merci pour votre aide, bon séjour, à bientôt et beaucoup d'amitié,

françois

---

morts de Henry James. L'ouvrage lui a été adressé et dédicacé par Diane de Margerie, qui vient d'en faire une nouvelle traduction (Stock, Paris, 1974). Pour une scène d'affrontement entre Julien Davenne, le héros, et un prêtre, Truffaut conseille à son coscénariste, Jean Gruault : « Pour tout cet aspect du film, tu devrais peut-être consulter le Père Mambrino, poète, jésuite, critique théâtral et cinéphile. » (« Révisions pour *La Fiancée disparue* », mars 1977.) C'est Truffaut lui-même qui consultera Mambrino, mais en raison de divergences de vue, ces dialogues ne seront pas conservés dans la version définitive. « Je vois le côté "idée fixe" (comme pour *Adèle*) et vous voyez le côté "lumineux" », écrit Truffaut à Jean Mambrino le 7 septembre 1977 (voir p. 440).

1. *Le Cinéma de François Truffaut, op. cit.*
2. Suzanne Schiffman. Voir n. 2, p. 354.
3. Jean Mambrino se trouve alors en Afrique du Sud, à Durban, pour enseigner à l'université de Natal.

JEAN MAMBRINO À FRANÇOIS TRUFFAUT

[Papier en-tête *University of Natal*]

10 août 77

Bien cher François,
Dites-moi vos remarques sur mes 2 dialogues du film. Je changerai tout ce que vous désirez : raccourcir, simplifier ? Dites-moi.
Je voudrais beaucoup être mêlé encore un peu davantage à cette *Disparue*[1] que je me suis mis à aimer…
Et ce serait un bon départ pour ce travail dans le domaine du cinéma dont nous avons parlé.
Ma pensée fidèle à Suzanne.
Votre ami,

Jean

FRANÇOIS TRUFFAUT À JEAN MAMBRINO

De Paris, ce 7 septembre 77

Mon cher Jean,
Voici un exemplaire du script. *La Disparue* est devenue *La Chambre verte*. Je suis désolé à l'idée de vous décevoir, je n'ai pas conservé vos dialogues, je ne pouvais pas les *dire*. Trois mots abstraits dans une phrase (si elle est entendue au lieu que lue) arrêtent la pensée du spectateur, d'où la nécessité de phrases courtes, etc.
Ne soyez pas découragé. Je suis certain que vous pourriez fort bien adapter tel ou tel roman, établir une construction forte et j'espère que vous tenterez cette expérience de A à Z.
Mon script n'est pas définitif mais, tel qu'il est, je me sens à peu près capable de le jouer et le mettre en scène ; je m'efforcerai d'améliorer et d'éclaircir le rôle de Cécilia au cours des répétitions avant de commencer le tournage proprement dit (le 11 octobre). Nathalie Baye[2] jouera Cécilia et Jean Dasté[3] Humbert.

1. *La Disparue* (qui sera aussi le titre de la pièce que répète Marion Steiner dans *Le Dernier Métro*), puis *La Fiancée disparue* seront les titres de travail successifs de *La Chambre verte*.
2. Comédienne française (née en 1948). Formée au Conservatoire d'art dramatique, elle fait ses débuts au cinéma dans *La Nuit américaine* de François Truffaut (1973), où elle interprète Joëlle, la script-girl. Six ans plus tard, le cinéaste lui confiera le rôle féminin de *La Chambre verte* (1978). Remarquée du grand public pour son rôle dans *Le Retour de Martin Guerre* de Daniel Vigne (1982), elle recevra deux fois le César de la meilleure actrice pour *La Balance* de Bob Swain (1982) et *Le Petit Lieutenant* de Xavier Beauvois (2006).
3. Comédien et metteur en scène (1904-1994), homme de théâtre formé par Jacques Copeau.

Voilà, mon cher Jean. Si vous n'êtes pas complètement découragé après la lecture de ce nouveau traitement, j'accueillerai avec plaisir vos suggestions, mais je comprends bien que votre vision de ce sujet soit différente de la mienne. Je vois le côté « idée fixe » (comme pour *Adèle*), et vous voyez, vous, le côté « lumineux ». En tout cas, je montrerai des personnages actifs, activistes, pas tristes.
J'espère que vous êtes content de votre séjour à Durban.
À bientôt, amitié,

françois

JEAN MAMBRINO À FRANÇOIS TRUFFAUT

[Papier en-tête *University of Natal*]

22 sept. 77

Bien cher François,
J'ai trouvé le script avec votre lettre au retour d'un voyage dans le nord du pays. Je l'ai lu trois fois avec une attention minutieuse et passionnée.
Bien sûr, je suis un peu triste de ce que mes dialogues n'aient pu entrer dans ce film que j'ai pris tant à cœur. Mais je comprends bien ce que vous me dites sur leur caractère abstrait. J'en avais d'ailleurs conscience. Mon plus grand regret est de n'avoir pu les travailler et les transformer avec vous (car je me rends compte aussi qu'ils donnaient au personnage un autre éclairage que le rôle, et je suis depuis longtemps un fidèle du « cinéma d'auteur » pour ne pas m'effacer devant la vision du créateur). Ce que j'espérais, c'est de continuer la collaboration commencée avec vous, encore que la distance rendait cela quasi impossible... J'espère pourtant que cela se retrouvera dans l'avenir.
Ceci dit, *La Chambre verte* (titre excellent)* est devenu qq chose de très solide et charpenté. J'avais tant rêvé sur ce script que la première lecture m'a un peu déçu dans sa dernière partie (trop rapide, condensée, abrupte. Pas assez sur le passé, l'amour entre Julien et Julie, etc.). Mais à le reprendre, et rêvant sur les images (je connais assez profondément votre œuvre et votre style pour

---

Après avoir joué chez Jean Renoir (*Boudu sauvé des eaux*, 1932), puis Jean Vigo (*Zéro de conduite*, 1933 ; *L'Atalante*, 1934), les cinéastes de la Nouvelle Vague ont fait appel à lui à plusieurs reprises : Alain Resnais pour *Muriel ou le Temps d'aimer* et *La guerre est finie*, puis Truffaut pour *L'Enfant sauvage*, *L'Homme qui aimait les femmes* et *La Chambre verte*.

parvenir à les visualiser), je pense que cela pourra faire un film dense et saisissant. Très austère aussi et qui en rebutera beaucoup car les gens ont un refus panique de la mort, mais qui devrait faire son chemin en dessous comme *Adèle* – bien qu'il n'ait pas le soutien d'un visage de « vedette »...
Je crois important [pour] votre projet « d'éclaircir » (approfondir, rendre plus riche, complexe, avec du clair-obscur ?) le rôle de Cécilia aux répétitions.
J'aimerais bien assister un peu au tournage, si c'est possible. Je ne rentre qu'autour du 14 octobre. Pouvez-vous me laisser, aux *Études*[1], les coordonnées du tournage : adresse, n° de téléphone, etc. pour que je sache comment vous joindre ? Je serai terriblement occupé dès mon retour, mais j'aimerais bien faire une ou deux échappées jusqu'à cette *Chambre verte* où je suis tout de même discrètement présent à l'arrière-plan !
Bon courage de tout cœur, et mon souvenir fidèle à Suzanne.
Bien amicalement,

Jean

On va projeter *Adèle H.* ici bientôt, dans cette ville[2] effroyablement morte où il n'y a que des films de guerre et *King Kong*[3], depuis 2 mois !

* Titre un peu simenonien[4] !

RENÉ-JEAN CLOT À FRANÇOIS TRUFFAUT

René-Jean Clot
père d'Emmanuel

Le 16.XI.77

Cher François Truffaut,
Emmanuel[5] m'a dit sa joie de travailler enfin à un beau film, une œuvre d'art. Il vous admire beaucoup ; le chérubin ne travaillait jusqu'à ce jour qu'à des films pareils à des poissons que l'air

1. La revue jésuite à laquelle Jean Mambrino collabore activement comme critique littéraire et dramatique.
2. Durban, en Afrique du Sud.
3. La version de John Guillermin, avec Jessica Lange, sortie en 1976.
4. Allusion à *La Chambre bleue* de Georges Simenon (Les Presses de la Cité, Paris, 1964).
5. Emmanuel Clot (1951-1983), l'assistant-réalisateur de Truffaut pour *La Chambre verte*, puis *L'Amour en fuite* (où il joue aussi le collègue d'Antoine Doinel), fut également celui de Dennis Berry, Wim Wenders et Roger Coggio.

étouffe sitôt hors de l'eau. C'est un bon garçon, fidèle et robuste. Il lui manque seulement d'avoir vu un fantôme... Je veux dire agrandir ses jours avec la tentation d'un espace.
Je peins enfin les tableaux que je rêvais de faire et je n'ai plus écrit depuis *des années*. Je suis de la race de ceux qui détestent les habitudes (même rentables).
L'erreur des créateurs, cher, c'est parfois d'exploiter un succès. Il faut savoir exploiter un échec car au bout de l'échec il y a aussi un succès, mais ce qui est terrible dans l'âpreté du travail, c'est qu'il use une disposition désintéressée à aimer.
Salut à vous. Il me tarde de voir le film[1].

renéjeanclot

Autour de la Noël, si vous êtes libre, je vous parlerai d'une pièce – je ne peux pas voir les gens du théâtre – avec un « sujet » d'images. Histoire d'une fille qui travaillait dans un hôtel. On ne sait – oui, on le *sait* – ce qu'elle y faisait, mais elle veut de toute son âme devenir religieuse. L'atmosphère du couvent. Tout est possible. Comment une putain peut-elle aimer ? Dieu mieux qu'une mère supérieure !... et l'avion tombe en flammes...

FRANÇOIS TRUFFAUT À GEORGES SIMENON[2]

Georges Simenon
12, avenue des Figuiers
1007 Lausanne

De Honfleur[3]*, ce 23 novembre 1977*

Cher Monsieur,
Vos livres de *Dictées* me passionnent et, deux fois par an, je les attends avec impatience. Aux deux grands blocs de votre œuvre,

1. *La Chambre verte* sortira le 5 avril 1978.
2. Écrivain belge (1903-1989). Auteur d'une œuvre pléthorique, il est surtout connu pour ses romans policiers et sa série des Maigret, qui inspira plusieurs films de cinéma – de *La Nuit du carrefour* de Jean Renoir (1932) à *Maigret et la jeune morte* de Patrice Leconte (2020) – et séries télévisées. Si Truffaut avoue avoir rejoint « la cohorte pacifique des Simenoniens » en lisant *En cas de malheur*, il oublie qu'en 1951 il avait déjà classé *La neige était sale* « dans la liste des meilleurs livres que j'ai lus cette année » (lettre à Robert Lachenay, 6 février 1951). Dans son œuvre critique, Truffaut fait souvent référence à Simenon et, devenu cinéaste, il aura plusieurs projets d'adaptation de son œuvre qui resteront lettre morte.
3. Truffaut se trouve à Honfleur (Calvados) pour le tournage de *La Chambre verte*.

les romans psychologiques et les Maigret, celui de ces *Dictées* va venir s'ajouter et constituera un troisième bloc[1].

Dans *À l'abri de notre arbre* vous évoquez le problème d'un titre à trouver pour regrouper ces volumes d'un type nouveau. De même que vous préférez parler des « petits hommes » plutôt que des « grands », le terme de « Mémoires » vous semble immodeste et pourtant c'est bien de cela qu'il s'agit ou plus exactement d'une combinaison entre le journal intime et le recueil de souvenirs. C'est pourquoi j'ai pensé vous proposer un titre global qui pourrait convenir à votre chronologie de l'humeur, ce titre serait : *Mémoires élastiques* ou bien *La Mémoire élastique*.

Il y a une vingtaine d'années, un compte rendu hostile de votre roman *En cas de malheur* dans *Le Canard enchaîné*[2] m'a donné envie de lire ce livre qui m'a enthousiasmé et conduit à rejoindre la cohorte pacifique des Simenoniens.

Plus tard, un ami suisse m'a dit que vous aviez aimé mon premier film *Les Quatre Cents Coups* et cela m'a fait un grand plaisir. Deux fois j'ai hésité à adapter un de vos livres pour le cinéma (*Trois chambres à Manhattan* et *L'Horloger d'Everton*) et les deux fois j'ai regretté de ne pas avoir osé[3].

Je parle souvent de vous avec Jean et Dido Renoir que je visite trois fois par an à Beverly Hills. Ils adorent eux aussi vos livres de « dictées » et je pense qu'ils vous l'ont dit. Dans une dizaine de jours, je me trouverai avec eux pour une semaine et je sais que nous parlerons de *À l'abri de notre arbre*.

Pour vos lecteurs, Teresa[4] est devenue une amie. Je vous

1. Il s'agit du VIIe volume des *Dictées*, publié en septembre 1977 aux Presses de la Cité. Ce terme générique désigne les vingt et un volumes autobiographiques (1975-1981) de Simenon, qui renonça ainsi à écrire des romans, pour ne plus « se mettre instinctivement dans la peau des autres, [mais] dans la [s]ienne, peut-être pour la première fois depuis cinquante ans » (*Un homme comme un autre*, Presses de la Cité, Paris, 1975).

2. « M. Simenon devant sa Remington, avant de commencer *En cas de malheur*, a dû se demander : "Alors, je fais de l'art ou du cochon ?" Le malheur est arrivé : il a choisi le cochon. » (Jérôme Canard, *Le Canard enchaîné* n° 1851, 11 avril 1956.) C'est Claude Autant-Lara qui a adapté *En cas de malheur*. Truffaut en rendra compte dans *Arts*, affirmant que « l'un des meilleurs romans de Simenon est devenu l'un des meilleurs films de Claude Autant-Lara » (*Arts* n° 687, 10-16 septembre 1858 ; *Chroniques d'Arts-Spectacles*, *op. cit.* p. 469).

3. Jeanne Moreau, au début des années 1960, avait proposé à Truffaut d'adapter *Trois chambres à Manhattan* – il le sera par Marcel Carné en 1965. Bertrand Tavernier adaptera *L'Horloger d'Everton* sous le titre *L'Horloger de Saint-Paul* (1974), en transposant l'action des États-Unis à Lyon. Dans la liste de ses projets inaboutis, Truffaut oublie *Un Noël de Maigret*, que lui avait proposé le producteur André Hakim dans les années 1960. Et selon l'historien du cinéma Claude Gauteur, il avait eu aussi le projet d'adapter *Les Volets verts*.

4. Entrée au service de la famille Simenon comme domestique en 1961, l'Italienne Teresa Sburelin (1926-?) deviendra, en 1964, sa dernière compagne. Dans le premier volume des *Dictées*, elle est

souhaite donc à tous deux une bonne année à l'abri de votre arbre.
Fidèlement et chaleureusement vôtre,

François Truffaut

GEORGES SIMENON À FRANÇOIS TRUFFAUT

[Papier en-tête *Georges Simenon*]
12, avenue des Figuiers[1]
1007 Lausanne

Monsieur François Truffaut
5, rue Robert-Estienne
75008 Paris

Le 1er décembre 1977

Cher François Truffaut,
Je suis très touché de ce que vous me dites de mes dictées, qui vont se succéder à un rythme un peu plus rapide car il y en a déjà quatorze sur le marbre, y compris, bien entendu, les ouvrages déjà parus.
Je note les deux titres que vous voulez bien me donner. Mais j'attends toujours le dernier moment pour fixer un titre définitif.
J'étais à Cannes à la Première des *Quatre Cents Coups* que j'ai beaucoup admiré. Chose amusante, le jeune Léaud, dont je suis très ami avec le père[2], a été probablement conçu lors d'un séjour de Léaud et de sa femme dans la maison que j'occupais alors à Saint-Mesmin[3]. J'ai suivi votre carrière avec le plus grand intérêt.
Je considère Jean Renoir non comme un ami mais comme un frère et j'aime beaucoup Dido[4]. Quand vous les verrez, dites-leur que je les embrasse très fort et que je vais leur écrire une très longue lettre.

---

désignée par l'initiale de son prénom avant de devenir Teresa dans le second. Mais Simenon ne révélera jamais son patronyme, même dans ses *Mémoires intimes*.

1. La « petite maison rose à l'ombre d'un vieux cèdre », où Simenon vécut ses dernières années.
2. Pierre Léaud (1909-1996), romancier, dramaturge et scénariste français.
3. Simenon a vécu en Vendée pendant l'Occupation, de 1940 à 1945, d'abord dans un moulin de la forêt de Mervent-Vouvant, à Fontenay-le-Comte et enfin, à partir de 1942, à Saint-Mesmin.
4. Dido Renoir, née Freire (1907-1990), script-girl d'origine brésilienne, fut la deuxième épouse de Jean Renoir. Dans ses *Mémoires intimes* (Presses de la Cité, Paris, 1980), Simenon écrit : « Mon vieil ami Renoir est un peu comme mon frère et sa bonne bouille n'a pas changé. Nous nous reverrons souvent dans son adorable petite maison de Beverly avec sa seconde femme, une Brésilienne douce et cultivée, à l'accent chantant. » Simenon a fait la connaissance de Jean Renoir au début des années 1920. En 1931, Renoir se rend à Ouistreham (Calvados), où vit Simenon, et lui achète les droits d'adaptation de *La Nuit du carrefour*, le premier Maigret qui sera adapté au cinéma. Ce geste scellera une longue amitié ponctuée de rencontres à Los Angeles (1948) ou Lausanne (1967) et de nombreux échanges épistolaires entre 1948 et 1978. Voir *Renoir Simenon en miroir*, Claude Gauteur, Pierre-Guillaume de Roux, Paris, 2016.

Teresa vous remercie de vos vœux comme je le fais de mon côté en vous demandant d'accepter les nôtres.
Croyez, cher François Truffaut, à mon admiration et à mon amitié.

G. Simenon

FRANÇOIS WEYERGANS À FRANÇOIS TRUFFAUT

3, rue Pasteur 75011

Paris, ce dimanche 29 janvier 78

Cher François,
Depuis quatorze mois, je me bats avec un film, c'est-à-dire avec moi-même. Nous ne sommes pas des lignes droites et c'est avec toutes les contradictions d'une vie versatile que j'ai tâché d'offrir un peu de cohérence aux personnages de mon radeau de la Méduse. Je voudrais vous en parler un peu, parce que, pour dire les choses comme elles sont, je suis dans la merde.
Seule la longueur du temps de montage, mal acceptée par ceux qui m'entourent mais essentielle pour moi, m'aura permis d'extirper les complaisances, d'être méchant vis-à-vis de moi pour mieux toucher les autres. Aujourd'hui tout ça est terminé, mais je m'écrase à l'atterrissage et je viens vous demander une idée. Car voilà : j'ai mixé 2 bobines 1/2, et tout est arrêté parce qu'il n'y a plus d'argent et pire : plus personne. Pour aller jusqu'au bout, il faut pouvoir convaincre Maumont[1] et un auditorium, donc disposer d'un bon de commande et/ou d'un chéquier. Il y a aussi des « broutilles », pellicule magnétique, 3 heures de bruitage.
Le film (titre : *Couleur chair*, interprété par Dennis Hopper, Veruschka, Jorge Donn, Anne Wiazemsky, Laurent Terzieff, Bianca Jagger, Lou Castel, Roger Blin ; photographié par Ricardo Aronovich en Panavision sur une très belle Eastmancolor que j'avais ramenée de New York) est une coproduction belgo-française. En Belgique, c'est une société que j'ai fondée pour ça, qui a recueilli une avance sur recettes belge, un crédit de la Banque Lambert (500 000 FF), un crédit sur 2 ans d'un labo ; en France, c'est Buffalo Films choisi, à tort ou à raison, pour recevoir l'avance sur

1. Jacques Maumont (1924-2006), ingénieur du son français, qui a travaillé notamment avec Jacques Tati, Alain Resnais et François Truffaut.

recettes + 100 000 FF de l'INA. J'avais plutôt bien monté mon affaire ; ça déborde un peu à cause du montage excessif.
Qui à votre avis à Paris aujourd'hui pourrait me dépanner ? C'est très compliqué de faire « entrer » quelqu'un dans un film à 2 semaines de la fin, et pour une somme qui représente finalement 3 F 50 par rapport à l'ensemble ?
Je sais que vous êtes en train de travailler ; ça m'ennuie de vous ennuyer, mais on devient encore plus égoïste que d'habitude quand on crie au secours. Aurez-vous le temps d'au moins me laisser un message à votre bureau que j'appellerai[1] ?
Fidèlement,

François

JEAN MAMBRINO À FRANÇOIS TRUFFAUT

15, rue Monsieur
75007 Paris
Tél. 734.74.77

22/3/78

Cher François,
J'ai déjà vu deux fois *La Chambre verte*[2], qui m'a profondément touché. C'est vraiment très beau, et vous allez jusqu'au bout de votre « vision » avec une intensité superbe. J'étais d'autant plus ému que j'avais beaucoup rêvé sur ce film dont je connaissais par cœur chaque séquence, et où je me sentais un peu présent. C'était une expérience singulière de voir se lever les images comme du fond de moi-même, mais toujours avec l'émerveillement de la réussite alors que j'étais intensément conscient de toutes les difficultés. L'élégance des « solutions » m'a, à chaque fois, ravi. Très beau surtout, dans son mélange de délicatesse et de force, est la manière dont s'équilibrent les deux personnages de Julien et de Cécilia. Et votre propre composition, admirable.
Je serai tellement heureux de vous revoir dès que vous aurez lancé ce film et aurez quelques instants.
Avec ma fidèle amitié,

Jean M.

1. Malgré nos recherches, il nous a été impossible de savoir si Truffaut a pu répondre à la sollicitation de son ami.
2. Il s'agit sans doute de projections privées car le film ne sortira en salles que le 5 avril 1978.

FRANÇOIS TRUFFAUT À JEAN MAMBRINO

[Papier en-tête *Hôtel Métropole, Bruxelles*]

[*13 avril 1978*]

Mon cher Jean,
Je sais que vous êtes en train d'écrire sur *La Chambre verte* et je ne vous ai même pas remercié pour votre lettre chaleureuse du mois dernier (après la projec. de presse).
Finalement, il est plus facile de faire un film que de le présenter à la presse et au public. Ici, en Belgique, je tente de le placer sur de bons rails. Le 20 avril, *Adèle* passe à la télé et dès le lendemain je me tourne exclusivement vers le prochain, *L'Amour en fuite*[1].
Oui, nous pourrions nous voir en mai, pendant ma préparation, encore merci et amitiés,

françois

JEAN MAMBRINO À FRANÇOIS TRUFFAUT

Études
15, rue Monsieur
Paris VIIe
Tél. 734.74.77

17 avril [*1978*]

Cher François,
Merci de votre mot de Bruxelles. Oui, je serai heureux de vous revoir en mai.
J'ai écrit avec beaucoup de satisfaction cet article sur *La Chambre verte*. Simon l'a apprécié. J'espère qu'il passera dans *Le Monde*[2]. Mais je vous signale qqes corrections importantes, faites après coup, qu'il faut reporter sur votre exemplaire :

1. *L'Histoire d'Adèle H.* sera diffusé le mardi 18 avril 1978, sur Antenne 2. Quant au tournage de *L'Amour en fuite*, il débutera le 29 mai 1978.
2. Simon Mizrahi (1940-1992), l'attaché de presse de *La Chambre verte*. L'article paraîtra finalement dans *L'Avant-Scène cinéma* n° 215, 1er novembre 1978, sous le titre « Cette fête de la mémoire ».

p. 2 : 2e ligne, lire : « la préparation du film »
p. 3 : 4 lignes avant la fin : mettre une virgule après « politiques »
p. 4 : 10e ligne : mettre une virgule après « et les vivants »
p. 5 : 7e ligne, lire : « le brasier des cierges » ; 8e ligne : mettre une virgule après « ... l'amour de Julie, »

Voilà.
Avec toute mon amitié

Jean

FRANÇOIS TRUFFAUT À JEAN MAMBRINO

[Papier en-tête *Les Films du Carrosse*]

[*avril 1978*]

Cher Jean,
Personnellement, je ne vous aurais pas embêté avec une demande d'article sur *L. Ch. V.*[1] mais, naturellement, je vous remercie de l'avoir fait. Que ce texte demeure inédit[2] ne me gêne pas car il nous concerne, vous et moi, prioritairement.
Amitié, proximité.
Je suis déjà sur *L'Amour en fuite* (et si les Doinel étaient mes Maigret[3] !...).
Avec toute mon affection,

françois

1. *La Chambre verte.*
2. Voir n. 2, p. 448.
3. Curieuse idée en forme de boutade consistant à rapprocher les personnages d'Antoine Doinel (Truffaut) et du commissaire Maigret (Simenon), qui ont en commun d'être chacun un héros récurrent s'inscrivant dans un contexte socioculturel très déterminé.

HERVÉ GUIBERT[1] À FRANÇOIS TRUFFAUT

[Papier en-tête *Le Monde*]

Paris, le 1er juin 1978

Cher Monsieur,

Je prépare, pour *Le Monde*, une enquête sur la critique[2]. Face à des interviews de critiques (de cinéma, de théâtre, d'art, etc.) qui diront comment ils conçoivent ce métier, j'aimerais faire parler des créateurs pour qu'ils disent ce qu'ils attendent de la critique (s'ils en attendent quelque chose), pourquoi éventuellement elle les déçoit, et qu'ils essayent d'imaginer une critique « idéale ».

J'ai déjà interviewé Michel Foucault[3], qui a fait de la critique et dont le travail est également critique. Vous comprenez sans doute pourquoi j'aimerais vous rencontrer pour parler de ça avec vous. Je tenterai de vous joindre à ce numéro (359.19.74), pour un éventuel rendez-vous.

Merci

Hervé Guibert

1. Journaliste, écrivain et photographe français (1955-1991), Hervé Guibert publie aux éditions Gallimard romans et nouvelles inspirés de sa vie, où il évoque sa famille, ses partenaires sexuels et la contamination du sida qui devait l'emporter à 36 ans. Il nourrit, très jeune, une passion pour le cinéma : de 1973 à 1977, il publie critiques et entretiens (*Cinéma 74 à Cinéma 76, Had, Les Nouvelles littéraires, 20 ans, Combat, Cinématographe*, etc.). En 1977, il entre à la rédaction du *Monde*, où Yvonne Baby, la directrice du service culturel, lui attribue la photographie. « Il aurait, bien sûr, préféré le cinéma, mais cette rubrique était déjà tenue. Cela ne l'a pas empêché, par la suite, de faire des articles sur les films » (courriel de Christine Guibert à Patricia Guédot, mai 2020). Il passera à la pratique en cosignant le scénario et les dialogues de *L'Homme blessé* de Patrice Chéreau (1983), puis en réalisant son autoportrait en jeune malade dans *La Pudeur et l'Impudeur* (1993). D'après nos recherches il n'a jamais rencontré Truffaut ni écrit sur ses films. On sait seulement qu'il avait vu *L'Histoire d'Adèle H.* (1975) et nourrissait une grande admiration, muée en amitié, pour Isabelle Adjani, qu'il avait interviewée la première fois sur le tournage, à Amsterdam, de *Barocco* d'André Téchiné (1976) et qui inspira le personnage de Marine dans *À l'ami qui ne m'a pas sauvé la vie*.
2. D'après nos recherches, cette enquête n'a jamais vu le jour.
3. C'est en 1977, à la parution de son premier roman, *La Mort propagande*, qu'Hervé Guibert rencontre le philosophe Michel Foucault (1926-1984) et qu'il en devient l'ami. Dans *À l'ami qui ne m'a pas sauvé la vie*, il racontera la maladie et l'agonie de Foucault rebaptisé Muzil, en référence à Robert Musil.

HERVÉ GUIBERT À FRANÇOIS TRUFFAUT

Paris, le 6 juin [*1978*][1]

Cher Monsieur,
Je viens de joindre votre secrétaire qui m'a proposé de vous envoyer un questionnaire écrit, à venir dans le « dossier » que je prépare actuellement sur la critique pour *Le Monde*, et qui devra sortir dans un supplément *Arts et Spectacle* du mois de juillet. Voilà, je pense, les questions que je vous poserais si je vous rencontrais :
– Quand vous venez de faire un film, qu'attendez-vous de la critique ?
– D'après vous, quel doit être son rôle, et quand vous écriviez vous-même des critiques, comment le conceviez-vous ?
– Pensez-vous que la critique est actuellement bien faite dans la « grande presse » quotidienne et hebdomadaire ?
Vous pouvez, bien sûr, au cas où vous auriez la gentillesse d'y répondre, laisser une question qui vous semblera moins intéressante pour en développer une autre.
D'avance je vous remercie car votre intervention m'aidera beaucoup. Voici mon adresse :
Hervé Guibert, 293, rue de Vaugirard, 75015 Paris (tél. 531.28.02)
ou au *Monde* 5, rue des Italiens, 75009 Paris.

FRANÇOIS TRUFFAUT À JEAN MAMBRINO

Paris, le 26 juin 1978

Mon cher Jean,
Seule la préparation ou plutôt le manque de préparation de *L'Amour en fuite* m'a empêché de déjeuner avec vous.
Voyons-nous en septembre car je termine mon tournage la semaine prochaine, mais je pars aussitôt pour Los Angeles[2].
Votre article sur *Peter Ibbetson* m'a passionné. J'ai la possibilité de

1. Ajout manuscrit de Truffaut : « Lui envoyer *Les Films de ma vie* et *Le Cinéma sous l'occupation* [*Le Cinéma de l'occupation et de la résistance* d'André Bazin]. OK le 13/06 ».
2. Très affecté par l'échec de *La Chambre verte*, Truffaut passera plusieurs semaines à Los Angeles cet été-là.

tourner un remake[1] de ce film, mais je sèche complètement devant la difficulté de l'adaptation. Cela m'intéresserait beaucoup d'avoir votre point de vue là-dessus.

J'ai donné à Claude Beylie, pour *L'Avant-Scène*, une photocopie de votre article sur *La Chambre verte*[2]. J'espère que j'ai bien fait. Dans le cas contraire, vous pouvez le joindre.

Amitiés,

François

JEAN MAMBRINO À FRANÇOIS TRUFFAUT

Études
15, rue Monsieur
Paris VIIe
Tél. : 734.74.77

3/7/78

Bien cher François,

Oui, voyons-nous en septembre. Je suis très excité de savoir que vous pensez à un film sur *Peter Ibbetson*. C'est un livre fabuleux, et je rêve de faire ce film avec vous. J'aimerais en tenter l'adaptation (ce serait ma première) en collaborant avec vous. Je n'ai pas vu la première mouture qui n'a pu être que médiocre ! Et, en y repensant, je vois à quel point toute cette histoire doit vous toucher...

Mais j'ai découvert un autre livre extraordinaire qui vous va comme un gant ! Si je ne me trompe, vous aurez le coup de foudre ! *Très* difficile à faire, mais surtout (à part des détails) parce qu'il reposerait sur une minutieuse direction d'acteurs pour être crédible... C'est dire que ce n'est pas un problème pour vous !

Jetez-vous dessus, immédiatement, et achetez les droits aux USA : Isaac B. Singer[3], *Ennemies. Une histoire d'amour* (titre superbe !)

1. Nous n'avons pas trouvé trace de ce remake du film américain d'Henry Hathaway (1935), qu'André Breton avait décrit dans *L'Amour fou* comme « un film prodigieux, triomphe de la pensée surréaliste ». L'article de Mambrino est paru dans *Études*, juin 1978, pp. 779-788 ; *Lire comme on se souvient : livres pour éclairer la solitude*, Phébus, 2000.

2. « Cette fête de la mémoire », *op. cit.* pp. 5-6.

3. Écrivain juif polonais naturalisé américain (1902-1991), lauréat du prix Nobel de littérature. Quelques-unes de ses œuvres ont été adaptées au cinéma, entre autres *Yentl*, film américain de et avec Barbra Streisand (1983), et *Enemies, a Love Story*, de Paul Mazursky (1989).

chez Stock, 1975. Mais peut-être l'avez-vous déjà lu, et rejeté. Je serais très déçu...
En septembre donc, de toute façon.
Avec ma fidèle amitié,

Jean

C'est une histoire qui commence comme une comédie légère et s'achève en drame (ça ne vous rappelle rien ?). Toujours terrible, mais pleine d'humour, et tendre encore, infiniment. Et terrible à vous déchirer le cœur. Et drôle quand même, jusqu'au bout, malgré des larmes de sang.
Enfin, tout ce qu'il faut pour la « Truffaut's touch ! »...
Singer est peut-être le plus gd romancier vivant, très aimé de notre cher Miller[1]...

P.-S. Si ce roman vous plaît autant que je l'espère, voulez-vous me mettre un mot ici, *please* ? (Je reste à Paris en juillet. En août, je serai 15 jours en Pologne, puis qq part du côté de Manosque[2]...).
Si vous achetez les droits, dites à Christian de Bartillat[3], qui est un ami, que c'est moi qui vous ai conseillé le livre...
J'ai donné mon accord, bien sûr, à Claude Beylie[4], pour publier mon article dans *L'Avant-Scène*[5].

FRANÇOIS TRUFFAUT À JEAN-LOUIS BORY

Vendredi 1er septembre 1978

Cher Jean-Louis Bory,
Ces déchirements qui sont comme des morts, la sensation du trou noir, du je n'existe plus, cette irréalité des visages croisés dans la rue, tout cela je l'ai connu et aussi la certitude qu'on ne peut pas faire comprendre aux autres ce qui se passe en soi, le concret qui se dérobe, ce vide hébété.

1. C'est dans un article de *Life Magazine* qu'Henry Miller a révélé son admiration pour Isaac B. Singer : « ... un écrivain à vous rendre fou pour peu que vous ayez l'oreille sensible à la mélodie sous-jacente, à ce qui se cache derrière le sens premier des mots. »
2. Manosque, commune des Alpes de Haute-Provence, patrie de Jean Giono (1895-1970).
3. Christian de Bartillat (1930-2012) était alors P.-D.G. des éditions Stock.
4. Critique et historien du cinéma (1932-2001), Claude Beylie était alors rédacteur en chef de *L'Avant-Scène cinéma*.
5. « Cette fête de la mémoire », *op. cit.* pp. 5-6.

J'ai connu cela et il m'a fallu un an et demi pour m'en sortir avant de trouver le ressort qui fait rebondir et puis encore trois ans avant de pouvoir revivre normalement c'est-à-dire d'aimer sans méfiance[1].

Je vais plier cette lettre dans une enveloppe et la poster, mais imaginez qu'elle vous parvient roulée dans une bouteille. Vous faites partie de ceux qui ont la chance de pouvoir exprimer l'inexprimable et de se tirer d'affaire par la création. N'oubliez pas cela.

J'ai admiré votre courage quand vous avez bravé le sardonique Philippe Bouvard[2] en présentant la *Moitié d'orange* ; chaque semaine, au *Masque et la Plume*[3], vous donniez un exemple de vaillance, gaieté et vitalité. À cause de cela, je sais que vous allez trouver, le moment venu, la force de donner le coup de pied qui vous fera remonter à la surface, parmi nous,

toute mon amitié,

François Truffaut

JEAN-LOUIS BORY À FRANÇOIS TRUFFAUT

Vendredi 1er septembre [*1978*]

Cher François Truffaut,

Merci. Dans la bouillasse noirâtre d'où j'émerge peu à peu, votre lettre m'a fait un bien énorme[4]. Elle m'a *réchauffé*. Pardonnez la brièveté de ce billet : je maîtrise mal mon écriture.

Merci, du fond du cœur.

Jean-Louis Bory

1. Truffaut évoque ici, à mots couverts, sa dépression à la suite de sa rupture avec Catherine Deneuve, en décembre 1970. Sur les conseils du docteur Held, il avait fait une cure de sommeil de sept jours, en janvier-février 1971, à la clinique La Villa des pages, au Vésinet (Yvelines).
2. Le 18 avril 1977, dans *L'Huile sur le feu*, l'animateur et journaliste Philippe Bouvard avait opposé Jean-Louis Bory – qui présentait *Ma moitié d'orange*, récit où il révélait son homosexualité, ce qui, à cette époque, relevait d'un acte militant – au Dr Amoroso, un homophobe notoire qui s'était adressé à l'écrivain en l'appelant « Madame ».
3. À partir de 1961, Jean-Louis Bory participa régulièrement à cette célèbre émission de France Inter, animée alors par François-Régis Bastide ; il y défendait une modernité cinématographique diamétralement opposée au classicisme défendu par Georges Charensol (1899-1995), critique cinéma des *Nouvelles littéraires*.
4. Entre octobre 1978 et février 1979, Bory connaîtra une période de rémission qui lui permettra d'écrire un portrait de Cambacérès, *Les Cinq Girouettes* (Ramsay, Paris, 1979), avant de se donner la mort neuf mois après cette lettre, dans la nuit du 11 au 12 juin 1979.

FRANÇOIS TRUFFAUT À PATRICK ALEXANDER[1]

Patrick Alexander
2 Worcester Gardens
Worcester Park
Surrey KT4 7HN

Paris, le 6 septembre 1978

Cher Monsieur,

Je viens de lire avec un très grand plaisir votre roman *Death of a Thin-Skinned Animal* dans sa traduction française, *Mort d'une bête à la peau fragile*, collection Super Noire, chez Gallimard.

J'ai beaucoup aimé les personnages, le ton du dialogue et les relations sentimentales.

À tort ou à raison, j'ai eu l'impression qu'il serait difficile d'adapter fidèlement ce livre pour le cinéma car le personnage principal, Richard Abbott, n'apparaît sur l'écran que pendant vingt minutes[2].

Par ailleurs, la construction du livre est si bonne que ce serait absurde et décevant de la détruire dans un scénario.

J'en viens maintenant à l'objet de ma lettre : si l'un de vos prochains romans, espionnage ou thriller, était centré sur un personnage principal que l'on suit presque d'un bout à l'autre et que vous pensiez que l'histoire peut donner un film, je serais heureux de le lire sans attendre la parution française.

J'aime beaucoup vos personnages, j'ai l'impression de les comprendre et de pouvoir les montrer dans un film, peut-être pas avec le même talent que vous, mais dans le même esprit.

Avec mon admiration, croyez-moi sincèrement vôtre,

François Truffaut

1. Journaliste, scénariste et écrivain britannique (1926-2003). En 1976, avec *Mort d'une bête à la peau fragile* (Gallimard, Paris, 1978), Patrick Alexander inaugure une série de thrillers d'espionnage, nourrie de ses nombreux voyages en Russie et en Europe de l'Est. Malgré une sensibilité commune et une grande admiration réciproque, les deux hommes ne se rencontreront qu'une seule fois et n'auront jamais l'occasion de travailler ensemble.

2. Le roman sera pourtant adapté au cinéma, sous le titre *Le Professionnel* par Georges Lautner, avec Jean-Paul Belmondo (1981).

PATRICK ALEXANDER À FRANÇOIS TRUFFAUT

2 Worcester Gardens
Worcester Park, Surrey

18 septembre 1978

Cher M. Truffaut,
Recevoir votre lettre m'a surpris et ravi au plus haut point, d'autant que je suis un grand admirateur de votre travail.
Vous avez sans doute raison de penser que *Death of a Thin-Skinned Animal* est difficile à adapter au cinéma – un ou deux producteurs s'y intéressent, mais j'ai bien l'impression qu'ils savent plus faire de l'argent que des films !
Soit dit en passant, l'édition française a été amputée d'environ 30 pages. Je ne sais pas pourquoi – peut-être les ouvrages de la Super Noire doivent-ils s'en tenir à une certaine longueur. Je vous enverrai un exemplaire de l'édition anglaise, en gage modeste de mon respect et de mon estime.
Je viens de terminer un nouveau roman qui pourrait bien avoir plus de potentiel pour une adaptation – mais je manque sans doute de recul pour en juger. Quoi qu'il en soit, mes éditeurs anglais, chez Macmillan, semblent très enthousiastes. Il a pour titre *Show Me a Hero*, citation extraite des carnets de Francis Scott Fitzgerald : « *Show me a hero and I'll write you a tragedy*[1]. »
Je vous enverrai une copie du manuscrit dès que j'aurai procédé à quelques révisions mineures, ce qui ne devrait pas prendre plus d'une semaine.
Vous n'avez pas idée du bonheur que j'ai eu de recevoir votre lettre.
Bien à vous,

Patrick Alexander

P.-S. : J'ai voulu vous écrire en Français, mais c'est trop difficile pour moi, bien que je puisse le lire sans trop de difficulté[2].

1. « Montrez-moi un héros, et je vous écrirai une tragédie. » Francis Scott Fitzgerald, *Carnets* (*The Notebooks*, 1945), Fayard, Paris, 2002.
2. Ajout manuscrit en français dans une lettre en anglais et dactylographiée.

JÉRÔME PRIEUR[1] À FRANÇOIS TRUFFAUT

3, rue Crillon
75004 Paris

Paris, le 5.X.78

Cher Monsieur,
Jean Collet me dit que vous seriez sûrement content de lire ces deux articles[2], si vous ne les connaissez déjà (j'y ajoute celui sur Guitry, à cause de la NRF qui faisait jadis la fine bouche). Je ne sais pas, mais vous les envoie avec mon amitié.

J. Prieur

P.-S. Pour une nouvelle revue à venir (ou sinon ailleurs), j'aimerais depuis longtemps vous demander de penser à un petit choix d'articles (4/5) d'Audiberti sur le cinéma, que vous présenteriez[3]. Choix sans doute difficile mais que je souhaiterais beaucoup voir paraître pour faire sortir ces textes de leur clandestinité avant qu'une « intégrale » ne soit publiée[4].

1. Écrivain et documentariste français (né en 1951). Il a dirigé pour l'INA la collection « Les hommes-livres », qui doit son titre à *Fahrenheit 451*. Ses recherches sur l'histoire des débuts du christianisme, menées en collaboration avec Gérard Mordillat, donneront lieu à *Corpus Christi* (1998), puis à quatre autres séries. Depuis 2010, Jérôme Prieur s'est beaucoup consacré aux années 1930 en France et en Allemagne, signant plusieurs documentaires, dont *Hélène Berr, une jeune fille dans Paris occupé* (2013) et *Vivre dans l'Allemagne en guerre* (2020). Parmi ses livres, citons *Proust fantôme* (Gallimard, Paris, 2001) ou *La Moustache du soldat inconnu* (Seuil, Paris, 2018). Entamés à l'occasion d'un article de la *NRF* consacré à *La Chambre verte*, ses échanges avec Truffaut se poursuivront avec le tournage de *La Leçon de cinéma de François Truffaut*, une émission de Jean Collet et Jérôme Prieur, réalisée par José-Maria Berzosa, diffusée sur TF1 les 5 et 12 mai 1983 – entretiens édités par Bernard Bastide chez Denoël, en 2021.

2. « Un visage dans la nuit », *La Nouvelle Revue française* n° 305, 1er juin 1978 [sur *La Chambre verte* de François Truffaut] ; *Nuits blanches*, Gallimard, Paris, 1980, pp. 41-50. Et « Les délectations de Sacha Guitry », *La Nouvelle Revue française* n° 304, 1er mai 1978 ; *Nuits blanches, op. cit.* pp. 328-333.

3. « Il s'agissait d'un projet de revue sur les images sur laquelle nous étions quelques-uns à travailler pour l'INA. Mais je pensais aussi que, si Truffaut avait effectué ce choix d'articles d'Audiberti, j'aurais facilement convaincu Georges Lambrichs – qui avait pris la direction de la NRF, en septembre 1976 – de le publier. » (Courriel de Jérôme Prieur à Bernard Bastide, 12 mai 2020.)

4. Cette intégrale paraîtra sous le titre *Le Mur du fond : écrits sur le cinéma* (Cahiers du cinéma, Paris, 1996). Le tapuscrit, préparé par Michel Giroud pour les Cahiers du cinéma, restera quelques années en souffrance, avant d'être réinvesti par Jérôme Prieur, qui ajoutera un avant-propos de Truffaut sur Audiberti, paru initialement sous le titre « Un colossal enfant » (programme du théâtre du Cothurne, Lyon, 30 novembre 1973).

FRANÇOIS TRUFFAUT À JÉRÔME PRIEUR

Jérôme Prieur
3, rue Crillon
75004 Paris

Paris, le 12 octobre 1978

Cher Monsieur,
Je vous remercie beaucoup de m'avoir adressé ces deux articles que j'ignorais. Le texte sur *La Chambre verte* m'a particulièrement touché car il est intuitif et pénétrant.
Votre idée à propos d'Audiberti me séduit beaucoup, mais je préférerais faire davantage.
Je pense que quelqu'un de chez Gallimard (ou dans une collection genre 10/18) devrait rassembler tous les articles d'Audiberti sur le cinéma, à commencer par ceux parus dans *Comœdia* pendant la guerre, et à ce moment-là rien ne me ferait plus plaisir que d'écrire une préface.
Les relations avec les éditeurs sont tellement décourageantes qu'il m'est impossible d'interrompre mon travail de cinéma pour effectuer ces démarches, mais voilà ma réponse à votre proposition.
Encore merci. Sincèrement vôtre,

François Truffaut

FRANÇOIS TRUFFAUT À PATRICK ALEXANDER

Patrick Alexander
2 Worcester Gardens
Worcester Park
Surrey

Paris, le 24 novembre 1978

Cher Monsieur,
J'ai bien reçu votre manuscrit *Show Me a Hero* et je l'ai lu avec autant de plaisir que *Death of a Thin-Skinned Animal*.
Cette fois encore, j'ai admiré en premier lieu les deux personnages de femmes.

L'intrigue est excellente mais, plus encore que dans le précédent roman, elle n'est filmable que par un cinéaste britannique.
J'ai l'impression que cette histoire pourrait être dirigée par Karel Reisz[1].
Naturellement, je suis toujours désireux de lire votre prochain livre.
Je vous remercie de m'avoir envoyé *Death of a Thin-Skinned Animal* et je vais maintenant étudier les passages qui ont été coupés dans la version française.
N'avez-vous jamais été intéressé par la situation d'un petit espion qui reçoit comme mission d'épouser une femme d'un autre pays et qui devient réellement amoureux d'elle, *after the fact* ? Je crois avoir lu plusieurs fois ceci dans le journal. En d'autres termes, je suis intéressé comme vous par le comportement de petits personnages pris dans une situation trop grande pour eux.
Si vous êtes en train d'écrire un nouveau roman, ne répondez pas tout de suite à cette lettre car votre travail littéraire doit avoir la priorité.
Croyez-moi fidèlement vôtre,

François Truffaut

FRANÇOIS TRUFFAUT À PIERRE KLOSSOWSKI[2]

[Papier en-tête *François Truffaut*]

Ce 24 nov. 78

Cher Monsieur,
Vous étiez entouré d'amis au sortir de la projection de *Roberte* et je n'ai pas osé m'immiscer. J'ai beaucoup aimé le film et ses

1. Réalisateur et producteur britannique d'origine tchécoslovaque (1926-2002). Adapté d'Allan Sillitoe, son premier long métrage, *Saturday Night and Sunday Morning* (1960), a jeté les bases d'un nouveau cinéma anglais focalisé sur une peinture du monde prolétaire.
2. Écrivain et artiste français (1905-2001), frère aîné du peintre Balthus. Essayiste (*Sade mon prochain*, 1947-1967 ; *Nietzsche et le cercle vicieux*, 1969 ; *La Monnaie vivante*, 1970) et traducteur de l'allemand (Kafka, *Journal intime*, 1945 ; Nietzsche, *Le Gai Savoir*, 1956 ; Klee, *Journal*, 1959 ; Wittgenstein, *Tractatus logico-philosophicus* suivi d'*Investigations philosophiques*, 1961 ; Heidegger, *Nietzsche*, 1971) et du latin (Suétone, *Vie des douze Césars*, 1959 ; Virgile, *L'Énéide*, 1964), proche de Georges Bataille, il signe aussi, entre 1953 et 1960, trois fictions romanesques (*Roberte ce soir*, *La Révocation de l'Édit de Nantes* et *Le Souffleur*), qui mettent en scène les aventures de Roberte sous le regard d'un époux pervers et paranoïaque – trilogie rééditée en un volume (*Les Lois de l'hospitalité*, Gallimard, 1965). Le lien éphémère entre Truffaut et Klossowski sera établi par Pierre Zucca (1943-1995), ancien photographe de plateau de Truffaut, qui adapte au cinéma *Roberte* en 1979. Le 5 avril 1971, dans une lettre à Roger Diamantis, où il est question de *La mariée était en noir*, Truffaut écrit : « Elle [Julie Kohler/Jeanne Moreau] s'habille [...] en Diane chasseresse pour le peintre Charles Denner (qu'elle tuera justement avec une flèche). Ce dernier détail est en référence à un livre de Pierre Klossowski, *Le Bain de Diane...* » (*Correspondance*, *op. cit.*, pp. 397-398).

protagonistes. Je sais que mon plaisir aurait été moindre si l'écran avait été occupé par des acteurs. Vos livres et vos dessins me touchent d'abord par la précision, au point que cette précision en devient le sujet.
J'ai retrouvé cette précision dans le film et j'ai aimé beaucoup vos deux voix et vos gestes. Merci à Roberte, Octave et Antoine[1] ; je suis lointainement fidèle mais fidèlement proche,
votre

françois truffaut

PIERRE KLOSSOWSKI À FRANÇOIS TRUFFAUT

69, rue de la Glacière
75013 Paris
Tél. 580.21.85.

Ce Jeudi 30 nov. LXXVIII

Cher François Truffaut,
Il me tarde de vous dire combien votre lettre de la semaine dernière nous a touchés, Denise[2] et moi, combien l'assentiment et la compréhension qu'elle nous apporte m'ont particulièrement réconforté. Depuis longtemps nous admirons la grande intelligence qui s'est prononcée dans vos diverses créations : plus s'y accuse votre propre sensibilité, j'entends votre expérience professionnelle, plus y revit et s'y poursuit une profonde tradition humaine – le meilleur de notre dix-neuvième siècle au moyen de ce redoutable instrument du vingtième – sauf que maintenant l'on confond la « revendication » (ou « subversion ») dictée à tort et à travers par la falsification industrialiste avec tout un fond d'aspirations qui inventent depuis toujours leur propre style – c'est bien là ce qui nous caractérise – ce style que le crétinisme actuellement entretenu trouve son intérêt à détruire. D'autant plus m'importe la sympathie que vous nous témoignez en l'occurrence – m'est précieuse la solidarité qu'exprime si chaleureusement votre lettre. Serait-il possible de vous redire tout ceci de vive voix, donc de nous voir positivement ? Il paraît que « les écrivains vous intimident ». Je ne suis pas de ceux-là ! Un écrivain qui a suspendu son écriture

1. *Roberte* (1979), un film de Pierre Zucca, d'après *Les Lois de l'hospitalité*, est interprété par Denise Morin-Sinclaire (Roberte), Pierre Klossowski (Octave, son mari) et Martin Loeb (Antoine, son neveu).
2. Denise Morin-Sinclaire (1918-2019), épouse et modèle – sous le nom de Roberte – de Pierre Klossowski.

depuis sept ans pour peindre au lieu de décrire, et ne pense que ce que pense le tableau – est le premier « intimidé ». Seriez-vous libre un soir de la semaine prochaine pour qu'on dîne ensemble avec Zucca ? On se donnerait rendez-vous sous les *Barres parallèles*[1] en début de soirée ? Dans cette attente, je vous prie de croire, cher François Truffaut, à mes sentiments d'admirative amitié.

Votre Pierre Klossowski

PATRICK ALEXANDER À FRANÇOIS TRUFFAUT

[*18 décembre 1978*]

Cher M. Truffaut,
Merci infiniment pour votre lettre. Je ne pensais pas vraiment que *Show Me a Hero* se prêterait à une adaptation, mais j'avais envie que vous le lisiez.
Pour ce qui est de l'histoire que vous mentionnez – un espion qui tombe amoureux de sa cible –, oui, j'ai toujours été intéressé par cette idée, s'agissant au fond d'une situation classique, à la *Roméo et Juliette.* La seule difficulté consiste à rendre cette situation plausible entre des nationalités différentes. Par exemple, un employé de l'ambassade de Russie qui commencerait à s'intéresser à une Anglaise travaillant pour les services secrets de son pays serait immédiatement suspect.
Les faits divers dont vous parlez impliquent probablement des Allemands – à savoir un agent de la RDA qui aurait séduit et épousé une Allemande de l'Ouest exerçant un métier « sensible ». C'est beaucoup plus vraisemblable, du fait qu'ils partagent la même langue, le même héritage culturel et la même nationalité. Mais si les Russes voulaient faire la même chose en Angleterre ou en France, ils prendraient un Anglais ou un Français – autrement dit un homme qui est déjà un traître à sa patrie. Ce type de personnage nous serait beaucoup moins sympathique.
Pourtant, il y a quelques années, un espion russe est venu en Angleterre en se faisant passer pour un homme d'affaires canadien. Sa hiérarchie avait investi un temps et des efforts considérables à le former, et sa couverture était parfaite : il est passé pour un

1. Allusion à une série de tableaux réalisés entre 1967 et 1978. Roberte y est représentée attachée à un agrès de gymnastique par un « maniaque » et son acolyte.

Canadien sans problèmes. Après avoir réussi à monter un réseau d'espionnage extrêmement efficace, il a fini par être arrêté et incarcéré, mais quelques années plus tard, il fut échangé contre un agent de l'Ouest capturé par les Russes[1].

Pour autant, cet homme-là aurait très bien pu épouser une Anglaise travaillant pour les services secrets, puis en tomber amoureux. Je creuserai cette idée dans les mois à venir, pour voir ce qui en ressort. C'est un sujet qui m'intéresse beaucoup, et qui pourrait bien déboucher sur un livre.

Mais d'ici là j'en ai un autre à écrire, que je vais commencer dans les deux semaines à venir, sur un réalisateur qui prépare un film sur les terroristes[2]. Un homme d'âge moyen qui a du succès, très ancré dans la bourgeoisie et la gauche caviar (*radical chic* comme on dit). Il pense avoir une empathie réelle envers les terroristes, les comprendre ; il les voit comme des victimes d'une société de l'opulence et de l'indifférence, des idéalistes *manqués*[3]. Mais en faisant des repérages dans le sud de la France, où sera tournée une partie du film, il tombe sur de vrais terroristes. Ce qui change de beaucoup sa vision des choses, notamment sa façon de voir les terroristes, la jeune actrice avec laquelle il vit – et qui finit par prendre leur parti – et pour finir sa propre image, en tant que réalisateur et en tant qu'homme.

L'intrigue centrale rappelle sous certains aspects celle de *The Desperate Hours*[4] (vous vous souvenez certainement de ce film), bien qu'elle s'en éloigne aussi radicalement. Mais elle pourrait, je crois, générer le même type de tension.

À la résumer aussi brièvement, cette histoire ne dit pas *grand chose*[5], mais elle ouvre, me semble-t-il, des possibilités intéressantes, et comme pour tout, cela dépend surtout de la façon de faire.

Amicalement, meilleurs vœux,

Patrick Alexander

P.-S. : je suis peu porté sur Noël et moins encore sur les cartes de vœux, mais j'avoue que celle-ci[6] me plaît.

1. Alexander fait sans doute référence ici à Konon Molody (1922-1970), l'officier de carrière du Service des renseignements extérieurs du KGB soviétique. Installé en Angleterre sous le nom de l'homme d'affaires canadien Gordon Lonsdale, il fut arrêté le 7 janvier 1961 à Londres, puis échangé en 1964 contre l'espion britannique Greville Wynne.
2. Le roman a eu plusieurs titres de travail (*Pavane for a Dead Princess, A Rage to Die, Canto for the Desperate*) avant de sortir sous le titre *Soldier on the Other Side* (Heinemann, London, 1983) ; il demeure inédit en français.
3. En français dans le texte original.
4. *La Maison des otages*, un film de William Wyler (1955), d'après le roman et la pièce de Joseph Hayes.
5. En français dans le texte original.
6. Une peinture représentant un hibou avec un papillon posé sur son bec, carte sur laquelle il est écrit : « Pour le maître *with best wishes*, Patrick Alexander ».

SERGE REZVANI À FRANÇOIS TRUFFAUT

La Béate 17 janvier 79

Cher François,
Un ami[1] pour lequel j'ai beaucoup d'estime m'a chargé de vous transmettre ce synopsis. Il vient d'obtenir une bourse du SFP (sur ce premier travail) et compte pousser maintenant ces pages plus loin… Je ne sais pas si vous connaissez ses romans, mais je pense que ses critiques dans *Positif* vous sont familières[2].
Nous profitons tous les deux, Danièle et moi, de cette petite « mission » pour vous faire un signe amical et vous dire notre affectueux souvenir.
Bien à vous,

Serge

JEAN MAMBRINO À FRANÇOIS TRUFFAUT

Études
15, rue Monsieur
Paris VIIe
Tél. : 734.74.77

20/2/79

Bien cher François,
Je voulais vous écrire depuis des semaines pour vous dire ma joie et mon émotion de *L'Amour en fuite*. C'est le plus beau des cinq avec *Les 400 Coups*. Une merveille d'équilibre, à la fois légèreté et plénitude, le passage du Temps inexorable, l'âme lourde et arquée, et pourtant une mystérieuse transparence… Le rire sans

1. Il s'agit de l'écrivain Frédéric Vitoux, qui nous éclaire sur la genèse de ce projet : « La Société française de production (SFP) avait lancé un concours de synopsis auquel j'avais répondu en écrivant un projet de 8/10 pages dont j'ai oublié le titre. Le jury, dans lequel figurait Bertrand Tavernier, m'a attribué une bourse afin de le développer. Mon ami Serge Rezvani a eu l'idée de le faire lire à Truffaut. Or, quelques années plus tôt, j'avais écrit dans *Positif* un article élogieux sur un film de Truffaut qui comportait une pique sur le cinéaste. Truffaut s'en est-il souvenu ? Toujours est-il qu'il a répondu à Serge Rezvani : "Il a assez d'amis dans sa revue pour l'aider !" » (Entretien téléphonique avec Bernard Bastide, juin 2020.) Dans sa critique de *L'Argent de poche*, Frédéric Vitoux avait écrit qu'« il conviendrait […] d'attribuer à Truffaut […] la place qu'il mérite : celle d'un bon cinéaste secondaire » (*Positif* n° 181, mai 1976, p. 72).
2. Frédéric Vitoux avait déjà publié *Cartes postales* (Gallimard, Paris, 1973), *Les Cercles de l'orage* et *Yedda jusqu'à la fin* (Grasset, Paris, 1976 et 1978). Il collabora au mensuel cinématographique *Positif* de 1966 à 1982.

amertume ni grincements. Un voile de larmes très loin derrière, comme l'horizon de toute chose. Et pourtant, la bonté est si profonde qu'elle sauve aussi toute chose, inexplicablement.
C'est votre film le plus « Renoir »... Et le voici mort[1]. J'ai tant pensé à vous ces jours derniers. Je devine votre chagrin. J'ai imaginé la petite maison de Beverly Hills où j'avais passé une longue après-midi en 1966. Il écrivait alors *Les Cahiers du capitaine Georges*, que je viens seulement de lire, bouleversé par un si profond amour de la vie et de l'amour...
Cher François, j'aimerais vous revoir, parler avec vous, faire des projets. Votre dernière lettre du 26 juin me donnait rendez-vous en septembre 78... Il y a *Peter Ibbetson*, d'autres choses peut-être...
Je vous redis ma profonde amitié et un peu plus,

Jean

BERNARD GHEUR À FRANÇOIS TRUFFAUT

Mont St-Martin, 30
4000 Liège

Liège, le 14 mars 1979

Cher François Truffaut,
Je me permets de vous écrire pour vous demander s'il vous serait possible de m'accorder une interview. Le texte ferait l'objet d'une page spéciale de *La Meuse* (le premier quotidien de Wallonie). Je vous interrogerai sur *vos livres de prédilection*. À moins que vous ne préfériez un autre thème ? Si l'idée (et l'époque) vous convenaient, auriez-vous l'amabilité de me fixer un rendez-vous ? Je me rends à Paris du 20 au 31 mars[2].
En vous remerciant d'avance de votre attention, je vous prie de croire, cher François Truffaut, à mes sentiments très cordiaux.

Bernard Gheur

1. Jean Renoir est décédé le 12 février 1979 dans sa maison de Beverly Hills, en Californie.
2. Truffaut n'a pas donné suite à cette demande d'entretien.

JEAN CAYROL À FRANÇOIS TRUFFAUT

[Papier en-tête *Académie Goncourt*]
Pujols
33350 Castillon-la-Bataille

Mercredi [*18 avril 1979*]

Cher François Truffaut,
Laissez-moi vous dire, avant toute chose, combien j'admire votre création cinématographique, votre pensée, votre sensibilité et cette manière personnelle de donner à vos images votre propre battement de cœur.
Je vous suis, je ne vous oublie pas malgré mon éloignement de Paris ; j'y reviens une fois par mois.
Je ne suis pas choqué par votre silence puisque vous nous parlez toujours. Bien sûr, j'aimerais vous voir publier au Seuil ce qui pourrait vous faire plaisir et aussi vous aider : scénario, dialogues, Mémoires, souvenirs, récits, etc. Ce serait pour nous un honneur et la preuve de notre ferveur à votre égard. Nous sommes de la même joie dont on fait les « chutes »[1].
Un petit mot de vous me comblerait d'aise. Dès ma venue, nous pourrions déjeuner ensemble, voulez-vous ? « On ne voit pas le temps passer[2] ».
Bien cordialement vôtre,

Cayrol

RENÉ-JEAN CLOT À FRANÇOIS TRUFFAUT

Le 31-V-79

Cher François Truffaut,
Je vous espère en bonne santé et, bien sûr, toujours attentif à l'ombre inséparable de la clarté. J'ai tant aimé *L'Autel des morts*, je veux dire *La Chambre verte*[3]. Les Français ne pouvaient comprendre : la mort est la réalité qu'ils ne veulent pas voir. Il est

1. Jeu de mots avec l'expression populaire : « Du bois dont on fait les flûtes ».
2. Titre de la chanson écrite et interprétée par Jean Ferrat (1965).
3. *L'Autel des morts* (Stock, Paris, 1982) est, avec *Les Amis des amis* et *La Bête dans la jungle*, l'une des trois nouvelles de Henry James ayant inspiré *La Chambre verte*, qui a essuyé un échec public lors de sa sortie en salles.

vrai que la mort est aussi dans l'amour comme l'aube est dans la nuit.

Pour moi je travaille toujours, le tableau est le songe d'une vie que nous n'arrivons pas à vivre et qui s'obstine.

Votre fidèle

renéjeanclot

FRANÇOIS TRUFFAUT À PATRICK ALEXANDER

Paris, le 21 septembre 1979

Cher Monsieur Alexander,

Je serais très content d'avoir de vos nouvelles[1].

Show Me a Hero est-il paru en Angleterre et a-t-il obtenu une bonne réception ? Avez-vous terminé votre roman à propos du *film director radical chic* ?

Bien souvent, l'actualité journalistique et politique ramène mes pensées vers votre *Death of a Thin-Skinned Animal.* Ce beau livre va-t-il enfin devenir un film ?

J'espère toujours que l'occasion nous sera donnée de travailler ensemble sur une histoire mêlant l'action et l'amour.

J'ai toujours eu peur de tourner un film en langue anglaise, mais j'ai l'impression de comprendre vos personnages et de ressentir leurs émotions assez bien pour me lancer dans une telle aventure.

J'espère donc recevoir de vos nouvelles.

Croyez-moi sincèrement vôtre,

François Truffaut

1. La dernière lettre de Patrick Alexander remonte au 18 décembre 1978, p. 461.

PATRICK ALEXANDER À FRANÇOIS TRUFFAUT

8 octobre 1979[1]

Cher M. Truffaut,

Quelle joie de vous lire, cela m'a fait vraiment plaisir. Ce qui me ferait plus plaisir encore, ce serait de travailler un jour avec vous, mais j'y reviendrai. D'abord, *mes petites nouvelles*[2].

Death of a Thin-Skinned Animal. Le producteur me dit qu'il aura finalement les fonds, à condition d'avoir l'accord d'une star. Il recherche donc activement une tête d'affiche. *Bonne chance et bon courage*[3].

À la parution de *Show Me a Hero* ici en juin, un exemplaire aurait dû vous parvenir – il a dû y avoir une erreur (c'est de ma faute sans doute). Quoi qu'il en soit, j'ai demandé à Macmillan de vous en envoyer un immédiatement. Jusqu'à présent, les critiques ont été très favorables. Vous trouverez ci-joint celle du magazine de gauche *New Statesman*, qui m'a un peu surpris[4]. Il paraîtra en Amérique en mars chez Viking Press, où l'on me dit que le Playboy Book Club l'a acheté en premier choix – moi qui ai toujours pensé que c'était le poster des femmes nues encarté dans la revue qui était leur premier choix, *et pourquoi pas*[5] ?

Une société de production britannique fondée récemment par Ben Bolt[6], le fils de Robert Bolt, a mis une option sur les droits d'adaptation audiovisuelle, et Bolt *père*[7] a accepté d'écrire le scénario. *On m'a dit*[8].

J'espère finir le livre sur le réalisateur et sa petite amie émotive en début d'année. Mais les difficultés s'accumulent (entre autres le fait de rêvasser à la fenêtre au lieu de travailler), largement de mon fait, bien entendu. D'autant que je change constamment d'avis sur les personnages – ou, plutôt, qu'ils changent d'avis à

1. La lettre porte au crayon la mention autographe de François Truffaut : « Lui parler de Nachbaur », référence à Jean Nachbaur, producteur français, notamment coproducteur de *La Cage aux folles* d'Édouard Molinaro (1978).
2. En français dans le texte original.
3. En français dans le texte original.
4. L'article paru dans ce magazine britannique n'a pas été conservé avec le courrier.
5. En français dans le texte original.
6. Réalisateur britannique né en 1952, principalement auteur de séries télévisées. Fils du dramaturge, scénariste et réalisateur Robert Bolt (1924-1995), célèbre pour ses adaptations pour les films de David Lean : *Lawrence d'Arabie* et *Docteur Jivago*.
7. En français dans le texte original.
8. En français dans le texte original.

ma place. Je ne suis même pas sûr encore du titre, mais ce sera probablement *Pavane for a Dead Princess.* Dès que je l'aurai terminé, je vous l'enverrai.

Je donnerais beaucoup pour travailler avec vous ; j'espère seulement qu'un jour j'imaginerai une intrigue qui vous conviendra. *Pavane for a Dead Princess* finira peut-être par être un bon livre, mais pour le moment je l'ignore. La plupart du temps, quand je travaille, j'ai une sensation de péril imminent ; au fond, tout ce que j'espère, c'est de terminer ce foutu bouquin et de faire en sorte qu'il tienne debout (le réalisateur de *La Nuit américaine*, que j'ai vu deux fois, ne dit-il pas quelque chose de similaire[1] ?). Ma foi, on verra bien (ce que je passe la moitié de mon temps à dire).

Bien chaleureusement,

Patrick Alexander

P.-S. : Je passerai peut-être deux ou trois jours à Paris au début du printemps. Si j'ai fini le livre, je le prendrai avec moi et le déposerai dans votre boîte aux lettres. Nous pourrions même nous voir brièvement, si vous n'êtes pas en tournage quelque part[2].

FRANÇOIS TRUFFAUT À PATRICK ALEXANDER

2 Worcester Gardens
Worcester Park Surrey

Paris, le 2 janvier 1980

Cher Monsieur,

Merci pour votre dernière lettre et votre carte. À mon tour, je vous souhaite une bonne année 1980.

J'ai fait lire *Death of a Thin-Skinned Animal* à Jean Nachbaur, qui est le correspondant français de la nouvelle compagnie américaine Orion Pictures, et il a été enthousiasmé par ce livre. Les producteurs anglais n'ayant peut-être pas renouvelé l'option auprès des

1. *Day for Night* est sorti en Angleterre en novembre 1973. Le personnage de Ferrand, le metteur en scène, explique en voix off qu'« un tournage de film, ça ressemble exactement au trajet d'une diligence au Far West. D'abord, on espère faire un beau voyage et puis très vite on en vient à se demander si on arrivera à destination ».
2. Post-scriptum manuscrit dans cette lettre tapuscrite.

éditeurs, je pense qu'Orion Pictures va s'efforcer d'acheter ce livre qui peut effectivement faire un très bon film.
Je commence le mois prochain un nouveau film, *The Last Metro*, à propos des gens de théâtre pendant la dernière guerre à Paris.
Je serai content de lire *Pavane for a Dead Princess* dès que vous l'aurez fini.
Bien chaleureusement à vous,

François Truffaut

PATRICK ALEXANDER À FRANÇOIS TRUFFAUT

1er mars 1980

Cher M. Truffaut,
On peut passer la moitié de sa vie à remercier les gens machinalement, et puis un jour, quand on le pense vraiment, on ne trouve pas les mots. Vous aurez sans doute compris que c'est ce que j'essaie de faire ici, pour l'intérêt que vous ne cessez de me porter, votre gentillesse et votre aide.
M. Nachbaur m'a fait une très belle offre pour *Death of a Thin-Skinned Animal*. J'en suis très heureux, mais surtout je pense qu'il en fera un bon film. Je l'ai rencontré à Londres et trouvé très *sympathique*[1] et intelligent. Ce qui m'a beaucoup impressionné aussi, c'est qu'il a réellement travaillé avec vous[2]. Bref, je suis très heureux pour tout.
La semaine dernière, j'ai vu *L'Amour en fuite*, que j'ai trouvé captivant. Je suis tombé amoureux des femmes, l'une après l'autre : Sabine, puis Colette et la juge du divorce[3], même si elle n'apparaît que quelques instants. Leur charme et leur féminité m'ont marqué pour longtemps. J'ai reconnu certaines séquences des *Quatre Cents Coups* – celles où le garçon était interrogé par un homme hors champ (un psychiatre, je crois). Par ailleurs, j'ai trouvé que toute la mosaïque des flash-back était construite avec

1. En français dans le texte original.
2. Avant de travailler pour Orion Pictures, Jean Nachbaur a succédé à Ilya Lopert (1905-1971) comme représentant français de la société américaine Les Productions Artistes Associés. C'est à ce titre qu'il a travaillé avec Truffaut pour *L'Histoire d'Adèle H.*, *L'Argent de poche*, *L'Homme qui aimait les femmes* et *La Chambre verte*.
3. Interprétées par Dorothée (Sabine), Marie-France Pisier (Colette) et Marie Henriau (juge divorce), *L'Amour en fuite* n'est sorti en Angleterre qu'en juin 1980, sous le titre *Love on the Run*. Patrick Alexander l'a sûrement découvert lors d'un déplacement à l'étranger ou d'une projection de presse en Angleterre.

beaucoup d'intelligence et de subtilité, et qu'elle apportait une autre dimension (ce qui est le but, je suppose). Mais surtout ce que j'ai apprécié, c'est la spontanéité et l'humanité du film – chaque situation semblait réelle, tangible, chacun des personnages si vivant. Cela m'a fait penser, par certains aspects, à *La Femme du boulanger*[1]. Une bouffée de printemps dans notre morosité londonienne.

J'avance très lentement sur *Pavane for a Dead Princess*. J'espérais l'avoir fini à ce stade, mais je n'en suis même pas à la moitié.

Avec tous mes remerciements, bien chaleureusement,

Patrick Alexander

P.-S. : récemment je vous ai envoyé un calendrier, qui a été illustré par mon neveu, David Goddard[2]. Les originaux sont en noir et blanc, et je les trouve très beaux. Malheureusement, l'impression couleur est grossière et criarde[3].

FRANÇOIS TRUFFAUT À DOMINIQUE BOURGOIS[4]

Dominique
Christian Bourgois
UGE 10/18
8, rue Garancière Paris

Paris, le 22 mai 1980

Chère Dominique,

Je suis très touché que vous ayez pensé à m'envoyer le *Journal* de Jünger.

Je m'en étais procuré un exemplaire très incomplet dans une vieille édition[5] et, grâce à vous, je vais faire connaissance avec la version complète, mais de façon si j'ose dire, désintéressée, car le tournage de mon film *Le Dernier Métro* est terminé[6]. Le scénario est

1. Le film de Marcel Pagnol (1938), avec Raimu et Ginette Leclerc.
2. Artiste visuel britannique, né en 1943.
3. Le document n'a pas été conservé dans le Fonds Truffaut.
4. Dominique Bourgois fut éditrice aux Éditions Christian Bourgois jusqu'en 2019.
5. Le *Journal* d'Ernst Jünger (R. Julliard, Paris, 1951-1953) fut réédité en 4 volumes chez Christian Bourgois (1979-1980).
6. Le tournage du *Dernier Métro* s'est achevé le 21 avril 1980.

nourri de détails puisés dans les livres de souvenirs d'acteurs : Jean Marais et Alice Cocéa[1].
Bien amicalement à Christian et à vous,

François Truffaut

LOUIS GARDEL[2] À FRANÇOIS TRUFFAUT

38, rue Boileau
75016 Paris
Tél. 651-67-93 (domicile)
723-61-16 (bureau)

Paris, le 16 juin [*1980*]

Cher Monsieur,
Je vous adresse un roman, *Fort Saganne*, que je viens de publier aux éditions du Seuil. La presse est bonne. Les ventes aussi, paraît-il.
Je joins à cette lettre les photocopies des articles de B. Poirot-Delpech, François Nourissier et G. Conchon[3]. Pour vous montrer que c'est sérieux. Mais aussi parce qu'ils donnent, sous les appréciations favorables, des idées assez justes de ce qu'est ce livre.
J'ai été sollicité par la télévision (Techirisma [?] pour TF1, en coproduction avec la Tunisie) et une production de cinéma (Albina de Boisrouvray[4] – je ne sais pas si son nom s'écrit comme ça) semble très enthousiaste. Jusqu'à présent ces propositions d'adaptation n'ont été pour moi que des choses agréables et vagues, faisant partie de la rumeur de succès qui s'est établie autour du livre. On m'a fait com-

1. De Jean Marais (1913-1998) : *Mes quatre vérités* (Les Éditions de Paris, 1970) et *Histoires de ma vie* (Albin Michel, Paris, 1975). D'Alice Cocéa (1899-1970), comédienne, réalisatrice et chanteuse française d'origine roumaine : *Mes amours que j'ai tant aimées* (Flammarion, Paris, 1958).
2. Romancier, éditeur et scénariste français (né en 1939). Inaugurée en 1973 avec *L'Été tracassé* (Éditions du Seuil), son œuvre de romancier, qui compte une dizaine de titres (*Couteau de chaleur*, *L'Aurore des bien-aimés*, *La Baie d'Alger*...), va culminer en 1980 avec *Fort Saganne* (Éditions du Seuil), roman colonial inspiré d'un épisode héroïque de la vie de son grand-père, Gabriel Gardel (1894-1916). Il collaborera aussi à plusieurs scénarios, notamment pour Régis Wargnier et Alain Corneau, et sollicitera Truffaut à plusieurs reprises pour lui proposer d'adapter certains de ses romans. « Aujourd'hui, ce qui manque dans le cinéma français, dira Truffaut, ce sont les metteurs en scène de films de commande. Je prends l'exemple du très bon roman de Louis Gardel, *Fort Saganne*. Il est quand même extraordinaire qu'on n'ait trouvé aucun metteur en scène pour le tourner. Louis Malle était sans doute le plus apte à le faire : grande famille, France d'avant-guerre, Sahara et truc d'amour... mais il n'en avait pas envie. » (Propos recueillis par Michel Boujut, *Les Nouvelles littéraires* n° 2806, 1er-8 octobre 1981.) *Fort Saganne* sera adapté par Alain Corneau en 1984.
3. Parus respectivement dans *Le Monde* du 7 juin 1980, *Le Figaro magazine* du 31 mai 1980 et *Le Quotidien de Paris* du 27 mai 1980.
4. En fait Albina du Boisrouvray, productrice française née en 1941.

prendre que c'était sérieux et qu'il fallait que je prenne une attitude responsable. Mes courtes réflexions m'amènent à penser qu'il vaudrait mieux faire un film qu'une série télévisée, à deux conditions :
1) Un réalisateur de très grand talent qui ait suffisamment de métier pour faire du spectaculaire et suffisamment de finesse pour ne pas faire que ça.
2) Un budget assez important, dépassant l'Hexagone.
D'où cette lettre. Dans mon esprit, c'est un peu : Truffaut ou la télévision.
J'espère qu'elle vous atteindra. J'espère que vous aurez le temps de parcourir le livre et de me dire si ça vous intéresse ou pas. Pour dire la vérité, il me paraîtrait extraordinaire que François Truffaut, que j'admire tant, puisse s'intéresser à mon livre. Mais ça vaut le coup d'essayer, n'est-ce pas ?
En vous remerciant, je vous demande de croire, cher Monsieur, à mes sentiments de profonde admiration.

Louis Gardel

LOUIS GARDEL À FRANÇOIS TRUFFAUT

38, rue Boileau
75016 Paris

Paris, le 2 juillet [*1980*]

Cher Monsieur,
Merci de m'avoir répondu[1].
Je suis un peu déçu, mais pas du tout surpris que *Saganne* ne vous intéresse pas en tant que metteur en scène. Outre la très jolie Albina, j'ai été contacté par les Films Ariane[2]. Et puis ça galope pas mal, et un peu dans tous les sens, du côté de la télévision. J'essaie d'examiner tout ça avec la tête froide avant de me décider. Mais il n'est facile ni de garder la tête froide, ni de trouver des élé-

1. Si la réponse n'a pas été conservée, Louis Gardel se souvient qu'elle « était très longue, très chaleureuse et surtout très précise sur son intérêt pour le roman. Je l'avais mise dans un carton avec les autres lettres intéressantes reçues à l'occasion de la publication de mon roman *Fort Saganne*. La femme de ménage a tout jeté alors que j'étais absent de Paris [...]. Il me disait que son antimilitarisme – dont il raconta la cause – l'empêchait d'adapter le roman au cinéma et proposait Louis Malle... » (lettre à Bernard Bastide, 1er octobre 2019). Truffaut gardera toute sa vie cette même ligne de conduite. En 1969, quand Gene Wilder lui soumit pour lecture le scénario de *L'Espion*, il répondit le 19 mai qu'il gardait « de trop mauvais souvenirs de [son] passage à l'armée pour filmer avec gaieté des personnages en uniforme ».
2. Société fondée en 1945 par Georges Dancinger, Francis Cosne et Alexandre Mnouchkine (qui lui a donné le prénom de sa fille Ariane, alors âgée de 6 ans).

ments solides de décision. Ce que je voudrais obtenir en tout cas, c'est de participer au scénario. D'abord parce que ça m'amuse (et peut-être que je pourrais être bon dans ce domaine). Ensuite pour essayer, sans illusion excessive, d'empêcher le film de basculer, soit vers l'épopée coloniale, soit vers le jeu de massacre anticolonialiste.

J'ai lancé le nom de Louis Malle ce matin, après avoir lu votre lettre. On m'a répondu qu'il ne tournait plus qu'aux USA. Quant à Depardieu, c'est une suggestion d'Albina.

Merci de me dire si vous avez envie de lire mes romans précédents. Je vais vous les envoyer.

Le premier (*L'Été fracassé*) n'a, à mon avis, aucun intérêt. Ce sont les derniers jours de l'Algérie française vécus par deux frères, adolescents, et leur grand-mère.

Le deuxième (*Couteau de chaleur*), c'est toujours la guerre d'Algérie, mais à travers un prisme moins sommaire : c'est, en gros, la rencontre des phantasmes de sang et de violence d'un homme, avec la violence réelle du monde. Beau sujet, je crois, qui m'a un peu dépassé. Mais j'ai de la tendresse pour ce livre, bien que j'en voie les défauts : un ton de complaisance, qui faisait partie du sujet (c'est un récit à la première personne), mais que j'ai mal contrôlé ; une construction inutilement compliquée ; des préciosités de style. C'est un livre plus personnel et, en un sens, beaucoup plus fort que *Saganne*. Il n'a eu aucun succès.

La perspective de travailler avec vous, même si vous l'avez mentionnée par pure gentillesse, m'exalte.

Merci encore et très amicalement,

Louis Gardel

LOUIS GARDEL À FRANÇOIS TRUFFAUT

38, rue Boileau
75016 Paris

Paris, le 25 juillet [*1980*]

Mon cher François Truffaut,

Merci de votre lettre[1]. Personne ne m'a jamais parlé de Philippe de Broca[2], je me demande pourquoi. Vous avez raison, c'est sûrement

1. La réponse n'a pas été conservée (voir n. 1, p. 472).
2. Réalisateur français (1933-2004). D'abord assistant de François Truffaut et Claude Chabrol, il devient réalisateur à partir de 1960 en s'illustrant dans la comédie (*Les Jeux de l'amour, Le Farceur,*

à explorer de près. Mais compte tenu de ce qui se passe et de ce qu'on me propose, le stade de l'option est dépassé.
Avec vous, sans doute, j'aurais signé. Les choses étant ce qu'elles sont, il me paraît qu'un engagement fort et ferme n'est pas le critère le plus idiot pour juger de l'envie et de la capacité d'un producteur de faire avec *Saganne* un grand et beau film. Est-ce que je me trompe ?
Amicalement,

Louis Gardel

FRANÇOIS TRUFFAUT À LOUIS GARDEL

Paris, le 4 août 1980

Mon cher ami,
Louis Malle arrive à Paris vers le 25 août. Une amie commune, Alexandra Stewart[1], lui a envoyé votre roman mais il ne l'a pas encore reçu. Si rien de définitif n'a été conclu d'ici là, je donnerai vos coordonnées à Louis Malle si sa réaction est positive.
Bien amicalement vôtre,

François Truffaut

LOUIS GARDEL À FRANÇOIS TRUFFAUT

Paris, le 7 août [*1980*]

Cher Monsieur,
Merci, grand merci à vous et à Alexandra Stewart d'avoir fait passer mon livre à Louis Malle. Je ne sais pas si mon histoire l'intéressera, bien sûr, mais je me sens tout ragaillardi à l'idée qu'il a le roman à portée de main, sinon sous les yeux. Ou qu'il l'aura bientôt.
Le 25 août ou le 26 au plus tard, je serai atteignable au télé-

---

L'Amant de cinq jours), les aventures picaresques (*Cartouche*, *L'Homme de Rio*, *Le Magnifique*) et les films historiques (*Louisiane*, *Les Chouans*).

1. Comédienne canadienne (née en 1939) installée en France, qui mène une double carrière en France et aux États-Unis. François Truffaut lui avait confié des rôles de second plan dans *La mariée était en noir* (1967) et *La Nuit américaine* (1973). Louis Malle l'a dirigée dans *Le Feu follet* (1963) avant de l'épouser.

phone suivant : 16.54.48.05.84 (l'adresse étant : Gardel. Rivarennes. 36400 La Châtre). Ce jusqu'au 1er septembre. Après, Paris (651.67.93 ou 723.61.16). Mais Jacqueline Lesschaeve[1], qui suit l'affaire au Seuil (329.12.15), me dit, à l'instant, au téléphone, qu'elle aimerait beaucoup que Louis Malle puisse, s'il avait lu le livre, s'il était intéressé et s'il était en mesure de le faire, la contacter avant le 25 août. Cette date fait, en effet, un peu échéance dans les discussions en train. Échéance non définitive, bien sûr, mais… (Moi, pour l'instant, je suis tout ça de Bretagne.)
Ça me paraît beaucoup demander et surtout à vous qui vous êtes déjà donné tant de mal pour moi. (Ce qui, je le dis vite et entre parenthèses, est une des choses qui me touchent le plus parmi les retombées du succès de mon livre. François Truffaut… Je n'arrive pas à y croire. Suffit !) Mais bon, je transmets.
Je n'ai eu aucune nouvelle de Philippe de Broca. J'ai dîné avec son assistant avant de quitter Paris. Il n'était au courant de rien.
Merci encore pour tout ce que vous faites. J'aimerais beaucoup vous rencontrer à Paris en septembre, si vous y êtes. Est-ce que si je vous invite à déjeuner, par exemple, ça ne vous apparaîtra pas comme une obligation embêtante ?
Très amicalement à vous,

Louis Gardel

LOUIS GARDEL À FRANÇOIS TRUFFAUT

Paris, 4 septembre [*1980*]

Cher François Truffaut,
J'ai déjeuné avec Louis Malle. Il m'a donné l'impression d'avoir réellement très envie de faire *Fort Saganne*. Si ce projet aboutit, ce que je souhaite de tout cœur, vous en aurez été le père. Louis Malle m'a paru très touché de votre attitude. Je le suis encore plus que lui.
Je serais très heureux que nous puissions déjeuner ensemble le jour qui vous conviendra. Ou du moins de vous parler un moment du projet, si vous le pouvez.
Très, très cordialement,

Louis Gardel

1. Responsable des cessions audiovisuelles aux Éditions du Seuil.

JEAN MAMBRINO À FRANÇOIS TRUFFAUT

Études
15, rue Monsieur
75007 Paris
Tél. 734-74-77

22/9/80[1]

Bien cher François,

J'avais vu *Le Dernier Métro* en présentation privée. Je viens de le revoir au Paris[2] avec une amie. Je suis bouleversé de joie et d'émotion. Quel film merveilleux ! Peut-être votre chef-d'œuvre. D'une telle plénitude, subtilité, richesse de thèmes. Chaque séquence, chaque plan, admirablement maîtrisé, modulé, mûri. La puissance et la douceur, l'émotion et la rigueur, des ombres terribles, proches de la folie, et une lumière poignante, une presque insoutenable tendresse... Cher François, c'est si beau ! Comme le cher Renoir, le grand Alfred et Roberto (tous ceux que nous aimons) – sans oublier André B.[3] par qui je vous ai connu, comme ils auraient chéri ce film ! On sent que vous l'avez porté longtemps, à la manière de tous vos films, avec une pression intime toute particulière. Je me souviens comme vous m'en parliez lors de la préparation de *La Chambre verte*. Il m'est particulièrement cher parce qu'il joint le théâtre au cinéma, deux arts avec lesquels j'ai tant de liens. Quel respect, quel amour des comédiens ! J'y ai découvert C. Deneuve, qui m'avait presque toujours laissé insensible, et qui est ici sublime, grâce à votre regard. Elle rejoint désormais Greta Garbo dans le ciel des mythes. Oui, vous avez vraiment fait une œuvre *inspirée*.

J'aimerais tant vous revoir. Notre dernière rencontre, votre dernière lettre (de juin 78) est trop lointaine. Pouvez-vous me faire signe à votre retour de New York ? Car je n'oublie pas non plus le projet *Peter Ibbetson*, dont vous me parliez. Ce serait fantastique de pouvoir vous aider à faire ce film immense... Oui, faites-moi signe ici, cher François, afin qu'on se revoie. En attendant, je vous

1. Ajout manuscrit de Truffaut : « Répondu ».
2. Inauguré le 20 décembre 1935 sur les Champs-Élysées, ce luxueux cinéma parisien a été repris par Marcel Dassault à la fin des années 1970, avant de fermer ses portes en 1985.
3. Jean Renoir, Alfred Hitchcock, Roberto Rossellini, et André Bazin pour lequel Mambrino et Truffaut partagent la même admiration.

envoie mon dernier livre[1] en témoignage de ma grande, fidèle, admirative, affectueuse amitié.

Jean M.

L'autre soir, au Paris, bourré à craquer, à la fin du film, l'assistance a applaudi. J'étais fier et heureux pour vous. Et les visages, à la sortie, étaient doucement illuminés d'émotion et de bonheur...

FRANÇOIS TRUFFAUT À JEAN MAMBRINO

25 sept. 80

Mon cher Jean,
Merci pour votre approbation et pour le livre de poèmes. Je ne suis pas un bon lecteur de poésies, mais le si beau petit exemplaire de *La Ligne du feu*[2] est sur mon bureau et je l'ouvre souvent.
Voyons-nous vers la fin de l'année, je vais en Amérique[3] à présent ; je suis bien fatigué mais content et je vous dis mon amitié,

françois

FRANÇOIS TRUFFAUT À JEAN-MARC ROBERTS

J.-M. Roberts
Éd. du Seuil
27, rue Jacob
75261 Paris cedex 06

Paris, le 29 septembre 1980

Mon cher Jean-Marc,
Votre petit mot[4] me touche beaucoup et je ne puis m'empêcher de penser qu'il est bien dommage que vous ne soyez pas critique cinématographique au *Nouvel Observateur* qui a publié du *Dernier*

1. Sans doute *L'Oiseau-Cœur*, précédé de *Clairière* et *Sainte lumière*, Stock, Paris, 1979.
2. Recueil de poésie paru aux Éditeurs français réunis, en 1974, puis réédité chez Granit en 1986.
3. Truffaut partira pour les États-Unis fin septembre 1980 pour la promotion de son film, *The Last Metro*, qui sera présenté au New York Film Festival le 12 octobre 1980, avant de sortir en salles en février 1981.
4. Ce courrier n'a pas été retrouvé dans le Fonds Truffaut.

Métro un éloge si perfide que j'en suis venu à regretter un éreintement loyal[1].
Ne soyez pas modeste, vos livres s'ajoutent régulièrement les uns aux autres, vous construisez un mur de livres comme moi des films, la seule différence c'est que les films sont lourds et encombrants.
Je pars pour l'Amérique, revoyons-nous cet hiver pour un déjeuner à partir de novembre.
Très amicalement vôtre,

François Truffaut

PATRICK ALEXANDER À FRANÇOIS TRUFFAUT

16.XII.80

Cher M. Truffaut,
Le livre est presque terminé. Enfin. Dès que le tapuscrit sera prêt, dans quelques semaines, je vous l'enverrai.
J'ai changé le titre : *Of Air and Darkness.* Il est tiré d'un des derniers poèmes d'A.-E. Housman :

The Queen of air and darkness
Begins to shrill and cry,
O young man, O my slayer
Tomorrow you shall die[2] *!*

M. Nachbaur – quel homme charmant ! – me dit que le film tiré de *Mort d'une bête à la peau fragile* va se faire, avec Jean-Paul Belmondo dans le rôle principal. Ils espèrent commencer le tournage au printemps[3].

1. « La limite du *Dernier Métro*, il faut la chercher ailleurs […]. Elle tient, comme d'habitude, à sa qualité même : le goût de la clarté, de la logique […]. Le film de Truffaut semble un dinosaure du siècle des Lumières. » (Michel Mardore, *Le Nouvel Observateur* n° 827, 13-19 septembre 1980, pp. 73-74.) En fait, la critique est largement favorable, mais c'est un article de Bernard Pivot qui touche le plus Truffaut : « On nous annonce pour bientôt un roman de Tournier, un autre de Sagan, un dernier de Rinaldi. Eh bien non, je n'attendrai pas de les avoir lus pour vous faire profiter de ma trouvaille, pour vous dire, vous claironner les prénom et nom de ce magnifique romancier dont l'œuvre m'a bouleversé, enchanté, subjugué, au point que je vais commettre ici même, dans ce magazine tout entier voué à la lecture, un crime contre sa nature et son esprit. Car ce romancier est un cinéaste : François Truffaut, et son roman un film : *Le Dernier Métro.* » (*Lire*, n° 62, octobre 1980.)
2. « Reine de l'air et des ténèbres / Subitement elle s'écrie : / Ô éphèbe qui m'as tuée / Demain, tu quitteras la vie ! » Alfred Edward Housman, *Last Poems.*
3. Le tournage du *Professionnel* de Georges Lautner débutera le 5 mai 1981 pour s'achever le 13 juillet.

Je n'oublierai jamais votre gentillesse et vos encouragements.
Bien chaleureusement, *meilleurs vœux*[1],

Patrick Alexander

BERNARD GHEUR À FRANÇOIS TRUFFAUT

Mont St-Martin, 30
4000 Liège

Liège, le 23 décembre 80

Cher François Truffaut,
Mon journal, *La Meuse*, se prépare à fêter son 125e anniversaire. À cette occasion, nous allons faire une série d'articles sur le thème « 25 ans après », c'est-à-dire que nous tenterons de montrer comment les choses ont évolué, dans différents domaines, depuis que le journal a célébré ses cent ans. Je suis chargé d'interviewer à Paris un cinéaste et un écrivain, pour leur demander : « Qu'est-ce qui a changé par rapport à 1955 ? » S'il vous était possible de m'accorder une interview sur ce thème, et de me fixer un rendez-vous, dans le courant du mois de janvier, à votre meilleure convenance, j'en serais extrêmement heureux. Le sujet est vaste, mais j'ai de la place. Ou bien, si vous le souhaitez, nous pourrions le circonscrire à tel ou tel aspect.
Je vous remercie déjà de votre bienveillance, et je vous adresse, cher François Truffaut, tous mes meilleurs souhaits pour 1981.

Bernard Gheur

FRANÇOIS TRUFFAUT À BERNARD GHEUR

Paris, le 5 janvier 1981

Mon cher Bernard,
Merci pour votre lettre du 23 décembre.
Je suis désolé de vous donner une réponse négative, mais je viens de commencer un nouveau scénario[2] et je ne me sens pas l'esprit

1. En français dans le texte original.
2. Celui de *La Femme d'à côté*, qui sera tourné du 1er avril au 15 mai 1981.

assez agile pour passer de mon travail de fiction aux généralités impliquées par votre enquête.

Au cours des années passées, j'ai distribué autour de moi les exemplaires de votre premier roman[1], dont j'avais eu le plaisir de faire la préface. Croyez-vous pouvoir m'en envoyer un exemplaire ?

L'année dernière, j'ai tourné un film sur les milieux de théâtre sous l'Occupation (*Le Dernier Métro*) et je suppose qu'il sera bientôt montré à Liège[2]. C'est un film qui ressemble à un roman et j'espère qu'il vous intéressera.

Je vous souhaite les meilleures choses pour 1981.

Croyez-moi bien amicalement vôtre,

François Truffaut

BERNARD GHEUR À FRANÇOIS TRUFFAUT

Mont St-Martin, 30
4000 Liège

Liège, le 8 janvier 1981

Cher François Truffaut,

Je comprends fort bien votre position quant à cette interview. Merci de votre aimable lettre.

Je suis heureux de vous envoyer mon premier roman par courrier séparé.

Le Dernier Métro a été montré à Liège l'automne dernier, avec grand succès.

J'ai beaucoup aimé, par exemple, le personnage de Steiner[3], le « montreur de marionnettes », invisible et agissant – et souffrant.

J'ai entrepris un roman auquel je pense sans cesse depuis un an[4]. Permettez-moi de vous en dire deux mots. C'est l'histoire de ma grand-mère, racontée à partir de mes souvenirs d'enfance, et continuée à travers des lettres et des photos anciennes. Une grand-mère à mes yeux « pas comme les autres », puisqu'elle avait vécu, de

1. *Le Testament d'un cancre.*
2. *Le Dernier Métro*, sorti en France le 17 septembre 1980, est déjà sorti en Belgique le 9 octobre 1980.
3. Lucas Steiner (Heinz Bennent) est le directeur du théâtre Montmartre ; tout le monde pense qu'il a fui la France après la publication de la loi portant sur le statut des Juifs, alors qu'en réalité il se terre dans les sous-sols de son théâtre.
4. L'ouvrage, d'abord intitulé *L'Ours de Nordegg*, puis *La Chambre indienne*, paraîtra sous le titre *Retour à Calgary* (Ace Éditions, Paris, 1985).

1910 à 1920, dans les montagnes Rocheuses du Canada, c'est-à-dire dans le Wild West, au pays des trappeurs et des Indiens, des animaux de contes de fées (ours et loups).
Mon grand-père, ingénieur belge, est mort là-bas en 1917, après avoir participé à la fondation d'une cité minière – aujourd'hui « ville fantôme » depuis la fermeture de la mine de charbon.
C'est ainsi qu'à l'école je passais pour « Canadien ». J'étais le descendant d'un pionnier.
Pardonnez-moi de m'être étendu sur ce sujet.
Les premières pages de ce futur livre vont être publiées, d'ici quelques semaines, dans un recueil de nouvelles d'écrivains liégeois[1]. Je me permettrai de vous l'envoyer.
En vous remerciant encore de votre amabilité, je vous adresse, cher François Truffaut, mes pensées les plus cordiales.

Bernard Gheur

SERGE REZVANI À FRANÇOIS TRUFFAUT

La Béate, 10 mars 81

Cher François,
Je viens de rédiger, avec le soutien de maître Badinter, cet appel[2].
Il y a de grandes chances que d'ici les élections la guillotine tranche... Accepteriez-vous de joindre votre signature à celle de quelques humanistes qui demandent avec moi tout au moins la suspension de cet acte de barbarie ?
Nous vous embrassons bien fort.

Rezvani

1. *Il était douze fois Liège* (Pierre Mardaga, Liège, 1980).
2. « Lettre ouverte aux académiciens », *Le Monde*, 10 mars 1981. Deux mois avant la présidentielle, cinq condamnés à mort attendaient dans les prisons françaises et l'un d'eux avait vu son pourvoi rejeté. Afin qu'ils ne soient pas « hâtivement sacrifiés sur l'autel des élections », Rezvani adressa un appel aux académiciens français, parmi lesquels siégeait Alain Peyrefitte, garde des Sceaux du gouvernement Raymond Barre. Après l'élection de François Mitterrand à la présidence de la République, cet appel conduira au vote de la loi du 9 octobre 1981, défendue par le nouveau garde des Sceaux, Robert Badinter, portant sur l'abolition de la peine de mort en France. Nous n'avons pas trouvé trace d'une éventuelle réponse de Truffaut.

PATRICK ALEXANDER À FRANÇOIS TRUFFAUT

Hôtel de la Trémoille, Paris

5.VII.81

Cher M. Truffaut,
J'ai pensé que les coupures de presse[1] ci-jointes vous plairaient. Je n'ai pas encore eu l'occasion de voir *Le Dernier Métro*, mais tout le monde à Londres me dit que c'est un film formidable.
Je suis à Paris pour quelques jours, pour voir *Mort d'une bête à la peau fragile* et quelques autres films.
J'ai enfin terminé mon livre, qui s'intitule désormais : *Canto for the Desperate* (*Les plus désespérés sont les chants les plus beaux*[2]). Dès que le tapuscrit sera prêt – dans une semaine ou deux –, je vous l'enverrai, bien entendu.
Bien chaleureusement,

Patrick Alexander

Je vous suis extrêmement redevable.

JEAN-MARC ROBERTS À FRANÇOIS TRUFFAUT

Éditions du Seuil
27, rue Jacob
75261 Paris cedex 06

25 septembre [*1981*]

J'arrive un peu tard, cher François Truffaut, je sais bien, j'ai pris le métro en marche hier soir, le dernier à la dernière séance[3] : maintenant que j'ai un petit garçon (qui ne s'appelle ni Antoine, ni Ghislain, ni Alphonse[4]), je ne sors plus si facilement…
J'ai pleuré ! *De joie*. Vous avez tout simplement réussi un des trois ou quatre plus beaux films du monde. J'ai commencé à écrire grâce à vous. Je continuerai d'écrire grâce à vous. Je vous serre la

1. Concernant la sortie du *Dernier Métro* en Angleterre.
2. Citation tirée de « La nuit de mai » d'Alfred de Musset, en français dans le texte original.
3. *Le Dernier Métro* est sorti depuis plus d'un an, le 17 septembre 1980.
4. Trois prénoms truffaldiens. Dans *Domicile conjugal*, Antoine Doinel (Jean-Pierre Léaud) va déclarer à l'état civil la naissance de son fils, qu'il prénomme Alphonse, alors que sa femme, Christine (Claude Jade) veut l'appeler Ghislain. Le fils aîné de Jean-Marc Roberts se prénomme Gabriel.

main un peu plus fort que d'habitude. Un peu plus fort qu'hier, un peu moins que demain. Demain, je retourne au cinéma. À votre cinéma.
De tout cœur,

Jean-Marc Roberts

LOUIS GARDEL À FRANÇOIS TRUFFAUT

38, rue Boileau
75016 Paris
Tél. 723-61-16 (heures de bureau)

Paris, le 4 novembre [*1981*][1]

Cher François Truffaut
Vous avez été si attentif et généreux lorsque je vous ai soumis, l'année dernière, mon *Fort Saganne*, que c'est naturellement vers vous que je me tourne aujourd'hui.
Le succès de *Fort Saganne* a un peu ramené à la surface mon roman précédent qui avait été, au moment de sa sortie, un complet échec de vente. Plusieurs personnes m'ont parlé d'une adaptation au cinéma de ce livre qui s'intitule *Couteau de chaleur*. Cette idée commence à m'exciter assez et ceci pour une raison simple : *Couteau de chaleur* est, à bien des égards, un livre manqué (à la fois trop dense et trop dispersé, d'une construction inutilement complexe, etc.), mais il contient des éléments que je crois forts et vrais sur la situation coloniale et très particulièrement sur la façon dont celle-ci a marqué en profondeur les gens jusque dans leur sexualité (ceci traité sans discours bien sûr, à travers des personnages, des scènes, l'histoire d'un amour qui se délite). Une adaptation au cinéma pourrait avoir ce mérite de sauver ces éléments auxquels je tiens, en gommant les défauts du livre.
Le problème est de savoir si une telle adaptation est possible, souhaitable, intéressante. Le second problème est de trouver le réalisateur qui, d'abord, serait susceptible d'aimer le sujet et ensuite de le mener à bien.
N'ayant plus d'exemplaire du livre, je demande à mon éditeur de vous l'envoyer. Si vous aviez le temps et la gentillesse de le lire

1. Ajout manuscrit, sans doute du secrétariat de Truffaut : « Répondu. FT sera de retour en décembre. À classer ».

(il est très court), de me donner votre sentiment, ce serait tout à fait bien.
Vous verrez que c'est un livre assez pénible et dont j'imagine qu'il peut profondément déplaire. Mais je crois que, débarrassé de certaines scories, en développant certains personnages qui ne sont qu'ébauchés, surtout en y ajoutant une tendresse que par maladresse, par pudeur, j'ai mal su faire passer, on pourrait en faire quelque chose de bien.
Merci. Très amicalement,

L. Gardel

P.-S. : Pour *Saganne*, c'est Robert Enrico qui va le faire[1]. Mais c'est une très grosse machine et je ne sais pas très bien quand elle démarrera. Le scénario est fait. Ça m'a bien intéressé d'y collaborer.

BERNARD GHEUR À FRANÇOIS TRUFFAUT

Mont St-Martin, 30
4000 Liège

Liège, le 10 février 1982[2]

Cher François Truffaut,
J'ai le plaisir de vous annoncer l'envoi de mon deuxième roman, enfin publié, *La Scène du baiser*[3]. Il s'agit d'un court récit dont vous aviez bien voulu lire le premier jet, il y a plusieurs années (il s'appelait alors *La Cour intérieure*).
Le 3e livre est prêt, et je viens d'entreprendre les démarches. Il raconte la vie de ma grand-mère, avec un épisode dans l'ouest du Canada au début du siècle. C'est *La Chambre indienne*[4].
Enfin, permettez-moi de vous dire combien j'ai été intéressé, captivé par *La Femme d'à côté*[5]. Il y avait longtemps que je n'avais plus passé des moments aussi intenses au cinéma.
Veuillez croire, cher François Truffaut, à mes sentiments les plus cordiaux.

Bernard Gheur

1. *Fort Saganne* sera finalement réalisé par Alain Corneau.
2. Ajout manuscrit de Truffaut : « + le livre Bonnaffons », indiquant à sa secrétaire qu'il faut envoyer à Bernard Gheur l'ouvrage *François Truffaut* d'Élisabeth Bonnaffons (L'Âge d'homme, Lausanne, 1981).
3. Éditions Le Cri, Bruxelles, 1982.
4. Voir n. 4, p. 480.
5. Sorti en Belgique le 29 octobre 1981.

PATRICK ALEXANDER À FRANÇOIS TRUFFAUT

18 juin 1982[1]

Cher M. Truffaut,

Si je ne vous ai pas écrit plus tôt, c'est qu'il n'y avait pas grand-chose à dire. Quand je vous ai vu à Paris l'an dernier, je venais de terminer un livre que je n'aimais pas. Je le détestais même, bien que Macmillan ait proposé de le publier. Je l'ai donc complètement réécrit, et j'en suis plus ou moins satisfait – pour autant que je puisse l'être, du moins, de mon propre travail. Il a pour titre *Soldier on the Other Side*, et j'ai demandé à mon agent de vous envoyer le manuscrit, que vous devriez recevoir peu après cette lettre. M. Nachbaur m'en a demandé un exemplaire, que je lui ferai parvenir en temps voulu.

Je ne suis pas sûr que ce soit votre genre, contrairement peut-être à mon prochain livre. Je vais m'y mettre dans quelques semaines, après un court séjour *à la campagne*[2]. J'espère l'avoir terminé d'ici un an. J'ai consacré beaucoup trop de temps au dernier, et c'est l'une des raisons pour lesquelles il est si mauvais.

On me dit que *Le Professionnel* est un grand succès sur le Continent (et même en Israël, selon mes amis). Je ne l'ai pas encore vu, à part les extraits que j'ai vus à Paris. Il sortira sans doute ici un jour[3].

Il y a plus ou moins neuf mois, j'ai fini par rattraper *Le Dernier Métro*. Je l'ai trouvé captivant. Certaines images me restent – les casquettes des soldats allemands alignées dans le vestiaire de la boîte de nuit, le metteur en scène caché sous la scène pour écouter jouer les acteurs. Un film charmant et satisfaisant, magnifiquement construit.

J'espère, dans un futur relativement proche, venir passer quelques mois à Paris pour écrire et apprendre le français. En attendant, je vous suis, comme toujours, profondément reconnaissant.

Mes salutations les plus amicales et les plus sincères,

Patrick Alexander

1. La lettre porte la mention manuscrite « À classer », signifiant que Truffaut n'a pas souhaité y répondre.
2. En français dans le texte.
3. Si *Le Professionnel* a fait plus de 5 millions d'entrées depuis sa sortie en France le 21 octobre 1981, il ne semble pas avoir bénéficié d'une sortie en Grande-Bretagne.

BERNARD GHEUR À FRANÇOIS TRUFFAUT

Mont St-Martin, 30
4000 Liège

Liège, le 25 mai 1983

Cher François Truffaut,
Parce que vous aviez bien voulu lire mes deux premiers romans avant publication, je me permets de vous demander s'il vous serait possible de lire le troisième manuscrit. J'en serais *enchanté.* Mais, bien sûr, je comprendrais que vous ne trouviez pas le loisir de vous pencher sur ce travail littéraire. J'ai intitulé cette histoire *L'Ours de Nordegg* (après avoir songé à *La Chambre indienne*[1]). Nordegg, c'était une cité minière (le charbon) fondée en 1914, dans les montagnes Rocheuses du Canada, par un prospecteur allemand, Martin Nordegg, et par un ingénieur belge, Ernest Gheur, mon grand-père. Aujourd'hui, ce n'est plus qu'une ville fantôme. Mon grand-père mourut à Calgary, en 1917, à l'âge de trente-huit ans. Sa lointaine et mystérieuse figure a exalté mon enfance, puisque je pouvais me prétendre « petit-fils d'un pionnier de l'Ouest ». Le matériau de ce livre est donc tout entier tiré de la réalité : réminiscence des récits de ma grand-mère ; interprétation des photos qu'elle ramena de cet antique Canada ; lettres... Il n'y a aucune transposition romanesque (et c'est bien ce que les premiers éditeurs sollicités me reprochent). Les extraits de lettres sont largement utilisés ; il s'agit alors, en quelque sorte, d'un équivalent littéraire de ce qu'on appelle « film de montage » – moi-même n'intervenant qu'en voix « off ».
Si je me permets de vous parler de tout cela, c'est que les thèmes abordés ne me semblent pas étrangers à l'auteur de *La Chambre verte* et de *L'Histoire d'Adèle H.*
En 1970, vos corrections et suggestions « au crayon » sur *Le Testament d'un cancre* m'avaient beaucoup éclairé et m'ont été utiles par la suite.
Je serais extrêmement attentif à votre sentiment sur le principe et la construction de ce nouveau livre.
En vous remerciant de votre bienveillante attention, je vous prie d'agréer, cher François Truffaut, l'expression de mes sentiments les plus cordiaux.

Bernard Gheur

1. Voir n. 4, p. 480.

FRANÇOIS TRUFFAUT À BERNARD GHEUR

Paris, le 7 juin 1983

Mon Cher Bernard,
C'était un plaisir de recevoir de vos nouvelles et, bien entendu, je lirai votre troisième manuscrit.
Je suppose que *Le Testament d'un cancre* est aujourd'hui introuvable, mais si vous disposiez d'un exemplaire en double, cela me ferait plaisir de le recevoir en même temps que le nouveau livre.
D'ici là, soyez assuré de mon plus amical souvenir,

François

BERNARD GHEUR À FRANÇOIS TRUFFAUT

Mont St-Martin, 30
4000 Liège

Liège, le 11 juin 83

Cher François Truffaut,
Votre réponse généreuse, qui m'arrive au terme d'un travail solitaire, obsédant, me fait le plus grand bien. Je vous en remercie de tout cœur !
Vous allez donc recevoir *La Chambre indienne* ainsi que *Le Testament d'un cancre.*
Pour le titre, je penche vers *La Chambre indienne* plutôt que *L'Ours de Nordegg*, car j'y trouve réunies l'idée d'intimité et l'idée d'exotisme. (Seulement, il y a déjà tant de chambres occupées, en littérature et au cinéma[1] !)
Je vous exprime, cher François Truffaut, mes sentiments les plus cordiaux.

Bernard Gheur

1. Entre autres *La Chambre bleue*, le roman de Georges Simenon, *La Chambre verte*, le film de François Truffaut, *La Chambre claire* de Roland Barthes...

BERNARD GHEUR À FRANÇOIS TRUFFAUT

Monsieur et Madame Bernard Gheur
Mont Saint-Martin, 30
4000 Liège

24 juin 83

Cher François Truffaut,
On me dit que la poste de Liège a un très gros retard dans l'expédition des colis – j'espère néanmoins que le manuscrit, posté le 13 juin, vous est bien parvenu. Encore merci, et si vous avez quelques coups de crayon à donner sur ce texte, je ne demande pas mieux.
Bien cordialement à vous,

Bernard Gheur

FRANÇOIS TRUFFAUT À BERNARD GHEUR

26 juillet 83

Cher Bernard,
Votre livre me semble très bien, je l'ai bien regardé plutôt que lu car :
— épuisé, je me repose à Honfleur
— j'ai une sortie de film dans 2 semaines
— je travaille à une belle réédition du Hitchcock-book
— et surtout j'attends un enfant pour très bientôt[1]
Voilà les raisons de mon silence mais, surtout, ne doutez pas de mon amitié,

François

1. Épuisé par le tournage de *Vivement dimanche !*, Truffaut a loué pour cet été-là Le Clos Saint-Nicolas, la maison de France Gall et Michel Berger, située à Vasouy (Calvados), près de Honfleur. Il y travaille à ses projets de films : *Nez-de-Cuir*, d'après La Varende, *La Petite Voleuse*, *00-14*. C'est là, le 12 août, qu'il va ressentir les premiers accès de la tumeur au cerveau qui l'emportera. Son dernier film, *Vivement dimanche !* sortira en France le 10 août 1983. Pour l'« édition définitive » du *Hitchcock/Truffaut* – qui paraîtra en mai 1984 aux éditions Ramsay, et non plus chez Robert Laffont, dont il était mécontent –, Truffaut voulait ajouter une nouvelle préface et un chapitre consacré aux trois derniers films d'Hitchcock (*Topaz, Frenzy, Family Plot*). Joséphine, la fille qu'il a eue avec la comédienne Fanny Ardant, naîtra le 28 septembre 1983.

LOUIS GARDEL À FRANÇOIS TRUFFAUT

Hameau Boileau
75016 Paris
723-61-16 (heures de bureau)
651-67-93 (le soir)

Paris, 31 août 83

Cher François Truffaut,
La semaine dernière, sur le tournage de *Fort Saganne*, Gérard Depardieu m'a demandé si j'avais envie d'écrire pour le cinéma et si ça me plairait de vous rencontrer. J'ai répondu « oui » aux deux questions, très sûr de l'engagement sincère de mes deux « oui », plus circonspect, à la réflexion, sur la portée des demandes, me disant que c'était sans doute des hameçons aimables, lancés « pour voir ».
Après avoir quitté le plateau de *Fort Saganne*, j'ai fait un long trajet en voiture, seul. Ça m'a amené à réfléchir à un sujet pour vous et pour Gérard. Il s'agit du développement d'un personnage secondaire du roman que je suis en train d'écrire.
Soyons clair : je ne tiens pas particulièrement à ce sujet. Mais bon, il m'est venu, je l'ai noté et je ne résiste pas à vous le faire lire, tel quel : un canevas abstrait, incomplet, presque rien.
Si ça ne vous accroche d'aucune façon, l'envie plus ou moins vague que vous aviez de me rencontrer va vous passer ! Mais je prends le risque. Ces pages hâtives vous permettront de voir quel genre de situations me vient en tête et de quelle façon. Pour les sujets, ce n'est pas ce qui manque.
J'ai écrit 150 pages d'un roman. Ma priorité est de le terminer. Mais je vais avoir plus de temps à moi qu'auparavant dans les mois qui viennent. Je ne travaille jamais mieux que pressé et surchargé et, du moins si c'est avec vous, je pourrai me débrouiller pour m'atteler, en parallèle, à un scénario.
Je n'envisage d'ailleurs pas d'écrire pour le cinéma autrement qu'en collaboration. Ce qui m'a intéressé et donné de grandes satisfactions quand nous écrivions l'adaptation de *Fort Saganne*[1], c'est le côté artisanal où l'on se met à plusieurs pour aboutir aux meilleurs ajustages. Je ne sais pas si j'ai été bon. Mais j'ai vraiment aimé ça ; j'ai envie de recommencer, de continuer.

1. Le roman fut adapté par Alain Corneau, Henri de Turenne et Louis Gardel, et le film interprété par Gérard Depardieu, Sophie Marceau, Philippe Noiret et Catherine Deneuve.

En tout cas, quoi qu'il advienne, je serais très heureux de vous rencontrer.
Très amicalement,

L. Gardel

P.-S. : J'ai parlé à Gérard hier soir de mon projet. Je vais le lui donner lorsque je le verrai, dans le courant de la semaine.

SECRÉTARIAT DE FRANÇOIS TRUFFAUT À BERNARD GHEUR

[Papier en-tête *Les Films du Carrosse*]

Monsieur Bernard Gheur
Mont Saint-Martin, 30
4000 Liège
Belgique

Paris, le 13 septembre 1983

Cher Monsieur,
Monsieur Truffaut, victime d'un accident vasculaire début septembre, a dû interrompre son activité pour suivre un traitement médical[1]. Il ne reviendra pas aux Films du Carrosse avant le mois de novembre ; c'est pourquoi il lui est impossible de répondre à votre lettre.
Nous vous prions donc de l'en excuser et de croire en l'expression de nos sentiments les meilleurs,
La secrétaire de François Truffaut

Josiane Couëdel[2]

P.-S. : François Truffaut espère bien être en mesure de vous répondre dans le courant du mois de novembre.

1. François Truffaut fut opéré à l'Hôpital américain de Neuilly-sur-Seine le 12 septembre 1983 ; dix jours plus tard, il sera de retour chez lui pour débuter sa convalescence.
2. Secrétaire de Truffaut aux Films du Carrosse, elle fait quelques apparitions dans ses films, celle entre autres d'une infirmière poussant la voiture d'un blessé au cimetière dans *La Chambre verte* (1978).

BERNARD GHEUR À FRANÇOIS TRUFFAUT

Mont St-Martin, 30
4000 Liège

Liège, le 4 octobre 1983

Cher François,
Je viens d'apprendre que vous êtes souffrant. J'en ai beaucoup de peine. Merci d'avoir eu la délicatesse de me faire parvenir cette lettre de Mme Couëdel.
Je serais très heureux d'avoir le mois prochain de vos bonnes nouvelles – votre santé et votre famille.
Pour mon livre, bien entendu, absolument rien ne presse[1]. Je le corrige infiniment (c'est l'avantage des ennuis d'édition). C'était déjà magnifique de votre part d'accueillir le manuscrit ; ce geste m'a ravi pour longtemps.
Vivement que votre nouveau film arrive à Liège[2] !
Je forme pour vous mes vœux les plus cordiaux.

Bernard[3]

JEAN MAMBRINO À FRANÇOIS TRUFFAUT

15, rue Monsieur
75007 Paris

1/12/83

Bien cher François,
J'ai appris votre épreuve de santé. Je veux que vous sachiez que je pense à vous, spécialement en ce temps de convalescence où il y a sûrement des heures longues, et peut-être des moments de lassitude et de tristesse...
J'espère que 1984 vous verra complètement remis, plein de projets et d'énergie pour réaliser vos rêves. J'espère aussi vous revoir et bavarder longuement avec vous. *Vivement dimanche !* m'a ravi par sa grâce et sa vivacité, par la légèreté de son jeu « donnant du jeu » à la vie. Il y a là une gaieté grave assez rare.

1. Le roman de Bernard Gheur, *Retour à Calgary* (ACE Éditions), ne paraîtra qu'en 1985, après la disparition de François Truffaut.
2. *Vivement dimanche !* est sorti en Belgique le 25 août 1983.
3. « C'est ma dernière lettre à François Truffaut. Pour la première fois, je l'appelais "Cher François" et je signais "Bernard". » (Courriel de Bernard Gheur à Bernard Bastide, 30 avril 2020.)

Je vous envoie, par pli séparé, mes deux derniers livres parus ensemble cette année[1]. Ils se complètent et se répondent. Ces poèmes sont un langage de silence effaçant ses propres traces, pour qu'on entende ce que les mots ne disent pas...
Bon courage, mon cher François, et bon rétablissement.
Je vous redis ma fidèle et affectueuse amitié.

Jean M.

J'apprends que vous ressortez votre grand *Hitchcock*, encore augmenté. Youpi !

RENÉ-JEAN CLOT À FRANÇOIS TRUFFAUT

91, av. de St Cl.
78000 Versailles
950 6416

Le 4-XII-83

Merci, cher François Truffaut, des fleurs. Elles ont accompagné le corps de mon pauvre enfant[2]. L'autel des morts[3] est toujours vert. Je suis noyé de chagrin, en haute mer et je n'ai rien pour me consoler. Je ne vois aucun rivage. Je ne prie plus.
Il se réjouissait de mon livre, *Un amour interdit*, qui paraît le mois prochain chez Grasset, mais tout me semble vain, douteux ; seule la mort tient sa promesse[4].
Ça s'est passé sur l'autoroute, de nuit, il ne conduisait pas, un camion avait dévalé une pente avec un chauffeur endormi. Et je pleure. Il avait été à Lens voir un match, travaillait à un film sur le foot[5]...
Bien à vous,

renéjeanclot

1. *Le Mot de passe* (Granit, Paris, 1983) et *Ainsi ruse le mystère : poèmes* (José Corti, Paris, 1983).
2. Emmanuel Clot (voir n. 5, p. 442) est mort dans un accident de la route, le 25 novembre 1983.
3. Référence à la nouvelle de Henry James, source principale de *La Chambre verte*.
4. Pour René-Jean Clot, ce roman « est un livre de prémonition. Dans le récit, il y a un accident de la route : une jeune femme meurt et le narrateur va reconnaître son corps à l'hôpital, dans une morgue. Or, il y a deux mois et trois jours, la gendarmerie de Compiègne m'apprenait qu'un de mes garçons, que je chérissais, avait été victime de la route. Je suis allé reconnaître le corps à la morgue de l'hôpital d'Amiens [...]. Quand j'ai découvert mon fils à la morgue, sa tête reposait sur un linge blanc et il avait sur le front des marques de sang. Je me suis dit : "C'était donc toi." [...]. C'était mon Christ et je l'ai reconnu. Le destin me renvoyait ma propre existence » (« Hanté par le mal » : entretien avec Pierre Breucenne et Claude Verdier, *Lire* n° 102, mars 1984 ; *Cahiers bleus* n° 44, été 1988, pp. 110-115).
5. « Ce film sur le foot devait être son premier long métrage et s'intituler *Transfert* ; Julien Clerc avait été pressenti pour jouer le rôle principal et avait accepté. » (Courriel de Frédéric Clot à Bernard Bastide, 18 mai 2020.)

PATRICK ALEXANDER À FRANÇOIS TRUFFAUT

[Carte Harmony dessinée par Patricia Eyles]

[*Décembre 1983*]

J'ai lu dans un journal que vous étiez tombé malade à cause d'une « rupture d'un vaisseau sanguin ». J'ignore de quoi il s'agit, mais je suppose que c'est grave, autrement on n'en aurait pas parlé.
Je ne peux que vous souhaiter de vous rétablir au plus vite. Je n'ai pas une grande foi dans les dieux sanguinaires, chrétien ou islamique, mais j'espère que l'un des deux intercédera en votre faveur. Apollon veille sur les arts, mais je trouve Mercure aux pieds ailés plus *sympathique*[1]. Je vous recommanderai à lui par une humble offrande.
Je vous en prie, remettez-vous vite.
Avec tous mes meilleurs vœux pour Noël, pour la nouvelle année et votre prompt rétablissement,

Patrick Alexander

FRANÇOIS TRUFFAUT À JEAN MAMBRINO

[*Janvier 1984*]

Bonne année 1984, mon cher Jean.
Je remonte la pente, je lis vos poèmes, ils m'aident et vos signes d'amitié me touchent beaucoup,
affectueusement vôtre,

françois

1. En français dans le texte original.

APPENDICES

REPÈRES BIOGRAPHIQUES

6 février 1932 : Naissance à Paris de François, fils de Janine de Monferrand et de père inconnu.

9 novembre 1933 : Roland Truffaut épouse Janine de Monferrand, quinze jours après avoir reconnu l'enfant.

1934 : François est confié à Geneviève de Monferrand, sa grand-mère maternelle, jusqu'en août 1942.

13 décembre 1940 : Sortie de *Paradis perdu* d'Abel Gance, son premier souvenir de cinéma.

1943 : Robert Lachenay devient son ami à l'école de la rue Milton (Paris IXe).

1944-1945 : François découvre *Les Dames du bois de Boulogne* de Robert Bresson, *Le Roman d'un tricheur* de Sacha Guitry et *La Règle du jeu* de Jean Renoir.

1946 : Il obtient son certificat d'études et enchaîne les petits métiers. Le 3 juillet : sortie de *Citizen Kane* d'Orson Welles.

1948 Octobre : il fonde un ciné-club, *Le Cercle Cinémane.* Novembre : il rencontre le critique de cinéma André Bazin. Décembre : criblé de dettes, il est placé par son père au Centre d'observation des mineurs de Paris, à Villejuif.

1949 Mars : il est logé dans un internat religieux de Versailles. Bazin lui trouve un emploi dans l'association Travail et Culture. Juillet-août : François prend part au Festival du film maudit à Biarritz.

1950 : Émancipé de la tutelle parentale, il fréquente le Club du Faubourg, où évolue le Tout-Paris. Fin décembre, à la suite d'une déception amoureuse, par besoin d'argent et dégoût pour sa vie parisienne, il signe un engagement de trois ans dans l'armée. Classes à Wittlich (Allemagne).

Juillet 1951 : À la veille de son départ pour Saigon (Indochine), il gagne Paris au lieu de Marseille. En « état d'absence illégale », il est recueilli par Bazin. Il se présente aux autorités militaires, qui l'emprisonnent à la caserne Dupleix (Paris).

Août 1951 : Victime d'une crise de syphilis, il est hospitalisé à l'hôpital Villemin. Il entreprend l'écriture de son « journal de prison ».

Septembre 1951 : Alors qu'il doit rejoindre son régiment en Allemagne, il déserte à nouveau. Retour à la caserne Dupleix, puis en prison à Coblence (Allemagne).

1952 Janvier : grâce à l'intervention de ses amis (Bazin, Cocteau, Genet), il est réformé. Février : il s'installe chez les Bazin, à Bry-sur-Marne.

Mars 1953 : Il publie son premier article dans les *Cahiers du cinéma*.

1954 Janvier : parution du pamphlet « Une certaine tendance du cinéma français » dans les *Cahiers*. Février : début de sa collaboration à l'hebdomadaire *Arts*. Été : il tourne *Une visite*, court métrage muet en 16 mm.

Février 1955-septembre 1956 : Il est l'assistant de Roberto Rossellini.

Mai 1955 : Parution, dans *La Parisienne*, de sa nouvelle « Antoine et l'orpheline », embryon des *Quatre Cents Coups*.

31 juillet 1957 : Dépôt des statuts de sa société de production, *Les Films du Carrosse*.

2 août 1957 : Premier jour de tournage des *Mistons*, à Nîmes.

29 octobre 1957 : François Truffaut épouse Madeleine Morgenstern à la mairie du XVIe arr. de Paris. Son témoin est André Bazin.

15 février 1958 : Premier jour de tournage d'*Une histoire d'eau*, entre Montereau (Seine-et-Marne) et Villeneuve-Saint-Georges (Val-de-Marne).

10 novembre 1958 : Premier jour de tournage des *Quatre Cents Coups*, dans un appartement de la rue Marcadet (Paris XVIIIe). Le film est dédié à André Bazin, décédé le 11 novembre à Nogent-sur-Marne.

22 janvier 1959 : Naissance de Laura, premier enfant de François et Madeleine.

4 mai 1959 : Triomphe des *Quatre Cents Coups* au Festival de Cannes, Prix de la mise en scène.

30 novembre 1959 : Premier jour de tournage de *Tirez sur le pianiste*, à Levallois-Perret (Hauts-de-Seine).

20 janvier 1960 : Premier voyage aux États-Unis pour *Les Quatre Cents Coups*, lauréat du Prix du meilleur film étranger décerné par la critique new-yorkaise. Il rencontre Helen Scott, chargée des relations avec la presse au French Film Office.

13 septembre 1960 : Truffaut signe le Manifeste des 121, « Déclaration sur le droit à l'insoumission dans la guerre d'Algérie ».

10 avril 1961 : Premier jour de tournage de *Jules et Jim*, au Moulin d'Andé (Eure).

29 juin 1961 : Naissance d'Éva, deuxième enfant de François et Madeleine.

15 janvier 1962 : Premier jour de tournage d'*Antoine et Colette*, sketch de *L'Amour à vingt ans*, à Paris.

Avril 1962 : Séjour à New York, à l'invitation du French Film Office. Truffaut y rencontre Ray Bradbury et David Goodis.

7-23 mai 1962 : Truffaut est membre du jury du XVe Festival de Cannes.

13-18 août 1962 : Premiers entretiens avec Hitchcock, à Los Angeles, pour *Le Cinéma selon Hitchcock*, en collaboration avec Helen Scott, leur interprète.

Avril 1963 : Premier voyage au Japon, sous l'égide d'Unifrance Films, pour la sortie de *Jules et Jim*.

21 octobre 1963 : Premier jour de tournage de *La Peau douce*, à Vironvay (Eure).

6 décembre 1965 : Divorce de François Truffaut et Madeleine Morgenstern.

13 janvier 1966 : Premier jour de tournage de *Fahrenheit 451*, aux studios de Pinewood.

20 novembre 1966 : Parution du *Cinéma selon Hitchcock* (Robert Laffont).

16 mai 1967 : Premier jour de tournage de *La mariée était en noir*, à Cannes.

Février 1968 : Affaire Langlois – Truffaut est cofondateur et trésorier du Comité de défense de la Cinémathèque française.

5 février 1968 : Premier jour de tournage de *Baisers volés*, à Paris, film qui sera dédié à Henri Langlois.

18 mai 1968 : Truffaut soutient l'annulation du Festival de Cannes en signe de solidarité avec les manifestations des étudiants et les ouvriers en grève.

22 août 1968 : Mort de sa mère, Janine de Monferrand.

Septembre 1968 : Truffaut se rend à Belfort, où vit son père biologique : Roland Lévy, un dentiste de 58 ans. Il n'ose pas l'aborder et se réfugie dans un cinéma.

2 décembre 1968 : Premier jour de tournage de *La Sirène du Mississipi*, sur l'île de la Réunion.

7 juillet 1969 : Premier jour de tournage de *L'Enfant sauvage*, dans la forêt de Saint-Pardoux (Puy-de-Dôme).

21 janvier 1970 : Premier jour de tournage de *Domicile conjugal*, à Paris.

20 juin 1970 : Truffaut vend *La Cause du peuple* rue Daguerre (Paris XIVe), aux côtés de Jean-Paul Sartre et Simone de Beauvoir.

27 janvier 1971 : Affecté par sa rupture avec Catherine Deneuve, Truffaut fait une cure de sommeil à la clinique *La Villa des Pages*, au Vésinet.

5 avril 1971 : Truffaut signe le Manifeste des 343 appelant à la légalisation de l'avortement, publié dans *Le Nouvel Observateur*.

20 avril 1971 : Premier jour de tournage des *Deux Anglaises et le Continent*, à Auderville (Manche).

14 février 1972 : Premier jour de tournage d'*Une belle fille comme moi*, à Béziers (Hérault).

25 septembre 1972 : Premier jour de tournage de *La Nuit américaine*, aux Studios de la Victorine, à Nice.

1973 : À l'occasion de la sortie de *La Nuit américaine*, projeté le 13 mai au Festival de Cannes, Jean-Luc Godard écrit à Truffaut, qui lui répond. Leur rupture est consommée.

2 avril 1974 : Oscar du meilleur film étranger à Hollywood pour *La Nuit américaine / Day for Night*.

1975 : Parution des *Films de ma vie* (Flammarion), anthologie de ses textes critiques, précédée d'une préface inédite.

8 janvier 1975 : Premier jour de tournage de *L'Histoire d'Adèle H.*, à Guernesey.

21 juillet 1975 : Premier jour de tournage de *L'Argent de poche*, à Thiers.

Mai-août 1976 : Truffaut joue le rôle du scientifique Claude Lacombe dans *Rencontres du troisième type* de Steven Spielberg, tourné à Mobile (Alabama) et Gillette (Wyoming).

19 octobre 1976 : Premier jour de tournage de *L'Homme qui aimait les femmes*, à Montpellier.

11 octobre 1977 : Premier jour de tournage de *La Chambre verte*, à Honfleur (Calvados).

29 mai 1978 : Premier jour de tournage de *L'Amour en fuite*, à Paris.

12 mars 1979 : Alfred Hitchcock est récompensé par l'American Film Institute, à Hollywood, pour l'ensemble de son œuvre. Truffaut lui rend hommage.

Octobre 1979 : Truffaut devient président de la Fédération internationale des ciné-clubs.

28 janvier 1980 : Premier jour de tournage du *Dernier Métro*, à Clichy (Hauts-de-Seine). Le film recevra dix Césars en janvier 1981.

1er avril 1981 : Premier jour de tournage de *La Femme d'à côté*, à Grenoble.

4 novembre 1982 : Premier jour de tournage de *Vivement dimanche !* à Hyères (Var).

1983 : Victime d'une hémorragie cérébrale, le 12 août, à Honfleur (Calvados), François Truffaut est opéré d'une tumeur au cerveau le 12 septembre, à l'Hôpital américain de Neuilly-sur-Seine.

28 septembre 1983 : Naissance de Joséphine, fille de Fanny Ardant et François Truffaut.

12 avril 1984 : Dernière apparition publique, dans l'émission *Apostrophes*, pour la parution de l'édition définitive de *Hitchcock-Truffaut* (Ramsay).

21 octobre 1984 : Truffaut meurt à l'Hôpital américain de Neuilly-sur-Seine. Le 24 octobre, ses cendres sont inhumées au cimetière de Montmartre (Paris XVIIIe).

INDEX DES NOMS

BIBLIOGRAPHIE

OUVRAGES DE FRANÇOIS TRUFFAUT

Le Cinéma selon Hitchcock, Helen Scott (coll.), Robert Laffont, Paris, 1966 ; *Hitchcock-Truffaut*, édition définitive, Gallimard, Paris, 2000.

Les Films de ma vie, Flammarion, Paris, 1975 ; « Champs/Arts », 2019.

Le Plaisir des yeux, Serge Toubiana (éd.), Cahiers du cinéma, Paris, 1987 ; Flammarion, « Champs/Arts », 2008.

Correspondance, Gilles Jacob, Claude de Givray (dir.), 5 Continents/Hatier, Paris-Lausanne, 1988 ; Le Livre de Poche, 1993.

Correspondance François Truffaut-Fernand Deligny, Bernard Bastide (éd.), *1895 : revue de l'Association française de recherche sur l'histoire du cinéma* n° 42, 2004.

Chroniques d'Arts-Spectacles (1954-1958), Bernard Bastide (éd.), Gallimard, Paris, 2019.

LIVRES PRÉFACÉS PAR FRANÇOIS TRUFFAUT

Bernard Gheur, *Le Testament d'un cancre*, Albin Michel, Paris, 1970.

André Bazin, *Jean Renoir*, Champ libre, Paris, 1971 ; Ivréa, Paris, 1989.

André Bazin, Éric Rohmer, *Charlie Chaplin*, « 7e art » n° 57, Éditions du Cerf, Paris, 1972 ; Cahiers du cinéma, « Petite Bibliothèque », Paris, 2000.

Jean Renoir, *La Grande Illusion*, Balland, 1974.

André Bazin, *Le Cinéma de la cruauté*, Flammarion, Paris, 1975 ; « Champs contre-champs » n° 502, 1987.

André Bazin, *Le Cinéma de l'Occupation et de la Résistance*, UGE, Paris, 1975 ; 10-18 n° 988.

Sacha Guitry, *Le Cinéma et Moi,* Claude Gauteur (éd.), Ramsay, Paris, 1977 ; « Ramsay Poche Cinéma » n° 92, 1990.

William Irish, *La Toile de l'araignée*, « Les portes de la nuit », Belfond, Paris, 1980 ; *Le Plaisir des yeux*, *op. cit.* pp. 133-137.

Nestor Almendros, *Un homme à la caméra*, 5 Continents/Hatier, « Bibliothèque du cinéma », Paris-Lausanne, 1980 ; Hatier, 1991.

Tay Garnett, *Un siècle de cinéma*, 5 Continents/Hatier, « Bibliothèque du cinéma », Paris-Lausanne, 1981 ; TNVO, 2013.

André Bazin, *Le Cinéma français de la Libération à la Nouvelle Vague (1945-1958)*, Jean Narboni (éd.), Cahiers du cinéma, « Essais », Paris, 1983 ; « Petits Cahiers », 1998.

Dudley Andrew, *André Bazin*, Cahiers du cinéma/Cinémathèque française, Paris, 1983.

Tony Crawley, *L'Aventure Spielberg*, Pygmalion, Paris, 1984 ; Pygmalion-Gérard Watelet, 1997.

Jean Vigo, *Œuvre de cinéma*, Pierre Lherminier (éd.), La Cinémathèque française/Lherminier, « Cinéma classique », Paris, 1985.

Richard Roud, *Henri Langlois, l'homme de la Cinémathèque*, Belfond, Paris, 1985.

Roger Viry-Babel, *Jean Renoir. Films, textes, références*, Presses universitaires de Nancy, 1989.

Alain Garel, Dominique Maillet, Jacques Valot, *Philippe de Broca*, Henri Veyrier, Paris, 1990.

Henri-Pierre Roché, *Carnets 1, 1920-1921 : les années Jules et Jim*, André Dimanche, Marseille, 1990.

André Bazin, *Orson Welles*, Cahiers du cinéma, « Petite bibliothèque », Paris, 1998.

SCÉNARIOS ET DÉCOUPAGES

Marcel Moussy, *Les 400 Coups : récit d'après le film de François Truffaut*, Gallimard, Paris, 1959 ; Gallimard Jeunesse, Paris, 2004.

François Truffaut, *Les Mistons*, L'Avant-Scène Cinéma n° 4, Paris, mai 1961.

François Truffaut, Jean-Luc Godard, *Une histoire d'eau*, L'Avant-Scène Cinéma n° 7, Paris, septembre 1961.

François Truffaut, *Jules et Jim : découpage intégral*, L'Avant-Scène Cinéma n° 16, Paris, 15 juin 1962 ; Seuil, « Points virgule », Paris, 1995.

François Truffaut, *La Peau douce*, L'Avant-Scène Cinéma n° 48, Paris, mai 1965.

François Truffaut, *Les Aventures d'Antoine Doinel*, Mercure de France, Paris, 1970 ; « Ramsay poche cinéma », 1987.

François Truffaut, *L'Enfant sauvage*, L'Avant-Scène Cinéma n° 107, Paris, octobre 1970.

Jean-François Pays, *L'Enfant sauvage : d'après le film de François Truffaut*, Éditions GP, « Rouge et Or », Paris, 1970.

François Truffaut, *Les Deux Anglaises et le Continent*, L'Avant-Scène Cinéma n° 121, Paris, janvier 1972.

François Truffaut, *La Nuit américaine : scénario du film*, suivi de *Journal de tournage de Fahrenheit 451*, Seghers, « Cinéma 2000 », Paris, 1974 ; Cahiers du cinéma, « Petite bibliothèque », Paris, 2000.

François Truffaut, Jean-Luc Godard, *À bout de souffle*, Balland, « Bibliothèque des classiques du cinéma », Paris, 1974.

François Truffaut, *L'Argent de poche : cinéroman*, Flammarion, Paris, 1976 ; 1992.

François Truffaut, *L'Histoire d'Adèle H.*, L'Avant-Scène Cinéma n° 165, Paris, janvier 1976.

François Truffaut, *L'Homme qui aimait les femmes : cinéroman*, Flammarion, Paris, 1977 ; 2015.

François Truffaut, *La Chambre verte*, L'Avant-Scène Cinéma n° 215, Paris, 1er novembre 1978.

François Truffaut, *L'Amour en fuite*, L'Avant-Scène Cinéma n° 254, Paris, 15 octobre 1980.

François Truffaut, Suzanne Schiffman, *Le Dernier Métro : scénario*, L'Avant-Scène Cinéma n° 303-304, Paris, 1er-15 mars 1983 ; Cahiers du cinéma, « Petite bibliothèque », Paris, 2001.

François Truffaut, *Une visite*, L'Avant-Scène Cinéma n° 303-304, Paris, 1er-15 mars 1983.

François Truffaut, *Tirez sur le pianiste ; Vivement dimanche !* L'Avant-Scène Cinéma n° 362-363, Paris, juillet-août 1987.

François Truffaut, Claude de Givray, Claude Miller, *La Petite Voleuse*, Christian Bourgois, 1988 ; 10/18, Christian Bourgois Éditeur, 1993.

François Truffaut, *La Femme d'à côté*, L'Avant-Scène Cinéma n° 389, Paris, février 1990.

Jean Gruault, François Truffaut, *Belle Époque*, Gallimard, Paris, 1996.

François Truffaut, *Les Quatre Cents Coups*, L'Avant-Scène Cinéma, Paris, 2004 ; n° 216, Paris, octobre 2014.

Jean Gruault, *Histoire de Julien & Marguerite : scénario pour un film de François Truffaut*, Capricci, « Première collection », 2011.

OUVRAGES, DOSSIERS ET REVUES SUR FRANÇOIS TRUFFAUT ET SES FILMS

Laurence Alfonsi, *Lectures asiatiques de l'œuvre de François Truffaut*, L'Harmattan, « Cinéma et société », Paris, 2000.

Laurence Alfonsi, *L'Aventure américaine de l'œuvre de François Truffaut*, L'Harmattan, « Cinéma et société », Paris, 2000.

Laurence Alfonsi, *François Truffaut : passions interdites en Europe de l'Est*, Séguier, « Carré ciné », Paris, 2002.

Cédric Anger, *L'Enfant sauvage, François Truffaut*, CNC, « Collège au cinéma 138 », 2004.

Dominique Auzel, *Truffaut : les mille et une nuits américaines*, Henri Veyrier, « Cinéma », Paris, 1990.

Dominique Auzel, Sabine Beaufils-Fievez, *François Truffaut, l'homme-cinéma*, Milan, « Les Essentiels », 2004.

Dominique Auzel, Sabine Beaufils-Fievez, *François Truffaut : le cinéphile passionné*, Séguier, « Ciné Séguier », 2004.

Dominique Auzel, *Paroles de François Truffaut*, Albin Michel, Paris, 2004.

Dominique Auzel, *François Truffaut à l'affiche*, Séguier, Paris, 2004.

Antoine de Baecque, Serge Toubiana, *François Truffaut*, Gallimard, « Biographies », Paris, 1996 ; Folio n° 3529, 2001.

Antoine de Baecque et Arnaud Guigue (dir.), *Dictionnaire Truffaut*, La Martinière, Paris, 2004.

Antoine de Baecque, *L'Histoire d'Adèle H. de François Truffaut*, Gallimard, « Folio cinéma », 2009.

Bernard Bastide (éd.), *François Truffaut : Les Mistons*, Ciné-Sud, Nîmes, 1987.

Bernard Bastide, *Les Mistons de François Truffaut*, Atelier Baie, Nîmes, 2015.

Bernard Bastide (éd.), *La Leçon de cinéma de François Truffaut* : entretiens avec Jean Collet, Jérôme Prieur et José Maria Berzosa, Denoël, Paris, 2021.

Alain Bergala, *L'Argent de poche*, Les Enfants de cinéma, « Cahier de notes sur… », Paris, 2001.

Édouard Bessière, *Deux Jules et Jim : analyse comparée des œuvres d'Henri Pierre Roché et François Truffaut*, CDDP de l'Eure, « Un livre, un film », 1998.

Élisabeth Bonnaffons, *François Truffaut, la figure inachevée*, L'Âge d'homme, Lausanne, 1981.

Jean-François Buiré, Raphaëlle Pireyre, *L'Homme qui aimait les femmes, François Truffaut*, CNC, « Lycéens et apprentis au cinéma », Paris, 2010.

Élisabeth Butterfly, *François Truffaut, le journal d'Alphonse*, Gallimard, Paris, 2004.

Gilles Cahoreau, *François Truffaut*, Julliard, Paris, 1989.

Collectif, *François Truffaut : les années Doinel*, CICIM : bulletin de liaison du Centre d'information cinématographique de l'Institut français de Munich, 1982.

Collectif, *Le Roman de François Truffaut*, Cahiers du cinéma, Paris, 1985 ; 2005.

Collectif, *Le Roman de François Truffaut*, Cahiers du cinéma, numéro spécial, Paris, décembre 1984 : « Albums », 2005.

Collectif, *Spécial François Truffaut*, Cinéma 84 n° 312, Paris, décembre 1984.

Collectif, *François Truffaut*, Cinématographe n° 105, Paris, décembre 1984.

Collectif, *Les 400 Couples de François Truffaut*, Les Cahiers du 7e art n° 6, Agence culturelle de Paris, 3e trimestre 1988.

Collectif, *François Truffaut : bibliographie, discographie, filmographie*, Agence culturelle de Paris, 1994.

Collectif, *François Truffaut : le retour* ; supplément *François Truffaut : papiers volés*, Les Inrockuptibles n° 249, Paris, 27 juin-3 juillet 2000.

Collectif, *François Truffaut : Le roman du cinéma*, Le Monde, « Une vie, une œuvre », Paris, 2014.

Collectif, *Truffaut, l'homme qui aimait le cinéma*, Le Point, hors-série, Paris, octobre-novembre 2014.

Jean Collet, *Le Cinéma de François Truffaut*, Lherminier, « Cinéma permanent – La mise en film », Paris, 1977.

Jean Collet, *François Truffaut*, Lherminier, « Le cinéma et ses hommes », Paris, 1985 ; 2005.

Jean Collet, *François Truffaut*, Gremese, « Grands cinéastes de notre temps », Rome, 2004.

Jean Collet, Oreste De Fornari, *Tout sur François Truffaut*, Gremese, « Tout sur les grands du cinéma », Rome, 2020.

« Correspondance de Claude Jutra et François Truffaut (inédite) », *Nouvelles vues : revue sur les pratiques et les théories du cinéma au Québec*, Laval (Québec) n° 14, hiver 2012-2013.

Hervé Dalmais, *François Truffaut*, Rivages, Paris, 1987 ; « Rivages cinéma », 1996.

Laurent Delmas, Christine Masson, *François Truffaut film par film*, Gallimard, Paris, 2021.

Aline Desjardins s'entretient avec François Truffaut, Léméac/Ici Radio-Cinéma, Ottawa, 1973 ; « Ramsay poche cinéma », Paris, 1999.

Paul Duncan, Robert Ingram, *François Truffaut : auteur de films, 1932-1984*, Taschen, 2013.

Dominique Fanne, *L'Univers de François Truffaut*, Éditions du Cerf, « 7e art », Paris, 1972.

Claude Gauteur, *François Truffaut en toutes lettres*, La Tour verte, « La muse Celluloïd », 2014.

Bernard Gheur, *Les Orphelins de François*, Weyrich, Neufchâteau, 2021.

Anne Gillain, *François Truffaut, le secret perdu*, Hatier, « Brèves cinéma », 1991 ; L'Harmattan, « Champs visuels », 2014.

Anne Gillain (dir.), *Le Cinéma selon François Truffaut*, Flammarion, « Cinémas », Paris, 1992.

Anne Gillain, *Les 400 Coups : étude critique*, Armand Colin, Paris, 1999 ; « Synopsis », 2001.

Anne Gillain, *Tout Truffaut : 23 films pour comprendre l'homme et le cinéaste*, Armand Colin, Paris, 2019.

Elizabeth Gouslan, *Truffaut et les femmes*, Grasset, « Documents français », Paris, 2017.

François Guérif, *François Truffaut*, Edilig, « Filmo », 1988 ; Les 400 Coups, Montréal, 2003.

Arnaud Guigue, *François Truffaut, la culture et la vie*, L'Harmattan, « Champs visuels », Paris, 2002.

Arnaud Guigue, *Truffaut & Godard : la querelle des images*, CNRS, Paris, 2014.

Annette Insdorf, *François Truffaut : le cinéma est-il magique ?*, Ramsay, « Ramsay cinéma », 1986.

Annette Insdorf, *François Truffaut : les films de sa vie*, Gallimard, « Découvertes/Arts », Paris, 1996.

Carole Le Berre, *François Truffaut*, Cahiers du cinéma, « Auteurs », Paris, 1993.

Carole Le Berre, *Jules et Jim : étude critique*, Fernand Nathan, « Synopsis 24 », Paris, 1996.

Carole Le Berre, *François Truffaut au travail*, Cahiers du cinéma, Paris, 2004 ; 2014.

Martin Lefebvre, *Truffaut et ses doubles*, Vrin, « Philosophie et cinéma », Paris, 2013.

Jean-Louis Libois, *Truffaut : Vivement dimanche !*, Atlande, « Clefs concours », Neuilly-sur-Seine, 2013.

Philippe Lombard, *Le Paris de François Truffaut*, Parigramme, Paris, 2018.

Thibault Loucheux, *Le Tournage des Mistons, film de François Truffaut : la Nouvelle Vague à Nîmes*, Lacour, Nîmes, 2014.

Joël Magny, Yvette Cazaux, *Les Quatre Cents Coups*, CNC, « Collège au cinéma 119 », Paris, 2001.

Hélène Merrick, *François Truffaut*, J'ai lu, 1989 ; J'ai lu, « Les grands réalisateurs », Paris, 2001.

Yannick Mouren, *François Truffaut : l'art du récit*, Lettres modernes Minard, « Études cinématographiques », Paris, 1997.

Éric Neuhoff, *Lettre ouverte à François Truffaut*, Albin Michel, « Lettre ouverte », Paris, 1987.

Cyril Neyrat, *François Truffaut*, Le Monde/Cahiers du cinéma, « Grands cinéastes », Paris, 2007.

Claude-Jean Philippe, *François Truffaut*, Seghers, « Le club des stars ; Les noms du cinéma », Paris, 1988.

Jean-François Pioud-Bert, *Baisers volés de François Truffaut*, Gremese, « Les meilleurs films de notre vie », Rome, 2018.

Dominique Rabourdin (éd.), *Truffaut par Truffaut*, Chêne, « Cinéma de toujours », Paris, 1985.

Dominique Rabourdin, *Truffaut, le cinéma et la vie*, Mille et une nuits, « Les petits libres », Paris, 1997.

Lillian Ross, *François Truffaut. Textes issus de* The New Yorker, *1960-1976*, Carlotta, Paris, 2019.

Noël Simsolo, Marek, *François Truffaut*, Glénat, « 9½ », 2020.

Frédéric Sojcher, *Le Fantôme de Truffaut : une initiation au cinéma*, Les Impressions nouvelles, « For intérieur », Bruxelles, 2013.

Jérôme Tonnerre, *Le Petit Voisin*, Calmann-Lévy, Paris, 1999 ; « Folio » n° 3615, 2001.

Serge Toubiana (dir.), *François Truffaut : exposition, Paris, Cinémathèque française, 8 octobre 2014-25 janvier 2015*, Flammarion, Paris, 2014.

FILMS DE ET SUR FRANÇOIS TRUFFAUT

Truffaut. L'intégrale. Coffret de 21 films DVD, TF1 Vidéo/MK2, 2014.

François Truffaut. La passion cinéma. Coffret de 8 films Blu-ray et DVD : *La mariée était en noir, L'Enfant sauvage, La Sirène du Mississipi, Une belle fille comme moi, L'Histoire d'Adèle H., L'Homme qui aimait les femmes, L'Argent de poche, La Chambre verte*, Arte Éditions, 2020.

François Truffaut. Les Aventures d'Antoine Doinel : la saga en 5 films. Coffret Blu-ray ; MK2 / Carlotta, 2021.

François Truffaut ou l'esprit critique, Jean-Pierre Chartier, « Cinéastes de notre temps », 1965 ; 1re diff. : 1re chaîne, 2 décembre 1965.

François Truffaut, dix ans dix films, Jean-Pierre Chartier, « Cinéastes de notre temps », 1970 ; 1re diff. : ORTF 1re chaîne, 26 janvier 1970.

La Leçon de cinéma de François Truffaut, José-Maria Berzosa, 1981 ; 1re diff. : TF1, 5 et 12 mai 1983.

François Truffaut : correspondance à une voix, Michèle Reiser, 1988 ; 1re diff. : Antenne 2, 18 mai 1988.

François Truffaut : portraits volés, Serge Toubiana, Michel Pascal ; sortie en salles : 14 mai 1993.

François Truffaut, une autobiographie, Anne Andreu, 2004 ; 1re diff. : Arte, 1er octobre 2004.

Deux de la vague, Emmanuel Laurent ; sortie en salles : 12 janvier 2011.

François Truffaut l'insoumis, Alexandre Moix, 2014 ; 1re diff. : Arte, 2 novembre 2014.

Les Secrets de François Truffaut, Grégory Draï et Jérôme Bermyn, 2020 ; 1re diff. : France 5, 8 juillet 2020.

BERNARD BASTIDE
ET LES ÉDITIONS GALLIMARD REMERCIENT

Laura, Éva et Joséphine Truffaut.
Les auteurs des lettres, leurs ayants droit ou leurs représentants : Jacques-Pierre Amette, Alain Arnaud, Marie-Louise Audiberti, Béatrice Bastide, Philippe Blanc, Florence Bory, Claude Bory Manonviller, Dominique Bourgois, Jean-Pierre Briois, Frédéric Clot, Comité Jean Cocteau (Dominique Marny, Anne-Gaële Duriez), Cristina Concepcion/Don Congdon Associates Inc. (*on behalf of* Ray Bradbury Literary Works LLC.), Gisèle Durand, François-Frédéric Dutourd, William A. Edmonds (Corey Field Law Group), Liliane Elsen, Nicolas d'Estienne d'Orves, Louis Gardel, Diego Gary, Bernard Gheur, Christine Guibert, Chantal Guy, David Higham Associates (Johanna Clarke), Adèle Hugo, Charles Hugo, Jean-Baptiste Hugo, Jeanne Hugo-Chabrol, Léopoldine Hugo, Marie Hugo, Johnson & Alcock Ltd. (Helene Butler, Claire Morris), Sophie Lafont-Hugo, Dominique Landman, LLC Louise de Vilmorin (Elizabeth Baxter, James Bruce, Revell Horsey), Marion Jean, Rémy Jean, Vera et Milan Kundera, Igor Lafaurie, Jacques Laurans, Jean Mascolo, Valentine et Tony Miller, Charles Morane, Marie-Camille Morane, Michel Pateau, Guillaume Perrier, Jérôme Prieur, Bernard Queysanne, Serge Rezvani, Gabriel Roberts, Jean Roché, Jean-Pierre Sabatier, John Simenon, Annie Sornaga, Succession Jean Genet (Frida Lahoussine, Jacques Maglia, Azzedine El Katrani), Florence van Vlamertynghe, Métilde Weyergans et Elisha Wiesel.
Tous ceux qui nous ont informés ou orientés dans nos recherches : Sandra Alvarez de Toledo (Éditions L'Arachnéen), Sarah Appert, Florence Audra, Barbara Baudry (Compagnie de Jésus), Étienne Baxter, Mathurine Belorgane, Angélique Bérès, Chantal Bermude (Adagp), Valerie Borchardt, Virginie Borione Roy, Guillaume Boulangé, Étienne Bourgois, Pascale Butel (IMEC), Philippe Célérier, Alban Cerisier, Gérard Courant, Jean-Pierre Daniel, Albert Dichy (IMEC), Jacqueline Diot (Bibliothèque du Centre Sèvres), Thierry Dobbelstein (Compagnie de Jésus), Jean-Paul Dorchain (Cinémathèque royale de Belgique), Catherine Du Toit, Manfred Flügge, Bernard Fournier, Tom Gagnaire (Bibliothèque littéraire Jacques Doucet),

Elizabeth L. Garver (Harry Ransom Center), Claude Gauteur, Corine Girieud, Claude de Givray, Émilie Hache (Répertoire Balzac de la SGDL), Philippe d'Hugues, Amélie Laroche, Sandra Laupa (Iconothèque de la Cinémathèque française), Christine Lipinska, Karine Mauduit (Archives de la Cinémathèque française), Carole Ménassé, Jean-Louis Meunier, Jean-Claude Moireau, Madeleine Morgenstern, Katherine E. Mosley (Harry Ransom Center), Claire Paulhan, Olivier Pradel (*Études*), Xavier Rockenstrocly, Christian Rolot, Magnus Toren (Henry Miller Memorial Library Archives), Agnès Troublé (*agnès b.*), Wolfgang Undorf (Kungliga Bibliotek), Philippe de Vilmorin et Frédéric Vitoux.

Les bibliothèques ou centres d'archives qui nous ont communiqué les correspondances : Archives de la Cinémathèque française, Paris ; Archives de la Compagnie de Jésus, Vanves ; Bibliothèque des littératures policières (BILIPO), Paris ; Bibliothèque historique de la Ville de Paris (BHVP) ; Bibliothèque littéraire Jacques Doucet, Paris ; Institut Mémoires de l'édition contemporaine (IMEC), Abbaye d'Ardenne.

CRÉDITS DU CAHIER HORS TEXTE

Sous la direction éditoriale
de Colline Faure-Poirée

Édition : Patricia Guédot
Correction : Marie-Aude Cap
Index : Béatrice Peyret-Vignals
Typographie : Cédric Malécot
Conception graphique de la couverture : Volume Visuel / Cyril Cohen
Traduction (Patrick Alexander, Ray Bradbury, David Goodis,
Graham Greene et Helen Scott) : Cécile Hermellin

Composition : Nord Compo
Achevé d'imprimer par Normandie Roto Impression s.a.s.
à Lonrai en février 2022.
Dépôt légal : mars 2022.
Numéro d'imprimeur : 2200262

ISBN : 978-2-07-292572-6 / Imprimé en France.

374568